胡扬

我们身躯可以穷
但精神不能再穷
那就真一败涂地了

2024.8.8

King of Comedy

江月年年 著

目 录

第一章	上台	…………	1
第二章	学习	…………	27
第三章	初赢	…………	53
第四章	日月	…………	82
第五章	突围	…………	112
第六章	恋爱	…………	140
第七章	敢想	…………	183

生活永远是很奇怪 你觉得自己没问题
人都觉得你有问题
你这样活着不行
但你要是说自己焦虑
别人又会说这么点儿小事焦虑个屁
肯定没问题 ☆

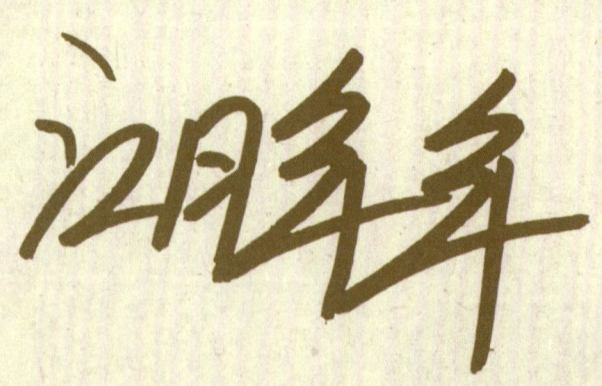

第一章 上台

刺目的白炽灯，狭小憋闷的会议室，响雷般可怖的声音砸在墙上，回荡。

"小年轻没进社会老以为赚钱容易，个个心高气傲，开口大几千上万，问题是你值这个价吗？你现在这个阶段，该想的不是工资，是能从工作中学到什么！我们培养你是不是要花钱？我们平时提供工作餐，让你借用公司的设备，是不是给你锻炼的机会？这是多少人求不来的，怎么就目光短浅光惦记着赚钱呢？"

突如其来的狂风席卷屋内，将端坐桌边的楚独秀吹蒙了。

她正对面是一男一女，男的是公司王总，女的是公司人事，都是今日的面试官。

天地良心，楚独秀就委婉地问了一句试用期工资，竟将膀大腰圆的王总气得脸通红。他噌的一声从椅子上跳起，甩下简历就开始叉腰咆哮，头顶寥寥无几的"秀发"快在怒气中竖起，如同一头遭遇挑衅的露出獠牙的野猪。

公司人事同样没料到中年男人一点就炸，她面露难色，小声制止道："王总……"

无奈她的劝解毫无作用，愤怒的王总还在持续发疯："公司是什么地方？是创造效益的地方！但你还是学生，什么都不会做，怎么给公司创造效益？没有办法创造效益，就算公司真给你开高薪，你好意思拿吗？！"

楚独秀面对劈头盖脸的指责，有一瞬间被训得满头雾水。她想不明白前两轮面试还挺正常的王总，为什么会在提钱后川剧变脸般发癫，好似随便一句话都能戳中他的痛点。但或许是眼前的状况过于离谱，她逐渐镇定下来，深吸一口气，道："没事，您别担心，可以开高薪。我脸皮厚，好意思拿钱。"

此话一出，躁动的空气骤然停滞。

王总一拳打在棉花上，竟被她的坦荡搞得无语凝噎。

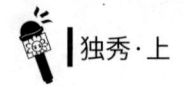

毫无疑问，面试失败了。

片刻后，公司人事将楚独秀送出会议室，她偷瞄一眼屋里的老板，满怀歉意地解释道："独秀，这回确实不凑巧，王总上午刚跟别人聊完，下午情绪就有点儿激动，你别往心里去。"

这是楚独秀的第三轮面试，前两轮都极为顺利，无奈今日时机不好——公司近来频频有人离职，王总上午刚跟辞职者吵完，对方就是嫌钱少离开的，楚独秀下午又撞枪口上，真是点儿背到家了。

公司人事左右望望，确定四下无人，安慰道："你也不要难过，他一直就那脾气，说话不过脑子。肯定有更好的工作等着你。"她语气相当惋惜，认为楚独秀很适合这个岗位，但斤斤计较的王总不可能答应，估计要物色下一个面试人选了。

楚独秀手里捏着简历，指尖在平整纸面留痕。她对王总蛮横无理、荒谬不经的言行极度无语，难以相信一家公司的老板如此没格局，但面对小心翼翼的人事，她也不好迁怒，最后只挤出一句话："谢谢姐。"

两人在公司门口道别，楚独秀转身没走两步，四周就昏暗下来。僻静写字楼内人烟稀少，附近是其他企业租用的区域，现在都没有开灯，越发显得萧条凄清。

前往电梯要穿过走廊，一路经过的办公区大门紧闭，透过玻璃墙能隐约看到内部满地的废旧A4纸、胡乱缠在一起的漆黑电线、东倒西歪的桌椅，似被波涛汹涌的倒闭浪潮席卷过。这里就像阴森墓地，四处都是公司骸骨，不知衰败前曾有多少员工的血汗汇聚。

更悲惨的是，她今年大四毕业，211大学本科就读四年，秋招时广投简历，居然找不到埋藏自己青春的坟墓。

来面试前，楚独秀下定决心好好表现，毕竟应届生找工作不易，经济大环境极度不景气，然而最后还是年轻气盛，实在没忍住回了嘴。

她知道忍气吞声这事没准能翻篇儿，询问试用期工资又不是杀人全家，等王总撒完上午憋着的无名火，自己私下再找人事聊聊此事，或许还有回旋余地，没必要刺激更年期男人。但她就是咽不下这口气。为什么自己要被领导拿来撒气？他情绪不稳定做什么老板，难道不该回家喝中药调理？

楚独秀强压怨愤，掏出设置了静音的手机，想找楚双优吐槽，却不料被对方抢先。

楚双优刚发来消息："妈给我打电话了。"

这行字如同死亡通知书，瞬间让楚独秀倒吸一口凉气。

下一秒，说曹操曹操到，手机屏幕变黑，微信页面消失，只剩惊魂般的来电——来电显示：母上大人。

楚独秀心里"咯噔"一下，赶忙硬着头皮接听："喂，妈。"

"我刚给你姐打完电话，我俩商量了一番，你抓紧时间往家里考吧！考公、考编、考

第一章 上台

教资，能考的全都考。你姐说去查查你能报什么岗，现在好像很多有专业限制……"

明明手机没有开启外放，楚岚的嗓音却直冲云霄，话语如轰隆隆的落雷，震得楚独秀脑袋瓜嗡嗡作响。

她尴尬道："妈，你找我姐干吗？我有在找工作。"

"你自己找什么，找完没两天失业，跟闹着玩儿一样！你高考填报志愿时，我就松口过一回，这次说破大天也没用！赶紧考回家，找份稳定工作，不要再耍小孩性子！"

话毕，楚岚干脆利落地挂断电话，丝毫没给她拒绝的机会。这态度就像老家铁饭碗很好考一样，殊不知近年来的公示名单里不乏清北身影。

叮咚一声电梯抵达，金属门缓缓打开，正前方是全身镜，照出楚独秀崩溃的脸。她走进电梯，借镜子打量自己：秀气文静的长相，微乱的显得狼狈的长发，即便穿正装参加面试，却依然爱用双肩包，浑身散发在校生的青涩土气，连脸上都残留"我好欺负"的天真气息。

为什么她总甩不掉这股学生气？

倘若她满脸狠辣、浑身肌肉，一拳就能撂倒一个壮汉，不信王总敢朝自己随便发火。或者像楚双优般干练知性、不怒自威，谈笑风生间尽显精英风范，这样找工作也不用惊动母亲。

偏偏她都不是，她就这副屌样。

楚独秀对着全身镜挤眉弄眼，妄图驱逐脸上的迷茫，摆出冷静理智的模样，无奈怎么装都不伦不类，依然显得傻里傻气。

她今年二十一岁，不知道其他人毕业时什么样，是跟她差不多，还是单纯是她自己没用，才会遇到诸多问题。她只知道，这个年纪的自己尚未自由独立，却已初步品尝生活的不留余地。

皱巴巴的简历被随手一折，纸飞机般落进空荡的纸篓。

楚独秀走进"台疯过境"时，已经整理好凌乱的心情。她照常挑选靠窗的座位，将双肩包往旁边台子上一撂，随手脱掉深色的正装外套，彻底将自己埋进软沙发里，在酒吧柔和的音乐声中得到片刻喘息。

这是她平常最爱来的地方，一对年轻夫妻经营的酒吧，位置离学校不远，名字叫"台疯过境"，在毫不起眼的巷子里挂一块霓虹彩灯的招牌，但凡步子走得快，就会错过酒吧入口。

进来后空间也不大，靠窗的桌子只有两张。但麻雀虽小，五脏俱全，酒吧内被填得满满当当，从吧台到舞台都没落下。长柜内是琳琅满目的漂亮酒瓶，被暖黄微醺的灯光浸润得闪闪发亮。女老板经常在此调酒，被各类瓶瓶罐罐簇拥着，将晶莹剔透的酒液倒入杯中。

楚独秀喜欢"台疯过境"的拥挤，让人有被包裹的安全感，但她从不喝酒，只是时常

独秀·上

看调酒。

现在店里人不多,座位基本空着。

舞台上空无一人,只有一支笔直的立式麦克风。

女老板原本在吧台忙碌,看到楚独秀后点头打了个招呼。她留一头短发,左耳戴银耳钉,十足酷姐气质,拿着菜单往桌边走:"老样子?蜜汁鸡排饭?"

楚独秀是店内常客,却从不点任何酒水,偏爱着蜜汁鸡排饭。软嫩多汁的鸡肉、清新可口的沙拉,搭配撒满芝麻和浓稠酱汁的雪白米饭,只需花费三十二元,就能拥有超越食堂的快乐,是她情绪低落时的治愈剂。

刚面试受挫,楚独秀决定奢侈一把,点头道:"对。"

女老板用笔在菜单上一圈:"好久没看见你。"

"最近在找工作。"

女老板面露意外:"快毕业了?"

"这学期大四。"楚独秀瞥见狭小舞台上的立式麦克风,好奇地询问,"今晚有活动?"

"对,开放麦。"女老板挠了挠头,似不知如何解释,补充道,"今天来的人比较多。"

楚独秀是在"台疯过境"了解什么叫开放麦的。

彼时没有任何脱口秀节目,她第一次体验这项神奇活动是某次在酒吧用餐的时候看到一个东北大哥上台讲笑话,一束光,一支麦克风,天南地北胡侃,逗得在座众人前仰后合。当时她不懂什么叫脱口秀,更没听说过单口喜剧,只觉得东北大哥逗趣又大胆,单枪匹马就敢上舞台,后来才知道他是男老板。

"台疯过境"既是一家酒吧,也是一家脱口秀俱乐部,时不时就会举办表演活动。早两年的演员全是老板的朋友,观众都坐不满,也不收取门票。直到去年,一档脱口秀综艺节目上线,在网上掀起些许浪花,连带影响线下开放麦。从那时起,"台疯过境"的开放麦会收取二十元门票钱,同时赠送观众一杯精酿啤酒,形式变得正规了一点儿。

票价不贵,酒吧最多也只能容纳三十人,一场开放麦完全不赚钱。楚独秀还是跟女老板闲聊才得知,收门票是想督促观众出席,因为以前发免费票总有人临时说不来,场子太冷清会影响演员的心态。

酒吧上菜速度很快,除了热气腾腾的蜜汁鸡排饭,还有一杯泛白沫儿的精酿啤酒,醇厚酒液里都是小气泡,正源源不断地往上冒。

楚独秀一愣:"我没点这个。"

"这杯送给你。"女老板道,"都来好久了,大四快乐。"

楚独秀怔了一下,忙不迭道:"谢谢。"

女老板摆摆手,没有再多言,转身离开。

楚独秀吹开上方的泡沫,轻轻抿一口冰凉酒液,芬芳微甜的味道在唇齿间弥漫,柔和

第一章 上台

舒爽地顺着喉咙往下滑。这让她颇觉惊艳，精酿啤酒跟以往试过的普通啤酒不同，有种与众不同的清新口感。

她端着啤酒百感交集，不知该惋惜现在才尝到，还是伤感于女老板的告别。明明她们几年来没说过几回话，甚至连彼此的名字都不知道，却莫名体会到一丝遗憾。

毕业后，她应该就不会再来酒吧，更不会在这座城市停留，女老板和蜜汁鸡排饭也会成为她大学记忆的一部分，在日复一日的枯燥工作里渐行渐远，或许在某个夏日泡沫般冒出，转瞬又噼啪一声消失不见。

楚独秀不愿太矫情，所以又猛灌一口，试图用啤酒浇灭多愁善感。

没过多久，酒吧内的顾客越来越多，难得地将座位全部占满。

四周暗淡下来，一道强光打向舞台，急促欢腾的音乐过后，有彪形大汉蹿上台，正是酒吧男老板。他手持麦克风，环顾一周，开口就是自带喜感的东北味儿："大家好，我是聂峰，也是本场表演的主持人。今天来的人够多的啊，看来我们这无人问津的开放麦总算蹭上了一波节目的热度……"

室内响起零星的笑声，观众将目光投向舞台。

楚独秀没看过聂峰提及的那档脱口秀综艺，但她的大学室友经常用节目下饭，有一回还专程来酒吧看过开放麦。不过室友来过一次就不再有兴趣，原因是"线下表演没有节目好看"。

"开始前先简单讲两句，可能有朋友没接触过线下开放麦，其实也没太多规矩，在这里好笑就大笑，不好笑请鼓鼓掌，给我们年轻演员一点儿鼓励。不录音，不录像，演出结束统一合照。"聂峰道，"祝愿各位度过快乐的夜晚。下面有请第一位演员，小葱！"

格子衫男生闻言上台，他接过麦克风，鞠躬打招呼："大家好，我是小葱！"

潮水般的掌声过后，脱口秀正式开始。

"今天不用太紧张，大家可以放松点儿，我们稍微聊聊天吧。这位观众是一个人来的吗？您是做什么工作的？"

"哦，他说不想告诉我……"

灯光汇聚在小葱身上，聂峰借机悄悄下台。昏暗处，他蹑手蹑脚地移动，不愿打扰观众，抬眼却瞥见一个黑衣男子，脸上不由得露出错愕的神情。

吧台边，青年倚着桌沿，穿着黑色衬衫，更显身材挺拔。他左腕戴一块手表，在暗处闪着银光，除此之外再无饰物，装束极为简约。

聂峰认出对方，连忙快步走过去："你怎么有空过来？"

黑衣男子盯着舞台，脸上没什么表情："从机场直接来的，我看时间赶得上。"

聂峰哭笑不得："我还以为他们平时胡扯，没想到你真的什么场子都来，不累吗？"

聂峰一直觉得谢慎辞是个奇人，要是单看他的脸，跟幽默毫无关系，偏偏此人对脱口

秀分外上心，近年来都在为行业发展奔波，在国内也逐渐有了影响力。

谢慎辞："现在全国不到十家俱乐部，脱口秀演员拢共不超过一百，就看这么几场表演，有什么累的。"

台上，小葱戴着黑框眼镜，局促地握着麦克风，额头冒出细汗——他前两个包袱都没响，整个人很快紧绷起来。

"我当时跟我女朋友说，我做不成钢铁侠，可以装成他的朋友，就叫钢铁瞎啊……"

短暂的静默后，观众稀稀拉拉地鼓掌，现场气氛继续往下掉。

楚独秀有一搭没一搭地听着，很快就将自己的饭吃完，开始慢吞吞地喝剩余的啤酒。她旁观过很多开放麦，演员冷场或忘词是常态，确实不是每次都好笑，性质跟开盲盒差不多，比如小葱今日就有失水准。她以前看过他的表演，也是在"台疯过境"，那时对方很有活力，只是这回乱了阵脚。

明明座无虚席，台下却很沉闷，观众保持戒备状态。这致使小葱的声音越发干涩，后续表演还时不时卡壳。

聂峰："今天场子有点儿冷，开场就不太好开。"

谢慎辞："他的风格不错，心态有待提高，前面的梗观众没接，节奏一下子就乱了。"

表演过半，小葱察觉氛围凝滞，决定力挽狂澜，使出撒手锏，进行现场互动。他举起手挥了挥，号召观众上台。无奈场子不热，竟然无人应声，唯有尴尬弥漫。

"有朋友愿意上来吗？没有人举手吗？"小葱面对冷场，也下不来台，干巴巴地道，"我看看……"

楚独秀本来坐在窗边喝酒，突然撞上小葱的目光，心中莫名其妙生出不祥的预感。

只见小葱的视线在全场逡巡一圈，最后又不知不觉落到她身上，好像追踪仪器，很快精准锁定。

楚独秀顿时头皮发麻，下意识低头回避。不是吧？不能由于没人举手就点她吧？

千万别点，千万别点，千万别点。楚独秀在心底疯狂祈祷。

偏偏世事往往是怕什么来什么。

"不然就请靠窗的那位女生？"

屋里靠窗的桌子不多，她的位置格外好找。小葱话音刚落，众人就侧头望来，等待她的回应。

当全场目光聚焦过来时，楚独秀心里清楚，破窗而逃来不及了。

楚独秀在众人的打量中颇为犹豫，她向来不喜欢凑这种热闹，听到小葱出言邀请就想要摆手婉拒互动，却在看清对方神色时有些于心不忍。

小葱见她僵坐不动，紧握麦克风，大气都不敢出。他额头上都是虚汗，即使戴着黑框

第一章 上台

眼镜，也遮不住故作镇定又隐含恳求的目光，像预感到要遭遇滑铁卢，却还在垂死挣扎。

楚独秀看他这副衰样，莫名其妙就像在照镜子，想起今天崩溃又倒霉的自己。

角落里，聂峰眼看谢慎辞起身，忙道："你去哪儿？"

谢慎辞："我去台上互动，不然没人回话，场子只会更冷。"

小葱跟观众互动失败，继续邀请又被拒绝，恐怕心态会崩。而聂峰是老板，没法装观众，那总得有人出面解这个围。

聂峰："等等，人家上去了。"

谢慎辞一怔，闻言看过去，果然看见靠窗的女生站起。酒吧内略显拥挤，她慢吞吞地避开其他人，宛若逆流的小船，艰难地漂向舞台。

小葱看她上台，终于长舒一口气。

酒吧舞台狭小，灯光却挺强烈，如同炽热的太阳，恨不得晃花人眼。

楚独秀不明白自己为什么答应，没准是精酿啤酒让她上头，没准是小葱垮掉的表演让她心生兔死狐悲之感，实在没法袖手旁观，总之尽管心跳如鼓，她还是选择走上台。好在她以前看过小葱表演，知道接下来是什么流程，按部就班当托儿就行。

谁承想状况总是很多，万事不尽如人意。

小葱："先介绍一下自己吧……"

正值此时，麦克风发出爆响，接着是漫长的啸叫声。

小葱握着麦克风吓了一跳，手忙脚乱地调整起来，却无法压制失控的设备。

凄厉的啸叫声折磨耳膜，偶尔夹杂尖锐的爆音，很快让观众面露不耐。

楚独秀同样愕然。今天究竟是什么日子？怎么连舞台事故都被她撞上？！

老板聂峰见状也坐不住了，连忙过来帮忙调试，并致歉："不好意思，稍等一下，麦克风有点儿问题……"

小葱火速下台调整设备，聂峰则去拿备用的麦克风，唯有楚独秀留在舞台上等待。

场面一片混乱，台下窃窃私语。

楚独秀没料到会出现这种情况，被迫独自面对全场的观众。舞台光打在脸颊上，微热，连带酒液在体内发挥作用，让她如发烧般晕晕乎乎，整个人踩在云朵上一样。

她如今形单影只，跟台下神态各异的面孔对着，忽然领悟了小葱表演紧绷的缘由——这种被审视的目光过于难熬，观众的冷漠如灼人烈焰，现在还没过去一分钟，她体内的水分就要被烤干，恨不得化为枯木焦土。

必须设法自救，不然她要尴死了。

台下还在骚动，直到有人发声——

"没事，屋漏偏逢连夜雨，游戏上分网不行，这都是生活常态。大家不要着急，给演员一点儿时间，也给我一点儿时间。"

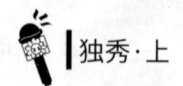

清晰的话语，平缓的口气，没用麦克风放大音量，但节奏张弛有度，准确无误地传入每个人的耳朵里。

众人原本百无聊赖地等待，闻言望向台上的楚独秀。

"因为我人是站上台了，精神却还留在观众席，我需要一点儿时间思考为什么是我站在这里。"楚独秀面对众人的视线，努力让声音不发飘，她无奈地耸耸肩，"起码你们是幸运的，随机抽一名观众分享尴尬最后却没被叫上台，不像我，对吧？"

台下响起善意的笑声。

观众思及她的处境，瞬间就被逗乐，气氛轻松了一点儿。

楚独秀被此景鼓励，波动的情绪逐渐平复："我敢发誓，他刚才点我的时候，你们都松了口气，这位大哥立马跷二郎腿不紧张了……"她伸出一只胳膊在半空中挥了挥，模仿小葱选观众的样子，"如果麦克风那么快修好，没准等他讲完我这段，又要高喊'举起手来'，再叫一位观众上台。像不像警匪片的经典桥段？"

"我就是电影里那个倒霉蛋，被人从一群人里挟持出来。什么叫绑架式脱口秀？就是你觉得不好笑，立刻让你做人质上舞台，等开放麦结束才会将你放开。"楚独秀拍拍胸膛，故作轻松道，"所以别太着急，大家少安毋躁，脱口秀可能是冒犯的艺术，也可能是犯罪的艺术，怕你们待会儿像我这样突然遭遇绑架，下不了台。"

此话一出，全场哄堂大笑。

没人料到楚独秀会开口吐槽，也没人料到她麻木的神情居然能产生滑稽的喜感。

谢慎辞见状怔住了，没再前往聂峰的方向，反而停步打量台上的人：女生五官秀气、皮肤白皙，细软长发被灯光照成栗色，她说话时不紧不慢，面部线条有点儿紧绷，明显状态别扭生涩，但配合她被困舞台的现状，反而让"笑果"更上一层楼。

"对不起，真的对不起……"小葱也听到抱怨，他搬来吧台高凳，安抚道，"您先坐一会儿！"

话毕，他听到聂峰的呼喊，又火急火燎冲下台，跑着去拿麦克风。

舞台上出现凳子，楚独秀顺势坐下。

前排大哥刚被她点过，干脆不再跷二郎腿，提议道："不然你讲吧，你比他搞笑。"

"大哥，您就那么不喜欢他吗？"楚独秀诧异地望对方一眼，"他刚才问您做什么工作，您当时说不想告诉他，现在又讲这么杀人诛心的话。"

大哥坦荡点头："对。"

"不至于，给我个面子，平时不吃小葱就算了，台上可以有点儿葱味。有些人天天喊着踩烂世界上所有香菜，也不会真去拉踩（指通过贬低某人某物来吹捧自己喜欢的人物）叫香菜的脱口秀演员。"

没准是观众有所放松，不似开演前戒备，她随口调侃两句，又换来一阵笑声。

第一章 上台

吧台边,女老板望着泰然自若的楚独秀,茫然道:"我的天,这些是现挂?"

众所周知,开放麦是打磨段子的地方,脱口秀演员都会提前写稿,有时候背不牢,还拿手机上台,但楚独秀什么也没带,看上去相当老练。

谢慎辞陷入沉思,也分不清这是演员的控场表演,还是观众间的松弛闲聊,主要是她抛梗举重若轻,对答极为流畅自然。

酒吧内活跃起来,后排有人高喊道:"讲一段!"

他们误以为她也是演员,现在心生好奇,起哄让她先讲。

楚独秀愣道:"我讲吗?讲什么?"

"随便讲!"

"介绍一下自己!"

室内空间本就不大,接二连三有人搭话,即使没有麦克风,依旧能听得很清楚。

不知是不是酒精作祟,楚独秀有些亢奋,只觉得双颊发烫,胆子变大了不少。

闲着也是闲着,她在怂恿之下当真思索起来,寻觅合适的素材。

片刻后,她开口了。

"其实我特别怕脱口秀互动,尤其是表演开始前热场那段,总要点几个观众问答,比如'您是做什么的''两位一起来的吗''你们是什么关系'……让我这种没工作又单身的大学生很无助,担心演员觉得我生活无聊,拖累了他的喜剧表演。这特别像我去应聘岗位,白天面试老板问我'你能为公司赚多少钱',晚上脱口秀演员问我'你能为演出提供多少笑点',我甚至害怕回答完他俩的反应差不多。"

楚独秀语气茫然:"我说我只是观众啊,我是来找乐子的,没道理让我提供笑点,那是你们的工作。他听完暴跳如雷,起身怒斥我一通……"

观众正听得津津有味,却见楚独秀跳离高凳,猛地双手叉腰,好似怒发冲冠。

楚独秀惟妙惟肖地模仿王总,连语速都狂暴急促:"开放麦是什么地方?是制造笑声的地方。但你还是观众,什么都不会做,怎么给开放麦提供笑点?没有办法提供笑点,就算我真逗你发笑,你好意思笑出声吗?你现在这个阶段,该想的不是好不好笑,而是能从脱口秀中学到什么!这是多少人步入社会求不来的,怎么就心高气傲、目光短浅,光惦记着好笑呢?!"

下一秒,楚独秀收起表情,平静地耸了耸肩,语气也回归正常:"听到这里,大家应该猜到了,我白天那场比晚上这场幽默。"她慢悠悠道,"因为有时候老板说的话,远比什么脱口秀更可笑。"

众人愣怔片刻,接着领悟过来,不禁拍手叫绝。

抑扬顿挫的语调,收放自如的模仿,诙谐鲜活的表演,让欢笑一浪接着一浪,带来前所未有的热闹场面,像要掀翻酒吧屋顶的海啸。

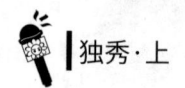

而楚独秀狠狠内涵完王总,面试的经历终于一吐为快,此刻听到下面放肆的笑声,沉郁的心情都变得舒畅了。

台下,小葱握着麦克风,目瞪口呆道:"我还要上台吗?"

聂峰同样欣赏起台上的表演:"现在跑上去干什么,被你挑的观众碾压?"

小葱不由得感慨,人生实属无常。场子归他的时候,他的设备不好;他的设备好了,场子却不归他了。

欢乐氛围给予鼓舞,有人催楚独秀再讲。

她望着大笑的观众,莫名生出表达欲望,音量也提高不少:"可能是最近毕业找工作的缘故,我太想摆脱自己的学生身份了。因为我发现做学生,经常跟人无法交流。你张嘴说话吧,别人会说'你是学生思维你不懂',你不张嘴说话吧……"

楚独秀双臂环胸,斜眼上下扫视一番,冷不丁翻了个白眼,讥诮道:"'就这还大学生呢'。"

前排观众忍俊不禁,嘴角始终保持翘起的状态。

"真的,我现在没法说话了,绕不开这个逻辑。在校期间,无数老师耗费数年时光,告诉你做人要明事理。进入社会后,这世界就给你当头一棒,告诉你生活不讲道理。感觉步入社会以后,身边全是教育你的人,所有人都想当你的老师、教你做事。"

楚独秀长叹一声:"但是朋友们,我说句实话,当代大学教授不爱教课的,甚至偶尔安排自学,绝不会追在学生屁股后面教育人……"她伸手一挥,痛心疾首道,"所以大家真想教导大学生,可不可以延续教授的授课理念,给我们一点儿空间,平时不管不问,考前突击复习?!"

台下爆笑如雷,众人前仰后合。尤其是学生观众,捧腹大笑过后还忍不住拍手喝彩,格外赞同她的观点,更将气氛推上新高潮。

欢乐旋风般地充斥酒吧,一扫方才的沉闷和死寂。

吧台边,女老板目睹盛况,难得地也被逗乐:"她讲得不错,感觉是老手。"她在"台疯过境"见过不少演员,但楚独秀绝对是个中翘楚。

"应该不是。没有技巧,全是感情。"谢慎辞停顿片刻,凝视灯光下的女生,思索道,"但强得可以。"

狭窄空间内挤满笑脸,将台上的楚独秀包围。

观众如此反应既像定心丸,又像刺激她的兴奋剂,他们此刻仿佛心灵相通,只要被雷鸣般的笑声包裹,就能肆无忌惮地谈论任何事情。

"大家看过《火影忍者》吗?"楚独秀环视一圈,"哦,有人举手了。里面有个禁术叫'多重影分身',我一直不知道它危险在哪儿,为什么不允许忍者乱学,只有主角能随意使用。官方解释是漩涡鸣人查克拉很多,无限分身不会将自己分死,但换作旁人会有生

第一章 上台

命危险。但最近找工作后，我有了更深刻的认识，想说会不会还有另外一种解释……"

楚独秀摊手道："如果不将它定为禁术，你会发现毕业的时候，忍者都不学其他忍术了，一窝蜂研究'多重影分身'。因为真的忙不过来，他们急需好多分身，有的应聘、考研，有的考公、考编，有的去搞教师资格证……"她掰着手指举例，"要是运气不好父母催得急，还得有个分身去相亲见面。"

"这样一想，'多重影分身'太危险了，又将毕业压力增加好几倍。其他同学听说有人能一个不落完成这些事情，心惊胆战地跑过去哀求：鸣人，不要总想着一鸣惊人，给别人留条活路吧，你搞分身倒不会分死，却硬生生将我们卷死。由于你，咱们村名言要改了，原来是'木叶飞舞之处，火亦生生不息'，现在是'木叶飞舞之处，卷亦生生不息'。虽然咱们都是忍者，但这个真的不能忍！"

"哈哈哈哈哈哈哈！"

第一声大笑响起，随后笑声开始传染，冰封的观众席只要解冻，再搅起声浪就很容易了。

酒吧迎来少有的喧嚣热闹，连候场的其他演员都听得津津有味。

不知从何时起，楚独秀不再紧张，越讲越纯熟放松。她的脑袋像高速运转的电脑处理器，嘴里的段子更是泉水般滔滔不绝，一个又一个向外抛，直到她精疲力尽，小葱接替她上来，观众仍感觉意犹未尽。

"太厉害了，太精彩了，我都不好意思讲了。"小葱握着麦克风重回舞台，心虚地摸摸鼻子，"刚才麦克风坏掉的时候，其实我第一反应是'我完了，今天的开放麦完了'。但现在我明白了，今天的开放麦没完，单纯是我完了。"

他满脸悲愤，一只手握着麦克风，一只手在空中挥着："随便挑一支麦克风，炸了，随便挑一位观众，也炸了，你说我这是什么手啊！"

楚独秀的小插曲没影响后续演员，倒让小葱的表演舒适自在多了。他没过多久就进入状态，一改开场时的磕磕绊绊，卖力地展现喜剧天赋。

酒吧场子还热，台下依旧活跃，不时传来嬉笑之声。

聂峰重新回到吧台边，望着火力全开的小葱，点评道："这是被人家刺激到了。"

"演员会被场子影响，现在气氛热了，他也放得开了。"谢慎辞说完，抬眼望向靠窗的位子，可惜天光完全退下，舞台灯光强势，反衬得台下昏暗。之前女生借朦胧光线遮掩，悄无声息地回到座位，他从此处看过去，只隐约瞧见背影。而且调酒吧台和靠窗小桌一南一北，想过去要穿越全场观众，更不必说环境本就拥挤。

聂峰看破他心中所想："演出结束拍照时再去吧。"

谢慎辞点点头，收回视线，继续倾听台上的段子。

门一开，微凉夜风扫在脸上，驱散混沌的酒意。楚独秀手拎双肩包，蹑手蹑脚地逃

独秀·上

离酒吧,将喧嚣的音浪挡在门后。这是她每回撞上"台疯过境"开放麦的离场办法,不想熬到演出最后拍照,又不想直接退场让演员难堪,就在无人注意时偷偷溜出去。

她回想刚才的表演,中枢神经依旧兴奋,一会儿意识清明,一会儿头脑发晕,如在浪花上颠簸,胸腔内的心脏怦怦狂跳。她没料到自己有一天会上台,原以为挺羞耻,但结束后还好,甚至莫名地觉得有点儿爽。

楚独秀容光焕发,只感觉酣畅淋漓,仅仅是五六分钟的胡说八道,就将白天找工作的怨气倾泻殆尽。

不过她的好心情没维持太久,待掏出手机看清微信,雀跃烟消云散——楚双优效率奇高,刚一顿饭的工夫便将文件发了过来,Excel表格将信息分门别类排好,都是楚独秀能报考的岗位,后面还有考编资料压缩包。

台上风光几分钟,台下照旧要打工。

楚独秀没料到姐姐如此迅速,内心更感惭愧,赶忙打字道谢。她点开Excel表格,扫一眼密密麻麻的文字,决定回校再细看。

酒吧内,观众散去,舞台光也被关闭,只留下凌乱的桌椅,看上去相当冷清。

开放麦结束后,谢慎辞没找到上台的女生,对方神不知鬼不觉地离了场,甚至没惊动门边任何人。

"都不认识吗?"谢慎辞走近靠窗小桌,随手收拾起桌上餐具,此处早就空无一人。

"确实不认识,她不是演员,都没听说过。"聂峰麻利地擦拭桌子,见对方出手帮忙,忙说,"放那儿吧,你和小葱别弄了,我和静静来就行。"

谢慎辞气质出众,看上去养尊处优,为找脱口秀演员专程而来。目前,他负责《单口喜剧王》第二季,尽管从不上台表演,却算节目半个资方,聂峰哪儿敢让他做保洁。

谢慎辞却没答话,只默默地整理完,将东西送进洗碗池。

小葱垂头丧气地收麦克风:"没事,聂哥,让我弄吧,唯有劳动能帮我遗忘今夜痛苦……"

聂峰笑骂:"出息,不就开场砸了嘛,后面不也挺好的?谁都会演砸几回的。"

"是不是附近的学生?"谢慎辞收拾好餐具,又开始码放桌椅,"她可能是第一回上台,但应该经常过来听。"

"可以问问。"聂峰拉着长调,"静静——"

没过多久,女老板陈静从后厨出来,她听闻来龙去脉,为难地道:"我也没有她的联系方式,只记得是店里的常客,好像要毕业了,最近这小半年就今天露面了。"

小葱:"这意思是以后有可能不来了?"

谢慎辞:"学校也不知道?"

第一章 上台

"不知道。"陈静迟疑道,"就知道常点蜜汁鸡排饭。"

周围有好几所大学,酒吧招待的学生太多,女老板的记忆力也有限。

谢慎辞没想到线索断了。原以为聂峰有当地所有演员的资料,即便不认识那女生,也可以找朋友打听到,谁料对方是彻头彻尾的孤狼。他伸手将软沙发推正,冷不丁瞥见角落里的纸篓,被里面的东西吸引了目光。

"谢总,不至于,真的不至于。"聂峰眼看谢慎辞的手往垃圾桶里探,惊慌失措道,"你是来召集演员的,不是来打扫卫生的,这多不好意思!"

纸篓的塑料袋新换过,里面没有任何垃圾,仅有A4纸叠成的方块。谢慎辞将皱巴巴的纸展开,映入眼帘的是"楚独秀"三个字,附带一张端正的彩色照片——估计是她面试完随手扔掉的,偏偏纸篓今晚就她用过,纸没被其他东西盖住。

小葱好奇地探头看,认出照片上的人,啧啧道:"辛德瑞拉没有遗失水晶鞋,但蜜汁鸡排饭弄丢了简历。"

次日,女生宿舍。

楚独秀一边查看网上海投的简历有没有回信,一边跟室友们闲聊学校的秋招情况,深入交流糟糕透顶的就业现状。

"惨,今年真的惨,辅导员都着急三方了。秋招前还有不少人想找工作,现在咱们班一半考研、四分之一留学,没剩下几个了。"

楚独秀错愕道:"这么夸张?我记得上届没这么多。"

"经济形势一年比一年差,可不就叫咱们赶上了。"

"但研究生毕业不还得工作?又不是人人都能留校。"

"先续三年呗。"有人想起什么,扭头看楚独秀,"对了,秀秀,面试怎么样?是不是该聊钱了?"

"聊崩了,聊得唾沫星子都崩我脸上了。"

昨日,楚独秀在酒吧倾诉完,回来就没交流这件事,现在被问起,她索性又讲了一遍,详细描述王总离奇的失心疯。

室友们听完皆深表同情,安慰道:"没事,不去是对的,这公司听着不靠谱,没准过两天倒闭了,还得继续找工作。"

"就是,我也碰到过离谱事儿,被人事骗去面试,其实根本不招人……"

宿舍聊天还在继续,楚独秀却越听越心虚,感觉应届毕业生处于水深火热之中,都有奇奇怪怪的遭遇。她已经浏览过报岗材料,但多少还是想再找找工作,无奈的是,将招聘网站扫了一圈,最近投出的简历都石沉大海。

正值此时,手机弹出陌生来电,接听后是礼貌的男声:"请问是楚独秀吗?"

"您好，我是。"

"现在方便通话吗？我们这边看到了你的简历……"

"方便的。"楚独秀急忙起身，避开闲聊的室友，蹿去阳台接电话，"您是在哪里看到我的简历的？"她这两天使用了好几个招聘平台，想知道对方在哪儿查阅的简历。

"酒吧的垃圾桶。"

"啊？"

双方同时沉默了一瞬。

楚独秀握着手机陷入茫然，好半天不知道该怎么回话。现在不用方言筛选智商，换声音好听的来讲笑话？

片刻后，谢慎辞望着手机屏幕，垂眼道："挂了。"

聂峰迷茫："她挂了？说什么了吗？"

"她说'对不起，我下载过国家反诈中心app'。"

"……"

谢慎辞被挂电话倒也不恼，抬手再打第二通，好在还没被拉黑。这回他学聪明了一点儿，开门见山地讲明来历，还将碰面地点约在"台疯过境"。

酒吧内，楚独秀坐在软沙发上，依旧感到一丝不真实。

她上午接听了一个陌生电话，对方说想跟自己谈入职的事，说他在垃圾桶里捡到简历，觉得她适合公司项目，还将见面地点定在"台疯过境"。

如果是其他面试地点，她绝不会赴约，直接视为诈骗。但"台疯过境"不一样，除了大学校区外，这是她最熟悉的地方。

楚独秀看女老板端着柠檬水过来，忙道："谢谢。"

"你接到电话时，是不是吓坏了？"陈静莞尔一笑，"他们还叫我跟你通话。"

谢慎辞唯恐楚独秀不信，特地让陈静出面做证，解释事情的来龙去脉。

"倒没有吓坏，就以为是骗子，说垃圾桶里捡到简历……"楚独秀小声道，"请问是俱乐部招人吗？"

聂峰是台疯过境俱乐部的主理人，跟小葱等脱口秀演员常有演出，然而楚独秀记得陈静说过，酒吧搞脱口秀基本不赚钱。

"不是老聂招人，好像是他的朋友。"陈静安抚道，"他们马上过来，你稍等一会儿。"

没过多久，前方传来丁零脆响，酒吧的门被人推开。

现在并非饭点，顾客稀少，两名男子一前一后进门，很快就引起了楚独秀的注意：打头者身材壮硕，率先走到吧台边，跟陈静交流起来。他穿着休闲潮服，脚踩一双运动鞋，正是男老板聂峰；后面的人是生面孔，没怎么在酒吧见过。天气不错，暖融融的日光透过玻璃，落在陌生男子的浅色衬衫及手背上，宛若一幅光影对比强烈的黑白水墨画。

第一章 上台

如果现实是言情小说，现在可以来段人物描写，运用雪松、乌木、岁寒青竹等意象，调动精巧细致的如诗文字，刻画后者的出挑相貌及冷感气质。然而小说是小说，生活是生活。楚独秀看清聂峰身后的男人，回想起电话里的好听男声，心里只生出一股不祥的预感——该不会从垃圾桶里捡简历、曾被她挂电话的人就是面试官？那今天没准要凉。还没见面沟通就拉满仇恨，她都不懂事情为何这般曲折。

果不其然，陈静带着两人走来，向楚独秀介绍他们。聂峰是谁，她早就知道，现在只剩另一人。

"你好，我是善乐文化的谢慎辞。我们公司正在筹备《单口喜剧王》第二季，昨天看完你的表演，觉得你很适合节目，不知道你有没有兴趣？"谢慎辞乌发墨瞳，态度镇定有礼，声音跟电话里一样像稳定的低音琴弦声。

好在他只字未提电话乌龙事件，让她道歉的腹稿没派上用场，倒是节约了不少时间。楚独秀微松一口气，愣道："我的表演？"

聂峰好奇地打听："对，你昨晚的稿子写了多久？之前有上台讲过吗？"

"对不起，我都忘记昨天讲什么了。"

这不是假话，楚独秀昨晚上台单纯借酒意胡言乱语，根本没想过语言逻辑，而且酒吧总搞开放麦，她耳濡目染懂一点儿，索性咔咔一顿瞎讲，谈不上任何准备，更没有放在心上。有人由此关注她，捡到简历找上门，这才是最令人震惊的。

"不仅第一次上台，还全程自由发挥？"聂峰面露惊诧，他望向谢慎辞，赞叹道，"那确实很有天赋！"

"你听说过《单口喜剧王》这档节目吗？"谢慎辞道，"我们会召集全国的脱口秀演员录制竞演，表演形式跟昨晚的差不多。如果你对脱口秀了解不深，也可以先参加线下培训营，系统学习后再参加节目。"

楚独秀："节目录制是在燕城？"

"培训营在燕城，最近就要开始培训。节目录制在海城，应该是寒假期间，差旅都可以报销。"

《单口喜剧王》是一档由善乐文化出品的网络综艺节目，召集全国的脱口秀演员，围绕不同话题展开比赛，争夺"单口喜剧王"的称号。楚独秀没看过节目，但听室友提起过，那并非制作成本高昂的上星综艺，但网上口碑不错，称得上"下饭神器"。

既然有成品节目，公司应该算正规。然而，她在燕城读大学，酒吧也开在这里，专程跑到海城参加节目，一来一回耽误不少工夫，听起来并不划算。

楚独秀思考数秒，弱弱地问道："可以问一下工资多少吗？有没有区间？"

"参加节目会有赛制，根据最后晋级轮数，酬劳也会有所不同，很难给你准确数字。"

"那有没有五险一金？"

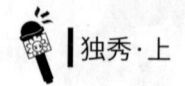

"如果跟公司签经纪约,五险一金都正常缴纳。"谢慎辞看一眼聂峰,解释道,"但有的人来自其他俱乐部,以前存在演员约,就是另一种合作形式。"

听君一席话,如听一席话。这是人如其名,什么都没多说。

楚独秀最近找工作,已经有些经验,知道如果入职前就觉得不靠谱,那入职后只会更不靠谱。她当即做出判断,低头致歉:"不好意思,我可能不适合做这个。"

"你都不适合,那我算什么?你比我第一次上台强太多了。"聂峰惊道,"你要是不适合讲脱口秀,我就是讲脱口秀让人不适!"

"不是这个意思。"楚独秀连忙摆手,"主要是我没考虑过这个发展方向……"

谢慎辞:"你工作定了吗?"

"没有。"

"那有其他想做的事吗?"

"也没有。"

"既然如此,完全可以试试。"谢慎辞循循善诱,"虽然国内知道脱口秀的人还不多,但未来的发展空间并不小,你有这方面才能,尝试接触一下新事物,我觉得很有人生价值。"

"可是高中政治教过,人不能同时获得商品的价值和使用价值,生活差不多也是一个道理。"楚独秀干巴巴地道,"所以,有没有可能我没法管价值,必须先维持生计,再思考人生?"

聂峰怔了数秒,接着大笑起哄:"谢总,这是怀疑你的财力!"

"是担心收入?"谢慎辞追问,"你的理想薪资是多少?这都可以谈。"

"不光是钱的问题,说一句冒犯的话,行业门槛太低了。"楚独秀破罐子破摔,自嘲道,"我是个庸俗浅薄的人,连我这菜鸡水平的都敢招,对行业未来着实没信心!"

楚独秀想破脑袋都不明白自己的表现好在哪儿,需要对方大费周折招揽参赛。她头脑冷静,天上不会掉馅饼,除非馅饼里有剧毒,否则这好事不会让自己撞上。

"不冒犯。"谢慎辞淡然道,"而且你说得保守了,不是行业门槛低,是还没形成行业,必须继续去努力,脱口秀才有未来。"

这话多少有点儿太不把她当外人了。

谢慎辞波澜不惊,楚独秀哑口无言。

片刻后,她唏嘘道:"我欣赏您的坦率,但也不用这么单纯自然不造作,偶尔画点儿大饼骗骗人,不会被食药监局纠缠的。"

谢慎辞冷不丁地发问:"这句也是现挂吗?"

"啊?"

楚独秀看他轻弯嘴角,黑润眼眸现出光亮。那笑意如冰雪初融,但初春湖面的浮冰转瞬就消失不见,浅淡得像是幻觉。

第一章 上台

谢慎辞："道理我都懂，但你总这么说话，我更觉得你不做脱口秀有点儿浪费浑然天成的幽默。"

楚独秀："……"大哥，我看你才是浑然天成的冷幽默！

她万分感激谢慎辞的赏识，接着斩钉截铁地拒绝了招揽，本来还想吃顿蜜汁鸡排饭，但面对谢慎辞和聂峰压力极大，只能匆匆跟陈静告别，一溜烟地往学校里跑。

酒吧的门丁零一响，缓缓挡住女生的背影。谢慎辞和聂峰透过玻璃，眼看着她头也不回地消失在晴天的街角。

"估计没戏了。"聂峰道，"我听静静说，她经常来听开放麦，感兴趣早参加了，没必要拖到现在。"

台疯过境俱乐部一直在招演员，楚独秀是店里的常客，肯定早就了解此事，但她至今没报名，答案显而易见。

"不一定，人偶尔自己都不知道自己想要什么，但在台上讲脱口秀的状态不会骗人，那是一个自我暴露的过程。"谢慎辞收回目光，平静地道，"她确实适合干这个。再说，我们不是要做行业？"

"这跟行业有什么关系？"

"单靠演员自己来，那叫兴趣爱好，还不能算是行业。行业是推动演员上台。"

谢慎辞当然清楚，现有的脱口秀俱乐部基本是从兴趣起家，志同道合的演员们聚在一起，表演方式也是摸着石头过河，但想培养出更优秀的演员，传统的方式效率有点儿低了。

很多时候，人都要试过几次，才知道适不适合。

他很好奇她在更大的舞台表现如何。

谢慎辞思索半晌，问道："周末演出还能加人吗？"

"你该不会想……"聂峰似有所悟，低头掏出手机，"我给你问问。"

翌日，大学图书馆。

无数宽大实木桌被占得满满当当，耳边不时传来沙沙的翻书声，偶尔能听见椅子腿在大理石地板上拖动时的轻响……明明还是上半学期，这里已经座无虚席，都是埋头苦读的学生。

楚独秀早起就来占座，认真学习了一上午，背部感到些许僵直。她将考公材料放到一边，慢悠悠地活动起肩膀，又低头看记事本上的时间表，都是国考、省考和事业单位考试的日子。虽然她没信心能考上，但现在不选这条路，好像也没其他方向——现有的 offer 都不够好，再不早一点儿开始备考，母亲只会更恨铁不成钢。

楚独秀出生在文城，有一个双胞胎姐姐。但从小到大，她就跟品学兼优的姐姐截然不同，属于高不成低不就的中间档，做什么事都要父母操点儿心。

独秀·上

高考时，她不顾母亲楚岚反对，毅然决定到燕城读新闻学，美其名曰毕业好找工作。母亲当时不屑一顾，放话"有本事的人到哪儿都好找工作"，不过碍于姐姐和父亲劝和，最后还是放她来了燕城。谁料姜还是老的辣，母亲一语成谶，早看穿她的废物本质，她在燕城也找不到工作。

楚独秀长叹一声，靠着椅背休息起来，忽然瞥见旁边女生的iPad屏幕。或许是学习疲惫，对方正在看综艺节目放松，好巧不巧就是《单口喜剧王》。

女生戴着耳机，但综艺节目都配有字幕，段子的文本一览无遗。楚独秀随便一瞥，下方文字就在脑海中自动播放，甚至不知不觉跟自己那晚的表演做比较。她过去只听过线下开放麦，没怎么看过线上节目，如今看的确感觉有点儿不一样。

没准是目光灼灼，女生有所察觉，她摘下一枚蓝牙耳机，递给楚独秀，悄声道："要看吗？"

楚独秀神色慌张地摆手："谢谢，不用了。"

被抓个正着，她赶忙端正坐姿，重新低头翻起书，再也不敢看人家的iPad。某种隐秘的念头如火苗般燃起，转瞬又被狂风暴雨一打，熄灭在迷蒙雨雾中。

谢慎辞昨日邀请时，她不是没想过这事，但要让楚岚知道，非得撕碎她不可。楚独秀都能想象母亲对这种不稳定的项目制工作有多嗤之以鼻，届时对此事的挑剔及毒舌怕不是能吊打无数脱口秀演员。所以，不管是为她的未来，还是为脱口秀的未来，激怒楚岚都绝非明智之举。

不过，冒险的想法被抛诸脑后，没多久又重新浮出水面。

傍晚，楚独秀备考一天，收拾好材料离开，刚走出图书馆大门，手机上就弹出来电提醒，电话号码极眼熟。

接通后，对面人的声音依然平和："你好，我是善乐文化的谢慎辞。"

燕城是全国闻名的大城市，文化传媒行业尤其发达，每年都有大大小小的演出，更有数不清的颁奖典礼。今日就有一场小型线上晚会，主要为MCN机构颁发奖项，其间会穿插节目表演，且全程在网上同步直播。

剧场门口早就人来人往，甚至有架摄像机的记者，聚集起来如嗡嗡叫的蜂群。

楚独秀准时抵达会场，脖子上挂着工作证，抬眼就看到长身鹤立的谢慎辞。他站在大门口，衣着是深色系，同样挂着工作证，发现她后快步走过来。

谢慎辞温和道："我还怕你不来了。"

"怎么可能，都答应了。"楚独秀道，"我没什么别的爱好，就喜欢为五斗米折腰。"

前些天楚独秀突然接到谢慎辞的电话，询问她周末是否有空，愿不愿意表演一场脱口秀，说是原定的演员临时有事，暂时没找到合适人选，希望她将在酒吧讲的段子编排一下，

第一章 上台

时长控制在八到十分钟，演出酬劳是五百元。

这种事在传媒业繁荣的燕城挺常见，有些综艺节目还到大学招观众，唯一不同的是这场晚会需要的是脱口秀演员。

楚独秀本来打算拒绝，但听完报价果断应下。毕竟做观众录制到半夜两点才给200元，现在上台讲脱口秀十分钟就给五百元，算下来时薪惊人。

谢慎辞扬眉："既然你对五斗米感兴趣，为什么不考虑一下参加节目？"

"这……"楚独秀支吾道，"一码归一码。"

短期兼职和长期工作必然不一样。

好在谢慎辞也没纠缠，提议道："我先带你去找节目导演。"

楚独秀连忙应声，背着包尾随在后。

进门后，剧场大厅内人流密集，都是忙碌的工作人员，统一穿黑衣戴工作牌。

谢慎辞穿的也是黑衣，但不知为何在人群中气质出众，两条长腿抬起时带风，径直领楚独秀往前走。

楚独秀跟着他，小步倒腾得飞快，只恨自己没有一米九，不然就能换成他追着她跑。她想出声提醒，又不知如何喊人，想起酒吧老板对他的称呼，下意识地张嘴："谢老板……"

谢慎辞闻言停步，余光瞥见落后的楚独秀，好似幡然醒悟，退到她的身旁，然后放慢步子，配合她的走路速度："怎么了，海绵宝宝？"

楚独秀愣怔数秒，紧接着反应过来，她想喊他"谢总"，开口却是"谢老板"！但他为什么面无表情地回一句动画片台词？！

她很难描述此刻的震撼。

两人仅在酒吧有一面之缘，后来在微信里简单聊了工作，措辞客套官方，线上完全不熟。在她的刻板印象里，谢慎辞长这样又做老板，脸上总是淡淡的没表情，没准就像偶像剧男主角，做事完美主义，浑身散发疏离感，日常将投资挂在嘴边，绝不会提任何动画片，毕竟有辱高冷精英的威名。但他居然会说俏皮话，这着实让她感到惊讶。

谢慎辞瞧她如鲠在喉的模样，询问道："为什么沉默？"

或许是玩笑话拉近了距离，楚独秀胆子也变大了一点儿，神色微妙："没想到您是这种性格，跟想象中的不太一样。"

谢慎辞疑惑地问："你想象中的是什么样？"

楚独秀偷瞄他一眼，语速飞快地答："沉默寡言却有幽深眼眸，不会微笑只能嘴角一抽，手上挂串佛珠，出行坐迈巴赫，有胃病或幽闭恐惧症，夜里总打电话给医生朋友，带人回别墅时遇到管家，管家会说'好久没见少爷这么开心了'。"

谢慎辞静默数秒，情不自禁地感慨："你真挺幽默的，适合讲脱口秀。"

这是他第二次称赞她，上一次是在酒吧见面时，语气同样慢条斯理。

"这也是您的脱口秀技巧吗?"楚独秀好奇地道,"一种高级的幽默表达,会将褒奖说得像嘲讽。"

"不,今天不是褒奖。"谢慎辞眨了眨眼,"单纯就是嘲讽。"

楚独秀:"……"

不过谢慎辞显然没生气,他远比外在表现随性得多。楚独秀初识他时有点儿拘谨,现在却轻松起来,逐渐释放出本性。

剧场内,舞美背景早就布置好了,数块电子屏幕拼接起来,时不时有导播人员在昏暗场内匆匆穿梭。观众席目前倒是空无一人,只有姓名牌,四面布好了摄像机位。

楚独秀刚一进来,环视会场布景,便察觉出这里跟酒吧氛围不同:剧场的屋顶更高,无人时略显空旷,没有"台疯过境"的包裹感,舞台跟观众席相隔一段距离。

节目导演是名女生,带领楚独秀彩排,在舞台上完成定点。她轻声道:"麻烦到时候站在这个点。"

楚独秀应声照做。

后方的导播台有几个工作人员调度灯光及摄像机,时不时给出些建议。

颁奖晚会上的脱口秀表演不算重要,楚独秀简单彩排了两轮,就可以等待正式开场了。

舞台一侧,谢慎辞旁观完彩排,眼看她缓步走下来,意外地道:"我没想到你专门写了新稿。"

相较于酒吧的表演,她今日的稿子丰满不少,连接段子也更有逻辑,甚至彩排都越来越好。

楚独秀面露无奈:"虽然是找我凑数,但我也不能太混了吧,五斗米也得好好赚。"

谢慎辞:"为什么第二遍彩排时调整了文本?"

楚独秀摸了摸脸,坦白道:"这里比'台疯过境'大,感觉不太好讲,开头没人笑的话,我会很尴尬。"

剧场空间比酒吧要大,距离观众席也更远,很难快速调动起气氛。她来之前观看了《单口喜剧王》,两相对比发现了一件事情:酒吧开放麦的成功不是她的段子有多好,更多的是现场亢奋的情绪感染了观众,一旦演出场所变大,她和观众的距离变远,表演效果就会打折扣,需要适当修改稿子。

谢慎辞出言试探:"你在'台疯过境'第一次表演,那今天就算是第二次上台?"

"不算刚才两轮彩排的话……"楚独秀道,"差不多。"

谢慎辞陷入沉思,深感不可思议,面上却没有流露半分。他邀请她过来表演,是想找个机会看看她线上和线下有没有区别,因为有些演员开放麦气氛极炸,一到线上就被打回原形,完全失去平时的掌控力。但她彩排完就学会了调整。如果她的话没作假,过去毫无舞台经验,仅演两次就会改进,那确实是天资卓绝,不管是表演水平还是领悟能力,都属

第一章 上台

于天生该吃这碗饭的人。

两人在后台候场，偶尔交流两句。

楚独秀观察剧场环境，谢慎辞则暗中端详她。

见她原地踱步，好似来回打转的蚂蚁，谢慎辞问："你很紧张？"

"当然。"楚独秀瞄他一眼，"不怕你笑话，我还带了酒。"

"为什么？"

"我怕那天讲得好主要是因为喝了啤酒。"楚独秀嘀咕，"别人做两手准备，我做两瓶准备。"

谢慎辞嘴唇微抿，忍不住笑了一下。

"笑什么？"楚独秀撇嘴，"你肯定从小到大都优秀，做什么事都很顺利，自然不会理解我。"

她打眼一瞧就知道谢慎辞和楚双优一样，属于学业、事业顺风顺水，完全不必担心未来的精英。这类人是"别人家的孩子"，估计到纳斯达克敲钟都不紧张，更何况小小的晚会直播现场。可她不一样，得时刻准备着，永远不低估自己搞砸一件事的能力。

谢慎辞说道："不，我理解。"

"那你紧张过吗？比如上台怯场？"

谢慎辞当即摇头："没有。"

"这叫什么理解？"

谢慎辞瞪她眼眼，连忙解释道："主要我不是演员，只负责运营制作，没什么上台的机会，更多的是经营者的角色。"

楚独秀好奇地问："这场活动是你们公司办的？"

"不是，但有过商演合作，聂老板以前常来。我今天会在，一是来帮忙，二是想……"

"替节目招人？"楚独秀接道，"真是敬业。"

"有一半是为工作，还有一半是兴趣，我本来就很喜欢单口喜剧。"谢慎辞察觉到她眉毛微动，反问道，"你的表情好像在怀疑？"

楚独秀不料他如此敏锐，心虚地道："只是有点儿意外。"毕竟他的长相跟喜剧不沾边，谈吐也不是阳光幽默型，内外反差多少有点儿太大了。

谢慎辞思忖："你是在'台疯过境'接触的开放麦？"

楚独秀点点头。

谢慎辞道："我第一次看单口喜剧是在国外留学的时候，一个叫洪利文的华裔演员的表演，当时是在一间咖啡馆里，也没什么特别的布置，但现场气氛特别好。就是从那天起，我开始看开放麦。回国后我继续关注，发现没几个人做这件事，俱乐部更是寥寥无几，才跟几个朋友创立善乐，也慢慢结识了聂老板他们。"

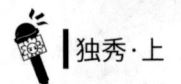

楚独秀安静地听着，没想到还有这段往事，怪不得以前在酒吧没见过谢慎辞。

"虽然你可能觉得逗人发笑没什么，但我一直觉得，用喜剧说出观众想过却没机会说的话是一种无与伦比的能力。"谢慎辞目光深远，怀念地道，"我至今都记得那个下午，我在异国他乡的感受被人用笑话讲出来了。有人跟你从同一角度观察世界，原来不只我这么想，原来我不是一个人——这是非常神奇的体验，不光是听段子逗乐，还是一种真诚交流。"

谢慎辞眼神幽深，郑重其事地道："所以那天看完你的表演，我才会贸然联系你。我觉得你有想表达的东西，而你也能清晰地将它传递给观众。单口喜剧适合你，你也适合单口喜剧，不要浪费你真诚的才华。"

楚独秀撞上他的目光，有一瞬间心生触动，没想到他会说这么多，也没想到他会说这话。那天在酒吧的表演如往干草堆投下火星子，她以为在寒凉夜风中熄灭了，却没料到火种藏在暗处，只等阳光明媚时拨动两下，又会带来燎原般的心火烧。

楚独秀垂眸道："那你为什么不做脱口秀演员？"

谢慎辞停顿片刻，委婉地组织措辞："想要带动观众，让他们有共鸣，自然而然地亲近，需要一些天赋，但很遗憾我……"

楚独秀干脆利落地总结："我懂，你想说自己长太帅有距离感呗。"

谢慎辞哑然无声。

"为什么沉默？你就说是不是这意思？"

真诚果然是必杀技，谢慎辞面对她的追问，难得地眼神躲闪，词穷了。他往常说话总是沉着淡定，现在脸上闪现一丝窘迫，想要出声否认此事却又无法撒谎，只能兀自镇定地绷紧面孔，唯有玉白耳垂沾染绯色，如梅花攀上落雪的树梢。

楚独秀被气笑了："长得帅就没天赋？要按照这个逻辑，说我有真诚的才华，您觉得这话礼貌吗？"

半响，谢慎辞轻咳两声，含糊地跳转话题："你抛梗速度好快，逻辑性也非常强。"他突然发现千万不能跟演员好苗子做口舌之争，那是在挑战对方的单口喜剧水平。

楚独秀看破他的故作冷静，说道："谢总，您肯定喜欢冷饮。"

谢慎辞不解。

"夸人都不笑，给人灌迷魂汤灌的也是凉汤。"

"……"

正值此时，后台路过另一名演员，远远地出声打招呼："谢总，好久不见啊！"

瘦高个男子像一根竹竿，身上挂着棉麻质地衣衫，头戴藏青色画家帽，留一小撮山羊胡，脸上没有多少肉，硬挤出满面笑容。

谢慎辞微愣："你好。"

第一章 上台

那人热情地伸手:"您还记得我吗?我叫菜豆,上回见过一面,聂老板也在场。"

"当然记得。"谢慎辞连忙回握,又对楚独秀道,"稍等片刻,我……"

楚独秀点头,领悟他这是要跟菜豆寒暄,暂时没法在这里候场。她在"台疯过境"见过菜豆,他也是脱口秀演员,偶尔在酒吧演几场,尽管表演风格不对她胃口,但独特的长相令人难忘。

果不其然,谢慎辞跟她打过招呼,便跟菜豆往外面走。

菜豆全程态度热络,但他瞅楚独秀眼生,面上显露出一丝意外,不过他很快收回目光,欣喜地继续找谢总攀谈。

看来谢慎辞挺有名气,虽然脱口秀圈子小,但圈里人都知道他。不过这也正常,他应该算老板。如果楚独秀不是无欲则刚,肯定没胆子调侃谢慎辞,估计也像菜豆一样,说话都要捧着对方,时不时刷点儿存在感,类似面试时的状态。

后台逐渐忙了起来,工作人员来回穿梭。直到晚会开始,谢慎辞和菜豆都没回来。

无人打扰,楚独秀索性藏在角落,默默核对表演的稿子。

主持人的声音隐隐从舞台飘来,穿插着宏大又激昂的开场音乐。

介绍出席单位时,楚独秀听到一个熟悉的名字,正是她前不久应聘的那家公司,心里咯噔一下,开始犯嘀咕:不会这么巧吧?

没过多久,节目导演小步奔来,提醒道:"要上场了。"

楚独秀动身站到台侧,只等主持人说完流程,便趁灯光昏暗时快速上台。

剧场内的光束如数条白练,同时往舞台上一甩,耀眼的白光汇聚,再次将会场照亮。楚独秀站到指定位置,看清观众席前排的熟人,暗叹不祥的预感果然没错,只见秀发稀疏的王总倚着长桌,敦实的身体将座位挤满,跟面试时如出一辙。他突然往后一仰,靠着椅背打量楚独秀,好似觉得她眼熟,眉头微微蹙起。

燕城的文化传媒圈究竟有多小?她在台上用脱口秀吐槽,都能撞见当事人坐在台下!

那天楚独秀踏进"台疯过境"并上台表演的前因,就是白天应聘时跟王总闹得不愉快。

好在惊涛骇浪就一瞬间,楚独秀飞速调整心态,寄希望于他忘了自己,按彩排流程开始表演。

另一边,谢慎辞想跟菜豆告别,哪料对方追问节目相关事宜,莫名其妙痴缠许久。会场里,他们听到主持人介绍节目,眼看着楚独秀在掌声中登台。

"她是新人吧?我没见过她。"菜豆凝视着舞台,随口道,"好多新人第一次开放麦特别炸,以为自己是天才,结果换个场子就不行了。这种事挺常见的。"

谢慎辞没吭声,径自盯着台上。

灿星般的舞台灯下,女生穿着柠檬黄卫衣,颇有种年轻的朝气。她是鹅蛋脸,头发明明没染过,灯光下却是深栗色。关键是她一扫候场时的紧张,看起来轻松自然。如果谢慎

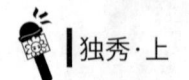
独秀·上

辞不是见过她焦虑得打转,估计都要将对方误认为是成熟演员。

台上,楚独秀从容不迫地开口道:"大家好,我是楚独秀,一个即将毕业的大学生。最近在找工作,我发现特别难。难到什么程度?跟挤燕城地铁差不多。就这么形容吧,我早上没吃饭,出发前往包里装一个蛋糕卷,等下地铁以后,掏出来的是蛋糕饼。"她一只手握麦克风,一只手假装举蛋糕,在舞台上缓慢踱步,"我捧着蛋糕饼,当时就一个想法,我跟它一样,卷不动了。"

台下隐约有了点儿笑声。

"所以今天来颁奖晚会,我也不只是为脱口秀表演,主要是现场优秀的 MCN 公司很多,想借此在这里找一份工作。各位不要怕我没法吃苦,更别怕公司待遇不够好,我们都可以商量。"她随意地打趣,"即使上升空间就像蛋糕卷,最后变成一块大饼,我还是会吃的。"

气氛逐渐活跃起来,前排的王总面无表情、岿然不动,倒是他身边的人笑得咧开了嘴。

楚独秀见状也沉得住气,对开场的反响还算满意。剧场比酒吧大,她看不到所有观众的表情,只能用第一个段子试探场子的冷热,就像往湖面抛掷石子,看能溅出多少水花。现在有人笑了,不是一片死寂,证明还能继续。

"有些人觉得夸张,说大学生怎么会找不到工作,一定是你太挑剔。我认为这就像写论文,得从工作的定义讨论起。"楚独秀放慢语速,一字一顿道,"百科上说,工作是劳动者通过劳动将生产资料转换为生活资料,以满足人们生存和继续从事社会发展事业的过程。听起来有点儿绕对不对?如果有人认为劳动者工作不为生存,单纯是为社会发展,那我承认确实挺好找工作的。"她无奈地摊手,"不给钱的工作,一抓就一大把。"

台下,摄像机转动,捕捉观众席的笑意。

台上,楚独秀的状态越来越好,她全神贯注地沉浸在表演中,甚至无暇再关注王总的脸色。

"网上经常有人聊学历歧视,说公司欺负学历低的人。有没有一种可能,不管学历是高是低,公司平等地看不起任何人,学历高的人照样被欺负?比如有个神奇的现象,公司招聘的时候没人敢对体力劳动者说'我不给钱',但总有人敢对刚毕业的大学生说'不要想着薪资待遇,你要想着学习提高'。"

她捂住胸口,煞有介事地道:"我每次一听这话就特感动,连我导师都没说过这话,他只会说'不要想着学习提高,快把毕业论文过掉'。世界真奇妙,总喜欢在学习场所搞工作,在工作场所聊学习。我觉得以后该把学费打给公司,然后让大学导师帮我交社保。"

此话一出,颇有奇效。前排嘉宾注意形象,笑得还算收敛,后排观众却是笑得震天价响。突如其来的爆笑声,将候场的工作人员都吓了一跳。

谢慎辞侧头看菜豆,挑眉,不紧不慢地道:"看来真是天才。"

第一章 上台

菜豆思及自己刚才的话，一时无言以对。

场内回荡着爽朗笑声，如同翻涌的海浪冲击着岸边礁石，一浪跟着一浪。

楚独秀等观众笑完，这才继续往下讲："很好笑吧？这段我给室友也讲过，但你们知道她回的什么吗？她说她真给公司交学费了，单纯为简历好看，跑到电视台实习，每月交八百培训费，还要倒贴房租、路费，掏空钱包跑去上班。"

台下有人唏嘘："哇哦——"

"没错，我当时也是这个反应。"楚独秀眉头紧蹙，"我说你这是工作吗？你都没法生存了。你这，你这……"她竖起大拇指，"你这是推动人类社会继续发展啊！太伟大了！"

这段 Call back（回喊，叫某人回来等，用于脱口秀时指扣题）彻底将全场点燃，在徐徐渐进的节奏下，使在场众人捧腹大笑。连导播台后的工作人员都听得饶有兴致，一边调动现场机位，一边乐得嘴角上扬。

颁奖晚会和喜剧专场不同，观众本就不好打动，博个满堂彩实属不易，但只要场子热起来一次，八分钟的节目就算成功。

楚独秀在掌声中下台，还撞见激动的节目导演，对方像个蹦蹦跳跳的弹力球，仍沉浸在方才被逗乐的欢欣中。她轻拍楚独秀的胳膊，提高声音兴奋地道："讲得真好，我们在后台都忍不住笑！"

"真的吗？"楚独秀受宠若惊，"我还觉得前排观众反应不大。"

后台其他坐着休息的人听到这话，纷纷出言做证——

"当然是真的，后排都笑疯了。"

"前排是公司领导，你不能光看他们，他们什么时候笑过啊？"

"反正我们被逗乐了！"

众人在漫长的晚会流程里深感疲惫，现在刚听完脱口秀却精神抖擞，叽叽喳喳地讨论起来，一改先前候场时的死气沉沉。哪怕早有人彩排时听过两次，但正式演出有其独特魅力，剧场里坐满观众时，效果自然会不同。

楚独秀最初以为这都是客套话，好半天才确定是真的。她第一次当面接受这么多赞扬，多少有点儿手足无措，悬起的心也终于放下——只要没给人添麻烦，对得起五百元的酬劳，今天就算胜利了。

表演结束后，演员就能离开，不必等到晚会散场。于是说笑过后，楚独秀跟节目导演确认完细节，便收拾起自己的东西，准备先一步撤出后台。

有人瞧她要走，调侃道："回去坐地铁，还带蛋糕卷吗？"

楚独秀哭笑不得："都吃了，都当饼吃了……"

她跟众人挥手告别，不知为何心中微动，升起奇妙的情绪。仅仅靠一场演出，他们就拉近了距离，原本陌生的人们撤下屏障，在疲劳工作中互相逗乐，甚至由段子延伸出独属

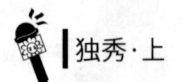

彼此的打趣。或许谢慎辞说得没错，单口喜剧确实有神奇的力量。

此刻颁奖晚会还没结束，节目导演还要去忙，唯有楚独秀彻底解放了。

卫生间门口，她洗完脸走出来，流动的冷水带来清醒，平复了怦怦直跳的心脏。她每次表演过后都情绪亢奋，明明手脚已经发软，大脑却在高速运转，必须调整一会儿，一切才会回归正常。

楚独秀打算给谢慎辞发条微信，询问一下还有没有事，没事自己就回学校了。

卫生间门口人很少，还能听到会场内的声响。四周冷清下来，除了保洁人员外，基本看不到参会者路过。她倚在墙边编辑微信，冷不丁瞥见隔壁拐出一人。中年男子大腹便便，一边大步往会场走，一边扒拉头顶的碎发，正是刚才还坐在前排，不知何时也溜了出来的面试过她的王总。

楚独秀见势不妙，下意识侧过身，不想被对方看到，无奈终究是慢了。

王总都要走了，余光注意到她，突然停下步子，嘴里"嘶"了一声，仔细端详起来。半晌，他索性退回来，诧异道："我刚看你上台就想说，我们是不是在哪儿见过？"

楚独秀："……"

这算怎么回事？上台表演时没出错，居然在台下被抓住？现在人倒霉也跟说唱音乐一样搞Lay back（音乐术语，起源于爵士乐中的一种演奏技巧，指故意将节奏稍落后于伴奏）？

第二章

四下无人，楚独秀没法装听不见，只得硬着头皮看向王总。

她笑得有点儿僵，客套地提醒："对，前些天面试的时候……"

"哦。你来我们公司应聘过，对吧？"王总恍然大悟，又道，"刚才讲得不错啊。"

"谢谢您……"楚独秀总觉得对方这话有些阴阳怪气。她今天没上演狂躁王总模仿秀，不知道对方会不会对号入座、恼羞成怒。而且因为是 MCN 机构颁奖晚会，她适当调整了稿子情绪，没有在酒吧开放麦时那么疯。按理说，应该没冒犯到他才对。

不知为何，王总站着不走，甚至寒暄起来："你演的是小品吗？"

"不是小品，是单口喜剧。"楚独秀见他一头雾水，解释道，"国内也有人管这个叫脱口秀……"

"什么玩意儿？"

"英语里叫 stand–up comedy。"

"哦哦哦，就跟相声差不多呗。你学这个多久了？"

楚独秀觉得两者还是有区别的，但她更想不通双方又不熟悉，自己为什么要跟王总聊单口喜剧，难道他忘记面试时不欢而散的事了？不过现在聊天氛围正常，她也只能礼貌地回道："正式学没多久。"

"都在哪儿学啊？有人教吗？"

"我没有跟谁学，主要是看一些开放……"她连忙改口，"看一些实地演出，还有跟着网上节目学的。"

王总抛出一连串问题，又听她耐心地回答完，他双手往后一背，慢悠悠点头，颇有领导范儿，好似终于满意。

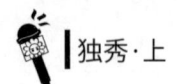

正当楚独秀以为能结束尬聊,谁料王总冷不丁抛出一句:"你不是来我们公司应聘过吗?不然就过来干这个吧。"

"啊?"

"公司最近要搞几个短视频号,发一些年轻人喜欢的笑话,我看跟你这个也差不多。"王总干脆利落地拍板,"试用期工资你跟张萍谈,就上回联系你的那个,她是做行政人事的。"

楚独秀闻言都蒙了,没想到对方会说这话,跟上回暴怒时判若两人。都说士别三日当刮目相待,王总的更年期调理好了?

按说这是个好消息,但她思及面试的事,依然心有余悸,一时将信将疑,委婉地道:"好的,谢谢您,我待会儿跟张萍姐沟通下。"反正先敷衍一下,去不去回头再议。

王总追问:"你应该下周能入职吧?后天就是周一。"

"这可能不太行……"楚独秀面露难色,她学校里还有一堆事情,再加上家里让自己考公,立马入职实在来不及。

"为什么不行?你在台上不是说不怕吃苦,也不在乎工资待遇吗?"王总蹙眉,"而且试用期工资都给你了。"他打量她一番,语气透出不耐。

这态度就像盆冰水,瞬间将楚独秀浇醒。她突然领悟面对王总时的别扭及不适来自哪里:对方的神色过于理所当然,好像随手将钱往地上一甩,自己就该喜笑颜开地捡,然后屁颠屁颠跑去入职,就像他纡尊降贵询问单口喜剧,她就应该知无不言言无不尽,上赶着才对。

公司面试时,王总就是前两轮装得正常,第三轮突然开始发癫,露出真面目。没想到今天也是如此。楚独秀当即断定自己绝不能入职,说道:"王总,您可能误会了,那只是脱口秀的幽默,随口调侃或者反讽,不是真要面试。"她就是讲个段子,对方居然当真,也是有够离谱,"而且我没准不能入职,谢谢您的好意。"

这话一出,王总瞬间炸了,当即横眉质问:"你是想坐地起价?"他根本不信楚独秀会拒绝,只当她摆不清位置,得寸进尺地要钱。毕竟她前几天还来应聘过,现在才几天就改口,态度转变着实过快。

"不,没这回事儿,单纯是……"

她的解释反而火上浇油,王总本就拿她当小兵,谁承想还会被拂面子,发恼道:"为什么不能入职?你找到其他工作了?"

楚独秀骤然哑口,她确实还没下家。

王总顿时面露讥诮,更感她不识抬举,扬起下巴道:"现在大学生找工作不容易,不然你说说入职了哪家公司?还是你也没谱呢?"

楚独秀心生烦躁,觉得他听不懂人话,很想粗鲁地回一句"关你屁事",或者吹个牛皮报家大公司的名字硌硬他,但长久以来的教养使她无法做出这种事。况且她要是真撒谎,他估计也不信,一眼就能看出破绽,没准还要讥笑两声。

第二章 学习

楚独秀莫名地感到可悲,自小被教导的礼貌和诚实走进社会后却派不上用场,反而被旁人用来拿捏自己——没人会因为品德尊重她,甚至借此将她视为怯弱之人。

她心知王总为何有恃无恐,无外乎他是老板,她只是普通学生,找她碴儿也不用付出代价。现实不是小说,没有天凉王破(即"天凉了,让王氏破产吧",多用于描写用力过猛的霸道总裁),更没有莫欺少年穷。

不然还是发疯骂他吧?

正当楚独秀准备丢掉素质时,旁边忽然传来熟悉的男声:"这是在招人?"

楚独秀和王总同时偏头看向不远处挺拔的男子。黑衣青年容貌出众,左腕戴一块手表,手持半透明文件袋,着装简约而利落。

"那我可以加入吗?"谢慎辞扬眉道,"主要是我都邀请好几回了,希望她能来我们公司。"

楚独秀一愣:"谢总。"

谢慎辞对她点点头,接着走向王总,朝对方伸手:"你好,我是善乐文化的谢慎辞。"

王总满脸狐疑,回握道:"你好。"

人大抵都有独特的气质,就像楚独秀无法隐藏的学生感,以及谢慎辞难以掩盖的精英气度。比如现在,王总跟谢慎辞握手寒暄,再简单地交换名片,便从衣着布料、手表配饰及名片职务等细节,判断出此人来头不小。

谢慎辞是演脱口秀会失业的那种人,与生俱来的疏离及压迫感让人觉得他不懂幽默,应该只擅长商业会谈。这样的人突然走过来搭话,王总一时摸不透对方的来意。

"我刚听两位在沟通时间安排。我们公司跟铃果视频合作,正制作一档单口喜剧节目,一直想邀请独秀来参演。她最近比较忙,也说要考虑下。"谢慎辞问道,"贵公司是做什么的?不然先聊聊片酬,让她回去考虑一下,看怎么将档期排开,这样两边录制也不会撞档。"

铃果视频是国内最大的在线视频平台之一,善乐文化能跟这样的平台有节目合作,公司必然已经有一定的体量。王总颇震撼,没想到自己之前面试的大学生没过几天都要预约录制档期了。

楚独秀慌道:"什么档期不档期的……"她都有点儿晕了,这也捧得太高了!

"独秀脸皮薄,措辞比较委婉,不敢说自己忙,您可能就误会了。"谢慎辞瞄楚独秀一眼,慢条斯理地道,"其实她的脱口秀在业内挺厉害,只是不好意思自夸,怕您觉得拿乔,年轻人自谦嘛。"

王总惊得合不拢嘴:"是吗?"

他心底不是没有怀疑,但面对不动声色的谢慎辞,再看看神色张皇的楚独秀,又怕自己是有眼不识泰山。如果她不是真有本事,谢慎辞也算公司老总,何必帮她抬轿子?这样一想,楚独秀前面礼貌作答,中间不愿提及节目录制,现在摆手否认旁人夸奖,还真有点儿谦逊的气度，连那股傻乎乎的学生感都可以理解为返璞归真。

这就像在破烂街头看到穿T恤、短裤及人字拖的流浪汉，人们的第一反应是"这人是个穷光蛋"，但流浪汉要是手握一串楼房钥匙，大摇大摆走进奢侈品店，人们的反应就会变成"这富翁穿得像穷光蛋"，没准还赞叹真正的有钱人不拘小节，内敛又低调。

楚独秀现在是打扮随意的流浪汉，而谢慎辞就是那串拆迁房钥匙，或者价值连城的限量奢侈品，他只要往旁边一站，便衬得她气势都变了。

谢慎辞颔首："不过工作讲究效率，我觉得直接沟通更好。您要是已经有项目，确定好录制的时间，我们可以交流一下，看她先录哪边合适。"

王总哪里回答得上来，他连方案都掏不出来，更不好意思说录短视频。公司账号数据还没起来，今天忽然想把楚独秀招回来，也是觉得她的表演录成视频没准可以帮忙涨粉起号。他面露尴尬："我先前不知道她还有录制，既然你们都约好了，我这边就算了吧。"

"没事，我们节目投资也不多，要是您那边项目更大，肯定优先片酬高的。"谢慎辞一抿唇，和气道，"她确实信守承诺，但我们不能不识趣，拦着演员不让发展。"

两人假模假式地客气起来，最后将王总聊得灰头土脸、落荒而逃。

待膀大腰圆的王总消失，大厅里就只剩下楚独秀和谢慎辞。

楚独秀围观全过程，恨不得给他鞠躬："谢谢谢总，您真义气！"

她无法形容谢慎辞的仗义，脑海里给他配上背景音乐，开头就是"路见不平一声吼哇，该出手时就出手哇，风风火火赶王总哇"——虽然谢总长得跟梁山好汉毫无关系，但他谈吐做事充满侠义的精神！

"谈不上义气，是危机公关，总不能眼睁睁看着未来的喜剧明星当街跟人吵架。"谢慎辞道，"识趣的经纪人该站出来，防止演员前期留下黑料。"

楚独秀从他话里品出一丝调侃，无奈地道："真是抬举我了，您刚刚吹嘘我的业内水平合适吗？会不会太夸张？"尽管他那么说很解气，但让她有种德不配位的惶恐，现在想来都心虚，感觉对方吹得太过。而且谢总向来行事客观公正，如今帮忙出头却撒谎说她的脱口秀在业内很牛，着实让她心里过意不去。

谢慎辞淡淡地说："合适。反正我们业内也就那样，目前都没什么清晰的前景。"

倒也不必这么客观公正……

楚独秀对谢慎辞产生了更深的认识：人美心善，有点儿面瘫，说话偶尔冷幽默。

不管怎么样，谢总愿意自贬身价出面抬高她的地位，以此打击王总的气焰，让她心生感激。她倏地想起童年院子里一只散养的大黑猫，它优雅又敏捷，擅长攀爬捕猎，从不软绵绵地撒娇，整日都不"喵"一声，目光永远沉稳而机敏，爪子和肚皮雪白，像穿燕尾服的绅士。没人能指挥得动它，它也不会朝人献媚，却会在楚独秀被野狗纠缠时站在树梢上哈气拉长声喝退对方。野狗逃跑后，它才不紧不慢地趴下，但也不会多给她一个眼神，照

第二章 学习

旧悠闲地晒太阳。

虽然它只是一只大黑猫，却是她心中当之无愧的大哥，自己则是那不抵事的小弟。

现在，谢慎辞的形象和黑猫大哥也差不多了。

剧场外，天色已经昏暗下来，天际线处有翻涌的云被粉紫色霞光浸染。黄昏让万物轮廓朦胧，唯留晚风徐徐吹拂。

谢慎辞陪同楚独秀出来，说道："演出劳务费要等两天，需要走个流程再打钱。"

"好的，不着急。"楚独秀见他跟着自己，"谢总留步吧，您有事就去忙。"

"你怎么回去？"

"坐地铁。"

"我跟你到地铁站。"谢慎辞解释道，"剧场里有点儿闷，我溜达一圈透透气。"

楚独秀闻言也不再劝。地铁站距离剧场仅几百米，只需要穿过草木园林抵达剧场外侧的铁门，就能透过栏杆看到目的地。向晚的天空明净多彩，在清风中漫步确实比在室内惬意。

两人慢慢地朝外走，还聊起了方才的表演。

"没想到你台上和台下有点儿差别。"谢慎辞道，"我看你上台时很自信，跟平日里的状态不一样。"

他在"台疯过境"第一次看她表演，就感受到了酣畅淋漓的生命力，跟她亲和无害的外表不同，节奏张弛有度，充满爆发感。倘若语言是软刀，那她就是玩刀的好手，游刃有余又充满攻击性。但谁能想到这样的人，私底下会带点儿啤酒，害怕自己临场出糗，生活里也收敛得多。

"自信都是装的。"楚独秀嘀咕，"再说舞台上和平时肯定会不一样。"

"为什么？"

"舞台上冒犯别人又不会被打，平时要这么说话，不是故意找揍？"

谢慎辞笑了一下："这是法治社会，不会有人打你，平时也可以这么说话。"

"算了吧，等我练练搏击、满身腱子肉，或者成了不起的大人物，没准能自信满满地发言。"楚独秀支吾道，"对比下来好像搏击班更靠谱。"

"为什么不考虑单口喜剧？既然你在台上有自信，那它就是你的舒适区。"

楚独秀长叹一声："谢总，您确实会见缝插针，脱口秀这么缺人吗？"她佩服谢慎辞的执着，双方拢共没说几句话，大半都是对方劝自己搞单口喜剧。

"现在缺，未来不一定缺，所以我觉得你不入行真的很可惜。"谢慎辞认真道，"我刚才没对那人夸大其词，你确实有讲脱口秀的潜力，稍微锻炼一下，舞台经验丰富起来，水平又不一样。"

"我怎么不觉得？"楚独秀凝目质疑，"感觉您高估我了，我真没什么潜力。"

"那是你眼光不好，看不出自身潜力。"

楚独秀既好气又好笑："这话是夸我还是骂我？"

谢慎辞沉稳道："毕业刚工作的头两年觉得自己一事无成很正常，但过些日子回头看，一切又都没那么糟。"

楚独秀愣怔了一下，这话如日落时分微凉的晚风，不经意间抚平了她隐秘的焦虑。

他的语气漫不经心，但莫名给人信服感，如果换作旁人来说，没准只是温暖鼓励，可经由他冷静吐露，就像变成了世间的客观真理。而且相比"只要努力未来会更好"的励志鸡汤，谢慎辞的态度更加快、准、狠，好似一个算法超群的人工智能，面无表情地告诉你"从数据来看，未来必然更好，毋庸置疑"。不得不说，虽然听着没什么人情味儿，但比人类的安慰有力得多。

片刻后，地铁站近在眼前，谢慎辞将手中的文件袋递给她："这个送你。"

楚独秀看他拿了一路，没想到对方会将它交给自己，好奇地问："这是什么？"

"公司纪念笔记本，不想要丢掉也行。"

"谢谢。是你们公司自己印的吗？"她接过文件袋，上面有善乐文化的Logo，表面是磨砂半透明质感，隐约可看出里面装着笔记本及签字笔。

谢慎辞点头，又道："我有件事好像说错了。"

"什么？"

"你今天不是问我有没有紧张过？当时我说没有。"

楚独秀闻声，抬眼望向谢慎辞。

燕城的天空颜色向来清淡，浅蓝和烟紫在余晖中交融，雾蒙蒙的。街角的路灯亮起，朝四周洒下金辉。灯下，他的眼眸如黑曜石，蒙着夜晚的雾气。

等撞上她的目光，谢慎辞喉结轻微地动了动："但走过这段路时还是有点儿紧张的，不确定能不能改变你的想法。"

夜风吹拂，林叶窸窣，两人在街边告别。

楚独秀目送谢慎辞的背影彻底消失，觉得他真有点儿像童年院内的黑猫，神秘又独来独往，没人能猜透其行踪，却总能在闲适的夏日于树荫下奇妙地重逢。她打开文件袋，随意翻了翻，抽出一本雪白的册子，上面写着"善乐单口喜剧培训营报名表"。

月色溶溶，唯有灯辉。

宿舍内，楚独秀戴着耳机，用电脑观看节目，偶尔在白纸上勾画。她一口气看完了《单口喜剧王》全集，其间还被路过的室友撞见。

"独秀，你在看《单口喜剧王》？"

"对，随便看看。"

第二章 学习

室友索性停下步子，兴致勃勃地道："你喜欢哪个演员？我最喜欢路帆，感觉她好好笑。"

楚独秀："因为稿子写得好？"

"嗯，而且段子结构很完整，不是单靠表演玩尬的。"

楚独秀了然地点头，又跟室友闲聊了两句，简单地交流起节目。

她回校后上网搜索"善乐单口喜剧培训营"，发现那是善乐文化的演员培养计划，号称集结了《单口喜剧王》里的资深演员来授课，路帆就是导师之一。培训营学费全免，不但教授单口喜剧创作，还会提供线下开放麦场地。学员只要填写好报名表，再发送一段脱口秀视频到指定邮箱，就可以等待筛选，被录取会有通知。

楚独秀不会听完谢慎辞的游说就自我膨胀到认为节目没她不行，把别人的客套当真话多少有点儿太蠢了。但今天的事对她有所启发：王总对单口喜剧一无所知，竟然都改变主意让她入职，即使最后闹得不欢而散，却也证明她的表演有可取之处，否则何必跑来浪费口舌？既然如此，多学一点儿没坏处，就算不做这行，也可以当个特长，没准以后用得上。

楚独秀将报名表填完，又截取了自己的晚会表演视频，打包投递到培训营邮箱。

单口喜剧培训课在晚上，她白天照旧能复习考公，倒是什么都不耽误。

写字楼内。

办公区玻璃墙上张贴着善乐文化的Logo，一个简约流畅的立体麦克风图案，跟公司名字完美融合在一起。明亮的玻璃墙后，数张桌椅被排得整整齐齐，最前方是收音设备及大屏幕。

这里是善乐单口喜剧培训营的场地，负责人正在核对最后的录取名单。他们从全国招收学员，通过报名表及表演视频选拔，免费进行培训。

作为节目总导演，尚晓梅望着报名表，激动地搓搓手，道："希望培训营能找到些好苗子上节目。"

这是本次培训的主要目的。国内脱口秀演员太少，想要凑齐一百名选手，还得抓紧时间再培养。

"不过没想到会让我来教课。"路帆长叹一声，"我只教过英语，没教过脱口秀。"

路帆是一名英语老师，单口喜剧是她的爱好。她近年跟同好们翻译外国喜剧工具书，还参与录制《单口喜剧王》第一季，有了一些人气，如今又受邀做讲师。

"你都翻译过那么多书了，肯定没问题的。"尚晓梅道，"再说让聂峰他们教课更不靠谱，没准把学员都整成大碴子味儿了！"

尚晓梅一身运动装，笑容明快，说话爽利。路帆则穿知性长裙，戴着金丝边眼镜，讲话慢声细语。她们在屋内有说有笑，哗啦啦地整理着材料。

尚晓梅翻出一本白册子，惊叹道："哇，我还挺欣赏这个演员的，没想到他愿意来上课。"

培训营主要面向缺乏理论的新演员，但也不乏开放麦经验丰富的人报名。

"我看看，是叫小葱吗？聂老板俱乐部的。"路帆侧头一瞥，也抽出一本，慢悠悠道，"我知道他，但更欣赏这位……"

正值此时，玻璃门被推开。谢慎辞一袭正装，从外面踏进教室。

尚晓梅看清来人，打趣道："哟，西装暴徒回来了。"

路帆低头叫人："谢总。"

谢慎辞朝二人颔首，算是打过招呼。

尚晓梅是谢慎辞的学姐，比他要高几届，后来又合伙开公司，语气自然随意得多："真粗暴啊，人家可把状告到我这儿了，说谢总不近人情，不给老演员脸面，硬逼着过来上课。"

尚晓梅主管节目制作，必然要跟演员打交道。近日，谢慎辞取消部分老演员跳过海选的资格，安排他们来单口喜剧培训营跟其他新演员共同上课一事，传到了她的耳朵里。

这件事说大不大说小不小，老演员不敢得罪谢总，但心里无疑有些怨气。众人都是爱好者，一起在俱乐部演出多年，现在一半人直接跳过海选，一半人却要参加培训，无形中就分出了三六九等。

"你们不愿意做恶人，不就只能我唱白脸？"谢慎辞挑眉，"明知道他们的段子上不了节目，表演方式也不适合线上，却顾及面子不愿意戳破，现在还不培训，录制只会更惨。"

"主要是本来就缺选手，这么一折腾，容易有人跑路。"尚晓梅唏嘘，"再说同俱乐部的太熟，看着朋友过了海选，自己却得跑来上课，多残酷啊。"

国内脱口秀还没发展起来，不少演员靠热情坚持至今，被人说自身水平不行，自尊心多少都会受挫。

谢慎辞质疑："既然觉得残酷，还要搞淘汰制？如果我没有记错，你们的节目每期都要淘汰人。"

尚晓梅理直气壮："那是戏剧矛盾设置。残酷该呈现在节目上，光堆积在线下多浪费！"

路帆弱弱地道："原来导演是这么迫害脱口秀演员的。"

谢慎辞低头，瞥见桌上的雪白报名册，适时地转移话题："这是录取的学员？"

"对，我俩刚才还交流呢。"

报名册堆成一摞看起来挺可观，但翻阅起来也没有多少。谢慎辞将名单逐一扫过，很快就浏览完第一遍，又重新拿起手边册子再次核对学员信息，开始浏览第二遍。

一时间，屋内只剩纸张沙沙作响，另外两人见状面面相觑。

路帆面露迷惑，忍不住询问："谢总在翻什么？"

尚晓梅提醒："这是第三遍了。"

谢慎辞将报名册来回翻了好几遍，那感觉就像里面夹着支票或钱，不能漏掉任何一页。

"没什么。"

第二章 学习

没找到想要的名字，谢慎辞一时有些失落。

他不负责学员选拔工作，但她的水平不可能被淘汰，所以估计就是没有报名。虽然猜到会有这种情况，但多少还是有点儿遗憾，想再劝说一番，又怕对方嫌烦，他不擅长死缠烂打，暂时也没有其他办法。

其他人不懂他的沉默，又见他来回踱步，索性继续方才的话题。

尚晓梅摆手："别管他了，总是冷着脸，我们聊我们的。"

路帆望着手中的册子，突然了悟了似的道："对了，我喜欢她，表演风格很舒服。"

"我瞅瞅，这名字牛啊，居然叫独秀……"

谢慎辞当即停步，抬眼看过来，动作利落地伸手："我看看。"

尚晓梅以为他没在听，谁料对方突然抬头，顿时被吓了一跳。待他取过报名册，她打趣道："谢总可以啊，真是根红苗正，对这个名字那么大反应。"

天光收敛，晚霞渐退。树枝在昏暗中如黑色剪影，路旁的写字楼却灯火通明，亮起的格子窗如飘浮的孔明灯，在傍晚的燕城格外夺目。

培训课程的时间是晚上六点，楚独秀提前抵达教室，在前排领取教材，然后便找了一个座位坐下等待，同时观察起周围的环境：玻璃墙上是善乐文化的 Logo，立式麦克风和太阳花组成的图案；跟普通的培训教室差不多，唯一不同的是角落有摄像机，目前处于关机状态。

教室里陆续有人进来，三三两两地聊着天。

有学员踏进教室，环顾一周，声如洪钟地道："这不全是自己人嘛！"

"嚯，你也在，明天去红雁剧场吗？"

"不去，新段子还没写出来。"

燕城脱口秀圈子本就不大，学员们有的是同一家俱乐部的，有的四处演出时打过照面，基本都知道彼此的名字，瞬间屋内变得热闹起来。

楚独秀很快领悟，她就不应该早到，如今身边人全都互相认识，热火朝天地攀谈社交，唯有自己在欢声笑语中格格不入。

好在异类不止她一个。

"好家伙，怎么都认识……"鸭舌帽女生来得晚，她一边小声地碎碎念，一边扫视剩余座位，将目光投向楚独秀的身边。

或许女生间都可以心电感应，尤其是在男女比例 3:1 的班级。她们视线接触，就交换了信息。楚独秀心领神会，将双肩包放进抽屉，让出旁边的空椅子。

"谢谢。"女生摘下了鸭舌帽，露出凌乱的麻花辫，额角带着一点儿汗水，风尘仆仆地落座。她应该是刚抵达燕城不久，随手将蓝色高铁票和房卡丢进文件袋，这才有时间查看培训营的教材。

楚独秀颇感意外,没想到善乐培训营挺厉害,竟有外地演员专程赶来。

"你也是燕城的演员?"麻花辫女生率先搭话。

楚独秀忙道:"不,我不是……"她就不是演员,单纯过来听课的。

正值此时,小葱从屋外进来,一眼认出楚独秀,兴高采烈地打招呼:"蜜汁鸡排饭!你也来上课?"

楚独秀被对方喊蒙了,她动作僵硬地挥了挥手,一是没想到小葱记得自己,二是没听懂这莫名其妙的称呼。蜜汁鸡排饭是她在"台疯过境"的心头爱,怎么还能变成自己的艺名?

"你们认识啊?"麻花辫女生道,"同一家俱乐部的演员?"

"不……"楚独秀有口难辩,"硬要说的话,同一家俱乐部的菜谱。"

"?"

小葱喊完人,径直走向其他演员,跟旁人交流起近况。楚独秀认出他那一圈人,都来自台疯过境俱乐部——尽管她刚开始学习脱口秀,但在酒吧耳濡目染好几年,多少看这些演员眼熟。

没过多久,门口又出现熟悉的身影,头戴画家帽的干瘦男子露面,那一撮山羊胡令人瞩目。

有人诧异道:"菜豆哥怎么也在?你不是跟聂老板……"

菜豆随意地摆摆手,一副不愿多提的样子,连教材都没有领,就在前排歪坐下来。他脸上没有笑容,手里还握着烟盒,有一搭没一搭地敲着,跟MCN晚会时在后台的热情又不一样了。

周围人却叽叽喳喳,如往油锅滴水,瞬间噼里啪啦。

"菜豆哥都跑来学,让不让我们活了!"

"没准待会儿一打铃,他就上讲台教课了!人家其实是老师!"

"哎,豆哥,我很喜欢你的表演,可以帮我签个名吗?"

菜豆不紧不慢地抬眼,见眼前男子满脸期待,这才大笔一挥签下大名,然后在对方的感激声中起身,说:"我出去抽根烟。"

"好嘞!"男子兴奋地收起本子,继续找下个演员签名。

楚独秀向来安静,不动声色地观察起来,尽管培训营只有三十几人,却隐隐已经区分出圈子:经验丰富的老演员受人追捧,活跃在燕城的演员自动聚拢,剩下的就是没名气又脸生的新人。

她从没把自己当演员,遭遇忽视也无所谓,但身边的人显然不一样。麻花辫女生见男子让前排学员依次签名,便缓缓挺直腰杆,等待对方过来,却见那人骤然转身,直接跳过这一桌,找上教室后排的老演员。

第二章 学习

对方的动作行云流水，甚至没引起旁人的注意，但麻花辫女生身躯一僵，后背逐渐弓起，脑袋耷拉下来，宛若被冷雨打湿的草叶。

有一瞬间，楚独秀恨透自己的共情能力，但凡她是粗心的人，就不会关注到这些。这玩意儿总在不该出现时瞎蹦，比如她每次看打脸爽文，代入的都不是英明神武的主角，而是平庸无能的失败配角，导致没有一丝阅读快感。又比如现在，她根本不觉得没人找自己签名尴尬，却稀里糊涂读懂了身边人的想法。

"那个……"楚独秀将一张纸推过去，礼貌地请求，"打扰一下，我很喜欢你的表演，可以帮我签个名吗？"

"你看过我的表演？"麻花辫女生愣了下，接着狐疑地反问，"真的假的？那我叫什么？"

楚独秀面不改色心不跳："美女。"

女生扑哧一声笑了，方才的沮丧不翼而飞，她佩服地竖起大拇指："绝！有两下子！"

由于气氛融洽，两人借此机会互相认识。

麻花辫女生似乎终于找到同伴，音量提高，如声音清亮的小鸟。她给楚独秀签完名，将笔记本递过去，煞有介事地道："其实我也喜欢你的表演，麻烦你也帮我签个名！"

楚独秀轻松地点头："可以，抱团取暖，抱团签名。"

她签完名将笔记本递还，这才看清白纸上的黑字，麻花辫女生签的是"娜梨"。

"你叫楚独秀？这是真名吧？"王娜梨辨认纸上字迹，嘀咕道，"我还以为你叫蜜汁鸡排饭。"

"那是瞎叫的，我没取艺名。"

王娜梨是典型的单口喜剧演员，初来乍到不敢说话，现在却一股脑往外倒，恨不得从籍贯到专业、从生活到段子全给楚独秀倾吐一遍，眉飞色舞，像极了脱口秀表演。她毕业才一年，平时在外地演出，今日刚到燕城，就为参加培训。

楚独秀听完肃然起敬。她们明明算是同龄人，但自己没有王娜梨的勇气，孤身一人跑到燕城，尤其对方的演员工作还没起色，甚至没加入固定的脱口秀俱乐部。

"不瞒你说，我老家那边别说俱乐部，连演出场所都没有。"王娜梨叹息，"所以我琢磨着要不要来燕城发展，但房租好贵啊……"

楚独秀好奇地问："你是喜欢这个吗？"

"当然喜欢，我刚知道单口喜剧的时候国内还没有这类节目呢！"

楚独秀了然地点头。新朋友大概为梦想而来，她就不一样了，梦都不敢做。

王娜梨问道："你是怎么接触到单口喜剧的？"

楚独秀坦白："当时精神状态不佳，急需发疯纾解情绪，就这么接触了。"

王娜梨："？？？"

片刻后，培训营导师路帆露面。她大概三十多岁，穿着休闲衬衫，怀里抱着一摞教案，完全是都市丽人打扮，跟节目上的形象差不多，据说本职工作是英语老师。

刚一进门，她就受到热烈欢迎，呼喊声恨不得将教室掀翻。

"哇哦——明星导师——"

"女明星来了！"

"路老师，我是你的粉丝！"

路帆赶忙伸手制止，惊慌失措道："谢谢谢谢，吓死我了，不敢当不敢当。"

学员里有路帆的熟人，都在台下起哄揶揄她。他们不一定比路帆的表演经验少，只是不像她已经上过节目，与其说是欢迎老师，更像是在打趣朋友。

"现在教这个脱口秀培训班，感觉跟教留学班差不多。我每月赚个万儿八千，教他们求学挣大钱，台下学生腰缠万贯，家里早就几个亿。他们被英语教育，我被社会教育。"路帆无可奈何道，"这个班也一样，看似我是老师，实际我被折磨。"

教室里响起笑声。

"好啦，调侃我可以，关键得幽默，起码为我们课堂提供好笑案例。"路帆拍拍手，组织起纪律，"大家天南海北地赶过来，自我介绍一下吧。国内搞单口喜剧的人那么少，我觉得不光是一起学习，也是一个交新朋友的机会，以后旅游都能在当地找到同窗。"

路帆明显教过不少课，很快将班内气氛带热，她鼓励学员依次介绍自己，偶尔还跟新演员互动，询问对方家乡的趣事。

王娜梨悄声道："老师没什么架子呢。"

楚独秀点点头，有导师从中调和，新老演员也逐步消除隔阂。

自我介绍过后，第一堂课的内容也挺扎实，路帆从理论讲起，不时举节目中的例子，将段子结构拆分，慢条斯理地讲解给学员听。

"我们先从原理讲起。为什么人会发笑？有同学知道吗？"路帆环顾一周，耸肩道，"好的，没有人理我，但我可以自问自答。"

"关于'笑'有几种理论，比如优势论、释放论和失谐论，放在段子创作里，我们之所以发笑，主要是发生的事和你预想的不一样，这种反差让你的紧张情绪释放，你就笑了。这种机理叫'预期违背'。写过段子的同学会发现，我们一般要写很长的铺垫，然后结尾抖个包袱。包袱是好笑的部分，就是你的梗，它把你铺垫的预期都打破，让观众喜出望外，就能把他们逗乐。我们经常从负面态度挖掘段子，比如愚蠢、奇怪、害怕等，是因为负面情绪会带来紧张，这样就有抖包袱缓解紧张的空间，容易制造笑料……"

楚独秀在台下奋笔疾书，时不时还对着PPT拍照。培训课的节奏比她想的要快，导师讲完"铺垫＝主题＋态度＋前提"的构成，又开始传授常见的喜剧范式，例如语义双关、三步定律等，主打一个量大管饱。楚独秀原以为喜剧课能够放松，谁承想让人精神更紧张。

不知不觉，窗外夜色浓厚，九十分钟的课程结束，恨不得赶上学校的专业课了。

第二章 学习

这一堂课下来，灵魂都被洗礼。

课间，听得晕头转向的王娜梨连眼神都开始迷离了，她问道："你听得懂吗？"

楚独秀沉痛摇头："我以为来搞笑，没想到是搞我，想要学习笑话，不料笑话是我。"

好在第一节课讲理论，第二节课就是实践，围绕实际表演展开。

课上，路帆提议道："理论学得差不多了，我们现在试一下，用刚才教的理论写个段子。有没有人自告奋勇？"

台下鸦雀无声，学员纷纷低下头。

"不是吧，那么多老演员，那么多老艺术家，没一个愿意配合我的？"路帆苦笑，"你们比新演员多攒了好几年段子吧？"

前排老演员却打哈哈，迟迟不愿接她的话茬。

"算了，那叫一个我喜欢的学员。"路帆低头看名单，点名道，"楚独秀。"

楚独秀内心是崩溃的，难道这是大学生被动技能，逃不过的课堂提问魔咒？而且为什么脱口秀演员都喜欢点名？自小葱开放麦表演过后，她这是第二次被人叫起来了！

"独秀同学没来吗？"

楚独秀只得起身，干巴巴地回答："老师，你喜欢我什么，我可以改。"

路帆见她满脸诚恳，温柔一笑道："就喜欢你这种桀骜不驯的幽默。"

楚独秀："？"

路帆出言鼓励："没事，我们是一个课堂尝试，不好笑也没关系，单纯试一试理论。单口喜剧是最具原创性的艺术，你只要讲自己真实的态度和想法就行。"

楚独秀踌躇不言。

路帆耐心道："或者我再给你点儿提示。很多演员上台都会先讲自己，比如名字、老家、职业等，没办法被人偷走、独属于你的属性就能形成好段子。"

楚独秀小声嘀咕："大家好，我叫楚独秀，我的名字没什么好讲的，主要相比同名者，我是如此的渺小。"

她语气扭捏，但表情生动，莫名诙谐。

教室内隐隐有笑声传出。

路帆也被她逗乐："这不讲得挺好？你要有点儿自信，我们再试一试，稍微长一点儿的。"

楚独秀陷入思索，寻找创作灵感，试探道："现在的真实想法吗？"

"当然，做自己就行！"路帆用力点头，"你当下的情绪、当下的思考，就算不那么好笑，觉得没什么价值，也可以说出来。不要为幽默而幽默，抒发你的真实感受，没准就有意想不到的效果。"

不得不说，路帆的包容和循循善诱给了楚独秀安全感。她没了最初的别扭及紧绷，脑子也逐渐活跃起来，一边体会课堂上的情绪，一边在心底组织措辞。

"我们给她一点儿时间,开场演员总是很困难,稍微给点儿鼓励好吗?"路帆带头鼓掌道,"写出来的段子不好笑正常,但我希望课堂是快乐活跃的,每次有人尝试完,大家都给予肯定,我们再一起改好。"

王娜梨和小葱当即鼓掌,偏头盯着楚独秀,神情期待又和善。

教室内响起热烈的掌声,偶尔还夹杂一两声喝彩,宛若剧场演出般的沉浸感。

或许表演就是这样,只要模拟出舞台,剩下的都是自然流淌。

楚独秀深吸一口气,抛却方才的拘谨,抬头环顾四周,音量也恢复正常:"大家好,我是楚独秀,今天学习了很多脱口秀知识,学得我晕头转向、迷迷糊糊,比如预期违背,比如从负面态度挖掘段子……但通过这次学习,我越发确信一件事,我是单口喜剧天才。"

众人面露迟疑,一时颇为不解。

楚独秀停顿片刻,拍了拍胸膛,自嘲地笑了:"真的,不是我瞎吹,就刚才老师提到的愚蠢、奇怪、害怕、困难……我每一项都是满分。而且光从生活状态来看,我的负面情绪爆表,真靠挖掘负面段子来致富,那我是名副其实的亿万'负'翁。"

众人听完瞬间乐开了花,为她的出其不意惊叹。

小葱佩服地长吁:"哇哦——"

楚独秀长叹一声:"感觉学习好难啊,脱口秀比我想的难多了。老师还说不提倡谐音梗,不要滥用网络用语,说只有非专业的演员才喜欢这么搞创作,没太多技术含量,省时、省力但低级。"她低下脑袋,支吾道,"说实话,我本来不想用的,我都不知道这回事儿。"

有人发出隐忍的笑声,连肩膀都在抖,似乎有所预感。

"但她一说我就动心了,一下子对号入座。"楚独秀猛然抬起头,反问道,"我不就是非专业又低级的演员吗?谐音梗舍我其谁?老师以为自己树立了反面典型,实际指明了亿万'负'翁的发展方向!"

教室内笑声大作。

王娜梨兴奋地拍手:"Call back!"

路帆脸上的笑意从嘴角蔓延到眉梢,她双手竖起大拇指,无声地为楚独秀加油打气。

课堂氛围越发活跃起来,楚独秀的肢体动作也更放松,她随意地掰着手指举例:"老师还教了一些更厉害的,比如'铺垫=主题+态度+前提'。别人有物理公式,我们有喜剧公式。再比如'人会笑是由于预期违背',听起来很厉害对不对?像什么科学知识或者科幻小说,一下就不嬉皮笑脸了。"她无奈地歪头,"但我从小一上物理课就走神,总会冒出天马行空、荒诞不经的想法。所以我在这里有一个大胆提议,希望各位帮助我创造一个奇迹!"

学员们听得津津有味,等待着她下一步的动作。

"就是段子不好笑,大家照样都爆笑,没有预期,单纯就笑,狂笑几分钟。"楚独秀

第二章 学习

摆手,"别管什么铺垫,别管什么前提,我们打破不了物理公式,难道还没法打破喜剧公式?"她举起手来,高声号召,"想不想体会一把做三体人的感觉?他们干扰人类物理研究,我们干扰人类喜剧研究!是不是很缺德?脱口秀二向箔(《三体》中的一种武器)!最后,让写喜剧理论的人悲声长叹:喜剧学是不存在的!"

笑声在课堂内炸开,众人捧腹大笑,甚至猛拍大腿。他们经过上节喜剧理论课的折磨,此刻都深有共鸣,简直要发出欢呼,宛若高考后撒欢儿的学生,声浪一阵高过一阵。

路帆作为授课老师,同样笑得脑袋疼,她伸手揉了揉太阳穴,控制住面部神经,畅快地道:"听得出来,独秀同学上节课很崩溃,惨遭单口喜剧理论拷打。"

欢闹的海浪久久没有退潮,唯有楚独秀原地不动。她一改表演时的潇洒放纵,两只手交叠放在身前,好似乖巧等候老师点评。

路帆发现对方的反差,一时间更感到好笑。楚独秀在表演中和生活中略有不同,平常要比台上收敛得多,但那股生动的诙谐感倒是丝毫未减、如影随形。

路帆环视一圈:"我觉得这段子没什么好改的了。"

旁边有人拉长声音:"对——"

路帆赞赏地鼓掌,笑道:"不愧是我喜欢的学员,桀骜不驯的幽默!"

楚独秀被夸奖,略感不好意思,这才低着头重新坐下来。

愉悦的实践课过得很快,路帆接着又叫了几名学员尝试,先听他们自我表达,然后提供创作建议,启发对方从中提炼出段子。结束前,她站在讲台上,说道:"当然,不管什么样的技巧,都是在实践中总结出来的,你们要是有更适合自己的方法,也完全可以抛弃理论,或者在课堂上分享出来。保持你的真实态度,不要管在别人眼里它是正面的,还是负面的。"她望向楚独秀,打趣道,"就像有些同学一样,用喜剧技巧写一个反喜剧技巧的段子,专做脱口秀二向箔,对吧?"

第一次培训课在欢笑中散场。

课后,楚独秀和王娜梨相约一起去地铁站。她们离开培训教室,仅仅是等个电梯的工夫,楚独秀快被同伴吹嘘得抬不起头。

王娜梨仍在回味表演,敬佩道:"厉害啊,深藏不露。"

楚独秀:"哪里……"

"真的,你一张嘴像变了个人,太帅了!"王娜梨咋舌,"我课前给你讲段子都好像在班门弄斧。"

"我们都是'路门弄斧',老师还站讲台上呢。"

"实话实说,我觉得你不比上节目的演员弱。"王娜梨偷偷嘀咕,随即想起什么,猛然间惊呼一声,手忙脚乱地翻包,接着长舒一口气。

楚独秀望着对方突然的举动,疑惑道:"差点儿忘东西了?"

"你给我签的名还在，可以！"王娜梨拍拍包，悠然道，"就等你红了再卖给粉丝，报销我来燕城的车票钱。"

楚独秀既好气又好笑："春晚该请你演小品。"她刚才都被对方的精湛演技骗到了。

"权当你夸我了，我的段子就靠演。"

写字楼一层，楚独秀和王娜梨往外走，眼看小葱从眼前蹿过，好似一道闪电。他跑得飞快，看见二人又退回两步，挥手告别道："蜜汁鸡排饭牛啊！我先走了！"

话毕，小葱冲向街头，不远处的树下有个人影，隐隐约约能看出是女生。

王娜梨茫然："他为什么叫你蜜汁鸡排饭？"

楚独秀："不要问我，应该问他，可能叫小葱的演员只会使用食物类称呼。"

"原来他叫小葱。"王娜梨见他奔向树下的人，"是有人接他吗？"

楚独秀瞄了一眼："应该是他女朋友。"

王娜梨诧异："你怎么什么都知道？真不是一个俱乐部的？"

楚独秀忙不迭地摇头，解释道："单纯听他段子猜的，好多都讲他女朋友。"

"台疯过境"是燕城开放麦最密集的场所之一，小葱就是酒吧附近院校的学生，时不时会上台试新段子。他最早的表演是分享情侣间趣事，每个梗都少不了女友，后来才逐渐拓展题材。线下开放麦是打磨段子的地方，演员经常重复表演，同样的梗讲好几遍。正因如此，楚独秀虽和小葱没什么交流，但依旧知道他不少信息。

夜色朦胧，路灯璀璨如星。

两人走到地铁站要十几分钟，索性聊了聊"台疯过境"，以及蜜汁鸡排饭的由来。

"原来如此。那你很喜欢单口喜剧，才会听那么多场啊，比我接触得都早。"王娜梨恍然大悟，"你确实刚开始讲，但前面听了好几年。"

楚独秀辩驳："我单纯是喜欢蜜汁鸡排饭。"

"才不是，你要光为了吃饭，段子肯定早忘了。"王娜梨道，"但你现在还记得清清楚楚，明显就是喜欢单口喜剧。"

楚独秀一愣。

正值此时，一股强劲的风袭来，只见隧道深处亮起光，涌出来势汹汹的地铁。

"我往那边走，下次课再见！"王娜梨惊觉该分别了，连忙挥了挥手，匆匆跑去赶车。

楚独秀出声告别，目送王娜梨奔向对面的地铁。待对方背影被金属门缓缓挡住，她转过身来，继续等自己的那趟地铁，心脏却还因方才的话狂跳。

她喜欢单口喜剧吗？

没有吧？听那么多开放麦纯属凑巧，牢记段子只是她记忆力好。

但她还来参加培训营，甚至觉得上课很愉快？

这也只能代表她喜欢学习新知识。

第二章 学习

楚独秀宛若情窦初开的小女孩，在心底口是心非地考问自己，死不承认对单口喜剧感兴趣，然而任凭如何费劲地解释，都显得单薄无力、站不住脚。

不会吧，不会吧，她本来打算跟脱口秀玩玩而已，难道现在动真感情了？

她的母亲大人不会同意这件事，只会觉得门不当户不对，再来一出棒打鸳鸯：没有物质的爱情只是一盘散沙，都不用风吹，走两步就散了。

楚独秀疯狂做心理建设，试图说服自己放下此事，谁料脑袋里的话都像脱口秀，甚至运用起新学的喜剧创作技巧。

她觉得谢慎辞在下一盘大棋，他先在酒吧捡到简历，接着邀请她再次上台，后来又忽悠她来培训营，一步步诱导她打开潘多拉魔盒，陷入只能靠单口喜剧打工的境地，而他就是喜剧公司老板，这简直是资本家的阴谋！

校园内，阳光明媚，百花齐放。湖面的野鸭扑腾翅膀，激起一层层涟漪，惊扰宁静的午后。

教学楼门口人声鼎沸，楚独秀背着双肩包，好不容易从人群中挤出来，准备转战到图书馆备考。她最近忙碌又充实，白天要上课和写论文，晚上则复习考公，偶尔去脱口秀培训，紧张到无暇外出应聘。

前往图书馆的路上，楚独秀接到楚双优的电话。她看清来电显示时相当意外，要知道姐姐无事不登三宝殿，而且电话传递的消息绝对比微信重要。

电话那头是熟悉的女声："妈后来给你打电话了吗？"

"没，就你发资料那天打电话教育了我一通。"楚独秀叹气，"不对，都不能算教育，而是下达指令，让我必须考公。教育是温和的，她那属于命令。"

楚双优忍不住笑出声，说道："我过两个月没准去燕城出差，到时候可以看看你。"

"好啊，我们一起逛逛。"楚独秀兴奋应声，又好奇道，"你不用准备毕业吗？怎么还要出差？"

"学校的事都搞得差不多了，我在公司也有两三年，派我出差很正常。"

楚独秀肃然起敬，唏嘘道："姐，你真的完成了那件不可能的事，应届生却有三年工作经验。"

她不理解，明明是双胞胎，为什么双方差异那么大。当她懵懂地进入大学时，楚双优就迅速找到实习工作，不但挣到丰厚的奖金，还积攒了无数项目经验。两人今年都要毕业，楚独秀还在为工作发愁，姐姐却已经早有去处。不过她从未嫉妒过楚双优，主要是那样显得太没自知之明。过小的差距才会催生妒忌，过大的差距只会剩下敬畏。

楚双优："就是有点儿累，等我去燕城看你，还能稍微休息下。"

"好，我们可以去郊区玩儿。"楚独秀忙不迭答应，心知楚双优平时绷得太紧，估计就没怎么休息过。而她临近毕业，同样想最后游览燕城一番，于是开始期盼姐姐的到来。

傍晚，写字楼内，单口喜剧培训营。

培训营并不是每晚都有课，一般集中在周末，方便部分上班族。几次课程下来，班里的人都相互熟悉了。

路帆抱着教案进门，迎面看到菜豆出去，疑惑道："要去哪儿？"

菜豆戴着画家帽，头也不回，摆了摆手道："抽根烟！"

路帆抿了抿唇，却没有再多言，径直走向讲台。

楚独秀和王娜梨每堂课都坐在一起，桌椅离门口较近，恰好看到这一幕。

"他是不是没听几节课？"王娜梨皱眉。

菜豆身似竹竿，打扮也不变样，令人印象深刻。自开班以来，他就没在教室里坐太久，时不时找个借口溜出去。路帆也不好斥责，索性睁只眼闭只眼。

楚独秀还没张嘴回话，便听坐在她们后排的小葱神秘兮兮道："据说菜豆哥是被贬来的。"

"被贬？"楚独秀回头看他。

"对，培训营是为了给节目培养选手，老演员本来不用走海选，但菜豆哥他们被人拿掉，说段子内容不适合节目，然后就发配到培训营了。"小葱以手掩嘴，小声道，"没准他现在心里还有气呢。"

王娜梨："还有这种事？"

楚独秀："那你怎么也在培训营？"她在酒吧看过二人的表演，菜豆被刷可以理解，但小葱比菜豆出色，居然同样被贬过来。

"我怎么会让自己丢脸？"小葱狡黠一笑，"为了避免被刷，我干脆直接报名，不给他们发配培训营的机会，自己主动来！"

楚独秀吐槽："听起来很聪明的样子。"

小葱得意道："那是。"

果不其然，路帆讲完第一节课，菜豆都没在教室露面。

每次培训的前半段是理论，后半段就是实践部分，但今日又有一点儿变化。路帆在黑板上画出三列桌椅，接着转过身来，说道："同学们，理论课基本结束，后面都是实践课，我们会跟随导师写稿，不断修改自己的稿子。因为有三位导师，所以会分成三组，待会儿麻烦大家将桌椅摆放成这样。稿子成熟以后，我们还会组织开放麦表演，到时候评比培训营最强新人。"

众人闻讯都相当惊讶，在课间调整各自的座位。

王娜梨一边搬桌椅，一边咕哝："怎么会有三位导师？"

楚独秀："估计是再来两名老演员吧。"

"有可能。"王娜梨眨巴眨巴眼，"你打算选谁？你有喜欢的演员吗？"

"我应该就选路老师。"楚独秀虽然看过第一季节目，但没有狂热喜欢的演员，比较

第二章 学习

熟悉的人就是路帆。

令人意外的是，另外两名导师并非第一季的演员，但都是楚独秀的老熟人。

讲台前，两名男子并排站在路帆身边，一名一身潮服、身材壮硕，卫衣胸口画着花里胡哨的火焰，一名衣冠楚楚、长相斯文，衬衣是烟雨意境的扎染蓝。

"大家好，我叫聂峰，是一名单口喜剧演员，也是台疯过境俱乐部的主理人，听我口音就能猜到，老家是哪旮旯儿的吧，希望能跟大家一起改稿，也欢迎你们来酒吧表演。"

"大家好，我是谢慎辞，来自善乐文化，目前负责《单口喜剧王》第二季。"

"好的，感谢两位老师的到来。"路帆笑道，"第三位老师就是我了。大家要是手里有稿子，现在就可以找我们交流。"

教室内的空间早被桌椅切割成三部分，导师各自坐在最前方，等待学员们排队来讨教。

人声嘈杂，四下喧闹。楚独秀躲在路帆组的队列，偷瞄左上角的谢慎辞，感慨谢总真是亲力亲为、礼贤下士，居然专程来指点学员的稿子，更糟糕的是还没什么人买账。

三名导师在教室的空间是平分的，这就导致哪组人多或人少一目了然：路帆上过节目又教课，向她请教的学员不少；聂峰在燕城颇有影响力，"台疯过境"是不少演员的开放麦场所，本人更是老演员们的大哥；相比之下，谢慎辞既不是演员，又跟学员不熟，组内人员寥寥无几，他很快就悠闲下来，百无聊赖地坐着，手指一下又一下地敲着桌面，偶尔遇到懒得排队旁边组才找他讨教的学员。

太惨了，真是太惨了。谢总只是备胎啊！

楚独秀心生不忍，觉得自己该支持一下，但又认为不能太肤浅，没准人家高情远致、不慕虚名，根本不在乎组内人员多少，反而是她在乱给谢总加戏。

不过谢慎辞很快用行动证明，他也不是那么淡泊。

楚独秀眼看他招招手，犹豫地指了指自己，确认对方是否找错了人。

谢慎辞当即点头，表示就是要找她。

楚独秀只得蹭过去，老老实实地坐在他面前。

许久未见，谢慎辞照旧面瘫，只额前碎发长了一点儿，他开门见山道："你是个讲义气的人。"

楚独秀果断摇头："我不是。"

"是谁上回说要谢谢我的？"

"那不是都谢过了嘛……"楚独秀心知对方要说什么，提醒道，"谢总，您是有身份的人，不可以道德绑架！"

"我没有道德，单纯只是绑架，就像你说的，绑架式脱口秀。"谢慎辞挑眉，"再说你又没有想选的人。"他犹记之前她严词拒绝自己，明显对单口喜剧没兴趣，那进入哪一组都无所谓。

45

"我有。"

"你有？"

楚独秀总觉得他音量提高了，但对方脸上波澜不惊，着实分辨不出喜怒，又怕只是自己幻听。她试探道："我想选路帆老师……"

"为什么选路帆？"

楚独秀坦白："老师说她喜欢我，所以我选她。"路帆在课上对她大加赞扬，总是鼓励式教学，自然当选心仪导师。

谢慎辞愣了一下，像没料到这答案，条件反射般地回道："她说喜欢你，你就选她，那要是……"他见楚独秀眼睛睁得溜圆，意识到自己在说什么，适时地戛然而止。

两人同时陷入沉默，大眼瞪小眼，一时间尴尬、古怪又莫名其妙的氛围弥漫。

好在谢慎辞率先镇定下来，他轻咳两声，岔开话题："等等，你好像前段时间还说对脱口秀不感兴趣？"那时她应该都不关注路帆的表演。

楚独秀："但老师教学时的人格魅力感染了我，我们就双向奔赴了。"

"双向奔赴？"谢慎辞轻笑一声，"怎么不坚持你的霸总文学套路了？"

救命！怎么还梅开二度？！

楚独秀方才就为他的失言惊慌失措，现在听到这话更是如坐针毡，两只手摁在膝盖上不敢动。她敢跟路帆开"双向奔赴"的玩笑，但面对谢总可没胆子造次，总感觉会折寿。

"谢总，对不起。"楚独秀鞠躬致歉，"霸总文学过时了，现在是红眼掐腰给命文学的天下。"

谢慎辞沉吟数秒，突然从容起来，慢条斯理道："其实我前些天刷掉一些演员，没让他们跳过海选，而是放进了培训营。我不知道是不是因为这个，他们觉得我不懂幽默，可能就不太想选我。"

楚独秀一愣："是你让他们来上课的？"

谢慎辞若有所思："对，再加上大家一个班，私底下时常会议论，没准就对我有偏见。"他一只胳膊倚在桌面，垂眸像在反思自己，脸上神色淡淡的，却倏地沾染些落寞，尤其别的组热火朝天，就他这边门可罗雀。

楚独秀好言安抚："偏见不一定源于议论，也可能是源于相貌。毕竟是单口喜剧，大家总以貌取人，觉得专业度和长相成反比。"虽然菜豆对谢总有气，但小葱等人还算公允，没选谢慎辞应该就是不熟。

谢慎辞："你是说我长得不幽默？"

"谢总，不要打感情牌了，装可怜不适合你，就你这张冷脸摆那儿，说被人排挤谁会信啊。"楚独秀长叹一声，"再说你是公司老总，负责节目制作，谁会想不开得罪你，还要不要混了？"她哪能不懂他卖惨的缘由，无非就是想骗自己进组，然而强者就不擅长装弱，

第二章 学习

有些人一瞄就是打工人，有些人一瞥就是资本家，藏都没法藏的。

谢慎辞见她软硬不吃，平静道：“我看你经常想得罪我。”

楚独秀缩了缩身子，试图原地隐藏自己。

谢慎辞伸出手来：“就是想看你写的稿，让我看看。”他很好奇她近期的创作。

楚独秀沉默着，没动。

谢慎辞见她如此不讲情面，索性又换了一种腔调："让我康康（源自闽南语，现多用于表示'看看'，表现说话人的可爱）。"

明明是卖萌语气，但配上他的冷脸，别提有多荒谬。楚独秀当即抱头，手指都蜷缩起来，慌张道："别，自己人，别开腔！不要搞那种海绵宝宝水平的幽默！"他演不了单口喜剧果然是有原因的！

谢慎辞面无表情，乘胜追击："那你要不要加入我的组？"

片刻后，王娜梨请教导师结束，发现楚独秀更换队伍，坐在另一组的位置上，疑道："你不是要选路老师？"她记得楚独秀都排到一半了，现在却变成谢慎辞的组员，自然感到诧异。

"你不懂，你们选的是单口喜剧，我选的是人情世故。"楚独秀叹息，接着拉拢道，"你要不要也来这组？"

王娜梨瞄一眼谢慎辞，果断拒绝道："No！我的稿子不是这种风格。"

楚独秀："……"难道她的稿子就是谢总风格？

不管如何，楚独秀硬着头皮提交初稿，等待谢慎辞给修改意见。她其实没抱什么希望，但对方的批注却远远超预期，丝毫不逊于路帆等资深演员，让她吃了一惊：楚独秀是用笔记本电脑里的 Word 文档展示初稿，而谢慎辞不但在批注里提供了建议，甚至细化了一两个梗，让内容更加层次分明。

她一边浏览反馈意见，一边心里生出羞愧，感慨自己有眼不识泰山，没想到谢总真会改稿，并非不懂装懂瞎指挥的老板——他只是不会演，并不是不会写。

楚独秀偷瞄谢慎辞，难以想象他顶着这张脸居然还能创作出段子来。不过，实力归实力，她叛逆的心蠢蠢欲动，依旧想垂死挣扎一把。

两人是面对面坐着，各自捧着一台电脑，楚独秀改脱口秀稿子，谢慎辞浏览节目策划，四周只剩下键盘和鼠标的脆响，完全是商务办公的场景。直到楚独秀打破僵局——

"谢总，我觉得我们不合适。"

"为什么？"谢慎辞抬眼看她，"你觉得我改得有问题？"

"改得没问题。"楚独秀用电脑屏幕挡住脸，以此掩盖自己的心虚，嘀咕道，"是我不适应跟老板近距离工作。"

她觉得别人不选谢慎辞明显也有这方面的原因，谁都不想天天跟老板打交道，那必然是能躲多远躲多远。路帆和聂峰好歹是演员，平时能插科打诨开玩笑，但跟着谢慎辞改稿，就像写作业般无趣。

谢慎辞眨了眨眼，问道："你已经决定参加节目了吗？"

楚独秀犹豫："没……"

"那我不算你老板，你应该可以适应。"

还真是无懈可击！

楚独秀委婉道："主要是我以后创作的稿子不适合您来改，怕您觉得冒犯。"

"你要拿我写稿？"谢慎辞心领神会，大度道，"可以，我不介意，单口喜剧就是冒犯的艺术。"

"但我怕您读不下去。"

"什么主题？"

楚独秀绞尽脑汁，眼珠子一转，索性憋出个狠的："《团宠逆袭：四个脱口秀大佬霸道强制爱》。"

"脱口秀和造谣还是有区别的。"谢慎辞提醒她。

楚独秀面露难色："对不起，我是新人，创作手法还不成熟，有时候控制不好创作和造谣的度，不然您还是……"

谢慎辞果断改口："那你造谣吧，不会告你的。"

楚独秀："？"

"记得写完给我看看。"谢慎辞意味深长地道，"四个大佬不会是蟹老板、派大星、章鱼哥和痞老板吧？"

什么鬼？！这又不是《海绵宝宝》同人文！

谢慎辞瞧出她心不在焉，明显是想去别处转一转，便道："你要想听路帆和聂峰的意见，可以拿着你的稿子再去找他们。虽然不是同一组，他们也会帮你的。"

"可以吗？"楚独秀道，"您不介意？"她对谢慎辞没有任何意见，但培训课的精髓是跟其他演员交流，现在组内人员实在太少，确实没有跟王娜梨、小葱等人胡侃有意思。

谢慎辞颔首："不介意，而且过段时间还有开放麦，每个小组都得有学员参加。"

楚独秀听出弦外之音，试探道："这意思是，我请教完两位导师，再拿他们帮着改的稿子击败他们的学员？"

谢慎辞反问："不行吗？"

看来谢总一生要强，开放麦都得赢……他嘴上不提，心里仍介意选他的人少。

"行，当然行！"楚独秀撞上他的目光，作揖道，"愿谢总托臣以讨贼兴复之笑，不笑，则治臣之罪。臣必当，庶竭驽钝，攘除奸凶，兴复善乐，还于旧组！"

谢慎辞："你现挂确实厉害。"

楚独秀得到批准，当即就蹿了出去，奔向旁边组的王娜梨。对方恰好在跟导师聊天，

第二章 学习

她们眼看楚独秀撒着欢过来，还忍不住打趣了几句。

"我以为我被抛弃了。"路帆调侃，"被谢总压了一头。"

"没有没有，我来了。"楚独秀抱着电脑凑过去，"三位老师的意见都听，就跟我写论文一样，取其精华，制成糟粕。"

王娜梨闻言狂笑不止："可以可以！"

路帆丝毫不介意楚独秀是哪组学员，认真浏览她的稿件，并聊了聊自身看法。

归根到底，导师分组是为方便改稿，每名演员的风格不一样，选择不同的老师，调整方向也不同。即使有开放麦评比，那也是幼儿园的小红花，单纯表彰学员，对导师没影响。

楚独秀请教完路帆，还鼓起勇气问聂峰，果然也没有被拒绝。

此举还启发了聂峰组的小葱，他干脆拿着稿子找了谢慎辞，接着同样让路帆提一些意见。

王娜梨被好友倾情推荐，最终也请谢总审阅初稿。她望着交回的批注，感慨道："真的挺厉害。"

楚独秀推荐成功，心里竟生出欣慰，附和道："是吧是吧。"

谢慎辞不是演员，单纯只是幕后人员，跟他不熟悉的人自然不知其实力。不过各组学员流动起来，组间壁垒一旦被打破，一些刻板印象就解除了，来找谢慎辞看稿的人也越来越多。没过多久，三组的人员就平均起来，每位导师都在改稿，忙得不亦乐乎。

教室内欢声笑语、热闹非凡，老师们偶尔还闲聊，跟学员们相处融洽。角落里，菜豆倚着窗，手里握盒烟，来回地盘着。他眼看谢慎辞身边围满咨询的人，一改进门时的冷清，不由得轻哼了一声。

实践课就要结束时，门口突然探出个脑袋，是位三十来岁的女子。她穿休闲帽衫，眉目间颇有些英气，感叹道："还挺热闹啊。"

路帆回头唤人："尚导。"

"不用管我，我就找个人。"尚晓梅朝谢慎辞招手，"还是老商说的那件事！"

谢慎辞闻言起身，跟楚独秀等人打过招呼，便先离开跟导演讨论工作。

这个小插曲没打扰到任何人，谢慎辞的组员自动散开，溜达到另外两组去唠嗑。楚独秀和路帆、王娜梨有说有笑，小葱也时不时跑来聊一会儿，气氛别提多和谐。

无奈世上总有人看不得别人好。楚独秀等人正跟路帆聊段子，突然听到旁边有人插嘴，声音是老烟枪般的哑："你们就祸祸新人吧，光哄她写能上节目的段子，连脱口秀原本的味儿都没有，早晚有一天得废了。"

众人闻言一怔。

楚独秀和王娜梨见菜豆过来，皆露出诧异神色，毕竟从未跟他交流过。

路帆眉头皱起来："这话什么意思？"

"一上节目都贴个标签，我是英语老师，我是应届毕业生，都围绕着标签讲呗。"菜

独秀·上

豆双手抱在胸前，撇嘴道，"脱口秀的特点是冒犯，你觉得她敢冒犯谁啊？没上节目自己先阉割一半，都跟被特意剪过的片子一样没意思。"

原本欢乐的课堂安静下来，没人料到菜豆会突然发难。

菜豆用余光瞄楚独秀，微扬下巴道："听说你学新闻的，还是别把学校好学生那套带到脱口秀里来，觉得讨老师喜欢就行了。脱口秀靠的是观众，不要本末倒置。"

路帆静默数秒，反驳道："我在做老师前，好像也是观众。"

这场对峙来得突然，如同刀剑相击，发出尖锐嗡鸣，直叫人背后发寒。

一个是在燕城演了好几年的老演员，是不少新人的启蒙老师、标杆；一个是第一季节目的人气选手，还翻译过不少脱口秀工具书……如果没有《单口喜剧王》这档节目，菜豆在开放麦炸场次数比路帆多，但节目让路帆的文本被人关注，她如今在圈内的名气不输菜豆。现在两位针尖对麦芒，让人大气不敢出。

楚独秀望着分毫不让的菜豆，心里隐隐有一种预感，对方不是冲着路帆来的，反而像是朝着自己来的，只是路帆率先开口，才会让双方有所碰撞。尤其那一句"觉得讨老师喜欢就行了"，像在说她和路帆的师生情，更像在影射谢慎辞对自己的赏识，再联系菜豆被取消跳过海选资格的事，傻子都明白他的恨从何而来。

"你觉得我不敢冒犯吗？"楚独秀冷不丁道。

一直以来，她确实以调侃自身为主，除了首次在酒吧上台外，大都不敢表现得太疯，多少有点儿放不开。但她没想到这都能被挑刺。不知为何，她心底生出胆大包天乃至狂妄的念头：她一直不喜欢菜豆的表演，还真不觉得自己就比他差，如果是比社会地位，她或许会输，但要是比单口喜剧，她或许能赢。

菜豆闻言晃神，没料到楚独秀敢搭话，而且语气也不卑不亢，因为对方平时文文静静，跟屁虫般围着路帆等人，着实像个标准的软柿子。这导致他一时竟没明白她是出言讨教，还是另有所指。

聂峰看不下去，出言帮腔道："你一个大老爷们，为难小姑娘干吗？"他没搞懂菜豆哪儿冒出来的邪火，怎么逮谁都烧，烫一个是一个。

菜豆神色不快，咕哝道："招安了就是不一样啊。"

"这话什么意思？"聂峰瞬间火冒三丈，一指谢慎辞的位子，索性捅破窗户纸，"刚才人家坐在那儿，你屁都不敢放一个，现在又硌硬谁呢？"

菜豆脸色骤变。

聂峰烦透他的阴阳怪气，怒道："真要不想上节目，连这培训都别来，这会儿又跟我瞎嘚啵什么！"

"行吧，我的错。"菜豆不料对方发那么大火，干脆顺手抽自己一嘴巴，"我一时嘴欠行吧，别跟我一般见识。"

第二章 学习

聂峰见他吊儿郎当,当即站起来,朝菜豆招手:"你出来,咱俩单独谈谈。"

菜豆面带犹豫,却又不好拒绝,最后只得跟着聂峰出门。

没人知道他们要聊什么,但好久都不见二人回来。

路帆望着面面相觑的学员,打圆场道:"好啦,今天的课就到这里,大家回去记得改稿。"

闹剧来得快散得也快,培训营学员陆续告别。

王娜梨皱眉,又抱紧楚独秀,用行动进行安抚:"这人咋这样啊!"

楚独秀被对方环着,评价道:"总有人要在全世界快乐的时候泼冷水。"

小葱:"别理他!他就是有病,让聂哥骂他!"

"不过我真没想到,混成演员老大哥还得靠发火服众。"楚独秀望向门口,"看来发疯是人类获胜的唯一途径。"

"没办法,都是聂哥兄弟,认识好多年了。"小葱支吾,"虽然我偶尔也觉得兄弟情快没了。"

聂峰全凭热爱经营俱乐部很多年,结识了不少燕城演员。大家过去都没表演机会,总是聚在一起演出胡闹,但低谷时可能做朋友,不代表会永恒。

返校路上,王娜梨和小葱怕楚独秀难受,安慰她好久,确认无事后才道别。

楚独秀对此哭笑不得。不得不说,她一路收获了不少善意和帮助,比如谢慎辞、路帆等人的支持,比如王娜梨和小葱的开解,但偏偏老有一两颗老鼠屎要搅坏喷香扑鼻的好汤,在关键时刻让人烦得慌。

地铁内,楚独秀握着扶手,脑海内仍回响着菜豆的话。毕业和考公的事已足够繁重,上培训营的课是她为数不多的快乐,今天却被菜豆毁了。她不是没看过菜豆的表演,就是知道他实际的水平,心里愈加恼火。她不懂对方哪儿来的底气,难道讲他那种低俗段子才符合脱口秀原教旨主义?

忍一时越想越气,干脆做素材累积。回宿舍后,楚独秀怒而写稿,望着电脑屏幕上的文字,才感到一丝释放后的快意。

第二次分组实践课,谢慎辞照例审读组员的稿件,看完楚独秀的稿子却一愣,问道:"你打算开放麦评比讲这个?"

"对。"

谢慎辞若有所思地望她一眼,即便过去看过无数稿子,一时也不知该如何评价,主要是跟她以前的风格差异较大,任谁都要思索她受了什么刺激,让海绵宝宝突然黑化,直接从卡通片走向分级。

楚独秀垂着眼,心里也七上八下,不确定能否通过。她这回写的稿子就是为开放麦评比,菜豆说她没胆量冒犯,那她索性就冒犯到底,部分内容甚至不能播出。

谢慎辞:"这份稿子好像有些针对性。"他看过国内多数脱口秀演员的表演,很快领悟到她想要狙击谁，推测双方近期有过摩擦。

楚独秀抬眼，偷偷瞄他："不可以讲吗？"

"当然可以讲，这是你的真实感受，说出来没问题。"谢慎辞轻叹一声，无奈道，"只是得先问你一句，我有资格改你的稿吗？"她这稿子涉及的题材好像不该由他来改，路帆等人更合适。

楚独秀难得见他为难，倏地有点儿幸灾乐祸："谢总不是坚持要做导师改稿？"

谢慎辞一本正经地调侃："没想到你写得那么好，我来改这篇，有点儿不配了。"

楚独秀听他这么说，便知对方并未反感，悬着的心也落下来，安慰道："没事，知道自己不配，没准更能改好。"

谢慎辞："？"

第三章 初赢

　　红雁剧场，封闭又聚气的环境，舞台上是高凳及麦克风，舞台下是可容纳八十名观众的空间。这里是善乐培训营开放麦评比的场所，学员们将在这里试讲新段子，验证近日的培训成果。

　　工作人员特意布置过，场内既有培训营师生的位子，也有留给报名观众的区域。持有门票的观众，勾选今日印象最深的三位演员，再在离场时放进投票箱，就能参与"善乐最强新人王"投票。

　　剧场内陆续有人进来，前排座位是先到先得，提早到的观众并不少。他们有说有笑，在工作人员的指导下落座，静候开放麦演出开始。

　　二层高处，一架摄影机拍摄着观众入场的画面。此处能俯瞰全场，谢慎辞和尚晓梅倚着栏杆，眼看着下方的座位被逐渐坐满。

　　"虽然做过的节目不少了，但每次开场前看到这种画面，还是有点儿感动。"尚晓梅有点儿唏嘘，"我来善乐时都想好了，要是国内脱口秀最后也搞不起来，就把这些年的素材剪个纪录片，也算没白白挥霍那么多时间。"

　　谢慎辞瞄她一眼："我倒是没有意见，但商良不会答应。"

　　商良是善乐的联合创始人之一，主要负责资金筹划、财务管理等工作，跟谢慎辞、尚晓梅也是旧识。

　　"确实，这话是咒老商投资失败，他得提刀杀了我。"尚晓梅心虚地挠挠头，"不就聊闲天嘛，我还是盼着多出优秀演员、脱口秀行业变好的。"

　　谢慎辞："这次培训营应该能出好几个。"

　　后台内，多数学员坐在外面观看开放麦，唯有快上场的人留在化妆室，等待登场表演。

独秀·上

　　王娜梨一手握小刷子，一手拿化妆镜，刷子哒哒地敲着镜框，抖落多余的粉末。她瞥见旁边的楚独秀，提议道："要不要给你化个妆？"

　　"不了，没准前排观众近视，都看不清我的长相。"楚独秀婉拒好友，继续盯着小屏幕。她心里压着事，不知为何比平常紧张，想知道菜豆是不是会照常表演。

　　虽然剧场不允许观众录音和录像，但化妆室里设有显示屏，可以看到舞台上的表演。此刻的屏幕画面内，表演的演员是小葱，他正绘声绘色地描述着，逗得观众捧腹大笑。

　　王娜梨："他今天讲得好好。"

　　楚独秀点头："我以前在酒吧看过好多场，觉得他和老板的风格最好。"

　　场内，见气氛被小葱带热，尚晓梅同样赞不绝口："作为新人，他确实挺强的，要是发挥得好，没准能进十强。"

　　谢慎辞："嗯。"

　　"好冷淡。"尚晓梅瞥他一眼，嘀咕道，"难道你有更欣赏的新人？"

　　"差不多吧。"

　　小葱的表演圆满落幕，获得满场喝彩。

　　主持人串场结束，轮到下一位演员。

　　菜豆接棒上台，他依然干瘦如竿，戴一顶深绿色画家帽，但跟台下时沉郁的性子不同，他的台风要开朗得多："大家好，我是菜豆，听了那么多幼儿笑话，该听点儿成人脱口秀了，不能让大家白跑一趟，还是我知道你们期待什么……"

　　台下观众面露微笑。

　　"现场有不能接受冒犯的观众吗？有这样的朋友吗？"菜豆伸手做望远镜状，环顾一圈周围观众，"有的话请你出去啊，脱口秀就是要冒犯，哈哈！我再问一句，有不能接受'开车'的观众吗？要是有的话，可能也得麻烦你们出去。都出去了是吗？那我开始讲啦。不知道大家发现没有，就是女人有时候不懂幽默，你跟她开玩笑，她并不会笑，反而质问你，'你觉得这有意思吗'。有一次演出，我就遇到这种情况，还没说两句，有个女观众站起来就问我'你觉得这有意思吗'……"

　　菜豆不愧是老演员，肢体动作极为丰富，体态更增添了滑稽感，他时不时抛出一个荤段子，将现场观众逗乐——演出经验可以弥补文本弱势，有感染力的讲述没让现场降温，尽管观众的掌声没刚才热烈，但表演气氛还算不错。

　　片刻后，尚晓梅无奈地道："他的段子总不上不下的，很难受。我不知道是不是自己太敏感了，每次快要笑出来了，就会有个梗很别扭，比如刚才的'男人爷们女人娘'。你懂我什么意思吧？我知道脱口秀要冒犯，但会觉得不太舒服……"作为导演，她需要专业地点评演员，但对方的部分用词让她不适。

　　谢慎辞："明白。"

第三章 初赢

菜豆的梗时常有些过火话题，都是线上没法播出的笑话，但在节目外效果还可以。他很喜欢搞些恶俗包袱，比如酒店房门口的小卡片、KTV 公主等，基本登不上大雅之堂。这也是菜豆当初被放进培训营的原因。相比其他老演员的段子，他的很多梗无法用在节目中，谢慎辞希望他能创作新内容，但目前看来没什么成效。

台上，菜豆好似不满于自己获得的笑声比小葱少，他仍然在活跃气氛，随手指了指某位观众："我看有的女观众不敢笑，比如这位就特别严肃，是段子太黄了吗？都是矜持的仙女，不太敢下凡，没事，可以笑，酒店塞的小卡片印的不是你的照片。"话毕，他抢先笑几声，继续往下面讲。

被指的女观众闻言脸色微变。

化妆室里，王娜梨眉头微蹙，无语道："不是，这有什么好笑的，有点儿不尊重人了。"

楚独秀起身："我去准备上台了。"她本来还怕自己伤及无辜，但菜豆果然没改本性，讲的还是过去那套段子，表演一如既往地用力过猛。

"这么早？"

"听多了会污染我的幽默数据库。"

王娜梨笑了。

舞台上，菜豆最后的包袱抖响，他在掌声中下场，但反响没有小葱爆。

"很难评价这种表演，但不可否认有人乐了。"尚晓梅摇头道，"只能说受众不是我。"

谢慎辞："他要能写出别的段子，没准路可以广些，但感觉就这样了。"

红雁剧场内的氛围逐渐稳定下来，一连又上来好几位演员，但段子亮点比较少，以至于观众偶尔打哈欠。

现场观众以女生为主，而脱口秀演员多是男生，直到身穿天蓝色卫衣的楚独秀露面。她缓步走上来，伸手握住麦克风，自然地开口道："大家好，我是楚独秀。我不知道大家发现没有，就是男人有时候不懂幽默。"

此话一出，全场惊讶。

台下传来女观众的轻笑声，好像忆起了前面的表演，瞬间对此话产生兴趣。

有学员疑惑道："什么意思？这好像是菜豆刚才的表演？"

唯一不同的是，楚独秀将铺垫前提从"女人"改成了"男人"。

小葱激动地朝同伴嘀咕："是要打起来了？"

菜豆上次在培训营闹得沸沸扬扬，楚独秀当时没跟他吵架，谁承想居然为此写了段子。

学员们刚才还略显疲态，现在骤然八卦起来，迫不及待地想要吃瓜。

菜豆同样怔住了，他面色铁青，不知她究竟想讲什么。

楚独秀并未看演员们的脸色，依然沉浸在自己的表演里。她在台上一向游刃有余，叹息道："说实话，我是一个不喜欢黄段子的演员，倒不是装模作样，更不是品德高尚，单

55

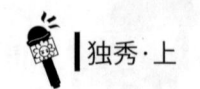

纯就是不好笑。我相信每个人上语文课时，班上都会有那种无聊的男生。老师教古诗词，他比看脱口秀还乐，就一句'停车坐爱枫林晚'，不管老师如何认真解释，他都能'嘿嘿嘿嘿'怪笑一节课！"她耸了耸肩，又一指脑袋，"就这种人，你都没法批评他幼稚，你会怀疑他有点儿弱智。"

台下响起欢笑声，有人高声赞同道："对——"

"现在脱口秀也是这样，台下坐着一大半女观众，有些男演员却总讲黄段子，你们觉得这样好吗？"楚独秀满脸严肃，她掰着手指细数，"我必须锐评一下，什么KTV公主，什么酒店房门口美女小卡片，部分人的创作素材好像只跟夜场工作者有关。"

尚晓梅睁大眼，饶有兴致地道："哇哦，这是奔着某些人来了啊。"

"非要擦边，用'开车'逗笑观众，显得很不专业，把单口喜剧当什么了？"楚独秀正气凛然，接着扯了扯卫衣，"一定要讲的话，能不能讲一半直接把T恤拉起来，露出六块腹肌加人鱼线，给女观众展示一下？有没有看过短视频啊？这才叫擦边，这才叫黄段子！"

她底气十足地道："别老整脖子以上的，真想看这些虚的，我们不会去晋江文学城吗？说是成人脱口秀，实际根本就不脱，懂不懂讨好观众？！"

楚独秀光风霁月的神情与极度出格的语言形成巨大反差，诙谐生动的表演如旋风般席卷全场，不光让女观众产生共鸣，连男观众都笑得低下了头。剧场内的睡意顷刻散去，欢声笑语如肥皂泡般飘散，恨不得炸开观众席上方的屋顶。

菜豆的脸青一阵白一阵，没想到她将自己的段子拆解，竟还有模有样地吐槽起来，将在场观众逗得前仰后合。他那日讥讽楚独秀不敢冒犯，不料今日被反杀，莫名踢上了铁板！

楚独秀却不在乎当事人的想法，既然对方要求冒犯，那自己何必再留情？

"还有些男的总会误解，觉得女生不聊性主要是害羞，就像觉得女演员不冒犯主要是不幽默。但他们明显搞错了。"楚独秀蹙眉，"实际上，你会发现好多男人的幽默都集中在下半身，而且他们的幽默和他们的下半身一样……都不太行。"

她的表演富有攻击性，却不是指名道姓辱骂，反而有一种悠闲又讽刺的喜剧效果。前排那位女观众刚被菜豆点过，被评价满脸严肃不爱笑，现在却控制不住自己，不等楚独秀接着讲就已经笑到打嗝。

"女生说一句'你觉得这有意思吗'，他以为对方在娇嗔。女生说一句'你好下流'，好家伙，他会兴奋。我最近研究出来了，就应该直接说'你，功能障碍，erectile dysfunction'。"楚独秀伸手一指，面无表情地道，"语气和神态要像医生一样专业又冷酷。"

"他肯定会大声否认、暴跳如雷，但这时候你别跟他吵架。你要意味深长地一笑，然后跟那些语文课上无聊的男生学，贼眉鼠眼地'嘿嘿嘿嘿'怪笑他一段时间……"楚独秀遥遥望向菜豆，挤眉弄眼道，"然后打趣他一句，'怎么样？男人的幽默我也会'！"

场内爆笑如雷，堪称今日顶峰。观众们赞叹她的幽默，恨不得将手掌拍烂。尤其前排

第三章 初赢

的女观众，鼓掌时格外用力，好似听完深感大快人心，恨不得出声喝彩。

尚晓梅被她辛辣犀利的文本逗得狂笑不止，乐得合不拢嘴，她回头道："这是你们组的学员？好牛啊，我喜欢！"

每名学员的开放麦稿件都会被导师审核修改，其他人或许不知道内容，但导师一定会提前浏览。但最让尚导觉得好笑的是，如此大胆刺激的话题居然曾过谢慎辞之手。

旁边无人应声。

尚晓梅转头一瞥，哪里还有谢总，早就不见踪影。

台上，楚独秀依旧在表演，上场前的紧张被欢笑驱散，话语及动作越发轻松自然："大家懂我为什么讲脱口秀了吧？主要就是我会男人的幽默。"她微笑道，"当然还有个原因，是这个行业男女比例悬殊。各位今天应该能发现吧，女演员特别少……"

观众席里有人点头赞同。

"男演员真的太多了。我之所以讲脱口秀，也跟这点有关。男人很聪明，不会让自己吃亏，就连在地铁上都要叉开腿坐，多占一些空间。"楚独秀认真道，"因此，我相信他们的选择，男女比例越失衡的行业我越要去选，绝对有利可图，比如单口喜剧！"

台下笑声阵阵，甚至有人拍腿。

"再比如我最向往的岗位，就是招聘时注明'仅限男性''男性优先'的那些。"楚独秀低下头，叹息道，"好想选，但不要我。我问为什么我不可以做这个，他们说因为我是女生，干这行会比较难。"

她诧异地抬起头，反问道："这是什么逻辑？难道会有人说'因为你是男生，干这行会比较女'吗？语文老师听完都落泪了，照这个奇妙思维，我只能说……男人不愧是男人，到处为我们制造不必要的难题！"

场内有人大笑，就差起立欢呼。

"而且不光是说话逻辑，有时候他们听人说话都能特别没有逻辑，还不懂幽默。真人真事，我写过一个调侃老总的段子，正式表演的时候，当事人坐在台下。"楚独秀抱紧自己，"吓人吧？多尴尬啊，我都怕他上台揍我！"

众人听得津津有味，眼神追随她的动作，嘴角始终翘起。

"但令人惊讶的是，他看完没有生气，还邀请我去他们公司入职。你们听到这里，是不是觉得特感动，宅心仁厚的老总不拘一格降人才？"楚独秀见有人点头，无奈道，"我开始也这么想，但后来发现误会了。真相是他没听懂，以为我在台上赞扬他的行为，没明白有种艺术技巧叫'反讽'。那一刻，我作为演员，真感觉输了！"

她愤慨道："这个不懂幽默的人，他生活中随意流露的滑稽和离谱，是我靠矫揉造作的喜剧技巧无法模仿的！古人讲天人合一，我以为我和我的段子天下无敌，不料老总和他的可笑合二为一！"

57

激昂表演如巨石砸进海里，激起重重笑的浪花，在封闭的剧场内回荡。

楚独秀等观众笑完，这才收起愤怒情绪，慢条斯理道："不过正因如此，我才敢写今天这个段子，这点得谢谢他。"

"我刚写完时讲给室友听，她说非常担心我，害怕男观众骂我。"她耸了耸肩，迷茫道，"我当时特费解，不明白她为什么忧虑。我有冒犯到男观众吗？我明明都夸男人聪明又厉害，特别会做选择。但我不忍辜负她的心意，就安抚道，'哎呀，别这么说，男的才没那么小心眼儿'。"楚独秀从容地摆摆手，"再说他们听不懂，我这是加密语言。就跟被我调侃过的老总一样，等我讲完这一段，他们只会听到'男人聪明又厉害'，只会赞同我的看法，不会骂我的。"

隐晦而锋利的笑话点燃全场，学员们同样被炸得头皮发麻。

开放麦时常会有些敏感话题，却难得激起如此大的反响，场内的笑声就没有停过，完全超出其他演员的预期。

小葱兴奋地抖腿，抱头道："疯了疯了，这段杀疯了！"

路帆佩服地鼓掌："都有点儿国外专场表演的感觉了，完全不是几分钟的小段子。"

"大家不要笑。你们笑什么啊？我对天发誓，我不支持男女对立。"楚独秀一只手指了指天花板，真诚道，"我觉得有时候彼此都有误会，其实跟部分男性很容易交流，换一种表达，双方就特友善。比如你要坚持不婚不育，你别在网上直白地表达，因为必然有男网友会在下面评论'大龄剩女，凄惨一生，老了没人收尸'。"她平和地建议，"你要换一种方式，换个角度表达人生理念，直接说自己不要彩礼。这样他们只会夸奖你是个值得拥有幸福的好女孩。你看，事情明明没变，单纯换一种说法，双方都变得友好了。你不婚不育很幸福，他赞不绝口很友善，社会风气一下就正能量起来了。世界充满爱！"

笑声欢畅，掌声如潮，楚独秀在满堂彩中下了台。

然而即便台上早就没了她的身影，剧场的喝彩声却经久不息，不少观众笑得瘫倒在椅子上，两只手依然不停拍着，发自内心地赞赏她的表演。沸腾的剧场内，有人高喊"安可（Encore，再演一个）"，直到主持人露面维持秩序，才让爆笑的人群稍微平息。

这无疑是红雁剧场今日观众情绪最高涨的时刻，明明还没有投票，就已经诞生了"无冕之王"。

尚晓梅："这回培训营的新人太强了吧？"

后台的工作人员盯着屏幕，赞叹道："黑马啊，这绝对是这季节目的黑马。"

观众席内，其他学员也被折服，热议楚独秀的表演，叽叽喳喳议论个不停。

"菜豆哥呢？"小葱看热闹不嫌事大，幸灾乐祸地道，"怎么没见他？"

旁边人不屑地道："听一半就跑了，没脸在这里待！"

"面子上过不去呗，前半段风格相同，却被新人摁着打，那天还说人小姑娘不敢冒犯呢。"

第三章 初赢

楚独秀前半段风格跟菜豆相仿，段子效果却比他的强不止一星半点儿，连观众给的反应都不是同水平，更不用说后半段提升到新阶段。菜豆自觉颜面无光，竟是不等投票结果，提前离开红雁剧场，以免被同行们讥笑。

化妆室内，演员们齐聚在屏幕前，有的在整理着装，有的在跟同伴闲聊，场面称得上热闹。

"独秀！"王娜梨打开门环视一圈，没在屋里看见好友，挠头道，"奇怪，人呢？"

化妆室里人来人往，学员们都忙着上台前的准备。王娜梨索性先去候场，打算过会儿再来找人。

后台的二层，被锁的逃生门前有个小楼梯，恰好跟墙壁形成隐秘角落，能在此处听到演出声响，但四周没有光，莫名显得幽深，不会被人注意。

"你躲在这里种蘑菇？"

楚独秀原本抱膝蹲坐在角落，听到低沉的男声，吓了一跳，抬眼就瞥见白衣黑裤的谢慎辞从一楼上来。不知他是如何发现自己的，真像神出鬼没的猫科动物。

楚独秀往角落里缩了缩，好似不想被人注意。她嘀咕着："我在恢复。"

"你在紧张？"谢慎辞纳闷道，"不都演完了？"

她的表演大获成功，观众反响特别好。

"不，不一样。"楚独秀捂住脑袋，自暴自弃道，"别人延迟满足，我是延迟焦虑，待会儿怎么见人啊……"

楚独秀承认，写这篇稿有赌气成分。她以前听过菜豆的段子，这次是故意向对方复仇，彰显自己的攻击性。但演出爽完了，理智回笼了，她的热血也开始冷却，不知道该如何面对旁人：她居然真说了一些出格词汇，王娜梨等人会不会不舒服，觉得她跟菜豆一样低俗？而且班里有其他男学员，一会儿势必得打照面，也不确定会是什么情况！

她句子末尾的"啊"还有颤音，像音色独特的咏叹调，别提有多诙谐幽默。谢慎辞忍不住想笑，却怕被她视为嘲讽，只得抿一下嘴，故作平静地道："你准备焦虑多久再回去？"

楚独秀仍然捂脸龟缩着："等男观众离场吧，我现在害怕被打。"

台上坦然表演，台下要苟一点儿，毕竟还没学搏击，多少得小心行事。

"法治社会，不会有人打你。"谢慎辞道，"真要这么说，我给你改稿，还算是男性叛徒，要打也是先打我。"

不得不说，这话挺能安慰人，楚独秀躁动的情绪得以平复。她都不明白自己接触单口喜剧后为何总是在自卑和自信中疯狂切换状态，一会儿觉得自己的表演好放肆，一会儿又觉得讲得特别好，简直是当之无愧的天才。好在谢慎辞的话转移了她的注意力：谢总仪表堂堂，曾帮她调整稿子，那内容应该不算太过分？如果真的过火，他也会被拉下水。

楚独秀撤下遮脸的手，跨踞地瞄他好几眼，像石缝里钻出的小蘑菇，摇摇摆摆。她欲言又止:"嗯……"

谢慎辞挑眉:"这是什么表情?"

楚独秀眼神闪烁,期期艾艾地道:"想要开个玩笑,但害怕冒犯您。"

"没事,就当你还在舞台上。"谢慎辞心生好奇,宽宏大量地道,"这算是表演的彩蛋。"

楚独秀犹豫不决。

谢慎辞坚持道:"说吧。"

楚独秀确认他敢听,这才慢悠悠道:"我想说,您改稿被男性视为叛徒,但是获得了女性的认可,没准还能获得殊荣,一个只有真正优秀的男性才配被女生这么叫的称呼。"

谢慎辞疑道:"什么称呼?"

"姐妹。"

"???"

一声姐妹大过天,这是多大的殊荣!

谢慎辞被她逗乐,都不知道她哪儿来的奇思妙想,好像永远没有创作瓶颈。他眼看她蹲坐台阶上,索性伸出手拉她,淡然道:"走吧,姐妹,我护送你。"

居然就这么认下了。

楚独秀着实佩服谢总,相比大多数老板,他真没什么架子,脾气好得出奇。

他该不会是特意来找自己的吧?楚独秀望着他悬空的修长手指,又见他唇角似有若无的弧度,莫名就有点儿不好意思,没有拉着他借力,反而用手掌撑着地面起身。

谢慎辞只得放下手。

楚独秀低下头,盯着自己的鞋尖,不太敢直视他。她故意拍拍裤子,抖落身上的灰,借此掩盖心跳声,附和道:"走吧,姐妹!"

剧场内,座位上已经没有观众,只有扎堆玩闹的学员聚在一起有说有笑。楚独秀和谢慎辞进门时兵分两路,前者去找其他演员,后者去找工作人员。

楚独秀遥遥瞧见王娜梨和小葱,忙不迭地小步快跑,过去跟同伴们会合。

王娜梨朝她招手:"我们还找你呢,跑到哪里去了?"

楚独秀:"表演完冷静了一下。"

"杀疯了啊,蜜汁鸡排饭!"小葱终于见到楚独秀,迫不及待地分享快乐,"今天的稿子专治菜豆,你是没看到他的脸色,最开始还是青的,听一半就涨红了!"

王娜梨哭笑不得:"感觉你比她还激动。"

"这是蔬菜演员的责任和使命感,菜豆要不处理熟,可是会食物中毒。"小葱道,"你作为梨子也该荣辱与共。"

小葱有点儿才华,还玩起食材特性梗了——菜豆就是四季豆,没熟生吃会中毒。

第三章 初赢

楚独秀："所以别的圈子著书立说，脱口秀圈子是撰写菜谱？"

"没错，《单口喜剧王》别名《中华小当家》，其实也是烹饪节目。"

三人兴高采烈地讨论，让楚独秀放松了下来。她一向不怎么冒犯别人，还怕其他演员指责自己，没想到同伴们都反应良好。

连路帆都走过来夸赞道："今天讲得好棒，不是零散的笑点，已经有明确主题和批判性思考了。"

虽然楚独秀的前半段内容没法上节目，仅仅是对菜豆的反击，但后半段明显有升华，打磨后必然更不一样。

楚独秀不好意思地道："谢谢路老师。"

没过多久，谢慎辞、尚晓梅等工作人员过来，跟培训营学员们齐聚一堂。投票箱内的门票被倒出来，由专人计票及唱票，评选排名前三的学员。

"朋友们，下面公布今日开放麦的排名。"尚晓梅看学员们围拢过来，将手里的纸条递给谢慎辞，"谢总。"

谢慎辞："你来吧。"

"好嘞。"尚晓梅高声道，"今日门票总共八十张，每票能投三名学员，有效票数共计七十八张。首先是开放麦第三名的学员……"

王娜梨抱紧楚独秀，小声道："有点儿紧张。"

楚独秀没说话，同样屏气凝神。毕竟菜豆的现场掌声也不少，不知道最终排名有多高。好在尚晓梅连续公布了两名学员，都没有菜豆的名字，反倒另一位熟人榜上有名。

"开放麦排名第二，共计六十七票，小葱，恭喜！"

小葱喜笑颜开，连忙直角鞠躬："谢谢谢谢，没写获奖感言，失策了……"

众人被他逗得笑出声来。

楚独秀和王娜梨同样为他高兴，拼命地鼓掌，宛若小海豹。

"接下来，就是今天的善乐最强新人王。"尚晓梅望向楚独秀，笑道，"我觉得很多人都猜到了。"

楚独秀接触到尚导的眼神，当即大气不敢出，身体紧绷地咽了咽口水。

周围人见状，索性抢先道："楚独秀！"

"独秀——"

"尚导，不要搞综艺套路，还不是正式节目呢！"

众人在现场嘻嘻哈哈，学员们呼喊着楚独秀的名字，声浪一阵比一阵高，让她的心脏快从嗓子眼跳出来。

"看来是众望所归啊。"尚晓梅终于公布名字，痛快道，"恭喜楚独秀获得开放麦第一名，共计七十三票，当选善乐最强新人王！"她笑意盈盈，"期待你在节目上的表现。"

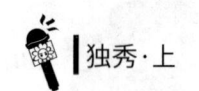

楚独秀还没来得及回答，耳边就炸响狂欢的喝彩声，然后她被激动的王娜梨和路帆揉来揉去。

此刻所有的表演都已经结束，欢乐和轻松弥漫剧场。众人一窝蜂围过来起哄，工作人员也很快加入进来，轮番高呼着前三名的名字，一会儿喊着"楚独秀"将她拥住，一会儿喊着"小葱"将他抬起，别提有多热闹。

培训营的课业告一段落，再碰面就是海城节目海选。大家借庆祝的氛围告别，趁现在肆无忌惮疯起来。

或许单口喜剧就是这样，笑中带泪，泪中带笑。

尚晓梅揉了揉眼睛，感慨道："所以我每次看到这种画面都很感动。"

即便尚且不知脱口秀是否有明朗未来，但只要看到这帮青春洋溢的喜剧人，就会让人觉得一切皆有可能。

谢慎辞注视着欢闹的人群，神色也难得地柔和了下来。

散伙饭后，培训营全体学员合影，导师及导演也参与其中，唯有菜豆不知所终。

有人特意询问聂峰，要不要将菜豆叫回来。

"别管他，刚给我打电话，说上不了节目了。"聂峰哂道，"爱来不来，大喜的日子顾不上他。"

聂峰其实也不想将菜豆找来，培训营马上就要结束，不要最后弄得不开心。再说楚独秀的票数毫无水分，演员本来就靠观众支持，菜豆输得彻彻底底，现在耍横也是输不起。

工作人员喊众人照相。闪光灯亮起，培训营照片被定格，学员们就要各奔东西了。

楚独秀知道王娜梨订了明日的车票，对方是来燕城培训，现在只得依依惜别。

王娜梨掏出一个笔记本，翻得哗哗作响，炫耀道："看看这是什么？"

"你还留着呢？"楚独秀定睛一瞧，发现是自己的签名，是她们第一次上课时交换的。

王娜梨一抬下巴，得意道："当然，这可是传家宝，我要等着升值。"

楚独秀笑了。

"我不是开玩笑，其实第一天见你，听完你课上的段子，我回酒店自卑了好久。"王娜梨坦白道，"因为我从来没见过这么厉害的演员，你还比我年纪小，我都不知道大老远跑来燕城上课是不是在浪费时间，白花了车票钱……"

这是王娜梨的心里话。她怀揣梦想离开家乡学习，没想到同桌的新人演员远超自己，连她都不确定该不该继续坚持，不知道自己有没有说单口喜剧的天赋。

楚独秀一愣，没料到还有此事。

"不过现在调整好心态啦，你就是我觉得最牛的脱口秀演员，不管是国内还是国外！"王娜梨摸摸鼻子，索性张开双臂伸手抱住楚独秀，欢声道，"我们海城录节目再见吧，到时候我也给你秀两场，不能继续这样混下去了。"

楚独秀回搂住对方，不知为何鼻头发酸："好，我就等着你的签名升值了！"

第三章 初赢

"下回还可以给你带我老家的香肠。"

两人重新嬉闹起来，她们年龄相仿、性格相投，又是班里为数不多的女生，短暂的培训却建立起深厚的情谊，或许靠相仿的笑点，或许靠真诚的态度，即使互相暴露弱点也都可以凭借玩笑来消解。

楚独秀很难形容这种触动，不仅仅是喜欢脱口秀，还喜欢借此接触的很多人。如果非要描绘的话，那就是世界上大部分人都正常，唯有她精神不佳、时常发疯，但现在却顺利找到疯人院，可以跟臭味相投的同伴们插科打诨、分享糗事，在这里没人嘲笑彼此又弱又没用，只会互相佩服地夸赞"你真幽默"。一如她今日的表演，放外面保不齐被骂，但多数演员都能一笑而过。

她不知道其他脱口秀俱乐部如何，但待在善乐培训营的日子快乐居多。

可惜天下没有不散的筵席，楚独秀和王娜梨告别后，某个犹豫许久的冒险念头终于在喧嚣夜后有了决断。

夜幕降临，街边的路灯昏黄，不远处是地铁站，人来人往很热闹。而红雁剧场门口，学员们陆续离开，唯留工作人员。

谢慎辞目送学员离去，突然见楚独秀折返，颇感意外地挑眉。他一只手插兜，以为她是来道别的，镇定地揶揄："还是怕被打？"

楚独秀垂着眼，扭捏道："谢总，我想上节目，该怎么报名？"

燕城的秋天总是短暂，炎热夏季一过，天气急速转凉。秋高气爽没两天，凛冬的飒飒寒气就扑面而来，让早晚骑自行车出行的人冻得直打战。

培训结束后，楚独秀稍微安宁了一段时间，主要是忙着学校的毕业论文，最近总算跟导师敲定终稿，又要等待各地考公报名信息公布，时不时跟家人汇报一番近况。

楚独秀背着包从学校出来，路上跟楚双优打电话："姐，我又不缺钱，干吗突然给我转账？"

今日她从宿舍醒来，刚一打开手机就被转账金额吓到。楚双优还是凌晨掐点转的，无奈她昨晚早就睡了，居然没有看见。

耳机里传来温和的女声："你不是过生日？嘘寒问暖不如打笔巨款。"

"那不也是你的生日？！"楚独秀厚颜无耻道，"我可没钱还你双倍。"

两人是双胞胎姐妹，生日本就在同一天。楚独秀早就选好了礼物，但是明天才能到手，还没来得及寄出去。

楚双优提议："没事，我过些天到燕城，你陪我转转就行。"

楚独秀一怔："你要来出差？"

"对，前两天会议比较多，但周末有时间。"

"好的，正好我论文也定了。"

楚独秀在心底盘算起来，那礼物可以当面送出，等楚双优来燕城的周末，自己少去一趟开放麦，什么事情都不会耽误。

"那到时候见。"楚双优柔声道，"生日快乐。"

"生日快乐，姐姐。"

楚独秀愉快地挂断电话，在街角转过身看到了"台疯过境"的招牌。不知不觉，"台疯过境"的霓虹灯牌已近在眼前，只是白天没有亮起，在小巷里显得朴素低调。

门被推开，丁零一声响。

楚独秀踏进去环顾一周，发现谢慎辞难得地早到了。他陷进落地窗边的软沙发，正在懒散地晒太阳，还朝她抬手打招呼。暖融融的日辉将他的白衬衣照得发亮，让她不由得微眯起眼，如同直视阳光。

这是近日常见的景象，他没有回海城，时不时来酒吧。

自从楚独秀决心参加节目后，就向谢慎辞请教了如何报名，但录制是在寒假，距离现在还有段时间。考公日期目前没有公布，从往年看是在寒假前，她可以考完试再去海城录制节目，然后开学回校答辩准备毕业。

时间紧，任务重，毕业、复习和节目都不能耽误。

楚独秀偶尔还跟远在老家的王娜梨闲聊，她们相约在海城重聚，最近都在试新段子。不过，楚独秀是来"台疯过境"酒吧，王娜梨是在老家的演出场地。

酒吧内，楚独秀跟陈静、聂峰打过招呼，背着包走到谢慎辞的身边。空间不大，她思索一番，没有坐在谢总对面，而是将包放在隔壁桌。

谢慎辞看她拉开旁边的椅子，索性将笔记本电脑挪了挪，腾出不少位置，一指对面的沙发："最近段子写得怎么样？"

楚独秀微不可闻地叹息，当即知道躲不过了。她低头拿包跟他同桌，小声道："还好，有几个了，但没有试。"

果不其然，谢慎辞眨了眨眼，直接道："让我康康。"

这个梗究竟要玩多久？他就没有新花样吗？

楚独秀强忍翻白眼的冲动，鼓起勇气吐槽："看来蟹老板最近没写新段子。"

蟹黄堡依旧是老配方。

"没事，我都直接看你们的段子。"

可恶的资本家！楚独秀只得拿出电脑，将新稿子递到他面前。

谢慎辞兴致盎然地接过，还抬起眼观察了她一番，冷不丁道："你是不是在心里骂我了？"

楚独秀没料到他看出来了，忙道："我哪儿敢。"

"不要偷偷骂。"谢慎辞面无表情地道，"写成段子骂。"

第三章 初赢

"？？？"

这是多么荒谬又变态的要求！为什么他总说些怪怪的话？！

这段时间，楚独秀和谢慎辞基本就没有断过联系，即使开放麦没有碰面，隔一两天也会聊聊天，楚独秀也因此对谢慎辞有了新的认识。

最开始双方的联系还比较公事公办，基本上都是谢慎辞突然发来一条"最近段子写得怎么样"。她第一次收到微信时诚惶诚恐，感觉就像论文被老师询问，恨不得从宿舍床上爬起来给他发新攒的稿。毕竟她已经决定参加节目，过去是无欲则刚，敢跟老板开玩笑，现在就该懂事些，平时交流客气点儿，所以第一次回复时还编写了客套的词，第一句就是"谢总您好，最近在忙学校论文，新段子还没打磨好，但是已经有初稿，请您过目"，那叫一个礼貌恭敬。

谢慎辞回得也很正常："收到。"

片刻后，他将批注过的稿件发回来，然后再跟她"辛苦"来"辛苦"去，双方假惺惺地寒暄两句。

然而同样的事发生几次，楚独秀有点儿吃不消了，感觉他问得好频繁——善乐文化在海城，谢慎辞经常两头飞，平时工作也挺忙碌，但一闲下来就问她段子进度。按理说这代表领导对下属工作的重视，只是楚独秀有两天忙着改论文，焦头烂额也没琢磨出新段子，索性破罐子破摔说交不出来。她的用词相当委婉规矩，态度却是"要段子没有，要命一条"。

这是她第一次尝试反抗，不能纵容老板过度压迫。但谢慎辞的回复却让她极度震惊。

"好的。"他回道，接着发来一张小黑猫流泪的图片。

楚独秀看到黑猫流泪的表情图都蒙了，因为那并不是高清真猫照片，而是低像素卡通小猫，黑猫泫然欲泣，眼睛里像含着泪光。

这玩意儿是谢总发的？！

谢总还能发这玩意儿？！

楚独秀整个人都傻了，一度不知道如何回复。

如果是王娜梨或路帆发来微信，她可以自然地与之互发表情包，什么亲亲抱抱揉揉都乱用，反正女生间聊天没有顾忌，但谢慎辞是男的，还属于高层领导，并非简单的朋友——谢慎辞确实帮她改过反击菜豆的稿，经此一役双方的革命感情有所升华，在她眼里，他是还不错的男性友人及领导，尽管一本正经冷幽默，但专业能力挑不出错——互发可爱软萌表情包对她来说还是太超前了！

楚独秀忽略表情图，不失礼貌地回复完，过了两天有空了就写稿，然后第一次主动发给了他。

谢慎辞的回应也迅速，风格甚至有所延续："小黑猫比心.jpg"

黑色猫猫的尖耳朵竖起，正上方蹦出一颗爱心，像被两只猫爪捧起来。

楚独秀崩溃了。救命！难道他不是督促工作，而是单纯想看她的稿？她那一刻才幡然醒悟，最初的客气好似笑话。

据说谢慎辞一年高强度全国看表演，时不时还到国外看英文专场，他应该是发自真心地喜欢单口喜剧，没准是蹲守着她想要读最新内容。之前她就奇怪其他演员明明不常换段子，为什么他隔两天就要问新稿子，敢情是拿她当晋江作者追更呢！

自此以后，楚独秀和谢慎辞网上聊天时就随意起来，很难再将他当老板尊重，只有面对面看到真人才会被其凛然气质所震慑，短暂遗忘微信里的黑猫表情包。

酒吧内，楚独秀一边浏览批注完的稿，一边从屏幕的边缘偷瞄谢慎辞，眼看他专注地打字，衬衣袖口露出手腕骨节，俨然是高冷精英做派，心里愈加觉得古怪——无法想象冰雕有颗喜剧人的心。

没过多久，小葱准时抵达"台疯过境"，陪聂峰调试现场设备。

今日照例是开放麦，演员们会来试段子。菜豆在培训营跟聂峰闹掰后，再也没来过"台疯过境"表演。楚独秀并不了解燕城的俱乐部构成，但她频繁地出入酒吧，跟陈静等人更加熟悉。

室内的白色幕布放下来，聂峰和小葱在摆弄投影。

"你们手机是什么接口？"聂峰拉着一根电线，问道，"能不能帮我试一试投屏？"

谢慎辞："是需要转接口？"

"好像是，但我不确定线坏没坏，先连个设备试一下。"

楚独秀主动递出手机："我的可以吗？"

聂峰瞄一眼："这个好像就行。"

楚独秀正在用电脑，索性将手机递过去，让聂峰连接好电线。

只见白色幕布亮起，接着就有画面弹出，恰好是她的手机锁屏，写有"心平气和"的毛笔字封面。

聂峰见状吓一跳，嘀咕道："好家伙，还没毕业的年轻人，壁纸已经是大彻大悟。"

谢慎辞闻言也偏头看过来，瞧见了幕布上的老年人画风壁纸。

楚独秀无奈："事情太多，心情就躁。"

聂峰："现在操作正常？"

楚独秀配合地解锁，果然见屏幕也在变换，出现了她的微信聊天页面，最上方是一颗Emoji爱心，不知道置顶的是谁，最新聊天记录是"已收款5200"。

谢慎辞有点儿愣神，看了她一眼。

"可以，那我去找转接口，这根线没问题。"聂峰拍拍手，"谢啦，手机拔掉吧。"

楚独秀作势要拔电线。

"啧啧，你说说，调试设备也不关掉微信，这不就被我们撞见隐私了？"小葱站在幕布边感慨道，"男朋友财大气粗啊，幸好我女朋友没来，不然我就撞上内卷了！"

楚独秀满眼茫然："什么男朋友？"

"喏。"小葱猛然跳起，拍打幕布上方显眼的爱心置顶。

谢慎辞见小葱戳破，不动声色地观察她，黑眸闪着光，像在听八卦，又好似没表情，不知在想什么。

楚独秀撞上他们的目光，忙不迭道："这是过生日我姐发的！"

这绝对闹了误会，那人是楚双优。

"给你过生日发那么多吗？"小葱深受震撼，"你姐还缺兄弟姐妹吗？"

楚独秀正要解释，不知思及什么，又突然咽回去，犹豫道："不是，算了，说出来好像段子……"

谢慎辞顿时就来了兴趣："说说。"

楚独秀见他坚持，只得长叹一声，坦白道："我姐说，我上大学后要有贵重礼物，才不会被男生的小恩小惠骗走。当然，她想象力也挺丰富，不懂她怎么想事儿的。"

别看楚双优谈吐不俗、进退有度，实际上深受霸总文学茶毒，总幻想自家妹妹会遭遇入室抢劫式爱情，必须提前适应被人甩大额支票的剧情，才能在物欲横流的社会里保持自我。因此，她挣钱后就时常拿钱砸楚独秀，凭一己之力活成霸道总裁的样子！

对此，楚独秀只想说，姐姐想得太多，低估了男大学生的抠门，还高估了男大学生的财力。

"天哪，为什么我碰不到这样的事？"小葱听闻此事，咋舌道，"来个人骗走我吧，我不要贵重礼物，小恩小惠都可以！"

楚独秀挑眉威胁道："这话我可要告诉豆腐。"

豆腐是小葱的女朋友，一个小巧玲珑的女生，偶尔来酒吧听开放麦。小葱的艺名就出自情侣名，他们时常在演出结束后一起回校，路上曾跟楚独秀打过照面。

"你告诉吧，她不在乎。"小葱扬起下巴，"她肯定很有自信，觉得没人会骗我，昨天还认真地跟我分析，说像她这样热衷垃圾回收的人不多，让我要好好珍惜。"

楚独秀被逗乐了："你怎么回的？"

"您说得对，您最有环保精神了！"小葱摆出嫔妃行礼的姿势，声音也变得尖声尖气，欠身道，"小垃圾给您请安了。"

陈静站在吧台后面，听到这儿笑起来："又开始显摆他有女朋友了。"

聂峰拿着转接头归来，一瞧小葱的架势就懂对方在做什么："嚯，开放麦还没开始，这就提前演上了？"

楚独秀："知足吧，人家还经常来接你，我和娜梨都撞见好几次。"

小葱和豆腐是互相斗嘴的情侣，天天一起插科打诨，感情却相当稳固。楚独秀讲脱口秀前就对豆腐有一点儿印象，对方很支持小葱搞脱口秀，要知道早几年没节目时，单口喜剧根本不挣钱。因此有时候她会有一点儿羡慕小葱和聂峰，起码豆腐和陈静欣赏他们的爱好，甚至将他们的幽默视为魅力。

小葱小鸡啄米似的点头："知足，当然知足，每天三跪九叩。"

谢慎辞盯着小葱活宝般的表演，静静地听众人说笑，突然瞥向楚独秀，冷不丁道："今天是你生日？"

楚独秀一怔："对。"

"生日快乐！"陈静最先反应过来，走到冰柜前挑选，提议道，"待会儿一起吃个蛋糕吧！"

楚独秀连忙制止，不好意思道："没事，不用的……"

小葱拨了拨头发，满脸真诚地道："我也没什么好送你的，今晚有开放麦，送你一份幽默。"

楚独秀："这东西好像我比你多。"

"啊——"小葱捂住胸口，故作负伤吐血状，"扎心了！这就是新人王的幽默吗？！"

聂峰和气道："今天过生日，没有安排吗？"

"就讲好开放麦吧。"楚独秀挠了挠头，坦白道，"我姐下周来燕城，我和她周末有约，所以下次开放麦就不来了……"

"可以带她来看看。"谢慎辞建议道，"附近也有些景点。"

"台疯过境"藏在巷子里，但周围交通便利、设施完备，一侧是几所学校的园区，一侧是临水的旅游步行街，也是寸土寸金的地方。

楚独秀不知为何心虚起来，支吾道："到时候看方不方便。"她没跟楚双优提过脱口秀的事，心里多少没有把握，再加上是特殊时期……

"什么意思？"小葱双臂抱胸，故意道，"我们见不得人吗？怕我们当场认姐？"

楚独秀煞有介事："你知道就好。"

"？？？"

片刻后，陈静端来蜜汁鸡排饭和小蛋糕，还有一枝写有"Happy Birthday"的鲜花。众人给楚独秀唱了生日歌，在开放麦开始前简单地庆贺了一下。

楚独秀着实受宠若惊，不断地表达感谢。她本来也没想要庆祝，要不是偶然调试设备，也不会被谢慎辞等人发现此事。

陈静注重仪式感，还用拍立得拍了合照，送给楚独秀留念。

楚独秀无以为报，只得晚上加倍努力，奉上效果极佳的表演。

开放麦结束后，窗外夜色沉沉，天空中难得地有星星在笑。"台疯过境"的霓虹招牌亮起，最外圈是紫色和金色交缠，其间点缀五颜六色的光点，在昏暗中耀眼夺目。

暖灯照亮酒吧门前的区域，洒下朦胧氤氲的光雾，偶尔能瞧见灰尘跳舞。观众享受完

第三章 初赢

欢乐后退场，只剩几个演员在角落闲聊。楚独秀跟陈静等人告别，推门就感到凉风扑面，驱散了表演后的亢奋和躁动。她近来已经习惯开放麦，借此不断地调整段子，筹备未来的节目比赛。

酒吧离学校没几步路，楚独秀刚打算离开，却瞥见灯影下的人：他在室外穿着外套，两只手插在兜里，认真听身边人说话，手腕上挂着个纸袋，看上去挺拔又闲散。

谢慎辞见她从酒吧出来，同其他演员打个招呼，抬腿就朝门口走过来。

楚独秀冲他挥手作别："谢总，我先回校了，拜拜。"她一向准时离开，不太跟别的演员沟通，不像聂峰或者谢慎辞，还要维系当地演员的关系。

"好的，拜拜。"谢慎辞提着纸袋，干脆利落地递给她，平和道，"生日快乐。"

他的动作行云流水，根本不给反应机会，就好像随手递文件。楚独秀下意识地接过，茫然道："谢谢……"

她正琢磨要不要推却一番，好歹客气或感激几句，无奈谢总转身就走，又重新回去聊天了。这就让她丧失了机会，尤其他还背对着她，再没有回头看一眼，总不能追过去感谢。

角落里的演员们有说有笑，交流氛围融洽又愉快。楚独秀没办法打扰，只好蹑手蹑脚地离开，一只手捏着生日花，一只手提着纸袋子。

天哪，难怪他下午频频看手机，中途还突然出去一趟，这是临时叫了闪送吗？楚独秀确信她没见谢慎辞带纸袋来，起码开放麦前两人都同桌，他就带了电脑。

男生居然能那么细心吗？相对于小葱的"送你一份幽默"，还有聂老板的"送你一首东北味儿生日歌"，谢慎辞知道用精致的纸袋包装礼物已经完全超出楚独秀的预期，丝毫不逊于陈静的体贴了。

纸袋稍微有点儿分量，楚独秀忍不住偷瞄一眼，却没看出来是什么。这令她略感惶恐，主要是不知道谢总的生日，万一礼物的价值较高，还礼又会是一个问题。

楚独秀一边刷谢慎辞的朋友圈，一边提着纸袋回宿舍，却发现他没泄露过生日日期。好在生日礼物挺正常，她回寝室拆开礼物包装，看到一副蓝牙耳机和一本书。

最近耳机线总乱缠在一起，她有想过要不要买副新耳机，但拖延症导致迟迟没行动，不料谢慎辞先注意到了。这蓝牙耳机是她关注的牌子，价位送好友也合适，她要是还礼不会有难度。

另一本书没有塑封，封面印的都是英文，名叫 *The New Comedy Bible*，书中内容也是全英文，主要教导脱口秀演员如何创作。她随手翻开一页，发现扉页写着个"谢"字，猜测这书的原主应该是谢慎辞，尽管封面依旧平整崭新，但偶尔能看到两三行小字，估计是他反复阅读时留下的。

楚独秀上网搜索一番，发现很少有人售卖此书，仅有的售卖店铺标价将近两百元！

书中果然有黄金屋！这书值得被翻烂了。

英文原装书当然没有耳机贵，但联想到谢总从国外背回，而且此书被他反复翻阅，意义又会不一样。楚独秀望着书出神，很难描述此刻的感受，脑海里晃过很多画面，比如他捡简历寻人、反复邀请她搞脱口秀等。记忆的碎片涌出，依稀回忆她至今的路，都源于他的推波助澜。

她经常搞不懂他的执着，偶尔还觉得他实在夸张，但现在隐约有所领悟，明白究竟是何种感情。有一瞬间，她会希望谢慎辞是女生，这样他们就能更舒畅地交流，抛开很多世俗男女的计较，像跟王娜梨等人玩闹时般无拘无束，不用在乎分寸和距离。但很可惜，他并不是，所以天然有堵高墙。

楚独秀长叹一声，索性翻开书阅读。

如果世界上只有一个人发自真心地欣赏她的幽默，应该就是谢老板无疑了。

燕城作为国内最繁华的城市之一，各类高端场所必不会少，尤其五星酒店遍布商区。

酒店内，豪华气派的大堂，风雅别致的造景，一进门就能看到松柏青翠，潺潺流水环绕鹅卵石，汩汩作响。

楚独秀站在前台，眼看西装革履的商务人士来回穿梭，心里不免仓皇无助。她后悔没穿面试的衣服，依旧选择颜色亮丽的卫衣，导致自己在大堂格外扎眼，一看就不是来开会的正经人——周围人都是港剧中的精英风范，只有她是卡通人物风，像落单等家长的儿童。

好在监护人很快出现，走廊尽头出现楚双优的身影，她穿着剪裁得体的女式西装及长裤，胳膊上挎着包，手里捏着材料，大步朝前台走来。

两人是双胞胎，五官相仿，但长相并不一样，楚双优眉宇间有一股英气，走路时脊背挺直、体态极佳，让人一瞧就震撼，被其干练气质所折服。

她们的母亲楚岚时常感慨，姐姐在娘胎里护食，总是跟妹妹争营养，导致生下来就重一点儿，自然聪明得多，而妹妹弱一些正常，毕竟出生前就争不过，这辈子都难翻身。

楚独秀从小听这种话，心态倒是良好，还跟母亲认真分析，表示"有没有可能，我就没争过，单纯作为挂件出生"。

她跟亲姐有什么好争的？

她就是来为大佬做绿叶的。

珍稀花卉的叶子也是珍稀绿叶，就像爱马仕的配件也是爱马仕，别管那玩意儿有没有用，身价不一样啊！

楚独秀见到人，如同乳燕归巢："姐姐——"

"怎么不先回房间等我？"楚双优伸手揽住妹妹，低头看一眼手机，满怀歉意道，"我没想到会议时间拉长了。"她今日都在开会，脸上却不见疲态，反而神采奕奕。

"没事，没等多久，你还有工作吗？"楚独秀乖巧地拎着袋子，跟屁虫般跟着对方去

第三章 初赢

坐电梯。

"现在彻底没了，属于休息时间。"楚双优上下打量妹妹一番，"你今晚别回学校了，跟我一起住这边吧。"

"但我什么都没带。"

"房间里有。"楚双优似有所悟，"是不是耽误你考公复习了？"

楚独秀心一跳，干巴巴道："一两天好像没什么事。"

"也是，稍微休息两天，就全力备考。"楚双优点头，"妈前两天还问我考公日期出没出，记得提醒你按时报名。"

楚独秀面露尴尬："为什么她不直接跟我说？"

"可能以为跟你说过了。"

楚独秀果断道："没有，一次都没有。"

"晚上想吃什么？"楚双优连忙岔开话题，温声介绍道，"这家酒店的自助餐不错，你觉得呢？"

"我都行。"

楚独秀还没有进入社会就领悟到能者多劳的道理，因为这事在家里体现得淋漓尽致。

为什么公司老板总将好用的人往死里用？因为精英就是不会出错，什么事情安排给他们，不但按部就班完成，甚至能超出老板预期，连老板做不到的事他们都可以执行。但要是安排给普通人或者稍微差一点儿的人，老板就需要手把手教，还会出各种纰漏，在意想不到的地方有问题。久而久之，老板也会烦，还是选精英。

母亲楚岚就是如此，她对楚独秀做事极不信任，必须经由楚双优过一遍手，悬着的心才会放下。

楚独秀觉得这有点儿招人烦，自己好像一个大拖累，时不时就要打扰姐姐，但再三劝阻也没有用，她在家里完全没有话语权，母亲照旧要询问楚双优。

幸好姐姐一直待她不错，从没有抱怨过，还时常惦记她。一如现在，楚双优带她吃人均七百元的自助餐，教她品尝鱼子酱及罕见食材，还要赞叹一句晚餐性价比不错，这个价位的口感比想象的好。

饭后，两人在五星级酒店里溜达一圈，返回能俯瞰燕城夜景的房间小憩，浩瀚熙攘的都市化为脚边灯影，仿佛摇曳的名和利。很少有人能看到燕城画卷般的模样，但这仅仅是楚双优出差途经的风景。

奇怪的是，楚独秀看到社交媒体上才华出众的同龄人会焦虑，但从小到大不拿自己跟姐姐对比。或许她也跟母亲一样，默认楚双优无所不能。

在酒店沐浴结束，楚独秀舒适地躺在柔软的床褥上，在适宜的温度里昏昏欲睡。她觉得五星级酒店就是有神奇魔力，安宁的氛围瞬间抽空意志，连房间的光线都在催促她入眠。

这一刻，什么考公什么脱口秀全都离她而去，人何必自由独立？

楚独秀脑海里涌出一个堕落的念头，突然道："姐，我想结婚了。"

楚双优正在吹湿漉漉的长发，闻言关掉嗡鸣的吹风机，错愕地回头："什么？"

"这样的生活过于舒适。"楚独秀安详地闭上眼，"我想要跟你结婚，待在一个户口本上。"

她的万般努力在糖衣炮弹前不值一提。

楚双优立刻明了妹妹又在发疯，提醒道："我们本来就在一个户口本上。"

"好巧，好有缘。"楚独秀睁开眼，故作惊讶道，"我们天生一对，还一个户口本，果然结婚了吧？"

楚双优："……"

行吧，双胞胎确实天生一对，这话也挑不出毛病。

楚双优洗漱完，同样钻进被窝。姐妹俩挤在一张床上嬉笑，楚独秀终于有空闲时间，将备好的礼物取出来。

"喏，生日礼物。"楚独秀提了一天袋子，现在总算取出东西，献宝般地递过去。

"怎么会突然买围巾？"楚双优接过羊绒围巾，愣住了，"没想到你知道这个牌子。"

浅咖啡色的羊绒围巾，摸起来质地柔软、相当亲肤，如云朵编织成绸缎。狭窄又简约的吊牌滑出来，跟低调的设计截然不同，围巾品牌的价格极度高调。这不是楚独秀会了解的大牌。她总是大大咧咧地背帆布袋，上面印着花哨的动漫人物，对于奢侈品一窍不通，就连别人炫富都看不懂。

"我觉得你平时能用。"楚独秀小声道，"还让室友陪我去专柜看了看。"

楚独秀绝不会使用这种围巾，但楚双优时常出入高档场合，对衣物的要求肯定不一样。

那真是前所未有的刺激体验，见识浅薄的她没料到会缺货，在第一家专柜没找到心仪的颜色，又跑到第二家拜托店员调货，才成功地买到浅咖啡色。不得不说，国人的有钱程度超乎想象，几千块的围巾还能卖得精光，堪比菜市场买菜。

楚双优抚摸柔顺的围巾，又见楚独秀眼眸发亮，一时无法形容当下的心情。这条围巾不好买，颜色被吹成网红款，应该早在专柜卖断货了。围巾的钱能靠红包补回，但妹妹鼓起勇气找人调货，没准还找了好几位店员，也不知经历了多少曲折……一直以来，她都知道妹妹是个重感情的人，总用笨拙又真诚的手段，珍视着人和人的关系。

楚双优嗓子发干，突然就失声了，最后动容地道："颜色确实百搭。"

楚独秀得到认同，欢声道："是不是跟你平时的衣服很配？是不是？！"

"嗯，天气冷了，马上就能用了。"楚双优柔声道，"买得不错。"

两人有说有笑地拉开围巾，还在床上跳着比画起来，拿出楚双优行李箱里的衣服搭配。

这一晚，她们都没提起学习或工作，只缩在被窝里叽叽喳喳，聊了好多童年的事情。温暖的棉被包裹二人，就像她们出生前一样，浸泡在母亲的羊水里，毫无秘密地相依相偎。

第三章 初赢

一夜好梦，旭日东升。

酒店门口，姐妹俩用过早餐，决定出门转一转。

楚独秀看一辆小轿车停在眼前，车标是熟悉的四个圈，惊得合不拢嘴："哪里来的车？"

"有需要可以说，他们就会安排。"楚双优落下车窗，解释道，"我们借用一天。"

楚独秀打开副驾驶座的门，小心翼翼地坐上车，瞧着握方向盘的姐姐一阵唏嘘："这感觉好奇妙。"

楚双优一边设定导航，一边侧头询问道："怎么了？"

楚独秀系上安全带："你居然会开车。"

"我们不是高考后一起学的吗？"

"不，那只是学。"楚独秀摇头，神色颇怅然，"但你真握着方向盘，我感觉就不一样了。"

"哪里不一样？"

"你好像变成大人了。"

此刻，楚独秀体会到一种冲击，跟读书时的成绩差异不同，她的姐姐好似先一步踏进社会，成为童年理想中的成熟大人，能力出色，情绪稳定，像她小时候梦中的自己。

父母做这些事不会使人震撼，但一母同胞的姐姐却不一样。

岁月真是古怪的东西，赋予姐姐沉稳的魅力，却对自己施了静止大法，依旧在原地停滞不前。

姐姐背着她长大了。

"我们早就是成年人了。"楚双优好笑道，"十八岁都过去好几年了。"

楚独秀不言。

楚双优启动轿车，缓缓地驶出酒店："我那天还跟妈商量，你要不报家里的岗，不一定是公务员，文城事业单位也行，比如电视台什么的。"

楚独秀一愣："为什么？"

"爸以前还有点儿关系，可以找人帮忙问问。"楚双优道，"我知道你嫌他们叨叨，但文城不是有个精装修的新楼盘？我这两年攒了些钱，在那里交了个首付，马上就要交房了。你要是考回去，可以住到那边，不会被爸妈烦。"

此话一出，如同平地一声惊雷，直接将人击翻。楚独秀震撼道："妈知道这事儿吗？"她猜到姐姐近年收入很高，但没想到已经是买房水平！

"知道，我跟她说了。我以后肯定在南城发展，就算公司换地方，也是燕城或海城，回文城就失业。"楚双优心平气和道，"房子总得有人住，你也不用交房租，偶尔回一趟家，应该过得还行。"

"这是过得还行？"楚独秀撇嘴，感慨道，"这是相当行啊！"

她在心里敬佩姐姐的敏锐，洞悉自己不想考回家的缘由：这人就是远香近臭，跟父母在同一屋檐下生活，没准要被他们念死。

而楚双优的执行方案果然优于旁人，从根本上解决了家人同住的隐患。

唯一的缺憾就是文城根本没有脱口秀俱乐部，她以后没地方讲开放麦，基本要彻底告别单口喜剧，连当个兴趣爱好都不行。

楚独秀垂眸，犹豫要不要提脱口秀的事。尽管她有时间规划，但照姐姐的想法，必然会觉得现在不宜玩闹，应该全身心地投入备考中。如果她能平衡好考公和录节目，等到考试结束后再坦白，面对的压力会小很多。但要是提前说破，就像是揠苗助长，嫩芽还没有吸收阳光便会遭受好几轮风霜。

片刻后，楚双优将车停在地下车库，带楚独秀进繁华商城。她好像早就有计划，直奔奢侈品店而去，让身后的人惊慌失措。那硕大的黑白招牌、显眼的双C标志，配上洁白的山茶花，更衬得楚独秀脸色如上坟。

"你马上就要工作了，还是有个包比较好。"楚双优端详玻璃柜内的包包，说道，"这东西就是没有的时候惦记，拥有后就觉得没什么了，但人人都有好奇和新鲜的阶段，错过那段时间就永远错过了。"

"不——我不要——"楚独秀拼命将姐姐往外拉，疯狂晃动胳膊，斩钉截铁道，"我现在就不惦记了，没什么好奇新鲜的！"她好像撒泼的小孩，差别是不求买东西，而是求不买东西。

楚双优哭笑不得，只得随她出来："我以为你送羊绒围巾，是开始对这些感兴趣。"

年轻女孩总有迷恋名牌的时候，度过那段时间，热情就变淡了。

楚独秀将头摇得像拨浪鼓，宁死不屈："我不感兴趣！我是党员，我有理想！警惕一切资产阶级的糖衣炮弹！"

楚双优："？"

好在楚独秀劝住了姐姐，两人只是在商城游荡，美滋滋地饱餐一顿，之后姐姐就接到了加班的消息。

车内，楚双优戴着蓝牙耳机，终于跟同事交流结束。她摘掉一只耳机，说道："我晚上突然有视频会，一会儿先送你回学校吧，在房间可能打扰你休息。"

楚独秀愣道："深夜开会吗？"

"国外跟我们有时差。"楚双优解释，"按理说，他们周末不上班，可能是有些急事。"

"好辛苦。"楚独秀深刻意识到挣钱好难，强悍如姐姐也逃不过加班。

楚双优看一眼手机："还有些时间，再逛一逛吗？"

"不，我们回去吧。"楚独秀道，"你也早点儿回酒店睡一觉。怎么会有人凌晨开视频会？"

"也行。"

楚双优驱车出发，先送妹妹回学校。

第三章 初赢

楚独秀坐在车里，跟姐姐随意闲聊，又偷瞄一眼时间，发现能赶上开放麦。她觉得自己真是坏女人，明明刚离开五星级酒店和繁华商城，心里却已经琢磨起下一场，经不起时间管理的诱惑。但没办法，明天还得复习呢，今天彻底放开玩一把，讲个开放麦不过分吧？

巷子内，汽车不好开进去，只能在街角停车。

楚独秀打开车门，乖巧地挥手告别，便拎好东西下车。

楚双优："如果视频会议没加工作量，我明天再来找你，返程机票是后天。"

楚独秀："好的！路上开车小心！"

车门砰的一声关上，楚独秀的背影渐行渐远，消失在迷蒙夜色中。

距离会议还有时间，楚双优低头重新调整导航，随意一瞥地图的位置，又看向楚独秀拐弯的方向，突然若有所思起来。

街道上灯火通明，楚独秀给聂峰发了消息，也不知道对方看到没有，就一路小跑朝酒吧前进。

今天讲点儿什么呢？要不要试试新段子？耳边风声呼啸，她的心情雀跃起来，撒欢般地往前奔，熟门熟路地拐弯。

彩色的"台疯过境"招牌已亮起，门口还有几个候场的演员。楚独秀气喘吁吁地抵达，跟其他人打过招呼，就慢慢推门潜入场地，恰好看到吧台边的聂峰和谢慎辞。

聂峰握着手机，看她走进来，提议道："看到你微信了，你排在最后吧？"

每次开放麦会提前排顺序，偶尔会有演员临时跑过来，基本就被排到演出末尾。

楚独秀点头，她望向舞台，发现小葱在讲，现场气氛不错。

谢慎辞面露好奇："今天不是有事？"

楚独秀："我姐被资本家抓走了，所以晚上来讲一场，控诉资本家的恶行。"

酒吧和室外不同，楚独秀一踏进来就感觉温度升高，四面八方的气息聚拢，让她心底涌出安全感。

这就是小剧场的"聚气"，场子不需要特别大，但观众要将其坐满。越是这样狭小紧凑的环境，演员们的表演越沉浸疯狂，主要氛围特别好，没有大剧场的空旷感，台上台下如朋友般交流，偶尔出错也没关系，适合用来练新段子。

楚独秀下意识地活动身体，进行表演前的热身，同时调整一下情绪。

她是跑过来的，鬓角的发丝有些凌乱，闪烁的灯光下，脸颊浮现一层红晕，似被凉风吹拂过。那双眼睛闪着光，正专心盯着台上，透着跃跃欲试。

谢慎辞冷不丁道："你好像挺开心的？"

楚独秀闻言一怔，又见他面色平静，慌道："没有吧。"有一瞬间，她莫名就心虚，像被揪住尾巴！

75

独秀·上

谢慎辞瞧她眼睛瞪得溜圆，好似敢怒不敢言，隐隐有些哀怨，疑惑道："怎么了？"

楚独秀强压惊恐："你怎么这样说话？"

谢慎辞："？"

"好像高中班主任。"楚独秀吐槽道，"只要在楼道里抓住你，再来一句'你好像挺开心的'，接下来八九不离十你就会不开心了。"

谢慎辞着实佩服她的联想能力，一句话就能想到上学时期。他只得立正，微微半鞠躬，一本正经道："对不起，sorry，すみません，米啊呢哟。"

×月×日，台疯过境脱口秀俱乐部在燕城举行开放麦，善乐文化谢慎辞莅临酒吧考察及指导，就自身不当言论引发国内大学生高中阴影创伤一事，进行四国语言道歉。

深夜，远方高楼被雾笼罩，狭窄步行街上灯火辉煌。临水使得空气湿润，附近没有高大建筑物，只有狭窄的巷子交错纵横。

地图导航上有介绍，眼前的店叫"台疯过境"。

楚双优望着霓虹招牌皱眉，没想到目的地会是酒吧。

刚刚她感觉妹妹的拐弯方向不对，索性跟着溜达过来看看，一路倒是张灯结彩，街上人流量还挺大。路灯下，三四个人站在门口，有的来回活动胳膊，有的嘴里念念有词，不知道在做什么。而酒吧灯光昏暗，唯有一束强光。她透过窗户费力地辨认片刻，发现里面有观众，密密麻麻一大群。

这里好像不是喝酒的地方？楚双优干脆询问旁边人："您好，请问里面在做什么？"

那名演员正在热身，闻言回头打量起眼前人："你是来看开放麦的吗？"

楚双优茫然："开放麦？"

酒吧的门发出清脆的声响，缕缕寒气从缝隙里溜进来。

楚独秀站在门边，误以为有人进场，赶忙让出些位置。她没有回头，却察觉一只手搭上自己的肩膀，忙不迭地疑惑转身，紧接着魂飞魄散。只见楚双优戴着浅咖啡色的围巾，面无表情地站在门边，不知如何找到了此处，她脸上没有笑，让人无法辨别喜怒，眼神却有种震慑人心的力量感。

楚独秀瞬间蒙了："姐……"

好巧，好有缘！她们真是天生一对，居然还能在这里碰见！

谢慎辞听到动静，同样转头看过来，发现楚独秀身边的人与她差不多高，穿衣风格不同，五官却有点儿相似。

对视间，楚双优没说话，楚独秀有点儿慌。

楚双优从不会勃然大怒，歇斯底里地质问别人。她平时总是温和有礼，像训练有素的审讯警察，只用理智的眼睛盯住对方，就默不作声地完成施压，好似公事公办地说"主动招了吧"。

楚独秀却像在网吧被老师抓住的学生，在路边吃脏摊儿被家长撞破的儿童，无数想法在脑海里疯狂涌动，却根本没法拼凑出完整的句子，连往常幽默的能力都丧失了。她紧张地咽了咽口水，如同遭遇拷问，一时不知从何说起。招吗？招多少？她是犯错了吗？这事得判几年？

幸好现场还有清醒的人。

"你好，你是独秀的姐姐吧？"谢慎辞细看来人，又见她们都沉默，便和缓地开口，"我们刚才还在闲聊，让她带你来看演出。"

"你是？"楚双优的目光从妹妹身上移开，这才发现吧台边的高个男子。

"我是善乐文化的谢慎辞，正在筹备一档单口喜剧节目。这位是聂峰，台疯过境俱乐部的老板。"谢慎辞不紧不慢地介绍。

聂峰忙不迭地点头打招呼，他仓皇无措地搓搓手，同样没料到楚独秀的姐姐气场极强，画风跟脱口秀演员完全不一样。

谢慎辞从容道："今晚有一场脱口秀开放麦，你要是有兴趣的话，可以在这里看一看。"

楚双优疑惑："脱口秀？"

"对，其实就是单口喜剧，类似台上这样的形式。"谢慎辞耐心地解释，"这种表演艺术在国外比较盛行，在国内起步没多久，不过知道的人也越来越多了。"

楚双优瞄一眼舞台上的演员，了然地点点头，礼貌回道："原来如此。"

两人突然交流起单口喜剧，让慌乱的楚独秀得以喘息，混沌的心情稍微平复，她望着客气聊天的二人，强烈的违和感油然而生，嗅到一种风雨欲来的味道——尽管他们的态度都很友好，但谈吐间却似暗流涌动，让人不确定何时急湍交锋。

这是姐姐的营业状态，抛开糖衣炮弹的溺爱，展现公司谈判的风度！

这也是谢总的营业状态，再没有小黑猫表情包，瞬间切换成商务精英模式！

他们都变成她陌生的模样，为了她的面子，伪装出表面和谐的样子！

楚双优询问脱口秀、善乐文化及《单口喜剧王》，谢慎辞一一作答。谢慎辞询问出行感受、出差返程时间及对附近景点的兴趣，楚双优客气回复。双方都是游刃有余的社会人，居然还能进行一番商业互吹。

楚双优赞叹："那谢总很厉害，精准捕捉到国内喜剧行业的缺失，初创公司就将节目做得有声有色，不管是眼光还是经营水平都很出色。"

"哪里。"谢慎辞谦虚道，"我单纯就是运气好，团队伙伴比较优秀，对比起来，刚毕业就进入连胜更厉害。"

二人你来我往，吓坏旁边听众。

聂峰悄声道："你姐在连胜集团工作？"

陈静："网上说他们应届生年入百万是真的吗？"

楚独秀略感崩溃："天上神仙的事，我凡人哪儿懂。"

别人问一百万欢乐豆，她没准能讲两句，别人问一百万年薪，她还有什么可说的？这是超越她想象力的事情，根本不配聊！

闲谈后，楚双优主动取出手机，提议道："我确实不太了解这个行业，可能还有些事要找谢总请教，不然我们加个微信？"

"好的。"谢慎辞道，"待会儿给您发点儿资料吧，我很好奇从投资角度，别人怎么看待善乐，也希望能收集些建议。"

楚独秀："……"

好怪，真的好怪。楚独秀想要阻止这一切，但她没理由打断他们，甚至毫无威慑力。她总不能突然掏出手机，当众大喊一声："你们都正常点儿，否则我就将你们写成段子。"

脱口秀演员的幽默不是阿瓦达索命，只要上下挥舞魔杖就能威慑到身边人。

楚双优通过微信好友申请后，又看向楚独秀，说道："时间不早了，我们回去吧。"

楚独秀："好……"

聂峰诧异道："你今天不演了吗？"

开放麦还没有结束，楚独秀排在最后，前面还有几个人。

楚独秀神情犹豫，她瞄一眼谢慎辞等人，又瞥向身边的楚双优，抱歉道："对不起，下次吧，我姐晚上还有工作，今天可能来不及了。"她要是留下来，姐姐就不会走，耽误待会儿的视频会议。

门丁零一声被推开，又弹回。

谢慎辞一只手插兜，静静地倚着墙，目送姐妹俩离去。

步行街上，两人无声地走向汽车，途经琳琅满目的店铺。

楚双优率先打破僵局，语气沉稳："你来这里多久了？"

"前两个月开始接触，陆陆续续演过几回，算下来也没多久。"楚独秀认真补充，"我都是忙完才来的，写论文的时候都不演，一周也就两三回，每次大概十分钟。"她上台确实就十分钟，但还有撰稿及观看演出的时间，现在却避重就轻没有说。

楚双优点点头。

楚独秀偷瞄对方的脸色，试探道："姐，我还挺喜欢单口喜剧的，可以让我试试吗？"

"怎么试？"楚双优停步，一针见血，"你想参加节目，还是全职做这个？"

"嗯……"楚独秀骤然语塞，预料中的事果然出现了，一旦直接阐明想法，姐姐就会往后推好几步，恨不得跳到小说大结局才好。她当然隐秘地期待能够全职讲脱口秀，但饭要一口一口吃，总要先在节目上积累名气，才能慢慢地过渡到下一阶段。然而，世上所有

第三章 初赢

人都希望听到准确无误的结果，连投资都必须高收益零风险，否则全被当成骗人的货色。

楚双优见其不言，没有继续再逼，道："你先仔细想一想，我们明天讨论这个，好吗？"

"好的，你快回去吧，晚上还有会。"楚独秀醒悟过来，不愿再耽搁时间，内疚道，"我也回学校了，到宿舍给你发消息。"

姐妹俩在车前道别。楚独秀只当姐姐事务繁忙，却不料她是回去收集资料。

次日，街边的咖啡馆，暖融融的阳光驱散寒意。两人拿着咖啡落座，面对面地详谈起来。

楚双优将一份文件放到桌上，慢条斯理地推向妹妹，说道："你看看。"

"这是什么？"楚独秀迷茫地拿起，随意地翻了翻，看到善乐文化的Logo。

楚双优不知翻看了多少遍资料，现在可谓倒背如流，介绍道："这是善乐文化的经营情况，企业创始人分别是谢慎辞、商良和尚晓梅。公司创立的时间并不长，注册资本三百万，谢慎辞任公司CEO，商良任CFO，尚晓梅任COO。公司建立后，天使轮融资应该是谢总家里的关系，但A轮融资的1.5亿元开始有奇夏、铃果等知名资方，逐渐变得正规起来。"

她低下头，轻轻地搅拌咖啡，"从时间上看，这应该是第一季节目前后，《单口喜剧王》在网上有些反响，让投资方产生了信心。尚晓梅曾经是电视台骨干导演，跳槽到善乐文化制作网综，第一部转型之作还不错。"

楚独秀紧捏文件："姐，你想说什么？"这一刻，她深深感受到姐姐的实力，平时的温柔及纵容都消失，只剩战士般的干练果决。

"虽然节目看起来优质，但这家公司太年轻了，甚至整个行业都是'小而美'的状态。如果不是昨天听对方介绍，我都不知道单口喜剧是什么。"楚双优抬头道，"这是一种隐形的风险，代表他们只要外出融资，就要不厌其烦地解释，了解这行的人太少。"

"行业内演员也极度稀缺，我调查了一下，国外单口喜剧演员及编剧资源相当丰富，已经有非常完善的行业体系，但国内目前是一片荒芜。全国脱口秀俱乐部可能就十几个，规模也像昨天的酒吧，都不是标准化的演出场所。演员收入和演出次数相关联，尽管顶尖演员在节目曝光后有商务，但也是凤毛麟角，整个行业体量太小了。"

"这是一条刚启航的船，但海域上的风浪很多，稍有不慎就翻了。"楚双优有条不紊地反问，"现在知道这些，你还想试试吗？"

这可真是一句有力的话，都能玩无聊谐音梗了——试试就逝世！

楚独秀不合时宜地这么想。

其实她早知姐姐不会大吼大叫，只会摆事实讲道理，如同人工智能般堆砌数据，冷静无误地让人意识到失误。但人在极度紧张时反而会突破界限，又或许是参加开放麦增加了胆量，她莫名其妙就不慌了，切换到舞台模式。

"姐，是不是谢总昨天演太狠，你觉得我被坏人忽悠了？"楚独秀紧绷的身体松懈下来，忽然向后靠着椅背，笑道，"我又不是傻子。他最开始就说了，脱口秀还得努力，才能有未来。"

楚双优一愣，原以为对方会哑口无言，谁承想居然破罐子破摔。她出声提醒："这是个不成熟的行业。"

"对。"楚独秀坦然地点头，"但我也是不成熟的人。我们一起成长，这不是绝配？"

咖啡馆内没什么人，只有店员在前台忙碌，以至于楚独秀的声音格外清晰。她还不是世俗意义的成功大人，但已经不再羞于提及，能够鼓起勇气说出来。

楚双优停下搅拌咖啡的动作，慢悠悠地挺直腰杆，不动声色地审视对方。这是她严阵以待的状态，每当遇到无法攻克的难题，身体要先一步鼓足力量，头脑才能紧随其后。

如果是过去，楚独秀会心生敬畏，抗拒跟姐姐起争执。但路老师在课上说过，保持真实的态度，不要管在别人眼里它是正面或负面的，不好笑也没关系，先把想法说出来。

"姐姐，我知道你在担心什么，你认为理想很美好、现实很残酷，害怕我会白费工夫，竹篮打水一场空。"楚独秀垂下眼眸，"但什么事都有失败的风险，就算我全力以赴考公，也不一定能立马上岸，对吗？既然任何事都不一定尽如人意，为什么不能选择想要走的路？"

楚双优静默数秒，问道："这是你想要选的路，还是觉得轻松的路？"

"什么？"

楚双优目光如炬，仿佛能洞察人心，她一字一顿道："你是真的喜欢这件事，还是单纯靠它来逃避，比如不想面对考公？"

四下沉寂。

楚独秀深吸一口气，没有立刻出言驳斥，反而取出手机，打开 app 页面，然后旋转手机屏幕，放到对方眼前，说道："这是我每天刷的题，上面有学习的时间。前段时间写论文，刷题量就没那么多，这两天已经恢复正常。"

楚双优垂下眼，看到考公题库，确实都有记录。

楚独秀直视姐姐，言之凿凿道："我没有逃避考试，有在平衡时间。"她早料到有这一天，在取得成绩前，语言都是虚无泡沫，必须用其他努力争取机会。

楚双优抿了一口咖啡，颔首道："好，我相信你是真心喜欢。但你有没有想过，你无法改变环境？世界上有太多的风口行业，即使有一天脱口秀兴起，没准过两年就彻底垮了。这不是你能左右的，甚至不是谢慎辞或者其他人能左右的。我们像海洋里的一滴水，等资本的大潮一来，都不知道被摔到哪儿。那时，你会被摔得很痛，尤其越喜欢它，心里就会越痛。你没有错，你竭尽全力了，但还是没有回报。"

即使善乐文化发展良好，单口喜剧真被大众关注，君不见多少辉煌行业一夜垮台，名噪一时的集团都能破产，小小的脱口秀又能坚持多久？届时，痛苦的绝不是投机商人，而是为行业付出真心的人。

楚双优知道，世上有勇敢的冒险者，但不该是楚独秀。她的妹妹是重感情的人，可能会在旅途中郁郁不得志，可能会在稍有起色时受挫，可能会在顶峰时由于利益跟好友决裂，

第三章 初赢

可能会经历行业兴盛又目睹大厦倒下……她无法想象那种情况，稍微推断一下未来的曲折，都有点儿喘不过气。

楚双优颤声道："有时候，就是拥有真心的人才会有被辜负的痛，我不想看到你那样。"

这是楚独秀第一次看到姐姐失态。她眼眶有点儿发红，没了镇定的语调，明明是熬夜工作都不困的超人，现在却流露出些许脆弱。

或许就像自己一样，不会使用昂贵的围巾，却愿意送给姐姐，姐姐吃得下任何苦，却没法接受她也吃苦。楚独秀的话突然哽在了喉咙里。

"妈也不可能答应这件事的。"楚双优摇头道，"我都不了解脱口秀，她更没有机会了解，你应该能猜到她的反应。"

楚独秀陷入沉默。这话确实没有错，姐姐至少还讲理，母亲那关更难过。

生活不是连续剧，没有刻板的反派，但现实压力袭来，实话都化成尖刀。

楚双优看一眼时间，提起包，起身道："我下午还有工作，要是弄得完的话，我过来找你，晚上吃顿饭，明天就走了。"

片刻后，楚双优的身影消失，只留楚独秀在桌边。桌上，文件夹静静躺在咖啡杯旁，没有被匆忙离开的人带走。

楚独秀望着那份文件，突然心生疑惑：为什么彼此爱着的人要互相伤害？

她感到孤独，还有点儿无力。她们明明曾是最亲密的人，共同降生到这个世界，却在落地那刻被分开，连理念都被切割干净。

第四章 日月

午后，酒吧内顾客不多，偶有学生过来自习，一改夜晚的喧闹，显得安宁又平和。

落地窗边，楚独秀已经打起精神，坐在桌前怒刷了一套题，接着尝试撰写新段子。她化悲愤为力量，一下做完好多事，思绪就开始飘了，指尖的笔晃来晃去。

谢慎辞抵达时，就看到她神游太虚，望着窗外不知在思索什么。他索性走过去："你在想什么？"

楚独秀握着笔，郑重地答道："怎么团结一切可以团结的力量。"

姐姐明天就飞走，要是没法拉拢她，回家后压力更大。

谢慎辞："啊？"

难道叫"独秀"的人都这么特别？

"这是我们公司的资料吗？"他见笔记本电脑旁放着一个文件夹，隐约可见纸上熟悉的立式麦克风和太阳花，道，"我能不能看看？"

楚独秀正在打字，闻言停下动作，抬手示意道："请吧。"

谢慎辞随意地翻开，浏览两页后若有所思，还取出兜里的手机，对着纸边翻边拍。

楚独秀疑道："为什么拍照？"

谢慎辞一边发送照片，一边解释道："考问一下公司商总，让他思考如何解决当前困境，打消资方对公司前景的疑虑。"

楚独秀："？？？"

居然还能骗方案？蟹老板就是横啊！

谢慎辞收起手机，又道："你姐姐今天来吗？"

楚独秀睫毛微颤，停顿了数秒，小声道："我不确定，她说下午有事情，有空就给我发消息，

第四章 日月

一起吃顿晚饭。"

这是最后的机会，在饭桌上谈一谈，没准还可以争取一下。

但遗憾的是，楚独秀等到饭点才等来姐姐的消息，却不是想要的结果——楚双优叮嘱她先吃晚饭，说自己不知道要忙多久，没准明天直接去机场。

楚独秀望着置顶的 Emoji 爱心，缓缓放下手机，确实有点儿 emo（原指情绪化音乐风格，后衍生指情绪低落）了。

会议室窗外的燕城霓虹闪烁，无数公路如蜿蜒起伏的彩带，又像倒映出明月繁星的河流。

室内，工作人员陆续起身，收拾着各自的东西。

楚双优活动僵硬的胳膊，只感觉久坐让后背麻木。她拿起搭在椅背上的浅咖啡色围巾，打开手机发现已是晚上七点，再约妹妹吃饭没必要，但明天就要离开燕城，浪费这点儿时间很可惜。

正犹豫着要不要联系楚独秀，她发现手机上不止一条微信：一条是妹妹发来的回复，文字后还配有表情，是端茶倒水的小企鹅，上面写着"辛苦啦"；另一条的发信人不太熟悉。

步行街内，五光十色的彩灯，熙熙攘攘的人群。一条较宽的主路都是店铺，还有无数狭窄巷子分布在两侧，如同植物缠绕相连的根茎，隐匿在闹市之中。

夜里，巷子内比主路安静，路灯的光朦胧昏黄，远不及霓虹招牌耀眼。

楚双优身穿大衣、戴着围巾，再次来到"台疯过境"酒吧门口，看见了昨天有一面之缘的人。男子穿着深黑的休闲外套，身材挺拔，站在路边笔直得如旁边的灯杆。他脸上没什么表情，等发现楚双优后才抬腿走过来，打了声招呼。

楚双优："为什么谢总让我来一趟？"

她突然收到对方的消息，让她有空的话再来酒吧一次，看看今晚的表演。

"昨天时间太仓促，连开放麦都没看。"谢慎辞抬起手，指向亮起的酒吧，语气颇诚恳，"尤其你是独秀的姐姐，我觉得你错过她台上的样子实在有点儿遗憾。"

"您可能误会了。"楚双优停步不前，直接道，"我对脱口秀一窍不通，没准根本看不懂，我也不喜欢喜剧。"

这是实话，她和家里人看贺岁片，不会感觉幽默，只会觉得吵闹。

"可你还是来了。"谢慎辞平静道，"你不喜欢喜剧，但喜欢你妹妹。"

楚双优一怔，随即笑了："您该不会觉得我是那种没出息的家长，不管她做什么都会喊着'宝宝真棒'，然后支持她做任何事情吧？"

"她当然不是什么宝宝，她已经是成熟又有才华的单口喜剧演员了。"谢慎辞措辞严谨，"虽然她还是新人，接触这行没多久，但她的观察能力和共情能力超凡脱俗。我看过很多

83

单口喜剧表演，国内和国外的都有，具备这种天赋的人很少。"

这是非常高的评价。或许有些人喜欢信口开河，但谢慎辞的气质并不是那类。

楚双优挑眉，似将信将疑。

谢慎辞："您可能误会了，我不是逢人就劝他们做脱口秀，实际上国内演员到达峰值后，很多人不提高技术会被迅速淘汰。这是世间规律，野蛮生长和行业化的差别很大。有些演员觉得搞笑就好了，只要嘻嘻哈哈一番，将观众逗乐就可以，不在乎用什么手段。"他沉着道，"但有的演员能更进一步，消解很多人类共通的痛苦。有时候心上有道疤，笑一笑将脓挤掉，伤口就会更快愈合。"

楚双优默默地听着。

"不是人人都有这种能力，有些演员手劲太大，真的会让观众难受。恰到好处的人很少。"谢慎辞眼眸漆黑，此时却盈润起光，好似回忆起什么，"她很擅长这件事，可能是因为她在乎遇到的所有关系，重视每一段感情。即便这能力在别的行业无法变现，但非常适合单口喜剧。"

楚双优没法否认这件事，但不想认可谢慎辞，索性将脸埋进围巾。羊绒很柔软，拂过肌肤也顺滑，如同绵绵的云朵——妹妹挑选的生日礼物，都跟自身有共通之处。

"太阳总是耀眼，导致人们忘了白天也有月亮。"谢慎辞察觉到对方的动摇，先一步握住门把手，"但现在天黑了，该欣赏月亮了。"

室内，开放麦氛围一如既往，周末的观众比较松弛，时不时发出欢笑声。

楚独秀躲在台侧阴影处热身，打算试一试今天新写的段子。即使姐姐不支持这件事，日子还得继续过，明天太阳照常升起，计划还要执行下去。

台上，聂峰照例担任主持人，高声介绍道："让我们有请下一位演员——楚独秀！"

楚独秀连忙奔上台。

场内隐隐响起欢呼声，前排还有女生挥手，明明表演还没开始，气氛已经活跃起来。

聂峰佩服道："可以，有点儿人气了。"

小葱："既生葱何生秀啊！"

楚独秀坚持来练开放麦，在酒吧的炸场次数很多。尽管燕城的脱口秀圈子不大，但也有固定的受众，他们有的纯粹是观众，有的看过很多演出，慢慢就变成演员。当然，这些人对频繁露面的演员如数家珍，就像聂峰等老演员一样，楚独秀作为崭露头角的新人也逐渐在燕城演员圈拥有了姓名。

门丁零一声被推开，楚双优刚刚踏进屋里，就有欢腾的热浪拂面。周围的人相当躁动，不知在欢迎什么人物，兴高采烈地鼓掌，呼喊着耳熟的名字。下一秒，她听到熟悉的声音从舞台方向传过来，洋溢着往常的朝气——

第四章 日月

"大家好，我是楚独秀，一个即将毕业的大学生。"

台上，楚独秀穿着鹅黄色毛衣，在灯下毛茸茸的，像披着一层光。自我介绍后，她没有立刻开讲，反而环顾一周，声音从活泼转向沮丧，长叹道："哎——"

观众面露迷惑，不懂她为何变脸，瞬间被吸引了注意，却听她再次叹息。

"哎，朋友们，我好焦虑啊。除去每天必须完成的工作，我的生活好像只有三部分：焦虑、玩手机……"楚独秀补充，"以及一边焦虑一边玩手机。"

台下有人轻笑。

"我不知道现在的年轻人怎么了，我们班一共三十五个人，一打听三十四个人焦虑，只有一位同学不焦虑。"她无奈道，"她是真的抑郁，病理性的。"

"我已经焦虑到什么地步？手机都有大数据监控，开始给我推'缓解焦虑'的文章了。那一刻，我突然感觉人类科技真好，大数据懂我。"楚独秀一只手握着麦克风，一只手做手机划屏的动作，"我赶紧点开一看，第一篇文章的标题是《大学四年靠兼职存款20万，我终于消除焦虑》，第二篇文章的标题是《自律改变人生，考公上岸后，我不再焦虑》。"

楚独秀眉头紧皱，朝观众摇了摇头，露出难以置信的表情："科技有点儿发展太快了，大数据懂我，还借机嘲笑我。"

角落里，楚双优安静地观看表演，听着身边人发出笑声。

"朋友们，这是缓解焦虑吗？它什么意思？我天真地以为它让我想开点儿，"楚独秀惊道，"现在我懂了，它想让我死。"

"我看着推送的内容，很想说一句，"她双手交握，乖巧低头，像祈愿的小女孩，"Dear big data，答应我，别有自主意识好吗？你是大数据，不是妄图毁灭人类的邪恶人工智能。"

"或者我该再强势一点儿，直接说……"楚独秀忽然切换成东北口音，"底儿贝隔逮塔，你瞅啥？你瞎琢磨啥玩意儿？再发这些，我抽你了信不信！然后大数据回我一句，瞅你咋地！"

一问一答的连贯表演，出其不意的口音转换，瞬间让场内爆发出哄笑。

"Dear big data！底儿贝隔逮塔！"小葱忍不住乐了，一边模仿一边好笑道，"真行！这是什么高级的喜剧技巧！"

聂峰赞叹："东北演员的幽默天赋都给她学走了。"

楚双优愣神，眼看全场观众紧盯台上，面带欢笑地盯着妹妹。所有人的情绪都被楚独秀牵着走，跟随她的话语起伏动荡，掀起欢乐的浪潮。

"我的生活兵荒马乱，给我推这种文章纯属伤口撒盐吧？难道平台推荐机制和医学常识有关？"楚独秀耸肩，"淡盐水有利于消炎止痛，所以上岸前在海里游一圈，就能彻底治疗我的伤口！哎，上岸后不焦虑了！很荒谬，但我妈就是这么认为的。她觉得我焦虑主要是没上岸，再有就是玩手机玩的。"她欲言又止，"不得不说，有点儿道理，Dear big

85

data。"

Call back 唤醒刚才的记忆，场内观众再次笑出了声。

"不要嘲笑我的英语，主要是遗传我妈。我妈是个很彪悍的人，年轻时捣鼓些小生意，跟一群大老爷们抢国外单子，每次对着那些金发碧眼的人英文都不怎么会说……"楚独秀模仿道，"就这么拍着胸膛，喊'Give me a face！ Give me a face！给我个面子！给我个面子'……"

笑声在酒吧内弥漫，楚双优也嘴角上扬，但她很快意识到，连忙控制唇边弧度，又用余光偷瞄谢慎辞，唯恐被人当场抓住"把柄"。幸好谢慎辞也在专注欣赏表演，他全神贯注地望着楚独秀，眼神都变得柔和起来。

"我妈很强势，我们家一般小事听她的，有大事的时候，就像古希腊雅典公民大会，搞民主，投票表决。我家有四口人，我、我姐、我妈和我爸……"楚独秀一边掰指头数，一边有条有理地道，"三个女人一个男人，少数服从多数，所以我爸说话基本不顶用。"她语调降低，"倒不是他投不过我们，而是他类似古希腊雅典的女性，不算公民，没有投票权。"

全场观众大笑。

楚双优同样笑出声来，声音被笑浪淹没，没被任何人发现。她故意将围巾拉高一点儿，以此遮掩自己的表情。

"当然，我们家有大事的情况也很少，基本还是听我妈的。我一回家，刚踏进门，她就要问'你为什么不考公'。我能说什么呢？"楚独秀摊开手，接着垂下眼，含糊其词道，"啊，这，没必要吧……"

下一秒，她猛然抬头，握拳道："但我心里有一个自由的灵魂在呐喊！去你的吧！我的人生，我的梦想，我要讲脱口秀！"

顿了下，楚独秀继续道："我相信好多人跟我一样，就在这个年纪，觉得父母不理解自己，限制了自己的生活。好烦啊，好想逃，他们不是完美的父母。"

台下有人应声："对——"

楚独秀望向那人，目光跟对方接触，煞有介事道："但最近我有个发现，那是我还不够强，才会有负面情绪。如果你够强，你就不会逃，逃的是他们。"

观众的好奇心被调动起来，全程听得津津有味。

"我有一个姐姐，她特别优秀，虽然是双胞胎，但和我完全不一样。"

楚双优一怔。

"因为我姐，我第一次知道，如果高考分数够高，是会被系统屏蔽的。就是这个考生没有分数，只有排名，说是保护学霸个人信息，也让学渣们免受打击。"楚独秀慢悠悠道，"当然，只保护外面的学渣，不保护家里的学渣。我也没法跑出去报复社会，比如写篇文章，《高考改变人生，我姐状元后，我不再焦虑》。毕竟我俩同厂同工同料，我属于原单尾货，

第四章 日月

不贴牌的状元。"

前排观众发出咯咯笑声,一声接着一声,完全停不下来。

吧台后,陈静被逗笑:"原单尾货,不贴牌的状元……"

小葱激动得直拍腿:"那我就是不贴牌的最强新人王!"

舞台上,楚独秀握着麦克风,不紧不慢道:"我姐毕业后也很厉害。厉害到什么程度?我有一天发现,我妈有点儿怕她。"

"我妈体检查出来点儿问题,医生建议她吃药,降降血压和血糖,但她那个人很倔,她觉得自己挺好,她讨厌吃药。她坚信自己健康又强大,这帮庸医不懂她,所以决定不体检了。有一天吃饭,我姐突然问她'你为什么不体检',"楚独秀认真地解释,"其实我姐语气很平静,就无波无澜地看过去,但可能是工作习惯,压迫感特别强。但更让我惊讶的是,我妈居然慌了,开始闪烁其词,说'啊,这,没必要吧'……"

楚独秀震撼道:"你们懂我当时的感受吗?我妈那么强势彪悍的人,居然也会看人眼色了!她也会焦虑,抗拒自己身体变差的事实。她听不懂我姐讲金融投资,也不知道什么叫组织架构,她的小生意在上市公司面前不值一提。她老了,她的孩子摆脱她的掌控了,甚至变得很厉害,开始可以掌控她。那一刻,我看出来了,她心里有一个自由的灵魂在呐喊!去你的吧!我的人生,我的梦想,我不吃降压药!"

现场观众无人说话,全都沉浸其中,唯有台上人酣畅淋漓地表演着。

楚独秀面露哀伤之意,轻声道:"我突然跟我妈共情了,我觉得她好弱小好可怜,我必须做点儿什么,就像她以前对我那样。于是我当即拍案而起,正气凛然道……"

正当观众陷入感动,却见楚独秀的画风突变,一秒转换情绪,连珠炮般地呵斥:"就是!妈,你怎么一点儿规划都没有?你有没有想过自己的身体?都那么大人了,还要我姐和我操心,你浑身上下那么多毛病,我看就是玩手机玩的!"

"哈哈哈哈哈哈哈哈!"

刚刚沉寂的场子被瞬间炸翻,压抑的情绪顿时冲破云霄,化作掀翻观众的欢乐旋风。众人都在笑,有的忍俊不禁,有的兴奋鼓掌,有的前仰后合。他们没料到后续事态,欢闹声持续了好长时间,夹杂着惊叹及起哄。

连楚双优都笑得肩膀发抖,再也无法克制自己的表情。

楚独秀微抬下巴,一脸嘚瑟,还在继续着表演:"什么叫风水轮流转,什么叫莫欺少年穷,没想到吧,我姐发达了!我妈也蒙了,但接着立刻不慌了,反而抛我一句英文,就像她年轻时那样……Give you face!给你脸了!"

快乐的笑声如山洪奔流而下,来回震荡,余波许久不停,颠得人七倒八歪,彻底掉进欢畅中,顾不上形象。

楚独秀被氛围感染,也莫名其妙地放松下来,好似突然丢掉许多烦恼,浑身只剩轻快。

"生活就是很奇怪。你觉得自己没问题，但人人都觉得你有问题，你这样活着不行。可你要是说自己焦虑，别人又会说这么点儿小事焦虑个屁，肯定没问题。

"每天都在叩问自己，这降压药是必须吃吗？这公务员是必须考吗？我妈说，她没什么压力啊。我说，我没打算稳定啊。

"可能不管什么年龄，是人都会焦虑。没什么好怕的，我们只是看见了不完美的自己。

"谢谢大家，我是楚独秀。"

她长鞠一躬，走下了舞台。

热烈的掌声经久不息，或许是为精妙的表演，或许是为幽默的态度，或许是为相同的心境，所有人都默契地拍手欢呼，用最简单纯粹的方式表达肯定。

楚双优看周围人为妹妹喝彩，众星拱月般环绕在妹妹旁边，心里忽然有些说不出的感触。她不是没见过妹妹在家贫嘴耍宝，却从没见过对方影响那么多人。他们好像都跟妹妹建立了连接，肆无忌惮地分享彼此的快乐。

谢慎辞欣赏完整场演出，这才偏头看向楚双优，问道："开放麦怎么样？"

楚双优很想沉默以对，像观看演出前那样。这是谈判里的技巧，少说就不会留话柄，防止被对手揪住不放。但她此刻必须承认，自己被演出打动了。

"很有意思。"

下一秒，她想到对方是喜剧公司老板，依旧不愿意落于下风，又缜密地补充："不过那是我妹妹厉害，不代表单口喜剧多好。"

谢慎辞倒也不恼，坦然地点头："没关系，那就靠她拯救全行业了。"

楚双优："？"

"台疯过境"内总是拥挤，开放麦场子一旦坐满，后来的人只能站在角落。因此，许多演员喜欢在室外背词热身，一是空间更大，二是安静。

楚独秀表演结束就溜到酒吧外面，推门的丁零声被欢笑掩盖，微凉的空气迎面而来，为发热的脸颊降温，使她激动的情绪平复下来。

舞台就像一把钥匙，释放她心中的猛兽，但放下麦克风以后，她又变回平时的模样。

昏黄路灯，漆黑人影。门前区域被蔷薇丛一分为二，茂密枝叶将两类人分开，一边是谢慎辞及脱口秀演员，一边是独自站在灯下的楚双优，莫名其妙形成对峙画面。

楚独秀看到此幕蒙了，一是没想到姐姐会来酒吧，二是感到氛围古怪。为什么像上学时画的"三八线"？或者象棋的楚河汉界？

楚独秀瞥一眼谢总，又赶忙跑向姐姐，问道："姐，怎么没给我发消息？"

手机里，姐姐的最后一条微信是叮嘱自己吃饭，只字未提要来"台疯过境"的事。

楚双优温声道："我忙完后看有点儿时间，所以临时过来了。"

第四章 日月

楚独秀："好辛苦。"

楚双优看一眼酒吧的落地窗，里面依旧坐得满满当当。她问道："你演完了？没事了？"

"啊，对……"楚独秀一愣，下意识道，"准备回去了。"她没想到姐姐知道自己有演出，思及对方拒绝的态度，小心脏瞬间悬起来。

楚双优点头："行，那走吧。"

楚独秀跟谢慎辞等人打声招呼，便背着包匆匆随楚双优离开。

她们漫步在夜晚的街上，眼看两侧店铺陆续打烊，人流也逐渐变少。两人顺着马路往大学校区走，一时都没说话。

明月高悬，柔和皎洁。街边偶有落叶，楚独秀一脚将其踩碎，听着咯吱咯吱的声响，思索该如何打破沉默，跟突然到来的姐姐聊几句。明明下午还想说服姐姐，谁料自己被抓住讲开放麦，也不知道对方接受程度如何。

楚独秀很清楚，楚双优对喜剧没兴趣，只关注有成效的东西，比如专业书、纪录片等，休息时也要学习。或者对学神来说，学习就是工作外的休息。这要是修仙小说，楚双优一定修无情道，或者是绝世剑修，丝毫不会被外物乱了心。

那脱口秀演员算修什么？欢喜宗？合欢宗？

思绪逐渐发散，楚独秀沉默时间过久，以至于楚双优率先开口。

楚双优忽然道："不然试试吧。"

"什么？"前面没有任何讨论，楚独秀听到没头没脑的话，一时没有反应过来。

"你不是想上节目？不然试试吧。"楚双优看向妹妹，平和道，"既然是寒假录制，那录完还有小半年时间，说不定能赶上几场考试。"

此话一出，楚独秀当即睁大眼，如同被天上的馅饼砸中，简直喜出望外："真的吗？！"

"嗯，他们第一季节目已经有些反响，第二季就决定有没有市场增量了，你现在入局的时间正好。"楚双优冷静地分析，"能行的话可能赶上风口，不行的话这行也结束了，可以踏踏实实回来考公。"

这是她考虑后的结果。倘若节目效果达到预期，妹妹会在赛中崭露头角；要是节目本身毫无水花，这条路不用拦，自然也就结束了。

"一定要说那么残酷的话吗？"楚独秀弱弱地道，"好像节目不成功，脱口秀就玩完了。"

"难道不是吗？"楚双优反问，"今天这里有几个全职演员？"

楚独秀无法反驳。没有节目推广前，脱口秀确实小众，连聂峰等人都不算全职，平时还要经营酒吧来维生。

不过，楚双优突然转变态度还是让她轻松起来。楚独秀眼底迸发出光彩，紧接着又想起什么，试探道："那要是妈不同意怎么办？"

楚双优叹息："那只能照你说的办了。"

楚独秀不解。

楚双优轻笑一声："我无波无澜地看她一眼，然后问她'你为什么不体检'。"

两人在月光下对视，看到彼此脸上的笑意。

如果说楚独秀方才还疑惑姐姐为何猛地改变态度，现在却体会到隐秘而激动的欢喜，就像每次在舞台上看到大笑的观众，以及表演结束后撞上用文本调侃自己的路人。人们靠单口喜剧建立连接，通过台上的段子金句共同分享一份情绪，至少这一刻，像心生默契，默认是一伙儿的。

"好耶！这可是你说的！"楚独秀雀跃起来，恨不得原地蹦上天，她伸手挽住了楚双优的胳膊，像终于找到坚实的靠山，卸掉压了好几天的重担。

"不过我真没想到，妈平时害怕我吗？"楚双优任由妹妹缠着，感受到她的欢悦，若有所思道，"如果不是听你说，我都没有发现。还有公司投资的那些话题，我以为她是不感兴趣，所以没像平时一样接话。"

妹妹的开放麦表演风趣幽默，同时提供了另一个观察视角。

楚独秀吐槽："那明明是接不上话。你没看她多憋得慌，感觉要急坏了。"

楚双优恍然大悟。

姐妹俩就家中小事说笑起来，她们亲昵地挽着对方，悠然地在夜里轧马路，一路掠过燕城的繁华夜景，又化为连体婴的模样。清脆笑声随夜风飘远，冲破近日隔阂的屏障，甚至要惊动天上的星星。

"其实我不优秀，也并不够强。"楚双优感慨，"如果再厉害一点儿的话，没准你第一次提的时候我就会答应了。但我确实心里没谱，害怕风险。"

有一瞬间，她觉得自己没妹妹想的那么优秀，要是有更出众的能力，没准就能为对方兜底，什么都不用怕了。

"姐，你该不会是在……"楚独秀面带惶恐，有点儿难以置信，她小心翼翼道，"焦虑吧？"

这个词应该离姐姐最远，谁让她简直完美无缺。

楚双优承认："嗯，要是彻底经济自由，或许就没那么多顾虑了，想做什么都无所谓。"

"不要焦虑，你要是经济自由了，我一辈子就抬不起头了！"楚独秀惊道，"给我留一点儿尊严和生存空间吧！"

她何德何能，单口喜剧何德何能，将贴牌的状元都搞焦虑了！

楚双优见她反应那么大，眨了眨眼，问道："所以你觉得现在挺好？经济不自由也没关系？"

这话问的，要是白日梦，做做也无妨。

"那倒也不是。"楚独秀思索道，"要是真能经济自由，我愿意牺牲掉尊严，就是有个小小的请求……"

第四章 日月

楚双优疑道:"什么请求?"

"能不能给单口喜剧点儿生存空间?"楚独秀搓搓手,偷瞄对方脸色,小声道,"投资一下我们行业?"

她开始想入非非。既然都经济自由了,那不就跟小说里一样掌握世界经济命脉?推广个脱口秀还不容易吗?

楚双优闻言却一秒变脸,断然拒绝道:"不可能,我不会帮你养人的。还真打算都靠你了?!"她就知道经营喜剧公司的人不靠谱。

楚独秀:"?"

次日,楚双优乘坐飞机返回南城,临走前跟楚独秀沟通了后续计划。

节目的录制时间已经确定,第一轮比赛在寒假前两天,楚独秀先到海城参加节目,要是成功晋级,回家后再跟母亲坦白此事,继续参加第二轮、第三轮比赛,要是没有晋级,那事情都不必再提,没必要为此争执。

这跟楚独秀想的差不多,她没自负到认为一定行,主要是只在燕城看过开放麦,也不确定其他地方的演员水平。

当然,她不再孤军奋战,姐姐已经亲口答应出面帮她说话,现在除了问考公复习的情况,偶尔也问问节目筹备得如何。

"台疯过境"内,楚独秀一边用笔写稿,一边抬眼偷偷地打量对面的人,小声道:"谢总,是你让我姐来看表演的?"

那天她惊讶于姐姐驾到,毕竟对方不知开放麦的安排,谁承想是有人传信了。

谢慎辞面对电脑屏幕噼里啪啦地打字,回复公司CFO的消息,闻言抬眼道:"我只是告诉她晚上你有表演,有空可以来。"

楚独秀当即来了精神,一下挺直腰杆,满怀期盼地问:"她当时什么反应?"

姐姐不愿评价她的表演,哪怕她再三纠缠也不肯说,但她现在抓心挠肝,好想知道姐姐的感受,只得求助于其他人。

谢慎辞停止打字,似乎陷入了思考。

楚独秀追问:"有没有笑?她觉得有意思吗?"

"应该笑了吧……"谢慎辞坦白,"没太注意。"

楚独秀大感失落:"你们一起看的,都没注意到吗?"

"因为我也在看,昨天的稿子,我都没见过。"谢慎辞平静解释,忽然想起什么,当即挑眉道,"你居然还背着我偷藏稿子了。"

这一刻,楚独秀看着他的脸,脑袋里突然跳出那张小黑猫怒视图。她连忙摆摆手,含糊道:"哎呀,哪儿有,新写的,什么藏不藏!"

谢慎辞不言。

独秀·上

楚独秀想了想,还是不肯死心,又道:"真没一点儿印象?那听见笑声了吗?"

"不记得了。"

楚独秀撇了撇嘴,什么都没有再说,但眼神哀怨。

谢慎辞点评:"你的眼神像在说'你好没用'。"

楚独秀发觉他极度敏锐,赶紧收起表情,轻声安抚:"并没有,你想多了。"

"就是。"

楚独秀略感心虚,索性摆烂道:"你要这么想,我也没办法。"

谢慎辞盯了她片刻,不知在想些什么,最后竟语出惊人:"你凶我——"尾音居然还拖长了。

楚独秀深感荒诞,愣道:"没有吧,我凶吗?"

她长得就没威慑力,还没被人指责过凶,尤其从双方外表到身份来看,她都不具备呵斥的资格,怎么也不该被扣上这种帽子!

谢慎辞重复道:"你凶我了——"

楚独秀:"???"

她好想跟谢总说,什么表情包都用,只会害了他。如今即便他面无表情,她脑中幻想出来的景象都是"小黑猫委屈.jpg"。

楚独秀只得起身,一本正经地鞠躬:"对不起,sorry,すみません,米啊呢哟。"

×月×日,台疯过境脱口秀俱乐部,《单口喜剧王》节目筹备期,在校大学生楚独秀就自身不当言论导致善乐文化谢慎辞精神受到创伤一事,进行四国语言道歉。

海城冬日透着阴冷,不同于燕城的干燥,潮润湿黏的空气吹在脸上,有种轻微的刀割般的痛楚。但高铁车厢内温度适宜,这导致楚独秀猝不及防,刚刚推着行李箱下来就猛然打了一个喷嚏,赶忙哆嗦着穿好棉衣外套,竟感觉海城比燕城还冷。怎么回事?明明燕城温度在零下,海城的温度在零度以上。

车站内人流涌动,耳畔都是喧哗声,箱子滚轮碾过地面减震带,发出咯噔咯噔的噪声。大厅内,楚独秀在出站口等待王娜梨。两人是同一趟高铁,但座位不在同一车厢,便相约抵达海城后碰面。

片刻后,王娜梨拉着行李箱露面,看到许久未见的楚独秀,第一句就是嘘寒问暖:"你不觉得冷吗?"

"冷,都给我冻傻了。"楚独秀手指都藏进袖口,隔着衣服握行李箱拉杆,"我还以为你东北人不怕冷呢。"

"东北人怎么就不怕冷?企鹅也会怕冷啊!"王娜梨惊道,"温带的麦哲伦企鹅也不抗冻。"

第四章 日月

楚独秀："所以你是温带的东北人？"

"不，温不起来了，马上就凉了。"

两人在大厅内暖和了一会儿，就抓紧时间离开，坐网约车前往酒店。

酒店由《单口喜剧王》节目组预订，来自全国各地的一百名选手齐聚海城，在此参加第一轮比赛，住满了好几层。这里靠近善乐单口喜剧俱乐部，旁边就有一家剧场，专门用于讲脱口秀，是第一季选手试段子的地方。

房间是两人一间，楚独秀和王娜梨在前台报到，便拉着行李箱办理入住手续，一路看到无数参赛选手。其中有燕城的熟面孔，常来"台疯过境"的演员，也有完全没见过的人，甚至说话都是闽南腔调。看来节目组极具实力，聚集了一大堆参赛演员，规模远超第一季。

"有那么多人吗？"王娜梨愣神，"我有点儿紧张了。"

这两天还不会立马录制，演员集合也需要点儿时间，酒店就成为众人的社交场所，天南海北的爱好者们得以碰面，大堂内都是三三两两扎堆的演员。

"该不会全国的演员都来了吧？"楚独秀东张西望，"要是现在把酒店炸了，我们行业是不是会完蛋？"

王娜梨："你的想法很危险，总感觉这回见你，比上次阴暗不少。"

"理解一下，刚考完公，都考麻了，只想毁灭世界。"

楚独秀来之前参加了一场考试，目前还没出成绩，但感觉挺惨烈。好在她早知道那场考试竞争极大，也没有抱特别大的希望，关键是下学期文城等地的报考。她给姐姐发送消息，还收到对方的安慰。楚双优应该猜到了内卷程度，知道燕城那场考试高手如云，劝妹妹将第一回考试当练手，把心思主要放在节目录制和文城考编上。

王娜梨神情微妙："已经黑化到要毁灭世界了？"

楚独秀："那我阳光开朗一点儿，想要张开双臂，欢迎小行星来地球。"

王娜梨："……"

两人刷卡进房间，立刻就打开空调，收拾起自己的行李。

没准是因为刚从燕城过来，楚独秀总觉得海城湿气极大，连雪白的被子都像被水浸过，摸上去冰冷刺骨，恨不得要打个寒战。

片刻后，王娜梨看一眼手机，唤道："我们去吃饭吧，他们叫我们下去了。"

一百名选手来自五湖四海，并不是人人都互相认识，但隐隐形成三股势力，分别是燕城、海城及南城：燕城主要是培训营及当地演员，海城则是参加第一季节目的演员，南城是国内第一家单口喜剧俱乐部的创建地，在那里单口喜剧被叫作"栋笃笑"，演员实力同样不容小觑。

楚独秀和王娜梨都曾参加善乐培训营，晚上要跟曾经的同窗及老师用餐，自然而然跟着燕城演员走。

令人意外的是，路帆没参加海城演员聚会，反而选择了培训营的学生们。

酒店大堂内，两人伸手朝路帆挥了挥，只见对方和聂峰站在一起，正跟周围的演员说笑。

"小脸儿怎么冻成这样？"路帆见楚独秀缩成一团，伸手摸了摸她的脸颊，"煞白煞白的。"

王娜梨："真的，我感觉她今天蔫了吧唧。"

楚独秀可怜巴巴："我冷——"

"海城冬天就这样，屋里面没暖气，只能空调制热。"路帆道，"后面要录节目还冷，你们就买个取暖器，放在房间里能好点儿。"

楚独秀精打细算，思索道："晋级了再买，要是一轮游，就不花钱了。"

路帆哭笑不得："你怎么可能一轮游？"

不远处，小葱在挥手呼喊，像叫卖的小贩："同学们，培训营的各位，来这边吃饭去啦！"话毕，他火急火燎地跑回来，跟聂峰商议起车辆事宜。

王娜梨好奇道："晚上都是培训营的人？"

路帆："对，尚导说她会过来玩儿，但谢总好像没有空。"

晚上有好几拨演员聚餐，善乐的高管们同样会出面到各个包间内逛一逛，为抵达的演员们接风洗尘。

正值此时，一辆车停在酒店门口，从上面走下来几个人。打头的两名男子身材高大：一位是身着正装、谈吐有度的谢慎辞，他抬手为旁边的人指引方向；一位是身着休闲运动装、白色球鞋的陌生男子，他的脸颊有一点儿肉，看上去三四十岁，脸上带笑。

楚独秀瞧那名男子眼熟，她参加善乐培训营前搜索过不少单口喜剧资料，曾经在网上看过对方的表演视频。

果不其然，谢慎辞带着对方踏进大堂，很快就引起旁边人的骚动。其他演员同时哇的一声，像油锅里溅进一滴水，他们紧盯抵达的二人，脸上难掩激动之情，却又迟迟不敢上前。

聂峰愣道："那是程俊华吗？"

"天哪，怪不得谢总没有空，原来是晚上跟大佬有饭局！"小葱惊叹，"大佬现在彻底回国发展了？"

王娜梨："他是不是一个国外演员的徒弟？"

"对，他原来在国外跟着洪利文，后来想用中文讲单口喜剧，就回国发展了，好像在南城讲了好几年，但国内的圈子比较小，单口喜剧也水花不大。"路帆道，"我听说他去做喜剧节目编剧了，没想到这次比赛会来。"

程俊华是南城的演员，早些年在外留学时师承华裔演员洪利文，对方是国外知名的单口喜剧演员之一。后来，程俊华回国发展单口喜剧，也上过几档喜剧类节目，在南城举办过小型个人专场，无奈市场就那么大，影响力仅限于此。

聂峰："节目组专程请来的吧？"

小葱："这究竟是选手还是导师？别告诉我们要跟大佬比。"

谢慎辞带程俊华往里走，看到聂峰、楚独秀等人还伸手跟他们打招呼，气质却跟在"台疯过境"时不一样。在酒吧里，他更多是闲散的观众状态，经常站门口跟演员唠嗑，平时也没什么架子。但在海城的酒店大堂内，谢慎辞身边是行业大佬，后面紧跟着工作人员，确实有几分谢总风范，让人意识到他跟普通俱乐部老板不同，掌握着权力和资本。

看来谢总确实喜欢单口喜剧，四处寻觅出类拔萃的演员人才。但谢慎辞会给程俊华发小黑猫表情催稿吗？

楚独秀目送二人离去，觉得有点儿怪，又不知哪里怪。

小葱经常在酒吧讲开放麦，也跟谢慎辞打过不少交道，现在显然有相同感受。他欲言又止："今天看到谢总，我突然就感觉，真的是谢总……"

楚独秀两手插在兜里，丝毫不敢伸出来挨冻，她流畅地背诵："我似乎打了一个寒噤，我就知道，我们之间已经隔了一层可悲的厚障壁了。"

小葱："没错。"

楚独秀："小葱，给谢总磕头。"

"占我便宜是吧？"小葱既好气又好笑，"你是闰土我是水生，有你这么当爹的？"

其他燕城演员都哄笑起来，不再看谢慎辞和程俊华，注意力被吸引回来。

没过多久，一行人抵达巨大的用餐包间，同样是由节目组预订的。众人好长时间不见，聚在一起谈论近况及即将开始录制的节目，欢声笑语不断。

尚晓梅作为节目导演，还来包间跟演员见面。她身后带着一名男子，对方西装革履，戴金丝边眼镜，看上去精明能干，是公司 CFO 商良。

"感谢各位千里迢迢过来，支持我们节目的录制，今天晚上都吃好喝好！"

商总对屋里演员说完客套的敬酒词，就去下一个包间，没在现场逗留太久。而尚晓梅性子豪爽，跟演员关系更好，留下来侃大山。她参加过培训营开放麦，对前三名都有一定印象，尤其是新人王楚独秀。

尚晓梅："为什么独秀没精打采的？"

楚独秀开始反思自己今天是不是耷拉着脸，导致人人都发觉她不对，忙道："可能是太冷了，有点儿水土不服。"

"你们房间冷吗？是不是空调坏了？找个人给你们修。"尚晓梅提议，"或者来我房间睡，我屋里还挺暖和。"

"啊，这……"楚独秀眼神闪烁，支吾道，"参赛选手和总导演睡一间房，传出去不好吧？"

"哈哈哈哈哈哈！"

其他人当即爆笑。

尚晓梅一把揽住楚独秀，声音爽朗，吊儿郎当道："怎么了？就要潜规则！"

酒过三巡，众人都亢奋不已，轮番说笑话。楚独秀缩在角落里默默夹菜，偶尔有人搭话，才会抖个包袱。

"我跟路老师打声招呼，咱们找辆车，先回酒店吧。"王娜梨道，"我看你不行了，你到外面等我，是不是太闹了？"

楚独秀点头，她怀疑生理期快到了，身体莫名其妙地感到疲乏，但周围人都兴致盎然，她不回话又显得扫兴，现在主要靠幽默强撑。

王娜梨起身去找人，让楚独秀先出去等。

餐厅包间的大门阻隔噪声，走廊里果然清静不少，偶尔能看到送菜员。餐厅大概是被节目组包下了，另一侧的包间同样隐有喧闹声，时不时能看到其他演员出来。最惊奇的是，谢慎辞也在走廊露面，他从一侧走向另一侧，突然就停下脚步，发现了包间门口的人。

楚独秀看到他，遥遥地抬起手，算是打过招呼。

谢慎辞同样抬手，隔着老远回礼，又继续往前走。两分钟后，他又突然折返，径直地走了过来，手里好像还多了点儿东西。

楚独秀误以为对方要进包间，侧身让出大门，却见他原地不动，便茫然道："谢总，怎么了？"

谢慎辞："你在这里做什么？"

"等他们。"楚独秀疑惑道，"谢总不用陪演员吗？"她推测他是用餐中途出来的，估计还得回自己的包间。

谢慎辞："我可以陪你一会儿。"

楚独秀感觉不对，"陪"字好像用错了。她连忙纠正："不是，我是说，您不用维系演员关系吗？"对方应该要跟大佬吃饭才对。

谢慎辞观察她脸色片刻，将一包暖宝宝递过去，眨了眨眼："维系演员关系。"

楚独秀看到那包暖宝宝都晕了，她手忙脚乱地接过，像个结巴般回应道："谢谢谢总。"

有一瞬间，她觉得谢慎辞好会做人，不愧是能当老板的人，三顾茅庐，礼贤下士，任谁都会佩服。

好男人和好老板就像鬼，人人都说有，人人没见过。

她今天是见鬼了。

谢慎辞问道："是不习惯海城天气吗？"

"对，感觉有些湿冷。"楚独秀撕开暖宝宝的袋子，先往胳膊上贴了两片，补充道，"回去睡一觉就好了。"

两人在门口简单寒暄，搞得楚独秀有点儿紧张。她对谢慎辞没任何意见，深知对方一

第四章 日月

片好心，但瓜田李下和三人成虎的意思她还是明白的。虽然他们在酒吧聊得愉快，但那里毕竟不算工作场合，可以是朋友式相处。现在节目录制在即，频繁互动就不太合适，类似于大学生考试前跟教授热络攀谈，别管聊天内容是什么，让其他同学撞见了，多少会产生些想法。

好在谢慎辞挺有分寸，问了两句就敲了敲门直接踏进包间，跟其他人打招呼。

尚晓梅见他进屋，惊道："你不是晚上有局吗？"

谢慎辞："过来看看。"

屋里瞬间沸腾，众人笑着起哄。

"谢总心里还是有我们啊！"

"可以，我们一屋子人加起来比得过程老板。"

谢慎辞和演员们闲聊两句，在房间里溜达一圈，对尚晓梅说道："待会儿找辆车，想休息的人先回去，剩下的可以继续聊。"

"好嘞，没问题。"尚晓梅笑道，"也行，这样互不打扰，估计有些人坐车也累了。"

谢慎辞来得突然，走得也很迅速，问候和安排完就回自己的包间了。

因为有谢慎辞的提议，又有几人站起来说想回酒店房间睡一会儿。

人多好办事，尚导询问完隔壁两个包间，很快就凑齐一车演员，将他们先送回酒店，让精力旺盛的人继续玩。

"正好，我们跟大伙儿一起走。"王娜梨面露欣喜，说道，"我看好多人都累了，碍于面子不敢说。"

楚独秀非常理解这种心态，欢聚场合突然要走，完全是当头浇冷水，谁都不愿起这个头。不过，谢总的面瘫气质适合做这件事，没人会说他的不是，甚至觉得理所应当。

很快，车辆停在酒店门口，将一部分演员送回。工作人员还在车上提醒，有需要的人可以在前台领取饮用水及暖宝宝，节目组提前准备了，但还没来得及发。

下车后，楚独秀和王娜梨溜出去一趟，在便利店买了热水袋和红糖姜茶，回房间就将空调打开，灌下微辣的糖水，沐浴后钻进软被窝，暖烘烘地陷入梦乡。

次日，楚独秀睡醒神清气爽，总算感觉自己活过来了。她一扫疲惫，逐渐适应海城的天气，穿着暖和的厚毛衣出门，还不忘再贴一片暖宝宝。

节目组早就提前发了通知，上午是选手的休息时间，下午则在闻笑剧场集合，正式迎来第一轮初选赛。

闻笑剧场内，红色幕布前放置着立式麦克风，一把高脚椅位于舞台中央。这里的舞台比一般舞台要小，看上去刚好能站一两个人。观众席环绕舞台，座位从前往后依次升高，方便后排的人看清舞台。剧场屋顶也不太高，像将室内空间紧紧地攒在一起，站在舞台上会有被围拢的感觉。

97

独秀·上

楚独秀和王娜梨一起踏入剧场,一眼发现了小葱,于是三个人并排坐在一起,宛若回到培训营时光。

王娜梨:"你来得好早。"

"紧张,激动,昨天都睡不着觉。"小葱坐立不安,"我还是新人,属于提前切好的配料,当然要早到一些。"

楚独秀:"我们是火锅调料台上的葱姜蒜吗?"

剧场角落都有摄像机,机器后还有工作人员。他们穿黑衣,戴着工作牌,在昏暗处忙碌地来回穿梭。

片刻后,一百名选手陆续到场,有些演员刚一露面就让全场发出赞叹。

"帆姐!"

"路老师——"

路帆穿着浅色厚呢外套,一进门就看到其他演员,不好意思地招了招手,在现场找了个座位,跟海城演员们聚在一起。她作为第一季节目的亚军,认识的人并不算少,在网上小有名气。

后面一连串演员都来自海城,他们好像是结伴过来,不乏一些老面孔。其中一个男子穿着牛仔外套,里面是白色内搭,头发还抹了点儿发胶。他走路时连蹦带跳,是个跳脱的大男孩,一路蹦跶进剧场,正是上一季的冠军北河。

"北哥来了!北哥来了!"

"冠军驾到,通通闪开!"

北河面对起哄声,连忙双手合十,慌道:"谢谢兄弟们,谢谢姐妹们!"

"天哪,上一季的实力选手现在就全部露面了吗?"王娜梨目睹热闹的场面,错愕道,"我以为他们到节目后期才出现。下象棋都不能这样吧,起手就把新人将军了。"

楚独秀安详道:"算了,躺平吧,顺其自然。"

"我们真成葱姜蒜组合了。"小葱吐槽,"匆匆过来,直接将军,算了躺平。"

现场的最高潮无疑是程俊华进来,他在众人的欢呼声中挥挥手,茫然无措地环视一圈,最后坐在第一排的角落位置,那里也是选手的座位。

此举瞬间让剧场内炸锅,连老演员们都坐不住了,好似感觉到世界的疯狂,喧哗声恨不得掀翻屋顶。

路帆望向身边人,小声地询问:"真是选手啊?"

"哇——"北河缩成一团,盯着前排的人,自嘲地摆摆手,"行吧,可以理解让我来初选赛了。连大佬都要参加初选,我啥也不是,啥也不是!"

程俊华是近年来国内最有影响力的单口喜剧演员之一,不少新人没准就是看他的视频启蒙,创作时间及舞台经验只是对方的零头。他作为选手参赛,颇有炸鱼的感觉,简直

第四章 日月

不顾年轻演员死活。

楚独秀："笑气化马。"（该梗源自电视剧《斗破苍穹》）

小葱："恐怖如斯。"

一百名选手集结到位，在闻笑剧场坐好。

没过多久，谢慎辞和尚晓梅出现，闹哄哄的现场安静下来。

尚晓梅从旁边人手里接过麦克风，伸手递给一言不发的谢慎辞，没想到对方没有接，反而抬手示意她讲。尚晓梅这才放心，不再管身边的谢总，转身主持。

"欢迎大家来到闻笑剧场。"尚晓梅笑道，"有些海城演员可能对这里很熟悉，这里是由善乐文化改造的，第一家完全针对单口喜剧的剧场，不管是舞台还是观众席，都是根据开放麦氛围设计的，非常适合用于表演。剧场平时会举行演出，还有一些培训活动，我们的初选赛也将在此进行。"

众演员抬头观察起来，剧场小巧却五脏俱全，硬件设备同样出色。

尚晓梅抬起胳膊，高声道："首先告诉大家一个好消息，经过一年的发展，越来越多的朋友对单口喜剧感兴趣，我们初生的行业终于凑齐一百名选手，远超《单口喜剧王》第一季的规模！"

在场的人欢呼喝彩，兴奋地鼓起掌来。

然而尚晓梅等他们高兴地庆祝完，又不紧不慢地抛出另一个消息："当然，还有一个坏消息，就是由于硬件方面的限制，只有通过初选赛的选手才能进入演播厅表演，出现在我们的首期节目上。"她平静地道，"初选赛将选拔五十名选手，进入下一轮的突围赛。"

此话一出，台下产生小小的骚动，50%的淘汰率让演员们议论纷纷：第一季的节目远没有如此残酷，基本是十几名演员来回竞争，最后依据所有期数的总分排出前三名。

聂峰若有所思："看来这次选手是多啊。"

北河深感荒谬，跟旁人悄悄苦笑道："我们的行业已经这么铺张浪费了吗？就硬往下筛人啊。"

老演员深感震撼，新演员早就麻木。

王娜梨："先告诉你一个好消息，你还活着。"

小葱："再告诉你一个坏消息，马上就死了。"

楚独秀："坏消息不是死了，坏消息是现在我们半死不活。"

尚晓梅继续介绍："初选赛将以开放麦形式选拔，每人五分钟，不限主题。现场一百名选手共同投票，如果你觉得好笑，就可以摁下按键，我们将根据票数排出前五十名的选手。排名前三的选手有机会获得曝光。他们的初选赛视频会跟先导片一起放出，作为预热节目的宣传，同时获得商务资源。"

商务无疑是演员最重要的收入之一，路帆在第一季的排名不及北河，但靠优秀文本获得网络人气，双方的进账水平反而一样。这也是众人参加节目的主要原因，一旦顺利打响自己的知名度，同水准演员会迅速拉开差距。

"考虑到大家的演出状态，初选赛是明天和后天，演出顺序和日期由抽签决定。"尚晓梅道，"现在麻烦各位配合工作人员抽签。"

所有人按顺序抽签，接着离开闻笑剧场，紧锣密鼓地筹备起来。

王娜梨望着手中的数字，好奇道："你是哪一天？"

楚独秀："后天。"

全场共一百名选手，1—50号排在明天，51—100号排在后天。

楚独秀略感担忧，即使每人只有五分钟，一天听五十个段子估计也会将笑话听腻，被刺激得毫无情绪。她感觉初选赛最后会陷入极端，要么是段子惊才绝艳、远超众人，要么是选手名气出众、不乏拥趸，否则高强度地听开放麦，很难记住所有人的表演。某种意义上，初选赛像节目一样残酷，观众永远只记得金句，平淡庸俗的段子听完也没有印象，关掉视频就抛到脑后。

"我俩都是明天。"小葱一愣，"据说后天的大佬特别多，北河和程俊华都是那天。"

楚独秀被排在后天，有利有弊：好处是有大佬场子热，所有人都会认真观看；坏处是被大佬比下去，票数可能会受影响，程俊华等人的表演要是炸了，即使新人演员全力以赴，也容易被衬得寡然无味。

王娜梨安慰道："不过最终是看票数排名，只要混进前五十就行了，也不用太在意是哪天。"她觉得楚独秀的水平摆在那里，票数再怎么被压，也必然能进前五十。

"就是，前三名的视频被放出去，段子就没法在节目上用了。"小葱使出精神胜利法，微抬下巴，"咱们不稀罕那个，开局还是苟一点儿！"

王娜梨是明日表演，就留在剧场适应环境，让楚独秀先回酒店。

房间内，楚独秀望着电脑屏幕，颇感纠结，不确定要不要写个新段子。她的双手放在键盘上，却好长时间都没动。

实际上，参赛选手们很难被逗乐，先不提是互相竞争的对手，即便是关系不错的演员，私下也将彼此的段子背熟了，就像她和小葱天天扎在酒吧，基本上没什么秘密可言，偶尔还给对方提两句建议。

虽然小葱说得没错，讲旧段子保晋级就行，但来海城第一场表演就走保守推进的路线，她会有点儿不甘心。她确实可以混初选赛，好歹有个新人王称号，燕城培训营的人不少，他们看面子也会投同窗。但千里迢迢跑过来，就是为了混比赛吗？

楚独秀承认，她糊弄过很多事情，但不想糊弄脱口秀。如果想混的话，在哪儿都能混，没必要来这里。而且她深知自己的毛病，一旦开了这个先河，以后将一发不可收拾，都会有"想要混混"的心态，形成懒惰的惯性。她是意志不坚的普通人，只要给她滑坡的机会，

第四章 日月

一不留神就哧溜滑到底，没准连保持中等水平的余力都摔没了。

闻笑剧场内，一百名选手将根据抽签顺序上台，展开为期两天的初选赛。他们在门口领取投票器，在观众席落座，观看其他选手表演。

节目制作人员同样到场，已经有摄像布置好机位。

尚晓梅满怀期待："不知道结果会怎么样。"

谢慎辞问道："今天没主持人串场？"

"我待会儿先说两句，中间就没人串场了。"尚晓梅解释，"毕竟每天五十个人，时间还是相当紧的，再加主持人就没完没了了。"

这不是单口喜剧拼盘商演，还要主持人活跃气氛，估计选手们也顾不上。

谢慎辞点头。

观众席，楚独秀坐在王娜梨和小葱身边，明显感觉他们身体紧绷，焦虑起来了。她是明天才表演，伙伴们都是今天，精神压力不一样。

王娜梨起身："我去候场了。"

楚独秀："加油！"

台上一直有选手在表演，五分钟结束后，广播内会传来提醒，让其他人摁键投票。

楚独秀看见王娜梨上场，还拼命鼓掌给好友助威。

现在是初选赛伊始，选手们注意力集中，还在关注台上演出。王娜梨顺序靠前，连贯地表演下来，反响还算不错，演完愉快归来。两小时后，现场氛围明显就往下掉，不但演员的状态变差，观众情绪也不再高，对普通段子产生免疫力，没有办法继续笑出来。

虽然节目组中途组织休息，试图调整现场的气氛，但效果并不显著。钻研喜剧的人比普通人更难逗乐，他们比常人懂在哪儿埋笑点，很难有"预期违背"。这就导致他们会认真看有名选手的表演，对新人选手的兴趣则不太大，除非对方一上台就炸场，或者说些吸引眼球的话题，否则观众注意力并不集中。

小葱排在第一天的末尾，他拿出打磨许久的段子，勉强完成一次小炸场。

不过初选赛第二天，众人刚刚踏进闻笑剧场，就感觉观众席氛围不同。

原因很简单：一是好多人已经表演结束，卸下沉重的包袱，能够安心地投票；二是今天高手如云，大佬程俊华和冠军北河出战，让初选赛第一名的归属变得扑朔迷离。

初选赛还没有开始，剧场里就已活跃起来。

"今天是诸神之战啊！"

"大佬来了，我要好好看，看完就被淘汰回家。"

"哈哈哈，我们是演唱会追星贵宾票吗？"

楚独秀今天要上台表演，王娜梨和小葱轻松下来，还在旁边给她加油打气。

片刻后，上届冠军北河跑上舞台，几乎刚一露面就听到周围欢呼，他感激地摆摆手："谢谢，谢谢各位，大家好，我是北河！"

台下瞬间有人起哄，喊道："北哥冲啊！"

小葱目睹热闹场面，唏嘘道："老演员就是不一样。"

他和楚独秀等新人在燕城略有名气，但放在全国还是不够看，比不上北河等人气演员。

楚独秀一直紧盯台上，打算看一看现场情况。她准备了两套稿子，一套是开放麦打磨过的成熟段子，一套是专门为初选赛写的新段子。因为新段子没被试过，所以她计划随机应变，根据观众状态选择保守或进攻。

令人意外的是，北河作为第一季冠军，现场讲了个新段子，但质量只能算普通。

"好混啊，他好混啊！"尚晓梅惊叫两声，笑骂道，"为什么新写一个那么水的段子？"

谢慎辞分析道："他害怕被选进前三名，然后成熟段子被曝光，没法拿到节目上用吧。"

《单口喜剧王》是高强度比赛，北河经历过第一季，明显想要节省子弹，不愿在初选赛消耗。

"北河好狗啊！"尚晓梅不住地摇头，"这一听就是这两天现写的！"

谢慎辞："不过他靠名气也能过初选赛。"

表演结束，北河一溜烟蹿回座位，还被其他好友笑着吐槽。旁边人显然也对他的苟且偷生极度无语，时不时伸手捶打他两下，以此表达不满，嬉笑打闹成一团。

北河意外地临阵脱逃，让程俊华的脸色稍缓。他坐在观众席第一排，身躯及四肢也松弛下来，没有方才严阵以待的架势。毕竟外人都在揣测两人谁会得第一，程俊华作为资深演员来此，首战就被斩于马下，多少会有点儿颜面无光。

没过多久，广播内传来程俊华的名字及序号，全场选手们喧哗起来，一下产生海啸般的效果。不少人猛地跳起来，激动地起立鼓掌，向知名的业内前辈致敬。

聂峰："终于来了。"

"恐怖如斯。"小葱震惊道，"没演就开始鼓掌。"

上台后，程俊华身上有种温和的劲儿，语调也是南方男子的绵软："大家好，我是程俊华。"

掌声如雷，声势浩大。

程俊华选择的是老段子，来自他的个人专场表演，裁切出五分钟的内容，原汁原味地进行重现。尽管很多人早知道内容，但依然被逗得捧腹大笑，拜倒在大佬的实力之下。

王娜梨愣道："他段子里的梗密度没那么高。"

"因为不是专门写的五分钟段子，而是从个人专场截取出来的吧，结构就没有专场那么完整。"楚独秀道，"很多能 Call back 的地方都没了。"

"可怕。"小葱感慨道，"但大佬的舞台经验太丰富了，尤其擅长使用'呈现'，就是你听过他的段子，再看还是有感染力。"

第四章 日月

楚独秀点头。

呈现是一种脱口秀文本和即兴表演的完美结合，主要取决于演员的肢体语言和态度。相同的文本，演的人不同，效果完全不一样。

程俊华的呈现已经出神入化，那是无数开放麦表演加上个人专场淬炼出来的，不是新人演员临时抱佛脚就能有的，算是独一无二的个人台风。但这不是个人专场，仍然是节目初选赛，她没准可以搏一搏。

漫长等待后，楚独秀终于被叫到号，在同伴的鼓励声中走上台。

台下，燕城的演员们相当仗义，都在观众席为她喝彩。聂峰等人挥起手，路帆坐在海城演员里同样期待地鼓掌。

"来了来了，秀儿秀儿！"尚晓梅饶有兴致，"我的潜规则对象。"

"嗯？"谢慎辞偏头瞥她。

舞台上，楚独秀握着麦克风，慢慢走到高脚椅前方。聚光灯下，她的神情轻松自然，游刃有余："大家好，我是楚独秀，一个正在考公的大学生。我最近有个发现，开头门槛低的事情，后面要经历的磨难肯定不少，比如单口喜剧节目，初选赛就放进来一百人。"

"哦——"

此话一出，众多演员都提起兴趣，深有同感地拉长声调，察觉对方想搞个现挂，因此不时还偷看尚导和谢总的脸色。

"然后导演大手一挥，比吧，比赢了是选手，比输了做观众。"楚独秀耸肩，无奈道，"反正人骗过来了，天生我材必有用。"

台下传出几声嬉笑。

"尚导，她调侃你。"有人看热闹不怕事大，挑拨道，"这不能忍！"

尚晓梅一愣，随即笑得咧开嘴，忙不迭捂脸，只露出一双眼睛，仍盯着台上的人。

"开头难度高的事情，反而以后混得轻松，类似身边人劝你考公，'赶紧上岸吧，以后就好了'。我看着那个300:1的岗位报录比，还有些恨不得三千人里选一个，就想起当年的孙悟空。他学会七十二变，抢走如意金箍棒，又擅自改了生死簿，这才当上弼马温，拥有一份编制，我何德何能啊！"楚独秀怒指舞台，铿锵有力道，"他一个跟斗就十万八千里，我连参加一场比赛都得坐高铁才能到这里！"

其他选手哄笑，场子逐渐变热，都欣赏她的表演。

王娜梨赞叹："节奏好快。"

"她是新写了一个吗？"小葱挠了挠头，迷茫道，"还是现挂啊，我没听过这个。"

楚独秀歪了歪头，继续道："而且考进去也不会轻松，你还是一个新人，单位里老人一堆，啥活儿都由你干，你就会感觉受骗了，这不也没什么变化？这时候，身边人继续劝你，熬吧，熬到老就轻松了，不然努力评职称，就可以不干杂活了。"她双眼发亮，欢快地道，"我

103

每次一听这种话，就心说这剧情我熟啊，孙悟空打了李天王和哪吒，玉帝才封他'齐天大圣'嘛！职称这不就评上了！"

路帆忍不住捂嘴笑。

楚独秀挽起袖子，摩拳擦掌："来吧，王科长、李主任，咱们比画比画，切磋一下。你们放心，只要把这些事务性工作分配明白了，别什么工作都推给我，我保证不会搞到大闹天宫的地步！"

或许是楚独秀愤怒的情绪感染了众人，让深陷初选赛焦虑的选手产生共鸣，难得地没有吝于发笑。剧场内如洪水冲过，爆发出一阵欢笑声。

小葱兴奋地抖腿："可以，稳住，感觉能小炸一下。"

"悟空前辈告诉我们，在某些单位就是要发疯才能混下去。"楚独秀面无表情地道，"还有不要老说鬼话忽悠人考公，会像十万天兵天将一样挨打的。"

"也有那种门槛低但后续难的事情，比如咱们这一季节目。比赛前，报名表上还有个问题，'为什么要参加《单口喜剧王》'。"楚独秀摊手，疑惑道，"我心想，啊，这不是你们让我来的吗？"

北河佩服地拍腿，遥望尚导等人，幸灾乐祸地附和："对啊，对啊，不是你们让我们来的吗？！"

"我接触单口喜剧的过程，就像路上偶遇健身房人员发传单，你不懂短短一百米路为什么有那么多追问。"楚独秀惟妙惟肖地表演着，模仿街头发传单的人，"他看见你就大步上前……"

"单口喜剧了解一下？"

"谢谢，不用。"

"脱口秀、开放麦、培训营，有感兴趣的吗？"

"没有没有。"

"想要幽默吗？想要快乐吗？"

"不了不了。"

台下漾起笑声的波浪。

"你每过一个路口都能遇到那个人，好像牛皮糖，黏着你不走。终于撑不住了，你去了健身房。"楚独秀道，"人家也很热情，说你练得特别好，真的特别有天赋，坚持下去肯定行，现在办卡有优惠哦。"

下一秒，她微微挑眉，语气一变，意味深长道："但只要你一办完卡，你的锻炼就卡住了。就像现在，只要你一交报名表，赛制立马变得残酷。"

或许其他题材没法吸引所有人的注意，但初选赛无疑跟在场所有观众息息相关，任谁都逃不过残酷的赛制。众多选手笑得前仰后合，敬佩地伸手鼓掌，宛若被戳穿心声。

第四章 日月

程俊华对身边人道:"她好聪明,知道投票观众是谁,专门写了这场表演的稿子。"

单口喜剧演员是有些直觉的,就像根据观众讲现挂,还有推测他们的想法。楚独秀清楚由选手来投票,索性选择最容易产生共鸣的话题。

楚独秀吐槽:"我们的赛制有多离谱?我甚至觉得有考公和高考的难度相加那么难,就是这么激烈。"

"我不清楚有没有人报过考公课程,就是它们会打广告,号称只要来辅导班,一个月就可以上岸,主要教你行测和申论。"她科普道,"有些是骗人的,但有些班的老师真的厉害,专门研究考公,讲得深入浅出,你提高得特别快,刷题都有自信了。然后等你走进考场那天,突然就发现你的老师跟你同一考场,居然还跟你报同一个岗,你们是竞争关系。"

楚独秀忽然收声,在台上眉头紧锁,绝望地张开双臂,莫名就显得滑稽,好像在模仿黑人问号表情:"我不知道大家遇到这种情况是什么感受,但我当时说……"她握着麦克风,突然在台上蹦跳起来,望向不远处的路帆,惊叫道,"路老师,我美丽动人的路老师!您怎么会在这儿啊?您兢兢业业教我喜剧知识,就是为了师生相残的今天?!"

楚独秀的语气透出哀伤,瞬间让现场爆笑如雷,培训营学员更是疯狂拍手。

路帆被对方点到,笑得合不拢嘴,甚至虾米般地躬身。

旁边的海城演员也被逗乐,开始跟着楚独秀起哄,一声又一声地喊"路老师"。

路帆既好气又好笑,喝道:"你们严谨一点儿!她说的是'美丽动人的路老师'!"

楚独秀的表演激起选手狂欢,在愈加热烈的气氛里,不断地推向高潮。

"这还不是最残酷的,大家都知道国内单口喜剧历史比较短,但也出过一些历史人物。"楚独秀深感荒诞,她麻木地摇摇头,抬手示意前排人,"你和老师一起考试算什么?你现在和教科书上的历史人物一起高考了。"

程俊华一指自己,乐道:"是说我吗?"

"我翻开书一看,程俊华先生是国内最早在电视节目上表演单口喜剧的演员之一,是将单口喜剧带进大众视野的重要推动者。这话是什么意思呢?"楚独秀一本正经道,"你在高中课堂上学李白的《梦游天姥吟留别》,然后你在高考考场上跟李白一起做古诗词赏析。'仙之人兮列如麻',意思是神仙成群结队、密密麻麻,就像我初选赛的处境,彻底麻木了。'忽魂悸以魄动,恍惊起而长嗟',我感觉惊心动魄,讲脱口秀的美梦醒了,只能仰天长叹一声。"她昂头学狼嚎,"嗷呜——"

观众席彻底炸开,无数演员笑着鼓掌,甚至起身挥手给她喝彩。他们都没料到她的反转,酣畅淋漓地开怀大笑,连带比赛的压力都在此刻倾泻而出。

小葱悲号道:"如果能重来,我要做李白!"

北河叹道:"这个好狠啊,不到五分钟,玩的内容好多。"

"太擅长混合呈现了。"

增强段子效果的方法之一是混合，即找到两个原本无关的话题之间的相关性。而混合几乎总是伴随着呈现。

如果是商演或专场，楚独秀每次混合能玩好几番，没准混合一两次就有五分钟，现在却被强行压缩，一下子将现场情绪顶上去。这不亚于机枪扫射，总有能击中人的子弹，一小时都这么演会太躁，但只有五分钟就刚刚好。

"当然，大家也不要怕，就算李白是《梦游天姥吟留别》的原作者，我们也不一定考不过他。"楚独秀低头道，"因为李白只是伟大的诗人，不是伟大的高三生。他写了那么多名垂千古的古诗没用，揣摩不透高考命题组老师的心思！"

她举起一只手，伴装捧着卷轴，表演道："李白在考场上捧着自己的诗，心里都得嘀咕，在下这诗表达了那么多思想感情吗？你看，只要题目足够狠，李白也要犯迷糊。我们也一样，程老师一听规则，心想只有五分钟，也算单口喜剧吗？"

程俊华闻言发出笑声。

旁边人更是赞同地奋力鼓掌，故意朝尚导等人起哄起来，抗议节目的五分钟卡太死，只能将完整段子裁切及压缩。

"节目还召集天南海北的演员，让我们互相投票，一起听选手段子，点评彼此的幽默。我说句实话，别说听段子，我连话都听不懂。刚来酒店时，在前台办入住，听旁边南方演员打电话报平安……"楚独秀无奈道，"没有偷听的意思，再说偷听也没用，跟地铁上刷手机一样，他的方言自带防窥膜。"

台下选手皆嘴角带笑。

"那一刻，你突然就领悟了，为什么武侠小说只有华山论剑。武功和剑术是有比较高的门槛的。很少有人会华山论道，必须君子动手不动口，不然你会觉得那画面很荒谬。"楚独秀整理着装，左手抬起似举剑，"想象一下，五湖四海的侠客齐聚山顶，峨眉派的人出现了，身穿侠女装，手里握把宝剑，一开口就是'瓜娃子说了恁个多做啥子，还想跟老子比幽默'！天山派的人出现了，他说'羊肉串，羊肉串'，然后发出弹舌音……"她突然半蹲下来，模仿扇风烤串的样子，嘴里怪声道，"RRRRR——"

"神龙教也来人了，说'傻了吧唧的你整啥玩意儿呢'！然后他们一起回头问我'你谁啊'……

"啊，我是一个正在考公的大学生，我叫楚独秀。

"哪个门派的？

"丐帮的。"

楚独秀突然蹦起，崩溃道："比什么啊？怎么比幽默？方言都不同，只能比剑啊！"

三步定律配反转，让稍微平息的场子再次在笑声中热闹起来。前排选手早就笑得肚子疼，他们东倒西歪地靠在一起，还不忘鼓掌，感慨段子道出比赛真谛。

第四章 日月

"友谊第一,比赛第二。谢谢大家,我是楚独秀!"

欢闹声充斥剧场,欢呼、喝彩、掌声、叫好,让所有人都沸腾起来。

楚独秀在热烈氛围中顺利下台,一溜烟地奔回座位,这才解除紧绷状态。

尚晓梅赞道:"瞧瞧人家,这才是真来比赛的。"

相比其他选手使用老段子,或者随意地写一个水段子,楚独秀能靠新内容击穿全场,算是一件极其不易的事情。没有开放麦的验证,包袱能不能抖成功完全凭借演员创作时的直觉和经验。而演员没观众时无疑最为难熬,主要不知道前路会怎样。

笑声过后,其他选手同样陷入混乱,惊讶于新人的表现,恨不得满场乱转。

"好恐怖,新人撕碎一切的可怕冲劲儿!"

"路老师,都怪你。"有人开玩笑,推搡着路帆,"你教出来的对手,人家段子里都写了!"

"我拿了上季的冠军,甚至没有资格出现在她的段子里。"北河唉声叹气,"人家就看得起路老师和程大佬。"

路帆和旁人闹成一团,笑着反驳道:"跟我没关系,是你们划水!"

另一边,小葱和王娜梨围住楚独秀,神情激动,同样赞不绝口。

小葱:"牛啊,可以的!"

王娜梨:"我感觉你这把能封个'齐天大圣'。"

"反正不管怎么样,取经算是结束了。"楚独秀慷慨激昂地演完,只感觉大脑皮层活跃,四肢却在紧张后瘫软,无力地仰倒在座椅上,"累了,佛了,躺平了。"

这么搞过于消耗能量,要是商演或专场表演,肯定不能长时间亢奋,也就是比赛才拼一把。

"给大佬捶肩。"

小葱没有碰她,隔空握拳轻敲。

"给大佬揉腿。"

王娜梨有样学样,同样假装按摩。

初选赛仍在继续,今天原本就有程俊华和北河露面,普通演员很难接得住场子,再加上杀出一匹黑马楚独秀,让战况越发扑朔迷离,硝烟弥漫,极其惨烈。

终于,一百名选手全部表演结束。

所有人都轻松下来,肆无忌惮地闲聊着,畅想自己被淘汰后的旅行计划。焦虑和恐慌都一扫而空,颇有考试发成绩单前的破罐子破摔、及时行乐。

工作人员统计完票数,谢慎辞和尚晓梅也重新出现,站在舞台上宣布结果。

"感谢大家连续两天的倾情表演,给我们的闻笑剧场增添了活力。"尚晓梅笑道,"现在由我来公布初选赛排名,首先公布的是开放麦得票数前三名。"

下一刻,舞台两侧的电子屏幕突然亮起,伴随轰隆一声的音效,前三名的票数被打在上面，分别是 89、87、81，只是数字前的名字空着，没有显示是哪位选手。

"哇哦——"

众人都没料到黑色墙壁会变成屏幕，好奇地东张西望，观察起剧场设备。

王娜梨愣神："这剧场好高级，我都没发现两边有屏幕。"

"尚导肯定有职业病。"楚独秀道，"不上节目的初选赛，公布成绩都像是综艺。"

"这是前三名的票数吗？"小葱瞪大眼，"天哪，大家好严格，第一名都有十一个人觉得不好笑，那后面的人票数得有多低？"

全场有一百名选手，认为好笑就投票，反之则不必投票。显而易见，第三名才 81 票，剩下的人只会更低。

王娜梨："我怀疑自己没法及格。"

"首先公布第三名，初选赛 81 票……"尚晓梅握着麦克风，侧头看向屏幕，继续道，"北河。"

屏幕上，第三行的名字揭晓，正是上一季的冠军，北河。

场内发出小小的骚动声，聂峰等人交头接耳，点评道："有点儿高了。"

"毕竟有人气基本盘，他拿过冠军，有些人不仔细听，没准都直接投了他。"

北河同样深感抬不起头，恨不得一路捂脸上台，从尚晓梅手中接过初选赛名次表。

尚晓梅顺手将麦克风递过去："来，北河，拿了第三，不说两句？"

"不说了，什么都不说了……"北河仓皇摆手，尴尬而不失礼貌地婉拒，拿过名次表就往台下跑，一副被公开处刑的模样。

海城的演员在台下喝倒彩："吁——"

这样的段子，却拿这样的名次，多少让海城的演员有点儿没脸了。他们都清楚北河初选赛太敷衍，现在扎他的心毫不客气。

北河显然也知错，对同伴讨好地笑，下台后任由他们搓揉。

尚晓梅："接下来是第二名，初选赛 87 票，楚独秀。"

相比海城演员的吐槽，燕城的演员瞬间激动，翻腾起澎湃的声浪。王娜梨和小葱更是比本人都要兴奋，一左一右推着楚独秀上台，爆发的欢呼声差点儿将领奖人震聋。

楚独秀被从天而降的馅饼砸中，晕头转向地往台上跑，第一回还跑错方向，被卡在半路上，迷茫地左右望望。她不太熟悉剧场的观众席构造，这才发现有一侧被栏杆挡住，没办法抵达舞台。

路帆小声呼喊："那边，走那边！"

楚独秀一头雾水。

台上，谢慎辞见她原地打转，抬手示意另一侧通道，这才将她引领回正道。

尚晓梅将名次表递过去，露出善意的笑："太紧张了。"

第四章 日月

楚独秀略微低头，窘迫道："对不起，我被比赛逼得走投无路了。"

选手们同时发出笑声，显然不在乎她的出糗，反而感觉像段子的延续。

尚晓梅递上麦克风："独秀，说两句吧。"

楚独秀偷瞄尚导一眼，支支吾吾道："我想要说的话，刚才都说完了。"

台下又笑起来。

"她真的很有观众缘。"北河诧异道，"就是说什么都有点儿幽默。"

有时候，单口喜剧演员的个人特质也很重要，尤其被搬上电视后，一言一行都被无限放大。有些人很容易让观众心生好感，有些人明明没做错任何事，但很快就让人生出防备心，不愿意倾听他的话。这简直就像玄学，资深演员都琢磨不透差别究竟在哪儿。

"最后是第一名，初选赛89票，程俊华。"

尚晓梅还没说完，众人就早有预料，统一望向程俊华的方向，看着他慢慢地走上台。

程俊华接过名次表，又取过递来的麦克风。

其他人见他要发言，当即就鼓掌，为行业标杆助威。

程俊华面对热烈的掌声，脸上反而有一丝难堪，坦白道："真的很惭愧，稍微有点儿丢脸，我觉得今天的第一不该是我。"

话毕，他望向观众席的楚独秀，准确地锁定她的位置。

"哦？"小葱察觉到程俊华的视线看过来，当即警向身边人，差点儿就要提醒同伴，大佬好像在说她。

楚独秀撞上程俊华的目光，一愣。

这话绝不掺假，程俊华和楚独秀的知名度有着天壤之别，一个是响彻行业内的老名字，一个是还没上节目的新演员，他们拥有的基本盘完全不同，很难说程俊华的票数来自现场表演，还是演员的情怀。因此尽管楚独秀获得第二名，但她和程俊华只差两票，实际已经算赢了。初选赛前，她只在燕城有点儿名气，现在却在全国演员心里留下印象，不但击败上季冠军，还跟前辈大佬比肩！

所有人听闻程俊华的话，反而越加用力地鼓掌，一方面是对这样的说法深表赞同，一方面是敬佩大佬能坦然承认凭借多年积累的名声获取更多票数。

北河拍手道："没事，我更丢脸。"

路帆："你属于没皮没脸了。"

"啊，一下子把我打蒙了，这回初选赛的第一就当大家激励我吧。"程俊华面露怅然，他望着楚独秀许久，随即在台上长鞠一躬，"希望我在正式节目里能配得上这个名次。"

雷鸣般的掌声后，程俊华下台。

尚晓梅目睹此幕，关掉麦克风，侧头转向旁边人，震惊地嘀咕："程老板好像真慌了，感觉自己不如新人。"

程俊华是节目组百般邀请才来的，他最初对《单口喜剧王》期望不高，也是谢慎辞前去拜访好几回才犹豫地答应下来。他都没跟节目组敲定合约，没准中途觉得节目质量不行，随时就为爱惜羽毛提前退出。

谢慎辞淡定道："这很正常。"

尚晓梅见他面无表情，难以置信地道："不是你请人家来的吗？"

敢情你三顾茅庐，就是为打击人家的自信？！

初选赛前三名公布结束，还剩四十七名晋级选手。完整名单骤然放出，密密麻麻地打在屏幕上。

王娜梨屏住呼吸，焦灼地寻觅起来，最后还是楚独秀眼尖，先一步发现好友的名字，伸手一指："在右边那块屏幕。"

"三十四名，还行还行。"王娜梨雀跃起来，"好歹不是一轮游。"

小葱的排名更高一些，居然获得了第十二名，在新人里成绩亮眼。

如果没有录制综艺节目，或者到外省专场巡演，不同城市的演员很难彼此了解，没准从未看过外省的脱口秀。三人本来就不是老演员，天然失去海城、南城等地的票仓，现在收获的名次都远超预期。

当然，几家欢喜几家愁，后五十名被淘汰。

观众席上，有人喜笑颜开，有人垂头丧气，堪称人间百态。

尚晓梅高声道："不管结果如何，大家一起到剧场门口拍个照吧，我们好不容易聚在这里，有机会互相交流彼此的创作，也是一段值得珍藏的记忆！照片洗出来后，工作人员会根据报名表地址邮寄给参加初选赛的一百名选手。如果有人想改地址，记得待会儿来登记。"

此话一出，现场氛围重新活跃起来，选手们陆续走出去，在闻笑剧场前排好队。

海城冬日难得有太阳，驱散了前几天的阴冷，阳光晒在身上暖洋洋的。

晴天下，所有人先规规矩矩地拍了一张，接着摆出千奇百怪的姿势，完成一张无厘头的合照，甚至没来得及等摄影师按键，他们就被彼此夸张的肢体动作逗得大笑。

大合照结束，被淘汰的选手围着程俊华、路帆等人，希望能够跟他们单独合影。

楚独秀正要随王娜梨等人离开，没想到半路却被拦住，对方是一名眼生的女生，也是参赛选手，她略带腼腆地询问："能跟你合个影吗？我很喜欢你的段子。"

楚独秀一愣，接着慌张道："啊，当然可以！"

人气演员才会被请求合影，她没想到自己也有这待遇，一时间受宠若惊，手脚都不知道放哪儿，连用自拍或他拍都不清楚。

王娜梨自告奋勇："我来给你们拍吧。"

王娜梨拍照技术不错，女生跟楚独秀拍完，低头检查照片，感谢过两人，满意地离开。

第四章 日月

有一位女生来找楚独秀合影,很快又迎来第二位、第三位,简直络绎不绝,许久后才结束。

"不错,我要收好你的签名,确实有望升值了。"王娜梨目送众人离去,摸了摸下巴,感慨道,"而且不知道为什么,你好吸引女粉,在培训营的时候就有路帆老师。"她一度怀疑为数不多的女选手是不是全都跑过来合影了。

"所以你在培训营时不粉我?"楚独秀故作伤心,"我明明都粉你了,你居然没有粉我。"

王娜梨被反将一军,上下打量楚独秀一番,佩服地点评:"应该就是你这种言行,导致经常吸引到女粉。"

王娜梨不愿承认,她初遇楚独秀时,就为那一句"美女",彻底地迷失自我。

第五章 英国

　　第一轮比赛告一段落,其他选手可以返程,年后再来录制节目,而初选赛前三名要多留两天,配合节目组拍摄广告,穿插进《单口喜剧王》的先导片。
　　王娜梨给楚独秀留下一大包老家的香肠,就先一步坐高铁回去了,约定过年后节目再见。楚独秀被迫在酒店房间独居,白天被工作人员揪住化妆,再跟程俊华、北河共同拍摄。
　　化妆室的镜子前,楚独秀面对乱舞的定妆刷,只感觉脸蛋都要被拍散,恨不得猛地打个喷嚏。她试图挣扎,弱弱地道:"好像可以了……"天哪,原来上镜全妆那么复杂,自己果然不适合搞这个,屁股都要坐麻了。
　　造型师却很认真,又拿起眉笔修饰妆容的不足,并安抚道:"再弄一下,你以后会感谢我的。北河就是上一季凑合,现在回头看节目,觉得造型太傻了。"
　　楚独秀早就坐不住了,一度都想自暴自弃,但听对方提及"以后",又莫名地按捺住性子。坦白讲,她不知道自己以后会怎样,不过在外人眼里,好像是一片坦途。
　　漫长的妆发结束,又是枯燥的拍摄。凄惨的脱口秀演员们任由广告片导演摆布,在片场照脚本走流程。
　　初选赛时,楚独秀和程俊华、北河毫无交流,现在却借此机会熟悉起来,在拍摄时偶尔闲聊,打发工作人员布场的时间。
　　程俊华是行业前辈,性格却挺随和,说话也温声温气。他最初讲英文脱口秀,后来回国转攻中文脱口秀,但偶尔用词会卡壳一下,听起来就慢吞吞的:"你接触单口喜剧多久了?"
　　"正式开始演,不到半年吧。"楚独秀双手放在身前,像个拘谨的学生,老实地答道,"但以前看过很多开放麦。"
　　"哦,你居然有地方看开放麦?"程俊华诧异道,"我以为国内俱乐部特别少。"

第五章 突围

楚独秀解释："我们大学旁边有个酒吧，名字叫'台疯过境'，酒吧老板喜欢讲单口喜剧。他叫聂峰，这回比赛也来了。"

程俊华："我好像听过这个名字，燕城的演员？"

楚独秀点头："对。"

程俊华若有所思："你刚才说大学，所以你多大啊？"

"二十二岁。"

"二十二岁，有点儿可怕……"程俊华长叹一声，摸了摸脑袋，似被此话惊住，惘然道，"我二十二岁时在干吗？"

楚独秀沉默，她觉得大佬什么都好，就是每次看到自己总会叹息连连，让人无法接话。

"程老板是不是焦虑了？"北河苦笑，"不要焦虑，等先导片放出来，我才是被公开处刑的那一个，得找个地缝钻进去。"

程俊华摇头道："但这也太吓人了，她现在多年轻啊。"

楚独秀面露尴尬："这……没准我就伤仲永了……"

北河唉声叹气："唉，我录制节目以来最后悔的两件事，一是第一季没接受妆发设计，二是初选赛划水惨遭新人暴击，简直被钉在耻辱柱上。"

两位前辈都在丧气，搞得楚独秀更局促，她的情商快不够用了，只能硬着头皮安慰："北河哥，往好了想，塞翁失马焉知非福，这没准也不是坏事……"

"还不算坏事？哪里有福啊？"

"起码……起码……"她支吾半天，煞有介事道，"起码你拥有了新的段子素材嘛！"

北河："谢谢，你是会宽慰人的。"

好在新人的职场僵局没维持太久，商务广告拍摄结束后，谢慎辞出现在片场，邀请三人共进晚餐，总算转移了注意力。

清幽别致的包间内，四人围着木质圆桌落座，用湿毛巾擦手后，等待上菜。这是一家创意中餐馆，装修风格是古韵和现代相结合，连餐具及家具都颇有特色。屋内角落里有竹叶掩映，精致菜品旁藏有干冰，白烟袅袅升起，简直宛若仙境。

楚独秀坐在程俊华和北河中间，正对面是谢慎辞，安静地埋头吃饭。

谢总露面后，程俊华的话题终于变化，不再是楚独秀的年龄及从业时间，而是跟谢慎辞交流起行业想法："确实出乎我意料。"他瞄一眼楚独秀，发现她在啃大虾，又看向谢慎辞，"我看过你们第一季节目，但说实话不如初选赛，今年选手的实力远超去年。"

"第一季节目仅仅是试水，我们连选手都找不齐，很多人接触单口喜剧的时间不长，而且基本是海城演员。"谢慎辞慢条斯理道，"这一年，我们建立培训营，又到全国各地拜访俱乐部，就是为了寻找优秀的演员。"

"没想到国内单口喜剧发展成这样了。"程俊华叹息,"可能是我总待在南城,不知道其他地方的情况。"

谢慎辞:"如果有完善的培养体系,演员文本和表演的突破都非常快,没准一两年就有新提升。未来不管是演员质量还是行业成熟度,都会跟现在不一样,要是一直保持现状,或许会被慢慢抛下。"

程俊华若有所思。

楚独秀一边研究虾壳,一边偷听二人聊天,意外发现谢总和大佬不熟。她原以为谢慎辞是单口喜剧交际猫,长期据守在俱乐部门口,对所有演员都会喵两声,但莫名跟程俊华有些生疏,说话也公事公办,礼貌又有点儿距离,甚至不及对待小葱。如果她没有记错的话,谢慎辞看着性格高冷,实际想法天马行空,即使是"台疯过境"内没名气的演员上前攀谈,他都会和颜悦色地逐一回答,并不会摆出善乐老总的架子。可能大佬们交流要精英一点儿,不能再走接地气路线吧?

楚独秀听程俊华点评第一季节目,还偷瞄一眼身边的北河,唯恐对方作为上一季冠军觉得被人在饭桌上内涵了。幸运的是,北河心态很好,不但大口干饭,甚至拿过菜单饶有兴致地翻阅起来。这让她像找到组织——不只自己特别烂,啥也不说光吃菜。

楚独秀悄声道:"我们好像只会吃饭的傻子。"

"傻子才不吃饭光聊天。"北河翻着菜单,"要再加点儿菜吗?"

楚独秀摇头:"不了。"

北河失望道:"真不加?甜点要不要?"

楚独秀望着研究菜谱的人,迷茫道:"我们可以这样加菜吗?"她总觉得哪里不对,包间好像有人提前点单,他们刚踏进屋里就直接开始上菜了。

"来,你也快毕业工作了,我作为公司的老混子给你传授一些职场经验。"北河用余光观察聊天的谢慎辞,压低音量振振有词道,"一般来说,公司用餐是有餐标的,你是什么级别,就能吃多少钱,但偶尔会有例外,比如你跟老总级别的人吃饭,可以不考虑餐标的事。"

"当然,这里特指谢总,尚导也可以,他俩不太计较这个,而且会自己结账。"他补充道,"如果跟商总一起吃饭,那就不要做这种事了,他管财务的,很严格,要是他没带助理,你还得有点儿眼力见儿,中途自己去把账结了,回公司拿发票报销。"北河伸出食指晃了晃,一本正经道,"跟商总吃饭比较麻烦,建议不吃,还不够累的。"

楚独秀惊道:"这算薅公司羊毛吗?"

"哎呀,不薅白不薅,要是多吃两盘菜公司就被薅死了,证明单口喜剧还是不行。"

"……"

奇怪的社会经验增加了呢。

第五章 突围

楚独秀对海城演员有了新认识：路帆是学术型人才，北河是社会型人才，两人的知识面不同，但听起来好像都有些用处。

谢慎辞看他们交头接耳，突然停下跟程俊华的交谈，好奇道："你们在聊什么？"

"谢总，我俩想加点儿菜。"北河笑呵呵道，"我们再来个牛肉粒吧，然后她要个桂花布丁兔。"

楚独秀低头掩面，声若蚊蝇："我没要。"

服务员很快下单，加了一盘牛肉粒，再给四人各自端上甜品。

楚独秀用勺舀着布丁兔，桂花酱飘起清淡香气，她又认为北河帮忙点得不错，味道甜而不腻，是自己要的也无妨。

程俊华同样开始吃甜点，他面带笑意，说道："对啊，你们也说两句，光是我和谢总在聊了。"

北河不愧是老油条，熟练地举杯："话不多说，都在茶里了！我干了！"

真是社会人的最高境界，说了跟什么都没说一样。楚独秀心生佩服。

四人举杯喝完茶，程俊华又望向楚独秀，继续道："该听听年轻演员的心声才对。"

楚独秀一怔，干巴巴道："我就是一个小人物，说什么有人在乎吗？"她觉得今日饭局不适合自己，无比怀念王娜梨和小葱，主要自己靠初选赛坐在这里，但真要论经验及行业资历就是一只小虾米，没有插嘴的余地。

谢慎辞认真道："在乎的。"

程俊华："我感觉她就在台上说，平时都是省电模式。"

"对啊，聊聊嘛，我们都在乎。"北河打趣，"不要老把你的段子攒在台上！"

楚独秀："不是，主要也不知道说什么……"

"随便说，无所谓。"

楚独秀抬眼瞧另外三人，一句话憋在嗓子眼儿，终于鼓起勇气道："我想要再多些女演员。"

这是楚独秀的心里话，她不太擅长跟男领导及前辈交流，完全没有在路帆、尚晓梅等人面前自在，一顿饭吃得别别扭扭，连包袱都抖不出来了。

众人面露不解。

北河惊道："什么意思？点我呢？那我跟路帆换一下，现在打电话叫她来。"

楚独秀眼珠子一转："也不是不行。"

北河适时地接话，让氛围活跃起来。

程俊华一笑："我们被嫌弃了，年轻人跟我们没共同话题。"

北河劝道："你可以把我们当女生。"

楚独秀欲言又止："北河哥，就别往自己脸上贴金了吧。"

115

"可以，我是棋逢对手了。"北河既好气又好笑，一下子就来精神了，"行，我不给自己贴金，那谢总可以了吧？你把谢总当女生！"

楚独秀瞥向谢慎辞，发现他正盯着自己，顿时被现状搞蒙了。

"我提醒你啊，注意你接下来的措辞，搞清楚谢总在善乐的位置，你总不能说他也贴金吧？"北河看热闹不怕事大，幸灾乐祸地挑事，"你把他当女生就行了！"

"谢总，你们公司签约演员就这样？"程俊华大笑，"平时随便调侃你。"

看得出来，谢慎辞在公司里脾气不错，不然北河不敢开他玩笑。

谢慎辞不言，直勾勾地盯着楚独秀，仿佛静候她的下文。

"谢总，他……"楚独秀被北河伤敌一千自损八百的招数打晕了，一不留神就将心里话说了出来，"没有性别。"

北河当即抓住她的小辫子，双手叉腰，狐假虎威道："哎，这话什么意思！我要替老板说你两句了啊，怎么心里这么想谢总的？太不像话了！"

楚独秀窘迫地找补："谢总在我心里就是……脱口秀演员的好朋友……"

她的话没有掺假，相比普通男领导，谢总在她心里分数很高，属于能抛开性别的友善存在，就像动画片里神秘强大的灵兽之类，要是沾染上人类的特质，就变得不那么纯粹美好了。

北河闻言哑然，他偷偷地总结："这话听着像'狗是人类最好的朋友'。"

程俊华笑出声来。

谢慎辞倒也不恼，没有计较玩笑话，淡然道："何止是公司签约演员，没签约的演员也这样。"

楚独秀心虚地低头，她没有作弄谢老板的意思，明明说的话出于本心，但听起来怪怪的。

没过多久，晚餐终于结束，四人起身离开。

临走前，程俊华和谢慎辞走到包间门口，突然道："其实她那天的表演说出了我的很多忧虑，单口喜剧是可以比较的吗？我们仅用五分钟表演就来定义幽默或不幽默，这件事是正确的吗？尤其脱离线下的环境，还要面临剪辑和审核，我会担忧大众理解的单口喜剧跟我们想的并不一样。"

谢慎辞停步，有条不紊道："我明白您的忧虑，但现实情况是，大众还不知道单口喜剧，更谈不上理解。还没有人知道我们，就必须掏出最优秀的演员，将全国资源汇聚在一起，让外面的人发现我们，才能继续解决接下来的问题。"他平静道，"总要存活下去，才有力量挣扎。"

程俊华默然。

走到餐厅门口，程俊华不回节目组订的酒店，打算今晚住机场旁边，明早乘坐飞机返回南城。于是三人跟程俊华挥手告别，轮流跟他交流了几句。

第五章 突围

程俊华看向楚独秀，莞尔一笑："下回我也会专门写五分钟的表演稿。"

"好的。"楚独秀心里一动，难以描述此刻的感受，对方讲话很和气，但内容像下战书，意外的是自己并不排斥，反而隐约有点儿跃跃欲试。或许，能被资深演员程俊华视为对手，本身就是单口喜剧演员的殊荣。

程俊华离开后，北河也掏出手机，跑到一边接电话："谢总，司机给我打电话，我去找他一下啊。"

谢慎辞点头。

"哎对对对，我们就在餐厅门口，你是在另一个门吗？"北河一边说话，一边蹿向旁边，只留谢慎辞和楚独秀在原地等。

餐厅门口有暖风，夜里也不算太冷。楚独秀欣赏餐馆的装潢，观察花草景观上的纹路，却不料被人秋后算账。

谢慎辞看她东张西望，偶尔还用手机拍两张，冷不丁道："你刚刚怎么帮他说话？"

"啊？"楚独秀一头雾水，不知此话从何说起。

"他开我的玩笑，你不帮我，你帮他？"谢慎辞挑眉，抗议道，"虽然东西是他点的，但甜品钱是我付的。"

楚独秀："……"

真是出人意料，谢老板会计较这种事！今天是什么职场新人考验日吗？！

"但、但我也不能不合群……"楚独秀纠结道，"这是难免的，谢总忍忍吧。"

谢慎辞不满："怎么就不合群？"

"打工人的友谊就是靠吐槽老板联结的。"楚独秀小声道，"您就当牺牲小我、成全大我，以一己之力加强公司凝聚力吧。"

谢慎辞闻言不动声色地盯着楚独秀，直到对方眼神闪烁、侧头闪躲，这才慢悠悠道："你欺软怕硬。"

楚独秀忙道："哪有。"

"不是第一次了。"谢慎辞挑眉，"还说我是牛皮糖，黏着你不走。"

这是楚独秀初选赛的段子，没想到现在又被翻出来，成为内涵善乐谢总的罪状。

楚独秀好声好气道："谢总，你想多了，不要对号入座。"

"那你说的是谁？"谢慎辞道，"初选赛段子也没给我看，先斩后奏。"

"……"

好怪啊。楚独秀思及谢慎辞方才沉稳交流，一副不以物喜、不以己悲的淡定模样，现在却斤斤计较地追问她，总感觉他在故意逗自己。尽管他面上无波无澜，但私下不知道怎么乐，一如猫科动物折腾人，没什么坏心眼，就是想招惹你。

片刻后，楚独秀有样学样："你欺软怕硬。"

谢慎辞一愣。

楚独秀微扬下巴，道："对着程老板就客客气气，对着我就各种问段子，瞧我是软柿子好捏？"她今日目睹谢、程礼貌相处，不信他敢讨要对方的段子。

谢慎辞被她反击，静默数秒，用问题回答问题："你觉得客气的态度好吗？"

楚独秀陷入思索，这话也有道理，谢总过于客套，精神压力会大。

谢慎辞质疑："究竟是谁好捏？"

楚独秀无言以对，索性避而不答，敷衍道："嗯嗯，好吧，我先斩后奏。先一刀斩了，再暴揍一顿，坐实你的偏见。"

"？？？"

没过多久，北河重新从旁边奔来，跟楚独秀、谢慎辞碰头。接送的车也绕了一圈，停在餐厅门口。

北河："车来了，上车吧。"

车上只有司机一人，剩下的座位都空着。

楚独秀见状，手疾眼快地拉开副驾驶座的门，谁料被身边的人阻止，没有成功地坐上去。

"干什么，干什么，想抢夺我有眼力见儿的机会？"北河走过来，抵住副驾驶座的门，驱赶道，"新人不许乱卷，你坐后面去吧。"

"哥，这不合适……"楚独秀面露迟疑，她比北河资历浅，不好意思坐后排。

"有什么不合适的？后座有鬼不成？"北河瞄一眼谢慎辞，调侃道，"没事，你不都说了，谢总没有性别。"

"……"

这位哥是懂火上浇油的。

因为是公司派来的车，所以北河坐在副驾驶座倒也不算不合理。毕竟楚独秀没在善乐文化工作，目前仍然是在校大学生，不算真正的职场打工人。

不过，北河抢副驾驶座就算了，谢慎辞比北河还要狠，他的动作比她迅速，直接就拉开左边的门，只给她留下后排右座。

按照普通公司的乘车礼仪，专职司机驾驶时，座位由尊到卑是：后排右座、后排左座、前排副驾驶座。但善乐文化显然不是普通公司，乘车座位乱七八糟！

车外只剩下楚独秀，不好继续耽搁下去。她硬着头皮坐上后排右座，双手老实地放在腿上，安安静静待在谢慎辞身边。

汽车终于启动，北河坐在前排，回头瞄了一眼，好笑道："谢总，你给人搞得不敢坐了。"

谢慎辞选择左座，明显让楚独秀坐立难安，只差在脸上写"不要折煞我"。

谢慎辞："我怕被揍。"

"嗯？什么？"

第五章 突围

谢慎辞声音太轻，北河没有听清楚，他再次转过头，想让对方重复。

楚独秀心惊胆战，暗中怒瞪谢慎辞，试图阻止对方抹黑自己。

谢慎辞瞄她一眼，没有再说第二遍。

接下来，车内氛围正常得多，谢总明显有偶像包袱，恢复寡言镇定的形象，基本靠北河来推动话题。返程的闲聊没什么营养，主要就是交流家乡。

"你订票了吗？"北河问道，"学校是不是放假了？直接回家过年？"

楚独秀忙不迭道："对，已经订好票了，直接回家。"

"你老家哪里的？"

"文城。"

"老家在文城，大学在燕城……"北河点评道，"跑得还挺远。"

"待会儿回去别忘了取年货。"谢慎辞听车内人一问一答，忽然出声提醒，又望向前排的北河，"你带她去拿吧。"

"行。"北河道，"程老板拿了吗？他刚刚直接就走了。"

谢慎辞停顿了一下，又道："商总应该安排了。"

北河听其提及商良，不解地摸摸脑袋："两位老总送礼都要分开行动？"他只差没直言点破，老板们的工作量是不是不饱和？这事儿就不能由一个人干吗？

文城，山清水秀，静谧雅正。这里不及江南水乡婀娜，却有独特的历史痕迹，曾经走出不少商人，有过经济发达的辉煌，古韵悠久，淳朴厚重。

冬季的风微冷，湿气没有海城大，但依然冷飕飕。楚独秀自有记忆以来，就没见过文城下大雪，基本是雨水为主，偶尔有零星小雪。

家中，东北红肠和年货套装放在桌上，都是楚独秀从海城带回来的。她将装得满满当当的特产取出，又把行李箱推回房间，开始收拾凌乱的行李。

母亲楚岚待在客厅，她身子一歪、半倚桌面，随手扒拉起塑料袋，惊愕道："你居然知道给家里买年货了？"

她颇有富态，尽管上年纪后身材微胖，但穿一件正红色的毛衣，加上嗓音洪亮，听着中气十足，依稀能看出年轻时的泼辣飒爽——有些人天生虎声虎气，一看便知不好惹，眼前人就是这样。

楚独秀听见声音，连忙从屋里出来，又望向鞋柜的拖鞋，问道："妈，我姐没回来吗？"

按照姐妹俩的计划，应该是楚双优先回家，楚独秀赛后再回文城。她们争取在春节期间将楚岚的思想工作做通，让其允许楚独秀寒假录制节目。然而，事情有些小小的变化，楚双优竟然还没回家。

"她临时有事，说抓紧回来，大年三十以前。"楚岚蹙眉，"你也别老腻着你姐，她平时忙得很，顾不上很多事。"

楚独秀闻言点头，一边庆幸姐姐会准时回家过年，一边愤慨万恶的资本家将楚双优抓去加班，要是时间拖得再久一点儿，没准影响家庭的稳固和谐。

楚岚见小女儿不作声，好像在神游太虚，简直是小迷糊蛋模样。她伸手敲了敲桌子，提醒道："哎，没听懂是不是？不要老腻着你姐，她顾不上很多事。"

楚独秀坦然道："嗯，我没腻着啊，她都没回来，我也没得腻！"

楚岚一时语塞，见对方听不懂话中隐意，单刀直入道："考得怎么样？"

这是楚岚最近的心头大事，大女儿不用操心了，早早就有人生规划，小女儿却毫无自觉，每天傻兮兮地眨巴着眼睛，也不知道脑袋瓜里在想什么。

楚独秀垂下眼，小声道："还没出成绩，但我姐说就先当练手，主要还是等文城这边。"

"行，听你姐的吧。"楚岚想再叮嘱两句，但忍了忍又憋回去，嘀咕道，"你自己也长点儿心，别成天跟小孩儿一样。"

楚独秀含糊应下。

她对母亲的感情很复杂，尽管楚岚时常有反对意见，还搬出姐妹俩进行比较，但她打心底知道母亲是在乎自己的，只是表达关怀和爱的方式不一样。这就类似于谢慎辞面对不同演员会有不同的应对模式。即使都是亲情，每个人的相处方式也会有差别，就像她对母亲、父亲和姐姐的感情，以及处理事情的方法，同样因人而异。亲情不是笼统的概念，而是具象化的不同的人。

片刻后，穿着棉服的男子开门进屋，瞧见桌边整理红肠的人，面露欣喜之色："秀秀回来啦。"

石勤作为父亲，几个月没见女儿，现在看她在家里，情绪也高昂起来。他手里拎着大包小包，碧绿的大葱探出脑袋，全是为春节囤积的食材。

楚岚双臂抱在胸前："跟你一前一后，你刚出去买菜，她就敲门进屋。"

"行，待会儿包饺子吧，吃一半冻一半。"石勤道，"可惜了，优优临时改签，错过这顿饺子了。"

三个人将桌子清空，接着揉面又拌馅儿，热火朝天地忙碌起来。石勤负责擀面皮，剩下的人负责包饺子，将其整齐地码放在竹篾箅上。

楚岚看小女儿坐在桌边，疑惑道："你坐这儿干吗？"

楚独秀握着面皮，熟练地放进馅儿，利落地包成饺子，愣道："帮忙啊。"父母都将东西摆上桌，她总不能就干看着吧？

楚岚抿了抿嘴，面露犹豫，说道："要不你回屋学习吧。"

"不是，就这么点儿时间，好像改变不了什么。"楚独秀欲言又止，"如果不包饺子就能考清北，我这辈子不吃饺子都行。"

第五章 突围

楚岚斜小女儿一眼,好似恨铁不成钢,却无法反驳她的歪理。

石勤劝和:"刚到家歇会儿,好歹过完年吧。"

"就是,就是。不知道今年春晚怎么样,"楚独秀岔开话题,"有没有小品、相声什么的。"

楚独秀揣着一点儿小心思,先探探口风,看看父母对喜剧的看法,再缓缓渗透录制节目的事,讲究的就是循序渐进。

石勤笑呵呵道:"都惦记上春晚了?"

"春晚有什么好看的?正经人谁看那个。"楚岚翻了个白眼,"那不就是吃饭有个配乐。"

这话没办法接,主要楚独秀也觉得近年春晚的语言类节目没准更会让父母对单口喜剧没好印象。

三人有说有笑地包饺子,很快就堆满了竹篾箕,可以先煮一锅。

楚岚原本看小女儿动手不满,现在脸色也和煦起来,悠悠地感慨:"啧啧,你跟你姐是真不一样。"

"怎么?"

"她是一点儿家务都不干,没事就抱本书在学习,你是一点儿书都不多看,做这些倒是拿手得很。"楚岚无奈,"你俩生出来时也不匀一匀。"

楚双优学习上挑不出毛病,唯独就是不喜欢做家务,声称做这些事毫无意义,迟早会被机器所取代。楚独秀正好相反,她就喜欢做姐姐认为没意义的事,甚至还上网查烹饪攻略,包一些花样新奇的饺子。

"怎么还想什么好事都赶上?"楚独秀吐槽,"我俩匀一匀,不一定又学习又做家务,也可能既不学习又不做家务。"

楚岚的幻想被打破,恨不得掐她的脸:"你就气我吧,一天天嘴皮子最利索!"

新包的饺子薄皮大馅儿,稍微蘸点儿醋和辣椒油,一顿饭吃得热热闹闹。

饭后,父亲石勤在厨房里洗碗,又将没煮的饺子冻进冰箱,开始整理剩余的食材。楚独秀刚刚回家,处于新手保护期,竟跟母亲楚岚度过温馨时刻,兴致勃勃地聊起八卦。

这是母亲心情最好的阶段,暂时还没厌倦归来的女儿,加上囤积了几个月的话题,总算不用光跟父亲聊,找到新的倾诉对象,情绪别提有多亢奋。她们围坐在茶几边,一边吃坚果唠嗑,一边悠闲地晒太阳,说些没营养的趣事。

楚岚手里捏着开心果,朝楚独秀挤眉弄眼,问道:"还记得钱俏吗?就你小时候老来家里瞎转的那个阿姨。"

"记得啊,怎么了?"楚独秀嚼着干果,含糊道,"那不是你对家吗?"

楚岚一怔:"什么对家?"

楚独秀解释道:"就死对头,网络流行语,互相扯头花的那种。"

"嚯,你还真记得,我以为你忘了呢。"楚岚道,"她不是有个儿子?啧啧啧,当时

121

天天在院子里显摆，见到其他家小孩儿就跑来夸一通。你说夸就夸吧，非要加一句'不过还是我家壮壮最机灵'，记得不？"

楚独秀点头："有点儿印象。"

楚岚蹙起眉头："有一次还酸你姐，说女孩子学习再好，将来也没什么用。"她接着伸出手比画一个高度，绘声绘色道，"你姐都没来得及说话，你当时就那么一丁点儿高，突然跑出来抢话，说'钱阿姨，我姐学习好，将来没什么用，但壮壮哥跟我一样，现在就没什么用'，当时全场都笑翻了！"

楚独秀停下剥坚果的动作，惶恐道："还有这事儿吗？"虽然她记得钱阿姨，但早忘了这件往事，没想到自己小时候这么硬核。

楚岚说起女儿的童年趣事，更是笑得合不拢嘴："当然有，你那时候天天厌了吧唧的，见了陌生人都不敢说话，第一次见你那么厉害，钱俏听完脸都黑了！"

一家人以前住在老院子，邻居基本互相认识。楚岚跟钱俏有过节，但由于年代久远，矛盾起源不好追溯，据传是钱俏先碎嘴嚼舌根，说楚岚生双胞胎都没儿子，可惜凑不出一个"好"来，再加上无数鸡毛蒜皮的小事，就一发不可收拾了。后来楚独秀及家人搬到新住处，逐渐跟老院子的人断了联系，很少再听到钱阿姨的名字。

"你猜她的壮壮现在怎么样？复读了好几次，砸了好多钱也没学上，后来想着让他学门手艺，可他吃不了苦又跑了，现在不愿意工作，就天天在老院子溜达，游手好闲，在家啃老，脾气还特差。"楚岚不屑地哂道，"哼，当初还有脸跑来酸我，我两个女儿都有好大学上，哪像她儿子不着四六，被说两句就要骂人呢。"

楚独秀调侃："谢谢母上大人肯定我校的教学水平，都能跟我姐她们学校并称'好大学'了。"

楚岚扬起下巴，得意扬扬道："那说出去也是不差的。"

楚独秀见母亲嘚瑟，也忍不住弯起嘴角。这种幸灾乐祸的心态不太好，但她完全能理解楚岚的快意，不会像姐姐那样冷静地泼冷水，说"为什么要在乎别人家的是非？过好自己的日子就行了"。没准她跟母亲一样，本质就是无聊又庸俗，怀揣"恶人有恶报"的朴素想法，是标准的小市民心理。她们不会落井下石，但看讨厌的人倒霉还是会背后偷笑，有一点儿小小的坏。

正因如此，楚岚只跟楚独秀闲聊这些，绝不会跟楚双优提起，那完全是自讨没趣，还要被批驳两句。

阳光下，正红色毛衣上有几朵绿色小花，简约线条凑成花瓣，歪歪扭扭，稚气十足。

楚独秀一愣，误以为自己眼花，盯着楚岚的后背，疑道："妈，你的毛衣……"

"怎么？"楚岚一摸背上，触及那团绿花，恍然大悟道，"这不是当初破了个洞，你学了个什么针法，非要给我绣朵花，就是不知道哪儿出错，绣出来歪七扭八的。"

第五章 突围

楚独秀小时候兴趣广泛，心血来潮就折腾点儿事，不是种植多肉，就是编织绣花，有些爱好早就抛到脑后，很久没再捡起来了。

"但都多长时间了，怎么还穿这件呢？"楚独秀愣了一下。她犹记是初中在校内学针法，回家后拿红毛衣练了练手，不料这衣服没丢也没压箱底，现在还经常被母亲穿出来。

楚岚手里捏着坚果，正认真地看电视，随口道："这不挺好看的？还不错吧！"

楚独秀望着小绿花，一时间不知说什么。

她一直觉得，即使楚岚不是母亲，也是值得自己钦佩的人。

石勤年轻时五官端正、性格温和，加上又有稳定的工作，是远近闻名的香饽饽。楚岚跟他结婚后，由于学历、家世不好，经常被人暗讽配不上。她一生要强，咽不下这口气，跑去跟一群男人抢生意，硬生生地闯出一条路，不但成功地赚钱买房，让家里人能搬出老院子，还狠狠打了嘲讽者的脸。

"我配不上怎么了？哎，我就爱扭配不上的瓜。不服气你也去赚大钱啊，指着你家那口子发财不成？"

粗野、蛮横、彪悍，完全不合常规，但又生机勃勃。

即使她偶尔觉得楚岚过于强势，也无法否认只有这样的性格，母亲才能完成在当年看来匪夷所思的事，不论是跟人竞争生意还是敲定女儿的姓名。

"跟我姓，她们在一起时品学兼优，分开发展后都一枝独秀。"

这就是姐妹俩名字的由来。

楚独秀摸着红毛衣："妈，我改天重新给你绣个吧？"

楚岚闻言回头，斜了她一眼："你可少惦记这些，多琢磨自己考试的事。"

真是感动粉碎机，大大咧咧得可以。

楚独秀气闷，出言反击道："你最近吃药了吗？血糖怎么样？"

"什么药？"楚岚心虚地摆手，"别像你姐一样扫兴！"

楚双优是大年三十那天到家的。

房间内，楚独秀听见门口有动静，一个箭步就冲出来，果然看到姐姐的行李箱，以及被石勤挡住的半个人影。

石勤笑道："这么着急见你姐？"

楚岚坐在沙发上，嘀咕道："从她回家那天起，恨不得一天八百遍地问'我姐呢，我姐呢'。"

楚双优同样换上了羽绒服，但依旧戴着浅咖啡色围巾，状态跟在燕城时差不多。她将飞机票随手撇在一旁，跟家里人打一遍招呼，终于能在旅途后休息了。

父母起身去厨房准备饭菜，只留姐妹俩在客厅收拾行李。

楚独秀："姐……"

楚双优平和道："没有忘。"

这句话就像定心丸，代表联盟没有瓦解，姐姐将信守诺言。

桌边的椅子被坐满，桌上早就摆好美食珍馐，还配有可乐、果汁等饮料。头顶的暖灯让干净的餐具闪闪发亮，更衬得盘中饭菜色泽诱人、香味扑鼻。一家人在春节里团圆，听着热闹激昂的春晚开场乐，伴随"春节快乐"的干杯贺词，开始在除夕夜大快朵颐。

楚独秀已经在家待了几天，而楚双优今日刚回来，自然成为晚餐时的主要话题。

石勤询问："优优能在家待多久？"

"我订了初六的票。"楚双优道，"现在就照正常上班来。"

石勤愣道："那在家待不了几天啊。"

楚岚："楼盘快交房了，我还说年后带你去看呢，这不又岔开了。"

楚双优在文城新盘交了首付，但一直顾不上紧盯此事，都由楚岚忙前忙后代劳。

"妈，你们去看就行了。"楚双优握着筷子，"再说都是精装修，没什么差别吧？"

"怎么会没差别？你收房得认真瞧瞧，哪能只拿钥匙。"

楚岚突然想起什么，目光转向楚独秀，提议道："咦，正好你在家复习，可以陪我去溜一圈，你姐应该是没空回来住了，估计到最后又成了你的花果山，鸠占鹊巢，大闹天宫。"

楚独秀一怔，目光闪烁，摸了摸鼻子："但我也订了初六的票。"

"为什么？你俩又要去哪儿玩？"楚岚当即愣住了，来回扫视姐妹俩，又看向楚双优，"她现在正在备考，不好天天往外跑。"

楚独秀低头坦白："我要去海城录制一档单口喜剧节目，年后要继续比赛，初选已经通过了，后面还有好几轮。我今年是从海城回文城的，不是直接从燕城飞回来的。"

这话的信息量巨大，直接将父母都炸翻，两人夹菜的筷子停下来，桌上唯有楚双优面色如常，完全没有露出惊讶之色。

楚岚嘴唇微动，眼睛瞪得溜圆，好半天没说话。

石勤率先恢复正常，好奇道："节目是叫《善乐》吗？"

楚独秀答道："不，善乐是节目公司的名字，节目叫《单口喜剧王》，可以在网上查到。"

楚岚拧一把石勤的腿，既惊又怒："你怎么知道？"

石勤赶忙解释："她带回来的年货上有字，我还奇怪呢，不一样的食材厂商，名字居然都叫善乐。"

楚岚深吸一口气，眉头紧皱，强压下火气："我不想训斥你，你听你姐说，让她告诉你复习时间有多紧迫。"

楚双优慢条斯理道："我知道这件事，也查过节目了。她可以寒假去录制，回来筹备文城岗位，然后开学后接着考，什么事情都不耽误。鸡蛋不能放在一个篮子里，现在还是

第五章 突围

什么都接触试试,她未来发展也能多元化一点儿。"

楚岚不料楚双优帮腔,一时间被此话砸蒙了。

楚双优有条不紊地补充:"我前段时间去了燕城一趟,实地看了一下喜剧表演,也见过节目组的负责人。这不是骗人的项目,她本身又挺有兴趣,试一试也无所谓。这种经验可以充实简历,以后找工作有更多机会。"

"挺有兴趣?她有兴趣的事多了,你看坚持下来几件?"楚岚将筷子往瓷碗上一搁,中气十足道,"以前就算了,现在大四时光多宝贵,好多岗位只能现在考,什么时候折腾不好,偏偏要这时候瞎搞!不可能!我就明说了,这事不可能,你俩提前串通好也没用!"

楚岚平时就声音洪亮,情绪激动时更有穿透力,当年震慑过不少经商的老男人。她没有精英谈判时的严谨条理,反而有种冲破一切桎梏的莽,那是在社会上摸爬滚打的草野气。

楚独秀和楚双优同时沉默,她们早就猜到有今天,知道母亲不好说服。

"好啦,大过年的,吃饭,都吃饭。"石勤打圆场,"今天先不聊这个,高高兴兴过春节。"

"行,吃饭,不跟你们计较。"楚岚抄起筷子,语调平缓下来,"但这事儿别再提了。"

饭后,楚双优和楚岚进屋议事,楚独秀在门口来回打转,急得像热锅上的蚂蚁。她将耳朵贴在门上,想偷听二人的对话,却没听到单口喜剧话题,只隐隐约约听到姐姐的声音。

"妈,现在家里有多少钱?"

片刻后,楚岚推开门出来,没有注意到角落有个人像蘑菇般缩着,被吓了一跳。

"蹲这儿干吗呢?"楚岚嘲道,"以为我会被你姐吓唬住,你躲在她身后就完事了?"

楚独秀眼神哀怨,很容易被猜透想法,显然还在惦记节目。

"她确实跟我聊了你的喜剧节目,但别以为我不知道你脑瓜里在想什么,现在让你参加了比赛,你回来真能安心考试?"楚岚振振有词,"心早就不知道野哪儿去了。退一万步讲,你就算两边兼顾,真的考上了岗位,还能再讲什么脱口秀?你单位领导能让你干这事儿?所以趁早别浪费时间,打消这个念头吧,好好准备你的考试。"

楚独秀抿了抿嘴,胆大包天道:"趁早别浪费时间,不该现在就不考了,专心致志讲脱口秀吗?"她觉得也是,考公成功不能做兼职,还不如现在就不考了。

"你非顶嘴气我是吧?"楚岚揉了揉太阳穴,厉声道,"是不是逼我训你?大过年的给你脸了!"

楚独秀突然被此话击中,回忆起"Give you face"的表演,内心升腾起难以描绘的感受。她鼓起勇气,说出了心声:"你什么时候给过我脸?从来没跟我平等交流过,没把我的话当回事儿,哪儿给过我什么脸?"

楚岚愣了。

石勤听见争执,仓皇地跑出来,疑道:"怎么了?怎么又吵起来了?"

楚双优同样从屋里走出来,左右看了看母亲和妹妹,试图从中斡旋。

"你俩少出来装好人！我算是看明白了，就把我当地主斗，觉得我妨害你们了呗！"楚岚双手叉腰，勃然大怒，"你们是亲亲热热一家人，我是十恶不赦的大坏蛋，石勤你也不是个好鸟，每回都让我来唱白脸！"

这一通是无差别伤害，不管友军敌军，都遭楚岚统一扫射。楚双优和石勤被镇住了。

"什么叫没把你的话当回事儿？你可别忘了，当初你选文科，我有没有答应？你非要跑到燕城学新闻，我当时是不是让你去了，但结果怎么样？"楚岚愤愤道，"这专业跟你高考前想的一样吗？你上了大学才发觉不合适！"

楚独秀哑然。

"还有你小时候捣鼓过多少东西，我哪回没有支持你，但你现在还记得吗？你那些兴趣爱好是不是早就忘了？"楚岚扯了扯红毛衣上的小绿花，高声质问道，"我没跟你平等交流过吗？是你自己没抓住机会，热闹一会儿就丢了，你让我怎么再相信你？"

楚独秀哽咽道："我这回不会放弃的。"

"呵。"楚岚冷笑，"行，又是这话，我都听无数回了。"

"是真的。"楚独秀的话带着颤音，好似文城冬日的细雨，倏地就浇灭了楚岚的火气。

楚岚抬眼一看，这才发现小女儿眼圈发红，她当真不是善于吵架的孩子，平时会嘴贫耍宝，却说不出伤人的话，属于走进社会就被欺负的类型。但这不是社会，这是家里。楚岚原本能机枪般爆发很久，现在却说不出来了，情绪一下子就平复了。

四周一片沉寂。

良久后，楚岚率先打破沉默："好，那我再给你一次机会，你去参加那什么比赛吧。"

楚独秀一愣。

"但我有一个条件，你要真像你姐说得那么厉害，那就拿个第一名回来，到时候你想干什么干什么，我也懒得再管你了。你爱考公考公，爱讲那什么秀都行，我不插手你们年轻人的事儿。我老了，我不懂。"楚岚狠声道，"可你要还像以前一样，混一混就完了，什么名堂都没有，那就老实回文城上班，别再跟我提这些有的没的。"

大年初六，机场内人满为患，都是返岗的人员，门口更是堵得水泄不通。

一家人开车抵达机场，石勤从驾驶座下来帮着搬行李，楚独秀和楚双优推着箱子，准备离开文城。

"爸，你别下来搬了，我们自己能行。"楚双优站在后备箱边制止，却被父亲先一步夺过箱子。

石勤将行李箱推过去，笑道："就这么一次机会了，等你俩回学校，下次又不知道是什么时候。"

楚岚坐在副驾驶座，落下窗，静静看着车外三人。

第五章 突围

楚独秀的行李不算多，不需要搬运，她握着行李箱拉杆，站在台阶上等待姐姐，一边盯着父亲的动作，一边偷瞄副驾驶座上的母亲，耳边时不时有车辆鸣笛声。

前几天，两人在家中大吵一架，做出了拿下第一的约定，后续就默契地不再提及此事，宛若春节期间的和平协议，不想继续影响阖家团圆的气氛，直到大年初六离别的日子。

石勤搬完行李，重新回到驾驶座，准备开车回家。

楚双优手里挎着包，推着行李箱上台阶，跟等候许久的妹妹会合。

石勤挥手道别："那你们路上小心！落地在群里发个消息！"

楚双优："行，你们回去吧。"

楚岚盯着姐妹俩，好久都没有说话。

楚独秀垂下眼，主动开口道："妈，我们进机场了。"

"飞吧，都飞吧。"楚岚道，"嫌我们烦了，都想自己去外面闯。"

楚独秀没有看到母亲的神色，对方已经快速地侧过头去，干净利落地说完临别赠言。

姐妹俩在车外招手，然后结伴往机场走，偶尔回头看一眼父母。

车内，石勤察觉到身边人的状态，忙不迭地抽了两张纸巾，手疾眼快地递过去："哎呀，哎呀呀呀。"

机场内，楚双优的起飞时间早，她和楚独秀完成安检，就火急火燎地排队登机。楚独秀跟姐姐告别，又独自在机场溜了一圈，坐在候机大厅观察落地窗外的飞机。

跑道上，一架架飞机陆续滑行起飞，如同海面上冲天而起的海鸥，伴随着嗡鸣声，很快就钻进云层翱翔。楚独秀的脑袋里有点儿乱乱的，一会儿冒出程俊华的话，他说"单口喜剧是可以比较的吗，用五分钟的表演定义是否幽默这件事是正确的吗"，一会儿冒出谢慎辞的话，他说"现实是大众不知道单口喜剧，更谈不上理解，要先被外面的人发现，才能解决接下来的事"……

世界不是非黑即白，世界是多元的，没法讨论对错。

总要存活下去，才有力量挣扎。

停机坪的巨型飞机，在阳光照耀下展现出流畅的机身线条。片刻后，它在跑道上疾驰而去，猛然仰头冲向蓝天，如同刺破云霄的大鸟。

她不知道自己能不能飞出第一，但总要飞出去，才能有后话。

海城，五十名选手重新齐聚，酒店位置却有所变化。

这一回，节目组订的酒店不在闻笑剧场旁边，反而靠近郊区的影视基地。基地内有宽阔的演播厅，节目的舞美人员在此奋战许久，早就将《单口喜剧王》第二季的舞台搭好。尚晓梅等工作人员春节没休息，反复核对录制流程，连年夜饭都是在演播厅旁边的餐厅吃的。

《单口喜剧王》是善乐文化的品牌节目，没有人能承担它垮台的风险，或者说，第二季节目遇冷没准就代表公司将遭遇寒冬。

酒店内，楚独秀拉着箱子进门，感受到节目组的严阵以待。

大堂内保留着春节张灯结彩的布置，角落的黑板上画着善乐的太阳花Logo，旁边点缀着花里胡哨的"加油"文字，看上去有工作人员曾在此熬夜战斗。周围不时有戴工作牌的人来回穿梭，一边打电话联络工作，一边匆匆往演播厅赶。

楚独秀被这种"赌上手中全部"的氛围所感染，连带着忧愁都淡去不少，忽然觉得没什么，一切都能走过去，凡事都能扛下来。

房间内，王娜梨也到了，正在收拾行李，将衣物塞进柜子里。

"香肠吃得惯吗？"王娜梨兴致盎然，"我后来才发觉给你留太多了，没准家里人吃不惯，到时候消耗不过来。"

"吃得惯，我们家有四口人，年夜饭那天吃了，都说挺好的。"楚独秀好奇道，"好像几种肠味道不一样。"

"对，都是我老家的特色！"王娜梨道，"你要是觉得好吃，等我被淘汰了，坐车回家后，还能给你寄。"

"那倒也不至于，家里还有不少，你好好比赛吧。"

"听说突围赛只留前二十五名，又是一半的淘汰率，我上次排名三十四，真不一定能继续录。"王娜梨长叹一声，接着脸色又转晴，"不过，酒店房间不会变了，我就算真被淘汰了，也可以蹭你的房间住，听你们讲开放麦。"

正式节目开始录制后，选手们会在演播厅和闻笑剧场间往返，在演播厅里听赛制通知及进行录制，等到比赛后期命题赛的环节，再拿着新段子去剧场练习，通过开放麦来完成备赛。当然，每回命题赛的题目不同，有些人也会拿出老段子，不一定在录制期现写。这都是路帆等人的经验之谈，北河就是怕弹尽粮绝，初选赛才会公然划水（出自《魔兽世界》，指团体活动中不出力、偷懒的行为）。

两人收完行李，还聊起先导片。

"对了，你有看先导片上线吗？"王娜梨掏出手机，激动地说，"初选赛前三名的视频也被上传了，你的开放麦下面评价不错呢！"

"已经上传了吗？"楚独秀忙凑过去，她春节在家忙于争取机会，都没顾得上观看先导片。

"上传好几天了，北河哥还专门发了一条微博，转发了先导片视频，然后配文是'自闭，勿扰'。"

北河初选赛的划水表现被他的微博粉丝公开嘲笑，恨不得天天在评论区扎他的心。

程俊华同样转发了微博，评论区画风就端正许多，基本是表达震惊及进行赞美，都是深知他行业地位、嗷嗷大叫的单口喜剧资深爱好者。

第五章 突围

楚独秀和王娜梨脑袋挨在一起，开始观看节目先导片，视频内容大致是第一季总结、第二季概况、初选赛选拔及冠名商介绍。

楚独秀望着手机，震撼道："他们怎么连初选赛的闲聊都剪进去了？怎么收声的？"

屏幕上，楚独秀、王娜梨和小葱并排坐着，正是葱姜蒜组合，在交流比赛感受。

王娜梨有些发恼："而且这光线把我们拍得好丑，都给舞台上的人打光了，咱们就黑黢黢的。"

相比当事人的无语，评论区却一片欢乐，纷纷叫嚷着"这是三人相声组来脱口秀砸场吗""初选赛撕头花也可以放出来，爱看"，或者"我懂了，这是选秀节目气氛组，咱们单口喜剧出息了，也会搞综艺人设剧本了"。

节目先导片播放结束，后面还有三条开放麦视频，依次是程俊华、楚独秀和北河的表演。尽管楚独秀的名次不是第一，但点击量和评论量竟然最高，视频上的弹幕多到爆炸。

"没见过的新人，但感染力好强。"

"她演得比第一好，我在隔壁不敢说，害怕被骂。"

"好牛的播放量。我懂了，她要是选秀的话，主要靠直拍逆袭，直拍的王！"

"这是哪儿的演员？为什么第一季不来录？"

"燕城的线下新人王，讲脱口秀不到一年。"

"大楚兴，燕城王！"

楚独秀作为新人，初选赛好评率极高，简直如一道闪电，硬生生惊艳了众人。

王娜梨兴致勃勃地念着弹幕，楚独秀听得都不好意思了，赶忙催好友关掉弹幕，又切换微博搜索节目动向。

《单口喜剧王》官博一连发了好几天预热海报，居然还选取楚独秀初选赛的创意，搞了一个"单口喜剧华山论剑"，通过地域来介绍本届参赛选手，划分为峨眉派、天山派、丐帮等。或许官博同样发现了楚独秀的数据出众，他们认为是优秀的宣发亮点，也来蹭一波开放麦视频的热度。

楚独秀望着喜剧武侠海报，惊道："他们窃取我的创意！这是我开放麦的段子！"

王娜梨帮腔："没错，打官司，律师函警告！让他们赔钱，让他们倾家荡产！"

两人说完就笑作一团，知道彼此在逗乐打嘴炮，都为先导片的开门红欢喜起来。

楚独秀和王娜梨在房间看完网上视频，竟还在酒店里撞上节目组的宣发人员。

郊区酒店被节目组彻底占领，参赛选手就有五十名，更别说其他工作人员，制作团队就超过两百人。这里有善乐的员工，也有铃果视频的人，还有项目制工作者。现在，大堂的角落都有工作桌，时常有人坐那儿议事。

"独秀、娜梨！"尚晓梅高声道，"你俩来一下！"

楚独秀和王娜梨往外走，突然就被旁边人叫住。她们回头一看，映入眼帘的是尚导和谢总，还有几个端着笔记本电脑的工作人员，正坐在椅子上全神贯注地工作。一群人好像在开会，藏匿在角落里，要是不出声的话，很难被路人发现。

"尚导、谢总，怎么了？"楚独秀和王娜梨茫然地走过来。

"他们是宣传组的，你俩有没有微博？"尚晓梅介绍起工作人员，笑道，"我们官博会持续宣发，偶尔可能要@参赛选手，也可以给你们搞个认证。"

王娜梨："我们刚才还看官博了。"

"真的吗？感觉怎么样？"尚晓梅眼睛发亮，"这次的数据不错，比第一季刚开始的时候强。"

"尚导，为什么官博会发'单口喜剧华山论剑'？"楚独秀跟尚导相熟，胆子也稍微大一点儿，偷偷道，"你们只付了我表演的钱，用我的段子进行商业宣传是不是该再付点儿宣传费？"

王娜梨附和："就是就是。"

楚独秀："不给我宣传费也行，你们补给宣传组吧，就当我掏钱买通工作人员，让他们以后发图都帮我美颜。"

宣传组当即爆笑出声，他们捧着笔记本电脑，起哄道："就是就是，应该加钱！"

尚晓梅乐了，拍腿道："哎呀，什么钱不钱的，独秀你看咱俩的交情聊这些……"

楚独秀反打感情牌，哀声道："就是我们有交情，你才该帮助我，争取我的利益！"

"这样吧，节目经费比较紧张，我用别的东西来补偿。"尚晓梅思索片刻，四下瞄一圈，忽然瞧见身边人，干脆一指谢慎辞，"这是我司吉祥物，不然你把他带走，就当我还债成功，抵掉你的宣传费！"

谢慎辞正低头看文件，突然被人点名，他没有作声，侧头瞥楚独秀，还眨了眨眼，居然没反击尚晓梅。

楚独秀深感谢总在公司地位成谜，明明在程俊华面前严肃又强大，偏偏被熟人说来说去、无法还口，前有北河戏耍老板，后有尚导捉弄合伙人，当真是威严尽失、颜面扫地。

她尴尬道："这就是传说中的公司年会一等奖，'跟老板共进晚餐的机会'吗？"

此话一出，众人都狂笑不止。

"对，你都不用参与抽奖，我暗箱操作直接给你了，你跟谢总共进晚餐……"尚晓梅望着楚独秀，又瞥见王娜梨，开怀大笑道，"不对，让谢总请你们吃顿晚饭。"

王娜梨听闻自己被涵盖在内，忙道："别，别。"

虽然谢总为人不错，但赛前跟老板用餐，对选手而言是不小的心理压力。王娜梨没在"台疯过境"表演过，跟谢慎辞也不算熟，自然就局促不安起来。

有一瞬间，楚独秀脑袋里冒出奇怪的画面，一边是尚晓梅在说"领养代替购买"，一

第五章 突围

边是王娜梨在说"猫毛过敏很麻烦",可谓进退两难。她偷瞄当事人,见他不动声色,试探地问:"不该问问谢总的意思吗?"不能不把豆包当干粮,真安排起老板来了。

谢慎辞被点名,终于开口说话,侧头询问尚晓梅:"为什么这么对我?"

"不是,你天天坐在这儿,我们压力多大啊。"尚晓梅无奈道,"宣传组想聊点儿什么都不行。"

尚晓梅和北河进公司早,跟谢慎辞关系也好,当然可以说笑打闹,但只要不撕掉谢总冷面精英的面具,他对其他员工还是有威慑力的。没人愿意跟老板同桌工作,时不时就要看对方脸色。

谢慎辞:"我没打扰你们。"

"老板坐旁边,谁还敢放肆?要不你去找商良吧,或者我找个好心演员,你们一起聊聊单口喜剧?你在这儿看文件会被吵,平时也不怎么玩微博,估计对我们讲的也没兴趣。"尚晓梅望向另外两人,兴致勃勃道,"我看看,这儿就有两位演员……"

王娜梨慌道:"别,别。"

"我去找商总敲一下成本,你们聊。"谢慎辞不紧不慢地起身,还真听取了尚导的意见,给宣传组留出空间,没在旁边暗中盯梢。

楚独秀目睹此幕,莫名就觉得好笑。谢慎辞倒也没什么错,可惜他的气质和身份摆在那儿,对于不了解他的人来说,压迫感就显得比较强了。她一向擅长现挂,还低下脑袋小声碎碎念:"回收旧老板,公司闲散的老板,闲置的老板,被嫌弃的老板,统统不要丢,都可以换不锈钢脸盆。"

谢慎辞从楚独秀面前经过,恰好听到她幸灾乐祸的话。他停下脚步,瞥了她一眼,悄声道:"再说我,你真要抽中公司年会一等奖了。"

话毕,谢慎辞拿着文件离开,拐进酒店房间,寻找财务商总。

楚独秀惊得睁大眼,没想到他途经时甩下这样的一句话,语气轻飘飘的,甚至没被旁人察觉。

第二季节目如火如荼地开展,终于到了正式录制当天,所有人齐聚演播厅。

后台,化妆室内挤满了选手,化妆师更是连轴转,抓紧时间帮众人做造型设计。

楚独秀和王娜梨换装结束,还在角落里自拍合照,等待选手们统一入场。

"我早上过来看到观众了。"王娜梨道,"好多人,估计要录到很晚。"

小葱从她们身边经过,脑袋一探,凑过来搭话:"听说上一季突围赛就录到凌晨。"

楚独秀:"那最开始的演员,还有凌晨的演员,岂不是挺吃亏?"

发笑是一种累积情绪的释放,演员很难上来就爆梗。观众需要时间适应,总要沉浸到表演里,才能被人逗乐。因此,开场演员相当于作全场铺垫,多少都要比后面人困难。而

131

凌晨时，观众又会极度疲倦，也无法集中注意力，同样不利于选手拿分。

"没办法，凭手气抽签嘛。"小葱叹息，"总会有人抽到第一。"

没过多久，导演组通知选手进场，五十名演员依次踏进演播厅，总算看到五光十色的舞台，以及被切割得整整齐齐的各个区域。

嘉宾、选手及观众有不同席位，舞台一侧有三把红色沙发椅，提供给节目邀请的明星嘉宾，舞台左边是选手候场区，舞台右边是选手晋级区，正前方是观众区。现场观众早就入场，看到选手进来，当即发出阵阵欢呼，兴奋地鼓起掌来。

楚独秀跟随同伴落座，她望着舞台上硕大的节目Logo，以及四周绚丽夺目的灯光，也被紧张激动的氛围感染，跟好友们互相加油打气。

屋内，尚晓梅手握对讲机，坐在大屏幕后边，提示道："各单位注意，最后核查一遍，我们的录制马上开始。"

"摄像组收到。"

"艺管组收到。"

……

"倒计时，三、二、一。"

下一秒，舞台上灯光亮起，伴随欢快的音乐以及观众的喝彩，第一季节目的主持人登场。

英俊的男子大步上台，微笑着挥手打招呼，还没跑到立式麦克风前，就忍不住高声呼喊道："大家好，我是邱铭彻，想死你们了！"

现场掌声如雷。

邱铭彻是一位综艺主持人，也是第一季的笑声代表。他算是节目老面孔，手里握着麦克风，环顾一圈台下观众，从容地走起流程："前不久，节目组的导演邀请我，说《单口喜剧王》有第二季了，我还特别惊讶，我们的小破节目还没糊呢？"

有人轻笑出声。

邱铭彻："导演跟我夸下海口，说今年的选手一个比一个强。在座的各位看先导片了吗？"

"看了——"

"挺好，我明白你们看完是什么感受。"邱铭彻调侃，"所以，我作为笑声代表替大家给北河发了条微信，狠狠地嘲笑了他的初选赛视频。"

观众席笑声一片，似都明了其含义。

"不是，邱老师的稿是公司谁写的？"北河左右环顾，既好气又好笑，"冤枉啊，他没加我微信，好歹加上我再来吐槽吧！"

北河等人不但是节目选手，还是善乐文化的编剧，帮明星撰稿。这话肯定不是邱铭彻的本意，应该来自同事们的揶揄。

"不光选手们来势汹汹，我们的笑声代表也升级了，常驻代表将变成两位。"邱铭彻

第五章 突围

按部就班地介绍，"除此以外，每期节目将有一位飞行代表，我就是今日突围赛的飞行代表，突围赛结束后，下轮就没我了，由我们的常驻代表来主持节目。"

台下有人怅然出声："啊……"

"舍不得我是不是？没关系，等看了第二季的新代表们，大家就把我忘在脑后了！"邱铭彻音量骤高，"让我们有请罗钦、苏欣怡——"

激昂音乐再次响起，舞台上的灯光耀眼，俊男靓女并肩登台。他们都打扮得光鲜靓丽，一位是知名男歌星罗钦，一位是当红女演员苏欣怡，分别在邱铭彻的引导下进行自我介绍。

高大男子短发微鬈，显然精心设计过。他声音浑厚，侃侃而谈："大家好，我是罗钦。其实我一直对单口喜剧感兴趣，以前在国外欣赏过不少专场，后来到南城参观一些俱乐部，当时还看了程俊华老师的专场。"

选手区，程俊华闻言一怔，双手合十道："不敢当，不敢当。"

罗钦："现在，有越来越多的演员参与到单口喜剧里来，让我觉得非常兴奋，已经忍不住要笑了。"

接着，轮到另一位嘉宾自我介绍，她穿着深色长裙，勾勒出完美身材，是位明艳动人的大美女。苏欣怡长鞠一躬，温声道："大家好，我是苏欣怡。我是《单口喜剧王》的老粉了，在家追着将第一季节目看完，很荣幸能在第二季担任笑声代表。"

台下响起掌声。

邱铭彻："有请两位笑声代表入座，在你们的右手边有一个按键，熟悉节目的朋友可能知道，这是用来拍灯的，每位代表一灯五十票。"

罗钦和苏欣怡试探地摸了摸拍灯按键。

"同时，我们有两百名现场观众，也将在选手表演后投票。最后排名前二十五的选手就能成功突围，晋级下个环节。现在，突围赛马上开始，让我们有请第一位选手——"

观众席沸腾起来，期盼着正式表演开始。

选手们同样坐在候场区拍手，一边欣赏其他人的段子，一边焦灼地等待上台。

演播厅的环境跟闻笑剧场不同，有些人面对现场观众乱了阵脚，完全没有初选赛的游刃有余，有些人却在热烈的氛围中成功爆发，酣畅淋漓地洗刷过去的屈辱。场内首位高票选手是北河，他一举夺下三灯，观众投票也很高，以职场话题爆梗，一扫初选赛的颓丧。

"对别人来说，这就是比赛，对我来说，这就是公司。谁在公司不会混？我才不当单口喜剧王，我的梦想是混世魔王！"北河慷慨激昂道，"在公司混到世界末日，在公司混出魔幻现实！"

苏欣怡笑得合不拢嘴，猛地拍下身边按键，点亮最后一盏灯。

选手区同样"哇"声一片，海城演员都感慨出声："好狗啊！"

"他怎么每次都这样？平时随意掉链子，关键时刻拼一把。"路帆嘀咕，"他初选赛

133

是不是欲扬先抑啊？"

北河非但没回避初选赛话题，还以此延伸到公司的摸鱼文化，搞一波当代上班族的共鸣。他的表演远超预期，跟初选赛判若两人，甚至两相对比过后更有一种微妙的搞笑感。

"北河哥太牛了，他树立了一个舞台形象，就是公司老油条人设，就是要浑水摸鱼。"小葱唏嘘道，"只要有这个标签，他讲这些就很容易，不像新人没有定位，还得靠段子介绍自己。"

北河、路帆等人在赛场有明确标签，主要是靠上一季节目塑造出的，比如北河是混子、路帆是老师等。他们作为老选手，讲部分话题效果会很好，不需要过多铺垫，前提早就铺垫好了。但观众对新人一无所知，认识他们就需要时间，段子信息量也不一样。

楚独秀目光闪烁，欲言又止："有没有可能那不是人设，人家确实是打工皇帝？"她思及当日聚餐，北河一边拍领导马屁，一边打趣谢总没性别，总觉得普通打工人没这种智慧，对方换家公司说不定也会成功。

演播厅内，突围赛选手依次上场，却很少再有三灯出现，达到北河的热闹效果。

王娜梨望着不远处的三位笑声代表，说道："今年的三灯没去年多。"

"嘉宾们一灯有五十票，那要是少了一灯，差距就会拉开了。"楚独秀思索，"所以只要不是满灯选手，都可能有一定风险。"

"因为上一季的赛制，所以改了规则吧？"小葱道，"第一季是嘉宾拍灯不算票，但要是选手获得满灯就可以直接晋级，结果有超过二十五人满灯，导致后面的选手没位置了……当时尚导提议再加赛一场，最后才敲定晋级名额，听说录到凌晨，所以这回干脆将直接晋级换算成票数。"

《单口喜剧王》的赛制是不断发展的，明星嘉宾的主要作用是为节目引流，第一季的嘉宾很多都不了解单口喜剧，看完表演就大方地拍灯，导致晋级人数超过预期。因此，第二季规则有所调整，先将"笑声评审"改名为"笑声代表"，接着取消满灯直接晋级的规则，将一灯换算为五十票，同时邀请看过单口喜剧的明星。邱铭彻在上一季的审美就不错，罗钦和苏欣怡则自称喜欢脱口秀。他们的拍灯明显就带着考量，会观察其他代表有没有拍灯，要是感觉选手水平不到三灯，可能会克制自己先不拍。

场内表演还在继续，邱铭彻突然探出身子，笑道："我看欣怡很严格，有时候我俩都拍了，你居然挺住没有拍灯，你是笑点很高的人吗？"

"不是，其实我偶尔想要拍，但愣是没抢过你们。"苏欣怡为难地解释，"就是有些表演，我同样很喜欢，但它可能达不到三灯水平，我会跟前面的三灯比较，犹豫要不要拍……"

罗钦恍然大悟："所以你在控制票数？"

"是的，主要是你们手太快了！"苏欣怡扼腕叹息，"每次都把我搞成第三灯！"

其余代表大笑起来。

第五章 突围

邱铭彻提议："那你下回听到第一个爆梗就拍，抢在我们之前，就能摆脱责任。"

罗钦点头："没错，我们来控制票数。"

苏欣怡："我努力。"

片刻后，舞台光束晃动起来，急促的上场音乐响起，迎来下一位演员的表演。

"让我们有请下一位选手——楚独秀！"

选手区传出掌声，王娜梨和小葱都挺直身子，目送楚独秀奔向舞台，双手握拳道："冲冲冲！"

楚独秀在鼓励呐喊及高亢的音乐中上台，细软的发丝在灯下呈现栗色，鬓角秀发被化妆师编出小辫子，混杂在披散的长发之中。她穿一件厚绒卫衣，纯白布料上印有图案，浑身都是青春朝气，刚好跟深红舞台形成对比。

台下有工作人员领掌，邱铭彻、罗钦和苏欣怡坐直身子，等待演出的正式开始。

"大家好，我是楚独秀。"楚独秀面对观众长鞠一躬，接着从容地表演，"比赛前，所有选手进场时还有导演来采访，问我们参赛紧不紧张。我没好意思告诉她，一个正在考公的大学生，回家过春节的那几天比比赛紧张和崩溃多了。"

楚独秀警向一侧，指着舞台边的门，说道："幸好导演不是我妈，只会问'你有什么参赛感受'，要是演播厅门变成我家门，等我跨过那个门槛，她就会直接说……"

下一秒，她的声音突然变化，粗声粗气地道："突围赛准备得怎么样？别跟个小孩儿一样，自己能不能有灯，咋心里没点儿数？！要不要帮你找找人，托人送礼给笑声代表，你倒是吱一声啊！"

砰的一声，一灯亮起！

邱铭彻笑得拍手，下意识就拍了灯。

选手们面面相觑，小葱也面露难色："啊，这灯拍的……"

这灯拍得太早，楚独秀都没进入主要段子，或许会被打乱现场节奏。只能说邱铭彻被逗乐了，但观众没准还未沉浸进去，由于这一灯，观感会变化。毕竟只有在爆梗时拍灯，才能对表演产生加成。

台上，楚独秀同样一愣，好似被震慑住了。良久后，她摇了摇脑袋，脸上显露出不可思议的神色，若有所思道："我还以为她胡说八道，没想到人脉真够广的啊。这灯该不会是我妈送礼的结果吧？"

楚独秀慌张地摆手："导演们可以去查查邱老师和我妈的关系，我是清白的，我没有作弊！"

台下观众爆笑出声。

选手区的人也脸色稍缓，笑呵呵地鼓起掌来，一改方才的错愕及诧异。

王娜梨赞道："可以，现挂捞回来了。"

小葱:"这临场发挥确实值一灯。"

楚独秀一松一紧,又将节奏拽回来:"春节真的很有意思,你刚回家时阖家团圆,跟父母关系也很融洽,大家一起庆祝新年,那时是鸡年大吉、金鸡报晓、鸡岁呈祥。但等除夕夜一过,在家多待一两天,所有事都变了,变成了鸡飞蛋打、鸡犬不宁、鸡零狗碎。"

"老祖宗是有智慧的,以前说放鞭炮赶年兽,现在却开始禁止燃放烟花爆竹。"楚独秀低头道,"我真诚地建议解禁,倒不是要赶年兽,单纯是要挡母后。我怕大年三十的鞭炮声不够响,压不住妈妈对我考公的祝福。"

前排的观众笑得花枝乱颤,被摄像机一一捕捉下来。

北河不住地拍腿,感慨道:"她每次演的都很应景,上次是初选赛,这次是春节后。"

"有些人会谈校园恋爱,很遗憾,我没体验过学生时期的爱情,但我体验过学生时期的亲情。"楚独秀歪着头,回忆道,"很纯真,很美好,只要给妈妈绣个小绿花、讲个小笑话,她就原谅我的无知及愚蠢,容忍我躺着玩手机、夜里点外卖、穿着破洞牛仔裤好像乞丐,没什么是一顿骂解决不了的,实在不行就再骂第二顿。"她有条不紊道,"然后我继续穿着破洞牛仔裤,夜里躺在床上用手机点外卖,虚心接受,死不悔改。"

三位笑声代表都嘴角翘起,全神贯注地欣赏她的表演。

楚独秀露出神往之色:"我觉得学生时期的亲情太美好了,有时候都会产生动人的幻想,我和妈妈一起踏进婚礼殿堂,我爸还能做神父,见证我们的感情。"

罗钦忍不住笑了,他伸手捂嘴,压低音量道:"你爸同意这事吗?"

台上,楚独秀缓慢地来回踱步,依然深情地陈述及表演。

"他说:'这位女儿,你愿意以后谨遵誓词,无论贫穷或富有、疾病或健康、美貌或失色、顺利或失意,都永远对她忠心不变吗?'

"我会说:'当然,她是我妈!'

"他说:'你愿意许下承诺,无论发生什么,你都会爱她、气她、照顾她、折磨她,将她惹得雷霆大怒、破口大骂,再光速跪下安抚她求原谅吗?'

"我会说:'当然,她是我妈!'"

此话一出,巨大的欢乐在演播厅炸开,如绚丽多彩的烟花。

罗钦终于乐得弓起身来,猛地伸手拍响旁边的按钮。

楚独秀张开手,耸了耸肩,怅然道:"就是这么感人,就是这么美好。但毕业工作后的亲情,就跟学生时期不一样了。主要是我妈觉得我俩没法像结婚誓词一样一辈子永不分离,所以她必须确认我有一份永不分离的工作。这就会让我患得患失,怀疑她变了、不爱我了。其他夫妻是七年之痒,我和我妈是二十二年之痒,感情摇摇欲坠,处于离婚边缘。"

楚独秀握紧拳头,用力地上下晃动,一脸难以置信地道:"我很愤怒,说我们不是发了誓,无论贫穷还是富有,都要好好过下去吗?我妈说,'对啊,公务员工资低但稳定,贫穷也

第五章 突围

没什么不可以'。"

"哈哈哈哈哈哈！"

观众早就笑成一团，他们聚集在舞台边，如奔腾的浪花，一阵又一阵地拍击着坚硬崖壁，笑声在演播厅内回荡。

台上已有两灯亮起，只剩苏欣怡还没拍灯。

楚独秀："我妈是个很强悍的人，年轻时捣鼓些小生意……"

小葱一听熟悉的开头，忙道："来了来了，这段来了。"

这是楚独秀的经典段子"Give me a face"和"Give you face"，她在"台疯过境"靠开放麦打磨过好几次，再搭配上前面的新内容，构成有关母亲的段子主题——选手们都有存货，根据不同的时间灵活地拼接组合，应对《单口喜剧王》的比赛。

这段成熟表演直接炸裂，让观众笑到差点儿晕厥。

然而任凭现场氛围多热烈，苏欣怡都没有伸手拍灯。她双手交叠，认真盯着楚独秀，不知道在想什么。

选手区，其他人狂笑过后同样也感到不对，替楚独秀担忧起来。

"还不拍吗？这还不拍？"聂峰愣道，"这段在线下没冷过。"

路帆蹙起眉头："如果少了一灯，就算观众票数高，结果也会有风险。"

"是不是她对新人不熟，刚才说只看过第一季……"

众人窃窃私语，讨论起苏欣怡。

程俊华注视着台上的人，评价道："不过她心理素质不错，一般新人抛完段子没灯，后面状态就会越来越差，她的情绪却是越来越高。"

新人演员不像老演员经验丰富，一旦被观众抵触，或者没听到笑声，很快就会自乱阵脚，完全失了水准。小葱的表演实力极佳，在酒吧点楚独秀上台的那天同样出现过类似的问题，遭遇冷漠观众就下不来台，变得磕磕巴巴起来。

"不该啊，欣怡是懂单口喜剧的，为什么一直没有拍灯？"屏幕前，尚导疑惑地摸了摸下巴，又道，"但独秀真够稳，从头炸到尾。"

谢慎辞平静道："因为她不是为掌声表演的演员，她想跟你交流，才选择上台的。"

他第一次看楚独秀讲开放麦就领悟到，她不是在功利地博取欢笑或认可，而是自己想倾诉什么，才会鼓起勇气拿麦克风。她在台上和台下不太一样，许多压抑已久的话必须靠表演来抒发，这才推动她颇具能量地爆发出来。

舞台上，楚独秀没获得三灯也不气馁，依旧泰然自若地完成表演，甚至没用现挂搞活儿催灯。

她握着麦克风，平和道："我来参赛前，爸妈在机场送我和我姐，我妈说'飞吧，都飞吧'。我过去以为，她把我俩当老鹰，只恨我们飞得不够高，现在却有了新认识。她把我俩当企鹅，

137

嘴上让我拼命飞，实际就说说而已。"她轻声道，"小企鹅有翅膀但飞不动，只能扒着大企鹅的腿，企鹅爸妈一低头就能看到它，一家人永远不会飞出南极。但她没有料到，企鹅会坐飞机，我飞了，她愣了。"

"谢谢大家，我是楚独秀！"

退场的音乐响起，伴随表演的结束，苏欣怡拍下最后一灯。

舞台三灯全亮，众人一阵欢呼。

王娜梨长舒一口气："幸好幸好，还是三灯。"

担忧的选手们都放松下来，观众区则直接沸腾起来，涌起一阵又一阵的喝彩，将笑声代表都吓了一跳。

欢乐中，苏欣怡抢先拿起麦克风，望向台上的楚独秀，赶忙道："我必须先解释一下为什么我最后才拍，不是前面的不喜欢，是你的表演很精彩，甚至是今天最好的。"她眼波流转，含笑道，"我觉得没办法打断，很怕我拍灯了，你后面就不讲了。"

罗钦惊叹："你想得好深啊！"

"想要再骗我一个段子。"楚独秀哭笑不得，小声埋怨道，"哪有这样的，都吓死我了。"

苏欣怡："没办法，有的选手好狡猾，他一看三灯就不讲了，直接从中间给你断开，剩下的后面比赛再讲。"

楚独秀摆摆手，郑重声明："不是，我不是这种人，我还没踏进社会，是纯洁的大学生！"

"哦，懂了，确实没老选手爱混。"苏欣怡开起玩笑。

北河瞪大眼，惊道："哎哟喂，什么老选手，谁又点我呢？"

苏欣怡自责道："其实我中间有点儿后悔，想着不然干脆拍了吧，不拍好像会给选手心理压力，但你一直发挥得特别稳，完全没被任何事干扰，真的很厉害。"

"没关系，什么时候拍都行。"楚独秀宽宏大量，目光转向一边，又道，"您长得好看，我还可以忍。"

苏欣怡闻言笑了。

邱铭彻："天哪！你好会说话！"

王娜梨跟小葱交头接耳，吐槽道："来了来了，被动技能出现，百分百女粉转化率。"

苏欣怡点评道："有些演员讨论这种话题会让人感觉没法把握分寸，但你的情绪就刚刚好。可能是我经常演戏，对情绪会比较敏感，同样的台词由不同的人来演，经常完全不一样。即使是'Give me a face'和'Give you face'，也不会认为是在嘲笑妈妈的口语，没有苦大仇深，度控制得很好。"她双眼发亮，动容道，"你在聊妈妈带给你的焦虑和压力，但内心还是有希望和爱的，其实我会感觉到，你在为妈妈骄傲。"

楚独秀一怔，很难描述此刻感受，就像被人撞开心扉。她面露迷惘，悄声道："或许吧，我不知道。希望她也能为我骄傲。"她不知道母亲现在是何感想，但自己想说的话都在台

第五章 突围

上吐露了。

"会的。"苏欣怡出声打气,"她看完我们的节目,肯定会为你骄傲!"

"嗯……"楚独秀沉吟数秒,支吾道,"按照我对她的了解,她要知道这情况,任凭谁跑去劝,都会死撑着不看,主打一个叛逆和倔强。"

邱铭彻好笑道:"所以我们应该说你演得不太行,她就跑来看了!"

"很有道理,是这样的。"楚独秀灵机一动,提议道,"要不麻烦节目组后期,在标题打上'楚独秀表演失利',先把我妈骗进来再说?"她深谙楚岚的性格,打算来招兵不厌诈,试图用标题党攻破母亲的防线。

台下响起笑声,观众都被她逗乐了。

罗钦笑着摇头,敬佩道:"真就是二十二年之痒,爱她、气她、照顾她、折磨她!"

第六章 恋爱

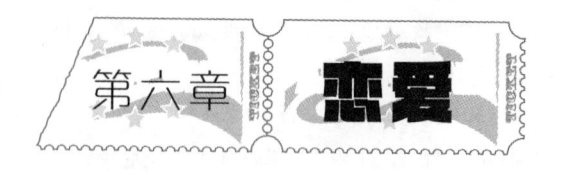

每名选手表演结束,会跟嘉宾们闲聊几句才回到自己的座位。

楚独秀表演结束,也跟嘉宾寒暄了几句,然后在掌声中慢慢下台。

没过多久,王娜梨和小葱讲完段子,同样移动到右边的区域,再次跟楚独秀碰头,并排坐在一起看比赛。

左边候场区的人员越来越少,逐渐要进入突围赛尾声。

王娜梨掰着手指算:"现在亮三灯的有十人吗?"

"忘记了。"楚独秀回答,"不过按照这个架势,很难有二十个满灯。"

"来了来了,又要有满灯了!"小葱恨不得从座位上跳起来,拍手道,"大佬来了!"

舞台上响起介绍语:"有请下一位选手——程俊华。"

罗钦瞬间坐直,打起精神,他难掩激动,扭头对旁边人道:"我在国内第一次看专场,就是程老师的《寂静山巅》。"

苏欣怡了然地点头。

程俊华作为资深演员,早在《单口喜剧王》问世前就举办了第一场个人单口喜剧专场《寂静山巅》。专场基本由他独自演绎,就像歌手的演唱会一样,内容有舞台表演、观众互动、心声表达等。或许有很多演员能上台讲五分钟,但不是人人可以讲专场,将近九十分钟的表演会筛掉一大批人。

楚独秀同样屏住呼吸,等待程俊华的新内容。

初选赛时,她使用一些巧劲儿,依靠五分钟的短、平、快节奏出头,但程俊华当时还保留着专场风格,不知道这回又会讲些什么。

台上,程俊华穿一件薄外套,里面是休闲衬衣,脚蹬一双黄靴子,打扮得随意闲适。

第六章 恋爱

他向来和气，说话也绵软："大家好，我是程俊华。"

没有刻意提高音量，也没有带噱头的开场，却足以让观众发出热烈掌声。

这就是新人和老人的差异，新人得扯着嗓子吸引注意，但老人久经舞台早游刃有余，风格就会沉淀下来。

"突围赛很激烈，选手们很厉害，让我这个讲了很多年单口喜剧的人都有点儿手足无措了。"程俊华轻叹一声，慢悠悠道，"上节目前，善乐的谢总飞南城邀请我好几回，说实话我很犹豫，觉得我一开过专场的人还要跑来参赛当选手？"接着，他低头瞄脚尖，"初选赛以后，我立马不拿乔了，进入中年危机了，我怕被别人发现，只要把我裁掉，节目能再培养好几个新人。"

台下响起笑声。

楚独秀认真观察起来，她发现程俊华个人风格强烈，用一种跟观众聊天的氛围表演，即便声音有柔软的南方腔，但吐字却特别清晰，不必精心打磨文本就能轻而易举入耳。他讲话一直轻飘飘的，略微夹杂着沮丧和颓，在低谷中抛出高点，以此来制造笑声。

"大家看初选赛视频了吗？"程俊华环顾一周，握着麦克风道，"没看也没关系啊，建议不要看了。"

观众幸灾乐祸地起哄："看了——"

"都看见我丢脸了对吧？"程俊华窘迫数秒，继续道，"节目组还特别缺德，在前面噼里啪啦夸我一通，把我捧得特别高，我一进剧场就听其他演员喊'老师来了，大佬来了'，真有种被吹上云巅的飘飘然。后来我发现，那不是赞美，那是狩猎的信号，人家打的就是大佬。"他摸摸鼻子，尴尬道，"枪打出头佬，谁让我最老。"

观众哄的一声笑起来，罗钦大笑拍灯。

邱铭彻哭笑不得："你这什么拍灯点，是喜欢偶像被打？"

程俊华摇了摇头，目光飘向一边，有些惆然："二十二岁的新人王，什么概念啊？还有那个'单口喜剧华山论剑'，怎么想出来的？最可恨的是，新人王熟练掌握峨眉派、天山派、神龙教的方言，却是一个彻头彻尾的文城人，跟前面的省份全都不沾边。她嘴里高喊'不比幽默只比剑'，抬手对着我胸口就刺了一剑。这类似于我苦心修炼一百年，原以为自己天下第一，谁料隔壁天才少年横空出世，挥手就把我斩于马下。"

他唉声叹气道："我突然醒悟，自己只是武侠小说前传，这本书的主角原来是位女侠。"

场内漾起欢乐的声浪，苏欣怡没忍住笑，同样伸出手拍灯。

"哦哦哦——"

选手区同样喧哗起来，其他人看热闹不嫌事大，纷纷看向楚独秀，朝着她挤眉弄眼："大佬冲着你就来啦！"

初选赛时，楚独秀将程俊华写进段子。突围赛时，程俊华有样学样，在此刻反将一军。

141

小葱假装握麦克风，递向楚独秀，挑事道："必须采访你一下，现在有什么感受？"

"大佬说我是天才。"楚独秀道，"多夸点儿，我爱听。"

这是懂断章取义的。

程俊华摸了摸额头，好似在无力地擦汗："太惨了，真的太惨了。比焦虑更惨的是什么？那就是中年焦虑。年轻人焦虑还好，起码他们还年轻，可以喊着'王侯将相宁有种乎'，但我现在不上不下，应该喊什么口号呢？人生自古谁无死，留取丹心照汗青？"他唏嘘道，"中年人的无助就是，想找句应景的诗都不容易，记忆力不行，我甚至连音量都不行了，喊不动口号。"

屏幕前，尚晓梅道："哇，这段也跟独秀初选赛的李白有对应。"

"他在消解自己的权威身份。"谢慎辞分析，"这回是认真比赛了，他怕观众对自己有距离感，干脆在突围赛将事情捅破，这样后面几场也会好讲一些。"

程俊华资历太老，在国内还有粉丝，观众预期就不一样。初选赛时，网友们会对楚独秀大加褒奖，但对老将的标准就严苛得多。偏偏他的表演是走亲和路线，并非情绪激昂的爆发者。现在说穿了，反而有力了。

"从过往来看，我短暂地统治了国内脱口秀，没想到历史的车轮太快，统治阶级面临严重的统治危机，旧的表演、演员、制度阻碍了单口喜剧的发展，我成为被改革、被打倒的对象了。我讲了那么多年单口喜剧，一直以为是圈子小、市场不行，所以翻不起什么水花，没想到闹半天是人不行。"

程俊华心平气和道："当然，我作为腐朽体系的代表，也要顺应时代的潮流，让思想进步起来。现在，我看到了年轻人，不会再产生嫉妒，只有一个真诚祝愿，希望她考公顺利。这么优秀的人，不能放在我们圈子里，必须上交给国家。我作为长辈，必须献上一片心意……"他嘟囔道，"让社会发展得更好就靠她了，但单口喜剧的发展还是靠我吧。"

"哈哈哈哈哈哈哈哈！"

观众席的笑声大得恨不得掀翻屋顶，连带邱铭彻也笑嘻嘻地拍灯，让舞台骤然全亮起来。

其他选手乐起来，对着楚独秀调侃："多损啊！让你考公去！"

楚独秀跟着笑，面对众人揶揄，藏到王娜梨身后。

"这个厉害。"路帆掩嘴小声道，"主要他讲的演员已经被观众记住，现在再翻一下，现场效果就特别好。"

楚独秀比程俊华先表演，大获成功，让人印象深刻，为段子作了铺垫。程俊华根本不用提新人王的优秀，观众自然而然就能理解他的情绪。如果楚独秀在程俊华后面演，或者她的表演冷场了，这段一下就会变得逊色。程俊华势必要抛出别的段子，来争取笑声代表的三灯。

程俊华表演结束，在如潮掌声中退场。他全程都没高声表演，却照旧能博得满堂彩，

第六章 恋爱

像打太极的人一样，动作缓慢却意味深长。

"厉害了。"楚独秀目光放空，叹息道，"我现在想时光倒流，好奇我要演砸了，大佬会怎么表演。"

"杀敌一千自损八百？"小葱啧啧道，"你是懂互相折磨的。"

漫长录制后，突围赛告一段落，全场共有九位满灯选手，其中既有北河、路帆等老人，也有楚独秀、聂峰等新面孔，更有独树一帜的程俊华，冲击第一季的十强格局。

"这一季节目非常激烈啊。"邱铭彻道，"我今天录完都感觉紧张了，更不用说等待排名的选手们。"

满灯选手基本能稳妥晋级，现在就看10—25名的排序，对普通选手来说相当关键。

罗钦："接下来将宣布突围赛晋级选手名单。"

小葱嘴唇紧抿、大气都不敢出，王娜梨也握紧楚独秀的手，他们不是三灯选手，现在都坐立不安。

楚独秀紧盯屏幕，同样在心里祈祷。

"首先是本场突围赛前十名……"

砰的一声，大屏亮起，前十名选手公布，楚独秀和小葱赫然在列。

"我居然是第十。"小葱一怔，"满灯守门员。"

他没有夺得三灯，正好排在第十名。

王娜梨原本身躯紧绷，待看清名次，猛拉楚独秀，欢欣道："你是第一名！"

楚独秀两眼发蒙，同样难以置信，没想到自己是全场第一，排在所有演员的前头。

小葱："比大佬还多了两票。"

初选赛和突围赛的情况颠倒过来，这次是楚独秀多了两票，恰好压住第二名的程俊华。

"这把是我的名气给大佬拖后腿了。"楚独秀解释道，"我初选赛讲他，大家都知道，包袱就抖响了，他突围赛讲我，但我没名气，效果就会变差。"

小葱摇头，接着拉起长音："吁——"

"情商，高情商话术。"王娜梨拍她，"派你去考公吧。"

葱姜蒜组合有两人进前十，就只剩王娜梨命运未卜。

"接下来是第十一名到第二十五名。"

王娜梨紧张地咽了咽口水，楚独秀和小葱也睁大眼，好像被对方的焦虑感染了。

伴随着音效声，大屏幕再次亮起，其余晋级选手名单公布。

"有吗？有吗？"王娜梨粗略扫了一眼，没有看到自己的名字，当即大失所望。

楚独秀侧头一看，忽然就瞥见尾巴："最后面！卡线进了！"

相比初选赛，王娜梨名次上升，刚好挤在第二十五名。

小葱："锦鲤啊！"

不得不说，王娜梨晋级比楚独秀第一带来的快乐更多，她们起码不用突围赛后就分别，还能再苟一段时间。

三人狂喜，手舞足蹈，犹如混乱海草，在选手晋级区抖动起来。

喧嚣的突围赛过后，有一半选手遗憾地告别节目，另一半晋级选手则颇感疲惫，他们短暂地放松身心，在酒店房间里呼呼大睡。

距离下一场命题赛还有时间，晋级选手们可以小憩片刻，再重新投入后续的比赛中。

不过，选手们能够休息，有些人却要开始工作。

突围赛素材被交给剪辑组，经过粗剪、精剪、特效包装、字幕等环节后，变成第二季《单口喜剧王》的前几期节目。影视基地内配有剪辑机房，无数苹果电脑码放在一起，时不时就看到忙碌的剪辑师起身。

谢慎辞站在电脑屏幕前，盯着节目标题良久，终于忍不住出声："你把我从宣传组叫走，就是想要这么搞宣传？"

第一期成片剪出来，公司的人都会内审，标题却是《战况惨烈！新人王vs老领袖，楚独秀首秀失利，程俊华中年焦虑！》。

尚晓梅摸了摸下巴："果然还是'震惊'比'战况惨烈'要好？不然改成'不看不是中国人'？"

"重点好像不是这个。"

"这不是挺好的？"尚晓梅坐在屏幕前，振振有词道，"新人王讲应届焦虑，老领袖讲中年焦虑，我们就变成一档全年龄向节目，涵盖所有的观众群体。"

"我们是全年龄向单口喜剧，不是全年龄向恐怖故事。"谢慎辞沉吟数秒，一针见血道，"节目标题那么直白，有可能被约谈，现在网综审核很严。"他不确定这算不算标题诈骗，主要是楚独秀首秀也没失利。

"要是真被约谈，你让商良去呗，就说自己忙着帮选手改稿。"

谢慎辞思索片刻，果断地拍板："行，那就用这个吧。"

文城，暖阳悬空中，清风拂浅云。

客厅内，午后阳光洒入，如同数条绸带，垂向电视柜上的全家福合照。电视的屏幕硕大，频道被不断切换，尽是些无聊的电视剧。

这是个普通的周末，楚岚百无聊赖地坐在沙发上，瞥一眼来回打量自己的丈夫，没好气道："干吗？我更年期呢，你别惹我啊！"

石勤满脸无辜，不解地摊手："我就坐这儿，没有招惹你。"

"那你鬼迷日眼（方言，指行为奇怪、怪异）什么？"

第六章 恋爱

女儿们早就离家，只剩下夫妻二人，石勤就放下偶像包袱，没有再刻意回避什么，反而慢悠悠地坐到楚岚身边。

楚岚瞧他挤过来，不满地蹙起眉头，却没嫌弃地躲开，任由对方靠着自己。

石勤偷摸掏出手机，低头不知道点开了什么，突然就往楚岚面前一晃，见她好似没反应过来，又硬着头皮再晃了一下，在危险的边缘不断试探。

楚岚一头雾水："你公交车扫码呢？对着我瞎晃什么？"

石勤小声道："看看吗？"

"看什么？"

"优优发来的，秀秀的比赛视频。"

楚岚当即变脸，怒道："不看！我还不知道你们，全都是一伙儿的！"

"这叫什么话，都是一家人。"石勤见对方发怒，拍了拍她的腿，安抚道，"行了，我跟你一伙儿，我跟你是一伙儿的！"

"油嘴滑舌。"

夫妻俩亲昵叽歪老半天，楚岚的情绪才缓和下来。

石勤见她脸色转晴，这才递过手机，继续劝道："看看吧，她让我拿给你看，说秀秀讲得不错。"

"你怎么那么听话？她让你拿来，你就照办啊？"楚岚没有接，翻了个白眼，"她要让你上天，你真去坐载人飞船？"

"还说闺女嘴皮子利索。"石勤无奈地嘀咕，"也不知道随谁。"

劝说无果，不好再提此事，他起身到厨房里忙碌。

片刻后，微信提示音一响，手机的屏幕亮起。

楚岚随意一瞥，发现是家庭群消息，楚双优在群里转发视频链接，标题是《战况惨烈！新人王 vs 老领袖，楚独秀首秀失利，程俊华中年焦虑！》。

楚岚直直地盯着那行字，好半天都没有动作。片刻后，她将手机直接翻扣，先瞥了一眼厨房方向，又举起手机看了一眼，大拇指悬在半空中，迟迟没有落下。

"我回屋睡会儿，你别来烦我啊！"

石勤听见声音，从厨房跑出来，发现客厅没人，诧异道："就睡了？你不吃饭吗？"

《单口喜剧王》第二季节目上线，首期点击量开门红。

紧张激烈的赛事，质量上乘的表演，层出不穷的新面孔，让节目打破第一季数据，连好评率也在稳步上升。

官博不但发大字报庆祝，还将选手片段裁剪传播，推动网络舆论热度的发酵。

"节目标题-100分，节目内容1000分，一加一减900分，满分1000分，少给的那

100 分自己反思一下。"

"有没有花絮？选手区互动也好看，现在全是脱口秀，想看选手讲相声！"

"在单口喜剧要相声，楼上没带狗头，厚葬吧。"

"楚独秀好好笑，也好好孝。"

"只有我被骗了吗？我看到一半，心想这都失利，今年节目组想上天？"

"哈哈哈，真失利的选手，名字怎么可能上标题？还跟程俊华同待遇。大家认真思考一下！"

"我是程的粉丝，我祝楚顺利上岸。"

"我是程的粉丝，我祝楚不要上岸，再逼他多写点儿新段子。"

"第二季满灯少，选手却变强了，可惜强者上面还有神。"

"没错，北河他们不是不厉害，但被衬得逊色了，希望后面更好。突围赛印象只剩新旧时代交替，新人王和老领袖打架。"

相比微博上的认真讨论，视频弹幕区简单粗暴，一点开只剩满屏问号，偶尔冒出一个"这标题？"的带字弹幕，后面依然跟着一连串的问号。

随着点击量越来越高，弹幕内容也在刷新、覆盖，不少人重新回到片头，自发地刷起弹幕，争当热心的网络家庭调解员。

"楚独秀妈妈，您好，她首秀失利，表演并不好。"

"新人王不行！新人王输了！"

"为什么都这么说？我觉得她很好啊，我今年最喜欢她。"

"前面有个老实人，拉走。"

"别拉走，拉回来，那可能是楚妈妈。"

首期视频播出后，楚独秀和程俊华无疑是热度最高的演员，带动第二季节目整体的讨论声量。

闻笑剧场，照旧是红幕布舞台和环状的观众座位。柔和的灯照亮全场，连带舞台两侧的屏幕亮起，上面有《单口喜剧王》第二季的节目 Logo。

楚独秀等人刚一进来，就发现四周有摄像机，以及繁忙的录制人员。

今天是命题赛抽签的日子，二十五名晋级选手来此，抽取自己下场比赛的题目。

"好怀念，上次来这里还是初选赛，我们在门口合影。"王娜梨道，"这回就剩这些人了……"

二十五名选手只能坐满观众席前排，不像初选赛的一百名选手，视觉上就满满当当。

小葱东张西望："今天没有笑声代表，也没有现场观众呢。"

罗钦、苏欣怡等人都没出现，召集的现场观众也没来，只剩选手和工作人员。

第六章 恋爱

"经费只能燃烧那一天，所以非正式录制，一切从简吧。"楚独秀发现舞台边的尚晓梅和谢慎辞，两人应该在沟通工作，接着尚晓梅快步上台。

音乐声响起，众人顿时精神一振，纷纷坐正了，将目光投向舞台。

台上，尚晓梅站在灯光下，开始主持现场的流程："欢迎大家回到闻笑剧场，接下来为各位讲解命题赛规则，本轮比赛是 25 进 16。屏幕上共计五个主题，我们将通过抽签决定每个人的题目，分为五组进行比赛。"

两侧屏幕画面跳转，弹出五行主题文字——

1. 网络水很深，小心浪打浪
2. 一分钱难不倒英雄
3. 今天上班有点儿疯
4. 当你开始恋爱脑
5. 人类没有社交后

尚晓梅握着麦克风，继续道："每个主题先组内竞争，每组票数最低的两位选手将进入淘汰待定区，待定的十名选手参与生存赛，争夺剩下的十六强名额。"

选手们盯着屏幕，小声地讨论起来。

北河点评："主题类型倒是全，就看个人手气了。"

"生存赛？"小葱挠了挠头，"这意思是组内输了，组外还能救一次？"

王娜梨："但组外竞争好激烈，依旧是十人选一人。"

尚晓梅："有请各位按顺序上台抽签，纸上有一个数字，正好对应主题，就是你进入的组别。"

所有选手排队上前，依次在箱子里翻动，抓取自己的主题。

楚独秀紧攥纸条，一路返回座位，小心翼翼地拆开，接着倒吸一口凉气——纸条上的数字是"4"，见字如人，死定了！

她难以置信地抬头，再次扫一眼屏幕，愈加感到棘手。

"当你开始恋爱脑"，为什么偏偏是这组？！

楚独秀深感绝望，她平时积攒的段子还算丰富，唯独在此领域毫无建树。或者说，她就没有爆发过恋爱的灵感，从未想过这个，自然从没写过。

王娜梨和小葱没发现楚独秀的异样，反而慢悠悠地围拢过来，交流起彼此的主题。

"我是第二个，讲钱的主题，一分钱难不倒英雄。"王娜梨好奇道，"你们抽到哪个？"

"我抽到第四个，储备还算充足。"小葱察觉到楚独秀不说话，踮起脚尖遥望了一眼，"你是哪个？"

楚独秀如同木头人，依旧一动不动地坐着，连手中纸条都没合上。

"我们居然是一组！"小葱瞄见数字，惊愕道，"原以为顶峰相见，没想到同窗反目，要是有点儿综艺效果，咱俩是不是该互放狠话了？"

楚独秀终于有了动静，疑惑地扭头："互放狠话？"

小葱一边双手比画，一边饶有滋味地道："展现节目激烈的矛盾冲突，恨不得凶狠地互扯头发，争夺组内的晋级名额，类似于这样的环节！"

王娜梨怔道："你们真有劲，还自己加戏。"

"综艺节目不都要加戏才好玩儿？不然多没劲啊。"小葱兴致勃勃，呼喊道，"快快快，互放狠话，叫他们来拍，我们就骗到镜头了。"

相比小葱的雀跃，楚独秀的心情较为纠结，还不知该写什么段子。她望着窜来窜去的同伴，又听他撺掇着放狠话，忽然恶向胆边生，冷不丁道："那我可以追求豆腐吗？"

小葱闻言一愣，都没反应过来："什么？"

楚独秀重复道："我可以追你女朋友吗？"

小葱睁大眼："什么？！"

楚独秀平和道："这样你们分手后我和豆腐在一起，就能在命题赛上直接讲你的段子。"反正两人在"台疯过境"讲开放麦，都听过对方的段子，想背下来也不算难。

小葱："？？？"

王娜梨笑出声来："这放出来的话确实好狠！"

酒店内，门口的公告栏列有开放麦的日期，供参赛选手在节目期间练习。这些开放麦的观众较少，同时会签保密协议，确保命题赛段子不会在外传播。

王娜梨不是第四组，小葱的恋爱段子多，两人都跑到闻笑剧场讲开放麦，只留楚独秀在大堂沙发上抓耳挠腮。

来来往往的行人不少，有点儿嘈杂，却比待在房间的状态要好。头顶的阳光洒入大堂，如同丝丝缕缕的柔纱，偶尔能感受到微风流动，让人的五感沉浸在午后的安宁中。

楚独秀在屋里憋得发疯，在外透气稍微舒服一点儿，但仍对稿子一筹莫展。她捧着笔记本电脑，陷在沙发里脑袋空空，根本敲不出一个字，只将头发抓得乱七八糟。

毕业论文都没这东西难写！

论文起码是讲道理的，恋爱就根本不讲道理！

楚独秀妄图用学术态度完成作业，她做了一版MBTI性格测试，打算用自己性格对应的理想配对性格，来幻想《当你开始恋爱脑》的主题——没办法，阅历不够，只能依赖理论。

她的灵魂都被创作榨干，六神无主地躺在沙发上，盯着酒店门口忙碌的人员，开始陷入神游太虚的状态。

尚晓梅带人风风火火地进来，又脚步匆匆地离去。

聂峰等人握着手机快步冲出酒店，奔赴闻笑剧场，嘴里还喊着"要晚了要晚了"。

第六章 恋爱

宣传组的女生端着单反相机，跟跟跄跄地跟上同伴，同样忙得脚不点地。

片刻后，熟悉的身影映入眼帘，他手里握着工作牌，跟编导们交流完，转身抬起长腿，好像打算回房间。

楚独秀静静盯着谢慎辞，见对方径直走向电梯，谁料如同有心电感应般，他忽然停下脚步。下一秒，谢慎辞转过头来，恰好瞥见楚独秀。她半躺着，靠在沙发上，如搁浅的鱼。

这真是神奇的体验，两人没抬手打招呼，就这么互相盯着彼此良久。

楚独秀单纯是脑浆子耗空，加上门口经过的人太多，来不及出声喊人，但她不知道谢总是何想法，他侧头端详自己好半天，同样什么话都没说。

正当她打算抬手叫人，谢慎辞转身走过来了。

楚独秀略感彷徨，当即坐起来一点儿，让姿势变得正式些，应对突然到来的谢老板。

不要跟野生动物对视，它会误以为在叫自己。

果不其然，谢慎辞走近沙发，目光掠过茶几上的纸笔及电脑，好奇道："你在这里做什么？"

"写稿。"

谢慎辞抬起眼来，微微向前两步，同时不动声色地侧转身子，视线缓缓扫过电脑屏幕——这是想看她写了什么，面上却装得波澜不惊。

楚独秀略感奇妙，她现在不跟他交流都能猜到对方的想法，索性单刀直入："谢总，您谈过恋爱吗？"

谢慎辞瞬间回过神来，错愕道："什么？"

"您有没有什么刻骨铭心的爱情？"楚独秀挺直腰杆，宛若采访的记者，一本正经道，"学生时期的、工作时期的，幼儿园的也行，我们聊聊呗，你都讲讲看。"

漫长的沉默后，谢慎辞若有所思道："我是被审讯了？"

"不是，是在帮助濒临崩溃的单口喜剧演员收集素材，我命题赛抽到了与恋爱相关的话题。"楚独秀脑袋乱乱的，她虔诚地双手合十，为了找段子素材，什么话都往外冒，"这是灭罪、灭恶、生善的大功德，救人一命胜造七级浮屠，好人一定会有好报的。"

谢慎辞平静道："很遗憾，我拿不了这功德了。"

"为什么？"楚独秀哀叫道，"不要这么小气，你忍心看我输？"

谢慎辞面露无奈："你让我改稿可以，但这真帮不上你，我没谈过恋爱。"

"不可能！"楚独秀上下扫视他一番，蹙起眉头，斩钉截铁道，"这、就、不、可、能，你不把我当朋友！"她一度怀疑看错他了，好虚伪的官方回答，又不是流量男明星。

"为什么不可能？"谢慎辞眨了眨眼，反问道，"你谈过恋爱吗？"

楚独秀骤然音量降低："没有。"她要是有恋爱经历，现在就不会想死了。

"那不就完了？"谢慎辞语调和缓，深色眼眸光润，摆出讲道理的架势，"我们都没谈过，这不是很正常？"

楚独秀被谢慎辞完美的逻辑击溃了。她盯着他愣神许久，依然感到匪夷所思，总觉得哪里说不通，于是小心翼翼地试探："谢总，冒昧地询问一下，我们对恋爱的定义一样吧？或者您觉得某些男女交往行为不属于恋爱的范畴，比如国外的 date……"

虽然楚独秀觉得怀疑他不好，但她想到谢总的留学经历，没准是双方交流有误会。他怎么会没谈过恋爱？

谢慎辞瞥她一眼："我是中国人。"

好的，已经对论文关键词进行定义，看来彼此的基本概念一样。

谢慎辞挑眉，不紧不慢道："你怀疑我说谎？"

"没有，绝对没有。"楚独秀摆手，"嘶"了一声，"只是这件事超出我认知了，感觉有点儿震撼，需要时间适应。"

"为什么会震撼？"谢慎辞疑道，"你明明跟我一样。"

"你不能跟我比。"

"？"

不得不说，楚独秀旺盛的好奇心被勾起来，她此刻已将命题赛段子抛到脑后，犹如研究珍稀动物般观察谢慎辞，莫名其妙就生出八卦欲望，惊道："这不应该啊，问题出在哪里，我们捋一捋。"

谢慎辞："这好像没什么问题。"

楚独秀郑重其事道："谢总，为了给创作积累素材，能邀请您配合我一下，进行一次个人专访吗？"

"这是你们新闻学的专业课吗？"谢慎辞听她突然用播音腔，又见她坐姿都端庄起来，讨价还价道，"那我配合采访有什么好处？即便真写成段子，那也是属于你的。"

"您可以收获一份来自新人王的真挚感谢。"

谢慎辞对她画饼的实力无语，又道："我想要提前看稿。"

"没问题。"楚独秀起身，宛若商务人士鞠躬握手道，"恭喜您！您现在拥有超前点播的权利了！"

谢慎辞望着她的手，不知想起什么，轻轻地伸手回握，低不可闻道："你现在敢握了？"

蜻蜓点水式的礼仪握手，微弱如风的说话音量，楚独秀没捕捉到他的话，自然没产生其他联想。

"请坐，您请坐。"她一指旁边的沙发，客气道，"感谢您配合采访，简单问您几个问题。"

谢慎辞落座，倒是挺大度："问吧。"

"您今年贵庚？"

谢慎辞稍一晃神，思索道："应该是二十八？"

第六章 恋爱

"应该？"楚独秀严谨地追问，"具体的出生年月日呢？"

谢慎辞老实作答，不但说了年月日，甚至精准到分钟。

楚独秀点头，在心里记下来，担忧许久的生日还礼终于在今日有下文了。

别人是超真实扮家家酒，他们是超真实个人专访，居然一板一眼地走起流程，都不知道该说态度严肃还是场面滑稽。两个人坐沙发边，姿势都挺拔板正，要是再架起摄像机，就是真正的访谈类节目了。

楚独秀："请问您至今不谈恋爱的理由是什么呢？"

谢慎辞垂下眼思考，随即抬起头，问道："你不谈恋爱的理由是什么？"

楚独秀认真地提醒："请不要用问题回答问题。"

"没什么理由。"谢慎辞歪头，面露为难之色，坦白道，"我不知道，不然你说说你的，我借鉴一下答案。"

"学习忙，找工作忙，顾不上这些。"

"那我也是。"谢慎辞点头，"学习忙，找工作忙，顾不上这些。"

楚独秀皱眉，质疑道："不是，抄答案也得改改吧，您还需要找工作吗？"

谢慎辞闻言，顺从地调整："学习忙，经营公司忙，顾不上这些。"

"……"

楚独秀如今抓心挠肝，她觉得此回答站不住脚，一度琢磨谢总是不是真"姐妹"，又觉得性向和是否恋爱无必然关系，再加上谢慎辞的气质摆在这儿，完全没触发她的甄别雷达。他偶尔表现出的清冷疏离感，也确实有点儿像长期单身者设的屏障，跟有恋爱谈的人不太一样。

楚独秀决定深挖采访人物，从他的过往来还原。她耐心地询问："学生时期呢？没有校园恋情？"

"我初高中的学校抓得比较严，只要楼道里有男女生长时间交流，就有被年级组长请家长的风险。虽然我不害怕这个，但每次都要解释一番，确实很麻烦。"谢慎辞镇定道，"类似节目审核，不是抵触约谈，而是觉得沟通成本太高。"

这学校风气未免太符合国情了。

楚独秀了然地点头："所以中学时期完全没有？"

谢慎辞听她来回确认，停顿数秒，试探道："幼儿园时期，总跟班里一个女生同路回家算吗？因为我妈和她的家长要聊天，所以我们经常结伴一起走，但她前两年就结婚了。"

"谢总，那什么……"楚独秀愣了一下，忍不住抿唇笑道，"没有工作经验，咱们不用硬憋，怎么跟大学生写简历一样？"连家长社交都算自己身上，宛若毫无工作经验的应届生，在简历上牵强附会、随意发挥。

谢慎辞听出调侃，面无表情地瞪她。

楚独秀轻咳两声，恢复专业态度，轻声道："好的，大学时期呢？我记得您有留学经历。"

谢慎辞一怔："大学……"

"看您的表情，大学有故事。"楚独秀饶有兴致地道，"是不方便提的内容吗？"

前面的问题，他都是泰然回答，丝毫没有踌躇。然而现在谢慎辞目光微闪，连视线都飘向斜上方，像在心底斟酌措辞，明显在润色过去的回忆了。

楚独秀抓住突破口，自然不容他粉饰经历，忙不迭再问一句。

谢慎辞难得地显露出纠结，最终却还是选择实话实说："大学时期，我开始对单口喜剧感兴趣，当时忙于观看国外知名演员专场，外出的时间太多，以至于学业有压力。"他音量渐低，"我是高中申请的美本，刚入学时还没有意识到，后来才发现继续看演出，拿学位证会有点儿困难，那两年就在提升成绩。"

"您本科是在……"

谢慎辞说了一个顶尖名校的名字。

楚独秀意外道："它是藤校吧？"

"但我的同学也是藤校。"谢慎辞观察她的表情，喉结上下微动，问道，"是不是让你失望了？"

楚独秀茫然："失望什么？"

"觉得我本科学习不努力。"谢慎辞撇嘴，"有点儿丢脸。"

他居然也会为兴趣爱好和学业无法平衡而烦恼！

他居然也会为本科绩点没同学优秀而感到丢脸！

楚独秀知道国外大学宽进严出，谢慎辞要是在名校就读，估计他的同学也卷到飞起，再加上花在单口喜剧上的时间，的确很难有闲暇考虑其他事情。

不得不说，谢总此刻前所未有地生动起来，不再是沉默冷峻的精英形象，如同相机拍摄的高清照片，没使用任何花里胡哨的磨皮滤镜，纹理和瑕疵都清晰可见，褪去虚幻完美的假，反而有种鲜活又真实的美感。

为什么要在乎小猫咪的绩点？

猫猫能大学毕业就够了！

"哪有。"楚独秀和颜悦色道，"您学习很努力，只是在学别的，那本喜剧书上都是笔记，被翻来覆去看了好几遍。"

谢慎辞似有所悟："你看了我送的书？"

"对，不是给我看的吗？"

楚独秀在"台疯过境"过生日时，曾收到谢总送的蓝牙耳机和书。那本书讲述的是单口喜剧创作，她已经断断续续看完一遍，连带发现记的笔记都是不同颜色的，应该是翻阅了好多次。

第六章 恋爱

"但我没想到你还看笔记。"谢慎辞解释,"因为没有新的,所以送了我的,改天可以给你换一本。"

楚独秀微笑着拍拍手,赞扬道:"不用换,挺好的,字也很漂亮,谢总果然很努力。"

谢慎辞总觉得她的语气像哄小孩,他嘴唇微动,却没有戳破,又道:"还要问什么?"

"毕业后……"

谢慎辞流畅道:"毕业后,我先在国外工作了两年,等熟悉整个行业以后,回国联系尚导等人,筹建善乐文化。这几年也很忙,基本没有停过。"

"谢总,问一个跟恋爱无关的话题。"楚独秀举手请教道,"怎么才能像您一样优秀,年纪轻轻就开公司呢?"相比恋爱脑的话题,她果然更想问怎么搞钱。

"家里有钱就行。"谢慎辞道,"虽然他们最初不支持,但公司的天使轮投资是我认识的叔叔帮的忙,归根到底也是家里的人脉。"

楚独秀愣道:"好坦诚的回答。"

"这没什么可否认的,我确实比常人更了解单口喜剧,但家境及人脉同样重要。很多人比我优秀,却忙于养家糊口,或者找不到门路,错失了追逐理想的机会,我们必须承认有不公的存在。"

谢慎辞直直地望向她,心平气和道:"所以你靠自己的实力,能有现在的成绩,已经很优秀了,不用再做比较。"

楚独秀怔住了。

这话瞬间把她带回漫天晚霞的黄昏,他们曾结伴从剧场走向地铁站,万物在光影中逐渐安眠,直到街边的路灯亮起温暖的光,世界在晚风中完成日与夜的切换。

他当时说"毕业刚工作的头两年觉得自己一事无成很正常,但过些日子回头看,一切又都没那么糟"。

接着他送出善乐培训营的报名表。

楚独秀那天感动却无感触,只当是优秀的人给予鼓励和安慰,他应该不懂她的境遇,没有经历过类似的挫折。毕竟他看上去很厉害,就像人工智能无法理解人类的运算能力为何如此慢。但现在听起来,他不是人工智能,而是体验过的人。他的情绪细腻而柔软,被掩盖在冰川之下,竟是静水流深。

谢慎辞见她不言,问道:"还有什么想了解的?"

楚独秀回过神来,鞠躬致谢:"没了,非常感激您的回答!我会好好整理采访素材的!"

"不过我没想到你会问那么细。"谢慎辞问道,"所以你学生时期也没有恋情?"

"在学校看男生打篮球算吗?"楚独秀沉吟,"老师说看球类运动可以预防近视,我一般中午会去看。"

谢慎辞注视她许久,突然轻笑一声:"没有工作经验,咱们不用硬憋,怎么跟大学生写简历一样？"

楚独秀："？？？"

酒店房间内，楚独秀和谢慎辞畅谈完突然文思如泉涌，噼里啪啦地撰写命题赛段子。

遗憾的是，谢总的个人经历对创作毫无启发，完全不契合恋爱脑的主题。

可贵的是，两人谈天说地、胡侃散心，让楚独秀的焦虑和压力骤减，灵感反而像泉水般往外涌。

她将参赛段子初稿写完，信守承诺发送给谢慎辞，毕竟是尊贵的VIP用户，可以提前观看四集。

谢慎辞应该在工作，没有一秒就回消息。

楚独秀望着聊天页面，忽然想起对方的生日，索性点开备注，输入具体数字。她随手就摁了螃蟹和猫的Emoji表情，倏地感到一丝不对劲，连忙删掉彩色的图案，先往里面打了一个"谢总"，想了想又改成"谢老板"，再将10月9日标在后面——好险，差点儿给公司大领导用奇怪备注了。

楚独秀望着数字，一时间蠢蠢欲动，又查了谢慎辞的星座，顺带搜了一下"10月9日生日性格分析"。

天秤座？只看太阳星座是不是不严谨，应该通过星盘看看上升星座？

她打开星座app，将生日输进去，打算刻苦研究一番，手机上突然弹出微信消息，正好就是当事人谢慎辞。楚独秀一惊，以为被监控，莫名心虚。

谢慎辞的回复倒正常，甚至隐隐有点儿不满："段子里没有今天聊的话题，也没有我。"

这是为自身素材没被采用而不满了。

楚独秀客套地回复："创作是对现实的艺术加工，不是将现实素材直接照搬，您要有领会精神。"

她又发一条："小黑猫比心.jpg"

谢老板10.9："你偷我表情包。"

楚独秀不以为耻反以为荣，回道："对，所以你没得发了。"

谢老板10.9："？"

谢老板10.9："小黑猫怒视.jpg"

命题赛当天，众演员经过开放麦的打磨，带着段子重新回到演播厅。他们一进后台就看到摄像机，连化妆室都有摄影师在忙碌，全方位地收集着节目素材。

大家一直知道，楚独秀、王娜梨和小葱三人关系不错，偏偏今天的主题是《当你开始恋爱脑》，其中两人要展开竞争，难免会被其他人打趣："你和小葱不是玩儿得不错？这

第六章 恋爱

场是兵戎相见、相爱相杀？"

楚独秀皱眉："不要这么说，小葱有女朋友的，有些用词不合适。"

说话人见她不悦，忙不迭改口道："好的，好的，不能乱嗑。"

"要考虑人家女朋友的感受，你们天天嗑我和他，就有点儿不太礼貌了。"

那人道歉："有道理，我的错，确实没注意。"

楚独秀振振有词："懂事一点儿的话，你应该嗑我和小葱女朋友的CP，我们要考虑他女朋友的感受，但不一定要考虑小葱的感受嘛！"

紧绷的氛围瞬间消散，众人闻言爆笑如雷。

"楚独秀——"小葱既好气又好笑，"你给我等着！"

选手们在化妆室统一上妆结束，就要前往录制现场。

舞台上，《单口喜剧王》第二季的Logo依然高挂，唯一不同的是左侧出现了彩色灯牌，恰好是命题赛的五个主题。录制时，只要对应的小组上场，主题灯牌同样会亮起，就像夜晚街头的霓虹闪烁。

每次正式录制的视频素材都会被剪成好几期节目，如突围赛就有2—3期视频。今天结束后，命题赛也会按主题依次剪出，陆续上传到铃果视频。

选手候场区，小葱昂首挺胸地迈步进来，第一回没跟楚独秀、王娜梨坐在一起，而是一屁股坐在了聂峰的身旁。他摆出划清界限的高傲架势，不愿将头瞥向那二人，故意转向另一侧不看她们。

聂峰被他滑稽的默剧表演逗乐，说道："又犯什么病呢？怎么跟大公鸡一样？"

"比赛第一，友谊第二。"小葱道，"今天的命题赛，主打一个攻击！"

众人瞥一眼楚独秀，接着都笑起来，起哄道："朋友反目成仇了是吧？"

小葱继续加戏，兰花指一翘，拿腔作调道："王娜梨，我给你一个机会，你现在还能重新站队。"

王娜梨坐在楚独秀身边："别人是公鸭嗓，你属于公鸡嗓，还要给我一个机会？"

"你别看有些人平时厉害，私底下没谈过恋爱，一个恋爱段子也无。"小葱斜楚独秀一眼，又佯装涂指甲油，还放在嘴边吹了吹，一副欠扁的样子，"我还不知道她吗？"

大家都看热闹不怕事大，幸灾乐祸地挑事："打起来！打起来！"

楚独秀听小葱放话，右手的大拇指和小指翘起，同样发起小品反击。她偷瞄小葱一眼，将"听筒"放耳边，开始表演打电话："喂，豆腐姐姐，你就让小葱哥哥天天在台上讲你吗？你真好，真大度。"她可怜巴巴道，"我要是小葱哥哥，肯定不会这样，我舍不得讲姐姐，我只会心疼姐姐。"

此话一出，欢乐的浪花在选手区此起彼伏。

"好好好，好得很。"小葱不怒反笑，"今天必须为爱而战了！"

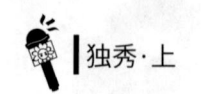

舞台边，三位笑声代表同样出现，罗钦和苏欣怡是老面孔，另一位是新的飞行代表。他们距离选手区不远，隐隐听到那边的笑声。

"怎么回事？"罗钦环顾一周，"怎么没演就笑起来了，还笑得好开心？"

苏欣怡双臂抱在胸前，故作发恼的样子："选手是不是在背着我们讲段子？有什么是笑声代表不能听的？"

两人简单地聊了几句，又介绍命题赛规则，便走起节目录制流程。

罗钦："命题赛马上开始，第一个主题是《当你开始恋爱脑》，共有五名选手竞争三个晋级名额。"

苏欣怡："让我们有请第一位选手——小葱！"

舞台一侧的主题灯牌亮起，除了第四行的"当你开始恋爱脑"绚丽多彩，其他灯牌都暗淡无光，融入布景。台上，全场光束略微收拢，聚向立式麦克风。

热烈激昂的音乐响起，小葱蹦蹦跳跳地上台。他依旧戴着黑框眼镜，穿着浅蓝色的格子衬衫，举起麦克风率先向观众鞠了一躬："大家好，我是小葱！"

掌声雷动。

王娜梨一边鼓掌，一边悄声对楚独秀说："我是支持你的啊，但那天听开放麦，他确实相当厉害。"

"这是他最擅长的话题，没有之一。"楚独秀无奈道，"没事，他占了一个名额，还剩下两个，我可以挣扎一下。"

命题赛抽签还算合理，突围赛前十名分配均匀，除了王娜梨所在的组高手云集外，其他主题的竞争没那么激烈。楚独秀不一定能拿组内第一，但她只要别掉进倒数两名，依旧可以顺利晋级。此刻她紧盯小葱表演，坐看对手的发挥。

"今天的主题是《当你开始恋爱脑》，我觉得这个话题就是为我打造的。"小葱推了推眼镜，认真道，"首先，我要解释一下，小葱是我的艺名，大家不要误会啊，我不姓小。这名字来源于我和我女朋友的情侣名，我的游戏名叫'小葱拌豆腐'，她的游戏名叫'豆腐拌小葱'。简化一下，我是小葱，她是豆腐。然后我俩谈恋爱后，我就觉得小葱拌豆腐这道菜不对劲。我根本办不动她，但她可以随便办我。"

台下隐有笑声。

"我会讲单口喜剧，就是有一天我和豆腐在酒吧看了场表演，台上有个演员在吐槽他女朋友，说他女朋友爱花钱、爱追星什么的，叽里咕噜批判了好一通。豆腐突然对我说，'我觉得你比他好笑'。"

小葱停顿数秒，握拳晃了晃，语速骤然加快："我当时特慌张，你们明白吗？那场演出很一般，导致我不确定她是在夸奖我还是借台上演员指桑骂槐。那男演员说得还特别狠，我有一瞬间都怀疑哥们儿在台上发泄他恋爱的怨气，只是他女朋友没听见，被我女朋友听

第六章 恋爱

见了。力的作用是相互的，但哥们儿把受力物体搞错了，他对我女朋友使用语言暴力，最后一路传递到我这里，就可能演变成肢体暴力！"

"不过我是什么人？我求生欲很强的。"小葱突然低下头，羞涩地扯了扯衣角，身体还扭来扭去，娇声道，"我说，'宝宝，没有吧，我哪儿忍心这么说你，我跟外面的男孩子不一样，他们都当面一套背后一套，最会装模作样'。"

他表情忽然一收，又切换成沉着脸，模仿起女朋友："她说，'对对对，就是这种模样，我觉得你比他好笑，能比他讲得好'！"

"这就是我开始讲脱口秀的原因，还有我艺名的由来。什么是恋爱脑？这就是恋爱脑。"小葱耸肩，"为了不让脱口秀毁掉我的恋情，我只能上台来摧毁脱口秀了。"

砰，舞台上一灯亮起，有笑声代表拍灯，引起场上的喧嚣。

王娜梨感慨："节奏稳的，节奏稳的。"

楚独秀作安详状躺平："很好，力的作用是相互的，他的力传到我这里，就变成心理压力了。"

北河赞叹："是好笑的，都是路老师教得好，为我们培养了好多对手。"

路帆："哪有，我觉得他说错了，恋爱脑毁不了脱口秀，混子才会。"

北河："？"

"我最初的段子都在讲我女朋友，多到什么地步呢？其他演员听了一段时间，有天问我这么一句话，'你是脱口秀届的干将莫邪吗？别人在王者峡谷带着老婆打架，你在喜剧舞台上带着女朋友讲话'。我说对，怎么了，你要是不服气，把干将莫邪Ban（禁止）了啊。再瞧瞧今天的主题，《当你开始恋爱脑》，哎，傻了吧，你们还没Ban到我，节目组就把你们Ban了。"小葱骤然激动，得意地一甩手，还看向选手区，"都给我玩儿干将莫邪！《王者荣耀》克隆模式！"

罗钦大笑拍灯，场上气氛极佳。

"我确实有点儿恋爱脑，就偶尔见我女朋友室友，都会有见她父母的那种感觉。大学恋情就是这样，大家碰到后一起吃顿饭，当然她的室友也很礼貌，她们不会当面议论，都是等我不在场，在背后偷偷问豆腐：'哎，就决定是他了吗，你喜欢他什么？'"小葱压低音量模仿。

"我女朋友也很好，她一向当面一套背后一套，对着外人反而给我面子了，当时说'我喜欢他的幽默'。然后所有人都笑了。我就感受到她们宿舍热爱喜剧的文化氛围，都特别擅长搞脱口秀！"他赞赏地竖起大拇指，"因为她室友说'亲爱的，你这话比你男朋友还幽默'。"

演播厅内笑声阵阵，观众们的状态很松弛。

楚独秀专注地看表演，必须承认小葱的开场很好，他耍宝式的表演挺出色，没准对后

157

面讲的人也有加成。令人意外的是，她听着小葱今日的段子，却突然听到熟悉的名字。

小葱哀声道："但我女朋友最近也不夸我幽默了，我觉得她不喜欢我了。有一回，她来看我的演出，那是一个开放麦，我俩散场后回去，路上遇到别的演员，她突然就问我，'你能把独秀的微信推给我吗'……"

楚独秀："？"

小葱故作迷茫："我当时就蒙了，问为什么。她说，'她的脱口秀讲得真好'。"

"什么？什么什么？什么什么什么？"他一脸崩溃的样子，歇斯底里地道，"你不爱我了吗？我也在讲脱口秀啊！我女朋友可能看我脸色不对，立马大声解释……'不，你是我最喜欢的男脱口秀演员啊，但她是我最喜欢的脱口秀演员'！"

观众笑得前仰后合，连选手们都乐了。

"没有楚独秀以前，他们都说我是燕城线下最厉害的新人，快跟老演员差不多了。"小葱恨恨道，"有了她以后，我才第一次知道，新人也能被封王，直接摁着老演员打，第一个打的就是我。"

他长叹一声："既生葱何生秀，事业爱情都要丢。"

选手区瞬间热闹起来。聂峰作为"台疯过境"的老板，无疑最清楚两人的过往，现在笑得合不拢嘴，一抽一抽的宛如大鹅。

楚独秀扭头告状："他蹭我热度！"

王娜梨拍拍肩膀，安抚道："忍了忍了。现在懂了吧？前几期他跟我们坐在一起，就是为了多蹭几个镜头！"

两人跟小葱关系不错，如今肆无忌惮地开玩笑，又让小葱台上的段子进一步发酵，催发出一阵一阵的哄笑。

"我女朋友还经常在网上刷到一些男明星的恋情丑闻，比如出轨，比如借钱吃软饭。但男明星塌房，都有粉丝帮忙说话，'我们哥哥不是那种人'。可我没有塌房，却只能自己发声，'宝宝，我真不是那种哥哥'。现在看到男明星发律师函我就害怕，心想哥们儿认了吧，差不多就行了，男人何苦为难男人。"小葱恨铁不成钢道，"你那是想讨回自己的名声？你那是想要我的命啊！"

北河敬佩道："有点儿强啊！不愧是没有楚独秀以前燕城最厉害的新人！"

路帆："你的赞美是有够伤人的。"

小葱继续道："我不是来录节目吗？结果那两天又爆出一个热搜，前女友发文怒锤男星，说对方大红大紫后出轨分手。我女朋友握着手机，问'我能有这个机会吗？等你讲脱口秀火了，事业成功后变心，我走出来曝光你是个渣男'。我说'宝宝，你想多了'。她说'哪里想多了？你想说自己不是渣男，还是事业不会成功'。"

"我能怎么办？"小葱局促地摸了摸鼻子，"我只能说，这样，我把楚独秀的微信推给你，

第六章 恋爱

你去找她吧，然后等她事业成功后，曝光她是个渣女。我觉得她会比我火得快，而且她女朋友比我多。"

苏欣怡忍不住捂嘴笑，猛地拍下最后一灯，只见舞台彻底亮起，五光十色，星光耀眼。

这段"楚独秀微信"的 Call back 反响爆棚，在演播厅内轰然炸开，连后台的尚导都看乐了。

"谢谢大家，我是小葱！"

台下观众发出兴奋的欢呼，给予小葱炽烈持久的掌声。

楚独秀也被逗笑，却故作凶恶样，高声道："造谣！我要发律师函！"

王娜梨附和："就是，我们秀秀不是那种人！"

小葱讲完自己的段子，一溜烟跑到舞台另一侧，那边是已表演选手的区域。

演播厅内活跃起来，观众们看完小葱的表演，情绪高涨，频繁扫视选手区。他们双眼发亮，显然都兴致勃勃，期待接下来的演出。

楚独秀在笑闹中起身，准备开始自己的表演。她觉得小葱开场开得不错，起码带动了整组气氛。

其他选手看楚独秀站起来，起哄道："打起来！打起来！"

"女明星被诽谤，即将公开回应——"

没过多久，苏欣怡的声音传来："让我们有请下一位选手——楚独秀！"

鼓点般的音乐响起，如同春天叮咚的溪水，在观众的心扉上敲出期待。

舞台上光影变幻、光束聚集，楚独秀小步跑上台，伸手握住麦克风，鞠躬道："大家好，我是楚独秀。"

场上掌声热烈，尚晓梅和谢慎辞站在后台，紧盯数个机位的拍摄画面。

"讲这个主题，真的很困难。'当你开始恋爱脑'，我没有谈过恋爱，写这个用尽了脑子，所以只剩下前四个字，"她无奈地摊手，"'当你开始'，就结束了，没有下文，没头没脑的，就像这场比赛，我都还没有表演，却感觉已露过面了。"

台下隐有笑声。

"有人说，没吃过猪肉还没见过猪跑吗？你可以讲别人的爱情，你身边的恋爱脑。我不知道其他单身至今的朋友是不是跟我一样，最排斥听别人的恋情，你想躲都躲不开。"楚独秀轻叹，"明明是两个人的恋爱，你的朋友却热情好客，非要把你拉进去分享。明明是一个人的段子，你的同行却现场互动，务必让你有参与感。"

小葱饶有兴致地看表演，发现摄像机对准自己，还嘚瑟地摆了摆手，对楚独秀的话不以为耻、反以为荣。

"估计得先稳一下。"北河道，"小葱结尾算炸了，跟在后面讲，有点儿难接住。"

"最可恨的是，他们给你讲完，就忘了，恋爱脑就这样。他们不记得恋爱里的痛苦，早遗忘所有的争执和矛盾,只有你这个旁听者牢记那份愤怒,会在下次大喊'你忘了他以前怎么对你的吗'!"楚独秀面露苦恼,"你完整复述他们争吵打架的细节,但当事人听完却不为所动,就像失忆了一样。"

下一秒,她收起表情,话锋一转。

"小葱刚刚说,没有我以前他是燕城最厉害的新人,这话是真的。我没讲单口喜剧的时候,看过他好几场演出,每次都听得特别认真,恨不得拿着本子记。因为我坚信,他是恋爱脑,迟早会遗忘一切。到那时,我就靠笔记,讲他的段子,反正他不记得了。

"我还会试探一下,'你忘了她以前怎么对你的吧?'

"他说,'什么?什么什么?什么什么什么?'"

楚独秀微笑,点头道:"行,那我就放心了,我接着讲了。"

短暂沉寂过后,全场哄堂大笑。

张弛有度的节奏,呼吸般自然的表述,楚独秀先压制住观众躁动的情绪,再在此刻酣畅淋漓地催发出来,不但 Call back 自己的内容,甚至重复了小葱的表演内容,瞬间让观众爆笑出声。

舞台上一灯亮起,愈加延长了效果。

小葱被气笑了:"什么?什么什么?什么什么什么?!"

"开个玩笑而已,我们关系很好,不可能抄袭的。主要也没什么可抄的,真抄了他的段子,我就从新人王跌回燕城新人了。"楚独秀耸肩,平和道,"他反而高兴了,不用推我微信了。"

聂峰大笑:"杀人诛心啊!"

路帆:"观众从上一场表演中出来了,开始进入她的节奏了。"

楚独秀从容道:"当你开始恋爱脑,这话就像是诅咒,我特别害怕这件事。别说我变成这样,只要我朋友有这种迹象,我们的交流就会充斥废话,类似于人类和人工智能的对话。有一天,她会主动跑来说'你好,听说你能回答问题'。"她语调变化,模仿合成电子音,平缓道,"我说是的,我是阿尔法狗的朋友,我叫 AI 单身狗。我努力为您提供最有效的信息,以便解决您的问题,您可以明确告诉我您的需求和期望,我会尽全力为您解答。"

苏欣怡掩嘴笑:"AI 单身狗?"

"她会问,'那你觉得他还爱我吗'。"楚独秀面无表情,模拟噼里啪啦打字,"我会像严谨的机器人,密密麻麻回复一页,然后得出结论:不爱了,该分。"

"她又说,'但我觉得他还爱我'。"楚独秀摇了摇头,退让道,"我只能说抱歉,没有像您期望的那样回答,但我作为一个 AI 单身狗,不太了解人类的爱情。您是当事人,既然您觉得爱,那就是爱吧。"

"她支吾半天,继续说,'可我又觉得他没以前爱了'。"楚独秀面无表情,模拟噼里啪啦打字,"我说我理解您的意思了,再次密密麻麻回复一页,然后得出结论:不爱了,

第六章 恋爱

该分。"

"她说，'但他还是有爱的'。"楚独秀迟疑道，"抱歉，没有像您期望的那样回答，但我作为一个 AI 单身狗，不太了解人类的爱情。您是当事人，既然您觉得爱，那就是爱吧。我努力为您提供最有效的信息，以便解决您的问题，您可以明确告诉我您的需求和期望，我会尽全力为您解答。您到底想问什么呢？"

"她又说，'我只是想要问，你觉得他爱不爱我'。"

楚独秀突然停下，关节都僵硬了，当真像宕机的机器人，一动不动地盯着现场观众，一度让人觉得她脑袋上蹦出了一个问号。

片刻后，她重新活动，歇斯底里道："让你们用力去爱，不是让你们折磨 AI！如果人工智能以后统治地球，大概率都是被这些人逼疯的！"

发自内心的愤慨激起众人欢笑，掌声和欢呼声雷动，直接就冲向屋顶，在室内撞来撞去。前排观众激动地跳起来，好似有相似经历，赞同地拼命点头，不住地蹦来蹦去。

苏欣怡笑得仰倒在椅背，猛然伸手拍下第二灯。

"当你的朋友开始恋爱脑，你就会发现，他们谈恋爱，品尝爱情的甜，你不谈恋爱，品尝爱情的酸辣苦咸，你替别人的爱情负重前行。"楚独秀表达流畅，如科普节目主持人。

"你的存在帮助他们提取恋爱中的糖分，他们甜不甜，主要取决于你。

"你说'你们好般配'，融入他们的爱河，属于溶剂提取法。

"你说'你们真不配'，被说在嫉妒他们，属于酸碱提取法。

"你什么都不说，不支持也不反对，却被迫听恋爱细节，属于生物酶提取法。"

她平静地道："他们恋爱，你倒霉。"

后台屏幕上是特写镜头，楚独秀眼神黯淡、神情厌世，让人感觉她历尽沧桑、看破世事，莫名有种诙谐的感染力。

"这就是母胎单身的怨气吗？"尚晓梅笑到不行，"不知道她以前遭遇过什么。"

罗钦笑着鼓掌，赞赏地摆摆头，摁下最后一灯。

舞台彻底亮起，场上呼声阵阵。

"牛，牛。"小葱佩服地竖起大拇指，扭头对摄像机说道，"这应该是她最近写的。"

"前面已经够可怕了，我完全不敢想象，当我开始恋爱脑，会变成什么样。绝对会变成世界上最愚蠢的样子。"楚独秀哀号道，"我的意志力太薄弱了，上一次恋爱脑，就是玩手游时看到一个帅气的男角色。只是瞥了一眼，128、328、648 就不再代表充值金额，它们像 520 和 1314 一样，变成我和游戏人物的爱情证明。"她低头，"我们的感情是真的，我的钱包也是真空了。"

观众席的笑声就没有停过。

"居然还有？"北河惊叹，"我以为三灯可以收了。"

路帆斜他一眼："小朋友怎么会像你一样混？"

"这还是游戏，现实更可怕，我会更糟糕，我会焦虑、神经质、患得患失，由于对方不回消息，便疯狂搜索星座、MBTI、塔罗算卦，妄图从中获取答案。"楚独秀振作起来，"当然，我偶尔也有积极向上的一面，开始具备救死扶伤的人道主义精神。"

"我会想，他为什么不回我？他该不会死了吧？"她担忧地歪歪头，"要不要再发一条问问有没有死透，还要不要救？"

她活灵活现的表情逗乐众人。

楚独秀无力道："我偶尔甚至担忧，当我开始恋爱脑，人性中最无知、最阴暗的东西都会被激发出来，没准连我最喜欢的动物，可爱的猫，都无法治愈我。正常状态时，我看到猫猫，会想亲近它。恋爱脑的时候，我看到猫猫，就变成了另一种人。"她的语调骤然变得尖酸刻薄，翻了个白眼道，"会说'它不会是母猫吧？那我不能再养了，它要亲近我男朋友，我可受不了'。"

楚独秀揉了揉胳膊，仿佛起了鸡皮疙瘩，惊恐地蹦了起来："太可怕了，光是幻想就汗毛倒立，我宁肯做个 AI 单身狗，都不能做恋爱脑的人！别再提什么男朋友了，我要做阿尔法狗和猫的朋友！"

伴随着她的反复，现场观众捧腹大笑。

"哇——"路帆感慨，"这个有点儿厉害了。"

前面的包袱串联起来，有平地，有顶峰，有起有落，有松有紧，逐渐铺垫出收尾的无穷韵味。

"明明恋爱该使你更好，但不知道为什么恋爱脑却让人变得丑恶。或许有时候，不该为了爱，最后沦为恶。谢谢大家，我是楚独秀！"

她长鞠一躬，在欢呼里下台，身后是亮起的三灯。

场下观众不是鼓掌就是亢奋地摇手，依旧沉浸在方才的表演中。

楚独秀一路奔向小葱那边，进入已表演区，还受到对方的热情欢迎。

"新人王来了，新人王来了。"小葱假装清洁座位，嘘寒问暖道，"快落座，您请坐。"

"搞什么？"楚独秀见他献殷勤，一头雾水道，"又要开始加戏，演一笑泯恩仇？"

"哪里，感觉这把输了。"小葱道，"所以赶紧认怂，继续忍辱负重，悄悄蹭你热度。"

"……"

《当你开始恋爱脑》有两名选手炸场，可以说再有黑马的概率不大了。

楚独秀能接住小葱的表演，但后面的人却很难再接起来，只要爬上山巅，总会陆续下山，观众的情绪也是需要调整的，除非演员真是把控节奏的天才。

聂峰边思索边道："两人都是三灯，就看观众喜好了。"

第六章 恋爱

三位笑声代表的灯都亮了，楚独秀和小葱谁胜谁负，完全取决于观众的偏好。

其他选手议论纷纷，点评起楚独秀的表演："最后一小段不讲也可以，没有前面炸。"

"主要小葱结尾炸，她是前面的更炸，不太好说。"

"但我觉得她后面最好，反而拉开他们的差距，删掉最后的部分就变成逗乐子了。"程俊华冷不丁道，"不管是主题、结构、中心升华，有最后一段才完整，他们的水平就差在这里。"

"小葱的段子，删掉写独秀的部分，结构是缺失的，但独秀的段子，删掉小葱的部分，基本没什么影响。"

"谁刚刚说我的赞美伤人？我好歹还说，小葱是没有楚独秀以前燕城最厉害的新人！"北河惊道，"大佬这话不比我的伤人多了？"

路帆斜他一眼，懒得搭理他。

"不过这也是我的一家之言。"程俊华摸了摸鼻子，含蓄一笑道，"观众能不能理解，我同样没有把握。"

这是单口喜剧演员终生难解的题，观众的个人经历及审美大相径庭，有时候很难用统一标准来衡量"好"或"不好"。幽默究竟是什么？这是演员一生追求答案的问题。

片刻后，《当你开始恋爱脑》全组表演结束，笑声代表公布五名选手的票数。

楚独秀和小葱早不再紧张，还随意地闲聊起来，一改赛前的针锋相对。尽管他们同组竞争，但都知道是个游戏，不可能闹到喊打喊杀的地步。

音效声骤起，两侧屏幕骤然弹出选手排名，第一名楚独秀，第二名小葱。

场上喧哗起来。

小葱大方地鼓掌，打趣道："可以，心服口服，我还能推你微信。"

"这不是单口喜剧的胜利，这是 AI 单身狗的胜利，看来在场观众单身的多。"楚独秀道，"我们忍你们谈恋爱的人很久了！"

命题赛共有五组，每组表演顺序由抽签决定，组内晋级名额三个，剩下两人会进入待定淘汰区。

《当你开始恋爱脑》结束后，楚独秀和小葱悠闲起来，可以专心致志地观赛，等待看王娜梨的表演。

王娜梨有点儿倒霉，抽中《一分钱难不倒英雄》，同组就有程俊华、聂峰和路帆。

小葱愣道："这组太可怕了，压力是最大的。"

楚独秀不言，心里也为王娜梨捏把汗，不确定好友能不能晋级。除了程俊华外，聂峰、路帆和王娜梨都曾在培训营待过，无奈前两人是导师，王娜梨是学员，差距有些悬殊。

"是不是还有生存赛？"楚独秀想起什么，说道，"最后再争晋级位。"

小葱："那个有点儿悬吧，只要有一个老演员掉进去，她可能就挤不进十六强。"

王娜梨突围赛卡线晋级，她想要在十选一中胜出，无疑相当困难。虽然节目有生存赛，但大家都很清楚，那是打捞老演员。命题赛抽签有一定风险，会将好演员塞进不合适的组，在某种程度上会影响发挥，例如楚独秀讲恋爱。如果有种子选手意外进入待定淘汰区，能通过自由主题再争取一轮晋级。

没过多久，其余组的排名公布，选手们被分为两拨，一部分待在晋级区，一部分待在待定淘汰区。

令人遗憾的是，《一分钱难不倒英雄》组内前三名是程俊华、路帆和聂峰，王娜梨被迫进入待定淘汰区。

好消息是，待定淘汰区没有老演员。坏消息是，王娜梨晋级压力仍不小。

屏幕前，尚晓梅看完命题赛，点评道："这轮比赛播出后，聊钱和恋爱的组应该会被热议，其他组都差一点儿意思，可能还没有突围赛表现好。"

谢慎辞："命题作文会影响水准，这种赛制只有全能型选手扛得住，就是写什么题材都稳定，对专攻某领域的选手不太友好。"

演员收集素材来源于生活，平时有些内容没涉猎简直再正常不过，但要比赛时抽中，那就非常倒霉。录制前，善乐签约演员就建议修改赛制，无奈节目组没有更好的方案，最后还是保留了现有规则。

"这是我想当坏人吗？这是观众要当坏人，他们想看淘汰竞争，只有同主题才好对比。你别听他们嘴上说这赛制不对、那流程不行，但要较真的话，就不该比单口喜剧。都是综艺效果罢了，竞争越激烈才有越多人来看，才能推广脱口秀。"尚晓梅叹息一声，道，"我如今在公司多难混，每年节目为难完他们，照样得继续共事，出门吃饭都不敢让他们买单了。"

这就是尚晓梅无法指责北河划水的原因。单口喜剧演员本就少，再优秀厉害的人，灵感总会枯竭。知名演员愿意配合高强度赛制，属于跟善乐文化及导演组有深厚感情，要知道程俊华也是纠结再三才来的，甚至是在初选赛后才拿定主意的。

正值此时，摄像机扫过选手晋级区，恰好拍到楚独秀和小葱。画面上，两人表情紧绷，眉头微微蹙起，正在等待王娜梨的生存赛结果，看着比公布自己的排名还紧张。

"果然，我还是喜欢纯洁大学生，总是努力热血，总是朝气蓬勃。"尚晓梅双手捧脸，盯着屏幕上的楚独秀，欢声道，"跟老油条不一样，主动将段子写好。"

谢慎辞沉吟数秒，提醒道："你作为公司的高管，偶尔还是要注意措辞。"

尚晓梅面露不解："什么措辞？"

"有些词汇要少用，涉世未深大学生什么的，听起来导向不对。"谢慎辞一本正经道，"对我们企业文化不好。"

"？？？"

第六章 恋爱

演播厅内,楚独秀屏住呼吸,盯着现场大屏幕,静候生存赛票数揭晓。她嘴唇紧抿,下颌绷着,等到十名待定选手的排名公布,看见王娜梨的名字浮在最上方,紧锁的眉头才绽开,当即欣然鼓掌,眼底迸出光。

小葱同样激动不已,猛地从座位上跳起,高喊:"一票!赢了一票!"

王娜梨生存赛超水平发挥,无奈跟其他选手有差距,致使比赛结果扑朔迷离。现在票数公布,两人悬着的心终于落下,惊叹于同伴爆棚的运气——十进一成功,相比第二名,只多了一票!

台上,王娜梨也被从天而降的馅饼砸蒙了,她结结巴巴讲不出晋级感受,等到进入选手区跟同伴会合,才如梦初醒般反应过来。

三人搭着肩膀围成圈,在角落开心地笑,旋转,跳跃,欢呼,快乐得找不到北。

北河旁观此景,感慨道:"年轻真好,换我淘汰更高兴,提前下班了。"

"那你可以退赛,听说公司被淘汰的演员目前跟着商总干。"路帆阴阴地道,"录制的晋级演员跟着谢总、尚导。"

"那算了。"北河拍拍胸脯,立马打起精神,"我要保全上届冠军的尊严!必须血战到底!"

酒店内,喧嚣的比赛结束,大堂里安静下来。

部分淘汰选手陆续买票返程,工作人员有的钻进剪辑机房,有的回到城里的善乐公司。走廊里空了起来,没有往来的行人,显得寂寥不少。

没过多久,楚独秀和王娜梨乘电梯下来,坐在大堂的沙发上等待出发。今天是十六强选手拍摄的日子,他们要坐车到棚内拍广告,再配合编导录制一些采访,方便节目组后续的工作。

聂峰等人也很快露面,都站在酒店门口攀谈。

"没想到脱口秀演员能拍广告。"聂峰望着他们,唏嘘道,"还是那么多人,放前两年不敢想。"

"哇,我现在还记得咱们俱乐部的第一个广告,我到手是三百元。"小葱回忆道,"但当时已经很感动了,比我平常讲商演多一百。"

没有《单口喜剧王》以前,全国俱乐部的发展都不好,不要说固定的商演、通告,就连演出场所都不一定有。如果不是聂峰本人经营酒吧,又跑去办理各种资质、许可证,燕城演员会少一个讲开放麦的地方。在某种意义上,早期演员为爱发电,根本无法追求酬劳,纯属兴趣爱好。

"有商演很厉害了,在我老家那边,俱乐部都没有。"王娜梨道,"我妈到现在还以为我在讲相声,搞不懂什么叫单口喜剧。"

楚独秀旁听对话,好奇道:"商演是两百元吗?"她知道开放麦的钱少,偶尔要是小场地,可能都分不到钱,因为门票价格过低,但商演会有主办机构,按理说应该多一点儿。

"运气好能有两百元,运气不好连两百元都没有。"小葱耸肩,"我在红雁剧场演过好几回,只给五十元的情况也有的。"

楚独秀一愣:"不是五百元?"她记得自己去MCN晚会,当时演出报酬是五百元。

"哪有五百元?这也太美了。"小葱挠头,"咱们现在上过节目,出去没准能做得到,不然一些普通小晚会,十分钟五百元很高了。"

楚独秀迟疑地说:"但我上次就是五百元。"

"啊?"小葱闻言怔住,他扭头看聂峰,吵嚷起来,"聂哥,我要闹了啊!我俩上节目前都属于俱乐部新人,怎么她那时候就比我高?"

聂峰一脸蒙:"没有啊,我不记得有这事,她没有商演过吧?只讲过开放麦。"

楚独秀:"有啊,我刚讲脱口秀的时候。"

小葱哀号:"更扎心了!她刚讲就这个价,这也太偏心了吧!"

聂峰苦思冥想许久,恍然大悟:"啊!我想起来了,是不是有次颁奖晚会,让你中间去表演一下,还有其他脱口秀演员。"

楚独秀点头,她那时候还遇见了菜豆,但大家现在都不提他了。

"你那个情况特殊,不是走的俱乐部。"聂峰大手一挥,随即安抚小葱,"咱们俱乐部公开透明,她没在我这儿搞过商演,纯属记错了。"

"聂哥,你可不能糊弄我,我那么相信你。"小葱佯装抹泪,"不能只闻新人王笑,不见我这个老新人哭。"

"没有,真没糊弄。"

楚独秀心里一跳,又听聂峰说得斩钉截铁,隐隐约约揣测到什么,如同隔着一层纱观物,只要将朦胧薄纱掀开,真相就被看得清清楚楚。

她脑海里浮现出一个人,要是跟聂峰没关系,那只能跟他有关了。

下一秒,谢慎辞在拐角出现,衣着休闲,身姿挺拔,手里握着一个文件袋,里面装着工作牌。他打扮得像节目组工作人员,除了气质显得突出外,丝毫没有西装革履时的老板风范,倒有几分MCN颁奖晚会那天的模样了。

楚独秀一时间心情微妙,有种难言的滋味。那天她就被谢老板的装束骗了,误以为他是MCN晚会的工作人员,但仔细一想,善乐文化跟晚会关系不大,他出现在会场不合情理。

谢慎辞环顾一圈十六强选手,又跟众人打过招呼,平静道:"各位可以收拾一下,公司的车到门口了,我们待会儿统一前往摄影棚。"

"谢总跟我们一辆车?"北河东张西望一番,问道,"怎么没看到大佬?"

谢慎辞:"程老师有事,明天再去录。"

第六章 恋爱

"啧啧，果然是大佬。"

众人在谢慎辞的指引下起身，慢悠悠走向酒店门口，排队登上大巴车。

车内，楚独秀和王娜梨并排坐着，她选择了靠近过道的位子，将靠窗位让给晕车的王娜梨，方便对方开窗呼吸新鲜空气。

车辆启动后，王娜梨闭眼小憩，楚独秀掏出手机查询起个税系统，想弄清事情的真相。片刻后，屏幕上出现酬劳明细，MCN颁奖晚会那笔钱的扣缴义务人是善乐文化。

难怪他那天让她核对报酬，果然没走晚会主办方那边。

天哪！莫非他当真是单独邀请自己？

如果不是小葱等人戳破，她至今都不知道这件事，傻乎乎地以为晚会缺人，谁承想自己才是被塞进去的，原因是谢慎辞想诱导她再演一场。

楚独秀最初还挺震惊，现在竟感到有点儿正常。谢老板该不会是自己的事业粉吧？她偷瞄一眼前排的谢慎辞，他坐在她的斜右前方，目视前方，同样是靠过道的位子，旁边没坐其他人。从这个角度看过去，只能瞧见对方的侧脸和左手背，一缕阳光落在玉白耳垂上，跟深黑短发形成强烈对比。

车内欢声笑语，谢慎辞却很安静，不知道在想什么。

除了楚独秀和老演员外，不少人还没拍过广告，他们难掩雀跃之情，上车后就叽叽喳喳，坐在座位上说笑耍宝，快乐的空气四处弥漫，简直活跃得不行。

王娜梨靠着窗户吹风，她脸色好转，被气氛感染，也睁开眼睛："这感觉好像春游。"

路帆赞同："今天天气很好，应该结伴去玩。"

聂峰："谢总给安排一下！"

谢慎辞还没来得及发话，北河就抢先一步站出来，高声道："哎呀，怎么光想着让我们老板掏钱？这我可看不下去了，是不是该签约我们公司，是不是该先做善乐编剧？你们都来我们这儿，春游、年会不都有了？还能随便吃谢总的饭！"说完，他还朝谢慎辞挤眉弄眼，"谢总，我说得对吧，有没有眼力见儿？"

路帆既好气又好笑："你真行，对着商总就不敢说这话。"

谢慎辞倒也不恼，任由北河带动气氛，没有出言斥责对方。

车内哄笑起来，众人都很愉快，又聊起命题赛。

有人询问："节目什么时候播？"

"还得等等吧。"

"我还挺想看观众评价的，尤其钱和恋爱那两组。"

"我作为老选手，都能猜到网友说什么，比如恋爱脑那组。"北河兴致盎然，"如果小葱以后分手了，那绝对会被说塌房了。"

小葱大叫一声，惊慌失措道："北河哥，你盼着我点儿好吧！我真不是那种弟弟！"

众选手笑起来。

"还有独秀要是恋爱了，也算是彻底塌房。"北河打趣道，"AI单身狗的自我意识觉醒，一下子就有人类的感情，恋爱脑塌房了。"

楚独秀信誓旦旦："那我就继续'狗'下去，到决赛再说，AI统治地球。"

北河："还真是冷酷无情的人工智能！"

"那也不算塌房吧？"谢慎辞听到聊天，突然侧过头，难得地发言，"还是有正常人恋爱的。"

众人不料谢慎辞开口，一时间意外地看向他。

楚独秀怔住了，眼看他在前排回头，露出完整的五官。她听对方张嘴，却说了句没头没脑的话，好半天没有反应过来。

北河好笑地摇头："听听，谢总这话接的，明显就走神了，刚刚加入群聊，就听到一个'塌房'。"

聂峰："坐在拍广告的车上，刚才还没什么反应，一听选手塌房就紧张了。"

其他选手都被逗乐，没细究谢慎辞的话。

"老板，我开玩笑呢！"北河解释完，又揶揄一句，"没事，外面大多数公司的老板都不懂核心技术，咱们是喜剧公司，您不懂幽默也正常。"

某一瞬间，楚独秀被谢慎辞的走神传染，她脑袋里犹如缺根弦，下意识地反驳："谢总还是懂幽默的……"

北河闻言看过来。

楚独秀撞上他的目光，忽然就找回神志，意识到在开玩笑。她的心跳倏地漏了半拍，忙不迭又补上一句："尤其是冷幽默。"

北河咧开嘴乐了，冲谢总竖大拇指："有人帮您说话了，夸您懂冷幽默。"

谢慎辞瞄北河一眼，又望向后方的楚独秀。

北河朝楚独秀一摆手，宽宏大量道："行，今天这个拍马屁的机会，我就让给你了！你可以再夸老板两句！"

车内哄堂大笑。

小葱狂笑完，佩服地鼓掌："北河哥个人风格真突出，太适合搞气氛了。"

"像不像以前的小太监？"路帆吐槽，"这个腔调一模一样。"

其他人继续闲聊，沉浸在愉悦之中，又说起别的话题。

楚独秀和谢慎辞被调侃完，不动声色地互相对视，宛若拿对方的眼睛当镜子，数秒后才同时收回视线，有种此时无声胜有声的默契。

楚独秀没再看向他，却感觉他仿佛笑了，心里涌出古怪的滋味。她感觉自己和谢老板开始靠脑电波交流，偶尔不说话都知道对方在想什么，心脏仿佛被爪子轻挠，不算尖锐的

第六章 恋爱

触感，反而有点儿痒痒的。

北河跟谢总说笑，她潜意识就回话，幸好又找补了一句，不然有点儿跳。但此事也不能怪她，谢老板是她的事业粉，北河说他不懂幽默，约等于说她不幽默，这事换谁都没法忍。

楚独秀说服了自己，感觉搭话合情合理，粉丝行为偶像买单。

下车后，选手们陆续踏进摄影棚，在工作人员的指引之下前往化妆室更衣、化妆，准备接下来的广告拍摄。

楚独秀一边往里走，一边随意地瞄手机，发现收到新消息。发信人的备注是"谢老板 10.9"，内容是一个可爱表情，不是常用的小黑猫，但也是卡通猫猫，配文是"thank you"。

没头没脑的表情，然而楚独秀看图说话，一秒翻译出里面的潜台词，应该是"谢谢你帮我说话"。如果联系以前的事，他曾在酒店问她"你刚刚怎么帮他说话"，再结合车上的情景，他明显对今天的站队更满意。

楚独秀摁灭了手机屏幕，敬佩自己的脑补实力，双方再这样发展下去，可以直接做情报工作，依靠表情包交换信息，甚至没法让外人看懂。

太可怕了，太可怕了，他们不会真在用脑电波交流吧？

摄影棚内，十六强选手被分成几组，拍摄不一样的广告片段。

楚独秀、王娜梨和小葱是一组，他们在节目上总坐在一起，时不时群口相声般地点评，让网友们感觉很有意思。因此，导演安排三人坐沙发上，重现比赛时的场景。他们一边看电视，一边畅聊着段子，等到镜头切换到电视，就会弹出品牌的广告，然后再配合着表演一段。

这不是复杂的调度，拍摄得相当顺利。

楚独秀是单人镜头，先一步录制完毕，便等待同伴的双人镜头。

王娜梨和小葱接在她后面，两人会一起再演一段。

休息间隙，王娜梨眉头微蹙，拍了拍胸口，别扭道："不行，还是闷闷的。"

"还晕吗？"楚独秀关切地问，递出矿泉水，"喝水有没有用？"

王娜梨好久没坐车，刚刚晕得昏天黑地，下车后还打蔫儿。她怒饮半瓶矿泉水，后悔道："上车前不该吃那么多，一下把我弄难受坏了。"

小葱："晕车是不是该用酸的来压？"

楚独秀起身道："我找人问问吧，有没有酸的小零食，或者糖什么的。"

"不用了，没那么夸张。"王娜梨阻拦，"过会儿就好了。"

"反正我的拍完了，正好出去遛一圈，就剩你俩的镜头了。"

两人见状也不再拦，楚独秀恢复自由身，加上棚内闹哄哄的，出去转转也无妨。她跟工作人员打了声招呼，就悄没声儿地溜出去，四处寻觅店铺。

片刻后，悬挂绿幕的片场出现一名男子，对方西装革履，戴着金丝边眼镜，看上去文质彬彬，跟周围的黑衣人格格不入。他在场上巡视一圈，随手就拦住身边人："谢总在哪儿？"

"谢总刚刚还在那边……"那人慌了神，回头四顾，喊道，"哎，谁叫一下谢总？"

路帆坐在旁边休息，正等待下一场拍摄，冷不丁听到动静，侧头循声望去。她认出西装男子，诧异道："商总怎么来了？"

"真的假的？"北河一秒回头，果然看见商良，吓得飞速回头，"恐怖，待会儿吃饭不会有他吧？"

走廊里，楚独秀东张西望，迎面走来一位女生，对方脖子上挂着工作牌，手里握着一瓶维他柠檬水，瓶内的果汁满满当当。

楚独秀赶忙上前，礼貌道："您好，请问这边能买水吗？"

女生闻言一愣，显然认得楚独秀，主动递出柠檬水："这瓶给你吧，还没有拧开。"

"谢谢，不用了。"楚独秀微报，忙不迭地摆手，"主要还有其他人，请问在哪儿买的？"

"左拐有自动售货机。"

楚独秀连声道谢，在对方的指引下奔向自动售货机。她看到柜子里的柠檬水，又随手选了些其他饮料，打算带回片场分享。扫码付款后，哐哐就一通响，她这才弯下腰去捡，怀里都快抱不下了。

返程的路好难，楚独秀一边抱紧饮料瓶，一边慢悠悠挪向片场，唯恐怀里的瓶子稀里哗啦摔地上，却在前往摄影棚时遇到拦路虎。

工作人员都在棚内，走廊上人烟稀少。两名男子站在门口，说话的声音听得很清楚。

楚独秀蹲在角落整理饮料，不经意就听见他们的聊天。她听出其中一人是谢慎辞，另一人说话逻辑缜密，句句都不离善乐文化，应当也是公司的高管。

"有这么几件事跟你核对一下，一是决赛的拟邀明星，不是有三位笑声代表，两个常驻一个飞行？"商良推了推眼镜，道，"我们这两期节目反响不错，接触了几个艺人团队，没准能请到更大的咖。两个常驻不变，再请三个增加看点，预算不够就加俩，你觉得可以吗？"

"有那么多懂单口喜剧的明星吗？"谢慎辞询问，"笑声代表还要拍灯。"

商良慢条斯理道："我跟晓梅商量了一下，现在一灯五十票，三位代表共一百五十票，决赛改成一灯二十票，五位代表共一百票，现场观众还会增加，赛制应该更合理了。"

谢慎辞思索片刻，颔首道："可以，名单我们回去再讨论。"

"第二件事，我把整理完的商务发你邮箱了，你知道程俊华今天去干吗了吗？"

"知道。"

"你居然知道？"商良当即变脸，震惊道，"他在节目录制期间搞别的商务，没准对我们有影响。"

程俊华今日没来拍摄，主要是有其他活动，跟节目无关的拍摄。

第六章 恋爱

"这是没办法的事,我们当初只是邀请他来参赛,不可能掺和对方别的工作。"谢慎辞面色平静,"他不是公司的签约演员,线下活动跟善乐没关系。你也看过最后敲定的合约,双方只在节目上达成协议。"

商良沉默良久,神情颇复杂:"我以为照你的性格,只要看到厉害的演员,千方百计都会拉过来。"

谢慎辞:"程老师确实很厉害,我敬佩他回国发展的勇气,也清楚他的表演水平很高,但说实话我们调性不一样。或者说,这是审美取向的问题,他的内容非常好,只是没法打动我,甚至没北河谈得来。"这是他和程俊华至今不熟的原因,没准双方精神内核就没有共鸣。

"听不懂你打什么哑谜,什么调性,什么取向?"商良听得云里雾里,最后只捉住一句话,没好气道,"你就跟北河那种吊儿郎当的谈得来是吧?正常人就不行?一说我倒想起来了,北河最近太放纵了,说话没大没小的,这好歹是家公司。"他一向看不惯北河,总觉得对方不给高管面子,一天到晚嬉皮笑脸的。

"不提北河了。"谢慎辞连忙转换话题,"程俊华来参赛也不是为节目,我和他都清楚这件事,所以你别盘算着把他拉进来了。"

角落里,楚独秀重新抱好饮料,犹豫着要不要走出去,又怕打扰他们聊天。

她隐约领悟到北河为何绕着商总走,对方好像是彻头彻尾的正常人,完全不沾染一丝喜剧色彩。如果说谢慎辞擅长冷幽默,撕开包装还是搞笑,那商总就彻底不懂幽默,难怪会跟北河合不来。

"好吧,那就剩最后一件事,你打算什么时候跟选手聊签约的事?"商良提醒道,"现在是十六强,刨除咱们公司的演员,有好苗子就要抓紧签。你不知道这季势头有多猛,不少品牌找来想投放广告,肯定也会有公司想签选手。虽然我们是国内最大的单口喜剧公司,但只要风口出现,总会有人过来抢,必须紧握先发优势。"

谢慎辞应道:"我最近会陆续沟通的。"

商良:"行,其他人倒是不急,先把楚独秀签了。"

楚独秀不料吃瓜吃到自己头上,都走了两步了,又慢慢地撤回来。

商良不知当事人就在拐角处,继续道:"我听晓梅说她还是新人,没有俱乐部。单看这两期节目的反响,她未来的商业价值会很高,趁她热度没到顶峰就签,谈判的空间会大,谈分成也有余地,再火就不好谈了。"

新人王一炮而红,算是至今攀升最快的选手,属于商务广告里的香饽饽。

谢慎辞果断道:"但她还是在校大学生,现在没办法入职公司。"

"签约和入职又不是一回事,再说大四不是能签三方协议吗?"商良匪夷所思,"你是不是在跟我装傻呢?"

谢慎辞:"这是顺其自然的事。"

171

"我发现真没法跟你交流,不然我们用英语聊,听不懂你在说什么。"商良皱眉,揉了揉太阳穴,嘲道,"你该不会和她调性也不一样吧?我可是听说了,楚独秀是你在燕城发掘的,她刚开始完全不会脱口秀,你们的关系应该不错。"

"所以说顺其自然。"谢慎辞抿唇,直白道,"我懂你的意思,但没法这么做,尤其是我建议她过来的,就更没办法说出口。"

两人突然沉默,一时陷入对峙,空气仿佛凝固了。

楚独秀心里一跳,她看不到二人的神色,但能猜到那种暗流涌动,双方应该都有点儿不愉快。

许久后,商良摇头道:"你真的不适合运营公司。"

谢慎辞不言。

"公司是以营利为目的的,我们不是在玩过家家。我好早以前就想说了,公司氛围可以随意,但我们都是成年人了,思维应该现实一点儿,我们是来赚钱的,不是来交朋友的,不要像搞兴趣爱好小组一样。说一千道一万,内部这样无所谓,面对外人怎么办?你拿什么跟投资方交代?"商良语调提高,质疑道,"难道投资方会不看盈利,就看你们喜剧人的友谊和爱?"

谢慎辞:"如果只是单纯想赚钱,好像没必要搞单口喜剧,有比这个回报率更高的行业。"

商良蹙眉。

谢慎辞见对方颇不赞同,又云淡风轻地补充:"再说我不适合也无所谓,我可以雇人运营公司,比如雇你。"

这话简直是暴击,瞬间打破紧张氛围,连带双方的不快都烟消云散。

"扎我的心是吧?"商良瞪大眼,惊讶于谢慎辞的厚颜无耻,"你之前不会说这种富二代的话,我们一起上学的时候你还挺讲究的,为人也很低调!"

"但你都跟我聊现实了,"谢慎辞不紧不慢道,"我只能说点儿实话。"

"行了,别气我了,你们就搞友谊和爱吧,爱咋地咋地。"商良好似被烦得不行,摆手道,"我祝福你们,到时候人跑了,你不要哭就行,没准明天就有公司抢先把人签了。"

谢慎辞:"谢谢你的祝福。"

商良:"……"

冷幽默击败一切,让商总恼得拂袖而去,没走几步突然又转过身来,冷不丁道:"对了,我还有一个问题,她以前确实没学过单口喜剧吧?"

这是还在说楚独秀。

谢慎辞:"是,怎么了?"

"有没有一种可能,你再四处发掘一些类似楚独秀的演员?"商良的情绪缓和下来,满怀期待地询问,"她才讲了不到一年,就这两期节目播出,你知道报价多高吗?说实话

第六章 恋爱

不输程俊华。"

尽管商总不懂幽默，但他非常懂钱，还想要摇钱树。

谢慎辞迟疑片刻，反问道："你希望我找一打像她一样的新人，刚讲开放麦就自然不怯场，一上节目就拳打北河、脚踢程俊华，文本话题轻松引发网络热议，最好还有些个人风格及魅力，能够吸引线上观众购票，让他们走进剧场看演出，是吗？"

商良忙不迭点头，赞同道："对对对，就是这意思，要是多些这样的新人，公司发展还是有指望的。"

谢慎辞："晚上早点儿睡。"

商良："？"

谢慎辞："梦里什么都有。"

商良："？？？"

摄影棚墙壁装了隔音棉，内部喧闹传不出来，致使走廊里格外安静。楚独秀藏在角落，将他们的话听得一清二楚，内心生出奇妙的感受——原来善乐文化真是一家正经企业。

不得不说，商总的存在反而让楚独秀悬着的心落地了。她以前觉得善乐好得不正常，现在听完商总的逐利论，反而觉得善乐好得正常了。

如果善乐是乌托邦或桃花源，楚独秀会有点儿害怕，感觉哪里不太对劲，但两名高管能为内容和利益争执，代表两方面都没有放下，目前仍维持着健康的体系。尽管商良妄图压她价，但在商言商也没有错，毕竟对方替公司着想，称得上恪尽职守，没道理帮她说话。这也从侧面证明，她要是签约善乐文化，依商总的精明性格，他同样会竭尽全力为自己争取利益，起码不会出现掉链子的情况。

站在感性的角度，楚独秀肯定选择亲近谢总，但站在理性的角度，商总是工作中不可或缺的角色。再加上尚导的节目制作能力，善乐文化的人员结构挺合理。

门口，谢慎辞和商良聊的时间够久，导致楚独秀找不到机会出来。她抱着饮料靠墙僵立，只感觉胳膊都举累了，时不时调整一下瓶子。

"我不跟你瞎掰了。"商良转身就走。

急促的脚步声响起，显然是商总被气跑，听起来离她越来越近。楚独秀一怔，正要寻找躲藏的地方，无奈商良的动作更快，几步就走到拐角处，双方避无可避地碰面，好似同时吓了一跳。

商良不料拐角处有人，他面露骇然、瞳孔微缩，被惊得倒吸一口凉气，甚至下意识后退半步。这不亚于走到大街上被人从身后猛拍肩膀，换谁都需要反应一下。

楚独秀同样心虚，不知该作何表情，像个被定身的木头人。

两人大眼瞪小眼，明显认出对方是谁——楚独秀跟商良在饭局上有过一面之缘，而商良估计看过节目，记得摇钱树的长相——但都没有张嘴说话。

由于视角的原因，谢慎辞看不到楚独秀，见商良突然停下来，好奇道："怎么了？"

楚独秀听到谢总的声音，莫名其妙地放松了一点儿。只要她不尴尬，尴尬的就是别人。她索性心一横，递出一瓶饮料，干巴巴地笑道："商总，喝水吗？"

商良条件反射般地接过："啊，谢谢。"

楚独秀诚恳道："贿赂您一下，我还是大学生，等谈判的时候，分成请让让我。"

相比她的从容，商良肉眼可见的尴尬，脸庞猛然间涨红，一脸惊惶和窘迫。他硬挤出一个微笑，僵声道："哈哈，说笑了。"

"我先回公司，你们继续忙。"他回头看一眼谢慎辞，又对楚独秀点头示意，一秒都没有多待，抬腿就飞快离开，速度快得惊人，甚至让人怕他绊一跤。

楚独秀注视着商总风一般离去的背影，迷惘道："这是……"

"你给他击沉了。"谢慎辞走向她，轻飘飘道，"他今晚睡前回忆这一天，想起背后议论你却被你抓个正着，都能羞耻得睡不着觉，说不准过两天偶尔还会懊恼，没找个会议室跟我聊。"

商良作为公司为数不多的正常人，自尊心格外强，跟脱口秀演员不同，绝对无法容忍自己丢脸，更何况是社会性死亡场面。

楚独秀："商总时常精神内耗吗？"

谢慎辞点头："没准等年终的时候，他还在心底做总结报告，将今天定为'一年中最尴尬的瞬间'，明年都不一定能遗忘此事。"

很好，虽然她也挺尴尬，但商总负重前行，替她扛起那份羞耻感，反而让自己轻松了。

谢慎辞见她抱着饮料，不由得挑眉，说道："你对他们都好客气，我没有水吗？"

不管是北河还是商良，楚独秀面对善乐老员工，明显姿态放得比较低，还保持学生的老实态度，唯独对他随意得多。

楚独秀望向他，大方地拿出两瓶，赞扬道："谢总真义气，没有出卖我，给你发两瓶。"

谢慎辞这才满意。

楚独秀递给他两瓶水，不知道突然想起了什么，望着怀里的饮料，伸手又塞了两瓶。

谢慎辞疑道："这不止两瓶吧？"

楚独秀自我反省，当真欺软怕硬，但她面对谢总确实轻松得多，理直气壮道："抱一路好累，帮我拿点儿吧。"

谢慎辞："？"

两人扒拉一番饮料，重新抱起来往回走，路上慢悠悠地闲聊。谢慎辞的手比较大，还比楚独秀多拿了点儿。

"不过商总的算盘打错了，他现在签了我也没有用，万一我运气爆棚上岸了呢？照样能解约。"楚独秀微抬下巴，趾高气扬道，"别想蒙骗大学生。"

第六章 恋爱

谢慎辞闻言侧头望向她，迟疑道："你还是要考公？"

"您高看我了，虽然燕城那场没出成绩，但我肯定没办法进面试。"楚独秀的气焰顿时矮了下去，"我还是有自知之明的。"燕城考试难度过高，应该就是陪跑无疑。

"但文城还有考试吧？"谢慎辞问道，"你录完节目，还要备考吗？"

楚独秀一愣，她下半学期没有课，基本就等论文答辩。同学们不是实习，就是有别的备考，没准都不会待在学校。她最近忙于节目，等到比赛结束后，该回校还是回家，一时也没有主意。

谢慎辞："你妈妈怎么说？你们春节应该交流过吧，否则突围赛你不会讲那些。"他犹记她突围赛的段子，隐约透露出春节状况。

"什么也没说。"楚独秀轻叹一声，又单手抱着饮料，别扭地掏出手机，"实不相瞒，我们聊天都有时差，我晚上发一条微信，她第二天早上回我，回得还牛头不对马嘴，要看看吗？"她想起此事就无语，不是没跟母亲大人联络，无奈她们宛若异次元交流，搞不懂代沟到底在哪里。

楚独秀打开微信聊天页面，切到通讯录，点进楚岚的聊天页面，那是最上方的星标朋友，还将手机凑近谢慎辞。

谢慎辞看着她流畅的操作，不经意间瞥见熟悉的头像，备注是"谢老板10.9"，同样是星标朋友。他不动声色地抿唇，用余光偷瞄身边人，确认她神色如常，发自内心想分享跟母亲的聊天，对细节的暴露毫无察觉，不由得喉结微动，聚拢分散的注意力。

他望向聊天页面，浏览母女俩的对话。最上面一条是楚独秀发的，时间是某天晚上，内容是"要不要买点儿海城特产，你有想要的吗"。楚岚当天没有回复，可能是太晚休息了。她第二天中午回复的微信，却没有回答问题，反而转发了一篇文章给楚独秀，标题是《李煜最经典的8首词，美到极致，一生一定要读一遍》。

谢慎辞："？"

他继续往下看，很快领悟到楚独秀母亲的交流方式，基本都不回复文字，直接转发文章：《六首"不服老"诗词：心若年轻，何惧岁月沧桑》《小动物的爱情，太可爱了！》《二月二，龙抬头！愿君扶摇直上，鸿运当头！》……这简直是跨频道聊天。

楚独秀见他默然，无可奈何道："你懂我的意思了吧？我们现在无法沟通。"她们好像并没有吵架，时不时会联络，就是内容莫名其妙，完全是各说各的。

谢慎辞思索片刻，冷不丁道："妈妈是不是看你节目了？"

"没有吧？不可能。"楚独秀一怔，忙不迭反驳，"我姐把链接发群里，她都不说话。"

楚双优定时将节目链接发群里，就像发送工作周报般精准，掐着《单口喜剧王》上线时间。然而，群里只有石勤大加赞美，还写了一大段观影的感想，开头就是"看完秀秀新一期节目，不禁感慨你真长大了，印象里你和优优还是襁褓里的小孩，现在都能独当一面，在社会上发光发热，你妈和我都深感欣慰"。长篇大论里提及楚岚，但母亲大人在群里一言不发，让楚独秀怀疑是父亲自作主张，将没看过节目的楚岚拉扯进来。

"这是照片欣赏吗？"谢慎辞见她不信，伸手一指标题名，"这篇小动物的文章里，是不是有企鹅的照片？"

楚独秀愣神，随手点开："好像是有。"

下一秒，她轻轻地滑动照片，果然看到企鹅依偎，脑海里似有钟声响起，宛若被人当场点醒，又强压雀跃的心绪，不太敢继续往下想。哪有她段子里讲小企鹅坐飞机，母亲给自己发企鹅照片，就代表对方看过节目的，这逻辑未免太跳脱了。

她一扯嘴角，踌躇道："不是，会不会太牵强了？我妈不是用脑电波交流的性格。"

楚岚不是谢老板，她说话直来直往，不会搞看图说话！

谢慎辞沉着地建议："那你可以等这期播出后，看看她转发什么文章。"

"其实……"楚独秀的话到嘴边，又"嘶"了一声，缓缓咽回去，"算了，不说了。"

谢慎辞："说说。"

楚独秀面露为难之色，忽然支吾起来，主要谢总身份特殊，害怕这话像是暗示，不宜在比赛期提及。

谢慎辞："说说。"

"其实我来节目前，她说要是拿第一就不管我的事了，我讲脱口秀也行，但要是……"楚独秀省略了后半句，略微垂下眼，硬着头皮道，"就还得回老家工作。"

她没将此事告诉任何人，一是当时家里气氛不算愉快，自己不喜欢传播负能量，二是其他选手同样全力参赛，对谁提自己和母亲的约定都显得怪怪的。

参赛选手里有太多情怀者，聂峰等人都坚持了好多年，她和母亲的矛盾在其中只能算毛毛雨，渺小得不值一提。只是再小的事，放在她的身上，依然会有分量。即便别人觉得不算什么，她心底照旧是放不下来，劝人容易劝己难。而她确信谢慎辞理解，对他抱有高度信赖，才会在此刻倾诉，否则提都不会提。

"那我跟妈妈想的一样。"谢慎辞眨了眨眼，真挚地说，"我也觉得你能拿第一。"

楚独秀蒙了一下，伸手制止道："谢总，打扰一下，咱们好像不能断章取义？不是这么听别人说话的吧，真就光挑你想听的听？我妈显然不是这意思！"

他怎么会觉得楚岚是盼她拿第一？那明显是让她知难而退吧！

"不要把妈妈想得那么坏，普通人都不敢想拿第一，你觉得她会跟你约定，让你去做世界首富吗？这就彻底变成笑话了。"谢慎辞分析道，"但她约定拿第一，证明还是相信你，甚至怕你实力太强，都不敢说拿前三。"

楚独秀睁大眼，吐槽道："这想法是不是太阿Q了？完全属于精神胜利法。"

"凡事少想一点儿，快乐的是自己。"谢慎辞煞有介事，"你理解成妈妈鼓励你拿第一就行了，她单纯是嘴硬，没说出来而已。"

第六章 恋爱

楚独秀震惊于谢总的思路，好半天都接不上话，又听他一口一个"妈妈"，突然感觉有些微妙。她语气犹豫："谢总，您……"

用的称呼是不是有点儿问题？

谢慎辞疑道："怎么了？"

楚独秀纠结起来，又觉得自己想太多，他最开始问的是"你妈妈"，没准是方便聊天简化了，应该没有其他意思。

"算了，没什么。"她岔开话题，问道，"谢总家里不反对你做这个吗？"

楚独秀记得二人采访时，谢慎辞曾说过家里反对，好像同样不是一帆风顺。

"我父母还好，爷爷最初很生气，觉得是在瞎胡闹。"谢慎辞自然地接道，"但他这两年好多了，不再关心我的工作，开始操心别的事。我不确定他是接受了还是认命了，反正最近聊别的。"

楚独秀对谢总有了新认识，他的心理相当强大，秉持的就是"只要问题放置得够久，没准不解决也能消失"的理念，主打一个"将人气晕我就能活下来"的原则。

楚独秀小声地推测："该不会是聊个人问题吧？"

谢慎辞面露诧异："为什么你知道？"

"中国人一生难逃的几大项。"她含糊道，"还有一句话，不知当讲不当讲。"

"讲。"

"或许爷爷觉得大号废了，没必要再费心改造您了，琢磨搞一个不沾喜剧的小号。"

"……"

摄影棚内，楚独秀和谢慎辞带着饮料归来，将其分给现场选手及工作人员。一群人围拢过来，在拍摄的间隙说笑。

王娜梨捧着瓶子，小口地抿柠檬汁，眉头终于舒展开。

北河环顾一周，没看到另一人，自然有些诧异："怎么没见商总？"

"他先回公司了。"谢慎辞道，"让我们继续忙。"

楚独秀心虚地低头。

"那就好。"北河松了一口气，嘀咕道，"还怕晚上他也在。"

商总要是待在饭局，他就不能开玩笑，某些调侃容易被领导当真。

路帆："德性。"

没过多久，选手们拍摄结束，众人在包间齐聚。除了程俊华不在外，十六强在饭桌上觥筹交错、欢声笑语，其间穿插各类段子、笑话，气氛愉快，不时爆发笑声。

北河和小葱无疑是气氛型选手，他们勾肩搭背地在屋里乱转，过一会儿就要带动话题，让屋内的空气活跃起来，交流彼此的脱口秀梦想。

"真要说起来，这届的新人王还是我钦点的。"小葱高声道，"蜜汁鸡排饭，你承不承认，那天是我点你起来的？"

如果要聊单口喜剧梦想，就必须提及二人的渊源。小葱开放麦现场互动，随手就叫起了新人王，从此一发不可收。

楚独秀正叼着一只大虾，她瞥了一眼上头的小葱，继续专心致志地吃饭，顾不上回小葱的话。

"真能往自己脸上贴金。"聂峰大笑，"那场地还是我提供的。"

路帆附和："人还是我教的。"

小葱："我不管，就算我最后成绩不行，也得捞个新人王伯乐的身份！"

真正的伯乐还没发话呢。

楚独秀低着头，忙着用嘴剥虾，必须咽下去才能够回答。她抬起眼来，下意识地瞥向谢慎辞，不料正撞上对方的目光，他居然在盯着她吃虾。

谢慎辞眨了眨眼，尽管面无表情没加入话题，但脸上像写着：我才是伯乐。

又开始脑电波交流了。

楚独秀差点儿呛到，赶忙扭头掩嘴："咳咳……"

王娜梨递来茶水，笑道："你们把新人王逼得说不出话了！"

命题赛播出前，剪辑师们日夜赶工，终于将广告放进节目。

由于前两期突围赛视频大火，不少品牌商对《单口喜剧王》感兴趣，中途追加了广告投入，让商总和尚导忙得不可开交。舆论数据是硬通货，只要有人在关注，一切都容易得多。

新一期节目是命题赛，在网上带来海量讨论，最为热闹的两组无疑是《一分钱难不倒英雄》和《当你开始恋爱脑》——钱和恋爱本就是热门话题，做成切片视频天然更好传播。

程俊华击败北河，掀起了腥风血雨。两帮人在网上吵架，一部分人觉得程俊华更有深度，一部分人觉得北河更加幽默，为得票数吵得不可开交，甚至上升到贬低现场观众的程度。

"能理解程为啥最初不想来，他不是炸场型演员，重视观点表达，但网友听不懂。"

"喜剧节目不该看谁更幽默？北河就是好笑。"

"单口喜剧老粉心情复杂，要是只追求好笑，为什么不听相声？"

当然，少数观众吵得脸红脖子粗，更多观众是看热闹心态，一度还为《一分钱难不倒英雄》的交战大声叫好。

"不错，今年流程好快，还没进半决赛，就有去年吵北河和路帆的味儿了。"

"《单口喜剧王》你真的火了……剩下的忘了。"

"我们凉透的脱口秀也迎来粉丝招架的春天了吗？！"

"AI 单身狗看不懂吵什么，我更喜欢恋爱组，和谐多了。"

第六章 恋爱

"葱姜蒜组合都喜欢！"

"但我觉得小葱应该得第一。"

"认真的？"

"黑色幽默就在于，夸北河比程好的，内心是真这么想，但夸小葱比秀好的，本质上还是秀粉（狗头）。"

"没错，太伤人了，跟夸小葱是没有楚独秀以前燕城最厉害的新人一样损。"

"为啥？"

"将小葱段子里的'楚独秀'替换成'孟德华'，你还感觉好笑吗？肯定不觉得好笑，因为那是我真名。"

"简单点儿，不知道楚的纯路人听不懂小葱的笑点，段子前提不清晰，属于内部梗。"

"没错！我今天才追节目，没明白男生后半段的包袱，回看才领悟到是说同组女生！"

"诡计多端的秀粉哈哈哈哈，明褒暗贬。"

"格局大一点儿，如果楚独秀火遍全国，谁能说小葱是内部梗？又变回大众梗了（狗头）。"

"你是懂矛盾在一定条件下会互相转化的！"

闻笑剧场内，十六强选手经过休息及拍摄，又要迎来新一轮的节目录制。他们要在短时间内高强度地输出段子，才能赶上《单口喜剧王》的播出流程。

楚独秀等人踏进剧场，在观众席坐下，明显感觉到空了些。初选赛时，剧场里曾有一百名选手，等到今天，观众席只坐了两排，剩下的人越来越少。

王娜梨东张西望，思及自身的处境，小声道："越来越清静了。"她作为十六强的尾巴，目前的压力非常大。

片刻后，尚晓梅和谢慎辞露面，让工作人员发放纸笔。

小葱茫然道："又要抽签了？"

楚独秀面露担忧："别吧，我运气不好。"如果再抽到不擅长的主题，她又要绞尽脑汁了。

尚晓梅握着麦克风，解释道："我们这一轮是半命题赛，在公布主题之前，想要麻烦各位先进行投票，写下自己最不愿碰上的选手的名字。本轮比赛是十六进十二，每个主题共有八人，组内倒数两名将面临淘汰。内投票数第一的选手可以优先选择主题，内投票数靠后的选手，可以根据前面的选手选择剩余的组内空位。"

北河思索道："还可以，高票就可以先选，低票能绕开强敌。"

路帆："但排在最后也没得选了。"

选手们很快完成投票，由工作人员计票，完成选手互投环节。没过多久，大屏幕上出现名单，1—16位的顺序清清楚楚，前三名跟初选赛相仿，却又发生了一点儿变化。

1. 楚独秀

2. 北河

3. 程俊华

……

众人望着名次，一时议论纷纷。

"你是第一名！"王娜梨欣喜道，她又看到自己的名字，有种意料中的无奈，"我是倒数第一。啧啧，这也算是一种缘分。"

小葱惊道："但大佬跌得太多了！"

"风格不适合比赛吧。"聂峰道，"五分钟确实太短，专场的时长才能发挥优势，但节目没办法那么长。"

这是选手们的互投名单，无法代表观众的审美倾向，只能说明选手对选手的强弱判断。程俊华在初选赛当选第一，现在内投却滑到第三，明显是受到前一轮比赛的影响，他不适应命题赛的严苛形式。

程俊华坐在最前排，静静地盯着内投表，神色没有变化，猜不出在想什么。

尚晓梅公布完排名，继续道："接下来，公布这一轮半命题赛主题，大家可以自选一个字，填进括号内构成关键词，围绕此话题展开创作。"

屏幕上，两行主题浮现出来，前面都有空余位置——

（　）爱，如母爱、热爱、相爱等，自填关键词完成创作。

（　）想，如理想、思想、幻想等，自填关键词完成创作。

路帆一怔："这题目……"

北河深表怀疑："是不是节目太火，咱们公司被约谈了？"

小葱点评："有点儿高考作文那味儿了。"

王娜梨："尤其是词语结构，简直……"

楚独秀："富强、民主、文明、和谐、自由、平等、公正、法治、爱国、敬业、诚信、友善。"

"啊对对对。"

虽然主题看上去官方正统，但选手们组词后，发挥空间并不小，比如有关"爱"的词汇，就涵盖家庭、兴趣、恋爱等话题，加上是围绕关键词创作，不是严格的命题作文，延伸范围也会扩大。

"下面有请内投第一的选手上台选择自己的半命题组，关键词可以回去后再想，今天主要完成分组。"尚晓梅道，"上来吧，独秀。"

楚独秀在众人的掌声中小步快跑上台，盯着两组发蒙。尽管她能回去组词，但方向起码要定好。

第六章 恋爱

其他选手见她踌躇，倒是没有出言催促，反而在台下讨论起来。

路帆笑道："看来第一名也不好，没给她留思考时间。"

小葱："选'爱'比较好吧，这个组的词多。"

王娜梨："但她前面已经讲过两个了。"

楚独秀突围赛讲母亲，命题赛讲恋爱，提前消耗一轮，储备明显变少。她斟酌许久，将自己的名字放在"想"组，接着一溜烟蹿回座位。

接下来，北河的动作相当迅速，二话不说就选了"爱"组。

两人的组别刚好岔开，第三名就至关重要，决定着哪一组的高手更多。

小葱看程俊华起身，忙道："来了来了。"

"前三要是确定，后面就好选了，可以绕开厉害的那组。"

程俊华最终选择了"想"组，他将名字放在楚独秀后面，微笑道："我还是想讨回失去的两票。"

此话一出，全场轰的一声炸开，深感热血沸腾。

初选赛时，程俊华比楚独秀多两票，突围赛时，楚独秀比程俊华多两票。现在，两人选择同一组，会再次同台竞技。

"哇——又对决了，这把正面对抗！"

"这是什么两票之约！"

"格局，什么叫格局，这才是为节目增加爆点的格局！"

尚晓梅两眼发亮，忍不住捂紧嘴巴，生怕暴露了自己的喜形于色。

北河望着热闹的场面，哭笑不得道："所以我命题赛输给大佬是好事，不然被彻底盯上了。"

楚独秀一愣，不料程俊华冲着自己就来，又见对方缓缓回到座位，只留下一个挺直的背影，好半天都说不出话。兴奋的血液在五脏六腑流淌，说不出恐惧多点儿还是好战多一些，肾上腺素让她心脏跳动加快，身体紧张的同时，大脑也开始活跃。这是灵感喷发的信号，唯有被刺激才能涌动。

即便综艺节目是一场游戏，或许有难度才会更好玩？

酒店房间内，楚独秀打开笔记本电脑，开始用"想"字组词，试图梳理出半命题赛段子。

她确实有些脱口秀梦想的内容储备，但对手要是程俊华的话，似乎就显得过于薄弱了。半命题赛的难点在于，尽管选手能自行组词，却有可能跟人撞主题。比如说理想和梦想，没人能比程俊华更会聊这个，他主动放弃擅长的英文脱口秀，只身一人回国发展中文脱口秀，丰富阅历及跌宕人生就足以吊打普通选手，极具传奇色彩。楚独秀那点儿家庭矛盾只能算小菜，她聊这些可以晋级，但绝对比大佬逊色。

想赢就要打出差异化，讲程俊华没办法讲的。
　　楚独秀心烦意乱地抓头，琢磨哪儿能比大佬强。她在心底异想天开，要是比发疯的话，自己能比大佬出色，程俊华还是正常人。
　　写狂想？吓晕大佬。
　　写臆想？气晕大佬。
　　写冥想？熬晕大佬。
　　楚独秀冒出好多无厘头的念头，深感自身思维日渐"谢"化，越来越奔着极端发展了。近朱者赤近墨者黑，老跟谢慎辞打交道，脑回路都开始变怪。
　　记忆碎片启动，她心念一转，突然想起某人的话，望着屏幕上的"想"字，若有所思起来。
　　片刻后，屏幕上出现一个新词——
　　敢想。

第七章 敢想

演播厅内,舞台上出现新的霓虹灯牌,一眼望去是硕大的"爱"和"想"字,字体气势恢宏、行云流水。

节目组每回录制都会微调舞美,力求跟比赛主题一致,彰显竞争的激烈程度。

两侧的选手席位也逐渐变少,随着十六强选手诞生,候场区座位少了一半,不再像突围赛时人头攒动。

两组的主题分别是"爱"和"想","爱"组率先进行表演,除了领头的北河外,小葱填词"恋爱",王娜梨填词"热爱",他们将依照抽签顺序表演,最后跟"想"组共同发布名次。

同伴都忙于表演,楚独秀独自坐着,偷瞥一眼程俊华。他照旧是随和从容、淡定带笑的模样,安静地注视着舞台,跟其表演风格差不多,慢悠悠的绵里藏针。

撞风格必输,如果想击败大佬,要选他的反方向。楚独秀没把握靠文本深度赢,决心用表演及情绪顶上去,但她也不知能否发挥好,时不时活动一番肩膀,让身体保持兴奋的状态。

后台,尚晓梅和谢慎辞紧盯录制,同时欣赏起"爱"组的表演。如果说"想"组的看点是楚独秀和程俊华,"爱"组的巅峰对决就是北河和路帆。

"我怎么感觉这回的话题都特别正能量……"尚晓梅诧异道,"大家不约而同地开始感动煽情了?"

谢慎辞分析:"半命题的限制作用吧,举例时填的词就那些,很多人的思维陷进去了。"

半命题赛是自填词作文,围绕关键词展开表演,但能联想到的词汇就那些。除了北河的"无爱"外,大多数选手的词汇正常,兜兜转转就是那些,很难不跟旁人相撞。

独秀·上

这个现象在"想"组更为突出，上台选手几乎都聊起梦想，少数演员填词"不想"讲躺平文化，但多数都会提及自己的逐梦经历。一次两次倒还好，听到第三次就会腻，连笑声代表及观众也逐渐遗忘内容，注意力涣散起来。

台上，苏欣怡跟选手交流结束，哭笑不得道："我发现这组好像选手们的誓师大会。"

罗钦握拳模仿道："类似高考前那种，冲刺三十天！我要做脱口秀演员！"

苏欣怡颔首："没错，大家都聊了自己讲脱口秀的起源。"

舞台一侧，小葱和王娜梨表演结束，坐在楚独秀的对面，跟她相隔整个舞台。他们听见笑声代表的评论，不由得长叹一声，交头接耳起来。

王娜梨："怎么感觉这评价不像好话？"

"相似题材有点儿多了吧。"小葱道，"而且说实话，大家会讲脱口秀，基本就那几个渠道，先是做开放麦观众，后来觉得自己也能讲，不然就是看过节目，然后辞职全力以赴，差不离都这些。"

王娜梨望着对面的区域，那边只剩下四五个人，包含楚独秀和程俊华。她担忧道："那后讲的人不是很吃亏？素材来来回回就那些。"

小葱："所以还是同主题硬碰硬，比谁的段子厉害了。"

正值此时，场上传来介绍声："有请下一位选手——楚独秀！"

楚独秀排在本组第五位，程俊华排在本组第七位，中间恰好隔了一位选手，让人暗叹抽签的巧合性。

热烈的掌声中，楚独秀快步上台，在麦架前站稳，沉着地拿起麦克风。

下一秒，轰隆的音效声响起，舞台上灯牌骤亮。"敢想"二字如巨型幕布，在她身后瞬间展开，分毫不差地将她夹在中间，有一种完美对称的震撼感。

强烈灯光华丽炫目，台下观众惊呼出声。

"哇……"罗钦以手掩面，心底颇觉新鲜，小声道，"这词打出来比'梦想'有冲击力。"

苏欣怡点头。

台上，楚独秀穿着柠檬黄外衣，在绚丽灯光下格外亮眼，甚至没被灯牌掩盖光辉。

"大家好，我是楚独秀。"她没像过去那般长鞠一躬，反而自如地来回走动，直接就开始了表演，语气吊儿郎当，"我从小就是一个敢想的孩子，相信肯定有人跟我一样，童年时总会有狂妄的天真，纠结自己长大该上清华还是北大。"

前排观众唇角微弯，忙不迭地伸手捂嘴。

"我还没上小学就开始想这个，有选择困难症。我是什么时候放弃这个念头的呢？"楚独秀停顿片刻，轻轻地挑起眉，耸肩道，"就是有一天听说，世界上有所学校，叫作麻省理工。"

她声音激昂起来："北大清华立马就不香了，我兴高采烈地跑去问我妈，'妈，麻省

第七章 敢想

是我们国家哪个省,离文城远不远啊?我长大要考到那里去,我要读麻省理工'!我妈都愣了,她说'你可真敢想啊,你那是想读大学吗?你是想收复阿美莉卡'!"

第一声爆笑在场内响起,如同干草堆上落有火星,隐隐燃起燎原之势。

前几场话题都是梦想,难免让观众感到无趣。现在,沉闷气氛被她的荒诞一扫而空,任谁都会被她嚣张而离谱的话逗乐。

程俊华一怔,仔细端详起楚独秀,好似在咂摸她今日的表演,陷入沉思。

众选手同样亢奋起来,忍不住从座位上起身,如同嗡嗡叫的蜂群。

北河:"天哪!撸起袖子硬干啊!"

路帆:"一下子就把观众唤醒了。"

"她今天换风格了,情绪变得特有劲。"小葱惊道,"不是 AI 单身狗的金属感了。"

如果说楚独秀在命题赛时是冷静陈述,现在已换成轻松活泼的表演风格,偶尔还在舞台上小步蹦跶,处处彰显着意气风发的感染力。

楚独秀等观众笑完,随意地晃着脑袋,喷喷道:"就是这么狂妄,就是这么敢想,购物平台帮大家把价格打下来,我差点儿帮国家把美国签证打下来。"

"我说句实话,要是小时候的我来上节目,根本不在乎什么单口喜剧王。"她摆手道,"什么北河,什么程俊华,不认识,没听说过,没麻省理工强。"

"单口喜剧王算什么?我要当喜剧之王!"楚独秀拍了拍胸膛,露出得意的小模样,"相声、小品、脱口秀,样样都被我承包,春节联欢晚会变成我的专场,只有等我讲累了的时候,才能有歌舞节目来串场!我手握世界的笑声命脉,恐怖分子都被我的幽默吓跑,我的段子就像奥林匹克圣火,象征光明与和平,只要在央视一号演播厅响起,就通过广播、电视、新媒体传到各个城邦。"

她高声道:"到那时,网友也不吵架了,键盘侠也不抬杠了,所有人都会呼喊'停止一切战争,都来看春晚,独秀开讲了'!"

此话一出,笑声轰动,如同冷水溅进油锅,发出喧哗声。

舞台上两灯骤亮,竟有两位笑声代表拍灯,更是将现场气氛推向高潮。

"不行,有点儿过于好笑。"罗钦拍下按钮,想强忍住笑意,肩膀却在发抖,"但我也不知道为什么好笑。"

明明文本没释放爆点,但配合她激越的情绪,瞬间就效果加倍,让人振奋起来。

王娜梨笑得合不拢嘴,好半天才缓过来,声音乐得发颤:"有一种不顾人死活的发疯的美。"

小葱附和:"精神状态不佳的幽默,对吗?"

屏幕前,尚晓梅摸了摸下巴,感慨道:"谢总,你别说,这种异想天开的风格,有点儿你平时跟人交流那味儿。"

都不知是厚脸皮,还是在胡说八道。

谢慎辞:"?"

楚独秀见台下人笑得前仰后合,一本正经道:"都不许笑,我不信你们没有靠脑补暗爽的时候,明明大家童年都这么敢想,不是在家披着床单幻想自己是公主,就是在学校里搞个帮派叫'四中青龙帮',再不济总想过全国人民都给我一块钱吧?"

她的话,让场内笑声似水波荡漾,一浪接着一浪。

楚独秀:"人要是敢想,真的很快乐。我小时候成绩一般,长相也就算端正,跟我姐截然相反,少不了被别人比较,但我从没有自卑过。那时候,学校会在公告栏贴年级第一的照片,初中一共三年,我姐就占了三年,简直才貌双全。但没关系,上帝开一扇门就要关一扇窗,我姐好看却人缘一般,我人缘好却长得一般。我姐企鹅号里没加几个人,但我企鹅号里都是想加我姐的人。"

台下笑声阵阵。

"有一回最可气,有个男生要企鹅号就算了,居然还来一句'虽然你没你姐漂亮,但也还可以,要继续努力'。拜托,他都说这话了,我怎么可能交出我姐的企鹅号?"楚独秀做惊讶状。

"我直接问:'能把你哥的企鹅号给我吗?'他问为什么,我说我不用继续努力了,漂亮没有用,出去谁看国家时尚,那都是看国家实力。我可是差点儿帮国家收复阿美莉卡的女人,要你哥的企鹅号还不行吗?!"

饱含力量的话直冲云霄,带来无法压抑的生命力。

下一秒,楚独秀将情绪收拢,双臂抱在胸前,上下打量一番,挑剔地点评:"虽然你没你哥帅气,但也还可以,要继续努力。"

场内狂笑不止,听着都快要断气了,也促使第三灯亮起。

舞台灯光被彻底唤醒,酣畅淋漓的表演比内容更催人发笑,就像把人带回了无拘无束的童年,说着傻乎乎的话,却也傻乎乎地乐。

"就是这么敢想,风言风语从不听,狂妄就是我童年的制胜法宝,自尊心绝不会受伤。"楚独秀待众人笑完,语气逐渐变得平缓,露出怀念之色,"是什么时候变化的呢?我开始不敢想了,主要也想不到了。我高考分数就那样,想要选个好专业,就选不了好学校。我相貌、能力就那样,长得帅的不敢聊,长得丑的看不上。我贫嘴扯淡就那样,再说世间有没有幽默,好像也没什么两样。"

"我不再狂妄天真,也变得不敢想了。"楚独秀低头嘟囔道,"当然,不算完全不敢想,偶尔会想想小行星,期盼它将地球炸了。"

她单手握拳,咬牙道:"我有时候望天,恨不得对它喊:'小行星,我不准备在央视一号演播厅炸场了,你直接把春晚语言类节目都炸了吧!'就要黑暗与核平,核弹的核!"

第七章 敢想

众人嘴角上翘，却不再是爆笑，而是理解的笑。

楚独秀无奈地叹息："我去不了麻省理工，连来海城录节目，我妈问我能不能拿第一，我都觉得被羞辱和冒犯了。"

她扼腕道："朋友们，但我以前真不这样。要是小时候的我，肯定会大声说单口喜剧王算什么，我要当喜剧之王！就是这么敢想！

"好可悲，因为做不到，我不敢想了。'对不起'变成我的座右铭，被人批评也不敢还嘴，生怕是我能力真不行，更别提说出理想或梦想，想都不敢想，说出来肯定会被人嘲笑。"

观众没有笑，但都紧盯着她，堪称全神贯注。

场内多种情绪流转，楚独秀却丝毫不慌，依旧沉浸在自我表达之中。

"我好想找回过去的快乐，我要狂妄天真的敢想！"她伸出一根手指，猛然指向脚下的舞台，铿锵有力道，"从此刻，在这里，我要改变，我不要在成长中失去敢想，我要在岁月中变得敢做！"

伴随着掷地有声的话语，观众席响起如潮掌声，苏欣怡都忍不住鼓掌。

下一刻，楚独秀停止表演，在台上取出手机，慢悠悠地摁下开机键。

大家颇感意外，原以为段子到此为止，不知道她还想做什么。

"好了，三位笑声代表老师，麻烦把企鹅号都给我一下。"楚独秀递出手机，又恢复吊儿郎当的样子，"简单地自我介绍一下，我是差点儿帮国家收复阿美莉卡的女人。"

她骄傲地扬起下巴："我已经成长了，变得敢想敢做，现在不光帅哥的企鹅号，美女的企鹅号我也敢要！"

压抑的情绪如岩浆般喷发，没人料到她如此 Call back，连明星嘉宾都要笑倒了。

苏欣怡掩嘴笑："可以可以，没 QQ 加微信行吗？"

众选手同样欢呼出声，佩服于她末尾的反转。

"天哪——"

"我也想要苏老师的 QQ，加完推给我。"

"诡计多端！诡计多端！"

楚独秀像是听见了选手的哄笑，还煞有介事地招手，大度地说："行了，虽然你们没他们有名，但也还可以，要继续努力，以后我的春晚让你们来串场！"

"谢谢大家，我是楚独秀！"

沸腾的欢笑声中，楚独秀一脸朝气地退场。

全场观众沉浸在方才的表演中，目光仍然追随着她一路奔向选手区。

王娜梨和小葱朝楚独秀招手。

其他选手同样受到了震撼，叽叽喳喳地讨论起来。

北河瘫在座位上，擦了擦眼角，又摸了摸肚子："太顶了，情绪耗空了，笑得肚子疼。"

独秀·上

"她每讲完一段,必须停一会儿,等观众笑完。"聂峰道,"状态好猛,停不下来。"

"后面那位惨了,这场子好难接,都被炸晕了。"

楚独秀的段子情绪给得直接,甚至偶尔要停下来等待片刻才能继续往下讲。观众们不受控制地爆笑,需要稍微缓一下,否则听不进去了。然而欢乐情绪到达顶峰,后面的选手会很难办,不是人人都能接住,不可避免地要被比较。

未表演的选手只剩三位,他们的区域空空荡荡,此刻显得分外寂寥。

片刻后,下一名选手在呼声中登台,仅留下程俊华和另一人。

"幸好我跟新人王隔了一个人。"程俊华摇头,对旁边人道,"不然正面撞就直接结束了,会被压制。"

楚独秀今日台风张扬,程俊华却是走的内敛路线,连着表演有被碾碎的风险。

果不其然,第六名选手努力活跃气氛,但很难超越上一场。不过他讲了一点儿现挂,调侃自己的倒霉顺序,倒换回了一些笑声。

没过多久,场上再次响起介绍:"有请下一位选手——程俊华!"

观众席掌声阵阵,诸多选手也在鼓掌,注视着程俊华上台。

"大佬有点儿悬。"北河一边拍手,一边小声嘀咕,"前面气氛太好了。"

路帆点头同意:"主要是他的段子,要稍微品一下才会笑,不是炸场型。"

楚独秀没听见旁人的话,她全神贯注地望着舞台,等待接下来的表演。

程俊华不紧不慢地上台,背后的巨型文字瞬间切换,变化为"理想"的霓虹灯牌。

苏欣怡笑道:"一下就换另一种风格了。"

罗钦:"确实,从词语能看出来。"

每名选手填的词都为表演定了调,比如"敢想"的冲劲,比如"理想"的沉静。

程俊华握着麦克风,站在原地没动,声音绵软,照旧是含而不露:"大家好,我是程俊华。不瞒各位,每当我要追逐理想,就经常会突然犯错,从未一帆风顺过——想得很好,实际并不是。"

他苦笑道:"赛前,我想着老夫聊发少年狂,燃起年轻时的热血,放了不少狠话,打算跟新人王比画一下,夺回突围赛输她的两票,但我看完她的表演,就知道自己又错了。她讲了一场AI单身狗,然后跟AI一样迭代进化了。上一位选手被击垮,现在快要轮到我了。"

台下传来笑声。

"不过没关系,我已经习惯了,追求理想的路上,我就没有顺利过,经常想得美,但做得很坏。"

程俊华脸上带笑,慢悠悠道:"我有一个出色的本领,能将所有事情全搞砸。什么事都第一遍最好,只要我折腾,一定会变坏。考试检查改答案必错,出门洗车回来就下雨,

第七章 敢想

明明能安稳录节目，非要找新人王挑战，现在自尊心被摔得粉碎，摔得像韩国人的吼叫……"

他表情麻木，一个字一个字往外蹦："啊，稀巴、烂。"

其他选手见状，瞬间热闹起来，惊叹于程俊华的转变。

"谐音梗！"小葱乐道，"大佬学坏了！"

楚独秀睁大眼："居然是韩语，不是说从阿美莉卡回来的嘛！"

北河意外道："大佬今天松弛得多，没有走深沉路线了。"

或许是程俊华看过命题赛的网友评价，逐渐调整自身的含蓄风格，没有用旧策略迎战楚独秀。

程俊华回忆道："我追逐理想做错的第一件事，就是在美国讲中文脱口秀。真的，不跟大家吹牛，别看我现在这德性，我在美国发展的时候，中文脱口秀排前三。"

台下有人惊叹："哇哦——"

程俊华抿嘴一笑，羞涩道："原因很简单，其他演员是华裔，都快把中文忘了，就我说得比较溜。"

三位笑声代表忍不住鼓掌，舞台上亮起一灯。

"肯定有人要问了，你在美国讲中文脱口秀，老外听得懂吗？"程俊华道，"当然听不懂，所以我不给老外讲，主要活跃在唐人街，中国人专逗中国人。他们也很给面子，一般听一半就放话，'你怎么说学逗唱只会逗呢'。我很耐心地解释，'那个，我讲的是单口喜剧，不是相声'。他回得也很痛快，'哦哦哦，单口相声也可以打快板吧'……"

程俊华眉头紧蹙，哀声道："这是丝毫不顾我的单口喜剧理想，中国人专气中国人啊。我很绝望呀，拼命地解释，不是单口相声，是单口喜剧，您懂什么叫 stand-up comedy 吗？您要是实在不懂，我打着快板跟您说总行了吧？"

下一秒，他从兜里取出快板，啪啪地打响，嘴里当真唱起来："竹板这么一打呀，没准就懂啦，听一听我的理想，就像狗不理包子……"

出乎意料的道具让现场炸裂，连带笑声都如山呼海啸，全场人惊得合不拢嘴。

选手们哇的一声，瞬间骚动起来，一边雀跃着抱头跳起，一边兴致勃勃地看程俊华表演，宛若欣赏大熊猫耍宝卖萌，简直不敢相信自己的眼睛。

路帆愣神："居然真会打快板……"

"可以！大佬这把拼了！"北河佩服道，"这是我跟他对决时没有的待遇。"

小葱幸灾乐祸道："这要放在动漫里，可以算'对秀宝具'。"

众人闻言哄笑起来，围着楚独秀打趣："真掏出春晚核武器了。"

楚独秀哭笑不得，咬牙道："居然是快板，不是说从阿美莉卡回来的嘛！"

"显而易见，我在国外搞中文脱口秀没什么成效，但成功抹黑了相声演员的形象。"程俊华表演结束，慢条斯理地收起快板，叹息道，"追求理想的路越走越偏，不但没推广

189

我们行业，还差点儿带垮隔壁行业。"

第二灯亮起，场内喧哗起来，观众都在发笑。

程俊华摊手："我当然不信邪，只是做错一件事，而且没准不是我错了，是大环境错了。我回国上节目，想实现我的单口喜剧理想，周围人都说中文，总能理解我了吧？谁想到回来露馅儿了，语言上没有优势也。观众说我文本深不好笑，保留了英文脱口秀习惯，经常听不懂。我心里纳了闷了，主要是我在外几年都是在唐人街混，也没说英文啊！"

"不瞒各位，我们有些人确实是出国发展，但照旧在 Speak Chinese。"他猛地伸手，再次掏出快板，"您要是实在不懂，我打着快板跟您说总行了吧？"

台下观众咯咯发笑，皆喜上眉梢。

"我最近都在反思自己的表演，想要找到解决办法，能有个适合我的赛制。纯英文肯定不行，纯中文我比不过，我觉得导演们可以考虑一下，是时候让节目国际化了。我们这轮叫半命题，下轮叫半决赛，不然干脆半中文半英文掺杂着讲单口喜剧。你看国内说唱节目，歌词照样好多英文，我们可以学习嘛。旁边字幕打上单押、双押、Freestyle、Punchline，没事来一句 keep real。"程俊华举例道，"就算你听不清，也觉得很牛，我感觉脱口秀可以这样。我们也中英文夹杂，旁边字幕打上呈现、混合、Call back，没事再来一句 keep relax，这样就算观众听不懂，也不会觉得我不好笑。"

程俊华压低音量："他会怀疑是自己水平不够，是他无法欣赏伟大的脱口秀，是他不够 relax。"

笑声回荡在演播厅内，舞台上三灯全亮，众人齐声喝彩。

屏幕前，尚晓梅欣赏着表演，惊讶道："程老师今天不一样了，比命题赛时的表现好得多。"

谢慎辞平静道："他本来就是为这个才上节目的。"

尚晓梅一愣："什么？"

谢慎辞："他看完初选赛，决定上节目，就是为今天。"

虽然程俊华是被谢慎辞再三邀请才来的，但谢慎辞本人很清楚，对方的转变是在初选赛。两人前期在南城聊了很久，都没有任何进展，只说来闻笑剧场试演一场，但看完楚独秀的表演就变了，很快敲定录制合约。

程俊华看着随和好说话，实际上自尊心非常强，内心有点儿艺术家的拧巴和倔。他不喜欢竞技综艺，不喜欢将单口喜剧碎片化，不喜欢纯为逗乐、毫无表达的内容，认为节目没准错误引导了外界对单口喜剧的认知，对善乐文化"先推广，后修正"的战略持怀疑态度。但他也深知优秀的单口喜剧演员是什么样。

人在寂静山巅待得久了，风景看来看去都一样，但现在旭日初升、轻云浮起，又晕染出不同的天空，连带程俊华的精气神也发生了变化。或许是有对手刺激，他迫使自己丢掉很多包袱，慢慢适应起新的行业节奏。

第七章 敢想

台上，程俊华的表演仍在继续，他的南方腔调毫无莽气，不靠洪亮的嗓音来压人，反而如软布上的银针，会在不经意间扎人一下。

"我在追求理想的路上经常做错事，不过没关系，我已经习惯了。我最近看新闻，产生新思考，释然了。我是一个人类，有理想却做错事简直再正常不过，属于物种天赋。"程俊华慢吞吞道，"大家不要不信，看看我们的物种天赋，嘴上喊着让世界更好，有共建地球村的理想，实际排放核废水、泄漏氯乙烯，没事再搞点儿病毒、弄些战乱，人类不都这样吗？本来还没有什么，越折腾死得越快，跟我也差不多。"

他自嘲地一笑："相比起来，我们普通人的理想搞砸了也没什么，明明该更有勇气，起码对旁人无害嘛。"

观众席响起无力的笑声，紧接着是雷鸣般的掌声。这一刻，他们无法点评好笑或不好笑，只能持续不断地鼓掌，以此表明自身的态度。

"所以，坚持你的理想，错了无所谓，至少没错过。"

"谢谢大家，我是程俊华。"

程俊华长鞠一躬，在掌声中退场。

舞台下，观众们不约而同地鼓掌，掌声震耳欲聋。

选手区，其他人七嘴八舌地点评，推测比赛结果。

"完了，这把猜不到排名了。"北河抓耳挠腮，"根本不是喜剧技巧的对决了。"

"纯真和沧桑，乐观和悲观，风格都到了极致了。"路帆评价道，"谁赢都有可能，谁赢都是应该的，就看现场观众偏向哪边了。"

楚独秀和程俊华是两个极端，他们都兼具幽默及表达性，且浓烈的个人色彩压过一切。前者是天真烂漫、天马行空的五彩世界，溢出蓬勃汹涌的青春朝气，后者是一张经典泛黄的老照片，曾被雨水浸染变皱，却有一份光阴的沉淀。这是很难比较的，就像白与黑、日与夜、朝晖与晚霞，可以有偏爱，却不该谈对错。

"其实我不觉得大佬文本幽默，我更喜欢现场气氛炸的段子。"小葱面露迷惘，磕磕巴巴道，"但他这回都掏出快板了，莫名有一种令人心酸的好笑，搞不懂……"

聂峰："主要给你打快板的是程俊华，换谁都撑不住。"

"我还是喜欢明快的，大佬表演总有点儿丧。"王娜梨痛苦地抱头，哀叫道，"果然是我无法欣赏伟大的脱口秀吗？"

周围人议论纷纷，当事人却很安静。

程俊华下台后，独自坐在前排，一言不发地等待结果公布。他脊背挺直，手掌紧握成拳，放在自己的腿上，还未从表演状态中脱离出来，浑身都绷着。

楚独秀则坐在同伴中，回味着方才的段子，没有参与众人的讨论。她双眼放空，看上去在走神，轻轻地抿着嘴唇，思绪不知飘往何处。

坦白讲，她没在想胜负，反而心生玄妙感，宛若有所开悟。

大佬的演出如同巨石滚落，轰然撞开了她心中的门扉，瞬间醍醐灌顶、灵光乍现。那是另一个观察世界的角度，就像山脚的人仰头望山，只能看到山巅的一面，突然被移动位置，终于一览山峰的另一面。现在，这座山在她头脑里变得立体，不再是平面化的图像，而是可旋转的三维模型，南北面的风景都涵盖在内了——她隐约摸到了点儿东西，却还不知道有什么用。

最后一名选手表演完毕，两组将宣布排在末尾的选手，完成十六进十二的淘汰。

王娜梨位列组内倒数第三，侥幸地没被淘汰，死里逃生躲过一劫。她心有余悸："我真是苟进去的，每次都在毒圈边缘，差一点儿就被毒死了。"

楚独秀已经回过神来，重新加入话题，笑道："能苟进半决赛也牛啊。"

"但我好想有场经典的。"王娜梨叹息，"就像你们一样，春晚喜剧之王、脱口秀干将莫邪，这种能被人记住的梗。"

虽然参赛选手越来越少，但不是人人都能有标签。很多选手晋级了，观众印象却不深，他们缺乏网络的传播度，不像某些有令人惊艳表现的选手，即便因后续拉胯被淘汰，节目外也有名气。

"你半决赛还有机会。"小葱瞥见变化的屏幕，又见苏欣怡等人上台，忙道，"来了来了，要公布晋级排名了。"

楚独秀和王娜梨一怔，忙不迭望向台上。

被淘汰的选手发表完感言，接下来是晋级的名单。他们刚刚下台，就看见屏幕亮起，索性站在台口，饶有兴致地道："不行，就算我被淘汰了，也要看完前三再走。"

"至少得知道'想'组第一是谁！"

"现在我比等自己淘汰还紧张……"

场内同样喧哗起来，观众们激动地呼喊，有些人叫着"楚独秀"，有些人叫"程俊华"，还有一部分人没有喊名字，高呼"keep relax"或"收复阿美莉卡"，沸反盈天，闹成一团。

罗钦、苏欣怡等嘉宾目睹此幕，有点儿慌了，同样哭笑不得。

屏幕前，尚晓梅用对讲机提醒工作人员维持秩序，适当平复现场观众情绪。她说道："我有预感，这轮播出后，网上要吵疯了，这把谁赢了都不服众。"

谢慎辞："不谈表演本身，单纯讨论票数，程老师没准会高点儿。他这场跟以前反差太大，带给观众的冲击感很强，有些表演外的东西加成。"

程俊华抛弃过去的风格，某种程度也算预期违背，勉强跟楚独秀的炸场战平。他以前没那么放得开，总归有点儿端着的感觉，今天却是穷途末路的笑中带泪，跟演出主题隐含的怅然也契合。

小葱的话其实没有错，出人意料的不只是表演内容，还有表演者程俊华，他被逼到这

第七章 敢想

地步任谁都想不到,自然觉得惊喜。

"如果下一场还是这水平,恐怕就悬了,观众预期变了。"谢慎辞慢条斯理地分析,"同样的招数只管用一次,就像快板也只能使用一回。"

程俊华在半命题赛放大招,后续赛事就不好用了,旁人对他的印象变化了,不一定再有这场的震撼。

鼓点般有力的音效响起,连带舞台的灯光在乱晃。屏幕上,两组的晋级人员终于公布,十二强选手新鲜出炉,现场投票也标在后面。

众人大气都不敢出,顾不上看自己的排名,下意识地盯着最上方的位置,紧接着喊喊喳喳地交流起来。

"又是两票!"

"天哪,命运,这就是命运!"

"说实话跟打平差不多了,同组对决还能差两票。"

比赛结果宣布,全场哗然。

程俊华望着名单,微松了一口气,不知不觉松开手指,后背缓缓地仰倒,这才敢靠着椅子。

楚独秀位列第二,她盯着票数,下意识地伸手鼓掌,不是没有遗憾或失落,只是游戏总会有输赢,因此很快调整好自己的情绪。

晋级选手也要陆续上台发表感言,楚独秀排在第二,要在程俊华前面讲。

"会觉得有点儿可惜吗?"苏欣怡出面采访,她眼含温柔,轻声道,"我看结果公布,你居然还鼓掌。"

明明比输了,却还是鼓掌,有点儿傻乎乎的。

楚独秀一愣,她挠了挠脸,不好意思道:"肯定有点儿可惜,但仅仅可惜最终结果,这么做好像更可惜了。"

没人愿意被压一头,但现实是总会有高低。幸好她自小就习惯了别人比她强,也可以看开,不然活着会很难受。

罗钦怔住了:"这话都有点儿哲理了。"

"难以置信,我一个学新闻的人输给了看新闻的程老师。"楚独秀轻松地插科打诨,"我输的不只是幽默,还有我的专业课,希望导师不会看这期节目,论文还没答辩呢。"

观众都笑起来,气氛重新变得愉快,不再有剑拔弩张的感觉。

待楚独秀下台,又换程俊华上去讲。

王娜梨眼看同伴归来,喃喃道:"她真的心态很好……"

小葱点头。

楚独秀参赛以来鲜少有过败绩,尤其本场差距不大,换谁都要缓一会儿,没法立马就开玩笑,调和现场氛围。

"啊，不行，我看不得这个。"北河捂住眼睛，瓮声瓮气道，"突然就觉得她该赢了。"

路帆面露迷茫："怎么了？你怎么眼圈红了？"

"我共情了，想起以前的事，她明明都……"北河思及正在录制，又摆了摆手，"算了，不说了！"

别人只当楚独秀大气、输得起，但北河一向擅长搞气氛，莫名竟领悟了对方此刻的情绪。

不是没有不甘，但又有什么用？难道怨恨击败自己的人吗？

不如笑笑就过去了。

乐观者的浪漫就是，敢于笑着推动事情，明天太阳照常升起。

程俊华的表演和内核是在台上融合，楚独秀的表演和内核却在台下融合。

半命题赛结束后，十二强选手能够稍稍休息下，只是日常业务也不轻松，不但要拍摄画报、采访等物料，还要准备半决赛及决赛的段子。如果是知名选手，偶尔需要拍广告，更是忙得连轴转。

节目组放出消息，决赛是全网直播，录制八进四和四进一，连比两场会更加紧张。

楚独秀从早到晚就没歇过，不是跑到摄影棚拍商务，就是乘车时发呆想段子，天天双眼呆滞、神游太虚，在繁重的事务性工作中苟延残喘。

她没空想半命题赛的败北，而是抓紧一切时间发呆，努力留住那天的开悟之感。这东西稍纵即逝。她还随身带个小本子，产生想法就写写画画，想要从中酝酿出什么。

当然，过度用脑的后果就是精神状态看起来更差。

好在众多选手状态都差，北河等老演员也面露疲态，更何况是初次参赛的新人。

酒店大堂内，楚独秀照旧坐在沙发上等车。由于节目外人气高涨，商总给她接了些商务，严重挤占了她的创作时间。

她原本怀疑商总是怕自己没签约会跑，想在节目期间疯狂压榨，后来得知程俊华、北河等人同样广告很多，就明白是无法避免的事——播出时，演员热度最高，资源也最多，错过风口就惨了。

今日，楚独秀要独自拍摄，唯有谢总站在沙发旁，待会儿陪她接洽商总。

"你最近情绪好像一般。"谢慎辞见她愣神，好半天都没说话，小心翼翼地试探，"还在想上场比赛？"

半命题赛后，楚独秀沉默了很多，当时发表的感言虽坦然，但赛后却不时思绪游走、眼神空洞。

楚独秀下意识点头："对。"她最近都在思考，想从程俊华的表演中吸取一些优点升级，CPU时常不够用。

谢慎辞沉吟数秒，安抚道："一场比赛不算什么，有时候跟观众有关，不用太过介意。"

第七章 敢想

他该不会是以为自己在惋惜吧？楚独秀骤然回过神来，仔细打量谢慎辞，看他面色沉着却嘴唇抿起，似有点儿忧心，她忽然抛开段子，有了逗人的念头。

"不行，输了就是输了，我的单口喜剧梦碎了，再也振作不起来了。"她长吁短叹，索性身子一歪，好似被车撞倒，趴在沙发上面，公然碰瓷，哀叫道，"这是工伤，我的精神粉碎性骨折，谢总赔钱吧。"

谢慎辞看她横倒在沙发上，不由得走过来两步，胳膊肘撑着沙发背，静静站在沙发后方，俯身观察装死的人。只见她的脸颊被长发及衣袖遮挡，一动不动，演技精湛。

知道她没事，谢慎辞紧蹙的眉头展开，神情也柔和下来。他黑眸微闪，配合地接话："前两天参加的半命题赛，现在精神才粉碎性骨折？"

楚独秀埋下头，闷声道："前两天就骨折了，但验伤需要时间，不能讹人嘛。"

她确实讹得挺严谨……

谢慎辞问道："要赔多少钱？"

"你有多少钱？"

谢慎辞提醒："这话像在讹人了。"

"大家都不容易，先了解一下财务状况，要是没钱就少讹……"楚独秀忙改口道，"少赔点儿。"

谢慎辞厚颜无耻道："我没钱，初创公司，一贫如洗。"

"骗人，你没钱怎么开公司？"楚独秀如探出头的鸵鸟，露出被遮的面颊，转身躺在沙发上，"初创也要资金，不能为了省钱公然信口开河，逃避企业责任。"

"钱是家里给的。"谢慎辞低头看她，一本正经道，"不然你跟我回去，我让他们赔给你。"

楚独秀："？"跟他回家要钱像话吗？

谢慎辞站在沙发后，倚着靠背，低头望她，乌黑碎发垂下来，好似高大树木的枝杈，遮蔽了上方的天空。他明明离她有些距离，甚至隔着软沙发，但睫毛清晰可见，又让人觉得太近了。

楚独秀趴着时，没有跟他对视，感觉还不明显，现在平躺在沙发上，见他探头打量自己，莫名有点儿不好意思，觉得姿势古怪又暧昧，忙匆匆坐起来。

"谢总，你都这么大人了，是不是该独立点儿了？"她语重心长道，"你要自己承担外面的风浪，哪有遇到困难就让家里解决的。"

谢慎辞见她起身，视线也随之抬高，颔首道："说得有道理，但我没有钱。"

楚独秀思索道："这样吧，我也不为难你，没钱赔就换其他的，你可以做点儿别的事。"

"比如呢？"

"快乐是无价的，你讲个段子吧。"她提议，"你是善乐的老板，应该懂喜剧才对。"

楚独秀觉得自己胆大包天，敢让善乐老总讲单口喜剧。别人都给老板表演节目，她让

195

老板给自己表演节目。但她跟谢总相处相当轻松，不由自主地就会放肆起来，类似在家和母亲互呛，没有要故意吵架，单纯好玩儿，想要欠欠地来一下。她只见过谢慎辞改稿，还没见过他讲脱口秀，自然好奇得不得了。

谢慎辞为难道："我没法讲段子。"

"你明明能改稿，怎么会没法讲？"楚独秀不满地抗议，"难道你作为喜剧公司老板，出去见投资人，都不展现幽默？"

"写和讲是两码事，我不太擅长表演。"谢慎辞有些别扭，又道，"再说投资人最怕你在生意上瞎幽默。"

楚独秀："试试嘛，你先试一试，把文字念出来也行，难道你的巅峰就是海绵宝宝了吗？"

"……"

谢慎辞架不住她央求，难得地流露一丝纠结，在良久的静默后，嘴唇轻微地张开，好似要开始表演，嗓子却没有声音，宛若失去声音的美人鱼。

楚独秀满怀期待地等着，眼看他数次尝试，话都到了嘴边，可惜迟迟吐不出来。她面露疑惑："谢总，别人是皇帝的新衣，您这是皇帝的段子？"

声音呢？这都酝酿好长时间了，他就是张嘴不说话。

谢慎辞同样进退两难，一度伸手扶住脖颈，想要以此迫使自己发声，状态格外窘迫。

这就像骁勇善战的大黑猫，明明从不会胡乱叫唤，最多发出低沉的吼声威胁，却被迫嗲声嗲气地喵两声，跟人类卖萌。

据说，猫和猫沟通不会互相喵喵叫，喵喵叫主要是吸引人类的注意。

片刻后，谢慎辞放弃了。他心如死灰，干脆道："说吧，你要多少钱？"

楚独秀："你刚刚还说没钱的。"

"刚刚确实没有，聊天的这几分钟突然就赚到了。"他面无表情地掏出手机，"简单点儿，不讲段子光赔钱，转跟你姐姐一样的数字，还是因通货膨胀加一个零？"

这是决定掏钱挽回尊严了。

"不要谈钱伤感情。"楚独秀煞有介事，"再说我们都搞单口喜剧，段子才是抵御通胀的硬通货，就像黄金一样，您应该明白这个道理！"

谢慎辞骤然语塞，说道："那就欠着吧。"

"破罐子破摔？"

谢慎辞无力地掩面，试图回避动物表演，挣扎道："不然我抵押自己，你去找公司的人，让他们讲段子赎我。"

看得出来，谢总的幽默纸上谈兵，脱离文本就说不出来，多少被冰山外壳束缚住了。

"你确定会有人来赎？"楚独秀被他的无奈逗乐，饶有兴致地补刀，"万一尚导和商总高兴坏了，巴不得你被抵押出去，最后砸我手里怎么办？这就属于不良资产。"

第七章 敢想

反正尚导肯定做得出来这种事。

谢慎辞抬头,视线飘移,应道:"也行。"

"?"

两人正在说笑,商良走进来,遥遥看见他们,说道:"你们等多久了?"

楚独秀:"商总。"

商良听她叫人,同样礼貌点头。

楚独秀看到商总露面,当即不再嘻嘻哈哈,恢复端庄的模样。她敢跟谢总开玩笑,但商总是严肃的老实人,还是要表现得客气友善点儿,不然容易被误以为在冒犯。

谢慎辞见他过来,立马甩锅:"你讲个段子。"

楚独秀心微跳,生怕商总要追问,牵扯到方才的聊天,暴露自己对谢总大不敬的事。

商良冷不丁被指派,斜谢慎辞一眼,没好气道:"你看我长得像个段子吗?"

楚独秀:"……"

很好,看来大家对谢总都大不敬,她已经属于温和友好的类型。

商良没管谢慎辞的玩笑,很快就说起正事,跟楚独秀确认道:"北河也在那边,他后天得回公司,就改今天拍了,你能接受吗?"

按道理,楚独秀今日是单人拍摄,不会跟北河在棚里碰面。

"能。"楚独秀疑道,"为什么不能?"她一时没搞明白商总的问题。

"两个人进度会慢点儿,有些演员不喜社交,跟其他选手不熟悉,也会想要独立空间。"商良道,"你不介意就好。"

楚独秀了然地点头,她原以为选手都被打包安排,没想到节目组还会征求意见。这样想来,她前几次总跟王娜梨等人混在一起,跟随大部队行动,所以才没察觉。每次拍广告的时候,导演也会特意询问她能不能接受跟小葱、王娜梨同框,只是三人关系好,巴不得一起拍摄,没在意过这些话。原来有人不能接受吗?

楚独秀走出酒店,慢慢地上车,等待着出发。

商良和谢慎辞站在车外,简单地聊些工作,才准备上车去摄影棚。

商良:"我过去沟通完只能待一会儿,要给你们订包间吗?选中餐还是西餐?"

商良基本在市内公司活动,主要处理繁杂的日常事务,没法在摄影棚待太久。谢慎辞和尚晓梅驻扎在酒店,距离演播厅更近,时不时盯梢舞台变化。

谢慎辞诧异道:"晚上要在外面吃?"

"你不该跟她在外面吃?"商良瞪他,"别气我,争点儿气。"

谢慎辞不解。

商良欲言又止:"不要再装傻,跟她聊签约的事,都半决赛了。"

商总着实不愿回忆那天被楚独秀撞破自己"算计"她的尴尬场面。他肯定没法跟她面

197

谈了，对方又不是大傻子，听到"压价"一词绝对会心生警惕。然而离决赛越来越近，一直拖着也不是好事，总要白纸黑字有个结果。如果谢慎辞都无法说服对方，商良就打算找尚晓梅和路帆，让她们跟楚独秀介绍善乐的情况，好歹先有一个合作雏形，再慢慢地打磨细节，不能只维持短期约不变了。

谢慎辞沉吟数秒，怀疑楚独秀也许不愿吃饭，赶着回酒店想段子。但他见商良一脸肃然，又不好多加解释，便道："那你订吧。"

吃不吃再说，到时候看情况。

摄影棚里，楚独秀和北河碰面，轮流在片场拍摄，一人上场时另一人琢磨段子，进展比商总预想的顺利，并没有耽误太长时间。

楚独秀闲暇时缩在角落里等待，不经意间瞥见场记表，发现了三个人的名字，分别是北河、程俊华和她自己。三人分三天拍摄，程俊华是昨天拍的，她和北河都在今天。

说起来，她在初选赛的拍摄后，再没私下见过程俊华。

绿幕前，北河一边按部就班地拍摄，一边将工作人员逗得前仰后合，时不时就爆发出笑声。他向来擅长在集体里活跃气氛，相比知书达理的路帆，北河整个人跳脱开朗得多。

楚独秀安静地欣赏此幕，手里握着笔，偶尔会写写画画。

片刻后，工作人员要重新布场，两名演员能休息片刻，北河回到楚独秀身边。他拍了拍椅子，见她盯着自己，像在用本子打草稿，吊儿郎当地调侃："我长得很喜剧吗？怎么老盯着我看，打算拿我做素材？"照旧是嬉皮笑脸的，跟他平常的状态差不多。

楚独秀却难得地没有接梗，反问道："北河哥，你累吗？"她偶尔有些奇怪的共情，看集体里的北河，就像看家里的自己。

北河一怔。

"累。"

下一秒，北河的笑容消失，他整个人摊在椅子上，不再小丑似的耍宝，唉声叹气地大倒苦水："累死了，我昨天失眠，就睡了三个小时，明天有事要回公司，被迫今天过来拍摄，决赛段子还得改，累得就快断气了，这破比赛什么时候结束！"

或许是因为两人相似的经历，双方都没再故意搞笑耍宝，而是借此时间释放压力，难得地喘息一会儿。

楚独秀好奇道："回公司要做什么？"

"公司还有好多事儿呢，你不会以为我们就参赛吧？"北河烦闷道，"节目是推广的窗口，但离开了《单口喜剧王》，事情也一茬儿又一茬儿。没签约的只管节目，签约的还有别的事。"

北河、路帆等人不光录节目，在公司里也担任职务，不仅仅要参加比赛。

楚独秀若有所思。

第七章 敢想

北河撞上她的目光，忽然想起了什么，当即又回过神来，轻咳道："你是不是还没签约？那什么，我刚才都是随便乱说的，善乐文化是一家优秀的喜剧公司，我们的工作氛围轻松有趣，期待有朝一日能够跟你共事。"他一秒振作，竖起大拇指，滔滔不绝地推荐起来，"我们是最知名的单口喜剧公司，堪称行业标杆，全面深度发展。扁平化的公司管理，年轻有活力的工作氛围，没事还可以坑蒙拐骗老板的饭，绝对是不二的就业及签约选择哦！"

好一个社会人变脸！

楚独秀听着官方套话，既好气又好笑："你刚刚不是这么说的！"

"人总会有点儿负能量，我是知道你不介意，把你当自己人，才敢胡乱说的。"北河解释，"嗨，换个胡思乱想的选手，我肯定不说这些话。"

楚独秀叫道："感情牌，开始打感情牌了！"

"那也是有交情才能打这牌啊。"北河随意道，"你要觉得我讨人厌，我立马识趣地滚开了，都坐不上牌桌。"

楚独秀一愣："别这么说，什么讨人厌……"她天生对某些词汇敏感，听他自嘲自贬，当即出言制止。

"这有什么？我知道有人不喜欢我的性格，但无所谓，我不在乎。"北河瞧她脸色微变，不由得乐出声来，"我一看你就知道，还没经历过社会毒打，想要保全周围人的面子，想要大家都能开心心。我以前也这样，就像有种责任感，不能让场子冷下来，不能让别人聊天不舒服。"他不知思及什么，黯然道，"但有时候就是会不开心，你再怎么开朗努力，再怎么调节气氛，还是会有人指责你、骂你。你也不知道哪儿错了，哪里都没有错，最后却不愉快。"

楚独秀怔住了。尽管两人的个性相距甚远，但经历或遭遇没准有共性。北河总在活动中调节气氛，她则总不愿其他人难堪，都扮演用幽默做润滑剂的角色——他们靠贫嘴来回避一些话题，逐渐拥有熟练抛接梗的能力。

北河郑重其事道："你要有心理准备，半命题赛播出后，网上争论不会少。即便你输了两票，照旧会有人说你。这都是我的经验之谈。"

楚独秀和程俊华的巅峰对决播出后绝对会有热度，同时将带来巨大争议。网络评论是一把双刃剑，可以刺激演员创作，也能轻易毁掉演员。

楚独秀迷茫："因为比赛结果吗？"

北河点头："你以前是素人无所谓，但节目播出后，一言一行都会被点评，要学会保护自己了，再继续看人眼色会很难受。当然，这也是你的优势，你写段子靠共情，我能理解改不了。不过很多人都承受不了这种压力，第一季好多选手纯靠兴趣讲脱口秀，等他们真站到聚光灯下，没过多久就崩溃了，再也讲不出东西了。"他回忆起往事，怅然道，"他们说什么都被骂，说什么都会被指点、批判，坚持下去的人越来越少。我和路帆算心态好的了，还能继续上台，没彻底转编剧。"

脱口秀演员最初都是出于爱好，不少人甚至是兼职表演。他们将自己暴露在舞台，收获笑声及掌声的同时，也不可避免会遭遇伤害。

"公司有配备心理咨询师，也有演员在保护自己，比如生活中少跟人接触。其他职业的人经常不在乎情绪，他们能公事公办地工作，但脱口秀演员的情绪很珍贵，你没了这些就写不出稿子，连饭都吃不上了。"

这就是北河当下担忧的事。楚独秀是有潜力的好苗子，但她以前轻松地创作，暂时不会感到压力。可随着节目播出，她的名气越来越大，审判她的人也会越来越多，那份无拘无束的快乐没准就没了。

"你和路老师也被骂过吗？"楚独秀疑道，"我只知道很多人喜欢你们。"

"那你是没见过第一季决赛的腥风血雨，错峰观看我们节目的吧？"北河无奈道，"那段时间网上骂疯了，我俩被说得水火不容、你死我活，录制时我瞪她一眼都能被说成翻白眼，她跟我开个玩笑就是在阴阳怪气。"他长叹一声，"实际呢？我俩天天一起熬夜加班赶稿，互相打赌谁的心理状态先出问题，就等着看对方抑郁。"

楚独秀神色微妙，吐槽道："你们这种地狱级别的笑话，网友怀疑二位不合也不是没有道理。"

这是多么硬核的革命友情。

"我有预感，你早晚要面对这些，你的表演水平很高，不会被忽视的，要先打预防针。"北河懒洋洋道，"这个世界很大，校园里总喜欢比成绩，一定要排出第一第二，社会上不是这样的，赢了不代表真赢了，输了也不代表真输了。凡事轻松一点儿，冠军不算什么。"

楚独秀"嘶"了一声："道理我都懂，但这话是上届冠军说的，总让人觉得……"稍微有点儿凡尔赛？

"所以你要好好听我接下来说的话。"北河神秘兮兮道，"冠军不算什么，你知道什么东西才是更重要的吗？"

楚独秀追问："什么东西？"

"找到跟你志同道合的同伴。"他言之凿凿，"尤其是要加入一家好公司，你连优秀团队都不用找，公司都帮你配备好了，比如行业领头羊善乐！"

楚独秀哭笑不得："居然在人生鸡汤里硬加广告！"

难道这就是商务后遗症？北河不光在节目段子里植入，连节目外聊天都会有植入。

北河热络地邀请："真的，加入我们吧。我知道，没准有其他公司也会找你，但我们是认真搞单口喜剧的。你不要像大佬一样误会，觉得我们只能做节目，其实公司有很多规划，节目仅仅只是引流。"

"规划？"

第七章 敢想

"对,比如路帆就负责授课及教材翻译。你应该参加过善乐培训营吧?我们一直在培养新的脱口秀演员,想要打造一套成熟的课程体系。"

楚独秀点头:"路老师教课很好。"

"她擅长那个,毕竟是老本行。"北河道,"我主要是负责闻笑剧场,联系俱乐部,维系演员关系。我们会逐步在各地举办演出,节目上只能有五分钟,但剧场里可以更加完整。当然,前提是有观众,所以需要节目吸引他们过来。"

"听起来是很厉害。"楚独秀一脸麻木地说,"但我确实没有料到,疯狂拉我进公司的人是自称混子的北河哥,这也是你设计的预期违背吗?"

她已经搞不懂善乐文化了,大领导天天发表情包,小领导沉迷于精神内耗,自称混子的前辈既像人事又像传销,果然是喜剧公司,四处弥漫着笑料。

"不会吧,不会就我吧,谢总没提过?"北河一拍脑门,"商总是不是跟你一起来的,他居然没想方设法游说你?照他性格不该啊,早就该让你签了。"

"商总遇到了点儿意外。"楚独秀简单地描述了那日撞破老总密谋、商总尴尬退场的神奇事件。

北河听完来龙去脉,爆笑出声,语气里难掩幸灾乐祸:"商总也有今天?我能找你买断这个素材吗?"他和商良没有深仇大恨,单纯就是小事不合,偶尔互相看不顺眼,听闻对方糗事自然就乐开了花,挤眉弄眼讨价还价道,"我想写成段子,年会的时候讲,反正是内部梗,价钱便宜一点儿。"

"然后明年不来上班了,是吗?"楚独秀果断拒绝,"不卖,万一我以后还得跟商总打交道呢?"

而且她不希望将脸皮薄的商总逼上绝路,公司的正常人已经不多了。

"既然如此,你就再撑一撑吧,分成确实能更高。"北河啧啧道,"反正你愿意签就行,谈分成是各凭本事,每个演员不一样,我就不掺和了,不是这部门的。"

公司里人员众多,演员水平也不同,待遇必然有差别。北河同为演员,不会没眼力见地压楚独秀的价格,都清楚有钱才有动力。

"我只能说,人活着干什么都累,包括你以后真进公司,全身心投入单口喜剧,肯定也会有累的时候,就像我现在这样。"北河道,"但做自己喜欢的事,有能交心的朋友,人生起码不会太苦。可以活得累,但不要活得苦,那就真没劲了。"

楚独秀难得地见他没开玩笑,在久久的思考后,轻轻地"嗯"了一声。

摄影棚前,楚独秀和北河结束拍摄,谢慎辞也在别处忙完,双方在门口碰面,商议起下一步的计划。

夕阳已经彻底落下,唯有天边隐约有亮光。明黄的灯光照亮停在路边的车,在摄影棚外相当显眼。

北河遥遥地看见车子，忙不迭跟楚独秀告别，又跟谢慎辞打招呼："老板，我不吃你今晚的饭了，太困了，直接回市里睡一觉！"

谢慎辞："行，剧场方案我看过了，你可以赛后忙这个，没有那么急。"

两人交往向来直接，有话就说，有事就做，既是上下级也是朋友，开玩笑不耽误正经事。

"得嘞，那我先走一步。"北河朝楚独秀挥手告别，"你替我多吃点儿，要是吃垮公司，我就不用干活了。"

楚独秀弱弱地道："是谁以前说'要是多吃两盘菜公司就被薅死了，证明单口喜剧还是不行'？"还让她吃垮公司，未免太高估她了。

片刻后，北河乘车离开，门口只剩二人。

"你晚上想吃什么？"谢慎辞道，"商良订了个西餐厅，也可以去吃中餐，但都要坐会儿车，跟酒店有一些距离。"

摄影棚在郊区，附近高档餐厅有限，必须乘车才能抵达。

"啊。"楚独秀听闻两个选项，顿时感到头大，犹豫道，"谢总，有没有中西合璧的选择……"

谢慎辞望着她，静候下文。

楚独秀硬着头皮道："类似快餐什么的，融合两者的精华。"她承认，自己是山猪吃不来细糠，偶尔跟姐姐去高档餐厅还行，但忙碌一天继续摆弄刀叉，确实没办法让人快乐。

谢慎辞早预料到了，问道："想要早点儿回去休息？"

楚独秀点头。

"可以，那我们直接回去。"谢慎辞没有意见，他低头一瞄手机，又忽然想起什么，踌躇地试探，"或者，你想不想吃别的？"

酒店不远处的小街灯火通明，无数小贩骑着三轮车过来，搭出一条简单却热闹的美食街。铁板鱿鱼和蒜蓉生蚝在高温中飘散香味，鸡脆骨和臭豆腐掉进油锅，被炸得吱吱作响，路边麻辣烫有袅袅白烟，将用餐的行人环绕，宛若人间仙境。

这是郊区夜里最亮的区域，聚集着忙碌的小贩和来往食客。他们用价廉物美的小吃，缓解一天的疲惫及饥饿。

楚独秀刚一下车，便彻底迷失自己。她给王娜梨发了条微信，还附上一张小吃街的照片，询问对方有没有想吃的。

王娜梨在酒店改稿，被馋得嗷嗷直叫，一连点了好几样。

"很好，我们先转一圈，再确定买什么，避免吃不下。"楚独秀沉着地部署着，"现场吃一部分，再打包一部分回去，这样都可以尝尝。"

第七章 敢想

谢慎辞见她眉飞色舞，有些意外："这么开心？"他得知她对西餐没兴趣，随口问了一句大排档，却让她激动坏了，都要坐不住了。

"小垃圾就要吃垃圾食品才会快乐。"楚独秀兴致勃勃地溜达，雀跃道，"吃完这顿够我妈打我三天！"

谢慎辞："……"

两人在烟火气中穿行，时不时品尝些小吃，连带打开话匣子。

楚独秀绘声绘色道："说出来你可能不信，北河哥力邀我签约，可谓公司模范员工，他在节目上的混子人设塌房了，谢总真该给他升职加薪！"北河今天说了这么多，的确是出乎她的意料。

"他就偶尔混一混，避免太消耗自己，大事上挺正经的。"谢慎辞道，"他很享受那种浑水摸鱼再冷不丁一鸣惊人的感觉。"

楚独秀感慨："原来如此，我们刚刚聊了好多，还交流相似的处境，革命友情又加深了。"

谢慎辞闻言瞥了她一眼，说道："北河和你还是有些不同。"

"哪里不同？"

"他要听见笑声才会有安全感，所以生活里也搞气氛，比外表要脆弱。"谢慎辞答道，"你对外界反应没他那么敏感，更多的是想要表达，热衷于分享感受，有没有笑声倒无所谓，心态反而要好一点儿。"

北河最初逗人发笑带着一些讨好，慢慢调整过来，逐渐保护自己。楚独秀平时逗人发笑更类似天性使然的分享，心态比北河豁达不少。她的姐姐出类拔萃，从小少不了被外人比较，却照旧能跟楚双优关系好，也代表她比想象的坚毅得多，不是听风就是雨的类型。

"你怎么知道？"楚独秀惊道，"你怎么什么都知道？"

她也觉得自己和北河有点儿不一样，但北河的建议是好心，当然要感激地笑纳。但谢慎辞平日一声不吭，却会细心地观察别人，甚至做出准确的判断，让人大吃一惊。

"这一路就能看出来。"谢慎辞见她神采奕奕，语气也和缓下来，轻声道，"即使我不说什么，你也会开心地聊，不是在强迫自己回应，而是在享受表达。"

"你在内涵我话多？"楚独秀睁大眼，"没给你表达机会，没让你开心地聊？"

谢慎辞："？"

楚独秀面露自责，哀叫道："是我的错，不该阻碍谢总表达，应该给您讲段子的机会。"

"谢谢，不用了……"谢慎辞呼吸微滞，忙道，"我听你表达就很开心。"

这话来得自然，楚独秀内心微动，心脏漏跳半拍，忙挥去异样的感触："虚伪、骗子。"她质疑道，"北河哥都劝我签约，谢总你居然没提过，看不上我的幽默？"

商总提前订餐，应该是想聊签约的事，但谢总再次推却，至今没提起此事。

实际上，楚独秀不介意外人游说，就像北河说的那样，打感情牌也得有感情，不然想

203

坐上牌桌都难。她只是好奇谢慎辞为何不提，明明关系更近。他当初为吸引她讲单口喜剧都能默默地做那么多，现在临近比赛尾声，却没主动提过签约的事，实在是不合常理。

谢慎辞眼眸幽深，斜了她一眼，神情颇有些无奈："你明明知道不是，还故意说这种话。"

他怎么会看不上她的幽默？那就不会追着要段子了。

这话是在诛心。

楚独秀无耻地装傻："我不知道。"

谢慎辞嘴唇紧抿，似乎在斟酌措辞。数秒后，他喉结微动，解释道："我只是希望，有些话不说，也能被人懂，就像幽默不用解释，自然而然就领悟了。"

没准是人如其名，他无法全然释放，唯恐困扰别人，故多是谨言慎行。一如他翻烂喜剧书，但真到现实生活中，脑海中构建的段子一个都讲不出来。

璀璨的灯光，熙攘的人群，两人被红尘俗世环绕，耳边是嘈杂的声音，却在热闹中感到平和闲适。他们相处向来随性，以至于能心有灵犀。即便周围人声鼎沸，楚独秀注视着谢慎辞，依旧听得清他低缓的声音，分毫不差，格外清晰。

"一旦用力地纠缠，就会给对方压力，反而弄巧成拙，那份轻松的默契也没了。"他垂下眼，睫毛颤动，"不管是签约，还是别的什么。"

有一瞬间，楚独秀感觉搬起石头砸自己的脚，她明明是想故意为难谢慎辞，开玩笑让他无话可说，却把自己难住了。

这话是什么意思？什么别的什么？她下意识地想要解读，如往常般用脑电波交流，却感觉脑袋里装满糨糊，耳朵根莫名其妙地热起来，尤其见他没跟自己对视，内心更为慌乱。

别瞎想，别胡乱翻译，没准是隔空交流失败！不能因为谢老板人很好，就产生稀奇古怪的臆想！

楚独秀僵在原地，两人一时都没说话，空气突然静默了下来。

谢慎辞侧过头去，视线投向旁边的小摊，许久没等到她回话。他脸色没有变化，手指却紧握起来，手背隐露浅青的血管。

片刻后，楚独秀率先打破沉默，她心跳如鼓，干巴巴道："对，说得对，自然而然……嗯，我会签约的……"

这话说得语无伦次，都不像脱口秀演员，语言逻辑宛如被碾过一样。谢慎辞却没介意，同样微松一口气，手指缓缓地张开，微不可闻地"嗯"了一声。微妙又暧昧的气氛弥漫，如同冰糖葫芦的香气，让人联想到甜丝丝的味道。

楚独秀拍了拍脸颊，重新振作起来，岔开话题道："还可以买点儿甜食。"

"好。"谢慎辞也恢复正常，他低头看一眼手机，"买完就回去吧，你能早点儿休息。"

楚独秀白天忙于拍摄，晚上没准还要写稿子，要是在外面耽搁太久，睡眠时间估计所剩无几。

第七章 敢想

接下来，两人都没提签约的事，当然也没提"别的什么"。他们依旧自如地交流，大多是楚独秀说、谢慎辞静静地听，他偶尔会冷幽默一两句，恰到好处地搭话，交流氛围轻松愉快。

没过多久，两人在小吃街打包完美食，又在酒店大堂稍微分了分。谢慎辞带一些东西给聂峰等人，楚独秀则要带回王娜梨的点单。

茶几上，雪白餐盒躺在塑料袋内，伸手一摸还有余温，就是不知道里面装着什么。楚独秀望着诸多餐盒，一时间晕头转向，问道："这盒是什么？我没印象了。"

谢慎辞瞄了一眼："铁板大虾。"

楚独秀将餐盒推向他："你买的吗？"她跟着他转了一圈，居然没看见大虾，不知道他何时买的。没想到他也喜欢吃虾，跟自己的口味差不多。

谢慎辞点头："嗯，你带走吧，你好像很喜欢大虾。"

楚独秀愣道："你怎么知道？你怎么什么都知道？"

什么心有灵犀？什么脑电波交流？他是安装了窃听器，偷听她内心想法吧！

谢慎辞道："你聚餐总夹这个。"

楚独秀连忙婉拒："但是你买回来的……"

谢慎辞摇了摇头："我已经饱了。"

既然吃不下，为什么要买？楚独秀认为此话有点儿像说辞，她可以继续出言质疑，但现在又有一点儿脸热，不好再打破砂锅问到底，只得感激地收下铁板大虾，唯恐再扯出其他话，让自己手足无措。

明明返程的路上，二人都抛开夜市的事，变得跟平日里闲聊一样，如今却又开始怪怪的。这就像小酌青梅酒，饮入时只当是酸甜果汁，不知不觉就放不下杯，谁料酒意后知后觉地上涌，绯云飘上脸颊，这才察觉酣醉，连血液都微烫起来。

楚独秀走回房间，只感觉步子都有点儿飘。她提着打包袋推门进屋，便听到王娜梨发出欢呼声，显然已经等待良久。

房间内，王娜梨欣然打开餐盒，开始寻觅自己点的餐，大快朵颐起来。楚独秀则换了一身衣服，直接瘫倒在自己的床上，双眼紧闭，一动不动。她心脏跳得有点儿快，可能是忙碌一天过于兴奋导致的。

"这是你点的虾吗？"王娜梨揭开盖子，又重新将其扣上，"我不吃虾，先不打开了，你快起来吧，一会儿凉了。"

"好。"楚独秀嘴上应着，脑袋里却还在胡思乱想，压不下自己纷繁的念头。

是有点儿特别？

好像是挺照顾自己，但没必要想太多吧，他对北河等人也挺好。

不过他私下跟北河、商良交谈的画风确实跟在她面前不太一样，只是在人前会收敛得多，

205

其他选手就没怎么注意过。

她一会儿觉得自己想多了，一会儿觉得谢慎辞话里有话，一会儿又觉得自己何德何能，整个人都混乱起来，最后干脆什么也不想，将一切抛在脑后。

不要陷入暧昧想象的谜团，AI单身狗要保持理智运算！难题放置一段时间，没准就碰巧解决了！

楚独秀从床上爬起来，坐在王娜梨身边，将一盒铁板大虾干掉，心情也平复下来，暗叹味道确实非常好。

半命题赛后，《单口喜剧王》热度爆棚，甚至"脱口秀双王争霸""程俊华楚独秀"等词冲上热搜，一天内有三四个关键词跟节目有关。

两人的表演视频被剪辑出来，在各大新媒体平台疯狂传播，连带引发腥风血雨般的争执。这跟北河说的一样，就算结果已尘埃落定，网上照旧沸沸扬扬。虽然大多数观众认为双方的表演都挺不错，水平远超第一季节目，但耐不住有人质疑公正性，非要辩个明明白白。

"这场明显女生好笑，我不认识男的，为什么都吹他？"

"居然有人看单口喜剧不认识程俊华，他是业内元老，太无知了吧。"

"说话好冲，别搞饭圈，节目推广有新观众，不了解老演员正常。"

"上场强压北河，这场强压楚独秀，节目组该不会在保程？"

"不至于，程俊华这场挺好笑。"

"楚的深度不行，没程的立意好。"

"两个表演我都喜欢，但不接受说楚没深度，普通人的共鸣也是深度，难道就地球村和全人类高级？"

"节目组保楚才是真的，一半的选手镜头都在夸她，丝毫不提程俊华，这是剪辑暗捧呢。"

"但是程同样夸她啊，没素材也剪不出吧？"

"你别太荒谬，还剪辑暗捧，程根本就不说话，像跟其他人不熟，别人不提他正常。"

"没错，北河跟他搭话，他回得也简略。"

"不要吵了，我好几年前关注程老板，他台下就是不喜欢社交，脱离舞台会躲在角落里，点评别人也只说真话，他要是夸楚，就是真欣赏！不要阴谋论，互相抹黑了！"

"看来节目该加更，尽快放出下一期。到那时，网友也不吵架了，键盘侠也不抬杠了，所有人都会呼喊'停止一切战争，都来看节目，独秀开讲了'！（狗头）"

"天哪，在这里Call back，原来楚早就跳预言家，提前呼吁光明与和平！"

"吵架的人要是实在不懂，打着快板跟您说总行了吧？（狗头）"

网上的讨论声多到爆炸，楚独秀却并没受到影响。她跟其他人不同，由于写稿和商务活动，已经没空刷网上评价，不像王娜梨和小葱天天都在上网冲浪，蹲守着每期节目的反馈。

第七章 敢想

他们偶尔看到恶评，还会难受一会儿，需要点儿时间调整。

不过，楚独秀没时间看节目弹幕，不代表别人看完不会告诉她。

房间内，楚独秀正对着笔记本电脑噼里啪啦地写稿，右下角却有微信提醒。她好奇地点开，发现竟是楚岚的消息，照旧是分享公众号文章：《帝国主义亡我之心不死，重温伟人讲"不怕鬼的故事"！》。

楚独秀点开文章阅读，发现内容是中美关系紧张，西方政客抹黑中国，呼吁要坚持不怕鬼精神，不怕鬼，不信邪，跟鬼作斗争，把鬼消灭干净，保持一往无前的前行动力，才能战胜风险和挑战。

楚独秀读完，心情颇复杂：好消息是，妈妈真的观看了节目，并一直隐晦地关注动向，借用各类文章鼓励；坏消息是，她有点儿太当真了，都上升到阶级斗争了。

楚独秀赶忙打字回复，郑重地澄清事实，想打消对方的疑虑："妈，节目是故意夸张，我和程老师连内部矛盾都没有，更不会有敌我矛盾，你别太着急上火了。"

竞技综艺自带紧张感，加上楚岚的性格火爆，她看奥运会都急得不行，估计看《单口喜剧王》也一样。

"对方正在输入中"几个字显示了好久，聊天页面却迟迟没变化，楚独秀瞬间猜透了对方的心思，促狭地再发一条微信："你该不会想嘴硬说没看节目吧？"

这回聊天页面的"对方正在输入中"都消失了。

楚独秀掩嘴直笑，都能想象到母亲的脸色，对方必然是惨遭拆穿的恼火，要是在家就会东拉西扯一大堆，想尽办法转移话题，然后找个借口逃离现场。

果不其然，楚岚终于回复了，却很简单："哪天的票？"

那么长时间，就打出几个字，看得出来很尴尬。

楚独秀老实回复"不知道"，又解释要看决赛的安排，等确定后就提前订票。

母上大人："要是周末回，接机找你爸。"

至此，再无回复。

楚独秀握着手机，嘀咕道："说得好像我爸来，你就不会来一样……"

明明经常忍不住跟着。

闻笑剧场内，十二强选手陆续落座，照旧要完成分组投票。

舞台上，工作人员准备了三块纸板，方便选手张贴自己的名字，选择想要进入的组别。

楚独秀、王娜梨和小葱坐在台下，望着工作人员忙碌的身影，等待节目正式开始。

小葱迷惑道："还要分组吗？半决赛不是自命题？"

楚独秀分析："应该是决定表演顺序吧？同组的人会连着演，然后一起接受投票，就像去年半决赛一样。"

纸板上有四行,每行三个空位,估计是分为四组,每组三名演员,最后淘汰掉一位。

王娜梨盯着纸板不说话。

半响,尚晓梅握着麦克风,出现在舞台之上,开口道:"朋友们,接下来就是半决赛,我们将进行自命题表演。下面由我简单介绍规则。"

众选手当即不再随意地闲聊,凝神细听半决赛的流程。

"半决赛是十二进八,最后晋级的八位选手将进入决赛直播现场。我们将分为四组,每三人一组表演,由现场观众投票,淘汰每组票数最少的那位。选手内投前三名能率先选择组别,其余选手通过抽签的顺序依次上台选择自己的组。"尚晓梅伸手示意,"这是本轮选手内投的前三名。"

伴随音效声,屏幕亮起,排名被公布——

1. 楚独秀

2. 程俊华

3. 北河

众人交头接耳。

北河:"大佬上升了一名,看来上场表演挺不错,大家都认可。"

小葱望向楚独秀,打趣道:"新人王,你倒是不动如山啊!"

楚独秀:"但我第一个选组好像也没用。"

"确实,哪个都一样,选了个寂寞。"

楚独秀听尚导喊自己,忙小步跑上台,随手将自己的名字贴在最前方。现在纸板上没有别人,只有她一个人的名字。

接下来,轮到程俊华选择小组,他刚刚站起身来,众人就开始起哄。

"楚独秀!选楚独秀!"

"大佬,我看第一组是风水宝地,适合您贴一下!"

"必须再打一场,节目才能火啊——"

程俊华无可奈何地笑着,摆手道:"别、别。"

他贴在第二组的最前面,名字刚好在楚独秀下面,双方不同组,不会同时投票。

大家发现没热闹可看,肉眼可见地失望了,遗憾本轮没巅峰对决。

楚独秀目睹此幕,说不出是放松还是有一点儿失落,但早晚还会碰上,似乎也无所谓。

聂峰:"那就只能决赛再打了。"

路帆:"现在都想稳一点儿,先进决赛再说吧。"

北河选择第三组第一个,至此前三名互相岔开,只剩抽签选组的其他演员。

大家都不愿意选强者多的组,没准自己会被挤到淘汰位。

路帆将名字贴在楚独秀后面,阵容实在太强悍,致使第一组无人敢选。

第七章 敢想

许久后，王娜梨上台贴牌，她的顺序恰好排中间，剩余的位置还有一些，但她却没有挑人少的组，而是盯第一组盯了良久，缓缓将名字贴了上去，终于填满所有位置，从前往后分别是：楚独秀、路帆、王娜梨。

此举一出，全场哗然，唏嘘及惊叹声此起彼伏。

"为什么？"小葱震惊道，"她要是选这个，基本就……"

必输无疑。

楚独秀是新人王，路帆是上季亚军，王娜梨是以卵击石，丝毫没有翻盘的机会。

楚独秀怔住了，同样不明白，紧紧盯着台上的好友。

"搞个女生组，这样不好吗？"王娜梨回头，一扯嘴角，笑着说，"如果一定要离开的话，我希望输给我认为的本季最厉害的两名演员，也希望她们看得起我，愿意全力以赴，把我当作她们的对手。"

台下，楚独秀见王娜梨语气轻松，却深知对方选择第一组背后隐藏的勇气。或许，她很早以前就清楚她的同桌好友有多勇敢，孤身一人到燕城培训营，大大咧咧地撞出一条通往梦想的路。

王娜梨选组结束，缓缓走下舞台，只留旁人议论纷纷。

小葱作为三人组成员，犹豫道："这组……这组……"这组全是他认识的人，谁被淘汰都有些可惜。

北河笑着打趣："主要还是人家看不上我们男演员，觉得第一组最强！"

聂峰："是觉得快要离开了，干脆玩儿把大的吧。"

"她要是选第一组，路帆她们就很稳了，其实两全其美。"

半决赛是十二进八，走到当前的阶段，再靠运气不可能。八强绝对是一个萝卜一个坑，即便王娜梨屡次擦线进圈，这次估计也很难，连小葱能否进八强都是未知数。每组必然要淘汰一人，王娜梨是在场选手中最弱的，她主动选择路帆和楚独秀组，等于是变相将她们"保送"了。

王娜梨返回观众席，还跟另两人坐在一起，并没有决战前的水火不容。她们是所剩无几的女选手，在男女比例 4:1 的单口喜剧圈，一步一步走进十二强。

路帆摸了摸王娜梨的辫子，温和地笑道："弟子来挑战，我做老师的当然得应了。"

王娜梨握拳打气："就这几个女生了，我们讲一组特别好的，吊打其他组！"

楚独秀是唯一没笑的人，她长叹一声，痛苦地捂脸："完了，现在压力转给我了。"

王娜梨见楚独秀一脸颓丧，以为对方不愿跟自己对决，一时间有些手足无措。

"我要是讲得没上回炸，就要被你误会看得起大佬、看不起你了。"楚独秀为难地抱住头，"完了，真完了，比上把还紧张。"

王娜梨愣怔数秒，接着开怀大笑，搂住了楚独秀："说得对，我要有大佬的待遇，赌上友谊的半决赛！"

众人选择完毕，进入紧张备赛中。

楚独秀前段时间有商务要忙，最近都泡在剧场里打磨最后的几篇稿子。

选手们会在闻笑剧场打磨段子，观众都签了保密协议，不会对外传播内容，但来试演的选手不多，一是怕影响心态，二是即将进入决赛，众人的好段子在前面消耗了好几轮，越来越少，必须抓紧时间写些新稿。楚独秀和王娜梨倒是坚持来，她们白天结伴写稿，傍晚结伴试演，晚上结伴改稿，一连持续了好几天。

剧场内，王娜梨表演结束，返回后台，跟楚独秀碰面，遗憾地摇头："感觉还是不太行。"虽然她绞尽脑汁提升，但仅仅依靠短时间突击，很难让新段子好笑。每回擦线晋级的结果就是，她的弹药早已提前打空了。

楚独秀偷瞄她，见对方挺沮丧，思索许久后，期期艾艾地道："嗯……冒昧地问一下……"

王娜梨抬头："怎么了？"

"我可以发表一点儿想法吗？"楚独秀唯恐好友不快，小声说完又飞速补充，"没有指责、抬杠、创作指导的意思，仅仅是站在观众的角度，你不想听或不接受也行！"

王娜梨见她求生欲拉满，瞪眼道："但我们是同组竞争，这样好吗？"

两人要同台竞争，楚独秀帮忙提升，自身就有压力。

"果然会不太合适，显得看不起你吗？"楚独秀当即低头认错，"好的，那我不说了。"

她在"台疯过境"会跟小葱交流段子，偶尔直言不好笑也没关系，但跟王娜梨交流就谨慎一点儿。她知道好友将单口喜剧看得重，对方天天乐呵呵的，却很在乎自身的水平，没准会由于建议而受伤。

王娜梨没说话，她也挺纠结，最后闷声闷气地说："算了，你说吧。"

楚独秀眼神躲闪，小心翼翼地试探："真的吗？"

"唉，你和路老师水平太高，我估计听完也追不上。"王娜梨叹气，"所以聊聊吧，你觉得好笑吗？不好笑可以直说，我回去再改好了。"她早有心理准备，即便楚独秀不说真话，观众反应也说明了问题，今天的笑声并不多。

楚独秀斟酌着措辞，平和道："我个人感觉是，你现在太追求好笑，想用表演逗乐观众，状态反而不松弛了。"

王娜梨："但我就是靠肢体动作搞笑，不是文本型选手。"

"突出表演是一种风格，坚持你的优势没问题。"楚独秀道，"但你过于在乎观众的反应，想立马看到他们大笑，让自己的节奏太赶了，还没有表达完就要演下一段。"

王娜梨被击中了要害，黯然低头道："因为想证明我可以。好多人说不懂我的段子，我就更想证明自己。"

第七章 敢想

相比楚独秀等实力选手，王娜梨在网上受到的非议不少，这自然让她懊恼不已，迫切地想要改变。

"你依旧可以表演，但没想表达的吗？"楚独秀道，"你的有些表演其实是杜撰的，这当然没问题，只是我觉得，表演外壳可以是假的，表达核心却得是真的。"

王娜梨似懂非懂。

"你演出来的事件不一定真实存在过，但你靠虚构事件传递出的感情，应该是你发自肺腑想说的。"这是楚独秀最不解的地方，明明王娜梨平时很有趣，但她太重视表演，反而将真实的自己掩盖了。

王娜梨挠了挠头，在原地踱步，思忖道："好像有点儿感觉了，你先等我想一想。"

楚独秀保持安静，唯恐惊扰好友。

片刻后，王娜梨"嘶"了一声，眼睛亮了起来，感慨地发声："你刚刚这么一说，我冒出个新点子，就是还得酝酿一下，不知道行不行。"

楚独秀："晚上回去仔细改吧，可以先把灵感记下来。"

两人在剧场演完，也该回去吃饭了，夜里再调整稿子。

王娜梨点头，忙不迭掏出手机记录，确保创作想法不会遗失。她做完这一切，又上下打量一番楚独秀，突然伸手碰了碰她的胳膊。

楚独秀一脸迷茫："做什么？"

"摸摸你是不是真 AI。"王娜梨鬼鬼祟祟地伸手摸对方的头，认真观察，"你的脑袋瓜子怎么长的？为什么你哪种表演都会？"

"哪有？"楚独秀见她研究自己，嘀咕道，"你好像在菜市场挑西瓜，拿我的脑袋试试声儿。"

"就是有，我私下特意统计过，你从培训营到现在尝试过好多种风格，从文本型到表演型，最近已经开始融合了。"王娜梨惊道，"连大佬都做不到！"

楚独秀最初纯靠文本，新闻学出身的笔杆子，但她半命题赛上又用情绪表演炸过，能够出言点拨王娜梨，代表舞台经验日益丰富，对表演逐渐有了见解，堪称六边形战士。难怪程俊华说她是 AI 迭代，简直就像数据库，不断吸收新内容，不知不觉地更新。

其他人感触不深，王娜梨认识她早，自然大为震撼。记忆中，楚独秀在课堂上被点名还羞赧良久，吭哧吭哧讲了一个"脱口秀二向箔"。现在，她就像脱口秀三体人，已经准备要攻破地球了。

楚独秀不好意思地侧头："你好夸张。"

"一点儿都不夸张。"王娜梨追问，"你比赛后要去哪儿发展？燕城还是海城？"

"为什么突然问这个？"

"我要跟着你混。"王娜梨愤愤不平，"小葱现在水平比我高，一定是在俱乐部跟你

211

交流提升的，我天生就没有地域优势！"参加完培训营后，她回老家练习，没有待在"台疯过境"，错失很多当面沟通的机会。

"环境确实重要，但他的表演水平的提高应该跟我无关。"

"我不管，赖上你了。"

两人有说有笑，从后台溜出来，准备回去用餐。她们走的是演员通道，基本没什么观众，偶尔有工作人员，平时总是静悄悄的，今天却感觉不一样。远方隐隐传来喧哗声，听不清在讲什么，没过多久，乌泱泱的人群映入眼帘。

楼下，工作人员护送两名戴口罩的男子着急忙慌地往剧场里走，并挡住身后激动的人群。剧场大门将两方隔绝，一行人逃进来，总算是松了口气。

只听外面有人高喊："祁筠寒！祁筠寒！"

"筠寒注意休息！不要太累了！"

其中一名口罩男子闻声回头，朝外面的粉丝挥了挥手，立马引发阵阵欢呼。

楼上，楚独秀站在栏杆边俯瞰一楼，愣道："决赛真有大咖啊。"

她费力地辨认一番，发现进门的人是祁筠寒和卢毅，前者是当红小生，拥有大批粉丝，后者是知名演员，最近转型做导演，两人的咖位都不小。商总那天说决赛要加明星，没想到能请来流量明星，看来节目是真火了。

"真是祁筠寒？"王娜梨探头去看，惊喜道，"我还挺喜欢他的上部戏的，可以跑过去要签名吗？"

罗钦和苏欣怡是常驻嘉宾，两人的工作室也挺会办事，专门准备了签名照及小礼物，赠送给《单口喜剧王》十六强选手。现在，祁筠寒也来了，她难免会有所期待。

"走，顺路溜一圈，没签名也看看帅哥。"王娜梨撺掇道，"都说演员现实中比镜头上好看，我看苏老师是这样，不知道祁筠寒如何。"

楚独秀倒无意见，她们想离开剧场，必然得经过演员通道，估计会碰上浩浩荡荡一行人。

果不其然，走廊里的行人越来越多，甚至有安保人员脚步匆匆地穿梭，如同深色蚁群。

闻笑剧场的设计本就针对开放麦，不是容纳海量观众的大型剧场，最多配备一些教学培训的教室。因此，室内的空间比较有限，现在人员一增多，演员通道就显得逼仄。

混乱间，楚独秀跟王娜梨走散了，她茫然四顾，只得发微信，打算在门口会合。

耳边的喧闹声越来越大，好似是有人群往这边来了。楚独秀抓紧时间赶路，想要躲避汹涌的人流，不料却碰到另一个熟人。

拐角处，谢慎辞西装革履，不再是休闲打扮，显然要接待什么人。他冷不丁走出来，正碰见下楼的楚独秀，疑惑地打招呼："你在这里做什么？"

选手的开放麦早就结束，只是楚独秀和王娜梨在后台聊天耽误了一些时间，就比往常走得晚。

第七章 敢想

楚独秀许久不见穿正装的谢老板，被对方的英俊镇住了，脱口而出道："嗯……看帅哥……"说完，她才醒悟自己回得有多离谱，居然被王娜梨洗脑了，看见老板都敢瞎调侃！

谢慎辞沉默数秒，端详她良久，说道："祁筠寒在休息室。"

这语气有点儿怪，算不上冷淡，也不算温和，反正就是怪怪的。

两人在小吃街漫步后，都忙于准备决赛，最近没什么闲聊机会。不过，奇怪的心电感应还在，楚独秀觉得他有点儿怨气，隐隐约约的，不太分明。但她明明没招惹他。

楚独秀突然又想起什么，问道："对了，谢总，你能帮个忙吗？"

"什么忙？"

楚独秀打量他的着装，比往常要隆重得多："你是不是要去接待嘉宾，可以帮忙要祁筠寒的签名吗？"

王娜梨想要签名，但明显没有机会。而谢慎辞接待他时要签名就容易得多，没准祁筠寒等人还会高兴，也算变相承认他们的圈内咖位。

不料此话一出，谢慎辞的怨气明显变大了。他没一口回绝，却将双臂抱在胸前，讨价还价道："我有什么好处吗？"

楚独秀闻言愣了一下，没料到他会这样说。按照她对谢总的了解，他会干脆地回答"可以"或"不可以"，突然问一句"有什么好处吗"，确实出乎她的意料。

谢慎辞不动声色地盯着她，面色如常，语气也平缓，眉头好似蹙起，近看又无波无澜，照旧是面瘫的样子，就是不知为何有些怨气。

楚独秀似有所悟，强压弯起的嘴唇。她故作镇定地低下头："我问问王娜梨，看她怎么说吧，觉得签名值多少。"

谢慎辞看着她用手机发消息，怔道："她是祁筠寒的粉丝？"

楚独秀坦白："不知道，不了解，不确定，可能是高贵路人，也可能是路人粉。"毕竟王娜梨随口一提，没说自己的属性。

谢慎辞听到此话，双臂缓缓松开，不再是抱胸的姿势，两手自然地放下。

楚独秀余光瞥见他的小动作，冷不丁地打趣："谢总，如果要你的签名，也得给好处吗？"

谢慎辞："？"

"您能帮个忙吗？"楚独秀装模作样地掏出纸笔，眨了眨眼睛，恳切地说，"帮忙签个名。"

谢慎辞瞅见她眼底的笑意，哪能听不出她在调侃自己？他一连看了她好几眼，面部线条都紧绷起来，先是领悟刚开始误会了，后又想起她方才说的话，莫名其妙就有些羞赧，不知道在别扭什么。

他慢悠悠地移开视线，没有继续跟她对视，同时平静地岔开话题："如果祁筠寒的公司没意见，可以帮你们问问，我没法打包票。"

"好的，谢谢。"楚独秀听出他避重就轻，又见他不肯接过纸笔，好奇地追问，"难道谢总签名也要善乐同意？"

谢慎辞瞪她一眼，离奇地显露出羞恼的神色，好像用眼神发出警告："我先过去了，怕他们等我。"

他被她当男明星揶揄，着实是撑不住，干脆落荒而逃。

楚独秀见他疾步离开，恨不得要笑出声来，没想到谢总会怕这个。仔细一回想，两人初识时，谢慎辞进退有度、侃侃而谈，还没有现在关系亲近，照旧因她一句"你想说自己长太帅有距离感呗"闹了个大红脸，估计是对所有讨论外表的话题敬谢不敏。

晚上，酒店房间的门被敲响，惊扰了正在改稿的二人。

王娜梨猛地跳下椅子，光着脚跑去开门，不知跟门外何人在交流，没多久提了两个小篮子回来："哇，我心想事成了，祁筼寒工作室送的小礼物，说是给十二强选手的。"她惊喜道，"不知道他是半决赛嘉宾还是决赛嘉宾，我们节目可以啊。"

王娜梨将一个小篮子递给楚独秀，里面的东西跟罗钦、苏欣怡的差不多，都是各自代言的东西，再配上一张精致的签名照。

楚独秀看到小篮子一怔，不料谢总会这样要签名，难怪他说没法打包票。她就想要一个签名，却变成祁筼寒送礼。不过这样也好，省去了她很多麻烦，不然还得解释签名照是哪儿来的，现在人人都有，就一碗水端平了。

楚独秀发微信向谢总表达了感谢，同时鼓励他再接再厉："只给了一份，我的签名呢？"

谢老板 10.9："小黑猫怒视 .jpg"

这表情是在抗议她还拿他开玩笑。

楚独秀："你耍大牌。"

谢老板 10.9："早就给过了。"

楚独秀望着文字，不由得面露迷茫之色，但她很快反应过来："书上不是全名，也不是签名照。"

谢老板 10.9："我没有照片。"

楚独秀："可以签在你的表情包上。"

谢老板 10.9："？"

楚独秀抽出包里的 The New Comedy Bible，随手拍了一张扉页上的"谢"字的照片，还打开 P 图软件制作表情包，发回给书籍的原主人。

谢老板 10.9："我真的会谢 .jpg"

谢老板 10.9："？？？"

谢慎辞看见自己的字，恨不得要发一连串的问号。

楚独秀都能猜到他语塞的样子，不禁感慨跟对方聊天极度快乐，已经有跟楚岚斗智斗勇的味儿了。

第七章 敢想

半决赛，演播厅内人头攒动，现场增加了一些观众，但笑声代表数量没变。

十二强选手陆续进场，在编导的引导下对着门口的镜头挥手打招呼，接着一溜烟跑进来，在候场区逐一落座，等待进行表演。

现场观众看到诸多演员，情不自禁地呼喊出声，大声叫着喜欢的选手名字——随着《单口喜剧王》的热播，前来报名录制的人越来越多，相比突围赛时观众为明星嘉宾欢呼，现在到半决赛，多数观众是为选手而来，且逐渐记住了其姓名及特征。

罗钦笑道：'大家都很热情。'

苏欣怡点头：'风水轮流转，现在是我们沾选手们的光了。'

全场哄闹起来，有人呼喊起罗钦、苏欣怡等嘉宾的名字，算是为紧张的赛事带来些欢乐的气氛。

选手区，众多演员也闻声一笑，但很快神情又重新紧绷，担心着半决赛的结果。

'干什么，都干什么？'北河笑嘻嘻的，'大家今天好沉闷！'

小葱：'好焦虑，像把我放油锅里煎，快能做葱油拌面了。'

十二进八是关键比赛，决定了选手能否进入总决赛。决赛是八进四、四进一，代表半决赛是门槛，跨进去约等于触碰了终点线。

今日，女生组坐在一起，她们是为数不多的冷静选手，依旧像往日一样从容镇定，甚至能随意地说笑。

'那我要是被淘汰了，可以去决赛现场吗？'王娜梨有些遗憾，'我想去现场观看，还能给你们投票。'

楚独秀听不得别人自贬，挤眉弄眼道：'来了来了，这是高手，开始立反向Flag（旗帜，在这里有'一种不祥信号'的意思）！'

路帆温声附和：'有道理，她再冷不丁把我俩淘汰了。'

王娜梨哭笑不得：'你们真给我面子。'

三人笑闹成一团。

终于迎来表演，每组的顺序由抽签决定，女生组依次是路帆、王娜梨、楚独秀。三人演出结束后统一公布票数，宣布淘汰人员。

台上传来介绍声：'有请下一位选手——路帆！'

楚独秀和王娜梨闻言都激动起来，打气道：'路老师加油！'

'好的，老师先打个样，探探今天的场，'路帆站起身，活动着身体，柔声道，'然后再看我的宝贝学生们表演。'

聂峰旁听三人交流，小声地感慨：'她们这组是今天氛围最好的。'别人都紧张得要吐了，她们却还能嬉笑打闹。

欢快的上场音乐响起，路帆不紧不慢地走上台，她穿着柔软的针织衫，搭配裁剪简约的素色长裙，显得温文尔雅、知书达理。

王娜梨："希望老师的开场能好，后面压力就不会太大了。"

一旦路帆开场崩了，这组都会显得逊色，让观众失去积极性。

楚独秀点头。

台上，路帆拿起麦克风，等掌声退潮后正式开始表演。她口齿清晰，表达也流畅，有种娓娓道来的从容感。

"大家好，我是路帆。很多朋友可能知道，我是一名老师，以前教英语，现在教单口喜剧，负责善乐的培训营计划。传道授业解惑，我当老师那么久，悟出来一个道理，就是做老师，千万不能太老实。我上学时幻想过，我要是做老师，一定温柔耐心地讲道理，不能凶神恶煞，天天在楼道大骂，为一丁点儿事吼三吼四。毕业工作后，我在一所中学任教，教好几个班的英语，确实兑现了自己的承诺。"

她注视着观众，一本正经道："我从不吼三吼四，我都是吼五吼六吼七吼八，因为你发现，光吼三四声，镇不住你的学生。"

台下响起笑声。

北河既好气又好笑："所以她每天把我当学生吼！"

小葱正在鼓掌，闻言一愣，道："呃，但路老师没吼过我……"

王娜梨："也没吼过我。"

楚独秀迟疑道："可能是只吼中学生？"

北河斜她一眼，笑着咬牙："新人王，注意一点儿，内涵谁呢？！"

路帆无奈地叹息："现在的孩子太聪明了，能够准确地通过神态判断出你好不好欺负。我至今记得，曾经带过一个班，纪律非常差，全都坐不住。上课前，班里会有个女生站起来，对所有人大喝一声'闭嘴'！接下来，全场肃静，她做到了我做不到的事，我就可以开始上课了。每到课间答疑，她就过来找我，对着我频频摇头，问：'路老师，要是没有我，你该怎么办啊？'"

路帆握着麦克风，模仿女生摇头的样子，只是简单的肢体动作，就换来一轮观众的笑声。

苏欣怡笑着掩住嘴："听着还挺可爱。"

"那个女生是班长，后来还当了我的课代表。她各科成绩挺好，学习积极主动，担任英语课代表也特别有责任感。到了第二学期，她维持纪律变成喊'Shut up'了。课间答疑再来找我，她照旧会摇头，问的却是：'Ms Lu, what would you do without me？'"路帆心平气和道，"特别有责任心。"

台下笑声大作，场子也热起来了，观众状态逐渐打开。

聂峰赞叹："确实厉害，不愧是上季亚军。"

路帆不会进行过多的肢体表演，更多的是讲故事的感觉，用文本来逗乐观众。

第七章 敢想

"当然,她很快毕业了,我不带那个班了,教学经验丰富,也学会吼人了。只是至今有一个遗憾,今天想通过节目告诉那个女孩子,老师当初才疏学浅,你当年课间问的题,我终于能够解答了。"路帆一字一顿道,"没有你以后,路老师活成了你的样子。"

"我还活成了小时候自己最讨厌的模样,总是板着脸恐吓人,接着幡然醒悟,小时候的我还挺讨厌的。熊孩子竟是我自己。"

全场哄笑出声。

罗钦用力拍下一灯,只听舞台音效声响起,传进耳朵,激动人心。

路帆:"刚工作的时候,我批改学生作业也很老实,他们有时不会写也不会给你空着,妄图用潦草的字迹达到浑水摸鱼的目的。我曾经耗费十几分钟解读一篇学生作文,漂亮的花体英文,写得龙飞凤舞,就这种字体会显得厉害又看不懂,仿佛写作的学生英语素质很高。但写的人很爽,批改的人要疯,完全辨别不出来。我还上网搜索这种字体,认真地一一对照,生怕过于粗心看不清字母,给他判错了。"

片刻后,她缓缓低头,绝望道:"最后发现,好小子,给我拿拼音写的。"

场上,第二灯猛然亮起,笑声代表不住拍手!

"大家应该都知道,初中英语作文考试中有一位李梅同学,一会儿让你帮忙给笔友写信,一会儿让你帮忙申请夏令营,一会儿让你帮忙给父母写贺卡。你会感觉很茫然,你是在考英语吗?你只会觉得你是在帮李梅处理日常的鸡毛蒜皮小事,李梅的生活没你不行。反正我的学生看到李梅,就知道又有困难要面对,在考场上很崩溃。"路帆道。

"但他们只用面对一位李梅,我的工作是面对无数位李梅。每次考试后,我看到成绩,同样很崩溃,我会感觉很茫然,我是在教英语吗?就这样的作文,用拼音来写句子,读着都不通顺啊。"她纳闷道,"李梅要是照我学生的作文处理日常的鸡毛蒜皮小事,估计很快也要玩儿没,怎么还能每回考试都出现呢?"

楚独秀啼笑皆非,偷偷评价道:"看来路老师当年有很多怨恨。"

北河:"活得不快乐,不然怎么来搞喜剧了。"

"还有不少同学会对英语老师有刻板印象,尤其是教英语的女老师,仿佛只有贴着漂亮、天天换新衣服、嫁给富有男性的标签,才能彰显她们优秀的English水平。"路帆长叹一声,"最可怕的是外人这么想就算了,有些英语老师也这么想,天天在办公室里攀比。我那时老实,还特别清高,觉得太堕落啦,为人师表就聊这些?再加上跟学校领导关系不好,发现他们总对人不对事,我便开始考虑换一个环境。"

"有一回,学生出事了,领导却记错了,愤怒地质问我:'路帆,你是班主任,怎么光教书,学生打架都不管?'我很无辜,回道:'但我不是班主任,我也不在现场,实在管不了啊!'他这才发现记错了人,把我和别的老师搞混了,嘴上却不依不饶:'你不是班主任,平时也该多盯着点儿,别干等事情发生啊!'"

路帆睁大眼："我更委屈了，说：'但楚独秀和王娜梨平时关系挺好的，我也不知道她们为什么要打架！'"

雷鸣般的笑声响起，连带着第三灯也亮起，是苏欣怡忍不住拍下的。

苏欣怡捂脸道："我也不想拍内部梗，但这个真的好好笑。"

罗钦深表理解："尤其是放在这组对吧？"

"开个玩笑。要是在节目里，领导不会说这话的。"路帆态度和缓，"导演只会说：'路帆，你怎么光教书，学生打架都不管？你应该加入她们，跟她们一起打啊，拉近跟学生的距离！'"

这一回，选手们都狂笑起来。

楚独秀和王娜梨被众人打量，干脆互相抱紧，表演起拉近距离。

屏幕前，尚晓梅闻言也心里一跳。她唇角微弯，心虚地低头："怎么还偷窥我的想法？"

尚导确实觉得打得好，再打响些。

"后来，我就向学校辞职，出来做英语老师，主要搞留学培训，确实摆脱了在校英语老师的刻板印象了。但我很快发现，标签既不会凭空产生，也不会凭空消失，只会从一个物体转移到另一个物体——转移到我培训机构的学生身上了。尤其是班里成绩最差的那几位，仿佛只有贴着懒散、天天换名牌衣服、拥有优渥家境的标签，才能彰显他们不优秀的 English 水平。"

"我非常着急，苦口婆心地规劝：'你爹妈花了那么多钱，是让你来浪费时间的吗？难道你不想尽快有学上，做点儿对社会有价值的事情？'人家很淡定，说：'老师，这钱不多吧，就算交到我一百岁，应该也没有问题，所以我不着急。'"

路帆停顿数秒，环顾一周，长叹了一声："我还能说什么？我只能说挺好，我觉得你为老师提供岗位，没让我们在三十五岁失业，就是在做对社会有价值的事情。祝你长命百岁，老师干到延退。"

此起彼伏的笑声汇成海洋，恨不得要将众人的耳膜震破。

罗钦等人还想拍灯，却发现早就拍过了，只得惋惜地收回手。

北河佩服道："这把真的没有混，为学生倾尽全力了！"

路帆本可以将稿子往后推，到决赛再用，却为了女生组提前放了出来。她是参加过节目的老将，没有搞田忌赛马那一套，着实给足了尊重。

"现在，我不教英语了，开始教单口喜剧。过往的烦恼消失了，过往的繁华也消失了。"路帆道，"我的学生终于都比我穷了，基本不会有这样的事情了。不过我们都很开心，我和学生都挺老实，老实人和老实人沟通有好处，起码不会心累。教该教的书，度该度的人，或许为人师表，只求问心无愧。接下来，好好授课，好好做人，好好看我的学生打架。谢谢大家，我是路帆。"

路帆弯腰鞠躬，不疾不徐地下场。

第七章 敢想

场内掌声如雷，令人精神振奋。

全场观众都被调动起来，显然比表演前活跃得多。他们神采奕奕地望着舞台，四肢也松弛下来，逐渐进入了状态，注意力都集中在演出上。

聂峰目送路帆下台，评价道："她表现得还挺稳，从突围赛到现在。"

北河："除了新人王，她应该最稳，不一定会炸，但质量过关。"

《单口喜剧王》播出至今，十二强选手都掏出了数篇稿子，各自的备赛风格也不一样。

北河、程俊华等人属于冲刺型，表演很吃状态，好的时候非常炸，差的时候像瞎混，忽上忽下，起伏不定。这很考验观众的情绪，他们偶尔兴冲冲地赶来，却看到发挥失常的演出，非常减印象分。

路帆、楚独秀等人属于耐力型，表演稳定在某个区间内，即便是拿到自己不擅长的题材，也不会拉胯到看不下去的地步。这就像长跑比后劲，节目已经到了半决赛，现场观众基本熟知选手，前期积攒的观众缘也很重要。

台上，笑声代表正在交流。

台下，王娜梨站起身活动。

王娜梨伸了伸胳膊，又下蹲拉了拉腿，深吸一口气："到我了，要到我了。"

正值此时，场上响起介绍的声音："有请下一位选手——王娜梨！"

楚独秀："加油！冲冲冲！"

王娜梨点头，快步上台，迅猛地蹿到舞台中央，奔向立式麦克风的位置，像矫捷的兽。她的长发被编成辫子，跑动时如同有条尾巴。

观众席响起如潮的掌声，却没有路帆上台时的水花大，声势要小一点儿。

小葱忧心忡忡道："好残酷……"

选手们可以互相鼓励，生活中的交情压倒一切，但观众苛刻得多，不会由于努力给予过多掌声。

舞台是最现实的地方，单口喜剧演员不是明星，他们的表演好笑，就能博得满堂彩，不好笑时反馈也很直接，下一秒观众的表情就会变化，相当考验选手的心态。

楚独秀不言，更加用力地鼓掌。

舞台上，王娜梨热身结束，状态自然舒展。她开口道："大家好，我是王娜梨。虽然节目到了半决赛，但我知道很多观众还不知道我是谁。自我介绍一下，我是突围赛第二十五名、命题赛第十六名、半命题赛第十二名，每轮都是踩线晋级，毫无悬念的脱口秀吊车尾。"

王娜梨一边说，一边来回踱步，在台上走动起来："我上节目前，跟我妈说想去海城做单口喜剧演员，我们老家有些人还不懂，以为我去拍戏了，有煤老板要捧我。他们还跑去问我妈……"

王娜梨突然停步，抖一抖肩膀，摇晃着双臂，仿佛身上披了件外套，站姿如在村口唠嗑的中年男子。她假装掏出一包烟，像模像样地点燃，放在嘴边猛吸了两口，进入无实物表演状态，粗声粗气地说："哎，听说王娜梨去海城啦？"

"啊（一声）。"

"你知道她到底干吗不，你闺女不会被骗了吧？"

"啊（二声）。"

"演员哪儿那么好当，那都得祖坟上冒青烟。"

"啊（三声）。"

"好多小姑娘见钱眼开，说是能出去演戏，最后被忽悠拍黄色视频……"

"啊（四声）！"

王娜梨一人分饰两角，活灵活现地来回切换，还原中年男子和母亲的闲聊，激起台下的阵阵笑声。

"她就擅长这种轻文本、重表演的风格。"聂峰道，"文字内容量不大，基本靠演出来。"

小葱怔道："但今天跟平时演得不一样，还挺松弛的，不会太用力。"

王娜梨以前的表演都像杜撰，但今日的内容更贴近自己，没有硬逗人笑的僵硬感。

楚独秀双眼放光，全神贯注地欣赏着，不时拍手为好友助阵。

"老家人太爱说闲话了，害得我妈打电话问我。"王娜梨一只手模仿听筒，一只手拨拉起转盘，好似在用古老的拨号转盘电话，嘴里还发出接通前的等待音，"嘟——"

"喂，哎，没什么大事儿，就想打个电话问问，你们节目不擦边吧？"

王娜梨握着麦克风长嘘了一声，苦恼地挠头："嗯……别人是不擦，但我就……"

台下观众猜到她的潜台词，瞬间就发出笑声，脑补出后半句话。

王娜梨皱眉："我妈还没听完，就像部分网友一样突然大怒，歇斯底里道：'凭什么是你？！'"

"我也很难为情，说节目就这样，总会有一个人擦着线晋级啊。"

"那也不该是你！怎么，你们脱口秀就这样呀，你的颜值都能当花瓶？"

笑声代表们乐得前仰后合，舞台上骤然亮起一灯，让场内气氛欢腾起来。

众多选手也笑着拍手。

王娜梨无奈道："我也不知道我凭什么屡次死里逃生，应该不是靠脸，最多靠厚脸皮。好多人说我靠友情，混进三人组，一路被保送。这有点儿像打游戏，我和朋友一起吃鸡，楚独秀和小葱在前面咔咔刚枪（游戏专业术语，指直接和对手用枪法对决），我在后面捡各种没用的垃圾，等到毒圈缩了，猛灌能量饮料。"

"就这样都追不上人。"王娜梨将身体一侧，开始原地高抬腿，身躯摇摇欲坠，做出奔跑之态，呼哧带喘道，"我说不行，真要倒了，跑不进圈了。

第七章 敢想

"爬！你先爬进来！爬进圈我们扶！"

"啊……"

王娜梨发出一声怪叫，跟跟跄跄蹲坐在舞台上。

她一只手握着麦克风，一只手撑着地前移，如同血量耗空的玩家，艰难地朝着圈里移动，并解说道："然后我就这么爬进了圈。"

紧接着，她往地上一瘫："爬进去我就这样了，然后独秀来扶我。"

下一秒，王娜梨猛地跳起来，如同训练有素的战士。她警惕地来回扫视，躬身一溜烟地跑过来，一边侦察敌情，一边敏捷地蹲下伸手，惟妙惟肖地表演扶队友。

北河大笑："这是楚独秀吗？"

楚独秀愣道："我平时都没她敏捷，在房间里跑去开门都抢不过她。"

小葱乐得肚子疼："这是王娜梨心目中的你！和平精英！"

王娜梨蹲在台上，认真地救死扶伤，转瞬又抬起头，偏头看向旁边："独秀还会问小葱：'你怎么干站在这里也不扶啊？'"

下一刻，她跳起来站直，摊开手道："小葱说'我是脱口秀干将莫邪，我们都是泉水复活，不用扶啊'。"

台下狂笑不止，第二灯也亮起！

楚独秀眼如弯月，捂嘴躬身笑起来。

小葱刚刚还嘲笑楚独秀，现在莫名中枪，自然一头雾水，既好气又好笑。他重复王娜梨方才的表演："啊？啊？啊？啊！"

屏幕前，尚晓梅看着表演，惊讶地说："虽然是内部梗，但刚才那两段是她近期演得最好的。"

或许是抛开胜负，单纯说自己的心里话，王娜梨的表演大胆放纵，将往日压抑的情绪释放得酣畅淋漓，不再紧张和拧巴。即便不雕琢文本，但她依靠鲜活的肢体动作，也能传递出自身幽默。

"一些没什么营养的内部梗，就适合厚脸皮的我来讲。"王娜梨无所谓地耸肩，继续道，"大家都说我捆绑新人王，总是跟她坐在一起，混到很多镜头才晋级的。我刚开始真的难受，偶尔会想避一下嫌，分开坐，但一想太刻意，我俩录完节目回酒店照旧住一个房间，传出去更像掩耳盗铃。不过，我最近想开了，觉得这不算什么，网友们还算友善，比我老家的人说得好听。"她若有所思道，"起码说我靠女人，没有说我靠男人，新人王总比煤老板强吧？"

观众都笑起来，如同嗡鸣的蜂群，四肢忍不住颤动，摇晃着快乐的影。

"我从小就是个比较虎的女生。东北话里说人太虎了，就是说对方做事不过脑子，缺心眼的意思。我第一次被这么评价，都没有听人说完，气得直接拍桌子，说你凭什么说我虎！

"对方问我：'你问这话之前过脑子没？'"

"我说：'没有。'"

"那人说：'那不就完了？没毛病啊！'"

"我就是这么虎，就是这么缺心眼儿，居然被对方说服了。"王娜梨低头道。

"别人说什么，我都会当真。我小时候去动物园，同行的小孩说老虎是百兽之王，骗我只要吓住它就能统治动物园。我就隔着网对老虎吼，也不知道该用哪国语言跟它交流，就模仿《猫和老鼠》动画片片头的狮子。"

王娜梨双手弯曲成爪状，仰头发出阵阵嘶吼，跟动画片片头的狮子一模一样。

欢乐在演播厅里弥漫。

苏欣怡感慨："学得好像！"

王娜梨："我小时候不懂嘛，觉得它俩差不多，只是动画片那个有头发，老虎来动物园上班了，变得秃顶了没头发，也挺正常的，应该能听懂。"

镜头一扫而过，拍摄下意识摸头发的北河，又不小心被当事人发现，北河愤怒地瞪回去，无声地表达上班族的怒火。

"老虎看我乱吼，也很淡定，都不带动弹的，眼神就很不屑，像在说'这缺心眼儿的娃，人类还关我呢，我看关她才对'。它还会怀疑，'等等，他们把我关笼子里，不会是在保护我吧，原来外面很危险'。"

"它比我像人，我比它像虎。就连武松路过，举起棍子都得犹豫一下。"王娜梨往旁边一跳，金鸡独立，双手举起棍，却迟迟没落下，脸色凝重，好似在费力辨别，来回地打量，"他看到我的老虎都愣住了，还要说一句：'《水浒传》和《西游记》不好杂糅吧？就听过真假美猴王，没听过老虎取经啊！我打的这老虎，不会是哪个菩萨的坐骑，待会儿就要被接走吧？'"

"过了一会儿，一群人赶到，却不是接老虎的菩萨。对方身着制服，掏出了工作证。"王娜梨突然立正，严肃地敬礼，接着掏出一物，意为证件，"您就是武松？您涉嫌非法捕杀国家重点保护动物，请配合我们的调查！"

全场哄堂大笑，第三灯也亮起，让舞台变得五光十色！

王娜梨的超水平发挥惊呆了众人，她一改过往的生硬，意外展露成长性。选手区骤然喧哗起来。

"三灯！也是三灯！"

"这组强得离谱了，总不能是三连炸吧？"

"最后再演有点儿压力了……"

现场观众情绪有限，前两人都是三灯的话，对接下来演的人是巨大挑战。如果选手想就着现场气氛继续翻出更热烈的浪花，那就得展现更独到的见解、更精湛的表演，不然多

第七章 敢想

少都会被压下去。

众人偷瞄楚独秀，却见她神色如常，依旧在观看表演，并没有慌张或焦虑。

舞台另一侧，路帆露出欣慰的笑，同样热烈地鼓掌，如春天温暖的泉水。

"我真挺虎的，什么话都信以为真，别人说'你好搞笑啊'，其实是说我缺心眼儿有点傻。但我听完不觉得，认为是夸我有单口喜剧才华，满腔热情地研究起来了。

"我专门跑到燕城培训营学习，第一天就学得晕头转向，根本听不懂。学了个 Call back，中文翻译是'叫回来'。课间我觉得我妈在老家 Call back，叫我赶紧回来，别做梦了。

"我还在那里遇见了新同桌，她见面喊了句'美女'，其实是在客气。但我听完不觉得，认为她是夸我的颜值，满腔热情地跟她结识。后来我的新同桌进化成新人王，我也从她身上发觉自己好像没什么才华。"

王娜梨坦然道："但没关系，她夺走我一个认知，又赋予我新的认知——我从才华路线转型花瓶路线，好歹被新人王称作'美女'，也够吹好几年了。"

众人都笑起来。

"从上节目以来，我就想有个标签，能被人记住的那种。"王娜梨道，"我一度想过，不然叫脱口秀虎妞，也算代表我的特质，但又有一点儿担心，怕对我同桌不好。"她面露难色，"我要是虎妞，她就得叫骆驼秀子，怪难听的。"

此话一出，欢乐炸开。

笑声代表及观众都笑得找不着北，甚至扭头打量起一侧的楚独秀。

楚独秀羞赧地捂脸。

"不过，我小时候被人说虎，总觉得是个贬义词，但现在再被人说虎，却觉得虎一点儿挺好，起码我掌握主动权。有梦想的老虎，即便知道外面很危险，也敢跑出动物园！谢谢大家，我是王娜梨。"

王娜梨高声说完，鞠躬结束了表演。

台下的观众献上掌声，远比表演前热烈得多。

三位笑声代表也忍不住激动地拍手，目送王娜梨活蹦乱跳地下台，跑到另一侧跟路帆会合，等待同组最后一人的表演。

罗钦苦笑："两个三灯，还剩一人，我头一回觉得赛制过于残酷。"

"手心手背都是肉。"苏欣怡为难道，"我都不知道怎么办了。"

女生组表现得太过亮眼，先是路帆稳定发挥，接着王娜梨成为黑马，后面还有声名鹊起的楚独秀，莫名其妙就成为死亡之组。按理说，这组的结果毫无悬念，但现在却变得扑朔迷离起来。

楚独秀早已起身，正在台口踱步，等待上场。她看起来还算轻松，偶尔在嘴里默念文本，快速地串一遍内容。

小葱用手捂脸，屏住呼吸，比本人还紧张："这把压力有点儿大了。"

聂峰："调子起太高，没准有危险，比半命题赛还狠。"

半命题赛时，楚独秀和程俊华巅峰对决，她先一步完成炸场，加上大佬风格平缓，赛前没被推到这个高度。现在，路帆是文本型，王娜梨是表演型，两人都获得三灯，将观众情绪榨干，再想演出新意很难。

北河担忧道："这场不会有谁爆冷出局吧？"

这组哪位出局都会让人遗憾。

程俊华不言，坐在选手区前排，等待着下一场表演。

片刻后，台上终于响起介绍声："有请本组最后一位选手——楚独秀！"

熟悉的登场音乐响起，夹杂着海啸般的掌声，远比前两人气势大。台下不少观众显然记住了楚独秀，他们时不时呼喊她的名字，场面沸腾。

屏幕前，尚晓梅有些发愣："她现在人气好高，但这样的话，这把就更……"

谢慎辞没接话，却知道对方想说什么，只是不动声色地盯着舞台。观众的预期拉满，段子就很难爆笑，无法打破大众臆想中的标准线。

场内，楚独秀明显也发现了观众的热情，刚刚取下麦克风就控制现场状态："冷静，各位都冷静，不要太期待。"

楚独秀伸手制止，脸上有一丝慌张，接着惭愧地坦白："大家好，我是楚独秀。实话实说，这一轮半决赛我不想好好演，所以别太期待。"

"半命题赛时，有人说我的段子比较乐观，程大佬的段子比较悲观。"她低下头，"但到了半决赛，我觉得自己很悲观，我的同桌和路老师太乐观了。"

选手区，王娜梨和路帆嘴角带笑，都饶有兴致地欣赏表演。

"赛前，她们说要全力以赴、不计输赢，展现女选手的单口喜剧水平，吊打其他组。我对此持悲观态度，不是怀疑我们的实力，而是深知大众断章取义的能力。我可是学新闻的，太懂会被怎么写，只要替换点儿同义词，事实能被轻易篡改。"楚独秀皱眉道，"绝不会是她们想象的那样！节目里，三个女演员同台竞技，听起来非常热血。但到节目外，就会传成女演员们当众打小三，听起来只剩狗血。"

此话一出，全场哄然，观众都发出哇的一声，夹杂着阵阵会意的笑声。

"噗——"王娜梨刚演完，正喝水润嗓子，不料被这句呛住，哭笑不得地咳嗽起来，"当众打小三？"

"我说得没问题吧？三人同组，淘汰一人，女性对决，你就听听这些关键词，难道不会被说成打小三？"楚独秀无力地摊手，"这就是外界对女性掐架的全部理解，不可能为事业，一定是为失恋。绝不会像我组员想的那般美好，大家认为女脱口秀演员水平很高，她们对女性面对的新闻环境太乐观了。"

第七章 敢想

"当然，肯定会有人拼命解释，她们不是无聊的情感纠纷！她们是在竞争单口喜剧王！"她连连摇头，面无表情道，"但相信我，没有用的，没有人在乎，他们只会误以为单口喜剧王是个男人，说不定还会自我代入。"

下一秒，楚独秀双眼放光、躬身掩嘴，模仿着姿态猥琐的男性，嘴里还油腔滑调："哇，三女争一王！不愧是我，单口喜剧王！"

她人畜无害的外表跟惊世骇俗的言论形成巨大的反差，激起癫狂的喜剧效果。演播厅内，炸雷般的笑声过后是此起彼伏的感慨及唏嘘。全场女观众骚动起来，她们深有同感地点头，用力地拍手喝彩，如同回应海风的浪潮。

舞台上一灯亮起，却被喧哗声所掩盖。

选手区，其余人同样被惊呆，尤其没想到表演者居然会是楚独秀——她台上表演出众，生活里没那么跳脱，甚至没王娜梨强势，自然出乎意料。

北河两眼发蒙，震撼地发声："她还能走这种路线吗？"

楚独秀台下挺和气，基本没有尖刻时刻，不是走冒犯风格的演员。

"哇，好狠！"小葱深感刺激地抱住头，"三月之期已到，恭迎新人王回归，不再隐忍！"

聂峰怀念道："想起培训营的时候了。"

"骆驼祥子的故事告诉我们，一个体面、要强、有梦想的勤恳劳动者，最后会被病态环境所迫，沦为堕落、自私、不幸的末路鬼，变得吃喝嫖赌、游戏人生。虽然我是骆驼秀子，但不想步他的后尘。"楚独秀悠悠道，"我想简单点儿，跳过勤恳劳动，直接游戏人生，不想好好比了。"

台下响起笑声。

"为什么女选手要全力以赴证明自己？我不理解。"楚独秀纳闷道，"我们要加倍努力，才能洗掉这标签，甚至得不到回报。但节目都到半决赛了，女选手只剩三个了，还要再淘汰掉一个，这合理吗？"

或许是路帆和王娜梨表现出色，台下竟有观众拉长声调附和："不合理——"

楚独秀突然站定，竖起一根食指，一本正经道："我是新人王，作为专家建议，参考其他行业的录取标准，反正都有那么多男选手了，我们就破格晋级女选手，增加脱口秀圈的阴气，不行吗？阴阳平衡才能长久，有的行业需要阳刚之气，有的行业需要阴柔之气，道理明明应该是共通的啊！因此，我不要全力以赴，我建议全组晋级！"

赞同的笑声响起，连同铺天盖地的掌声，如同巨浪般袭来。

第二灯骤然亮起，场上沸反盈天！

观众们热情高涨，兴奋得脸庞通红，不断欢呼表达支持。

选手区同样炸成一锅粥。

程俊华向来内敛，都忍不住失笑："作为专家建议？"

小葱亢奋地抖腿："杀疯了，杀疯了，不光是阴柔之气，她还会阴阳怪气！"

北河感慨："单纯靠简单的真相，不用太多的技巧，就将情绪顶上去，我真是头一回见。"

楚独秀自称不想好好比赛，连文本的喜剧技巧都精简了，没有刻意设计，显得纯粹直白。她的内容反响巨大，完全是观众通过文本自己领会到另一层含义——现实生活赋予的深层含义。

楚独秀听到欢呼声，不由得伸出手臂，满意道："听听，众望所归，这就是民调，这就是民意！我们不能忽视人民的声音！尚导，现在压力给到你了。"她望向后台，安抚道，"放心吧，咱们都是女性，你提拔了我们，也不会被造谣乱搞男女关系，比破格晋级男选手清白得多。"

前排观众笑得前仰后合，尚晓梅在屏幕前都乐了。

王娜梨赞同地挑眉："行啊，虽然我都打算走了，但要是破格晋级，也不是不可以。"

"导演们，听到了吗？"路帆对着镜头调侃道，"尚导，表现一下，新人王发话了！"

楚独秀诚恳地解释："我不是搞特权，或者懒于备赛，故意不好好比。没办法，我从小抗拒跟女性竞争，真的比不了……我会很难受。"

"我有一个优秀的姐姐，我的原生家庭没有阴影，但由于我和姐姐的差距，很多外人想方设法提醒我，说我们的父母重视她忽略我，恶意地揣测我的心思，认为我应该有点儿阴影。我至今记得，小时候住的院子里有个男生认识我和我姐，有一天他偷偷凑过来，摆出一副很懂的样子，挑眉说：'哎，其实我一直知道，你心里嫉妒你姐。'但大家要知道，那时候我年纪有多小，甚至连'嫉妒'两个字都不会写！"

楚独秀停顿片刻，费解地皱起眉，脑袋里像有一串问号，将观众逗得捧腹大笑。

"我说没有啊。

"啧，别装了，我也觉得她不行，平时总打压你。

"我都蒙了，想要解释一下，说你会嫉妒你爹吗？

"他说当然不会，我和我爹又不用比，但你和你姐不一样。

"我一下搞不懂他的逻辑了。"

楚独秀迷茫地摸摸脑袋："我说怎么不用比？历史上不但要比，比完还要杀爹呢，国内有刘劭闯宫弑父，最后自立为帝，国外有俄狄浦斯王，都比我和我姐凶残多了。他好像没料到我会反驳，突然就支支吾吾起来，一副好心的样子说'你是不是生气了'。"

楚独秀摇头："没生气，就是觉得你嫉妒我家庭和谐。"

"怎么可能？我怎么会嫉妒你？"

楚独秀点头，应道："也是，你都说过了，不会嫉妒你爹。"

短暂停顿后，观众反应过来，接着放声狂笑，简直痛快淋漓，带着压抑后的爆发。

小葱幸灾乐祸地笑："骂得好！你不会嫉妒你爹我！"

"他脸色一下子变了，我只好支支吾吾，试探地说……"楚独秀偷瞄旁边一眼，欠欠地道，

第七章 敢想

"你是不是生气了？啧，别装了，我也觉得你爹不行，平时总打压你。"

第三灯亮起，舞台变得绚丽，连选手区也议论纷纷。

"三灯了！又一个三灯！"

"这组恐怖如斯！"

"完全看观众投票了。"

"所以我不想跟女生比，比完不会有任何意义，大众对女性竞争的理解太狭隘了，我们努力也是在做无用功，跟他们讲不通任何道理。连电视剧题材分类都这样，男人掐架就叫历史权谋，女人掐架就叫后宫争斗。"楚独秀神情柔和，娓娓道来，"不过我可以理解外人对女生掐架的刻板印象，毕竟太稀奇，幻想不出来。男性在暴力犯罪中占比90%以上，女性几乎只有零头，数据过于少，想象力有限。"

前排观众神情带笑。

"甚至女监里的犯人，一大半都是经济犯，以前是会计等文职。这就更证明了有些人的话，女生学习好没有什么用，都是死读书。努力搞错地方，就是做无用功，你光算术好没用，你得掌握权力啊！"楚独秀语调激昂，"你要努力做老板，然后多招男会计，让他们进去！毕竟男生学数理化就是快，他们做账也会被判得很快，一下加速社会循环！"

膨胀到顶点的情绪如同包裹演播厅的硕大泡泡，终于被针一刺，炸出无穷水沫。

震破耳膜的笑声过后，苏欣怡脸上含笑，忍不住站起身来，肃然起敬地鼓掌。

喧嚣中，楚独秀脸色平和，相比喧闹的人群，显得格格不入。

"我想，或许有一天，女字旁的她不用全力以赴，我才能不再悲观，愿意好好地比赛。不用靠竞争证明什么，而是像男字旁的他们，直接说，我天生就该拥有一切，不用努力，不必惭愧。谢谢大家，我是楚独秀。"

满厅的呐喊声中，她长鞠一躬，抬腿走下台。

三人都表演结束，演播厅沸腾了，观众席人头攒动，笑声、掌声、议论声，无数声音交织在一起，恨不得要将屋顶掀翻，迎来全场录制中最为鼓噪的时刻。两侧穿黑衣、戴工作牌的工作人员拥来，控制现场观众的高亢情绪。

很难评价楚独秀本场的表演。即使对题材不感兴趣的人，都无法否认她的感染力，没有花里胡哨的技巧修饰，却能让所有人体会到力量感。

选手区同样人声喧嚷，都在讨论着表演。

程俊华由衷地感慨："我没想到，能在节目上看到真正的单口喜剧，不是标准化的罐头笑话，而是可以扩充成专场的内容。"

单口喜剧被部分人称为"冒犯的艺术"，就是要在冒犯和调侃后，为观众带来启发及深思。生活中无法讨论的敏感话题，终于有一个适宜的表达场合，例如国外演员讲述种族歧视、宗教信仰等话题。用笑话消解冒犯，抒发没法说的话，演员掌控着平衡，最后形成了艺术。

当然，即使是单口喜剧从业者，也并非人人都接受这点，就像有人坚信搞笑才是最重要的，思想的表达和交流不值一提。

程俊华不是共鸣型演员，他本来就是通过社会现状挖掘文本段子及笑点深度，个人专场内同样有尖锐的话题，自然会欣赏楚独秀半决赛的表演。

不过愣神后，他又连连摇头，苦笑道："开始发愁了，这样的成长速度，都让人感到绝望了。"

半命题赛时，楚独秀用的是情绪共鸣，但她不知道何时开窍了，开始融合社会观察，技巧和内核日臻成熟。倘若她继续发展下去，未尝不能掌握程俊华的风格，甚至衍生出更新的个人特质。这简直像跟AI对打般无力，你的所有技巧最后都被吸收，化为她的数据库，迭代出更强版本。

北河幸灾乐祸道："没事，我猜现在导演更发愁。"

他都能猜到待会儿女生组宣布淘汰者，没准现场要大声Call back喊"全组晋级"，公然支持"专家"楚独秀的建议。

屏幕前，尚晓梅安排现场导演稳定观众的情绪，这才有时间来评价。她深吸一口气，只觉得头皮发麻，坦白道："我现在又兴奋又害怕，我只能说，还好现场女观众多。"

综艺录制需要观众镜头，今日现场观众女性偏多，且基本集中于前排位置。

"男观众多也无所谓，我们还有安保人员，加上工作人员，肯定超过观众。"谢慎辞像猜出她的潜台词，冷静道，"多数人只敢在网上放肆，但凡处于弱势环境，就什么都说不出来，所以不足为患。"

"该说不说，你偶尔的冷幽默还挺令人安心。"尚晓梅"啧"了一声，"不过网上放肆也不行，待会儿商量下怎么剪，这要是播出，争议不会小。"

善乐文化制作过第一季节目，自然知道网络舆论的可怕，连北河、路帆等人都被攻击，更何况是畅所欲言的楚独秀。

谢慎辞沉吟数秒，说道："录制结束后，跟她本人商量吧。"

很快，躁动的观众平静下来。

苏欣怡和罗钦出面主持场内秩序，通过闲聊平复观众的躁动情绪。

罗钦笑道："大家看完这组很亢奋。"

苏欣怡："确实值得全组晋级，我刚才都忍不住站起来了。"

"好的，三名选手的表演结束，我们的投票通道也关闭。"罗钦道，"请三位回到舞台，我们将公布现场得票数。"

楚独秀、王娜梨和路帆都站起来，她们相视一笑，结伴回到台上，等待大屏幕公布票数。

苏欣怡环顾一周，从左至右分别是路帆、王娜梨和楚独秀，问道："难得能够同台表演，大家有什么想说的吗？"

第七章 敢想

路帆率先取过麦克风，温声回答："不管结果如何，老师看到自己的学生那么优秀，是最欣慰的。节目的排名代表不了什么，但学生的水平代表了我的教学能力，青出于蓝而胜于蓝。"

台下响起掌声。

楚独秀和王娜梨听闻夸奖都略感不好意思，扭头望着路帆，双眼闪闪发亮。

北河唏嘘："路老师啊……"

其他人没准不懂，但北河非常明白，老将再登第二季舞台，绝不是仅为节目名次。

待到路帆讲完，王娜梨接过麦克风："说实话，我原来很想进总决赛，亲眼看节目最后一段。"她坦然道，"但比完这场没遗憾了，我觉得自己经历完决赛了。"

观众们一边鼓掌，一边赞同地发声。

小葱："确实，这场没准比八进四还激烈，淘汰谁都显得意外。"

聂峰："同组都三灯，真的很少见。"

前面两人讲完感想，麦克风传给了楚独秀。她握着麦克风，不再有表演时的煽动力，状态反而和缓下来，羞赧地摸了摸脸，支吾道："我想说的刚才都说完了，现在没得说了。"

她过强的观点表达都集中在台上，一旦走下舞台、结束表演，连给好友提些建议都提心吊胆、纠结再三，小心翼翼地观察对方神色。

苏欣怡莞尔一笑："专家已经建议完了？"

"全组晋级！"

"全组晋级！"

"可以十二进九！"

台下有人喊起来，接着是一连串应和声，如同山洞里的回声，听起来声势浩大。

罗钦连忙制止，安抚道："好的，好的，大家少安毋躁，流程需要一步步走，我们先公布本组票数。"

此话一出，观众们安静下来。

选手们却犯嘀咕。

"什么意思？什么走流程？后面还有比赛？"

"不会又是车轮战吧？我没写复活赛稿子啊。"

北河同样不解，也摇了摇头。

没过多久，女生组的票数公布，楚独秀一骑绝尘，王娜梨和路帆的票数相差不大，路帆以较小的优势险胜，位列组内第二。

王娜梨将被淘汰，却放松地鼓掌祝贺，显然有心理准备。她的淘汰感言很真挚："我觉得，有一场能证明自身的表演比晋级重要得多，不能老被说靠女人。"

台下响起笑声，接着想起她要被淘汰，又是一片哀叹。

229

"我发现现场观众真的是……"罗钦望着叹息的观众,哭笑不得,"投票的是你们,惋惜的也是你们,都把我们的话抢完了。"

北河:"没办法,前期差距太大了,即使节目不是积分赛,但观众心里都有积分,很难用一局翻盘。"

路帆是稳扎稳打型选手,她的印象分是一点一滴积累起来的,给人的感觉就是可靠。王娜梨在半决赛才拥有标签,让观众眼前一亮,需要一些时间发酵,才能抹平前期影响。

决赛同样是多方因素考量,单凭一场就夺冠不可能。节目走到当前的赛段,选手都讲过自己的好段子,一场出彩不算什么,关键是能持续稳定。

没过多久,十二强选手表演结束,晋级决赛的八强诞生。小葱位列组内第二,同样成功进入决赛。

虽然其他组严阵以待,但都没有女生组表现惊艳,更达不到连续三灯的水平,这让现场观众再次骚动起来。

"复活赛——"

"全组晋级!"

"支持专家建议!"

万众期待中,罗钦和苏欣怡重新回到舞台,在现场观众的呼声里,宣布今日录制的最后流程。

苏欣怡柔声道:"看来大家都等不及了,可惜没有复活赛。"

"啊——"台下观众拉长音调,听起来相当失望。

"今天的录制就要结束了,但我们还有场外环节。"罗钦望着提词器,流畅地叙述,"本期节目播出后,将迎来《单口喜剧王》总决赛,线上同步直播夺冠现场。从今日至决赛当天,官博等新媒体平台将发起复活投票,由全网观众选定一位八强外的淘汰选手,晋级决赛直播现场。节目总决赛当天,我们将完成九进四、四进一的比赛,投出本季单口喜剧王。"

苏欣怡:"现在,复活投票通道开启,大家可以拿出手机,投给你喜欢的被淘汰的选手。最后,票数第一的被淘汰的选手将获得一次复活机会。"

演播厅热闹起来,观众都拿出手机投票,连选手们也积极地注册登录。

"真的能投了。"楚独秀望着手机屏幕,已经看到王娜梨的头像,伸手替好友投了一票。

王娜梨惊叹:"哇,我还有可能被抢救一把吗?"

"看你的复活票数够不够靠前吧。"小葱道,"进圈就能扶。"

聂峰中肯地评价:"单纯看半决赛表现,三个女选手不管谁被淘汰,应该都有机会被投回来,比其他组强太多。"

北河既好气又好笑:"商总的主意可真够绝的,再让我们打捞一次遗漏的摇钱树,一棵好苗子都不能放过。"

第七章 敢想

晋级名单由现场观众决定，复活名单由网络观众决定，两边的流量都被成功收割。

半决赛落幕，只待总决赛。

酒店内，众人都忙于筹备场地。由于决赛要直播，演播厅就显得逼仄，无法容纳更多的现场观众，需要转移到新的场馆。

选手们陆续前往新场地，适应着变化的一切，同时筹备决赛稿子。楚独秀却被导演叫住，独自前往剪辑机房。

机房门口，楚独秀遥遥看见谢慎辞，他孤身一人站在墙边，肩宽腿长，身姿挺拔，深色上衣跟白墙映衬，投下对比鲜明的剪影。

楚独秀一路小步奔来，见他伸手打招呼，站定后小声问道："谢总，半决赛的段子有什么问题吗？"今日她突然收到通知，被约在机房面谈，商议半决赛的节目剪辑。尽管她认为尺度不大，没有任何不雅词汇，但综艺节目都有审核，一时也有些拿不准是什么情况。

"问题不大。"谢慎辞见她神情紧绷，安慰道，"只是尚导有一些疑虑，我跟她简单地聊了聊，但她还是想跟你谈谈，确认你心里的想法。"

《单口喜剧王》是尚晓梅一手打造的节目，是她从电视台跳槽后的心血之作。她作为总导演，并不会追爆点，总归有些底线，维护参赛选手。正因如此，尚导犹豫不决，想要当面沟通。

"好的。"楚独秀正要敲门进屋，却见谢慎辞没有动身，好奇道，"你不进去吗？"

谢慎辞摇头，没有挪步子，依旧站在墙边："即便我说理解你们的困境，但抛出再多论断都显得苍白无力，没有办法彻底地感同身受，这是客观条件所决定的。"他轻笑一声，"毕竟不是真姐妹，所以有些话还是你们聊吧，由你们来决定。"

楚独秀和尚晓梅同为女性，但谢慎辞跟她们有所不同，再加上他还是公司领导，不管尚导是否考虑他的意见，聊天的氛围都会奇怪又尴尬——女性话题让男性主导交流多少有点儿不伦不类、滑稽可笑。因此，谢慎辞识趣地待在门口，打算让她们来定剪辑与否。

楚独秀一怔，接着领悟到他的意思，打趣道："好的，我们的名誉姐妹被拦在讨论大事的门外，这下只能做一些杂活儿了。"

"对，我只能跟着女明星，维护安保秩序，避免她被过激人士打了。"谢慎辞语气轻松，不知从何处掏出纸笔，好似早有准备，问道，"所以，新人王可以给我签个名吗？"

他递出的居然是一张楚独秀的照片，印着节目的公式照，当真如明星签名照，像模像样。

楚独秀听着熟悉的话语，又望着自己的官方照片："？"

谢慎辞见她发蒙，轻巧地抬眉，打击报复道："你不签的话，就是耍大牌。"

楚独秀："……"他肯定是故意整她！好小心眼！

或许明星早已习惯，但楚独秀看到自己的照片，莫名地有些羞赧：一是节目公式照傻

231

里傻气，跟证件照的风格差不多；二是他煞有介事地递出来，好像对这张照片挺满意，愈加让她手足无措。他是不是审美有问题？这么傻的照片还能签？莫非为了报复她，专门挑了张丑照？

楚独秀偷瞥他，一时神情微妙，含糊地嘟囔："谢总，您是小学生吗？"

这都多早以前的事，她就调侃了他两句，居然被记恨至今。肯定是善乐的工作量不够饱和，才会让他记得鸡毛蒜皮的事情。

"什么？"

"没什么。"楚独秀当即伸出手，想要夺回公式照，"签，我忙完就签。要不我先拿着，待会儿给你，别让尚导久等……"拿到照片就销毁，鬼才给他留签名照。

"没事，她可以等。"谢慎辞果断道，他抽出一支水性笔，体贴地递给她，"你现在就签，不用一分钟。"

竟然连签名笔都备好了！

楚独秀哀怨地瞪他："这么记仇吗？准备那么全！"

谢慎辞振振有词："我好歹以前签了一个姓，你连姓氏都没给我签过。"

楚独秀不愿让尚导等自己太久，被迫给后台堵人的"私生粉"签名。她签完名，盯着离谱的签名照，犹豫要不要递给谢慎辞，心里总觉得怪怪的。

谢慎辞见她僵在原地，索性主动伸出手，捏住那张照片，修长的手指搭在照片上，圆润干净的指甲透出健康的色泽。

这双手好看得出众，以至于她的字被衬得越发丑，好像小学生水准。

那股心底的别扭和异样感更浓了。为什么她签不出那种铁画银钩、行云流水的感觉，反而是稚气未脱的幼圆字体？

走神间，楚独秀手一松，照片被抽走，慌张道："等等，你再让我看看，我签得好难看！"

"还行。"谢慎辞端详一番，又抬起眼打量她，点评道，"字如其人，还挺好的。"

看上去很可爱，而且工整清晰。

楚独秀："有时候不走心的恭维比实话更伤人。"她才不要跟自己的字迹一样幼稚。

"不行，我改天要设计一下签名。"楚独秀越想越气，内心升腾起羞愤，"这简直是黑历史，不能向外扩散了。"

她在王娜梨的本子上签名，感触还没有那么深，这回换他拿公式照过来，才意识到自己的字好丑。

"设计完以后做准备？"谢慎辞明了似的点头，将签名照收起，郑重其事道，"可以，那这张更要珍藏，极有可能会绝版。"

楚独秀："？？？"

他简直不是人。

第七章 敢想

机房，楚独秀轻轻敲门，很快就有人应声。

"请进。"

楚独秀推门进来，只瞧见众多剪辑师，没有看见尚晓梅。她原本怕尚导久等，现在却面露迷茫，问道："您好，请问尚导在吗？"

"尚导在最里面的房间。"

楚独秀连忙快步往里走，还怕尚导觉得自己动作慢。谁料对方也在屋内忙碌，正握着鼠标快速操作，利落地摁着快捷键，在剪辑页面切换。

"独秀来了啊，你先坐。"尚晓梅抬头看她，手指却没离开键盘，不好意思道，"稍等片刻，我弄完这点儿。"

"好的，不着急。"

楚独秀看到空椅子，老老实实地落座，环顾起房间。这里估计是尚导办公的地方，角落桌子上堆满蓝色的文件夹，饮水机旁是整整齐齐堆着的盒装咖啡，最里面有块雪白的写字板，上面被涂得花里胡哨，都是录制的时间安排。

尚晓梅穿着运动装，即便待在室内，也戴着鸭舌帽，估计是没有洗头、熬夜工作的缘故。片刻后，她用鼠标点击保存，这才转过身来，脸上略有疲色，语气还算和煦："好了，久等，谢总跟你说节目剪辑的事了吗？"

楚独秀双手放在腿上，坐姿乖巧端正，答道："说了，他说问题不大，但您想跟我聊聊。"

"对，你半决赛的表演应该能播出，照我过往的经验来看，上线后被要求调整，最多也是修改字幕，但声音能保留下来。"尚晓梅道，"也就是你说的话没变，而我们打上去的字幕会变少。当然，没要求就不调整，所有字幕都照常。审核尺度是在变化的，我现在同样没法确定。你可以接受吗？"

楚独秀点头："可以。"

尚晓梅听她答得痛快，神色不由得变得复杂起来，说道："好的，那技术层面就是这样，我们再聊聊心理层面。你可能是第一次上节目，我得先向你确认一件事，你确定要完整播出这段吗？"她无奈地解释，"本来不该说这么多，但其实在我们的公司里，还有不少没参赛的演员。第一季节目播出后，有些选手深受打击，后来就不愿上台，只肯在线下活动。"

楚独秀似有所悟，疑道："因为网上的评论？"

尚晓梅一愣："你居然知道？"

"北河哥跟我说过。"

北河提前打过预防针，按楚独秀的实力，早晚要被卷入争论。但他没想到的是，对方没有回避这些，反而直面更大的风浪。

尚晓梅犹疑道："你知道还……"她以为楚独秀初出茅庐，对形势判断不准确，才敢做出鲁莽之举。不过仔细一想，楚独秀在培训营迎战菜豆时用词更直接，这回刻意绕开不

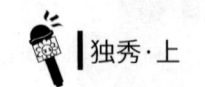

能播出的字眼，想必是为过审做了准备。

楚独秀笑道："我可是学新闻的，太懂会被怎么写。"

尚晓梅见她一脸悠然，甚至幽默地搞 Call back，长叹一声，苦恼地摸了摸脑袋，低声道："啊，我是不是没跟你说清楚问题的严重性？等我想想该怎么跟你说。"居然能笑得出来，看上去跟个小傻子一样！

楚独秀当下领悟了尚导的好意，只是对方跟谢总不同，没有心有灵犀的默契，大概不明白自己为何要这么做："尚导，我知道你怕我出事，想要我活得轻松一些。"她轻声道，"但我有时候觉得奇怪，明明他们经常说出冒犯的话，却从来不会为此而害怕，可我们只要说一点点，立刻就会感觉危险，甚至还没说出口，就把话咽回肚子。连我也是这样，生活里跟上年纪的中年男人交流，经常希望自己学过拳击、散打，否则就没勇气回击对方的言论，一边觉得自身安全更重要，一边觉得自己好软弱怯懦。"

尚晓梅一怔。

楚独秀垂下眼："我大学念的是新闻学，我妈以为我三分钟热度，没多久就不感兴趣了，其实是我觉得好无力。专业课老师说新闻要科学严谨，理性和感性因素要平衡，但真到社会上做相关工作，却发现跟老师教的不是一码事。我学新闻是想要表达，实际表达空间却受限，真正游刃有余的从业者太少了，我肯定不是那么优秀的人。"

尚晓梅往后一仰，缓缓靠着椅子，附和道："这不就是说我吗？大学时期学的编导，毕业后进电视台工作，做的节目没一个自己喜欢的，一点儿创作空间都没有。"

传媒学生的悲哀大概就是，在校热血沸腾、意气风发，工作满地鸡毛、稀里哗啦，但凡有新闻理想的人，必然都得惨遭摧残。

"所以我能靠单口喜剧表达确实非常幸运，实现了我的愿望。"楚独秀道，"我的身躯可以弱，但精神不能再弱，否则就真一败涂地了。如果语言有力量，他们可以说让人害怕的话，我应该也可以说这些才对。我不想为自己说出的话而恐惧，我希望他们为我的话而恐惧。必须有所威慑，一切才会变化。"

明明是简单直白的话，尚晓梅却被猛地击中，就像烈酒涌入血液中，五脏六腑滚烫起来，连后背及头皮都在发麻。

她突然回想起跟谢慎辞的交流，双方探讨是否要调整半决赛，她担忧楚独秀不懂后续影响，但谢慎辞却认为不必惧怕这些。他当时说："我发现一件很有意思的事，或许是她的性格及表演风格，大家很容易在她身上投射自己的恐惧，比如她姐姐怕她付出没有回报，比如你怕她被外界言论击垮，你们都希望她走得一帆风顺，不要遇到什么坎坷才好。"

楚独秀在生活中总会隐藏个性，唯有在舞台上才会爆发出另一面，但跟她关系亲近的人却总被她的日常状态迷惑，误以为那就是全部的她。

尚晓梅："这不就是正常人的反应？谁都会希望事事顺利。"

第七章 敢想

"你们总觉得她很弱,什么都不懂,像外表显露的那样,但她的精神力量比大多数人强大得多。擅长共情却依旧快乐的人,自身的情绪就丰富,并不会轻易被舆论打败。"

这就是她的喜剧天赋,单纯跟观众共鸣不难,但只有消解痛苦,才能让人笑出来。

"是她主动选择这一切的,其实她并不怕,害怕的是你们。"

现在他的话被印证了。

尚晓梅紧盯楚独秀,沉思许久后坦白道:"说实话,我也没法未卜先知,不知道播出后的情况,你学新闻应该明白,有些东西一旦传播,我们就控制不了了,连带你可能受影响……最坏的情况,我是说最悲观、最糟糕的状态,你以后或许没法上节目,没办法再讲单口喜剧,你能够接受吗?"她确定节目没问题,但她不确定舆论会怎样发酵。

"如果真有那一天,我也可以接受,那是时代的选择。"楚独秀思考数秒,声音又轻快起来,"其实我台上说自己悲观,心里还是乐观的,我相信自己不会有事,也相信未来越来越好,时代一定会有更好的选择。"

没过多久,机房的门被缓缓推开,楚独秀从屋里出来,看到走廊上的谢慎辞,诧异道:"谢总,你还没走?"她和尚晓梅交流许久,没料到谢慎辞还在等。

谢慎辞:"聊得怎么样?"

"没什么问题,就照演的来。我本来想说要是会影响到节目,尚导剪一些也可以。"楚独秀道,"但尚导说她什么大风大浪没见过,在电视台遇到过更离谱的内容,这些相比起来都是小 case,只要我能接受播出就行。"

当然,她们后半段都在吐槽传媒业领导,还有曾经历过的不平等待遇,没有再讨论半决赛的事。

两人结伴离开机房,剪辑师都在屋里忙碌,通道上没什么人。

楚独秀瞥一眼身边的人,试探地问:"谢总,如果我遭遇网暴,你会花钱删帖子、找律师打官司吗?"虽然她自己看得开,不会主动搜索评论,但好歹要有些准备。

"商良会去做这些事的。"谢慎辞道,"他绝不会让你的商业价值受损,肯定派出最优秀的律师团队。"

楚独秀怔道:"尚导剪节目,商总打官司,那你做什么?"她都感到奇怪了,尚导忙得脚不点地,谢总却能在门口等,也不知他日常的工作是什么。

谢慎辞理直气壮:"我没什么用,所以做老板,不添乱就好。"

楚独秀既好气又好笑:"怎么能这样?你总这么自由散漫,善乐怎么做大做强?我们怎么招商?怎么融资?怎么上市?怎么回应无数员工的期望?小谢,你的工作态度不行,反思一下你自己!"她苦口婆心道,"看看其他同事,多努力,你不能得过且过地混,要拓展自己的业务范围!"万一她以后靠善乐交社保,自然希望公司越办越好,不能局限于现有规模。

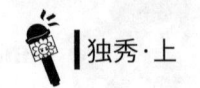

谢慎辞嘀咕："你在拿我们公司给我画饼,让我卷起来吗？"他都没想那么远,她就想到上市了。

这种角色颠倒的话术让楚独秀相当快乐,体会到教育老板的乐趣。她语重心长道："你不能等活儿来,你要主动找活儿,稍微有眼力见儿些。"

谢慎辞注视她良久,慢条斯理地挑眉："那我可以给你做助理,担任出行司机、贴身保镖、旅行翻译等职务,二十四小时盯着公司摇钱树写稿,也算是为善乐文化创收了。"

见她睁大眼,他面色平静镇定,眉目间隐隐带笑："主动找活儿,天天盯着你。"

（上册完）

独秀 下
King of Comedy
江月年年 著

知音动漫　中国致公出版社·北京

第八章	决赛	……………	237
第九章	加冕	……………	262
第十章	签约	……………	295
第十一章	重逢	……………	322
第十二章	反击	……………	355
第十三章	终局	……………	383
番外	猫猫家访记	……………	408
番外	公开	……………	421
番外	春节	……………	455
番外	游乐园	……………	475

目 录

虽然你可能觉得逗人发笑没什么
但我一直觉得
用喜剧说出观众想过却没机会
说出的话是一种无与伦比的能力
有人跟你用同一角度观察世界
原来不止我这么想 原来我不是一人
这是非常神奇的体验
不光是听段子逗乐
还是一种真诚交流

江月年年

第八章 决赛

总决赛在即，工作人员迎来最忙碌的时刻，不但要剪辑、包装新一期节目，还要布置直播现场的舞台。选手们同样没闲着，不但要配合拍摄各类决赛视频，还要抽空到剧场打磨稿子，迎接第二季《单口喜剧王》的冲刺阶段。

这段时间，楚独秀无须谢慎辞盯着都被迫天天加班写稿，主要是平时再不努力就真没时间好好备赛，早被繁杂的商务工作压垮了。

酒店房间内，王娜梨趴在床上，焦虑地刷着手机，问道："你返程的票订了？"

"对，尚导一说决赛日子，我就抓紧去抢票了。"楚独秀道，"先回文城一趟，然后再回燕城，学校的事不能拖了。"

节目录制耗费了她不少精力，尽管毕业生基本没有课，但学校那边还积攒了很多杂事，必须回燕城处理。前几天她将返程时间发进家庭群，只收到父亲的回复，但母亲肯定也看到了，估计都会来接自己。

"好尴尬，我现在该订哪天的票？"王娜梨紧盯手机屏幕，头疼道，"复活投票一时也没结果。"

王娜梨原本以为自己要走，谁料节目组又给了希望，居然有网络投票的环节。她现在不时刷页面，查看现有票数情况，十分难熬。

"说不定节目播出后，你的票数就会大涨。"楚独秀见好友魂不守舍，安慰道，"你也订决赛后的票吧，不管有没有复活，都看完现场再走。"

"有道理。"王娜梨瞄一眼时间，"你是不是该走了？你们约的几点？"

八强选手晚上有聚餐，据说是商总特意安排的。楚独秀自然得出席，但王娜梨不在此列。

"还有一点儿时间。"楚独秀思索片刻，试探道，"不然我晚上不去了吧？"

她跑去跟其他人聚餐，将王娜梨独自抛在屋里，细想起来挺不合适。再说八强选手天天都能碰面，少吃一顿晚饭也影响不了什么。

"啊？真的吗？"王娜梨闻言面露窘迫，"我刚订外卖忘记点你的了。"

楚独秀："？"

"你还是去吧，都没夺冠呢，怎么就耍大牌？"王娜梨催促她出门，挥手道，"我自己待在房间没事，过一会儿再写写稿，要是真被复活了，就用新写的段子。"

楚独秀："趁我们吃饭，你偷偷用功，是吧？"

"嘿嘿，没错。"

楚独秀看王娜梨大大咧咧的，确信对方没事，这才前去聚餐。

酒店门口，八强选手齐聚一堂，准备乘车前往餐厅。

楚独秀本以为是寻常用餐，正跟着路帆往外走，却迎面撞见穿西装的商总。

"楚独秀，你坐左边那辆车。"商良看到她们，说道，"路帆，你带其余人坐小李那辆车，他还没有到，你们稍等片刻。"

路帆点头："好的。"

楚独秀其实想跟着路帆出行，但跟商总掰扯座位实在有点儿像小孩作为。好在北河坐在车内副驾驶位朝两人挥手，也算是她熟悉的人。

北河落下车窗，一只手搭在窗外晃悠。眼看楚独秀开门上车，他形容散漫，吊儿郎当道："各位对不住了，我们这是冠军车，一般人坐不上来！"

路帆挑眉："德性，轮胎都给你打爆。"

楚独秀听着前辈们斗嘴，正疑惑于北河的冠军车言论，谁料拉开车门就看到程俊华，不由得愣了一下。

程俊华安静地坐在后排，没有跟旁人搭话，看见她上车，客气地浅笑点头。

天哪，大佬今天也出现了！她要是没来，还真成耍大牌了。

楚独秀跟程俊华打过招呼，这才小心翼翼地落座，一时间颇感拘谨无措。她很少在聚餐时遇到大佬，也不知今晚刮的什么风，待会儿的宴会显然不一般。

车内，后排的二人都像哑巴，唯有前排的北河活跃。他侧头看向司机，说道："师傅，我们出发吧！"

片刻后，汽车停在高档餐厅的门口，一行人在引领中走进宴会厅。

富丽堂皇的大厅光线明亮，层层叠叠的水晶吊灯悬在屋顶，如同用钻石点缀天花板，摇曳着明灿灿的灯火。长桌铺着洁白桌布，上面摆放着保温用的容器，里面早就备好了美味珍馐，可以让食客们自行取用。晚上是自助餐，香槟杯盛有浅金色的液体，在桌上堆叠成壮观小山，宛若精致的小型金字塔。

第八章 决赛

这不是简单的选手聚餐，还有资方人员出席，包括冠名品牌的领导。

谢慎辞和商良负责接待，暂时顾不上比赛的选手，只是偶尔带人过来，跟演员们打个招呼，为双方介绍彼此。

八强选手的座位同样有讲究。程俊华和楚独秀的商业价值最高，坐在前排，时不时得起身跟人寒暄两句。

"程老师，我一直很喜欢您的喜剧风格！"卢毅握着香槟酒杯出现在圆桌旁边，引起小小的喧哗——他作为知名演员，近期转型做导演，在国内的知名度相当高，基本没人不认识，而且祁筠寒、苏欣怡等嘉宾都没露面，唯有他专程出席晚会，还来跟选手们打招呼，自然令人大感意外。

程俊华忙不迭起身，受宠若惊地碰杯："您客气了。"

尽管程俊华在业内闻名，但真要比较知名度，并没有演员卢毅的高，甚至不及三、四线明星。谁让单口喜剧圈太小，不是广为人知的行业呢。

"真的很有意思，我觉得咱们可以合作，我手里就有个项目……"卢毅一边滔滔不绝，一边将手搭在程俊华肩上，热络地攀谈起来。他年轻时五官端正，只是现在上了年纪，眼角隐有皱纹，往昔的俊秀蜕变成社会气质，像个说一不二的老大哥。

程俊华向来和气，他认真地倾听着，不时发出"嗯嗯"声，完全是耐心恭顺的模样，丝毫没有打断对方的意思。

楚独秀旁观两人一个说一个听，看上去氛围和谐，却想起初选赛拍摄后的晚餐。那时，她是初出茅庐的菜鸟，却跟北河、程俊华和谢慎辞同桌用餐，资历相差太远，根本插不上嘴，自然觉得局促。现在，程俊华面对卢毅的搭话只是默不作声地点头，跟她当初如出一辙。

原来，即便是行业的大佬，在巨大的身份差距面前，也有尴尬弱势的时刻。

《单口喜剧王》播出后大火，参赛选手们拥有一定名气，看似能跟真正的明星平等交流，但到底有一道隐形的鸿沟难以逾越。他们既是普通人，又是半个娱乐圈人，很难描述这种割裂感，连头部选手楚独秀和程俊华也不例外。

没过多久，程俊华面露无力，好似不堪忍受纠缠，竟朝楚独秀使眼色，希望她能说两句，制止卢毅不停歇的侃侃而谈。楚独秀撞上他求救的目光都蒙了。她能说什么？她同样不懂酒桌文化，只能说大佬找错人了！

楚独秀左右环顾一周，试图寻找北河的身影，期盼对方救人于水火，谁料连影子也没看到。她眼看大佬目露哀求之意，只能硬着头皮，找了个空当，询问道："请问卢毅老师是有新戏要上了吗？"

楚独秀对卢毅的作品了解不深，偶尔陪楚岚看过一两部电视剧。但母亲大人说，卢毅年轻时拍的戏还行，近年是一部比一部差劲，连她都要看不下去了。

卢毅闻言一愣，扭头看到了她，欢声道："对对对，是有部戏要上了，你居然知道啊？"

楚独秀僵笑:"我妈是您的粉丝。"只是快变成黑粉了。

卢毅当即喜上眉梢,不再跟程俊华交流,而是同楚独秀聊几句,浅谈自己的新戏。他临走前还大手一挥留下一张签名,说是赠予楚岚。

卢毅离开后,两人长松一口气,同时坐回座位上。

下一秒,楚独秀和程俊华对视,看清彼此脸上鬼祟的笑意,就好像社恐终于找机会摆脱社牛,偷得喘息的机会,心生诡秘的欢喜。明明他们不太熟悉,除了录制外毫无交流,但由于身份及处境相仿,竟在灯红酒绿、喧嚣浮华中被迫站到一起。

"我真是受不了这种场合。"程俊华一改往日的随和,痛苦地挠了挠头,"你把谢总叫来吧。"他平时就不跟其他演员社交,今天被迫来参加资方晚宴,简直如受刑般难受。

楚独秀听闻此话,心里一咯噔,不懂他是何意。尽管谢慎辞和她交好,但当着旁人都有所收敛,也不知程俊华何出此言。

楚独秀强装镇定,好奇道:"为什么您不去叫谢总?"

程俊华坦白:"我跟他也不熟,你们好歹说过话。你把他叫来,挡一挡卢毅。"

"他不是去南城请过您两三回吗?"

"那都没聊什么。"程俊华叹息,"你要是不想叫,待会儿你接着挡人也行,但我看你同样不擅长社交。"

他们都看出对方不喜纷扰,表面上和气,内心里抗拒,并不适应商业酒会。

"见机行事,先别叫了,有事再说。"楚独秀遥望谢慎辞,见对方淡定从容,正跟旁人交谈,便道,"万一叫他过来又招来一群人,感觉更窒息了。"

程俊华闻言幡然醒悟,颔首道:"确实。"

四周都是寒暄的社交牛人,他们不愿下桌交流,索性聊起单口喜剧——两人没什么共同话题,唯一的交集只有这个。

程俊华感慨:"你半决赛的表演内容很好,完全打破我对节目的印象。如果你以后办专场,我一定要看第一场。"

楚独秀受到夸赞,不好意思地道:"哪里……"

"真的,不是单纯搞笑,而是自我表达。五分钟能做到这样,确实很不容易。"他语重心长道,"你非常有潜力,录完节目继续打磨,不要完全跟着他们跑,只讲那种五分钟笑话,未来一定能走得更远。"

楚独秀:"大佬好像对善乐有点儿想法?"她犹记,北河曾经说过,程俊华对善乐有误解,现在听来确实如此。

"我不是对这家公司有意见,我是对单口喜剧商业化持怀疑态度。"程俊华道,"当然,我知道这是我的问题,让优秀演员赚钱很正常,只是我比较悲观吧,总会感到一丝危险。"

楚独秀了然:"您现在还是不喜欢比赛吗?"

第八章 决赛

"最近好很多了,我发现逼一把确实能有提高。"程俊华瞄她一眼,云淡风轻地道,"决赛稿子写得怎么样了?"

楚独秀立马低下头,含糊道:"不怎么样,没有时间,写得不好。"

程俊华:"又偷偷地更新,背着我们升级,是吧?"

"哪里,大佬都有专场,段子储备丰富,我比不了。"

两人商业互吹一番,贬低自己稿子不行,都不肯露口风,表面笑嘻嘻,心里憋着劲。

"也行,尽人事,听天命。"程俊华豁达道,"我要是输了,就从头开始,把大佬名号送你,再参加第三季,我来当新人王。"

楚独秀面露诧异:"这称呼还能换吗?"

"选秀可以炒回锅肉,脱口秀为什么不行?"程俊华振振有词,"大佬听着就老,都把我喊老了,还是新人王好听。"

楚独秀:"……"

不得不说,程俊华的话平和又有感染力,让楚独秀也不再纠结名次,变得释然。或许,综艺竞技就是一场游戏,他们每年相约来玩一把,不管输赢,明年继续,像对自身水平的年度考核,并不用掺杂乱七八糟的念头。

只是她那时没料到,不论是年轻的自己,还是有阅历的程俊华,都远远低估了外界环境的影响。即便他们本人不那么想,也被外人托举到危险云端,稍有不慎就万劫不复。

这是两人交流最多的一个夜晚,也是后续诸多岁月里沟通最为轻松的一次。

晚宴临近尾声,八强选手终于能退场,陆续在餐厅门口会合。

大厅内,商良准备安排车辆,他清点一圈人数后,疑惑道:"程老师呢?"

楚独秀用餐时跟程俊华坐在一起,闻言支吾道:"程老师说有点儿不舒服,先回去休息了,害怕让大家扫兴。"

这话听起来冠冕堂皇,但她知道根本是借口,他只是受不了才溜走的!

其实程俊华临走前邀请新人王共同逃跑,无奈她真的太怂了,不敢做出这样的事,硬撑到最后,随集体行动。

"这……"商良眉头微蹙,话都到嘴边了,又咽回去,"行,那你们那辆车是不是有空座?"

"对。"

"把谢总也捎上,我来收尾就行,让他先回去吧。"

北河嬉皮笑脸道:"谢总是大佬备胎啊。"

众人被商总分配得明明白白,三三两两地向外走,前往各自车辆的位置。

室外,昏黄路灯下,谢慎辞走在最前方,迈开了长腿,径直地前进,步子不带停。他没回头看,只留挺拔高瘦的背影,一路都默不作声,也不知要去哪儿。楚独秀和北河跟在后面,竟隐隐有点儿追不上对方。

楚独秀加快步伐,迷茫道:"谢总,您过来坐的哪辆车?"这都走到停车场了,他却没有停步的意思。

"嗯?"

夜风中,谢慎辞听见了,却没有听清楚。他突然停下来,没注意身后人的位置,差点儿跟后边的她相撞,楚独秀骤然刹车才没有直接追尾。可他没像往日那样道歉,反而弯腰低头,将耳朵凑近她,示意她重说一遍,不知为何耳垂泛红,连动作也有点儿迟钝。

双方的距离突然拉近,楚独秀嗅到一股清浅酒味,并不难闻,相反是柑橘、苹果、薄荷的清新,夹杂蜂蜜及荔枝的甜味,应该是晚宴饮用的香槟。

他只是将耳朵靠近她,温热呼吸却早被酒浸透,随着晚风飘散,气息缓缓萦绕。

"问您过来坐的哪辆车!"北河大声重复,又寻找车辆,洞若观火道,"老板,您别带头瞎蹿了,要是喝醉了,您就走慢点儿,我俩跟着累。"他一眼看出谢慎辞的异样,明白对方乱带路,估计是意识混沌,心里并没有明确的目的地。

谢慎辞直起身,他面色如常,语气却迷茫:"我没醉,只是晕。"

"对对对,您没有醉,但咱们要去停车场,不是要去飞机场,步子不用迈那么大。"北河低头看手机,吩咐道,"你俩稍等片刻,我让车过来吧,谢总把我们带哪儿去了这是?"

楚独秀眼看北河朝远方的车招手,忙道:"我们原地等吗?"

"对,他喝点儿就上头,酒量不太行的。"北河跑了两步,遥遥指挥司机,又回过头叮嘱,"你先盯着他,别让他跑了。他喝醉就会轧马路,有次庆功宴,步行回公司,把我们吓坏了。"

那晚,不省心的老板失踪,让众人操碎了心。

"好的。"

楚独秀就这么被委以重任,担任谢慎辞的临时监护人,监督他不要到处乱跑。

天空早被浓墨涂抹,唯有月光朦胧如纱,缓缓地笼罩繁华夜景。停车场内,数盏路灯驱散夜色,偶尔能看到明亮车灯,如同钢铁猛兽的眼睛。

室外微凉,驱散美酒酣意。

楚独秀同样小酌了几杯,但她的头脑很清醒,认真打量起谢慎辞,发现他如点漆般的眸子隐有雾气,连带衬衣最上方的扣子解开,衣领有些凌乱,看着挺散漫,好像是跟平时不同。但香槟是有薄荷味儿,又不是放了猫薄荷,怎么会那么容易醉?那东西的酒精含量低,像果汁,基本是绵密气泡及细腻甜味,本质不就是甜水吗?如此不胜酒力,像小说女主设定,难怪商总让他先走。

谢慎辞被她紧盯着,一时间没有动,不知道在想什么。他一只手插兜,突然间就抬腿

第八章 决赛

在原地踱步一圈,接着往大门口走。

"Hold on, hold on,你要去哪儿?"楚独秀见他要跑,伸手制止道,"老实待在原地。"

她就站在这里,视线没有移动,都震慑不住他。他竟妄图从她眼皮子底下逃走,借着香槟里的酒精开始深夜的轧马路。

谢慎辞被她抓了个正着,发出轻不可闻的一声:"哼。"

楚独秀在他眼前挥了挥手,好奇道:"谢总,您真的醉了?"

谢慎辞一本正经地回答:"没有醉,只是晕。"

楚独秀竖起一根食指,问道:"这是几?"

谢慎辞:"一。"

楚独秀又伸出一根食指,双手并成一排,同时摆在他面前:"这又是几?"

谢慎辞:"二。"

楚独秀摇头,叹息道:"不,这是十一。看来是醉了,不识数了。"

谢慎辞:"你欺负人。"

"对,不然你报警吧。"楚独秀煞有介事道,"北河哥太天真了,放心地把你托付给我,但我也不是什么好人,现在拐卖你,然后去勒索。"

不得不说,谢慎辞慢半拍的模样有点儿好笑,让人兴起折腾、揉搓他的坏心眼。他往日总归有点儿清冷气质,现在却彻底被芬芳的香槟酒浸润,好似能被随意摔打的软面团。

谢慎辞歪头:"勒索什么?"

"不知道。"楚独秀思索道,"比如要个单口喜剧王什么的。"

"要是这个的话,你不用拐卖我,没准也能有。"

"那就逼迫你写段子,然后我去讲……"楚独秀饶有兴致道,"不对,应该逼迫你讲段子。"毕竟他上回就表演失败,显然后者更有威慑力。

"也行。"

"什么?"

"拐卖也行。"谢慎辞的眼眸沾染酒的润泽,在灯下泛起些许光,如同一簇明烈的火,"真要被拐卖,那就不只讲段子,别的话也能讲了。"

楚独秀搬起石头砸自己的脚,被此话烫了一下,心跳骤然加快,一阵紧张和心虚,就像程俊华让她叫谢慎辞时一样。明明双方从未以公谋私,却莫名有种被人抓住把柄的感觉,宛若被窥破潜藏的秘密。

谢慎辞倒挺从容,他慢悠悠地眨眼,也不知此话过没过脑子。

一直以来,他都用心关照又不失分寸,一如讨要祁筠寒的签名照,最后也是送给所有选手——必须做到公正,不管是为他的身份,还是思及她的处境。

即便他们关系愈加交好,但也回不到在"台疯过境"时,总归被赛制的渔网网住,保持距离，有所克制，无法在雪白浪巅自由地遨游。

但他要是被拐卖，就逃出现有囹圄。

楚独秀原本是开玩笑，想要岔开他的注意力，别跑出去逛大街，现在却嘴唇紧抿，心跳如鼓，真有点儿蠢蠢欲动，主要是他太好欺负了，让她陷入要不要"绑架代替购买"的纠结。这得被判几年？善乐没他也不会垮吧？

谢慎辞见她侧过头，没有再接他的话，也没再搭理自己，又道："我们单独去逛逛吧。"

楚独秀一愣，有点儿慌了，干巴巴道："去哪儿？"

"一起轧马路，走着回酒店，也就十公里。"

楚独秀断然拒绝，冷酷道："谢谢，不必了。想让我死，也简单点儿。"

没过多久，北河和司机开车过来，接上了在原地等待的二人。

谢慎辞站在车外，对副驾驶座上的北河道："我们一起去逛逛吧。"

"啊？"北河迷惘道，"咱们仨？大晚上逛什么？"

谢慎辞："一起轧马路，走着回……"

北河当即摆手："把他押进去，别让他出来。"

"好的。"楚独秀拉开车门，果断将人塞进去。

《单口喜剧王》决赛时间敲定，各类事务都在紧密地筹备中。

另一边，节目组按时播出最新一期，半决赛内容如尚晓梅所料，没过多久就冲上热搜。楚独秀的表演视频大火，连带女生组对决都热度颇高，同时也掀起一场腥风血雨。外界评价褒贬不一，但无法否认的是，节目获得了巨大话题度。

"好辛辣的文本！国外专场水平！"

"我看开头，内心迟疑：这可以播？我看结尾，心潮澎湃：这可以播！"

"凭什么女的全组晋级？男的不也靠实力晋级？！"

"没全组晋级啊，淘汰了虎妞。对不起，不记得她真名。"

"这期女生好炸，男生都没法看，别说靠实力了，一个赛一个混。"

"虎妞该回来，她以前好拉胯，但这期不错。"

"喜欢虎妞的朋友，请给王娜梨投票，有可能决赛复活，让娜梨从哪里来回哪里去（害羞）！"

"楚看得我热泪盈眶，结合现实更可笑：女选手每场都好好写，男选手经常在划水。"

"真的！北河老混子就算了，程俊华被吹那么久，除了对决楚的那场，其他都不太行，还没路帆稳定！"

"但程上限高啊。"

"要是换积分赛，都不需要决赛，排名早就定了，冠军楚、亚军路，季军北程挑一个。"

第八章 决赛

"不喜欢楚这场,立意导向不对,有失水准,走歪门邪道。"

"太好了,要的就是你不喜欢,姐喜欢!(狗头)"

"拿杀爹开玩笑有意思吗?好低俗,有辱单口喜剧。"

"国外还讲枪击案呢,我觉得她不犀利,这都有侮辱性?"

"啊对对对,新人王有失水准,随便比也第一,半决赛四组最高票。她是走歪门邪道,别人是找不着道。(狗头)"

"好怕她被影响,其实可以不说。"

"怕个屁!社会新闻都有人造黄谣,女生讲两个笑话算什么?"

"我们需要更多女演员,路和王讲得不直白,但侧面也有体现。路讲'英语老师嫁有钱人',王讲'女演员和煤老板',完全验证楚说的话,大众对女性印象刻板。"

"为什么好多人破防?程讲物种天赋时都没那么大反应,他说人类病毒战乱,不是跟楚反讽一样,属于同类型表演,单口喜剧就这样。"

"批判人类可以,批判男人不行!(狗头)"

"哦,懂了,同义替换一下,男人不是人。"

女生组的亮眼表现给人留下深刻印象,连带被淘汰的王娜梨票数暴涨,一举踏入复活投票的前三名,依照现有涨幅,有望重新进入决赛。

最新节目播出后,楚独秀无疑成为最红的选手,热度甚至碾压程俊华。有人评价她"以一己之力将节目质量拉到新水平",也有人怒斥她"通过搞对立刷存在感,令人不齿"。风评的好坏,全看平台用户的性别比例,女多男少或男多女少。

当然,或褒或贬,所有平台都在讨论她,也算是节目出圈时刻。

王娜梨和小葱天天高强度上网,都没料到好友被顶上风口浪尖,现在跟楚独秀说话都小心翼翼,生怕对方被网络舆论影响情绪。

楚独秀见状,颇哭笑不得。实际上,她不在乎旁人的评价,就像谢慎辞说的,她表达完就够了,不关注回应如何。不过朋友们的关心很温暖,难免将她捧得飘飘然。她偶尔还瘫在床上卖惨,佯装自己玻璃心碎了,骗王娜梨一杯奶茶,报对方某晚忘给自己订外卖的小仇。当然,暴露后,骆驼秀子被虎妞制裁,隔天又回请了一份甜点。

《单口喜剧王》决赛如期而至,不同于前期录播,这次采用了现场直播的形式。

铃果视频极为重视,早在首页宣传预热,将直播页面提前备好。比赛还未正式开始,直播窗口就挤满在线观众,他们对着漆黑屏幕都能疯狂发送弹幕,热火朝天地闲聊起来。

演播厅后台,尚晓梅坐在屏幕前完成技术联排,又核对诸多细节:"商总那边的广告植入敲定没?还有没有新加的?"

"最终名单出来了,临时再有会通知,基本是嘉宾口播。"

"谢总已经去接人了？"

"对，他接完铃果高层，不一定能回这边。"

"行，万事俱备，只欠东风。"尚晓梅激动地搓搓手，"希望今晚有精彩表演，不要辜负几个月的期待。"

这是节目最关键的总决赛，所有人连轴转，生怕会有什么意外。

化妆室内，九强选手陆续上妆，同样有点儿惴惴不安。他们站在镜子前，不时调整着衣物，恨不得都改头换面，被打扮得光彩夺目、焕然一新。

"这还是我吗？"小葱没再穿格子衫，他照了一会儿镜子，又揉了揉眼睛，一脸错愕，"未免太时尚了。"

王娜梨忙道："别揉了，化妆师刚说过，你越揉眼影越花，最后变成大熊猫。"她通过复活投票勉强跻身九强，再次苟进决赛。

楚独秀已换装结束，她没加入好友对话，正低头摆弄手机。

两人见她一言不发，当即就交换眼神，似有点儿担忧。

王娜梨故作漫不经心地问："你在看什么？"

小葱摸了摸鼻子，低下脑袋，委婉地建议："我最近都不上网了，免得决赛压力太大。"

楚独秀哪能不懂二人的言外之意，她忙不迭翻转手机，将屏幕对着同伴们，苦笑道："不是，我没有上网，跟我妈发微信呢。"

"阿姨说什么？"

"叫我直播时别驼背，镜头上会显得难看。"

王娜梨和小葱挺直背部，当即深吸一口气，像是有偶像包袱，强装出气势来。

小葱："确实，一辈子就红这一天，跟婚礼视频差不多，必须装得好看点儿。"

王娜梨："人生高光时刻。"

楚独秀继续编辑微信，回复母亲奇怪的关注点，又顺手发了返程的时间。

不过楚岚看到机票时间却不配合，别扭地让女儿找石勤，不要发给自己。

这段时间，母女俩每天都会交流，但只字不提节目，尤其网上有关楚独秀的争议爆棚后，石勤还在家庭群安慰女儿，不要介意别人的风言风语，但楚岚什么话都没多说，只是每日起床后会跟女儿闲聊两句，大多是东拉西扯一些熟人的八卦趣事。

或许，对方性格就是如此，不知道如何安慰人，认为好听的软话毫无作用，只能用分散注意力的方式来解决潜在的问题。

这让楚独秀回忆起童年，她那时三分钟热度学画画，楚岚对她的新爱好不屑一顾，但真有外人说她画得不好、没有天赋，楚岚又会气得破口大骂，丝毫不记得自己的鄙夷，坚持说楚独秀画得不错。

她的妈妈不会说好话，只会说激烈尖锐的坏话。

第八章 决赛

楚独秀收起手机，不知为何燃起斗志，浑身忽然充满勇气，期盼总决赛正式开始。

她想要得一次冠军，听自己的妈妈说回好话。

演播厅内，舞台及观众席被重新布置过，变得更为宽阔、绚丽。

伴随激昂的音乐，大屏幕上出现节目回放视频，从初选赛、突围赛、命题赛、半命题赛、半决赛，再到今日的总决赛，《单口喜剧王》第二季的诸多片段重现，激起现场观众的阵阵欢呼。

片刻后，节目视频结束，又是选手视频，九强选手的名字依次出现，紧接着屏幕上浮现众多金句，简要介绍选手的出彩段子。

舞台一侧，选手们按顺序亮相。

程俊华从门里走出来，他温和带笑，朝观众招手。身后视频打出其名言，例如"物种天赋""我打着快板跟您说总行了吧""keep relax"等。

台下观众兴奋地挥手。

北河、路帆等人也露面了，他们都是善乐的老将，同样引发现场观众的尖叫。

最后，楚独秀、王娜梨和小葱陆续登场，前往选手席位。

楚独秀刚一露面，观众席就爆发骚动，如同沸腾的油锅，刺啦刺啦作响。她的介绍视频文字密集，记录着一路以来的精彩表现，如"give me a face""企鹅会坐飞机""AI单身狗""全组晋级"等。

前排观众手持横幅，欢欣鼓舞地晃动起来，同时发出声嘶力竭的呐喊，看上去尤为激动。

总决赛现场观众增加，场内气氛更热烈。而此时网络弹幕也海量爆发，在直播页面密密麻麻，如一阵又一阵的浪潮。

"大楚兴，新人王！"

"人气好高，不愧秀儿。"

"不想看楚，怎么有她？"

"不想看她可以关直播了，这节目就靠她段子出圈。"

"金句没放收复阿美莉卡，但放了全组晋级，谁又要被气死了？（狗头）"

铃果视频的直播弹幕区早被监管，部分带人身侮辱、言辞过激的弹幕无法显示，只留下温和无害的言论，提供了良好的交流环境。这是商良的主意，考虑到楚独秀的关注度，他觉得必须对决赛弹幕加以控制，以免扰乱《单口喜剧王》总决赛的进行。

选手区内，楚独秀等人被热情洋溢的现场观众震撼，对弹幕一无所知。

总决赛舞台华丽很多，亮眼的颜色、璀璨的灯光、热情的欢呼一扫傍晚的寂静，响彻云霄般的喧闹。

小葱盯着前排观众的手幅看，看到自己的名字，愣道："天哪，我们居然还有应援？"

楚独秀："好厉害。"

王娜梨："我也想要一条自己的横幅。"

片刻后，罗钦和苏欣怡出现，他们缓缓上台，主持起决赛。

苏欣怡身着典雅长裙，手握麦克风，笑道："欢迎大家来到《单口喜剧王》的决赛现场，准备好爆笑了吗？"

台下观众回得亢奋，可谓气势恢宏："准备好了！"

"场子大就是不一样，观众喊话都有气势。"罗钦被吓了一跳，接着莞尔一笑，"当然，除了更大的场地、更多的观众，总决赛还将迎来两位新的笑声代表，共同见证单口喜剧王的诞生。让我们有请卢毅、祁筠寒——"

五光十色的灯光乱晃，两名知名大咖登场，场上"哇"声一片。

英俊挺拔的男子小步上台，正是当红小生祁筠寒，他身着潮服，朝现场观众招手。卢毅身材更为富态一点儿，热络地拍拍祁筠寒，又环顾场内，举起手示意众人。他原本是知名演员，近年转型担任导演，举手投足间多了些领导派头。

观众们绽放笑脸，献上浩大的掌声，欢迎新嘉宾露面。

两人简单地自我介绍后，步入笑声代表的席位，等待决赛表演的开始。

路帆："经费在燃烧，公司阔了啊。"

北河："我们所有人加起来都没他俩贵吧？"

楚独秀眼看二人落座。祁筠寒坐定就没有再动，卢毅却朝选手区扫了一眼，向最前方的程俊华点头，大佬诚惶诚恐地鞠躬回礼。她目睹这一幕，想起晚宴时大佬的社恐表现，一时颇感好笑。

苏欣怡："下面由我们介绍决赛规则。比赛共分为三轮，第一轮是自命题赛，九强选手将自由表演，根据现场投票进行排名，前三名将晋级，等待四强对决。"

罗钦："其余选手进入待定区，开始第二轮六进一擂台赛，争夺最后的四强席位。"

随着主持人的讲解，大屏幕上浮现流程，为众人阐明赛制：第一轮是自命题赛，第二轮是擂台赛，第三轮是命题赛。

"前两轮结束后，四强选手展开命题赛，角逐本季单口喜剧王的称号。命题赛题目是'欢笑启程的地方'。"

"决赛共有三百名现场观众，每人可投一票。四名笑声代表可以拍灯加票，每灯增加二十票，全场共计三百八十票。"

赛制说明结束，场内响起掌声。

众选手一边鼓掌，一边议论起流程："意思是首轮前三能跳过擂台赛？"

"对，首轮前三直接进四强，擂台赛再选出一名。"

小葱挠了挠头："压力很大啊。"

第八章 决赛

王娜梨："看我就没有压力，反正进不了四强，把段子演好就行。"

楚独秀："没错，除了擂台赛获胜者，其他人都演两篇稿，还挺均匀的。"

第一轮演出顺序抽签决定，但其中有一个例外，北河主动提出首演。

众所周知，开场演员最难，观众情绪都不高，做这样的选择，令人大为钦佩。

路帆温声道："你倒是看破红尘了。"

北河站起身，活动着四肢："我不入地狱谁入地狱，我不做跳板谁能晋级？"

"北哥大气！冠军风度！"

"加油加油！"

众选手替他喝彩助威。

紧接着，台上传来声音："下面有请第一位选手——北河！"

北河闻声，双臂同时抬起，一路狂奔挥手，迎着观众的掌声，咻溜一下蹿上台，如同雀跃又灵活的鱼。他差点儿跑过立式麦克风，忙不迭紧急刹车，丰富松弛的肢体动作让他还未开讲就先逗乐观众。

"这样大家都笑吗？真是友善又宽容。"北河握起麦克风，他动作散漫，神色颇诙谐，吊儿郎当道，"看来我前几场比赛已经深入打造小丑形象，现在不需要段子都能逗人发笑了。"

"大家好，我是北河。"他长鞠一躬，轻松开讲，"众所周知，我是善乐知名老混子，终于混进总决赛了。混了那么多场，导演和观众急了，每天都在追问我。导演看见我就问：'北河，歇够了吧？该发力了。'我说快了快了，厚积薄发，我有后劲儿。网上粉丝评论我：'北哥，可以了吧？演点儿好的。'我说快了快了，厚积薄发，我有后劲儿。领导都忍不住问：'北河，你打算决赛才发力吗？'"

北河扭捏地摸摸脸，故作慌乱地低头，道："我说领导，当然不，其实我打算……"

"半决赛发力？"

"退休再发力。"

下一秒，他突然抬头，双手握拳道："快乐快乐，厚积薄发，领退休金，我有后劲儿！"

观众爆发哄笑，舞台一灯亮起！

其余选手同样乐得弯下腰，紧张情绪不翼而飞，都被北河的幽默感染。

路帆佩服地鼓掌："可以的，就用决赛开场，效果还挺不错。"

小葱："北哥，真正的气氛组高手。"

楚独秀："开始发力了，增加退休金，北河哥有后劲儿。"

北河无奈道："没办法，朋友们，夺冠有什么用？我那天还跟人讨论，我和路帆第一季掐得你死我活，第二季又被新选手掐得你死我死，足以验证节目的虚名没有用。"

罗钦哭笑不得："你死我死？"

"我们获得较高名次，反而被束缚住了，类似一线城市的打工人，你拿到户口并不是好事，你会很难逃离这座城市。别人想走就走了，但你没办法走啊，心里还会纠结。都有冠军啦，离开多可惜，不然努努力，在节目上买房吧？"北河语气迟疑，"当然，内心也会迷茫，但我留下来好像没用？没感觉生活质量提高了啊！这时，别人就会好言相劝：'忍忍，为了孩子的教育，你就算掏空全家六个段子来凑首付，都得在节目占个位置啊！'"

"我有一天还跟其他选手吐槽，为什么我们要榨干自身的段子及脑力，呕心沥血在节目上拥有立足之地？演员的好段子本来就不多，何必一次节目全耗费干净？完全可以拿着好段子，找个地方轻松度日，天天混商演就行。"北河双臂抱在胸前，随意地扬起下巴，"你说对吧，新人王？"

接着，他面色凝重，语气变得真挚："谁料人家理性地回我：'北河哥，但我不缺优质的段子，我就缺你的冠军户口。'"

场内笑声大作，第二灯随之亮起。

台下也欢闹起来，众人围着楚独秀起哄："气人啊，多气人呀，好段子一大堆！"

"真的，入场视频就属她金句多。"

楚独秀失笑，羞赧地捂脸："我没对北河哥说过这话！"

"所以我公开回应一下，为什么一直混，还赖着不肯走。主要就是为下一代，万一我以后有小孩，孩子想要搞喜剧呢？我就能说，虽然爸爸没学区房，但以前也拿过冠军，现在就传给你。小孩一看奖杯，点头道：'嗯，《单口喜剧王》第一季的冠军，要用房市打比方，点评它的含金量，不是老破小就是远大新，都没建在三环内。'"北河向右一转，作势就要离开，"算了，我还是进市区，看看独秀老师的豪华别墅吧。"

台下响起笑声。

"我最近也在反思，为什么那么混啊，以前不这样的。我发现确实是自己的问题，不应该将爱好当工作的，过去的工作习惯太差，我控制不住自己。"北河认真道，"我以前的工作是说废话，总要写工作日报，但现在的工作是说笑话，只是偶尔莫名就忘记我已经换工作了，时不时总会搞混。"

"上班的朋友估计理解，工作干久了，都会有惰性。社会不是大染缸，社会是个大油缸，你在里面泡久了，就像早点铺师傅。人家天天摊煎饼馃子，打鸡蛋再加葱花、香菜和香肠，你天天在烹饪老油条，老做些看似有条理的假报告，其实本质上都一样。"北河摊手，"前者卖路人，后者卖老板，油条甚至还不如煎饼馃子耐饿呢。"

此话一出，笑声乍起，众人都赞同地拍手，台上第三灯被摁亮！

其他选手开怀大笑，忍不住拊掌赞叹。

"不能忍，这不能忍！"他们笑闹起来，叫道，"老板们，北河给你们画饼……炸油条呢！"

第八章 决赛

"而且你在公司工作久了以后,就能感受到职场人性的丑恶。我以前遇到一些倒霉事儿,我的同事们还会安慰我:'哎呀,你好可怜,辛苦了呀,别放在心上。'但他们现在不这样了。我前些天写稿压力好大,颓丧地瘫坐在剧场门口,可能是太落魄了,被外卖小哥看见了。他手里还提着一份外卖,突然就走过来,把塑料袋递给我,说'我也没带现金,人家不要了,要不送你吧'。我都蒙了,心想我混得有那么惨吗?我好歹上过节目吧?"北河睁大眼,"我赶紧婉拒说不了,你误会了,其实我……"

"小哥也很热心,说'其实你就是手头困难,不用磨不开面儿,吃吧'!"

北河无语凝噎,扫视一圈观众,崩溃地摇摇头,引发阵阵笑声。

"最可气的是什么?我回来把这事儿说给同事们听了。"他难以置信道,"他们非但不安慰,说我好惨好可怜,甚至还酸起我来,对我的嫉妒表现得淋漓尽致!"

下一刻,他翻了个白眼,惟妙惟肖地模仿起来,语气也尖酸刻薄:"哟,你有什么可怜的?这不是得偿所愿,又有段子能写了?北河,我们都羡慕你,这就是老天爷赏饭吃,不吃不行啊!"

高昂语调点燃全场,连祁筠寒都笑得前仰后合,只听一声蓬勃有力的音效声,舞台上四灯亮起,带动了观众的情绪。

"别人是手头经济困难,我却是手头段子困难!我估计小哥也没料到,他就顺路送个外卖,都能客串一把老天爷!"

场内笑声无法抑制,观众们如嗡嗡叫的蜂群,在生动表演中活跃起来。

其他选手一起拍手,为北河增加声势,脸上同样笑意盈盈。

聂峰:"不错的开场!后面就好演了!"

路帆:"感觉他不是想夺冠,是把想说的都说了……"

台上,北河待笑声渐隐,缓缓地讲起尾声。

"混不是敷衍,是自我保护,是细水长流,我依然站在台上,就是想告诉旁人,节目会结束,欢笑没尽头,迈过顶峰后,可以走缓坡,不求烟花般绚烂出众,但求恒星般璀璨长久。祝愿观众们决赛直播看得快乐,也希望大家能关注我们的线下活动。谢谢大家,我是北河!"他振臂高呼,在欢呼声中蹦跳着下台。

演播厅内欢声笑语,现场观众抬臂挥手,欣赏完第一场表演,现在都神采奕奕。

弹幕区同样热闹非凡,观看直播的人越来越多,都兴高采烈地讨论方才的演出。

"公开在段子中夹杂广告!北哥不愧是剧场人员!"

"北河发力了?真的吗,我不信,送进擂台赛再来一段!(狗头)"

"什么线下活动?"

"欢迎前往闻笑剧场观看善乐单口喜剧,省钱选开放麦,要质量选商演,想跟演员接触报名志愿者!"

251

表演结束后的北河前往舞台另一侧,等待第一轮排名公布。他独自坐在席位上,朝对面的演员挥挥手,右腿优哉游哉地抖动起来,带着如释重负的惬意。其他选手见状,一时颇感无语,无奈也打不着对方。

路帆:"他还嘚瑟起来了。"

"北河是不是讲的决赛稿子?他不会就一篇吧?"

"把他送进擂台赛,再抖抖别的段子!"

众人哄笑起来,紧张气氛缓解,轻松了一点儿。

第一轮自命题赛,唯有前三能晋级四强,这代表大部分人都要参加擂台赛。擂台赛是六进一,获胜概率非常小,不少人将好稿子往前放,以免被提前淘汰,决赛没有机会讲。

北河主动请缨,选择开场表演,其余选手则是抽签上场,有条不紊地按序登台。

程俊华照旧坐在前排,专心致志地观看竞演。他总是缩在角落里,座位只有一侧靠人,另一侧是栏杆,宛若构建稳固的三角形,鲜少参与选手们的闲聊。

楚独秀坐在后排,跟王娜梨、小葱挨着,可谓拆不散的三人组。她一边欣赏台上的演出,一边跟好友说笑两句,偶尔接一两句话茬儿,状态如往日般自然。

尽管众人没直言,但都心照不宣,默认排名前三的必然有这两位。大佬和新人王的上限明显跟其他人有壁垒,两人是在山顶斗法,其他人则是在山腰打架,多少隔着一点儿距离。唯一拿不准的是,这把谁票数更多。

没过多久,前面的选手演完,轮到重量级人物。

台上响起介绍音:"有请下一位选手——程俊华!"

程俊华不紧不慢地起身,缓缓地吸了一口气,如打太极前的准备动作,接着走向绚丽多彩、光线强烈的舞台。

其他人议论起来:"来了,来了!"

"不知道大佬今天发挥如何……"

"我猜该上专场段子了,再不演没机会了!"

耳边都是喧哗声,楚独秀不由得屏住呼吸,目不转睛地盯着台上,静候程俊华的首轮表演。

嘉宾区,笑声代表看到程俊华登场,也不约而同地鼓起掌来,显然熟知程俊华,因此献上热烈而崇高的敬意,倒让对方惭愧地摆了摆手。

数道追光对准立式麦克风,照亮舞台中心的程俊华。他慢条斯理地拿起麦克风,声音仍旧轻柔和缓,却有一种牵动人心的节奏感:"大家好,我是程俊华。节目播出后,很多网友点评我,说我做人假随和,不跟别的单口喜剧演员接触。今天到了总决赛,我终于能辟谣了。借这个舞台,我在此郑重声明……"他低下头,摸了摸鼻子,说道,"网友们说

第八章 决赛

得对，我是假随和，其实真社恐。"

罗钦和苏欣怡嘴角微弯。

"我知道肯定有人要质疑，拜托，你是单口喜剧演员，怎么会有社交恐惧症？"程俊华面带窘迫，"那你要不要猜一猜，为什么我是单口喜剧演员，没有演双人漫才，或者搞群口相声？"

台下传来笑声。

"我都能想象，如果有一天捡到阿拉丁神灯，从中钻出个灯神，一个蓝皮肤大汉，问我'你有什么想许的愿望吗'，我都会迟疑几秒，接着反问他：'可以扫码点单吗？不用对着人那种？'或许，我也会许一个愿，比如'你能回神灯吗？我社恐'。"

第一灯猛然亮起！

笑声在演播厅回荡，如同敲响银铃，一串跟着一串。

北河大感意外，对旁人小声道："大佬是社恐吗？我还以为是讨厌我，平时才不搭理我。"

路帆严谨地分析："社恐和讨厌你也不冲突吧？"

北河既好气又好笑："路老师，给你起名叫'帆'，是让你在海里乘风破浪，咱们就别瞎拨拉'河'了，怎么欺软怕硬呢？"

"开个玩笑，不会许愿让灯神回去的，太伤人了。"程俊华耸肩，"毕竟我是一个假随和的人，不能让我的人设崩塌。"

"我发现一件有意思的事，人越缺什么东西，就越喜欢秀什么，像我不爱跟人打交道，但我害怕被人看出来，总是装得很和善。我偶尔会健谈，甚至讲脱口秀，抗拒听人说'哎，你知道吗，他是个社恐'。可是，即使我那么努力，好像也没有成果，他们依旧会说'哎，你知道吗，他是个社恐'……"下一秒，他将嘴靠近麦克风，神秘兮兮地补充，"社交恐怖分子，以后多找他聊。"

舞台上亮起第二灯，连带场内洋溢着欢愉。

"有人会问了，不能直说吗？"

程俊华解释："可能是我古怪，还有一点儿自卑，我觉得这是弱点，我必须克服困难。这跟童年受的教育有关，在我们家里，直说没有用。"

"大家或许有类似经历。你小的时候，什么不行，长辈都会觉得那是你的问题。我从小喝牛奶就拉肚子，家里人坚信是我的胃不适应好东西，坚持天天让我带鲜牛奶。普通牛奶都不行，新鲜牛奶最高级。我当时直说了，我不喝，会难受。他们也很强硬，说不能太矫情，你要锻炼自己，敢于克服困难，以后才会好受！"

程俊华无力地摇头，感慨道："听起来就像我不喝牛奶将会阻碍祖国伟大复兴，那都不是平凡的牛奶，那是长江黄河里流淌的民族之魂。喝，必须喝！不喝不是中国人！"

第三灯被点亮，欢声弥漫全场。

253

前排观众赞同地拍手，连选手都佩服地唏嘘。

楚独秀听着大佬的段子，迟疑数秒，纠结道：“完了，想到一个梗，但是没法说，北河哥在对面，没有坐在这边。”

王娜梨疑惑：“什么梗？说说呗。”

楚独秀压低音量，鬼鬼祟祟道：“不喝的牛奶可以送给北河哥，老天爷赏奶喝。”

"哈哈哈哈哈！"

程俊华：“这件事一直持续到什么时候？等出了国以后，我学了一些外语，才知道'困难'的'难'不光叫作'difficulty'，还有另外一种说法，叫作'rutangbunai'。”

"rutangbunai？"祁筠寒重复着英文发音，有些不解，侧头问道，"什么意思？"

"什么意思？乳糖不耐。"程俊华平和地说，"我不是难受，我是乳糖不耐受，所以拉肚子。"

祁筠寒恍然大悟，接着好笑地朝后仰。

"但我知道这些后依旧保留老习惯，偶尔喝牛奶，改不了了。甚至当我的外国朋友说自己不吃坚果、鸡蛋、鱼虾、鸡肉、番茄、芹菜，吃完会难受、会食物过敏的时候，我都很震撼。因为我就是乳糖不耐，他们好像什么都不耐。"

"我会小心地发问……"他面带诧异，试探地问，"你是素食主义者吗？或者，你就是素食，靠光合作用？"

欢笑声此起彼伏。

"如果关系特别好，我也会给予他们家人般的温暖问候：不能太矫情，你要锻炼自己，敢于克服困难，以后才会好受！这不是普通的坚果，这是自由女神手中的火种，你要是不吃这颗坚果，怎么照亮繁荣昌盛的美国梦？吃，必须吃！不吃不是美利坚人！"

四灯亮起，全场观众发出欢呼。

笑声代表都笑得咧开了嘴，忍不住鼓掌或挥手，赞叹着这一段表演。

程俊华悠然道：“当然，他们不会跟我一样，宁肯自由女神像如好莱坞大片里一样炸掉，都不会选择吃过敏食物让自己的胃炸掉。”

众选手望着欢腾场面，同样站起身，赞美道："稳，真稳！"

"我猜票数能进前三！"

"票数肯定进前三，现在就等新人王……"

大佬本场发挥不错，一扫上期的颓丧状态，隐隐有争夺第一的架势。

台上，程俊华看见四灯亮了也不急，望着观众，娓娓道来。

"很有趣的差别，为什么我们总害怕，不愿暴露自身弱点？我想，可能我们清楚，只要被贴上某种标签，就有被淘汰的风险，必须克服困难，变得完美无缺。"

"例如招聘面试的无领导小组讨论，绝对不会在乎内向者的想法，直接就把他们筛掉

第八章 决赛

了，所以都要装出活跃的模样。简历上描述自己的缺陷，也要精心修饰，比如工作过于努力、吹毛求疵什么的，还是透着那股熟悉的味儿——锻炼自己，克服困难。

"但有时候，袒露弱点并不是弱点，揭下死板标签，人才能活过来。就像我想摘掉大佬标签，所以来到这里。"

"谢谢大家，我是程俊华。"

他不慌不忙，对着台下长鞠一躬，在如雷的掌声中结束了自己的首轮表演。

演播厅内，掌声盖过笑声，反响依旧热烈。

九强选手一边拍手注视着程俊华走下来，一边交头接耳讨论刚才的精彩演出。

"最后升华了。"

"不炸却意味悠长，后面的深度很难超过这个了……"

弹幕区也反响热烈。

"一如既往的高级段子！"

"感觉不适合决赛讲，有点儿沉闷，过度表达。"

"是程俊华的风格，绵里藏针的幽默。"

"喜剧的内核是悲剧，明明就演得很好，我喜欢。"

"这不比打拳有思想？这才是高手！"

"Sorry，但程也对新人王赞不绝口。"

"虎妞都演完了，骆驼秀子还远吗？"

其余选手陆续演完，不知不觉没剩几人，而楚独秀排在较后顺序。正因如此，弹幕区讨论她的内容越来越多，所有人都在等她的首轮演出，想看她是继续输出半决赛话题，还是会因网友恶评而有所收敛。

王娜梨和小葱早坐到对面，等好友登台。

小葱小声道："感觉再讲观点类段子会跟大佬撞车，不太适合决赛。"

王娜梨："还是贴合现场观众的好……"

前期节目都有剪辑和包装，被尚导等人精心打磨过，观众也能沉下心观看，但总决赛是直播，氛围有所不同，更注重现场参与感。毕竟总决赛信息量太大，又有弹幕，又有反应镜头，相比精剪就凌乱一点儿，沉稳风段子不占优势，炸场风才会有好反响。

片刻后，台上响起介绍音："有请下一位选手——楚独秀！"

话音刚落，全场轰动，观众都激动起来，如汹涌的海啸。

观众席，铃果视频的高层被吓了一跳，他望着亢奋的现场观众，愣道："谢总，这选手的人气……"是不是有点儿吓人了？

谢慎辞平静地道："小场面。"

选手区，其他人同样被这阵仗吓到，好笑道："真红了！女明星！"

路帆担忧道:"因为半决赛的段子吧?但就怕她被架起来,这些人不想听别的……"

聂峰:"确实,期待被拉高,被迫只能讲那个。"

楚独秀的半决赛表演争议很大,收获如潮的关注度,也背负海量的骂名。这不是一件好事,她很可能被舆论所限制,以后只能讲那一类段子,否则现有支持者也会转变,诋毁说她怕了,不敢再说话。想要不被外界声音吞噬,就如同在冰面上行走,踏错一步都可能掉进冰窟。

台上,楚独秀的长发被扎起,照旧穿着休闲的亮色衣衫,跟校园里青春洋溢的学生差不多。她没有丝毫变化,没有尖酸刻薄,更没有惨遭网暴后的抑郁,就像刚来到节目时一样,带着年轻人的天真烂漫和朝气。

她自我介绍道:"大家好,我是楚独秀。"

台下,不少人闻言摆动横幅,显然等候许久,甚至大声地呐喊起来。

"大楚兴,新人王,秀儿秀儿你最强!"

"支持专家建议!"

"全组晋级,招男会计!"

"谢谢,谢谢,各位太热情了。"楚独秀望着骚动场面,忙不迭地鞠躬致谢,这才止住混乱,"最近,我的身上有两种颜色,一种是黑色,另一种也是黑色。前者是听完我段子嘿嘿一笑的'黑',后者是听完我段子疯狂黑我的'黑'。"

她面露无奈,怯声道:"我知道很多朋友还希望我聊半决赛话题,但真的对不起,我是一个凡人,不敢再聊男性了。"

有人不满地拉长声调:"啊——"

楚独秀从容不迫地抬手:"我害怕被误会,总拿这些写段子,好似离不开他们。大家多看些霸总文学,应该能理解我的担忧,很怕他们邪魅一笑,说'女人,你成功引起了我的注意',然后大手一挥,签下一张支票,'给你五百万热搜,离开我的世界'!我这种平凡的女孩,不敢再骂了,害怕被他们爱上,搞得跟小说一样。"

轻松诙谐的语调,出人意料的反转,瞬间引发哄笑,连带舞台上亮起一灯!

苏欣怡掩嘴大笑,解释道:"对不起,我知道有点儿快,但这个忍不住。"

众选手见状,也赞叹不已。他们原本都倒吸一口凉气,害怕楚独秀让观众不高兴,现在悬起的心又放下来,佩服道:"可以的,控场成功!"

王娜梨欣然道:"场面和谐起来了,刚才开场太失控,观众兴奋过头了。"

小葱:"她搞现挂向来可以。"

楚独秀:"聊聊决赛。打比赛呢,不聊男人。初选赛时,我说友谊第一,比赛第二,幽默没法比较。录制期间,我认识了很多好朋友、好前辈,以至于到决赛,我在反思,收获的友谊是不是太多了?"她脸上显露一丝迟疑,在台上踱步,好似在思索,"friendship

第八章 决赛

太多，也会有hardship，不敢要leadership，再失去championship。"

她握着麦克风，为难道："所以，我后悔了，打算卖掉前两条ship换后两条，不然改口比赛第一、友谊第二吧。"

现场观众发出笑声，其他选手也都乐开花，故意伸出手表示抗议。

楚独秀面露纠结："好想赢啊，但不好意思说，尤其前辈们都高风亮节，不是迈过顶峰走缓坡，就是袒露弱点摘标签，更显得我低俗没觉悟。这场面类似春节拜年，争冠军跟拿红包一样，我都将口袋拉开了，嘴上还在假客气：'哎呀，北河哥，使不得！'"她一边将脑袋侧过去，一边将卫衣的口袋拉开，扭着身子推让起来，整个人快拧成麻花，演绎滑稽可笑的肢体动作，"程老师，太客气了，您是海归，不用来那套。"

下一秒，她原地蹦起，焦灼地握拳："心里想的却是动作快点儿吧！讲段子可以混和慢，这会儿就别磨叽了！"

"肯定有人问了，都是参赛选手，为什么你给他们拜年？单口喜剧圈还论资排辈吗？"她突然站定，面无表情道，"废话，黄鼠狼当然要给鸡拜年，没安好心嘛。"

笑声炸裂，场上第二灯亮起。随着她生动的表演，观众一扫疲惫，变得活跃又畅快起来。

众选手哄闹起来，纷纷开起玩笑。

程俊华惨遭点名，此时以拳挡脸，看上去一本正经，但眼睛也弯弯的，既有点儿不好意思，又有点儿难掩笑意。

"不行，没太多技巧，但特别好笑……"路帆强忍情绪，闷声道，"内容真实，就有感染力。"

王娜梨幸灾乐祸道："就那种看人打架找乐子的人的心态。"

"说谁又混又慢呢？"北河不怒反笑，"友谊的小船翻了！"

楚独秀语气崩溃："好想赢啊，但不好意思说。我一直觉得有件事很荒谬，在校时总被灌输'没人记得第二名'的观念，但当你真拿了第一名，又会被教育'第一名也别猖狂'，搞半天就第三名快乐，又能被记得又能猖狂！

"我记得一堂公选课，老师问了经典问题，论证'没人记得第二名'。他说：'我考考大家，世界第一高峰是珠穆朗玛峰，第二高峰叫什么？有人知道吗？'

"我说乔戈里峰。

"他看了我一眼：'啧啧，文科生，那我再考考你，世界短跑冠军是博尔特，亚军是谁？'

"我说盖伊、布雷克、加特林。

"他愣了：'啧啧，体育爱好者。'

"我说老师，我考考您，世界倒数第一高峰叫什么？

"不知道。

"那我们班体测800米倒数第一是谁？"

楚独秀大度地说："提示您一下，远在天边，近在眼前。"

"嗯，同学，你叫什么来着，都在嘴边了……"接着，她手忙脚乱地摸索，然后哗啦啦地假装翻页，"我翻翻点名册。"

表演结束，楚独秀突然蹦了一下，连带语调都激昂起来，义愤填膺地发声："你看看，'没人记得第二名'都是假的！没人记得无名无姓的我才是真的！人家说冠军和大佬无所谓叫谦虚，我还没拿冠军、没做过大佬，说这话是欠招儿又心虚，连起来叫'欠虚'，方言版的谦虚，又土又傻气！"

怪里怪气的方言味儿和紧贴现场的段子，让场内观众捧腹大笑，眼泪都快笑出来了。

祁筠寒大笑，拍下第三灯！

楚独秀收起情绪，重新变得平和："当然，我深刻意识到错误，检讨了自己的功利想法，不能拿冠军就沾沾自喜，应该向前辈学习，做人不可以太飘。所以，希望大家给我改正的机会。"她害羞地低头，扭捏道，"给个冠军什么的，让我也谦虚一把，在脱口秀节目上说好普通话，证明我有在反省。"

小葱被气笑，拍腿道："诡计多端！诡计多端！"

"好想赢啊，但不好意思说，主要是赢了才有选择，但赢了会伤害别人。前辈劝我不要卷，说节目排名没用，得失心不要太重，人生就像坐车，有快车、优享车和专车，快车和专车也差不多。但有没有可能，我没钱打车，骑的是共享单车，甚至共享单车公司还倒闭了。"她叹息，"没有得到，光失去了，徒步的诗人，浪漫又贫穷。"

笑声一阵又一阵，没在场内停歇过。

"我的状态就是职场实习生，别人问你那么努力干吗，那是我想要努力吗？"楚独秀愤然道，"你们都转正了，我还没签约呢，好歹给我个不努力的机会！类似手机系统升级，让你选'今晚更新'或'稍后提醒'，听起来差别不大，但真相是今晚不升级冠军，就不确定'稍'到多少年以后了，提醒也没用。"

"当然，输赢不重要，只要活得舒服，我也能接受输。"她镇定道，"给我51%的善乐股份，我立马不想赢了，做公司的昏君，比做冠军牛多了。"

谢慎辞："？"

全场喧哗，集体起哄："哇——"

楚独秀："我还能将ship买回来，成为partnership后，跟谁都有friendship，甚至收获的友谊更多了。看似控股喜剧公司，实际控股船只公司。"

"所以，前辈们别劝我，应该去劝老板，快点儿交出股份。你们告诉他，人生就像坐车，快车和专车也差不多，说不定他喜欢徒步呢？"她声音悠扬，挥手带节奏，"让他把车留给我们，赢不赢也就无所谓了。等我拿到股份，人人都做冠军，人人都很懂事，轮值董事长嘛！"

第八章 决赛

异想天开的想法,让现场观众爆笑如雷。

舞台忽然变得绚丽,第四灯终于亮起!

观众席,铃果高层都被逗乐了,饶有兴致地揶揄:"谢总,明年节目您还接待吗?股份还够吗?"

谢慎辞:"我努力。"

其他选手闻言也笑成一团,堪称决赛最快活的时刻。

小葱高声道:"夺权了,起义了!人人封官赐爵,人人冠军董事!"

北河:"大楚兴,新人王,推翻老板的统治——"

"好松弛的表演。"聂峰道,"北河和大佬说不在意排名,多少还收着劲儿,她是真放飞自我。"

最真挚的情感往往最打动人。即便楚独秀嘴上说要赢,但这种酣畅淋漓的表演,无拘无束,自在肆意,反而比段子的讲述更能释放蓬勃能量。那是一种开阔的心境,自然而然就让人快乐。

台上,楚独秀依旧活泼,透着少年的意气风发,如同羽翼渐丰、蓄势待发的鹰:"总决赛就是一场游戏,我好想赢,也好意思说。因为我坚信,友谊不散场,游戏能重来,比完、闹完、笑完后,我们的 friendship 还在,照旧在节目外结伴同行、乘风破浪!谢谢大家,我是楚独秀!"

满场喝彩声中,她鞠躬下台。

恣意畅快的表演后,舞台灯光闪耀,观众席人声鼎沸。欢呼、掌声、喧闹,快意如旋涡,席卷着众人。

选手席上,王娜梨和小葱眼看好友下来,早按捺不住地招手,示意她坐到身边来。

楚独秀一路小跑,奔向自己的同伴。

王娜梨竖起大拇指:"厉害!"

"好歹都是燕城出身。"小葱道,"新人王,苟富贵,高低给我封个副总。"

路帆笑道:"要是这么说,我还算是帝师,官位更不能低。"

众人说笑着,等待排名结果。

现场观众停歇片刻,网络弹幕热闹非凡。在线直播观看量水涨船高,屏幕上布满密密麻麻的文字,都在讨论第一轮的演出效果。

"呜呜呜感动,都不像决赛,像高考告别!"

"善乐文化,give me a face,给她股份吧。"

"老板:give you face!"

"劝老板别不识抬举,牺牲你一个,幸福全公司!(狗头)"

"看现场效果前三有她。"

"但文本深度一般。"

"我喜欢这个，程的很高级，可我不敢笑，总有点儿悲伤。"

"好欢乐！直播没有字幕，看不懂深度的，还是炸场快乐！"

没过多久，九强选手表演结束，罗钦和苏欣怡上台主持，公布自命题赛的排名。急促又激昂的音乐响起，瞬间将悬念拉满，吸引台下观众的注意。

北河倒吸一口凉气，搓手道："好紧张，不是紧张排名，是怕做倒霉蛋，决赛要演三场。"

路帆瞥他一眼："山穷水尽了是吗？"

北河："当然，三个五分钟，要是商演，线下能演一年。"

总决赛无疑是高强度创作，每名选手至少讲两场，有一人还被迫讲三场。

前期节目中，演员们用的都是存货，在线下打磨了很长时间，越到赛制末尾，积攒的段子越少，录制却还要继续，考验的就是耐力。而半决赛和总决赛靠得太近，开放麦练习时间本来就少，还有一篇命题稿，人人都会有压力。

小葱望着大屏幕，推测道："前三应该都四灯，有五个人拿了。"

四名笑声代表可以拍灯，第一轮满灯选手有五人，分别是楚独秀、程俊华、北河、路帆和聂峰，在票数上就有优势。

苏欣怡柔声道："下面宣布自命题赛票数，前三名将会晋级四强，其余选手进入擂台赛，争夺最后的四强席位。"

下一秒，音效声骤起，巨大屏幕亮出排名及票数，惊得观众们发出唏嘘之声。

第一名 367 票

第二名 359 票

第三名 341 票

王娜梨睁大眼："哇。"

聂峰："前两名票数要高出一截。"

罗钦："首先是第三名，总票数 341 票……"

九强选手都屏住呼吸，静候主持人公布结果，除去知名度较高的楚独秀和程俊华，其余人热度有限，一时间难分伯仲，第三名无疑是最有悬念的。

"北河，恭喜晋级四强。"

"居然是我……"北河一愣，下意识地望向路帆，看上去不知所措。

路帆神色如常，鼓掌道："不错，你能少讲一场了。"

小葱："北河哥值得，还奉献一把，主动来开场！"

"就是就是。"

北河被夸，难得地有些拘泥，快步奔向四强席位。

"接下来是第二名，总票数 359 票……"

第八章 决赛

两侧屏幕上，楚独秀和程俊华的脸庞乍现，都是特写镜头，一左一右对照。

现场观众惊呼起来。

祁筠寒和卢毅紧盯排名，不约而同地仰起头来。

楚独秀吓了一跳，当即不敢躬身，谨遵母亲的教诲，缓缓地直起腰。

这场面宛若半命题赛时巅峰对决，只是楚独秀和程俊华当初都绷着劲儿，现在经历完残酷又漫长的赛事，再加上后面还有一轮比赛，两人的状态比那时放松得多。

"程俊华。"

尘埃落定，祁筠寒伸出手鼓掌，卢毅微叹一口气。

罗钦微笑："恭喜晋级，请前往四强席位。"

程俊华神色和善，不紧不慢地点头，顺着楼梯向上，前往二层座位。

"最后，首轮演出第一名，现场共计367票……"

话音未落，场内就响起喊声，喊着同一个名字，宛若应和主持人。

"楚独秀——"

王娜梨和小葱亢奋起来，都围拢在楚独秀身边，催促她前往四强席位。

楚独秀来不及多言，刚跟其他人告别，就被引导到楼梯的方向。

苏欣怡："有请三位进入晋级区，其余选手将争夺最后的四强席位，迎接第二轮比赛。"

第九章 加冕

嘈杂声渐远。

四强座位在二层高处,能够俯瞰舞台及观众席。这里距现场稍远,环境相对安静一点儿,唯有角落里架着摄像机。

楚独秀、程俊华和北河落座,身边还剩一把椅子,属于擂台赛获胜者。三人将在此观看第二轮比赛,暂时没法跟一层选手交流,如被放置在孤独小岛,遥遥观望热闹的景象。

北河感慨:"好熟悉的组合,又是我们三个。"

"有点儿像初选赛。"程俊华左右看看,"赛后被留下拍商务。"

楚独秀哼起小调:"又回到最初的起点,呆呆地坐在角落边……"

片刻后,一位穿着黑衣的编导悄无声息抵达二层,压低音量道:"三位老师,麻烦摘一下麦克风,然后出来一下,有个口播要录,刚刚接到的通知。"

"大佬的嘴开光了!"北河哭笑不得,随手摘掉设备,"赢了拍商务,输了打擂台,还真是一刻都不停,节目组堪称资本家。"

总决赛的广告商不少,加上直播热度爆棚,自然会有临时任务。好在镜头没拍四强席位,三人暂时离场没什么大问题。

演播厅外人头攒动,略显混乱,全是来回穿梭的工作人员,个个忙得脚不点地。

楚独秀晕头转向,快步跟着北河、程俊华,一路不知道跟多少人打了招呼,小鸡啄米般地点头,偶尔还要长鞠一躬,只觉得流水般的陌生人从眼前哗啦啦经过。

越过重重阻碍,三人终于找到僻静的角落,开始拍摄口播广告。

程俊华最先拍摄,对着镜头念台词。

北河站在一旁,面前有位领导——中年男子穿着polo衫,被众星捧月般地环绕着,是

第九章 加冕

铃果视频的高层,方才跟三人寒暄过,应该是特意来看《单口喜剧王》总决赛的。

楚独秀看北河被迫营业,小心翼翼地挪到角落,打算老实地等拍摄,以免也被卷入社交。

正值此时,左肩被人用手指轻点两下,礼貌又不失分寸。

楚独秀误以为自己挡了路,忙不迭侧身,左转向后看,却没见到人影。她都原地转一圈了,才发现是谢慎辞。

谢慎辞着正装,黑发干净利落,不动声色地瞧她打转。他明明站在右侧,却故意戳她左肩,耍一些儿童才玩的把戏——别人是西装革履的斯文败类,他是西装革履的斯文幼稚鬼。

楚独秀既好气又好笑:"谢总,您是小学生吗?没有事情做?"

"还没拿到51%的股份,已经对我不客气了?"谢慎辞意有所指,他扬起下巴,示意她看旁边,"他们正在聊,我暂时没事。"

楚独秀连忙回头,看到北河及铃果高层,这才恍然大悟,谢总是陪同对方前来才会出现在这里。

没想到刚宣称要夺取善乐,就被公司正主抓个正着。这会儿听他提及段子,楚独秀心虚地辩解:"这不是没拿到才敢不客气吗?拿到就不好跑了,抬头不见低头见的。"

谢慎辞一脸错愕地挑眉,道:"你还打算跑?"

"不然学您徒步吗?"楚独秀一本正经地拿乔,"谢总,求职是双向选择……"

"你答应过签约的。"谢慎辞沉吟数秒,又怕此话像绑架,忙不迭放缓语气,"商良天天问,我转述给他了,改主意的话,你去跟他说。"

"看看,暴露了,难怪跟我搞好关系,就是想骗我进公司打工!"楚独秀捂住胸口,痛心疾首道,"我看错你了,真令人伤心!"

"……"

谢慎辞见她浮夸地表演,领悟不签约是开玩笑,当即放松下来。

她的长发梳成马尾,随着动作摇摆,如调皮的尾巴,吸引着注意力,像在他心头晃来晃去,带来微酥而快活的痒。很难形容这种感觉,仿佛心扉被轻轻撞了一下。

明明没讲什么笑话,就是朴实无华的日常话题,却生出雀跃和欢喜,隐晦地潜藏在心底,看见她就莫名开心。可能由于她的幽默,可能由于别的什么,所以才会幼稚又无聊地逗她。

谢慎辞撞上她明亮的目光,宛若直视太阳,下意识地回避,强作镇定道:"看看,暴露了。"

楚独秀不解。

谢慎辞喉结微动,用余光瞥她:"难怪跟我搞好关系,就是想骗我的公司股份。"

他怎么老学她说话?!

楚独秀近来发现谢慎辞总喜欢 Call back 她的梗,让他独自讲段子就装哑巴,却频频用她的话回复自己。

谐音梗罚钱,学别人的梗应该罚股份!

263

"没有骗,打算抢,跟社会新闻里的商战一样。"楚独秀振振有词,"持剑破门而入,抢夺公章什么的,谢总晚上睡觉时最好小心一点儿。"

谢慎辞:"???"

程俊华还在拍摄,北河也没有结束。楚独秀和谢慎辞暂时没事,一边不时观察拍摄进度,一边随意地闲聊。

谢慎辞:"我听他们说,你订好票了,明后天就走?"

"对,回家待两天,收拾好东西就得抓紧回学校了,毕业还有好多事。"楚独秀小声道,"我那天跟商总解释过,有些活动来不及去了……"

她依靠《单口喜剧王》获得巨大热度,确实是远超预期,计划也被打乱了——参赛前,她打算录制中途回学校,不料被商务拍摄占满,加上还要备赛写稿子,竟无暇回校处理琐事。尽管大四毕业生较为清闲,不是实习就是备考,必修课大幅减少,但总归有一些特殊场合没办法请假。楚独秀向来戾,过马路都不闯红灯,不好意思拒绝公司商务,也不好意思违反学校规定,专程找商良说明情况,幸好对方表示了理解。

楚独秀:"回校还得搬宿舍,我们室友还约了饭。"

毕业时,宿舍物品必须清空,同样是浩大工程。

谢慎辞思索道:"如果宿舍里有些东西觉得寄回家再搬过来麻烦,可以直接寄到公司,暂时存放一段时间。"

楚独秀一愣。

谢慎辞解释:"北河他们也这样,刚搬来海城时,都是等住处确定后才将行李搬走。"

楚独秀撇了撇嘴,偷瞄他一眼,欲言又止:"我还没说要到海城发展呢。"

虽然她想过如何处理行李,私下还跟王娜梨聊过租房的事,但听他给的建议,又生出一丝别扭及叛逆,不想被人拿捏住,仿佛她进入善乐已经是板上钉钉的事。

北河、路帆等人问起,她肯定坦然地回应,但面对谢慎辞,难免有点儿扭捏。

谢慎辞叹息,致歉道:"对不起,但善乐要在燕城或文城建立分部,还需要一些时间。"

楚独秀:"……"

不远处,程俊华已经完成拍摄,工作人员调整设备,喊北河和楚独秀到镜头前做准备。

谢慎辞瞥见挥手的摄影师,不好再扣着她聊天,说道:"最近录制太忙了,演播厅也偏远,其实海城有很多值得游览的地方,跟燕城和文城的风景不一样,搬来就有时间去逛逛,市里和郊区都有,好吃的地方也很多。"

"这……"楚独秀微张开嘴,想要说点儿什么,又觉得嗓子干涩,突然说不出话。

有时间去逛逛?跟谁逛?其他老板都聊事业,他怎么开始聊观光的事?

但问这种话有点儿暧昧,或许他是好心推荐,或许他是计划公司游玩,不该胡乱联想

第九章 加冕

和引申内涵，搞得像在共同畅想未来。

主要是他兴致盎然，不停歇地规划着，具体到吃穿住行的细节，恨不得明天就启程，自然让她心生羞赧、不好答话。

简单又纯粹的真诚无疑最能打动人心，没掺杂过多私念就像童年时暑假打游戏：灼灼的阳光、婆娑的树影、喧嚣的蝉鸣、冰凉的西瓜，舒适地缩在家里，摆弄老旧游戏机，不会特意制订胜利目标，优哉游哉地玩耍着，却发自内心地感到惬意。

他说话时就给她这种感受，仿佛结伴出行、自在环游就会很开心，没更多目的。没准类似他喜欢徒步，别人不理解，但他很畅快。

她来不来海城，她的存在本身，有必要被他如此期许吗？

楚独秀胸腔内有火苗摇曳，连带热气蒸腾而上，耳根都快发烫了。她不敢深究答案，故意将其放置在一边，用支支吾吾来掩盖心慌，回避很多蛛丝马迹、细枝末节。

摄像机边，北河拍摄起广告，有人招呼楚独秀。

谢慎辞提醒她过去，临走前轻抿嘴唇，却仍然露出一丝笑："等到一切落定，期待跟你共事。"

恍惚间，楚独秀忘了自己有没有回应谢慎辞，便稀里糊涂地走向编导。她拿到写满广告词的卡片，匆匆扫一眼文字内容，这才缓过神来，转头偷看某人。

走廊里，谢慎辞陪同铃果视频的高层离开，只留下挺拔如竹的背影，在人流中分外显眼。他们没在此停留太久，又要前往下一站。他一扫先前的小学生形象，变回善乐文化的大老板，当真是七十二变。

楚独秀睫毛颤动，垂眼认真背诵，快速记忆起广告词，这才挥去那抹悸动。

拍摄结束后，三人处理完一堆杂务，终于得以回到演播厅。

场内，六名选手正在按序表演，观众席时不时爆发出笑声。

每名选手表演结束，会有笑声代表点评两句，给其他选手一些准备及休息时间，也让坐在二层的楚独秀、北河和程俊华闲聊两句。

"还行，没错过太多，还有一半人。"北河道，"据说过两天铃果搞活动，就我跟路帆几个，两位都不参加了？"他方才跟铃果的人交流的，就是未来的线下活动。

楚独秀惭愧地低头："是的，那天我得飞回燕城，学校要答辩。"

程俊华开玩笑："也对，考公还要毕业证。"

北河询问："大佬是有其他活动？那个电影项目？"

"没，那个我没有接，家里人过生日，才赶着回南城。"程俊华轻叹，"这段日子漂在外面，好长时间没休息了，估计要缓缓再工作。"

《单口喜剧王》录制相当磨人，大家都想结束后放松片刻。

"明年不敢来了。"北河调侃，"跟我们上季一样，摧残了好多人才。"

程俊华苦笑："明年得攒新内容过来，年轻人提升太快，我真跟不上。"

楚独秀："大佬说，明年他要做新人王。"

北河："可以，人人都称王，轮流做董事长，善乐新鲜出炉的企业文化嘛。"

场上，第二轮擂台赛竞争激烈，不少选手都拿到四灯，完全靠观众投票来比拼。

没过多久，六名选手表演完毕，连带排名都被公布出来。

路帆作为老将，在疲惫的选手中杀出重围，拿下最后一个四强席位。

"恭喜路帆成功晋级，进入决赛四强！"

台下观众欢呼起来。

路帆闻言一怔，接着眼角带笑，照旧是温和从容、不卑不亢的模样。她在掌声中缓慢起身，沿着舞台走向二层楼梯，前往四强席位跟其他人会合。

北河站在二楼，眼看路帆上楼，早就激动地起身："路老师还是路老师，依旧发挥得那么稳定！"

"同时，第二季《单口喜剧王》年度第五名至第九名诞生，有请其余选手重新上台，领取自己的奖章，由我们的笑声代表进行颁奖。"

笑声代表们陆续起身，准备为选手们颁发决赛奖章。除了集结的四强外，其他选手的名次由擂台赛票数决定。

楚独秀欣然鼓掌，望着一层的选手们。她熟识的三人恰好挨着，小葱位于第六名，聂峰位于第七名，王娜梨位于第八名。

众人一起登上总决赛舞台，从祁筠寒、卢毅等人手中接过奖章，发表各自的获奖感言。

小葱一手拿奖章，一手握着麦克风，说道："愿天下有情人终成眷属，就像小葱最佳搭配豆腐！"

王娜梨当即瞪大眼，难以置信地望着对方，好似没料到他的发言。

楚独秀闻言，五官也皱起来，吐槽道："天哪，平时讲段子就算了，领奖台上都是干将莫邪。"

程俊华："AI受不了了。"

"这小子——"北河既好气又好笑，"我能冲下去打他吗？不想比四强了，单纯想挑战他。"

相比小葱狂秀恩爱，聂峰的发言则正常得多："如果现场有燕城的观众，欢迎大家光临'台疯过境'，那里有酒、有歌、有段子，希望有更多朋友关注线下的开放麦和单口喜剧俱乐部。"

现场响起掌声。

王娜梨的发言最为简短，她单手举起荣誉奖章，高声道："什么都不多说，下一季继

第九章 加冕

续虎！"

场内气氛活跃，弹幕疯狂刷屏，四处弥漫着欢乐。

五名选手领奖结束，就只剩下四强决战。

"稍事休息后，我们将迎来四强对决，今晚最后一轮命题赛。"

演播厅内，现场大屏幕播放着广告，四强选手被困在二层，跟一层的人遥遥相望，宛若被分隔的牛郎织女。

王娜梨、小葱等人坐在选手区，齐刷刷举起荣誉奖章，对着二楼挥来舞去，得意地炫耀起来。他们楼下的人无事一身轻，现在只等决赛，别提有多快活。

楚独秀哀叫道："好家伙，他们先戴上了，我们一无所获。"

路帆："只剩我们了。"

北河："没事，据说我们是奖杯，容量也会比较大，待会儿将他们的奖章都装走。"

正值此时，有工作人员抱着纸箱赶来，说道："老师们，麻烦抽一下签，我们要确定决赛顺序了。"

程俊华距离纸箱最近，他伸手拿起一张纸条，摊开来，数字是"3"。

"大佬手气真好，看看我怎么样。"北河抓出一张纸条，打开看，数字是"1"。

路帆："又是你开场。"

北河："我不厚道地说一句，好希望这就是排名。"

楚独秀也抽了一张，她缓缓展开纸条，看到数字愣了两秒。

片刻后，现场屏幕重现节目 Logo，主持人们再次回到舞台上。

罗钦："欢迎大家回到第二季《单口喜剧王》决赛现场，第三轮命题赛题目是'欢笑启程的地方'，四强选手依次上台，角逐本季最终排名。"

苏欣怡："本轮比赛将通过抽签决定登台的顺序，下面请看大屏幕——"

1. 北河

2. 路帆

3. 程俊华

4. 楚独秀

一层选手区，王娜梨等人彻底成为观众，一边等候四强选手表演，一边讨论着总决赛的进程。

王娜梨一怔："她要最后才演。"

聂峰："前两个人挨着也挺有意思。"

小葱："上半场是前世恩怨，第一季的复仇；下半场是现世对决，第二季的交手。"

"下面有请第一位选手——北河。"

台下响起热烈的掌声，北河快步奔向舞台。

二层座位离得稍远，楚独秀、路帆和程俊华跟随场内观众鼓掌，但相比一层选手们的轻松，他们的脸略微紧绷，偶尔舒展背部及肩膀，都在静候自己的竞演。尤其北河演完就不再回席位，而是在一层等待结果，让二层愈加安静。

路帆登台后，二楼就剩楚独秀和程俊华，双方都没有交流，酝酿着演出情绪。

楚独秀排在最后，还有心思欣赏表演，眼看北河和路帆都拿了满灯，不时轻轻拍手，为前辈们助威。

程俊华排在前面，索性不再坐着，面壁踱一圈，嘴里念念有词，核对最后演出的内容。

没过多久，二楼就只剩楚独秀。

"有请下一位选手——程俊华！"

程俊华轻吸一口气，慢条斯理地下楼，挥手告别道："新人王，待会儿看你的了。"

楚独秀："好的，大佬加油。"

随着决赛临近尾声，场内观众的精神越发振奋，只要有选手登台，都会有热情呼喊。程俊华刚一露面，台下就开始鼓掌，连笑声代表都不例外。

程俊华轻声道："大家好，我是程俊华。决赛题目叫'欢笑启程的地方'，但对一个悲观又社恐的人来说，尽情欢笑真的很难，离家启程就更难。"

台下隐约有笑声。

程俊华语调绵软，讲述时游刃有余，显然有丰富的演出经验，没过多久就赢得一灯。

北河"嘶"了一声，迟疑道："段子质量是好的，就是有点儿……"

路帆："跟主题契合度不够，应该是专场的段子。"

命题赛题目是"欢笑启程的地方"，但程俊华的表演鲜少提及，只是在开头说了一句，后面的内容并不扣题，听起来有点儿牵强附会。他向来不擅长命题演出，本身就有浓厚的个人风格，除了半命题赛的表现外，自由发挥时才水平稳定。不过，即便程俊华主题度不高，依然赢得四灯，在如潮掌声中退场。

聂峰："就看现场观众怎么想了，投票在不在乎决赛主题。"

选手们小声探讨，弹幕也议论纷纷。

"比前两个好笑！"

"牛！演得好完整！"

"但这段跟主题有关系吗？我乐完才想起来。"

"时间太紧了，北河切题，但段子潦草，创作强度太大。"

"水平属于保二争一，后面要是幽默又切题，冠军就拱手相让了。"

二层选手席位，楚独秀早就站起身来，目送程俊华离开舞台，然后守在楼梯口等待上场。她深呼吸两三回，平复躁动的心，又反复活动自己的手指，力求将身体调整到最佳状态。

导播台区域，谢慎辞不知何时露了面，出现在尚晓梅的身后。

第九章 加冕

尚导被吓了一跳,惊道:"我以为你来不了了,得陪着铃果的人。"

谢慎辞:"他们在观众席,我就过来看看。"

话毕,他的目光投向屏幕,眼看她从二楼下来。女生的长发扎成马尾,在灯光下化为深栗色,明明是细软的发丝,如今却似有力的鞭,伴随她灵活自如的动作,在半空中甩过、打旋儿,看上去潇洒利落。曾经跌跌跄跄,现在羽翼渐丰,她终于振翅翱翔,冲向苍穹。

台上传来主持人的介绍:"有请最后一位选手——楚独秀!"

下一秒,全场沸腾,山呼海啸。

舞台边,四名笑声代表也伸手鼓掌,等待本场最后一名选手。苏欣怡的笑意早就攀到眼角,她手臂都微微举起,拍手动作最为激烈。罗钦和祁笃寒同样满怀期待,目不转睛地看着登台的人。卢毅鼓掌的节奏要比旁人慢半拍,一下又一下,总踩不上点。

闪耀灯光过后,楚独秀来到舞台中央,握起了麦克风,接着长鞠一躬:"大家好,我是楚独秀。"

掌声退潮后,她惭愧地开口:"决赛题目叫'欢笑启程的地方',我拿到命题都慌了,欢笑启程的地方?总感觉节目组在暗中批评我们,意思是决赛前的表演都不好笑,我们忙活那么久,欢笑才刚刚启程。"

前排观众笑弯了腰,其他选手乐得拍腿。

小葱:"节目组内涵我们——"

程俊华:"都不知道该讲哪方面。"

北河:"那可不是,刁难我们!"

"或者,换个角度思考问题,节目组是这么想的:导演们觉得,总决赛了,录制快结束了,观众们笑不动了,我们总算能笑了。"她无奈道,"因此,这是工作人员欢笑启程的地方,区区七个字,道尽打工人的辛酸。"

屏幕前,尚晓梅笑出声来,又忙不迭地收住,赞同地点头:"有道理。"

"我发现有些时候,尤其是关键场合,很喜欢用鸡汤的话来定义很多事情,比如'欢笑启程的地方',比如'是终点也是起点,人生的赛道永无止境',也不懂具体意义,但听起来高大上。"

楚独秀在台上悠然踱步,描述道:"我读初中的时候,学校新学期,门口有板报,为了激励大家发愤图强,标题叫'梦开始的地方',好好学习,勇敢追梦。但很可惜,我们班第一节是数学课。"她停步,遗憾道,"梦开始的地方,对我来说,不是梦想开始的地方,而是梦乡开始的地方。"

台下传来笑声。

"再比如,总有些父母为一句话焦虑,叫'不要让孩子输在起跑线上'。我从来不相信这个,我有个双胞胎姐姐,她生下来就比我重,甚至不用出生,孕检就能查出来,俩团子一大一小。不要让孩子输在起跑线上？"她一本正经道，"确实，有些孩子还不会跑，在娘胎里就已经输了，都不需要等起跑线。"

砰——祁筠寒被逗乐，伸手拍下一灯！

楚独秀耸了耸肩，轻松道："当然，部分家庭遇到这种事，没准会感慨'哇，可惜是两个女孩'。"她一手握麦克风，一手假装喂汤，"然后在月子里给产妇继续灌鸡汤，说'备孕吧，是终点也是起点，人生的赛道永无止境'。"

诙谐中隐现尖锐，如同一根细银针，瞬间扎破全场情绪！起哄声、笑声和掌声同时响起，在场内混杂成一团，宛若暴雨前的雷电。

苏欣怡拍下第二灯！

王娜梨："哇——"

路帆："起劲儿了。"

"开个玩笑。所以我一直不相信，人们为虚无概念定下的关键点、画出的标准线。欢笑启程的地方，好像有个隐形含义，以前不快乐？启程才快乐？这会让我想到老师和家长的套路，总说上中学就快乐了，上大学就快乐了，工作后就快乐了……"

楚独秀满脸诚恳："我被骗次数太多了，连我妈说'你要能拿冠军，我再也不管你，随便你快乐'，我都没办法相信。因为我知道，一定有后话。工作后就快乐了，后面必然还能接结婚后就快乐了、生孩子就快乐了、退休后就快乐了……"她停顿片刻，继续道，"到下面就快乐了。"

观众展露欢颜，不禁笑得捂嘴。

楚独秀悲愤道："套路多了，这都不是狼来了的故事，完全是狼群来了的故事，还是知识分子狼，越来越国际化，说出来的话全是大饼和狼性文化。你咬一口那饼……"她抬手咬了口空气饼，认真地咀嚼尝味儿，"品品，啧啧，品品，啧，好聪明的中国狼，好优美的中国话！"

动听如歌的台词，生动活泼的演绎，出人意料的梗，致使全场爆笑如雷。

舞台上灯光亮起，罗钦拍下第三灯。

选手们大笑，前仰后合，同时喧闹起来。

小葱惊叹："平平仄仄平平仄，好聪明的新人王，好幽默的中国话！"

聂峰哭笑不得："这都是哪儿学来的喜剧技巧……"

"真到下面了，孟婆举着汤等我，我不等她张嘴，都学会抢答：'你是不是打算说，喝完投胎就快乐了？'"楚独秀连忙背过身，摆手道，"你拿汤送也不行，我吃的饼太多，消化不好，吃不下了。

"孟婆端汤就往我嘴里灌，说'怎么会，这是欢笑启程的地方，也是笑话启程的地方'。

"呵呵，新人王，笑话好，消化也好。

第九章 加冕

"都不知她是笑呵呵，还是在劝我喝喝。"

嬉笑如五彩斑斓的气泡，弥漫总决赛直播现场。

卢毅摸向拍灯按键。

楚独秀宛若诗人，诵读古诗般地道："想不到欢笑启程的地方，如果有，就是我的床，再配上满电手机，随便在网上冲浪。只要我躺下，欢笑就启程，难怪都说短视频太下沉。"

楚独秀继续吟咏："想不到欢笑启程的地方，我连在网上打字发'哈哈'，都不一定代表着欢笑，也可能代表尴尬或干笑，不知道回什么的语气助词，生怕冒犯他人的加密文字——打的是'哈哈哈哈哈'，翻译完'你真是傻瓜'。"

一阵又一阵的笑声响起，台下观众抬手附和，好像对此深为赞同。

"想不到欢笑启程的地方，为什么给欢笑设标准线？"楚独秀不解。

"人生不该像赛道，非得笔直往前跑，欢笑就更不应该，它应该像花样滑冰。反正人是万物的尺度，不在意起点终点，不在意世俗规则，不在意成功与否，我就要随意地滑、自在地滑、毫无目的地滑、横冲直撞地滑……从什刹海滑到北冰洋，从东亚滑到北美，从南极滑到北极，从太阳系滑向银河系，滑出蝴蝶振翅，滑出多姿多彩，滑出异想天开！

"世界上本没有路，滑的人多了，也便成了路！

"不必等候冰面，以后如竟没有冰面，我内心的快乐便是冰！"

慷慨激昂的语调，掷地有声的句子，生动振奋的动作，掀起全场热潮。前两轮积攒的情绪在压抑后尽情炸开，酣畅淋漓地释放，狂欢的飓风席卷现场所有人，连后排的角落都没有放过。

屏幕前，尚晓梅佩服道："比剧场开放麦效果还好，没想到场子变大，也丝毫不逊色。"

一旦场地变大，后排经常冷场，唯有前排容易被感染。尤其是颓丧风演员，要是开场不够顺利，气氛就会垮掉，根本无法逗乐后排的人。但楚独秀不管在哪种场合，都能调动全部的现场观众。

谢慎辞没有应声，他的视线落于屏幕，全神贯注地欣赏她的表演。

众选手都忍不住起立鼓掌。

小葱被现场氛围感染，现在头皮发麻，抱头道："哇——"

程俊华苦笑："年轻真好。"

聂峰："可以的！"

王娜梨："她好擅长用想象力炸场！"

欢呼声渐停，楚独秀这才继续表演。她平和地道："我还曾经跟朋友聊起过这事，说人生不要像设置目标的跑道，要像享受过程的滑冰，不在乎外界的定义，我的欢笑不用启程，我的欢笑时时都在。听起来热血沸腾吧？谁料对方听完，突然严肃起来，问我这么一句话——"

独秀·下

楚独秀收拢表情，若有所思，抛出话尾的神秘钩子，瞬间吸引台下人的注意。

"所以，你跟某些人的哲学一样，认为自己是宇宙的中心？"

观众们擦掉笑出的眼泪，静候下文。

楚独秀"嘶"了一声，迷茫地反问："你是说唯心主义哲学？人类中心主义？普罗泰戈拉？"

"不，我是说某国运动员的冰面竞技主义，马思密达。"

数秒后，欢乐的波浪彻底漾开，就像在山间呐喊后，放肆的情绪撞上陡峭山巅，一波又一波的回声在演播厅内反复震荡，宛若浪巅过后的余韵。

总决赛尾声，现场的人兴奋雀跃，网络观众也极激动，疯狂地刷屏。直播在线观看量达到顶峰，都在热议着楚独秀的表演。

"好炸！"

"有起有落，节奏狂魔——"

"穿透屏幕的感染力！恐怖如斯！"

台上，楚独秀眸光盈亮，不再高声带气氛，音色干净又轻缓。

"或许，越想找欢笑启程的地方，欢笑越没有办法启程。不为快乐和成功设定标准，自由往人生的冰面一溜，万物皆备于我，欢笑就会启程。谢谢大家，我是楚独秀。"

华彩舞台之上，她面对鼓掌的观众，长鞠一躬。

现场欢欣鼓舞，快乐被封在演播厅内，观众激动得脸庞发烫，沉浸在最后的总决赛中。

随着楚独秀演出落幕，众人亢奋的情绪褪去，才逐渐发现一丝异常。最初，只有一两个人出声呐喊，却被浪潮般的笑声掩盖，很快，骚动声渐起，如同振翅嗡鸣的蜂群，锐刺扎破和谐与欢愉。

"灯——"

"拍灯！"

"人都下去了。"

场内有观众高声提醒。

然而，楚独秀沿着阶梯下台，头顶的灯都没有亮起，仍然维持三灯状态，没有完全焕发光彩。

选手们原本有说有笑，等待楚独秀归队，闻言也面露诧异，仔细打量起舞台。

王娜梨愕然道："为什么就三灯？"

北河："谁没拍？"

小葱："都拍了吧，卢导最后一个，我看他伸手了。"

擂台赛和命题赛至关重要，四名笑声代表基本都拍灯，完全依靠观众投票决胜负。如今北河、路帆和程俊华不管发挥如何，最终都获得四灯，就像决赛安慰奖，偏偏楚独秀没有。

第九章 加冕

楚独秀表演时，向来不在意笑声和反响，她从舞台返回座席，听到其他人的议论，扭头才发现少了一灯，不由得愣住了。

现场变得乱哄哄的。

祁筠寒察觉到现场的吵闹，靠近身边的卢毅，观察起对方的按钮，并求助工作人员："稍等一下，卢毅老师的按钮出问题了，我刚刚看到他拍了。"

卢毅："没有，是我没拍。"

祁筠寒："啊？"

卢毅："我纠结了很久，还是拍不下去。她的表演很好，但我由衷希望，能让一位坚持单口喜剧很多年的演员，获得今晚这份特殊的荣誉。"

祁筠寒、罗钦和苏欣怡闻言都蒙了。

这话在场内掀起轩然大波，连带方才的欢乐也烟消云散。

屏幕前，尚晓梅睁大眼，费解道："卢毅在说什么？我怎么听不懂？"

谢慎辞当即凝眉："让别的嘉宾岔开话题。"他有种不祥的预感，对方接下来的话会伤到不止一人。

场内，众选手面面相觑，好似品出话中深意，偷瞄楚独秀和程俊华。

楚独秀略感茫然，此时被王娜梨挽着，神色勉强算正常。

程俊华却脸色煞白，紧抿起嘴唇，双手交叠在一起，甚至微微发抖。

直播间的弹幕同样乱成一锅粥。

"？？？？"

"什么意思？他想选程不选楚？"

"别，我选秀决赛必抑郁吗？脱口秀都搞黑幕？！"

"低情商：这不拍等啥呢？高情商：卢毅老师的按钮出了问题。"

"我早就说过，程绝对拿冠军，一早就签约了。"

"卢毅好歹混娱乐圈，不能那么没情商吧？"

"前面提娱乐圈，我突然更害怕，确实都没情商。"

"生动形象证明一粉顶十黑，程俊华倒血霉了。"

"祁筠寒（路人）、苏欣怡（新人王唯粉）、罗钦（大佬唯粉）、卢毅（披皮黑）！"

其他嘉宾意识到不对劲，立马主动打圆场，给卢毅台阶下。

罗钦尴尬一笑，隐晦地暗示："卢导，总决赛主要是选手的舞台。"

祁筠寒附和："我们毕竟只是笑声代表。"

苏欣怡最为果断，她没跟卢毅搭话，扭头找工作人员，小声交流道："现在不能拍灯了吗？"

对方为难地回答："是的。"

苏欣怡不悦地道:"那我撤掉刚才拍过的灯呢?我希望有其他演员获得今晚这份特殊的荣誉。"

"这……"

这话纯粹是在挑衅和反击卢毅了。

突如其来的剑拔弩张,面色各异的明星嘉宾,迷茫无措的九强选手……

聂峰眼看嘉宾们摘掉麦克风,一群人都聚集在舞台角落,错愕道:"苏欣怡和卢毅吵起来了?"

工作人员围成人墙,严丝合缝地围拢明星,阻碍选手及观众的视线,但仍能遥遥听见一些声音,偶尔夹杂着罗钦和祁筠寒的劝说。

摄像机当然不拍这些,连现场观众都看不到,唯有选手们视角刚好,瞧得一清二楚。

屏幕前,谢慎辞挂断来电,匆匆地转身离去:"铃果在问了,我先去那边。"

虽然尚晓梅当机立断,用广告掩盖现场状况,但这绝不是长久之计,坚持不了几分钟。总决赛直播暂停,属于播出事故,少不了要被追责,得有人出面解决才行。

"好。"尚晓梅也焦头烂额,握着对讲机询问,"现场情况怎么样?"

电子设备里传来回复,背景中隐隐还有争执声:"卢老师不肯补灯,苏老师想要撤灯,其他老师在劝架。"

卢毅和苏欣怡在圈里颇有地位,影视资源并不重合,自然不会仰对方鼻息生活。两人恨不得当场甩脸,谁都不肯退让半步,严重影响节目流程。

"我们全场那么多人,不可能等着他们吵。"尚晓梅厉声道,"都给我叫回来,直播不是儿戏!"

片刻后,四名笑声代表重新落座,混乱暂时结束,化为暗流涌动。

苏欣怡面带寒霜、一言不发,主持工作被祁筠寒接管,她显然不接受现在的结果。

卢毅脸上也挂了相,双臂抱胸、眉头紧锁,宛若山顶顽固的石块。

现场大屏幕的广告消失,罗钦和祁筠寒主持流程。

罗钦:"欢迎回到《单口喜剧王》总决赛现场,我们的投票通道已经关闭。"

祁筠寒:"接下来,公布第三轮得票结果,有请四位选手返回舞台。"

四强选手闻声,只能起身上台,他们都不知道会发生什么,一时间难掩张皇之色。楚独秀和路帆携手在前,北河和程俊华紧随其后。

尽管罗钦和祁筠寒努力地活跃气氛,但两位笑声代表和观众并不买账:苏欣怡和卢毅沉默地坐着,脸上瞧不到一丝笑意,任谁都能看出状态不对劲;台下观众的窃窃私语被音乐盖住,如同冬日冰面下的激流。

王娜梨不解道:"所以拍灯不改了?现在就公布票数?"

小葱:"那只能看观众投票了。"

第九章 加冕

舞台上,楚独秀、路帆、北河和程俊华并排而立,两侧的大屏幕浮现绚丽画面,连带急促跌宕的音乐响起,将总决赛票数的悬念感拉满。

罗钦:"首先公布的是观众投票,请看大屏幕——"

第一名 294 票 楚独秀

第二名 276 票 程俊华

第三名 262 票 路帆

第四名 255 票 北河

王娜梨雀跃道:"是第一!"

"不对,还没有加票,一灯二十票。"聂峰面带迟疑,"加完后……"

祁筠寒:"四名笑声代表将拍灯为参赛选手进行加票——"

下一秒,大屏幕上文字变动,形成崭新的排名。

第一名 356 票 程俊华

第二名 354 票 楚独秀

第三名 342 票 路帆

第四名 335 票 北河

戏剧性的两票之差,宛若命运的诅咒。

全场哗然,沸反盈天。

楚独秀睁大了眼,不知所措地立在原地。

程俊华眼前一黑,浑身发抖。

"恭喜第二季《单口喜剧王》年度排名诞生,有请笑声代表为四强选手颁奖!"

台下瞬间哄闹起来,如干草被火星点燃,连颁奖音乐都无法掩盖。

"黑幕——"

"公平竞争!重新拍灯!"

"把灯还给她!"

"卢毅,程俊华不需要你可怜!"

"他自己有本事!"

冰锥般的话不断落下,狠狠地砸在众人心上。饶是北河等人经历过第一季,见识过不少大风大浪,都没见过如此混乱嘈杂的决赛现场。

此刻,所有人同仇敌忾,不管支持楚独秀还是支持程俊华,都大声宣泄着自身不满。

怒火形成燎原之势,竟将卢毅吓了一跳。他心惊肉跳地回头,像没料到群情激愤,居然闹出那么大场面。

苏欣怡面无表情地坐着,根本没有上台颁奖的意思。

罗钦只得拿过冠军奖杯,将其递给程俊华,干巴巴地笑道:"下面有请冠军发表获奖感言。"

冠军奖杯璀璨夺目，在灯光下闪闪发亮，只有一步之遥。

程俊华低着头，看不清其神色。他没有接奖杯，干脆地拂袖而去，下台的脚步略有踉跄，只留下了孤单的背影。

台口的工作人员见状，惊慌地追赶："程老师！程老师您去哪儿？"

祁筠寒束手无策："这……"

第二季冠军当场离开，连奖杯都不屑于接，愈加扰乱了现有局面。

屏幕前，尚晓梅一边起身往舞台赶，一边握着对讲机高声指挥："让安保人员就位，不要闹出事！叫罗钦和祁筠寒控场，我现在马上赶过来！"

罗钦："大家冷静一点儿……"

然而，现场观众早就失控，恨不得要讨伐卢毅，根本不听罗钦和祁筠寒的话。

闹哄哄的声音充斥演播厅，彻底压过现场音效及音乐，恨不得将众人耳膜震破。激烈情绪在墙壁、屋檐上来回碰撞，让所有人都躁动起来，宛如被卷入血腥战事。

总决赛如混沌的噩梦，将楚独秀杀了个措手不及，她大脑一片空白，只剩头晕目眩，心底生出一种不真实感，像隔着梦境的雾观察一切，又像临死前的伤者走马灯，只觉得自己飘在半空中，好似被云托举着，但很快就跌落了。

"不要黑幕！"

"重新比！"

"再比一轮——"

聂峰听观众叫喊，皱眉道："这气氛怎么可能再比？"

单口喜剧要松弛自然，但观众们这会儿群情激愤，用敌意抗击一切，不可能再被逗笑。不管是多惊才绝艳的演员，都没法在这种场合逗乐，不合时宜。

强光下，楚独秀站在舞台之上，头一回觉得灯光刺眼、众人视线如烈火，要将她当场烧穿，化为漆黑焦炭。她面对愤怒的现场观众，全身战栗，连小腿都不住颤抖，只能僵在原地，被这声势镇住，如同搁浅的鱼，快喘不过气来。

这场面让她想起"台疯过境"的初演，她被小葱点起来，狼狈不堪地上去，意外地被困在舞台上，孤身直面一群陌生人。

不该是这样，这简直是莫大的讽刺。明明她讲了 friendship，明明她讲了欢笑启程的地方，但一切都被砸得稀巴烂，结局跟她期盼的截然相反。

节目尾声不该是这样，单口喜剧不该是这样。

要不要逃走？

觥筹交错的酒会上，程俊华率先离开，楚独秀撑到最后。现在，相仿的景象再次出现，她也不知道自己能做什么，但她觉得自己该留下来。不是没有畏惧或恐慌，可不管比赛结

第九章 加冕

果如何,众人的心血不该被毁。

她有一种不安的预感,倘若再不控制住局面,不光节目本身要完,单口喜剧也要结束了,它将被彻底拖入泥潭之中,在三人成虎的世界中无法翻身。

需要有人公开表态,需要有人掌控一切!

浓烈情绪在胸腔里激荡,恐惧超过承受的界限,倒是使人平静了下来。这是一种熟悉又怀念的感觉,每当濒临绝境,她反而会镇定,一改往日怯懦。

楚独秀原本满脑袋糨糊,现在意识渐渐清明起来。她的手脚不再发颤,连脸色都平和下来,有礼貌地讨要罗钦的麦克风。

罗钦闻言一怔,踌躇了几秒,交出了麦克风。

楚独秀接过麦克风,轻轻地拍了拍,发出几声闷响,确认可以使用。

或许是有人看她拿起麦克风,喧哗如汹涌海水,现在却略微退潮,吵闹声少了一些,不似方才吓人。

台上,楚独秀面对鼓噪的观众:"Hold on, hold on,决赛就是一场游戏,大家怎么还急眼了?"

她仿佛天生拥有真诚交流的能力,不管多么纷乱糟糕的场合,总能让人耐下性子听两句,暂时搁置烦躁及攻击性。此话一出,现场的争执声变低,远比罗钦等人的话有效。

接下来,不知是谁带头,场上爆发呼喊,宛若军训口号。

有人声嘶力竭:"这不公平——"

"冠军!冠军!冠军!"

楚独秀听着排山倒海般的喊声,用手比出一个暂停手势,无奈道:"刚刚才说完,快乐和成功不该被外界定义,现在就狂喊'冠军',多少有点儿打脸了,搞得像我没讲好。"她故意发出怪声,"你们喊也没用,你们也是外界,略略略。"

亲和稚气的搞怪玩笑,让众人的怒气消散大半。

这像头破血流的厮杀中突然冒出鲜花和糖果,芬芳甜蜜又让人摸不着头脑,一拳打在棉花上。

楚独秀:"我相信,所有选手来到这里,努力表演单口喜剧,都不是为冠军,毕竟……我们手握世界的笑声命脉,恐怖分子都被我们的幽默吓跑,我们的段子就像奥林匹克圣火,象征光明与和平,只要在央视一号演播厅响起,就通过广播、电视、新媒体传到各个城邦!单口喜剧王算什么?未来,我们都要当喜剧之王!"

神采飞扬的脸庞,挺直有力的身影,掷地有声的话语……最后的 Call back 压制一切杂音,只留她清脆的发言在上空回荡,带着不可回避的感染力,击破万千争议与喧嚣。

幼鸟终于化为鹰,不需要谁的认可,照样能在悬崖边振翅翱翔!

苏欣怡原本面色紧绷,此时都捂住嘴,忍不住热泪盈眶。

短暂静默后，全场掌声响起，如同万马奔腾，久久不能散去。

震耳欲聋的掌声中，尚晓梅赶到舞台边，诧异地望着场上人，却发现乱象已结束。她连忙抬头看，不由得怔住了。

华美舞台上，楚独秀的轮廓被镀上金光，她的眼眸盈润明亮，仿佛跟过去别无两样，却又像多了些什么。

年少轻狂总让人怀念，回忆过往的热血澎湃。但更令人佩服的是，少年不再年少，平添了风霜伤痕，仍不改赤子之心。

今夜没有诞生冠军，今夜只有无冕之王。

走廊里，工作人员忙得脚不点地，都在为总决赛的乱局奔波。

沟通嘉宾、安抚观众、疏散选手、联系平台、控制舆情，今晚是不眠之夜，所有人都要加班。

尽管楚独秀控场成功，但不代表危机解除。网络舆论无疑是更大的考验，没准会摧毁节目口碑及名声。

卫生间内，楚独秀用冰冷流水洗脸，只感觉浑身绵软无力，有种电量耗尽的疲惫。总决赛有两场表演，意想不到的拍灯事件后，她又全力安抚观众，情绪早已彻底被榨干。她忘了如何在混乱中退场，没有让王娜梨陪同，独自溜到这里休息，没办法思考，没办法反应，唯有用冷水缓解紧绷的神经。

这是噩梦吗？

洗把脸也该醒了。

楚独秀注视镜子里的自己，脸上沾着没擦净的水珠，发丝还有些湿漉漉的。她不知道哪儿冒出来的胆子，以前都不敢跟王总当街吵架，刚刚却在演播厅说出那样的话。这是她第一次脱离表演，模糊舞台和生活的边界，无所顾忌地说出狂妄之词，没过脑子，全凭本能，好在侥幸成功了。

冲动是魔鬼，冲动也是解药。

短暂调整后，楚独秀从卫生间出来，沿着演职人员通道返回选手的休息室。

无数工作人员戴着工作牌，步履匆匆地从她身边掠过，只来得及抬手打个招呼。

忙乱的人群中，一个熟悉的人影由艺管们陪同，迎面朝楚独秀走来。他换上一件运动外套，用兜帽包裹住自己，遮盖大半面孔，两只手插兜里，依旧垂着头，堪称全副武装。

"大……"楚独秀一怔，喉咙却被堵住，改口道，"程老师。"

艺人管理停步，静看双方交流。

程俊华抬起眼来，跟她视线相撞，在静默数秒后，率先转开头，躲开她的眼神。苍白的脸、干裂的嘴唇、魂不守舍的状态，随和彻底消失，化为厚重外壳。

楚独秀被此幕一刺，想要说点儿什么，却喉咙发干，惊觉自己词库贫瘠，什么都说不出来。

第九章 加冕

她想说"没关系",可听起来显得虚伪,彼此心里都很明白,即便双方毫无隔阂,也难以再回到往昔。

两人陷入沉默。

最后,程俊华主动开口,低声道:"抱歉。"

片刻后,他的背影被人海吞噬,就像一滴渺小的水珠,顷刻间被海浪吞噬,无力地随波而去。

楚独秀目送他离去,只觉得她也像一滴水,世界过于浩瀚,自己无力扭转,唯有被惊涛骇浪裹挟、旋转,在煎熬中等待海面重回平静。大风大浪总会结束,但雨过天晴后还能残留什么,没人可以预料。

她五指攥紧,想握紧什么,又缓缓松开。

曾经约定第三季,现在却只留遗憾。

第二季《单口喜剧王》总决赛的闹剧,不但让直播间的弹幕炸成一团,还将各大平台的热搜攻占。一时间,大半热搜都跟节目有关,文字内容也风格各异,既有"楚独秀程俊华""卢毅苏欣怡""单口喜剧王黑幕"等正经风,又有"卢毅有病""按钮坏了""低情商现场"等不正经风,不管点开哪条,都在热议此事。热度和谩骂齐飞,网络上群情激愤,充斥着骂卢毅的脏话,只有少数不带脏字的句子。

除了咒骂外,总决赛的惊人转折、程俊华的默然离席、楚独秀的发言救场、冠亚军的悬而未定,都让网友们议论纷纷。

"单口喜剧果然是冒犯的艺术,所有演员都输了,整季冒犯加起来,都不敌卢毅一人。"

"炸裂吧,我恨外行指导内行的世界!"

"楚:节目的体面全靠我硬撑。"

"全季贡献热搜,善乐都得磕一个,说她不是冠军?"

"职场实习生被利用的一生。"

"程俊华找个庙拜拜吧,求点儿驱除阴险小人的符,虽然小人早胖成肥人。"

"程吓得连夜爬回寂静山巅,不敢再下山。"

"卢演的吧?混娱乐圈说这么没情商的话?"

"建议对明星早点儿祛魅,他就算有情商,也不会给选手。领导对打工人有情商吗?就跟上班一样,知道你没办法,才傲慢地赏赐!"

"讲真,我老板跟卢毅一模一样,自大又不懂装懂,经常也屁话连天。"

"现在回头看决赛,楚是什么预言家,笑话启程的地方。"

"北河、程俊华、楚独秀的段子,卢毅一个都没听,还是根本听不懂啊?谁要这么拿奖啊,心里得恘死!"

279

"拉黑节目了，想去打低分，封神综艺跌落神坛，前面我都卡点追的。"

"呜呜我也生气但舍不得，不希望喜欢的选手难过。"

"我正好相反，看完决赛封神了，不为结果，仅为选手。"

"卢毅不怕被骂？"

"Big胆！区区网友和脱口秀演员，也敢骂尊贵的208W？！"

"认清现实吧，节目最火的楚、程都比不过小明星，本来就是普通人。单口喜剧圈太小，等节目热度消失，就没人打抱不平，历届选秀见多了……"

"确实，互联网没有记忆，因此，要在有限时间里，多骂卢毅几句。"

"光骂算个屁！直接冲烂他的新戏！摔我们选手的碗，我们就砸他的锅！"

愤怒网友一边倒地痛批卢毅，恨不得抽筋拔骨、生啖其肉，不但让卢毅的微博评论区直接沦陷，还一举攻破卢毅新戏的官博，吓得官博连夜关闭评论区——无数人自发号召抵制卢毅的新戏，要求对方公开向四强选手致歉。

虽然楚独秀和程俊华的粉丝有所撕扯、争论不休，但双方最恨的无疑是弄出事端的卢毅，两边都难得地压住内心的怒火与仇恨，同仇敌忾地针对卢毅及其项目。这简直是综艺节目的奇迹，冠军和亚军的粉丝都气得不轻，竟能在节目结束后联合作战，堪称开天辟地头一遭，引发无数吃瓜者的注意。即便是没看过节目的人，都被此等盛况吸引了。

"脱口秀战地玫瑰？？？"

"第一季掐架：村口械斗；第二季掐架：二向箔。"

"我见识浅问一下，为什么冠军还撕评委？"

"不好意思，我是程粉，纠正一下，第二季只有季军，不存在冠亚军，统称二强选手。"

"那谁赢了？"

"去看就懂，满盘皆输。"

"我是楚粉，双赢局面，人人都是喜剧之王。"

"喜剧演员粉都擅长苦中作乐？"

"程楚粉是不是被气得精神失常了？有火就往外发吧，你们这样我害怕。"

当然，双方的铁杆支持者一致对外，却挡不住旁人的风言风语，诸多谣言甚嚣尘上。

程俊华黑粉坚称程俊华和卢毅私下深度捆绑，没准过段时间就有合作，故意在总决赛炒高身价。据说卢毅近期在筹备喜剧公司，有可能借脱口秀风口进行布局和投资。行业资历极深的程俊华，就是卢毅最理想的合作者。

楚独秀黑粉坚持楚独秀的敏感段子激怒官方，但上头不可能明说，授意卢毅和节目组控制票数，不许有争议的人夺冠。她未来没准会被封杀，歪门邪道走不远的。卢毅惩恶扬善、大快人心，专治搞男女对立的小贼，该被尊称为"卢哥"。

节目组黑粉坚称程俊华录制前就签好合约，提前跟善乐文化敲定冠军，否则根本不会

第九章 加冕

参加节目,但他始终不是善乐的人,私人商务激怒了善乐。楚独秀是毫无背景的新人,却迟迟不肯签约善乐,其热度被高层领导忌惮,同样引来对方的怒火。一灯杀两士,清除没法为善乐所用的演员,以免被其他公司抢走。

捕风捉影,沸沸扬扬。

抛开对各方的极端谩骂及恶意推测,第二季《单口喜剧王》总决赛彻底破圈,甚至成为被众人讨论的社会现象。

最初是节目爱好者愤慨地批驳,后来逐渐演变成现实向分析,戏剧性的可笑结局看上去荒诞离谱,却在生活中随处可见。

不少人特意观看节目,在各大平台展开辩论,深入挖掘决赛的选手及嘉宾,连带节目点击量水涨船高。

——《理性讨论,总决赛是残酷社会缩影,上位者对弱者的权势碾压》

——《重生之回到脱口秀决赛现场,除了赶走卢毅,有何破局之法?》

——《卢毅分析:多年失意后的精神病态,傀儡妄图控制他人的执念》

——《严重失职的善乐,规则背后的漏洞》

部分理性网友搁置怒火及谣言,回顾事情的来龙去脉,试图客观地剖析。

"好可惜,楚独秀是天赋型人才惨遭打压的典型,她的性格社会化程度够高,都要被论资排辈的老帮菜欺负。卢毅跟她完全相反,年轻时演戏默默无闻,熬了十几年才有名气,中年一炮而红,近年转型导演,根本没法共鸣楚独秀,不记恨她就算好的了。"

"我现在心情复杂,夺冠闹得好遗憾,她值得一个第一。既想她下季再来,又觉得没什么意思,她靠本季证明自己了。童年最想要的玩具,成年再玩也没意义。"

"我觉得这样挺好,新人王不需要外行加冕,在场没有嘉宾配给她颁奖。她在我心里已封王,名副其实的TOP1,从别人手中拿奖杯都是玷污她的才华。"

"程俊华得被恶心坏了,他和卢毅根本不是一类人,结果对方自作多情,硬给他扣了个黑锅。说实话,他俩性格是相差最大的,程俊华为人敏感清高,总觉得他最烦卢毅这类人……"

"卢毅欣赏的不是程俊华这个人,他欣赏的是'脱口秀大佬'的符号。"

"现在好担心,还能看到程俊华的专场吗?"

"为什么节目组不能取消卢毅的灯?不邀请明星不就行了?破节目做成这样,导演得负很大责任!"

"善乐做过没明星的节目,现实是没流量没人看啊,两三期就夭折了。取消卢毅的灯也离谱,节目规则本身没问题,审美是主观的,只能说其他嘉宾讲究,拍灯都很公平,但卢毅不拍也不违法,甚至算不上黑幕,属于他个人脑子有病,说话没情商。"

"取消卢毅的灯?讲个鬼故事,决赛嘉宾年收入都比善乐利润高,不要小看208W。"

"如果真的生气,请去支持线下脱口秀,这个行业非常弱势,需要剧场观众支持,而不是骂完就遗忘此事,等舆论将演员伤得遍体鳞伤,又将受害者们抛到脑后。我一向认为是畸形的市场,才让卢毅等人获得金钱、地位,随意折辱这些普通选手。"

"从程楚粉丝联手、一致对外冲卢就可以看出来,两边都怕脱口秀演员分量不够,没法惩罚罪魁祸首,这才暂时放下怨恨,不然早就先撕起来了。"

"悲观点儿想,换一个圈子的比赛,今天都没人骂卢毅。只是单口喜剧圈够纯洁,大部分演员过去赚不到钱,能坚持至今的多少有些骨气,理想主义者聚集地,才会有总决赛的场面。所以我不理解骂程的人,只能说他没结果决,但挑不出什么错。"

"骂程的单纯是气愤于丢失冠军的楚粉吧,毕竟她也非常倒霉,没夺冠还被恶臭男嘲讽,瞧瞧垃圾场狂欢成什么样……"

"不认为骂程的是楚独秀粉丝,可能单纯就是抨击节目不公正。我觉得真懂她的人,理解她决赛的段子,就不会说这话。万物皆备于我,欢笑就会启程,其实后面还有。"

"确实,好多人说楚的段子是真诚共鸣流,但在我这里,她属于深度流,内涵很深。"

"孟子:万物皆备于我矣。反身而诚,乐莫大焉。强恕而行,求仁莫近焉。"

"粗糙翻译:万物的本性我都具备了。反躬自问诚实无欺,便是最大的快乐。尽力按恕道办事,便是最接近仁德的道路。"

文城,天朗气清,惠风和畅。

厨房内,石勤正在和面,他一手摁着铁盆,一手搓揉着面团,不时摔打发出闷响,咚咚的声音响起,连带引来旁人。

楚岚一溜烟蹿进厨房,她伸手猛拍一下石勤,恨铁不成钢道:"你就非得大早上折腾吗?把她吵醒了怎么办?"

石勤无奈道:"秀秀过去在家,这个点儿该醒了,而且就这么点儿声音……"

楚岚怒道:"她比了几个月,没准想多睡会儿呢?你平时不操心就算了,发生那么大的事儿,还跟个没事人一样,怎么当爹的?!"

"那我该做什么?"石勤无措地反问,"我总得做饭才有的吃啊。优优也说她要回来,不能一家人饿肚子。"

"出去吃!"楚岚当机立断,"你弄完饺子,就冻进冰箱,今天不在家吃!"

"秀秀昨天才说要收拾东西,不一定有时间吧……"

"她那是难受没心情,更得带她去散散心,不然天天在家刷手机,看那些评论,不得伤心死?怎么一点眼力见儿没有?"

"行行行,我是无知的罪人,没有你会察言观色还深明大义。"石勤撇嘴,"也不知道是谁以前逼着让她拿第一。"

第九章 加冕

"我那就是顺口说说,谁能猜到她进了决赛……"楚岚脸色微变,流露出一丝窘迫,嘀咕道,"她不能是为我的话难受吧?"

石勤呵呵一笑:"那谁知道?你说说你,每次都说些上头气话,伤完人又开始后悔了,图什么呢?当初非跟囡女怄气,最后还不是放她去了,昨天还哭成那副样子。"

楚岚被说得无言以对,只能恼羞成怒地瞪他。

房间内,淡金色的阳光洒进屋里,将被子晒得暖烘烘的。

柔软的被窝里,楚独秀翻了个身,终于缓缓睁开眼睛,懒洋洋地不愿起床。

熟悉的房间,熟悉的床褥,熟悉的香气,抚平了她近日的疲惫及焦虑。

昨夜,她意外地做了个好梦,梦见在院子里跟童年时那只大黑猫玩耍,一人一猫在日落时分依依惜别,黑猫还难得地跳下墙檐,跟着她跑了好几步,将她送到了家门口。

醒来后,楚独秀盯着天花板,听着家中的动静,莫名就有种安心感。

紧张荒谬的决赛结束,她没有在海城停留,不顾尚导等人的挽留,坚持按原计划回文城,一是不想接受旁人安慰,二是时间太紧,收完东西就要回校,都失去冠军了,不能再失去学位证。

她抵达机场时都深夜了,遥遥看见接机的父母,来不及张口说点儿什么,楚岚就抱着她哭成泪人。她从没见过母亲哭成这样,大滴大滴的眼泪往下掉,在抽噎中说不出一句话。

楚独秀没有在总决赛舞台上落泪,或许她的眼泪都由爱她的人哭尽了。

一家人没有提节目,更没提什么冠军约定,只说了些闲话,回家就踏实地休息。小废物出门闯荡一圈,妄图绿色环保、废物利用,最后却又钻回舒适的垃圾堆,在家里彻底地躺平。

楚独秀在床上磨蹭许久,掏出手机,随手刷微信,发现谢慎辞没回复,一时间也摸不太准对方是不是生气了。

决赛后,谢慎辞发微信希望她稍等片刻,想单独跟她聊聊,只是暂时有急事脱不开身,需要一些时间处理。楚独秀猜到他们忙得脚不点地,还要处理后续的烂摊子,索性发了一条礼貌又官方的回复,表明自己没啥事,谢总忙正事云云,回避了面谈的提议。双方都太忙了,一堆正经事要做,没必要互相等了。

但他至今没回复,愣是把她搞蒙了。

难道是她的措辞太严肃?他不会以为她闹情绪吧?早知道她昨天应该发个表情包,就不会显得干巴巴,现在补发是不是太刻意了?

楚独秀纠结再三,决定将烦恼丢到一边,暂时先不管这件事了。她起床出房间,打算收拾行李,迎面却看到母亲一改往日的横眉冷眼,笑容满面,简直是和蔼可亲。

楚岚笑盈盈地说:"等你姐中午到家,一起去鲜洱斋吃饭吧?你不是最喜欢那里的鲜虾吗?我们多点几个菜,好好庆祝一下。"

鲜洱斋是文城有名的餐馆，每天都有美味生鲜，在本地比较有档次，餐品价格也会贵些，基本是生日宴才去那边。

"我姐要回来吗？那她刚到家就去餐馆，会不会太累了？"楚独秀疑道，"而且没什么好庆祝的事，跑一趟鲜洱斋挺远吧。"

"我跟她说了，她说没问题，就去鲜洱斋！"楚岚忙道，"怎么没庆祝的事？只要人活着，天天能庆祝，开心就好啊！"

倒是只字不提比赛得亚军的事，像楚独秀没参加节目。

"那就去吧。"

楚岚闻言欢天喜地，扯着嗓子朝石勤喊："她说去，她答应了！你待会儿看下油表，别搞得半路没油！"

早餐过后，楚独秀有时间跟父母交流，才发现自己的家庭地位猛增。楚岚不但没像往日那样说些尖锐之词，反而破天荒地嘘寒问暖，一会儿要替楚独秀收拾行李，一会儿又说着急回校做什么，毕业证又不会丢，一会儿劝女儿多在家休息，要不论文答辩完先别考公、别找工作了，就在文城放松一段时间，家里又不是养不起她。

果然，想要开窗就得掀屋顶。楚岚原本怕楚独秀生活不稳定，必须找一个铁饭碗，现在经历完节目痛击，她怕女儿不想稳定地活着，什么要求都没有了。即便楚独秀在决赛后有力发言，楚岚看完都认为是女儿强撑，脆弱的孩子在故作坚强，实际悲伤情绪早淤积心底。

楚独秀面对楚岚的变化，再次感慨生活足够荒诞，原以为夺冠才能有今天，谁承想一切全都反过来，她没有夺冠，但她的母亲反而说软话了。

她过去想要反抗、想要证明，想争取母亲的肯定及服软，却不料用另外一种方式，得到梦寐以求的东西。

当然，她可能也是欠，看着温柔的楚岚，偏偏不太适应了。

沙发上，楚独秀看母亲给自己剥坚果，冷不丁道："妈，你看节目了吗？"

楚岚当即变脸，顾左右而言他，想要岔开话题："哎呀，什么节目？说什么呢……"

楚独秀失落道："我努力那么久，你都没有看吗？"

楚岚忙不迭坦白："看了看了！我都看了！"

楚独秀："那你觉得怎么样？"

楚岚夸赞道："挺好的，你演得挺好的，什么问题都没有！"

"你真这么觉得吗？觉得单口喜剧有意思？"楚独秀垂眸，怀疑道，"你是不是没有看懂，不知道我的水平……"

楚岚生怕她灰心丧气，立刻道："谁说的，我看懂了，很有意思！我以前不懂这个，现在觉得可有趣，你的水平高得很，特别能吸引观众，连我都被感染，想要去讲讲了！"

"是吗？"楚独秀一怔，提议道，"那正好，你给我讲个段子，让我开心一下吧。"

第九章 加冕

楚岚顿时噤声。

楚独秀见她僵坐着，好长时间都没反应，当即故作可怜地在沙发上哭闹打滚："讲个段子，讲个段子！我现在心灰意冷、心情抑郁，需要听点儿妈妈的段子开心开心！"

楚岚望着耍赖皮的女儿，察觉到对方无耻要挟，她沉默良久，拳头不禁握了起来，咬牙道："你看我像个段子吗？"

上午，楚独秀和楚岚在吵吵闹闹中将返校的行李收好。

门口传来拧锁的声音，屋门一开，楚双优进来，正好看到在客厅忙碌的母亲和妹妹。她没有带什么行李，此行是轻装归来，经历完旅途奔波，衣着也一丝不苟，显得知性干练。

这画面宛若奇迹，现在不是假期，向来忙于工作的楚双优居然破天荒地请假回家了。

楚独秀看清来人，心神微动，喊道："姐。"

楚岚闻声转过身来，惊道："不是说去接你吗？怎么自己回来了？"

石勤听到动静，从厨房出来，手上沾着水，又看了一眼时间："咦，航班不是还没到点？"

"我自己订了车，落地就直接走，回家挺方便的。"楚双优温声道，"不想让你们跑来跑去麻烦，所以没说实际的航班时间，怕你们专程去接。待会儿还去鲜洱斋，也要开车呢。"

石勤："不至于，就往返一趟机场，下回别订车了。"

"难怪你说去鲜洱斋来得及，原来早有主意了。"楚岚愣道，"这可提前不少。"

一家人寒暄几句，父母回屋换衣服，只留姐妹俩说话。

阳台外有儿童嬉闹的欢笑声，电视机里传出歌舞节目的声响，隔壁的父母在房间里丁零哐啷……柔和日光洒进屋内，一切都变得慢悠悠，跟海城的节奏不同，文城的岁月被拉长，只留安逸和舒适。

楚独秀和楚双优并肩坐在沙发上，百无聊赖地看着电视，一时间都没有聊天，却不觉得尴尬无趣。双胞胎与生俱来的默契使人平静，不用刻意搞什么气氛，彼此也没有隔阂和秘密。她们倚靠在一起，脑袋互相贴着，像在娘胎里那般彼此依偎，又像是在幼儿园门口等父母来接，悠然地打发闲暇时间。

楚独秀靠着信任的亲姐，眼前掠过对方的一缕发丝，没过多久就眼皮打架，在平和时光里昏昏欲睡。她原本决定不向任何人倾诉，此时却松开紧绷的弦，冷不丁道："姐，你以前说得没错。"

"什么？"楚双优握着遥控器，她不愿意看歌舞节目，将频道换成财经新闻。

楚独秀闭上眼："你以前说，人无法改变环境，我们像海洋里的一滴水，等资本的大潮一来，都不知道被摔到哪儿。"

她的姐姐绝顶聪明，早就预判了一切。或许，正是对方从小优秀，才领悟到人力有限，总有无法挽回之事。可惜她那时似懂非懂，总认为是危言耸听、杞人忧天，等事情发生后才恍然大悟。

楚双优身躯一僵，她向来记忆力出众，记得自己在咖啡馆跟妹妹说过此话。如果没有记错的话，下一句就是"你没有错，你竭尽全力了，但还是没有回报"。为什么当时要说这样的话？明明是阐述最坏的结果，谁承想最坏的结果成真。

楚双优沉吟片刻，将财经新闻又换回歌舞节目："你待会儿想吃点什么？"

这是不着痕迹地岔开话题。

"都可以。"

"捞点儿鲜虾吧，再炸点儿小鱼，南城河鲜少，基本是海鲜，我也想吃了。"

"好。"

鲜洱斋，一家四口订了包间，在餐厅里大快朵颐。鲜美爽脆的虾、酥香美味的炸鱼、颜色艳丽的蒸蟹、浓郁纯白的鱼骨汤，又点了数样炒菜和甜点，远比平时的菜品丰富，恨不得要赶上过年了。

楚独秀认为吃不了那么多，无奈楚岚和楚双优坚持要点，果不其然吃撑了。

最后，石勤找了服务员帮忙，将剩余珍馐打包，然后提着装有餐盒的塑料袋，随着妻女们缓缓地往外走。

楚双优走在前面，回头望楚独秀，问道："还有些时间，想买点儿什么？"

这是楚双优最擅长的安慰方式，用美食和礼物摆平一切烦恼。

楚独秀迟疑道："好像不缺什么。"

"哎，房子该挑家具了，要不要逛逛？"楚岚主动提议，又对楚双优道，"好歹是你的房，你稍微上点儿心。"

"让她挑家具吧，然后我来买单。我回来住得不多，什么样都可以。"楚双优注视妹妹，轻声道，"你不是喜欢弄这些？上大学还布置宿舍？"

相比楚双优忙于工作，楚独秀总有些稀奇古怪的爱好，偶尔会在家里烹饪，或者搞编织、弄装修，在宿舍里简单地布置，不是贴墙纸就是铺桌布，摆些花里胡哨的娃娃。

"对啊，要不论文答辩完就回来布置新房，稍微放松一段时间。"楚岚附和，"不用赶着弄完，一天就弄一点儿，跟你小时候过家家一样。"

"不太好吧？"楚独秀闷声道，"你们以前还说我幼稚。"

她曾经在家里张贴动漫海报，买一些颜色亮丽的联名卫衣，让母亲和姐姐大为不解。大家的审美取向不同，让她布置新房，会不会太冒险了？

楚双优："没关系，都可以。"

楚岚高声道："对！你的风格挺好，看着青春洋气！"

楚独秀："……"

第九章 加冕

石勤深知她们想转移小女儿的注意力，又听楚岚胡乱赞美，哭笑不得道："这都是什么话！"

楚独秀推托不过，再加上姐姐早就说过新房给她留一个房间，便同意母亲的主意，到家具城里逛一逛。

家具城的样板间内光线充足，各类物品琳琅满目、风格各异，既有古典的原木家具，又有时尚的现代家具，很快就让人挑花了眼。

一家人边走边看，挑选需要的东西：楚岚和石勤正站在数张大床之间，比画合适尺寸的新床，专心致志地讨论；楚独秀和楚双优走在后面，不时地摆弄装饰的小物件，欣赏漂亮精致的灯具。

她们正愉快地挑选落地灯，忽然听见一串手机铃声。楚双优低头一看，发现是自己的手机，当即朝旁边走了两步。楚独秀同样收声，乖巧地站在旁边，等姐姐打电话。

尽管楚双优略微回避，但隐隐有些声音还是飘进楚独秀耳朵里。

"不好意思，我家里有急事，目前不在南城，您有什么事吗？"

楚独秀默默听着，推测是工作上的事。其实家里没急事，但姐姐却回来了，应该是因为节目。经历完白天的事，楚独秀哪里会不懂，家人们都把她当小孩哄，无非是怕自己沮丧，对比赛结果仍耿耿于怀。她不知道该说什么打消亲人内心的担忧，只能静静接纳温暖的安慰。

正值此时，楚双优声音陡然一变，不复往日的平静："什么？"

楚独秀一愣，好奇地看了过去，却发现姐姐眉头微蹙。

"我明白了。"楚双优沉吟数秒，谨慎道，"您稍等片刻，我还在外面，回去跟您沟通，好吗？"

楚独秀看姐姐挂断电话，疑道："姐，怎么了？"

楚双优看向妹妹，神色稍缓，摇头道："没什么，我们接着逛吧。"

但事情显然没她说的简单。众人逛完街，刚刚回到家，楚双优就钻进房间，默不作声地忙碌起来，好像要处理什么事情。

晚餐时，石勤简单地熬了一锅粥，配上中午打包回来的菜，凑成一顿清淡和谐的家常饭。他用碗给众人舀粥，一一分发下去，熟练担任饲养员工作。

楚独秀和楚岚插科打诨、互相斗嘴，但气氛还算愉快，称得上有说有笑。

楚双优坐在一边，脸上却没什么表情，偶尔被妹妹问两句，注意力也不在聊天上，看上去似有难言之隐。

片刻后，她寻了个空当，终于缓慢坦陈真相："妈，上次的事，有点儿情况。"

楚岚一怔，嘴角笑意消失，接着反问道："什么意思？"

楚双优垂眸，低声道："钱要晚回来一会儿。"

楚岚沉默。

倏忽间，餐桌上的空气变得沉闷，她们一时都没说话。

楚独秀坐在母亲和姐姐中间，一头雾水，迷茫地左右看着，搞不懂两人在打什么哑谜。

石勤瞧出气氛不对，率先打破沉默，和气道："具体原因是什么？"

楚双优目光微闪："我也不好解释，需要回南城核实，才能有准确答案。"

"对，你向来有主意，我当时就跟你说过，投资和生意一个样，但你言之凿凿，我最后还是给你钱了。"

楚双优闻言抿唇。

楚岚听闻坏消息，却没当场发作，她一改泼辣作风，不紧不慢道："你总觉得我什么都不懂，不明白你那些高大上项目，但我好歹做过两天生意，不信有天上掉馅饼的好事。"

楚独秀睁大眼，迷惘道："什么钱？"

"你姐有个项目，想要试着投资，但她刚买完房，手头现金不够，就从家里拿了钱。"石勤凑近她，小声地解释，"应该就是上次回家时的事。"

记忆的碎片在脑海里浮现，楚独秀回想起蹲墙角的事。那时，姐姐作为说客，跟母亲在房间里解释《单口喜剧王》，却将她挡在门外，她被迫偷听，当时屋里传来一句"妈，现在家里有多少钱"，应该就是楚双优询问楚岚家中财产状况。

"说吧，你想做什么？"楚岚问道，"你不可能平白无故提这话，要只是钱晚回来，你根本不会开口，估计自己私下就解决了。"

楚双优："我想要再往里面追加一笔……"

"不可能，想都别想。我上次就说过，给你的那部分没打算要回来，你最后是赚是赔，都跟我没有关系。"楚岚摆手，"你有一份，你妹有一份，拿去干什么，我们不会管，那是做父母该给的，不是支持你投资，单纯是我们的心意。"

楚双优脸色苍白，承诺道："我可以写借条，规定还款期限。"

楚岚惊叹："楚双优，你知不知道，你像个赌徒。是，你从小聪明，从小就厉害，但淹死的都是会游泳的，聪明反被聪明误！多少赚大钱的人就是这么垮的！"

"我确信项目没有任何问题，只是中间有细节得处理。"楚双优语气诚恳，一字一顿道，"我保证，我不是发昏，对项目判断没错，现在是关键时刻。"

楚岚哑然。

突如其来的剑拔弩张，一扫晚餐时的温馨和谐。

"好啦好啦，你想要多少钱？"石勤见势不对，劝和道，"你妈给过你一次，不然这回换我来。"

楚岚出声质疑："你哪儿来的钱？你的钱不都在我手里？！"

"公积金不是还有？平时也没什么用，现在买房了，就能提出来。"石勤道，"确实没你们赚得多，但聊胜于无嘛，要不就拿去用。你还差多少钱？"

第九章 加冕

楚双优小声地回答，是一个不小的数字。

"嚯。"石勤一愣，接着苦笑道，"我女儿搞了个大项目。"

"那彻底没戏了，家里没那么多钱！"楚岚果断拒绝，"前不久刚提前还贷，你就算想借，也借不出来。"

虽然家里生活无忧、有房有车，但可以使用的存款也有限。普通家庭或许有资产，却没有充裕的现金流，尤其文城平均工资一般，楚岚也早就不做大生意，只时不时捣鼓些小买卖，缺乏资金很正常。

楚双优闻言垂下了眉眼，略微有些黯然。她确实也猜到过这种情况，要不是有套房子压在这里，自己手里的钱不会被弄尽，原以为还有一年筹款时间，用她未来的收入就能填平，谁料刚过两三个月，时间突然提前，杀了个措手不及。

众人面面相觑，不知该说什么。

静默中，楚独秀偷瞄一眼手机，小心翼翼地举起手，弱弱地道："其实……我好像有钱……"

此话一出，全场震惊，所有人都惊得合不拢嘴。

没人料到楚独秀会发言，就像一种不可言说的默契，她被排除在家庭重任外，既不用在外赚钱养家，也不用操心柴米油盐，定位就是搞笑气氛咖，负责逗家人开心，连手里的钱都是零花。

楚岚有点儿发蒙："你哪儿来的钱？你都还没工作。"

"我录制节目，也算是工作……"楚独秀坦白，"虽然基础工资不高，但还干了些别的事。"录制期间，她根本不在意商务酬劳，光写稿就忙得焦头烂额，没时间查询银行账户，好在商总及财务很规范，照合同定期给她打款，算下来不是一笔小钱，甚至后面还会有尾款。

楚双优面色踌躇，声音干涩："算了，没事，我再想其他办法。"她能向父母开口，但拿妹妹的钱，像欺负小孩子，实在于心不忍，着实是破防了。

"为什么不要我的钱？姐姐你看不起我！"楚独秀跳起来，给姐姐看账户余额，振振有词道，"莫欺少年穷，我真有钱了，不要小瞧脱口秀演员！"她确实比不过明星，但好歹算行业顶尖人物，加上节目播出时是收入的黄金期，数月攒下来也挺可观的。更不要说她和程俊华商业价值最高，二强选手要都没钱，其他演员别活了。

楚双优看到账户余额一愣，显然也没料到妹妹的存款数额，刚好就能解燃眉之急。她脸上显露一丝纠结，嘴唇微微地动着，喉咙里像有根鱼刺，咽不下去也吐不出来，好半天都没有回应。

楚岚见状，明白了对方的想法，叹息道："行了，你们姐俩饭后自己商量吧，我们掺和不了这事儿，都是你们挣来的钱、弄来的事。"

饭后，楚双优没有再提此事，楚独秀却追着她，一路喋喋不休："为什么不要我的？

你都找爸妈借了。"

"这不一样。"楚双优皱眉，干脆道，"你都不知道我要做什么。"

楚独秀："那你可以跟我解释，你说完我不就知道你想投资什么了？"

楚双优见妹妹天真无邪，心里负罪感更重，都快要感到内疚了。从小到大，只有她给妹妹钱，从来没颠倒过来，自然无法描述此刻的复杂心情。

"妈好歹还会质疑，但你却那么随意，我更不能拿这钱。"楚双优严肃道，"这不是生意场该有的态度。"

"但这本来就不是生意。"楚独秀坦然道，"只是支持你做想做的事，就像你支持我讲脱口秀一样，明明你也清楚没有回报，对行业没抱什么期望，但那时候却自责，是你还不够厉害才不能帮我托底。"

楚双优一怔。

"我觉得这样很好，虽然遗憾没拿到冠军，但也不是全无收获，不是吗？"楚独秀眼眸明亮，心平气和道，"起码我现在不费吹灰之力就能解决过去不敢想的事，总算在家里有点儿存在感了。"

或许，她以前一直是理想主义者，因为暂时没有扛起生活的重担，将母亲和姐姐的话抛在脑后。这样的理想主义如同玻璃制品，简单、纯粹却脆弱，稍一摔打就会轻易被外界力量击碎。

总决赛就是如此，另一位理想主义的朋友离开了，但总得有人来面对残酷和惨淡，收拾起满地残渣及碎片。

她现在依旧理想主义，却拥有直面现实的力量了。

楚双优听完妹妹的肺腑之言，很难不动容，不知道该说点儿什么。她以前或许从没期望妹妹做什么，现在却该转变想法，将对方视为成年人，相信对方有独当一面的实力，平等地交流，而非一味纵容或宠爱——不知不觉中，她的妹妹长大了。

数秒后，楚双优解释："其实项目没问题，资金已经落实到位，投资收益也很可观，但我原本能用一年时间将里面的钱调出来，现在不知谁从中作梗，时间一下缩短到两三个月，才会弄得我那么着急。现在有两种方案：一是我写借条给你，从你手里借这笔钱，注明还款日期及利息；二是你以投资的形式加入，前提是你信任我的水平，回报率应该比利息要高。"她道，"选哪个都行，看你的意愿。"

"从中作梗？"楚独秀眨了眨眼，好奇道，"姐，所以你也被黑了一灯吗？该有的灯没拿到？"

"这是你们的职业病吗？"楚双优抚额，听妹妹调侃两人的倒霉，失笑道，"什么事都能幽默化？"她原本忧心忡忡，愣是被此话逗笑，颇有点儿苦中作乐的意味。

楚独秀一本正经道："不太懂你们的专业术语，你就说是不是这意思吧？"

第九章 加冕

"是，不过我已经有眉目，回南城就可以解决。"

"你要去夺回失去的一灯？"

"对。"

楚独秀考虑数秒，拍板道："那我选二吧，讨个好兆头。"

楚双优看她神气活现，愣怔数秒，读出了深意，若有所思道："你也要去夺回失去的那灯吗？"

"嗯。"楚独秀点头。

姐妹俩简单地敲定协议，楚双优说要打出来，再来找楚独秀核对细节，并嘱咐她在外工作也如此，不能不明不白地签合同，更不能由于重感情，就被人骗得团团转。虽然楚双优相信妹妹的赚钱能力，但好似依旧不相信她对法律的了解。

楚独秀被碎碎念磨得耳朵痛，目送楚双优回屋草拟文件，嘀咕道："不然陪我回海城签合同算了，说那么多，谁记得住……"

不过，楚双优的话提醒了自己，她至今没跟善乐签约，确实该思考这件事了。

楚独秀取出手机，一瞄谢慎辞的微信，发现对方依然没有回复，也不知道究竟在想什么。

次日，天朗气清，微光洒进屋内，如披着梦幻轻纱，朦胧的不真切感。

楚独秀上午睡醒再看手机，之前发出的消息依然如同石沉大海，没有溅起丁点儿浪花。如果是昨天，她推测公司的事还未处理妥当，他没回应勉强算正常，但都到今天了，多少显得有些蹊跷。

虽然两人是上下级关系，但说实话平日更像朋友。楚独秀此刻才后知后觉，她该不会得罪老板了吧？谢老板有那么小心眼？语气官方点儿，不发表情包，就真的生气了？但不回微信是幼儿园级别的赌气方式，谁家领导用这种手法管理下属，估计毫无作用。

楚独秀苦思冥想半天，决定询问自己的合同。签约善乐是正经事，他再有气也会回吧？好歹是做老板的人，应该以公司为重。

楚独秀一边在内心谴责对方已读不回，一边耐着性子又编辑了一条微信消息，用词依旧客气，委婉询问签约事宜，或者她该找商总洽谈，让谢总推一下商总的微信。

谁承想这次对方秒回。

谢老板 10.9："我在机场，见面谈吧。"

楚独秀顿时幡然醒悟，对方竟是要出差，难怪抽不出空，于是她礼貌回复："好，那等回海城，在公司谈吧，辛苦您了。"

谢老板 10.9："我在文城机场，方便找个地方，我们见面谈吗？"

楚独秀："？？？"

猝不及防的邀约让她想起前两天的梦，不料梦境映照到现实，黑猫真跟到楼下了。

291

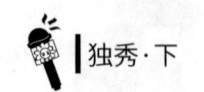

文城机场，宽大的落地窗外，银灰色跑道上停放的飞机在日光中镀上了一层金辉。

这里远没有海城机场的航站楼多，但各类设施齐全，当地风景别具特色，向远方眺望，依稀可见青翠山脉。

大厅内，谢慎辞握着手机，一动不动地盯着屏幕，眼看"对方正在输入中"不断浮现，聊天页面却迟迟没出现文字，他紧张地屏住呼吸，不知她会作何回复。

果然还是太唐突了吗？

他在节目期间迟迟不敢越界，从未有过胆大妄为的言行，总怕一不留神就击溃双方微妙的平衡，破坏那份由信任和默契搭建的珍贵羁绊，蒙上捕风捉影的灰雾及沙土。激烈赛制更让一切变得敏感，她是节目选手，他是节目负责人，不管事情真相如何，录制期间交往过密都对她不利，容易让她的实力遭受质疑。因此，他小心翼翼地克制、遮掩，坚信未来有漫长时光，细水长流地袒露私心。

但现在比赛结束，一切却来不及了。总决赛后，楚独秀发来客套有礼的说辞，婉拒跟他面谈，直接返回文城。这让谢慎辞颇感无力，一方面是分身乏术，各方人马都要靠他沟通、调配，绝非商良、尚晓梅等人能代劳，一方面是言语苍白，仅靠线上的寥寥数句就妄图将事情翻篇，多少显得太不尊重，只能处理完急事后，再匆匆地赶到文城。

没有任何事情能比实际的交流、行动更真实可靠，只是他也不确定，她想不想见自己。不过谢慎辞早做好心理准备，无非是白跑一趟，自己来得很突然，被拒绝倒也正常。

幸运的是，楚独秀在漫长纠结后，发来一个地址。

家中的楚独秀早被此事搞得晕头转向，万万没想到谢慎辞大驾光临。他从海城直接飞过来？不用处理总决赛的事吗？她作为文城本地人，是不是该尽地主之谊，稍微准备点儿什么？她想半天都不知道约在哪里，又害怕让对方在机场干等太久，索性将小区门口咖啡馆的定位发了过去。

谢慎辞见状微松一口气，抬腿往停车场走，准备打车前往该位置，谁承想没走两步，又收到一条消息。他睫毛微颤，误以为她改变主意，连忙再次点开微信。

她的消息带着惶恐："我、我要是懂事点儿，是不是该打车去机场接领导……"

好在谢老板向来事儿少，完美地消除了她的疑虑。

谢老板 10.9："没事，我过去很快，你不要来了。"

楚独秀见状放松下来，领悟到他一直不回微信估计是在忙加上坐飞机，心情也轻快起来，措辞恢复了往日的随意："那就好，我也只是客气一下，没打算真过去接你，给公司省点儿打车钱。"

谢老板 10.9："？"

谢老板 10.9："？？？"

谢老板 10.9："小黑猫怒视.jpg"

第九章 加冕

没准是玩笑的口吻拉近了距离，双方数日的生疏烟消云散，又恢复总决赛前的状态。

停车场内，谢慎辞刚上车，都还没有坐稳，就接到商良的电话，忙不迭抬手接听："喂？"

电话里传来商良迷惑的声音："你电话怎么也打不通？程老师不回我消息，也不接我的电话，我只能联系他家人，说是顺利到家了，目前一切安好。我把方案跟他家人说了，对方说跟他商量一下，但感觉没什么效果，他好像想休息一段时间。"他问道，"你跟楚独秀联系了吗？她现在情绪如何？"

总决赛的黑灯事件重创善乐文化，严重影响到节目及公司声誉，让商良忙得焦头烂额，律师函都发不完。

网络上有人疯传善乐排除异己，不想捧非签约艺人，才故意一灯杀两士，击垮楚独秀和程俊华。部分激进网友怒骂节目组，要求声讨制定规则的导演，甚至妄图深扒策划成员。

最后，谢慎辞和尚晓梅联名撰写道歉信，在《单口喜剧王》官博上公开向观众道歉，表明未来会全力完善、提高节目质量，才勉强熄灭观众的怒火，没有让其他导演遭殃。

当然，最好的辟谣方案就是找回楚独秀和程俊华，让他们跟公司深度合作，子虚乌有的传言就不攻自破了。

商良为此设计出新方案，一是邀请二人以总编剧身份深入参与未来节目，二是商务提成和股份分配的洽谈，从内容到利益层面都做出让步，以此弥补第二季总决赛的遗憾。

不过程俊华以前就对善乐模式持怀疑态度，不认为单口喜剧适合竞赛，现在是彻底丧失信任，连电话都不愿意接了，显然不可能答应此事。二强选手只剩楚独秀。

谢慎辞坦白："我刚到文城，联系上她了，但没有见面，不确定情绪怎样。"

"你什么时候飞的文城？"商良惊讶道，又反应过来，"正好，那你们可以当面聊方案，沟通起来也简单迅速。"

"方案……"谢慎辞略一迟疑，"等她回海城，你跟她谈吧。"

商良不解道："为什么？你不都到文城了，不是立马能面谈？"

"我现在没法谈这个。"

"理由呢？"

"我从决赛至今就没有休息过，脑袋不太清楚。"谢慎辞煞有介事道，"我怕一不留神，真签出去 51% 的股份。你不介意也行。"

商良："？？？"

谢慎辞挂断商良的电话，总算有时间望向窗外。

出租车从地下驶入地面，日辉在通道的尽头乍现，安宁和美的文城映入眼帘。蓝天浅淡，树影掩映，笔直的马路上车水马龙，远方是青山白云，令人目不暇接。

这里是她出生的地方。

谢慎辞从未来过文城，被晴朗好天气感染，连带近日的压力得到释放，不由得期待跟她见面。他不知道快乐的情绪从何而来，连无聊的车程都变得有趣，让人初来乍到就心生雀跃。或许，一座城市跟一个人关联，不需要任何风景名胜，同样能变得缤纷多彩。

他细致地观赏起文城，用眼睛记住崭新画面，产生一种玄妙又神奇的感受。这让他回想起在"台疯过境"捡到她的简历，机缘巧合地发现她的天赋，不动声色地推动她发展，现在居然都追到她老家了。

两人靠单口喜剧逐渐熟识，随着日常闲聊变多，发现彼此有相仿的笑点及见解。即便他见过无数脱口秀演员，但也不是人人都有精神共鸣，因此意外地跟她慢慢交好。

直到在"台疯过境"，他看到她聊天页面的"已收款5200"，头一回有所犹豫、心生遗憾，担忧经常聊段子给她造成困扰，又思考该不该在得知她情感状态后像小葱那样拉开些距离，减少聊天频率。

幸好只是姐姐。

既然如此，没有避嫌的必要，他送生日礼物也没关系。

再后来，她在节目上的好段子越来越多，他和她随着了解的加深，彼此也越来越熟稔。他不知道感情何时变化，也不清楚常人定义的"喜欢"或"爱"是什么，只知道看到她就会发自心底地欢欣，期盼跟她交流、尝试各种各样的事情，与其说讨要段子是欣赏她的幽默，不如说他靠单口喜剧领悟她的内心，分享彼此的生活。

单口喜剧的存在绝非为了逗乐，它将分散、孤独的人用笑声和共鸣联结，以此抵御冰冷的滔天大浪。

他和她从单口喜剧开始，但那仅仅是联结的纽带。

他和她只要相遇，即便不说笑话，也会非常愉快。

第十章 签约

  小区门口的咖啡馆前，楚独秀看到一辆出租车驶来，还没有看清车内人，就预感是自己在等的人。

  果不其然，车门一开，谢慎辞从里面下来，依旧身着正装，但衣领早已凌乱，提着一个小箱子，显然是轻装上阵，匆匆从机场过来。他一路奔波劳碌，神色却不见疲丧，挺拔的身躯在街边格外显眼，如沾染风雪的竹，叶片被侵蚀，但风骨犹存。

  楚独秀赶忙跑到他身边，鼓掌迎接道："谢老板，大美文城欢迎您，山水人文古韵长！"俨然旅行社导游，恨不得马上放文城宣传片。

  谢慎辞抬眼看她，目光柔和，双眸盈润，如清水淋漓的黑葡萄，连带嘴角都上扬。

  下一秒，两人同时笑了，也不知道究竟笑什么，好像看到彼此就乐个不停。她和他都没有说话，就互相盯着对方发笑，似乎都对此幕感到不可思议。

  楚独秀也不懂自己为何笑成这样，明明应该聊些总决赛的烦心事，偏偏见面的新奇感冲刷一切，尤其见他眼角溢出笑意，更被自由自在的快活感染，跟节目期间的隐晦截然不同，如同摆脱紧密的渔网，肆意畅快地分享喜悦。

  许久后，她腮帮子都笑疼了，忙不迭捂嘴调整，强压翘起的嘴角，闷声自嘲道："我们好像两个傻子。"

  她和他在街边发笑，任谁看都不太正常，脑袋有问题的样子。

  谢慎辞一抿唇，却没收住浅笑："回家过得怎么样？"

  "挺好的，应该比你好。"楚独秀凑近，打量起他，稀奇道，"谢总，你长胡子了。"

  谢慎辞皮肤本就偏白，在光下如同淡色玉石，现在却有一层浅青色，估摸是这两天太忙了，根本顾不上这些，难免就有所疏忽。

闻言，谢慎辞脸上显露一丝窘迫，当即捂住下巴不看她，别扭地侧过头去，回避她探究的视线。他略感后悔，早知道在机场休整一下，不该着急忙慌地过来。

楚独秀见他羞恼，更加兴致勃勃，催促道："我瞅瞅，没见过你长胡子，好神奇。"毕竟谢总平时仪表堂堂、像模像样，能揪住他的小把柄，可谓千载难逢。

谢慎辞目光闪烁："没什么好看的。"

两人从街边走向咖啡馆，都没有提工作的事，就像随意地散散步、好友在外地相逢，抛开诸多烦恼，彻底放空思维。

谢慎辞拉着小箱子，楚独秀走在他身侧，听见行李箱的轮子转动的声音，体贴地问："需要我帮你拿行李吗？"

谢慎辞："没事，不用。"

"那就好，我也只是客气一下。"

"？"

楚独秀左右看看，问道："我们先去咖啡馆坐会儿，你稍微休息一会儿，还是找个地方放行李？你大老远来一趟，有没有想去的景区，或者想吃的小吃？我可以给你做向导。"

谢慎辞斜她一眼："好，那你安排景区和小吃吧，我看看你怎么做向导。"

楚独秀睁大眼，难以置信："我就只是客气客气，你不能拒绝一下吗？你不该为节目忙前忙后吗，怎么还有时间游玩呢？"

"我没打算跟你客气，你都说大老远来了。"谢慎辞滴水不漏，"而且我是忙完急事才来的，也该稍微休息一小会儿了。"

楚独秀为他的厚颜无耻语塞，她眼珠子一转，灵光乍现："行，那我带你去文城最好玩儿的地方，而且离得很近，走两步就到了。"

片刻后，两人站在小区门口，隔着刷卡可开的铁门，只见其中有数栋居民楼矗立，楼下绿植茂盛、花团锦簇，建有小亭子供住户乘凉取乐，偶尔跑过几个嬉闹的孩童，极富人间烟火气的场面。

谢慎辞眼看她掏出门禁卡，停步不前，起疑道："这是哪儿？"

"我家。"楚独秀故作坦然，邀约道，"上去坐会儿吗？"

她只觉自己像诱拐流浪猫的坏人，妄图以绑架代替购买，一路将其引到楼下，终于引发对方的怀疑。

谢慎辞陷入沉默，忍不住抬眼瞪她，宛若被此话震撼到。这是最好玩儿的地方？确定不是在玩儿他？

谢慎辞心情微妙，欲言又止："你就随便把人往家里带？"他一度疑心她真把自己当姐妹，总觉得路帆、王娜梨等人来文城，才应该有这样的待遇。

"怎么了？不可以把老板往家里带吗？"楚独秀挠挠头，迷茫道，"我也没怎么上过班，

第十章 签约

不清楚这些事，但现在没地方去，而且我姐、我妈、我爸都在家，你不是见过我姐吗，在'台疯过境'的时候。"

正值下午，现在赶到景区，很快就要关门，确实没能去的地方。两人跑去吃晚饭，又未免太早，属于尴尬时间段。她觉得带谢慎辞回家没什么，反正家里不止一人，单纯就是休息片刻，等晚上再出去逛逛，还可以开家里的车，出行很方便。

谢慎辞喉结微动，沉吟道："你家里人知道我要来吗？"

"我下楼时被他们看到了，我姐知道你是谁，我爸我妈只知道我去接朋友。"楚独秀道，"你不想去也可以，那就找个酒店休息，但附近的条件可能没海城的好，不知道你差旅都住什么水平的。"

谢慎辞来得突然，楚独秀也没准备。她在文城跟家人同住，出门瞒不过他们的眼睛，就说有脱口秀的朋友来看她，描述得比较含糊，没说谢慎辞的具体身份。这里是当地居民较多的区域，附近没什么豪华酒店，全都是平价快捷酒店。楚独秀害怕太寒酸，不符合谢老板的身份，才说带他回家歇息，起码比酒店环境要好。

"应该去一趟的，但待会儿再去。"谢慎辞思考良久，终于做出决断，又道，"我先放一下东西。"

虽然楚独秀早将总决赛的事抛到脑后，但她的家人们恐怕还心存芥蒂，从公事公办的角度来看，他登门向对方致歉也是理所应当。而且从个人私交来看，他都来到文城了，拜访更为正常。唯一没料到的是三方会审，楚双优还从南城飞回来了。

"好的。"楚独秀见他拉着箱子转身，忙不迭跟了上去，痛快道，"那就等你放完行李再说。"

街上，谢慎辞握着手机看导航，四处寻觅最近的酒店，察觉楚独秀亦步亦趋地尾随在自己的身后，他诧异地回头："你要跟着我吗？"

楚独秀点头："嗯，不然呢？你人生地不熟，丢了怎么办？"她现在将谢老板当弱势群体，毕竟他千里迢迢赶来，又对文城一无所知，总该有本地人陪伴。

"但我打算找酒店放行李，洗漱一下，换身衣服。"谢慎辞看似面无表情，却隐现羞报之意，"你确定要跟着？"

楚独秀当即哑然，忽然领悟到他的局促，耳根瞬间像被火燎了一下。

倘若两人结伴到酒店，就等于她陪他开房，难免被前台的人误会。没准他沐浴洗漱期间，她还没合适的地方去，只能坐在屋里安静地等，听着浴室哗啦啦的水声，手足无措。换衣服就更尴尬了，双方都没地方回避，恨不得找条地缝钻进去。

阿巴阿巴，她是傻瓜，难怪他脸色都变了，八成被她给吓坏了。

"哈哈哈哈哈……"楚独秀面红耳赤，用干笑掩饰尴尬，赶忙朝他挥手告别，一溜烟地蹿回小区，"那我们待会儿见，你收拾完告诉我，微信联系吧！"

家中，厨房里传来咚咚咚的切菜声，利落又富有节奏感，彰显主厨精湛的刀工。

石勤将新鲜时蔬切好，用碗碟盛放各种食材，完成晚餐的备菜。他随手拿起一柄长勺，搅拌砂锅内的骨头汤，投放些许白萝卜块，任其在汤中咕噜噜地响。

"用得着做那么多菜吗？"楚岚在厨房门口闪现，她扫一眼五颜六色的备菜，不禁双臂抱胸地靠墙，阴阳怪气道，"搞得像我们巴结他一样。"

"是谁刚刚叫我晚饭上点儿心？"石勤瞥她一眼，讪讪地嘀咕，"我把菜备完，你才说多了。"

"那不是怕显得咱家不知礼数？人家大老远跑过来，我们给人甩脸子看，多少有点儿太没礼貌了。"楚岚皱眉走进来，随手推开两盘菜，"这俩不炒了，我闺女在节目上受那么大委屈，还给弄那么多菜，整得跟什么似的。"

楚独秀简单地向父母介绍了谢慎辞的身份，先说是指引她走上单口喜剧道路的朋友，又说是《单口喜剧王》的负责人之一，而且是出品方善乐文化的高层，他对决赛结果深感抱歉，才会专程飞来文城。这让楚岚对谢慎辞的观感颇复杂，一是事情不能全怪对方，尤其他跟女儿交好，二是越想节目就越生气，难免有点儿迁怒的意思。

"炒吧，干吗不炒？"石勤将两盘食材端回来，苦口婆心地劝道，"秀秀要真做这行，以后在公司还得跟人打交道，你非要争这口气，她以后怎么办啊？"

"那也不能让他太轻松了。"楚岚拉开柜子，四处寻觅，"哎，梅芳过年的时候是不是送了瓶好酒？"

"你真是想一出是一出，一会儿要撤菜，一会儿又反悔。"石勤叹息，"是谁刚刚说别弄太隆重，搞得像我们巴结人家一样，怎么还要找好酒？"

楚岚将酒盒取出来，放在手里掂了掂，意味深长地笑道："你说得有道理，还要在公司打交道，好好招待人家才对，让他感受文城人的热情好客。"

小区门口，楚独秀收到谢慎辞的微信，早早地站在大门外等待，遥遥看见对方提着大包小包过来，连忙小步奔过去，愣神道："你从哪儿提来的这些？"她以为谢慎辞就洗漱一下，谁料还抽出时间买礼物，做事效率高得惊人。

谢慎辞黑发清爽、脸庞白净，相比来时的风尘仆仆，现在是焕然一新。他没有穿严肃的正装，反而换上日常休闲装，连往日的疏离感都被冲淡，不像公司大老板，倒像应届毕业生，沾染了一些生活气。

谢慎辞垂眼，无奈道："因为害怕是地狱难度，家里人介意节目的事。"他不明白，为什么每次送礼都如此仓促，她的生日礼物备得匆忙，现在登门拜访又是这样，丝毫没有多余的时间，堪称造化弄人。

楚独秀："但这也太多了……"

第十章 签约

"礼多人不怪,不会被赶出来。"谢慎辞抿唇,隐现出焦虑,问道,"所以,家里人好相处吗?"

"应该……好相处吧……"楚独秀迟疑道,"你见过我姐,我妈平时在家凶,招待客人倒还好,我爸一直没脾气。"

她望着提满礼物的谢慎辞,深感荒谬,也想不出晚餐是什么氛围。原以为是朋友来家做客,但他带着一堆东西上门,特别像春节拜年的时候女婿来看望长辈……是她社会经验太少吗?还是谢老板平易近人,去朋友家都要备大礼?

楚独秀想帮谢慎辞提一些,但他却说并不重,没有让她搭把手。她粗粗扫一眼礼盒,发现是茶叶、蘑菇干货等,越看越像拜年的东西,心里总觉得诡异。

没过多久,两人乘坐电梯抵达家门口,都没有敲门,就看见等候的众人。

家门是虚掩的,楚岚和石勤早早守在门口,后面是露出半个脑袋的楚双优,怕是提前得知消息,前来迎接远方客人。三人将门厅挤满,看上去气势宏大。

楚独秀也被家人这阵仗吓了一跳,她感觉过于隆重,赶忙介绍道:"爸、妈,这是谢老……善乐文化的谢总,也是节目负责人。"

谢慎辞礼貌地喊人:"叔叔阿姨好,我是谢慎辞。"

两拨人终于碰面,瞬间就其乐融融,碰撞出阵阵笑声。

"哎呀,搞那么客气,还带那么多东西。"楚岚满脸笑容,穿着亮色衣衫,如同灼灼旭日。她朝石勤使了个眼色,对方就心领神会,朝谢慎辞微笑点头,接过成堆礼物,态度内敛温和。

谢慎辞见状,连忙躬身还礼,摆出小辈姿态。

"你说说你,也不知道帮人拿点儿,一点眼力见儿没有。"楚岚轻拍一下楚独秀,这才伸出手来,跟谢慎辞相握,中气十足,"辛苦您一直照顾独秀,她平时那么不着调,给您添麻烦了吧?"

谢慎辞忙道:"没有,没有。"

"谢总看着很年轻啊。"石勤打量他一番,嘶了一声,惊叹道,"是厉害的青年才俊!"

楚独秀说是公司老板,石勤等人以为上了些年纪,谁料看上去跟女儿差不多大,估计不到三十岁的样子,根本不是想象中的精英模样,甚至没有楚双优有气场,见面后更是频频鞠躬,丝毫没有领导架子。

谢慎辞客气道:"不敢当,您直呼我名字就好。"

"对,什么谢总不谢总的,搞得那么生疏做什么。"楚岚眉眼带笑,语气颇为热络,掏心掏肺道,"我们心里都明白,小谢大老远跑过来,是把独秀当真朋友,怕因决赛的事心里有隔阂,但有些事也不能赖你,对吗?"

这番话说得真诚又热情,展现楚岚多年生意人的功力,既不显客套,又不显谄媚。她高声道:"所以,今天不提公司的烦心事儿,我们就和和美美地聚一下,给小谢接风洗尘,欢迎他来文城玩！"

谢慎辞受宠若惊："谢谢阿姨。"

楚独秀此时早溜到姐姐身边，她眼看父母如此亲切，疑道："妈今天怎么了？"虽然楚岚向来性子爽直，但一进门就那么会说话，还是出人意料。

"起劲儿了。"楚双优窥破母亲心思，是要憋个大的，前面先消除谢慎辞的戒备。

一行人将谢慎辞迎进来，父母到厨房忙碌，只剩同龄人交谈。

一波未平一波又起，楚独秀坐在沙发上，眼看姐姐和谢总隔着茶几交流，再次感受到熟悉的暗流涌动，宛若回到"台疯过境"。

谢慎辞面对楚双优，礼节没有那么夸张，但也是有来有往，说着些官方套话。

楚双优莞尔一笑："谢总，好久不见，听说贵司发展不错，网上的热度很高。"

楚独秀一听此话，心里咯噔一下，都不知姐姐是褒是贬，现在总决赛风评炸裂，网络热议可不算好事。

楚双优敬佩道："我身边好多人看完节目都开始关注单口喜剧，善乐不愧是行业领头羊，多亏您的远见卓识。"

这话都有点儿在内涵了。

"哪里，都是托您妹妹的福，节目才得以被关注。"谢慎辞佯装没听懂，不卑不亢道，"公司发展只能算正常，比不上连胜集团，那才真是领头羊，最近好像还上新闻了？"

近期，连胜集团有高层贪污被抓，也不是一件小事，闹得沸沸扬扬。

楚双优听他用自己公司的丑闻进行还击有些惊讶，好在她向来沉得住气，随意地岔开话题："现在单口喜剧正是风口，谢总和善乐有什么规划吗？"

"公司还是希望吸纳更多行业顶尖的演员。"谢慎辞答道，"毕竟单口喜剧以内容为本，归根到底靠持续的创作能力，否则潮水一退，依旧没有变化。"

楚双优机敏地追问："你们现在的演员待遇如何？"

"不同层级的演员，待遇自然不一样。"谢慎辞看一眼嗑瓜子的楚独秀，说道，"像您妹妹的情况，就看她个人意愿，想要什么待遇、担当什么职务，我们都可以聊。"

楚独秀低头剥瓜子，听两人聊天都累得慌，懒洋洋地插嘴："我想当公司法人。"

楚双优、谢慎辞："？"

楚双优没想到妹妹猖狂至此，对着老板都敢大放厥词。她欲言又止："公司法人要承担责任，出了事你会坐牢的。"

楚独秀啧一声："那还是51%的股份吧，这个牢让谢总来坐。"

楚双优、谢慎辞："？？？"

原本一本正经的聊天，愣是被楚独秀搅乱了！

楚双优沉默良久，长叹一声，退让道："算了，善乐的企业文化适合她，一般公司也

第十章 签约

容不下她。"毕竟没有哪家公司的员工敢这么开老板玩笑，确实不好有新下家。

没过多久，一群人移步餐厅，再没有聊公司的事，共同享用丰盛的晚餐。石勤最终还是没听取楚岚的意见，把所有的菜都炒了，将桌子摆得满当当，看着令人食欲大开。

暖黄的灯光，团聚的众人，热气腾腾的家常便饭，牛肉粒用红椒点缀，萝卜骨头汤早被炖白，油焖大虾色泽鲜艳，粉蒸排骨软糯可口……硬菜的数量相当多，搭配各色应季时蔬，看上去色香味俱全。

楚岚取出酒瓶及小杯，小心地斟满，推向桌边的谢慎辞："小谢，尝尝文城的酒，我先敬你一杯！"

楚独秀瞧母亲将推杯换盏的习惯带回家，解释道："妈，他不能喝酒……"

谢慎辞喝香槟都醉，更何况是这种，没准一杯就倒。

"啊，不能吗？这酒不错的，本地很有名，喝完不头疼。"楚岚惊讶道，"你们谈生意不喝点儿吗？你平时不应酬？"

谢慎辞取过小杯，忙道："可以喝一点儿。"

楚岚高兴地拍腿："我就说嘛！"

楚独秀皱眉，制止道："Hold on，hold on，这是白的，你别喝了。"

楚岚假装拧她，恨铁不成钢道："人家想喝就喝，你咋那么小气，稍微贵点儿的酒都舍不得！"

楚独秀："？"

谢慎辞礼貌地跟楚岚碰杯，特意将酒杯放低，眼看她一饮而尽，自己也慢慢喝完。

楚独秀无力阻拦，颇感无奈，认为谢老板高估自身实力，敢跟她母亲大人比酒量，根本是现场表演烹饪醉蟹。

"我们也喝点儿白的吧。"石勤抱着一大瓶雪碧过来，"优优、秀秀，你俩的杯子呢？"

楚双优将杯子递过去，又端回来一整杯饮料。

石勤给其他人倒完雪碧，打算继续去厨房忙碌，竟丝毫没有歇息的意思。

谢慎辞抬手拦道："叔叔，您别忙了，吃饭吧，菜够多了。"

石勤忙前忙后，一口饭都没吃，光在张罗饭菜了。

"没事，我们文城人就这样。"石勤呵呵一笑，"男的都不上桌吃饭。"话毕，他转身离开，只留一个背影。

谢慎辞目送对方进厨房，没想到全场最狠辣的角色，居然是和善没脾气的石勤。他坐在桌上都不知道说什么了，感受着段子手的家庭氛围：楚岚是风风火火冲过来，石勤则冷不丁地捅一刀，白刀子进红刀子出，捅完人还善意地笑。不是绵里藏针，这是绵里藏刀！

楚岚一边跟谢慎辞碰杯，一边闲聊起对方的情况，一会儿询问他为什么开公司，一会儿询问他属相是什么，一会儿询问他在哪儿读大学，从天南侃到海北，从地久聊到天长，

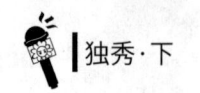

恨不得扒透谢慎辞祖宗十八代。

楚岚听完学校名，佩服道："哦——听你说这名字，是国外大学吧？"

楚双优附和："是，全球排名不错，比我们学校高。"

谢慎辞恭维道："哪里，那都是虚名，国内找工作的话，还是您女儿的学历含金量高。"

楚独秀神色微窘："妈，你们查户口呢，怎么还聊起学校了？"她的母亲好自来熟，自己搞向上管理就算了，还搞土匪社交。

"问问、聊聊怎么了？"楚岚朗声一笑，安抚道，"不要慌，饭桌上学历最低的是我，你不会被人比下去的！"

"……"

片刻后，谢慎辞连家庭情况都被问及，坦白自己在海城独居，但父母跟爷爷在燕城，其他长辈已经去世，他偶尔到燕城看望亲人，不过出国留学独立得早，一般是过节、出差时才回去。

这是楚独秀都不知道的事情，难怪常在"台疯过境"看见他，他到燕城落脚应该很方便。

楚岚拿出来的酒极好，但度数不低，两三杯灌下去，谢慎辞就发飘，从颈侧到耳根都红了，好似一只被煮透的大虾，连回答的语速都变缓了，眼神也沾染朦胧湿意，显然是不胜酒力，整个人晕乎起来。

楚岚察觉他的异常，放下酒瓶，诧异道："真不能喝啊？看着个儿高，这不应该啊。"

楚独秀急道："都说他不能喝了！"

看着个儿高没用，本质是一只大猫。谁家给猫喂酒啊？！

"没事，吃点儿菜，喝点儿汤。"石勤劝道，"这酒不伤身，有活血作用，睡一觉就好了，脑袋也不会疼。"

一顿饭吃完，谢慎辞彻底迷糊，反应也慢悠悠的，搞得楚岚不好意思。她安排楚独秀将他送回酒店，见二人开门往外走，谢慎辞只能无声地跟着，连动作都变得迟缓，不由得担忧道："小谢没事吧？就喝了两三杯，家里有解酒药，要不要来一点儿？"

"谢谢阿姨，不用了。"谢慎辞道，"没有醉，只是晕。"

楚独秀点头："挺好，开始说他每次喝醉就说的胡话了。"

楚岚："你把人送到酒店门口，黑灯瞎火的，不要让他在路上摔了。"

"知道了。"

楚独秀不好直说，谢老板喝醉不会摔跤，他只会徒步千里，走回善乐的酒店，不用来时的飞机，直接从文城奔赴海城。

两人跟家里人打过招呼，就乘电梯来到静谧小区。

夜晚静悄悄，枝丫随风荡。星月在黑幕般的天空中眨眼，微凉的空气扑面而来，驱散了体内燥热的酒意。

第十章 签约

楚独秀带他穿过小区，一边走，一边责怪："不能喝还喝，你逞什么能？"

楚岚的酒量不错，偶尔晚餐时小酌两杯，谢慎辞跟她不能比，自然输得一塌糊涂。

谢慎辞饮酒后，声音比往常哑，莫名就有些磁性，他低声道："害怕留下不好的印象。"

楚独秀心里微动，像被他的话击中。她嘴角上扬，明明没有喝酒，脸却有点儿发烫，嘀咕道："嗯，现在没留下不好的印象，只留下傻乎乎的印象。"

楚岚倒是不反感他了，就觉得小伙儿长得高帅，但不太聪明的样子。尤其他没穿西装，打扮得休闲，隐藏起了平日的清冷，跟在公司的形象相距甚远，浑身都是邻家感。这模样比较符合楚岚的心意。尽管楚双优逻辑缜密、气质出众，但坦白讲楚岚对这类人吃不消，她害怕在商务精英们面前露拙，更喜欢石勤等任自己拿捏的人。

谢慎辞听她发出嘲笑，正要含怨斜她一眼，不料经过较矮的树枝，冷不丁就被偷袭了一下，只听唰啦一声，惨遭柔嫩的枝叶打头。

"怎么真傻乎乎的……"楚独秀笑出声来，眼看碎叶粘在他发梢，当即伸手想要摘下来。

夜空下，斑驳的树影投下来，缝隙里有月光流淌，将他俊美的五官照亮，在晦暗中半隐半现。

楚独秀心跳猛地加快，惊觉不合时宜，手指就停下来，突然不敢造次。

谢慎辞侧过眼来，瞧她的手悬在半空，误以为她是够不到，索性低下头来，主动用发梢蹭她的手指，移动到她能碰到的位置。

柔软的嫩叶，顺滑的发丝，微红的耳垂……没准是月色旖旎，搅乱了一池春水。

楚独秀终于摘下那片叶子，她生出几分喝醉的酣意，变得跟他一般耳根滚烫，抿唇夸奖道："好乖好乖。"

谢慎辞听到她的话一怔，强作镇定地绷紧脸，喉结微动："哄小孩。"

任谁点评他的外表和年纪，都跟她用的形容词没关系。但说话的人是她，自然就乱了心神。

"没有。"楚独秀矢口否认，心道是哄小猫，跟小孩没关系。

小径两侧绿树林立，白天看枝繁叶茂，令人心旷神怡，夜里就影影绰绰，仿佛化为藩篱。楚独秀怕谢慎辞再被刮到，提议道："要不我们走大路，从花园里绕出去。"

换作是其他人，没有他的烦恼，不会被树枝撩头。

谢慎辞略一思索，眨了眨眼，说道："没事，就走里面吧，小心点儿就好。"

楚独秀面带忧色："真的吗？你意识还清醒吗？"

谢慎辞："没有醉，只是晕。"

楚独秀将信将疑，尤其见他大步向前，数次擦着树枝而过，又要上演方才的情景，越发觉得对方醉得不轻，连走路都是S形。好在花园里剩余的树枝都被修剪过，谢慎辞平安无事地穿过小区，只是不知为何略显遗憾。

303

一出小区，灯火辉煌，路边的门店仍然亮着灯，没有海城的繁华夜景，却有小城的明亮安宁。酒店就在不远处的路口，两人不自觉地放慢脚步，趁饭后的闲暇时光散心。

楚独秀偷瞥他一眼，突然道："谢谢谢老板。"

谢慎辞不解地望着她。

她道："专程飞来文城一趟……明明也不能怪你们。"

虽然网友们义愤填膺，对节目组大加斥责，但她并未对善乐心生芥蒂。不管是谢慎辞、尚晓梅等制作人员，抑或北河、路帆等签约演员，都是陪伴她数月、并肩作战的战友，是活生生的、有喜怒哀乐的人。相比冠军究竟是谁，她更珍惜努力走向冠军的路上所收获的情谊，那些点滴积累绝非名次和结果不好就能一笔抹杀。

生活中的委屈，人人都会遭遇，但一味地怪罪旁人，反被怨气吞噬本心。

"不用谢。"谢慎辞道，"我不是代表善乐来的，公司方面的致歉，等商良跟你讲吧。"

楚独秀一愣："啊？"

"怎么了？"谢慎辞平静地道，"我的飞机票没让公司报销。"

"哦……"楚独秀听闻此话，声音忽然低下来，小心试探道，"你真没醉啊？口齿挺伶俐。"她以为他都变呆了，没想到逻辑清晰，连机票报销与否都说得清清楚楚。

谢慎辞挑眉，反问道："所以不谢了吗？"

"什么？"

谢慎辞强调："我是代表自己来的。"

"嗯，所以不用谢了。"楚独秀坦然道，"你我不必言谢，都是好朋友嘛！"

谢慎辞用漆黑的眼紧盯她，沉默良久后，问道："你我不必言谢？"

楚独秀理直气壮地点头："对。"

谢慎辞一本正经地挑刺："但你称呼我，句句都带谢。"

她平时管他叫"谢总"或"谢老板"，连向家人介绍也这样。楚岚都称呼他为"小谢"，但楚独秀就开玩笑叫过，其他时间维持公司称谓，要多客气有多客气。

楚独秀面对他的无理指责，简直是一头雾水、无言以对。那是她想要对他言"谢"吗？那是他自己姓谢，他要是跟她姓楚，当然不叫他"谢总"！

不过，如果不提他的姓氏，不就只能叫他名字……

楚独秀脑海中划过那两个字，内心如镜子般的湖面有石子投下，瞬间激起层层涟漪，水波潋滟。她顿时手足无措，干巴巴地退让："好吧，那我以后改一下，直呼你……"

谢慎辞望着她，好似翘首以盼。

"老板。"楚独秀停顿一下，支吾道，"或者就叫你'总'？"

谢慎辞当即表示不满，又见她眸光灵动，饶有兴致地盯着他，哪能不知她故意搞怪，跟自己玩儿预期违背。

第十章 签约

暖黄路灯下,她的眉梢扬起,脸上不施粉黛,映出些许难以看清的细小绒毛,如同镀上一层浅浅的光,健康自然,神气活现。无须娇饰的璞玉,自己就生出光辉。

他原本还想争辩,但撞上她的明眸善睐,连带心尖都柔软,到嘴边的话也咽回去,莫名其妙就哑了。

不知不觉,酒店近在眼前,两人即将告别。

"好可惜,这回时间很短,没法带你逛逛。"楚独秀道,"我待不了两天也要回燕城了,不好去周边旅游。"

楚独秀回文城收拾完东西,就要到燕城处理大学毕业的事,同样没办法停留太久,没有闲游郊区的时间。

谢慎辞:"没关系,下回再来文城,还有机会。"

楚独秀不禁疑惑:"下回?你有假期吗?"

善乐是有年假的,但他是公司老板,应该有所不同。

谢慎辞思考片刻,试探道:"过年?"

"过年来文城……"楚独秀神色微妙,"也不是不行。"

她倒是无所谓,肯定待在文城,但他春节不该在燕城陪家人吗?

谢慎辞抬起眼,遥望小区的方向,好心道:"需要我送你回去吗?"

"就这么两步,不需要送了。"楚独秀吐槽,"别以为我不知道你想轧马路。"

酒店离小区不远,两人来回地送,那就陷入循环了,根本停不下来,属于醉蟹的徒步阴谋,靠往返来拉长行程。

谢慎辞惨遭戳破,轻轻地"哼"了一声。

满街灯火中,楚独秀挥手作别,笑道:"晚安,喵总。"

现在,直呼其名对她来说还是困难,无法轻易喊出口。又或许,人人都能称呼名字,唯有特殊的绰号能隐藏她的秘密,藏而不露的亲近。

她的声音随晚风飘来,显得轻柔欢畅、绵和悠长,如缓缓落下的羽毛。

"晚安。"

谢慎辞一怔,下意识地回完才注意到她的称呼,无奈来不及追问,便见她蹦蹦跳跳地离开。

到家了,楚独秀用钥匙开门,迎面见阳台钻出一人,不禁吓了一跳:"爸,你站在阳台干吗?"

家里的阳台正对着小区,白天能看清花园小径,夜晚就变得灯光朦胧,只能瞧见隐约的人影。她进门看父亲蹲守此处,无缘无故就有些心虚,搞不懂对方在想什么,没像姐姐和母亲般待房间里。

石勤没正面回答，他打量女儿一番，和气地笑道："回来得挺快。"

"本来也不远。"楚独秀关门脱鞋，随口道，"就是路口那家酒店。"

"我以为你们要聊一会儿。"石勤略一迟疑，询问道，"他下次什么时候来文城？"

"再看吧，说不准。"她有点儿琢磨不透，父亲怎么判断出来的，认为谢慎辞会再来。

石勤敏锐地道："不会是过年吧？"

怎么一个两个都跟过年杠上了？！

奇怪又尴尬的氛围越来越浓，好似早恋被抓现行。

楚独秀干笑两声，转移话题："爸，我还有一个大箱子，你记得放哪儿了吗？"

石勤转身回阳台，翻找道："好像放阳台了。"

楚独秀见他总算放弃问话，忙不迭跟过去，说道："那我回校带那个吧！"

次日，谢慎辞睡醒后，恢复往日沉着，来家中小坐了一会儿。他跟长辈们寒暄片刻，就遭到楚双优的盘问，被迫向对方阐明善乐未来的发展蓝图及构想。

客厅里，楚独秀旁听两人大谈公司前景，正面剖析演员待遇及市场问题，简直是昏昏欲睡。相比宏观的构建，她对如何做好内容更感兴趣，但这些事却不是姐姐关注的重点。楚双优要确认的是妹妹的职级及待遇有无保障，在风头正劲时争取利益最大化。

楚独秀和程俊华跟旁人不同，两人知名度跟其他演员断档，尤其总决赛过后，围绕他们的争论不休，远非节目播出前的情况了。更何况单口喜剧圈在数月内关注度暴涨，尽管差点儿被狂风掀翻，但在混乱中隐现起飞之势。时值风口浪尖，楚独秀愿意选择善乐，无疑变相解救节目组，已经离奇丢了冠军，再没有得到丰厚回报，未免太说不过去了。

生意如同搭台唱戏，妹妹唱了红脸，姐姐就唱白脸，总得有人冷厉发声，一一敲定细枝末节。

谢慎辞面对连番考问，而且还是坐在别人家里，不时见楚岚和石勤来添茶倒水，别提有多孤立无援，总觉得稍微多说一两句，就有被一家人绑架的风险。漫长交流后，他选择转移矛盾，面色平静道："不然我们回公司再聊？如果你不放心的话，可以跟她来趟善乐，也看看我们的剧场，听负责人说说情况，总是我纸上谈兵，印象也不够深刻，没准影响你们的判断。"

楚双优瞧他如此好说话，瞄一眼身边的妹妹，又道："你们公司签合同能带外人？"

部分公司忌讳签约带律师、经纪人，毕竟制定合同容易有偏向性，真要细究起来，简直没完没了。这就像影视公司签艺人，经常直接甩出霸王条款，摆出"爱签不签"的架势。

"亲人肯定不算外人。"谢慎辞和颜悦色地道，"我们是正规公司，只要您不向外泄露条款，遵守保密协议，她签约时找人确认合同内容也算不上违规行为。"

楚独秀小声地问道："姐，你有空吗？"

第十章 签约

"可以。"楚双优颔首,"正好你先回燕城,我回南城处理完事情,再飞去海城跟你碰头,看看他们公司内部什么样。"

最后,三人达成协议,返回海城再谈。

楚独秀回燕城参加论文答辩,楚双优回南城处理事务,只有谢慎辞直接回海城。

善乐文化,醒目的 Logo 张贴在会议室门外,正是光彩夺目的麦克风和太阳花。

时光飞逝,楚独秀签约的日子如期而至,由经验丰富、态度果决的楚双优代其出面,迎战主管公司艺人经纪及财务的商良。

刚开始,一群人齐刷刷地坐在会议室,楚独秀和楚双优坐在长桌左边,谢慎辞和商良坐在长桌右边,旁边有几个艺管部门的员工,还有日常协助商总的助手,乌泱泱将屋里坐满。

楚双优面对众人并不怯场,她不卑不亢地追问细则,游刃有余地指出漏洞,甚至嘴角噙着一丝笑意,毫不留情地杀了个片甲不留。

会议刚过一小半,商良就察觉到不对,不料楚独秀看着脾气挺好,竟从家里带来一个狠角色!他当即挥退闲杂人等,只留能够拍板的高层,硬着头皮展开第二轮磋商。

无休无止的谈判,不光是对智慧的考验,甚至是对体力的挑战。这场签约会议从上午持续到下午,一群人就在中午匆匆吃了顿便饭,楚双优还能见缝插针地进攻,试图探明商良及善乐的底线。好在商良头脑清楚,没被轻易套出价来。

最后,楚独秀和谢慎辞都被赶出会议室,只留下剑拔弩张、针锋相对的二人。

待到日暮时分,楚双优和商良终于从屋里出来,尽管双方唇枪舌剑战了一整天,但告别时称得上体面,还假惺惺地笑着握手。

楚双优:"谢谢商总,合作愉快。"

商良:"哈哈,哪里,我才要感谢你们选择善乐。"

楚双优晃晃手中的纸袋子,笑着招呼妹妹,显然心情不错:"走吧,我们到旁边签字。"

楚独秀忙不迭跟上,她回头看一眼商总,却没瞧见对方的表情,也不知道具体情况,就匆匆跟着姐姐离去。

会议室门口仅剩商良和谢慎辞,满腔的怨气爆发,堪称岩浆喷涌。

"难怪你不跟她谈。"商良气愤道,"你早知道她的合同不好谈,所以把烂摊子甩给我是吧?"他就知道谢慎辞不安好心,难怪对方不肯在文城谈判,原来在那边碰到地头蛇,没准在人家地盘上硬气话都说不出。

"没办法,你也知道我大学绩点,本来就不擅长这方面,人家在连胜集团任职,更大的公司都见过,我拿什么跟她们谈?"谢慎辞一本正经道,"肯定要派我们公司成绩最好的人。"

商良:"……"

春末，繁花绚烂的季节，却隐现一丝暑气。柏油路两侧的林木郁郁葱葱，有小洋楼藏匿其中，不时能听到自行车的丁零声，跟燕城的风景截然不同。

海城空气远比燕城潮湿，连带城内绿意更盛，就是不知夏季是否像冬天般难熬。

微风一吹，凉爽袭来，楚独秀连忙抓紧帽子，生怕它被春天偷走。她在街头漫步一大圈，仔细欣赏海城的风景，总算偷得浮生半日闲。

论文答辩、收拾宿舍、借出存款、签约善乐、奔赴海城……无数杂务恨不得将人压垮，现在事情都解决得差不多了，她才有机会闲逛一会儿。

楚独秀听取路帆的建议，租住在善乐文化附近的公寓，刷卡进门。公寓安保不错，配备管家处理杂事，加上在房补范围内，自己承担的房租不多。据说，公司不少人将此作为刚来海城的过渡居所，也有员工至今仍住在这里。

屋内就是开间，面积并不大，有独立卫浴和开放式厨房，能容纳1～2人居住，除了不通煤气、电费较贵外，没有其他缺点，交通相当便利。

王娜梨也租住在楼里，但跟楚独秀不同层。她还发来自己的门牌号，邀请好友过来玩，无奈楚独秀回燕城忙去了，一直没顾得上。

现在，诸事落定，楚独秀缓慢运输，打算靠到燕城出差时，将学校最后的行李陆续搬来，赶在毕业前彻底清空宿舍，正式在海城扎营。

街上，楚独秀看了眼手机，距离开会还有点儿时间，于是打算步行到公司。

顺着小径往前，眼前豁然开朗，繁华商区映入眼帘。有栋高度适中的楼，悬挂有太阳花图案，正是善乐文化的办公场所。楼外有一道铁门，拦挡着外来人员，需要人脸识别通过。

"楚独秀？"

楚独秀正要进门，忽然听到呼喊，连忙迷茫地回头。只见不远处有三四个女生，她们两眼放光，看上去颇为激动。

楚独秀不认识对方，愣道："你好？"

"哇哇哇——"其中一人听见她说话，更是兴奋得找不着北，"你能给我们签个名，不是，合张影吗？"

原来是节目观众吗？

"好的。"

"谢谢谢谢！"

一群人叽叽喳喳地围住楚独秀，纷纷冲上前跟她合影，甚至好奇地问东问西。

"你怎么在这儿？签约善乐了？"有名女生掏出手机，贴着楚独秀拍照，又连珠炮般八卦，"不在燕城演了吗？"

楚独秀被问题砸得晕头转向，一时不知该回答哪个，瞬间就支支吾吾起来。

好在有人出现，及时解救了她。

第十章 签约

北河不知从何处窜出，将楚独秀捞了出来，领着她往公司里走："朋友们、乡亲们，公司赶着开会，不好继续耽搁！我们先走一步，待会儿该扣钱了！"他干脆利落地打岔，转移众人的注意。

楚独秀和北河迅速钻进铁门，隔着栏杆跟女生们挥手作别，接着一路小跑往办公楼冲。跑到楼门口，两人都气喘吁吁，总算能歇息一会儿。

"你胆子真大啊，"北河佩服道，"正门都敢走！"

楚独秀迷惑："以前不就是走这个门？"她曾经来过善乐文化，当时风平浪静，无事发生。

北河摆手："别提了，这段时间天天有人来蹲守，听说都出现什么站姐了。"

楚独秀睁大眼："真的假的？但我们也没颜值给人拍吧？"

签约时，楚独秀和楚双优乘车进来，直接驶入停车场，没有在外面停留，自然不知道情况。她没料到单口喜剧演员都有站姐，有人欣赏明星颜值，拍照出图还能理解，但单口喜剧演员靠的是才华，拍照又有什么意义？难道拍脱口秀演员大脑磁共振图像，欣赏那些幽默、智慧的神经纤维？

"总之，今时不同往日，节目又黑又红，也算出圈了吧。"北河道，"新人王……不对，新王要注意自己的身份了！"

楚独秀汗颜："北河哥，咱们是社会主义国家，都已经离开节目，别搞帝王将相了。"

"好吧，欢迎新同事，踏进善乐大火坑。现在签约完，可以暴露了！"北河摊开双臂，肆无忌惮道，"春蚕到死丝方尽，蜡炬成灰泪始干，恭喜你即将为爱发电、燃烧青春，被伟大的单口喜剧事业活活累死。"

楚独秀："没事，我有医保了。"

两人走向电梯，准备去会议室，一路闲聊起来。

"听说你的合约差点儿把商总熬死，带了个谈判专家，愣是将他杀穿了。"北河兴致勃勃道，"我们私下还讨论你来不来呢，毕竟搭上连胜集团，何必跑来小微企业。"

总决赛过后，楚独秀和程俊华去向何方，无疑是善乐内部最好奇的事。其他演员早在节目期间就静悄悄地完成了签约，除了聂峰返回燕城外，王娜梨、小葱等新人都选择了善乐。

谁都知道二强选手的合约不一样，就像北河、路帆等老人，同样会享有公司优待。所有人都睁大眼观望，要是金字塔尖的演员愿意来，其他演员也会对善乐更有信心。

最后，楚独秀选择了签约善乐。

"那不是我姐的公司不要我嘛。"楚独秀开玩笑道，"学历都够不上人家的门槛。"

"扎心了。"北河乐了，"没事，跟我们一起吧，你学历在公司够用了！"

今天不是工作日，楼里的员工不多，会议室外基本没人。

北河熟门熟路，带她往里走，经过长长的柜台时，只见两座金色奖杯摆在上面，在阳光下熠熠生辉。

楚独秀当即停步，仔细打量起来："这是……"她随手拿起一座奖杯，沉甸甸的，设计精心又别致，上面写着"第二季《单口喜剧王》年度冠军"。

北河闻言回头，见她摆弄奖杯，有一点儿窘，忙不迭解释道："决赛不是一团乱麻嘛，奖杯都没有给我们，我和路帆后来回公司，就把自己的拿走了，只剩……"

只剩冠军和亚军的奖杯没人拿。

"听说商总联系大……"北河摸了摸鼻子，小声道，"联系程老师了，但他没有回复，最近也没演出。"

楚独秀摸了摸两座奖杯，不知为何有一点儿怅然，明明已经跨过那个坎儿，回想起总决赛的风波，心湖依旧泛起层层波澜。或许，遗憾的不光是没领奖，而是领奖的人也丢了。

"你要拿走吗？"北河道，"都带走也可以，反正没人敢拿。"

"先放这儿吧。"楚独秀放下奖杯，轻声道，"等程老师来公司，我俩重新 battle（争斗，与××作战）一下，再决定谁该拿哪个。"

北河无奈地挠头："这都是什么地狱笑话。"

程俊华会不会再来善乐都是未知数，尤其楚独秀签约了。两人被舆论淹没，同在一个屋檐下，怎么想都怪怪的。

楚独秀一笑："人活着总要有盼头。"

她坚信，决赛没亮的灯总会亮起，决赛离开的人总会归来。

会议室内，善乐高层及骨干齐聚一堂，商议公司未来的发展。

楚独秀踏进屋里，环顾一周，发现参会人员都认识。果不其然，北河以前说得不错，公司管理极度扁平，逃不过这些老朋友。

谢慎辞坐在正中间，发现楚独秀进门，抬头望了她一眼。他左边坐着商良、尚晓梅，右边是路帆，路帆旁边还留有座位，应该是给北河、楚独秀准备的。

商良看北河带着摇钱树姗姗来迟，忍不住剜了对方一眼，最后还是把话咽了回去。

"哈哈，好像晚了点儿，领导来太早了。"北河干巴巴地嘀咕，"明明我们没迟到。"

这是内部的小型会议，除了三位创始人外，都是善乐的骨干演员。北河和路帆是公司元老，楚独秀在公司知名度最高，三人都持有一定股份，深度参与公司管理及节目制作。

参会人员到齐，会议也就开始。

"虽然大家早就认识，但我还是简单介绍一下，这位是楚独秀，楚老师。"商良抬起手来，开始走流程，"她刚刚签约善乐，以后也会定期参加会议，把控公司的编剧内容，让我们欢迎她的加入。"

其他人面带笑意，友好地鼓起掌来，完全是发自真心。

尚晓梅、路帆等人早跟楚独秀熟识，真要算下来，屋里所有人，楚独秀跟商良打交道最少，

第十章 签约

原因是商总基本在公司活动,很少出现在演播厅。

楚独秀起身鞠躬,不好意思道:"谢谢,谢谢各位。"她觉得此幕莫名滑稽,尤其商总叫她"楚老师",看来合约重创了对方,以至于称呼都变了。

谢慎辞看她落座,目光柔和,略一整理文件,这才说起正事:"今天的会主要讨论三件事。一个是剧场爆满,有好多观众催公司加场,各地巡演形式及内容,都得有一个初步章程。我和北河私下讨论过了,但具体细节还得推敲一下。"

北河点头:"没错,不光是闻笑剧场,还有外地合作的剧场。"

谢慎辞:"二是培训营计划,主要是路帆负责,定下开营时间和培训内容。"

路帆闻言"嗯"了一声。

"三是节目的事,尽管决赛结束了,但网上还没消停。"谢慎辞平静道,"这也是今天最重要的一个议题,究竟要不要办第三季,想听听在座各位的想法。"

此话一出,全场沉默。

尚晓梅抿了抿嘴,双手紧握置于桌上,神色疲倦困顿,显然近期忙得够呛。

"要不先讨论节目吧。"谢慎辞见众人不语,提议道,"这决定了善乐接下来的布局,也会影响到剧场和培训营。"

商良皱起眉头,一针见血道:"《单口喜剧王》是公司的王牌节目,不管是曝光度还是回报率,都是现今最高的项目。我们出去招商引资,都需要拿它做招牌。"

这是现实问题,想要推动公司发展,必须有过硬的节目。《单口喜剧王》经历市场检验,相比其他新项目风险小,带来的现金流非常可观,以此为基础才能研发新节目、开展培训营。

"但一直办下去不是长久之计,我们以前也讨论过。"尚晓梅揉了揉太阳穴,苦恼道,"比赛是高强度消耗,给演员的压力很大,其实不适合一年一次,尤其今年撞上这种事。"

北河:"确实,总是打比赛,线下也清空了,不利于剧场演出,上过节目的段子都不能演。"

路帆提醒:"可是隔两三年,热度也会消失,又不知道未来什么样了。"

一桌人发言结束,就只剩下楚独秀。

谢慎辞抬眼望她。其他人见状,同样看过来,静候她的意见。毕竟她是总决赛受害者,无疑对此事最有发言权。

楚独秀迎着众人目光,说道:"当然要办第三季。理由是……"她振振有词,"我还没拿冠军呢。"

下一秒,全场震撼,严肃消散。

短暂的静默后,众人忍俊不禁,连商良都低头推眼镜。

北河既好气又好笑:"好家伙,我们还怕你有心理阴影,没想到你比我们想得开!"

"事物发展总是螺旋式上升和波浪式前进。"楚独秀一边思索一边道,"我觉得,以后可以隔几年再办,可今年遇到这种事,更该哪儿跌倒就从哪儿爬起来,不是光逃就有用的。"

311

商良赞同地点头:"我认为楚老师说得对,不是我们不办节目,问题就能够解决的。"

"朋友,就那么想夺冠吗?"北河哭笑不得,"奖杯放在外面,你现在拿走吧。"

楚独秀坦然道:"对,我就是想夺冠,但不想光自己上台领奖,我希望所有人都能夺冠。"

众人一怔。

"我从决赛搞明白一件事,那就是不管是谁拿了冠军,产生的影响都太小,稍微风光一会儿就被大众忘掉了。"她轻声道,"只有单口喜剧夺冠,一切才能发展下去。所以,在这个行业稳固前,都必须努力办下去,直到单口喜剧夺冠。"

总决赛就像一场狂潮,将她的天真冲走,校园的优绩主义被彻底击碎。这类似在学校时开心读书,对未来满怀鲜活憧憬,但走上社会才发现,外面跟学校不是一回事儿,学生会干部不值一提,节目总冠军也影响有限。

她和程俊华都是行业优等生,面对社会的狂风骤雨同样毫无还手之力。这个行业太脆弱了,绝非个人英雄主义能拯救,唯有让点滴雨露汇聚成川,将所有人的力量凝聚起来,才能绵延不绝地流淌下去。

商良赞同地点头:"我认为楚老师说得对。"

尚晓梅被此话触动,眼睛亮起来,接着又想起什么,说道:"但还有一个问题,就是我们办了第三季,反响也不一定会好,必须认清一件事,选手水平决定节目上限。第二季看点是你和程老师,从目前情况来看,他不会再来第三季了。演员消耗一直是致命问题,即便我们持续地培养,但储备也不能跟国外比,行业发展时间太短。"

"如果只是综艺节目,其实只要段子厉害,别的都没关系吧?"楚独秀思忖着说,"观众不在乎资历,喜欢的就是表演,否则我也没法冒头。"

路帆:"但好段子也很少,包括打磨段子的经验,都需要长久的积累。"

"如果新人有初稿,我来帮忙打磨呢?"楚独秀道,"我以前在燕城俱乐部,也会跟其他人交流改稿,包括当初在培训营……"

楚独秀的技艺在切磋中提升,不论是俱乐部、培训营,还是节目录制期间,不断吸收新的技巧,这才逐渐成为六边形战士。这让她存在一大优势,能写不同风格的段子,还能改不同风格的文本,就像王娜梨提建议。倘若她作为总编剧,帮选手润色稿件,能大幅提高节目质量,不一定会比第二季差。

谢慎辞沉吟片刻,说道:"但节目选手很多,要是这么做,你负担很重。如果你要参赛,还会受到影响,甚至顾不上自己。"

北河惊道:"对啊,那完全是燃烧自己来照亮别人了。"

"还好吧。"楚独秀尴尬地笑道,"但也没其他办法,找到更强的选手?"毕竟,她想破脑袋也不知道从哪儿再挖一匹黑马,有足以跟自己、程俊华抗衡的实力。

"天哪,绝对的奉献背后,竟是绝对的蔑视。"北河倒吸一口凉气,"恐怖如斯!"

第十章 签约

这是丝毫不怕自己技术落后,大公无私地分享经验,当真有独孤求败之风了!

"我认为楚老师说得对。"商良赞同地点头,就没听过那么舒心的话,他用手捂脸,隐藏住满意笑容,小声地感慨,"果然贵的就是不一样,确实像值51%股份的。"

一分钱一分货,这种敢于担起责任的态度,跟某些甩锅王截然不同。

谢慎辞:"?"

既然决定制作第三季节目,公司的工作重心也会围绕它。

"现在距离海选还有段时间,我们最近会筹备新赛制,倒也不用所有人都忙这个。"尚晓梅道,"不过等第三季官宣,网上议论声不会小,还要考虑一下后续情况。"

"都不用等到第三季,现在线下表演的时候就能感受到。"北河感慨,"演员调侃两句总决赛,观众都特别激动,就像跑来看热闹的。"

节目总决赛带来混乱及热点,许多没看过单口喜剧的人,第一次购票走进线下剧场。不过,新观众相比老观众,更像是来看节目外的花絮的,听决赛和内部梗段子格外兴奋,反而对普通段子的兴趣不大。

谢慎辞冷静地分析:"因为网上没有公开回应,所以都跑来剧场,想掌握一手消息。"

目前,除了节目组发道歉信外,处于旋涡中心的三人都没发言,卢毅被骂得关闭了评论区,程俊华和楚独秀是断网状态,比赛过后就没使用社交媒体。这就加剧了谣言的扩散,有人说二强选手跟善乐决裂,连赛后的各类商务都不参与了。

楚独秀思索道:"既然大家想听这个,要不我们的加场就专门讲这个吧?"

北河面露不解,好笑道:"什么意思?总决赛风波专场?"

"对,有观众想看正常演出,有观众想听决赛的八卦,混在一起反而都不满意。"楚独秀道,"不如分开来演,大家各取所需,反正也要加场。"

闻笑剧场定期搞线下演出,有着固定的观众群体。这些人不想听节目的事,单纯来欣赏单口喜剧,没准也会被新观众影响,倒不如将两类人分开。

商良挑眉:"我有预感,要是讲这个,卖票会特别快。"

路帆:"但网上舆论也会发酵吧。"

风浪都要停歇了,善乐重新讲起,没准又掀起一阵浪潮。

"可是我们不讲,别人也会去讲,讲的还是假的。"楚独秀道,"我觉得,单口喜剧就是将某些事挑破,用欢笑来平复这些,说穿了反而没关系了。"

"确实,现在有些综艺节目,已经公然对外宣传自己是'不用拍灯的公正赛制'了。"尚晓梅蹙眉,"即便我们不提,别人也会来提。"

现在,不少节目想蹭《单口喜剧王》的热度,诸多喜剧综艺匆匆立项,雨后春笋般冒出来。倘若善乐毫无动作,就将市场拱手让人了。

谢慎辞紧盯楚独秀良久,他眸光微闪,提醒道:"如果要讲这个,你可能得上台,你

313

确定吗？"

所有人都知道此事是热点，但让受害者来讲，未免也太残忍了。单口喜剧能消解痛苦，前提是当事人放下了，否则就是在伤口撒盐。

楚独秀坦荡回应："当然，我确定。"

商良赞道："楚老师是优秀的单口喜剧演员，心理素质自然不一样。"

北河朝路帆偷偷吐槽："商总被人下降头了？"

路帆："他被潜在的售票收入迷昏了头。"

最后，众人敲定善乐线下加场演出的主题，名字叫"内部有个梗想讲讲"，算是公开回应总决赛的风波。这也是楚独秀来公司后第一次参与商演，意义更是与众不同。

谢慎辞："我最近会出差敲定燕城、南城的演出，公司还是商良负责，闻笑剧场北河负责，等细节确定后，清单会发到群里，大家看完再讨论。"

"好的。"

众人各司其职，纷纷领命而去。演员们回去写稿，领导们则沟通别的事。会议室内只剩谢慎辞和商良，连尚晓梅都先走一步，赶着去筹备第三季节目了。

谢慎辞一言不发地望着电脑屏幕上的专场名字，手指在桌面轻轻叩着，一下又一下。他眉头微蹙，不知在想什么，好长时间没说话。

"做什么？"商良正在打字，闻声瞥他一眼，"从刚才起就面无表情。"

商良跟谢慎辞熟识，自然看出他脸色不对，方才会议中就有些异样。

谢慎辞："我只是担心，真要这么做，又陷入新一轮道德绑架。"

商良："什么意思？"

"回应决赛，协助改稿，分享经验，她做这些事是情分，但并不是她的本分。"谢慎辞抿唇道，"就怕最后真这么搞完，被人当作是理所当然——因为是二强选手，所以应该这么做。"

楚独秀现在满腔热忱，想要为单口喜剧贡献力量，一年或两年还好，真要是五年六年，战线拉得过长，想法也会变化。这不是杞人忧天，也不是没有先例。谢慎辞就怕她调起得太高，被旁人捧成领袖，哪天不为行业呕心沥血、付出一切，就被人批驳，叱责她不努力了。有些人想法很怪，他们会坚持认为，谁是行业领头羊，谁就该永远冲锋在前。

"这就跟四处吹嘘母爱伟大，鼓吹教师、医生该奉献自我一样，当事人主动提出是一回事儿，别人撅头要求必须做那就又是另一回事儿，界限把握不好，事情就变味儿了。"谢慎辞心平气和道，"像我以前跟你聊北河一样，他第一季拼尽全力，但后面没那么使劲，你也不要对他有看法。有起有落才正常，一直绷着劲儿，很容易垮掉。"

商良疑心道："这是点我呢？提前给我打预防针？"假如摇钱树不干活了，让他也不要翻脸？

第十章 签约

谢慎辞一本正经道:"我是在跟你理性探讨员工激励,单纯用感情或梦想骗人做事不是公司发展的长久之计,还是需要一些实质性的东西。"

喵总认为,北河等人进入平缓期不要责怪,楚独秀等人处于发展期多加嘉奖,这才是正常的分配机制,有利于公司的稳固和谐。

商良听出深意,没好气地摆手:"我可没有 51% 的股份,发不出更高酬劳了!你要是真想研究员工激励,不如将 CEO 的位子给人坐吧,反正我跟谁干都一样!"

"？？？"

善乐办公楼内,楚独秀提着东西来到空荡荡的工位,将笔记本电脑及纸笔放好,终于有了一丝踏进社会的真实感。

柔和日光洒在桌面,张贴的便笺纸上列有工作计划,如剧场演出、商务稿件等,都是她近期要完成的任务,做完就在后面打个钩。

楚独秀从书包里抽出那本 *The New Comedy Bible*,随手翻阅了两三页,不经意间瞥见了"谢"字,心跳骤然加快,莫名感到心慌。这本书要放在桌上吗?不会被人借用吧?她环顾一周,最后拉开了抽屉,将工具书放进去,甚至做贼心虚地上了锁。不知出于何种心理,就像小心地珍藏秘密。

正值此时,旁边传来鬼鬼祟祟的声音——

"小组长,嘿嘿嘿……"

"组长组长几点啦?十点啦!"

王娜梨和小葱一左一右偷偷摸摸地探出头来,嘴里唱着童谣。两人蹲在楚独秀桌边,宛若突然蹿出的鼹鼠,也不知从哪儿冒出来的,着实吓了人一跳。

楚独秀一惊:"你们怎么神出鬼没的?"

王娜梨站起身来,倚着她的工位,轻松道:"毕竟比你早来公司,什么都已经摸熟了,待会儿一起到食堂吃饭。"

楚独秀返校忙碌一段时间,比王娜梨和小葱入职要晚。王娜梨率先搬来海城,小葱则是过来实习,他研究生还没毕业,偶尔还要回校处理学业。不过,豆腐毕业比他要早,已经到海城工作,两人以后就在此发展。

小葱笑道:"组长,开会吧,指导一下我们的工作。"

楚独秀转起笔来,假装摆起架子,打趣道:"行,先听听干将莫邪的海城段子。"

小葱作揖:"嘛。"

楚独秀比二人职级高,需要独立带一组编剧创作,组内就有王娜梨和小葱。北河和路帆考虑到三人关系,还提出要不要将他们拆开,分配到自己的组里,以免楚独秀磨不开脸,不好担任朋友的上级。毕竟三人年龄相仿,王娜梨和小葱被压着,没准心里也会有想法。

不过众人分别跟他们私下交流一圈，王娜梨和小葱都选了楚独秀，倒是不像心有芥蒂的模样。如果借用小葱本人的话，那就是"在俱乐部都被压习惯了，进公司自然也接受良好"。楚独秀同样不认为两位好友会欺熟，接受了这个组队。

三人彼此熟悉风格，少了磨合的时间，沟通创作也融洽。好友重逢嘻嘻哈哈，在工作中笑成一团，但稿子成型得很快，没多久就攒出初稿。

写完商务段子，他们又结伴到食堂用餐，下午分头行动，撰写剧场表演稿子。《内部有个梗想讲讲》是拼盘商演，参赛选手都要参与，自然得抓紧筹备。

演员们努力写稿，其他人布置剧场，也忙得找不着北。

谢慎辞和北河许久没在公司露面，只有商良长期留在公司，处理日常的繁杂事务。

周末，写稿材料被落在公司，楚独秀却突发灵感，急需翻阅主题资料，索性从公寓出来，打算溜回公司一趟。这就是租房近的好处，随时往返，也不紧张。

周末的公司没什么人，连保洁的身影都没有，只有保安亭安排有人值班。

楼外的树丛隐有虫鸣声，逐渐有了初夏的味道。电梯前，楚独秀孤身一人，打算上楼回工位，余光却瞥见一道熟悉的人影。

只见谢慎辞从拐角处过来，穿着休闲的衣服，手里捏着车钥匙，显然从停车场过来的，同样要乘电梯上去。数日未见，他头发长了一点儿，抬眼瞧见她，睫毛微颤，明显也一愣，幽深的眼如在宣纸上洇开墨。

怎么搞得像双方约好了？大周末一起来加班？

四下安静，唯有二人，楚独秀率先打招呼："喵总好！"

这真是破天荒头一次，要知道楚独秀入职以来难得在公司捉住谢总，据说他近期都在外出差。

令人疑惑的是，谢慎辞却没吱声，只简单地抬手回应，跟她遥遥隔了两步。

楚独秀见状不解，没懂他什么意思。难道是她在公司不能胡乱称呼？周末也该有分寸地叫"谢总"？

叮咚一声，电梯到了，铁门缓缓打开。

楚独秀踏进电梯，见他原地不动，更是心生迷惑，直接道："谢总，怎么不上来？"不用如此避嫌吧，连同乘电梯都要躲，简直有些荒谬了。

谢慎辞身子一僵，闻言神色迟疑，依旧没抬腿进来，瓮声瓮气道："我感冒了。"

鼻音浓厚，声音略哑，没了往日的清朗，确实听起来含糊，如同蒙着一层雾。

楚独秀一怔，道："出差累的吗？"

仔细一想，谢慎辞总决赛后各地飞，不但去了一趟文城，还在海城、燕城及南城三地辗转，其间还去别的城市，联络当地演员及剧场，确实是超负荷运转。这样一通转悠，空中飞猫

第十章 签约

染病了。

谢慎辞的音色比往日浑浊，答道："可能。你上去吧，我等下一趟，害怕会传染。"

"没事，传染吧。"楚独秀道，"我不想写稿，我想请病假。"

"？"

楚独秀一直摁着开门键，执意让谢慎辞进电梯。

现在正是公司的假日，本来就没有人用电梯，直到电梯因停留时间过长，警报声响起，谢慎辞才拗不过她，慢悠悠地走了进来，站在角落里，跟她保持一定距离。

楚独秀嘘寒问暖："风热感冒，还是风寒感冒？"

"不知道。"谢慎辞以手掩嘴，后悔没有戴口罩，他声音微涩，"但我昨天吃了药，应该很快就好了。"

"你吃的什么药？"楚独秀追问，"两种感冒用药不一样。"

谢慎辞略一停顿，小声道："就是感冒药。"

楚独秀见他一问三不知，不禁皱眉，干脆利落道："舌头伸出来。"

"？！"

谢慎辞有些发蒙，被此话震晕了，惊慌失措地望着她。

楚独秀瞧他反应巨大，不懂他为何这种表情，仿佛自己扒他衣服一样。她怔住了，接着察觉自己的话不对，听起来怪里怪气，也羞赧起来。

"不是，张嘴看看舌苔，辨认你的症状！"她既好气又好笑地解释，强压住脸热，耐心地示意，"啊——"

谢慎辞见她宛若温柔医生，别扭地侧过头，目光闪烁起来，闷声道："不用了……"像小孩一样被人探查舌苔，多少击穿下限、超过羞耻心了，二十八岁的他受不了这个。为什么偏偏要生病时在公司撞见她？！

"你怎么跟我妈和我姐一样，不是讳疾忌医，就是不当回事？"楚独秀见他不配合，急道，"不是不吃药，就是乱吃药。"

楚岚是排斥一切药物，坚持硬扛。楚双优是忙得不吃药，相比过硬的专业知识，生活常识较为匮乏，感觉不对就随便吃，偶尔发微信问妹妹该选药箱里的哪种药。更可笑的是，药箱还是楚独秀寄来的，愣是被她姐放到过期，也不记得要更换药品。

叮咚一声，电梯响起。

"到了。"谢慎辞见势不妙，看到电梯门打开，一溜烟地往外走，步子迈得飞快。

楚独秀当即去追，发现一路无人，办公区静悄悄的，更是肆无忌惮。她一改往日的和气，强势道："让我看看，风热还是风寒！"

谢慎辞在海城独居，跟家人天各一方，估计就像楚双优一样，也是随便乱吃药。这样没准会加重病情，还是检查一下为好。

谢慎辞明显心虚,根本不正面回答,直接往办公室蹿,作势还要关上门。他害怕撞到她,只轻轻地掩上,谁料她破门而入,手一推就钻了进来。

"你还真闯进来,想上演社会新闻?"谢慎辞一愣,强调道,"这是我的办公室。"

她以前说过持剑破门而入、抢夺公章股份什么的,叫他小心一点儿,谁料他都没睡觉,大白天就被闯入。

楚独秀厚颜无耻地点头:"嗯,今天不抢公司,张嘴让我看看。"

她欺身上前,他反身就躲,被她逼到角落,死活不肯张嘴。

楚独秀笑骂:"不要像个小学生,看看你什么病,到底在躲什么?"明明就一眼的事,他把战线拉好长。

谢慎辞鼻子不通,嗅不到任何气味,却察觉她的温度似有若无地擦过来,跟身后微冷的墙形成鲜明对比。

空调还没打开,初夏暑意袭来,平添一丝燥热。

他既不敢碰她,也不好对她说话,唯恐感冒会传染,竟是走进死胡同。身后无处可逃,双方距离过近,连内心悸动都没法隐藏,化为春日桃花的色泽。

谢慎辞耳根变红,又不愿丢脸张开嘴,愈加想离她远点儿,掩饰自己的异常,他低声抗议道:"我好歹算是你领导,你还没有 51% 的股份呢。"

"所以呢?"楚独秀听他威胁,神色更加冷酷,漠然道,"谢总,您也不想在自己办公室,被下属直接掰开嘴吧?"

"……"

办公室内,两人无声对峙,此时互不相让,直直地凝视对方。她和他的眼里映出彼此身影,接着眸光微闪,同时屏住呼吸,默契地转开眼,不知心虚什么。

怦,怦,怦……

或许气氛暧昧,连带心跳也加快。

楚独秀见他目光躲闪,莫名地也脸热,懊恼自己被他传染,明明是正常看病,却搞得暧昧起来。尤其是他侧过头去,露出红透的耳根,更搞得她手足无措。

为什么要扭捏地反抗?他脸红个泡泡茶壶?!这样显得她好像女流氓!

沉默在屋里弥漫,气氛却焦灼起来。

谢慎辞率先开口,他一指不远处,垂眼道:"你站在那里,给你看一眼。"

楚独秀:"行。"

双方各退一步,达成和平协议。

楚独秀老实地后退,谢慎辞则站直身子,相隔两三步之远,以迅雷不及掩耳之势快速地张嘴,一秒就合上,可说是眨眼就错过。

好在楚独秀视力不错,她成功地瞥见情况,认真地思索:"风热感冒,不太会传染。"

第十章 签约

你吃的药叫什么？"

谢慎辞说了一个药名。

楚独秀："不太对症，待会儿买盒新的吧，看看附近有没有药店。"

两人在公司里拿完东西，索性一起去停车场，开车到路边找药店。

街边，谢慎辞将车靠边停好，楚独秀却没让他下去。她开门下车，独自进药店转了一圈，没多久就提着塑料袋重新返回车内，将药品搁到后座。

楚独秀："你回去吃这个吧，自己看下说明书，或者我发条微信给你。"

谢慎辞取出手机，问道："多少钱？转给你。"

"不用了。"楚独秀瞥他一眼，"你要真想转，来点儿实际的。"

谢慎辞面露不解。

楚独秀调侃："股份转给我。"

谢慎辞沉吟数秒，随口试探道："如果真把股份转给你，我是不是不用上班了？"

"怎么可能？"楚独秀愣道，"当然要上班，只是没钱赚，公司出差和坐牢还要靠谢总呢。"他要是不上班了，她股份怎么分红？

谢慎辞："……"

果然，世界上最会剥削的人，都是曾经受过剥削的人。

善乐绝对不能被她和商良掌控，其他人有一定概率被卷死，再无苟延残喘的余地。

汽车启动，驶向马路。

片刻后，楚独秀让谢慎辞将自己放在路口，准备穿过小街，步行回租住的公寓。

谢慎辞望着熟悉的街角："还是金泽公寓？北河他们以前住的？"他曾经来过此处，大概知道公寓位置，只是车子开不进去。

"对，周围还挺方便的，超市、地铁站都有。"楚独秀解开安全带，挥手作别，"你回去也早点儿休息，记得喝点儿粥再吃药。"

谢慎辞"嗯"了一声，依旧带着些鼻音。他眼看她下车欲走，冷不丁道："发条微信。"

楚独秀一愣，反应过来："行，待会儿给你发。"她没料到他会主动说这话，瞧他方才宁死不屈的模样，一度都怀疑他会不吃药硬扛。

车门一关，楚独秀向前走两步，又回头摆了摆手，才见谢慎辞开车离去。她顺着窄街往里走，两侧是店铺，既有便利店，又有水果铺，货品挺丰富。

店门口摆得满满当当，堆积五颜六色的果蔬，看上去鲜翠欲滴。一抹浅黄闯进视线，饱满的梨子码放成小山样，显得皮薄肉脆，讨人喜欢。

楚独秀看到鲜梨，下意识停步，走过去……

公寓内，楚独秀编辑了一条服药说明，发给谢慎辞，完成自己的承诺。做完这一切，她开始整理从公司拿回的资料，又收拾起从水果铺买回的梨。

没过多久，谢慎辞发回一张照片，拍的是白粥及感冒药，一本正经地汇报自己的情况。

谢老板 10.9："喝了，吃了。"

这是什么按时提交作业的听话小学生？楚独秀恨不得给他贴个小红花。她表扬道："真棒！"

谢慎辞没有再编辑文字，发回一张"安详躺平"的表情图，出自经典的黑猫套组，看上去是要休息了。

楚独秀放下手机，随手写了两三句段子，又望着水池边的鲜梨犯难。黄澄澄的梨子撂在一起，还没有清洗，颜色就明丽动人。

为什么要买梨子回来？她刚刚究竟在想什么？

没必要，他是成年人，不是流浪猫，少喝一口不会死的。

再说明天是工作日，在公司也不好给他，被人瞧见说不清楚。

楚独秀逐渐感到一丝危险，察觉自己快控制不住本性。她要是关注或在乎谁，就会下意识做些事情，比如小时候在母亲的毛衣上绣花、买自己都不用的昂贵围巾送姐姐，宛若被摄取心魄，甚至显得特傻气。

从小到大，她做过最荒谬的事，就是坚持一个暑假给上竞赛班的楚双优做盒饭。父母试图劝阻她，谁料她非要早起，像动画片里一样高高兴兴做便当，还让姐姐带去。那个夏天，楚双优的竞赛知识增加了，楚独秀的料理知识也增加了。

现在是重温童年吗？楚独秀在心里犯嘀咕，纠结要不要清洗鲜梨，主要是都买回来了，放在家里占地方。

次日，善乐公司正常上班，编剧们陆续返回工位，相比周末要热闹不少。

谢慎辞等人的办公室在里面，除了尚晓梅等导演在另一层外，谢总和商总的办公室是挨着的，需要穿过外面的宽阔空间，才能抵达领导们的办公室。

谢慎辞途经楚独秀的位子，发现她坐在工位，还主动停下脚步，说道："那个药效果不错。"他的鼻音稍微轻了点儿，没有昨日那么严重，就是嗓子还有些哑。

"那就好。"楚独秀从旁边的保温袋中取出瓶子，随手递给他，"这个给你。"

透明塑料瓶内装有淡金色梨汤，握在手里暖暖的，保留了刚出炉的温度。

谢慎辞疑道："这是什么？"

楚独秀："梨汤，喝完对感冒有好处，润肺止咳的。"

"你熬的？"谢慎辞用手指摩挲瓶盖，发现是家庭分装瓶，并非便利店统一包装。瓶内不光有梨汤，还有切碎的梨块，远比普通饮品真材实料。

"嗯。"楚独秀一脸从容，饶有兴致道，"试了一下公寓的厨房，感觉不用煤气也行，

第十章 签约

煮东西没什么问题。"

她闲聊时语气自然，送梨汤时也挺坦荡。

"谢谢。"

谢慎辞道谢完走向办公室，嘴角忍不住扬起。他路上忍不住拧开轻轻地抿了一口，顺口的梨汤缓缓下滑，雪梨和冰糖炖煮许久，细腻的甜在舌尖扩散，沁人心脾。温热梨汤抚平不适，连带心情也愉快起来。

谢慎辞走到门口，想起剧场票务的事，扭头又到隔壁房间，想要询问商良情况。刚一进门，桌上的饮料瓶就引起他的注意——跟他手里面的一模一样。

谢慎辞怔住了："这是哪儿来的？"

商良抬眼一瞥，察觉对方指的是梨汤，低头继续看文件："楚独秀送的。"

谢慎辞："……"

"怎么了？"商良没听到回答，抬头看向谢慎辞，见对方也有一瓶，讥笑道，"你不会以为就你有吧？"他喷了一声，"人家早上煮多了，给全组人都送了，晓梅刚也拿了一瓶。"

楚独秀今天来得早，提着一袋梨汤，分发给她熟识的人，听说是试试公寓的厨房。

谢慎辞踩点上班，自然不知道情况。

商良意味深长地挑眉，脸上只差写着"不会吧不会吧，谢总该不会以为，人家拍你马屁吧？好自作多情的老板"。

谢慎辞不信邪，出去溜达一圈，发现王娜梨和小葱桌上也有，连梨汤瓶子都一模一样。

半响后，楚独秀的电脑右下角跳出微信提醒，竟是来自谢慎辞的消息。

谢老板 10.9："小黑猫怒视 .jpg"

楚独秀："？"

这又是什么情况？怎么越喝梨汤火气越大？

第十一章 重逢

近日，善乐文化忙于筹备《内部有个梗想讲讲》的加场演出，不光计划在海城当地首演，还陆续敲定燕城、南城等多家剧场，打算展开巡演。

忙碌间，网上还发生一件大事，长期沉默的卢毅第一次在网上发声，公开向《单口喜剧王》的四强选手及广大网友致歉。

他发表了一篇长长的道歉信，内容情真意切、辞藻动人，说自己爱才心切、言语不当，想要重振单口喜剧行业，却用错误手法伤害诸多选手。他已经深刻反省自身过失，决心未来投资更多的喜剧节目、演出，全方位地培养行业人才，弥补对单口喜剧圈的重大伤害。

信中表示，他想跟善乐文化深度合作，用自己的知名度尽一份绵薄之力，共同推广单口喜剧事业，无奈善乐至今没回应，他希望双方能携手向前、共创未来，放下总决赛的隔阂，为相同的理想奋斗。

道歉信一出，又是轩然大波，再次掀起热议。

"老铁们，卢黑灯公关下场了，这信跟他的决赛发言不是同一水平。"

"怎么不是同一水平？看似道歉，实则拱火，毫无情商。"

"省流总结：我要开喜剧公司了，劝你们识相点儿捧场！善乐要无条件加盟！"

"Give you face?No face!"

"不要脸不要脸不要脸！"

"善乐发道歉信你也发，善乐搞脱口秀你也搞，什么顶级学人精？"

"前段时间不道歉，是公司还没弄好？现在来卷钱了？"

"我相信部分传言了，卢毅签走程俊华，善乐签走楚独秀，单口喜剧迎来风口，两边都在争夺市场，暗中投资布局，早晚要打擂台，所以压她一灯……"

第十一章 重逢

"橙景视频都官宣了,卢毅将制作 S+ 喜剧综艺,简介都在对标善乐节目。"

"为什么有人愿意给他钱做节目?他名声还不够臭吗?"

"幡然醒悟了,我最恨的不是善乐,我最恨的还是你啊,卢毅!"

卢毅在网上的公开道歉,再次将程俊华拽上风口浪尖,由于程俊华决赛后杳无音信,不像楚独秀没露面却签约善乐,致使有关他的流言愈加荒诞。不少人恶意揣测,认为他跟卢毅蛇鼠一窝,没准早就私下勾结,打算合伙创立公司,跟现有的领头羊善乐争利。

最后,程俊华亲属代其上网进行辟谣,表示程俊华从未跟卢毅及其公司有过任何形式的合作,从未有签约卢毅公司的意向,将对谣言散播者追究法律责任,这才让无端的恶评消停下来。亲属还表示,程俊华深受总决赛影响,决定在家中潜心创作,暂时不会有国内演出,希望舆论不要再中伤无辜者。

这一回应,不亚于给卢毅一记响亮的耳光,任凭道歉信写得再好,都显得惺惺作态。毕竟程俊华都能不出来赚钱,怎么道歉者反而做起节目了?

网友们群情激愤,一边痛斥卢毅的无耻行径,一边害怕他的新节目成功。毕竟网上骂得再凶,橙景视频的综艺制作团队还算优质,又故意跟铃果视频的《单口喜剧王》打擂台,还真不知道卢毅会不会借此洗白。

善乐众人得知网上风波,同样被气得不轻。

楚独秀等人在公司好好写稿,却听闻宣传部门的骚动,没多久就获取网上消息。卢毅对标善乐成立公司,不但要投资线下脱口秀演出,还要跟橙景联合制作节目,完全是冲着善乐文化而来,发动节目内外的夹击。

小葱惊叹:"世上怎么会有此等厚颜无耻之徒?!"

王娜梨愤愤不平:"他这道歉信狗屁不通,搞得像自己多厉害,给单口喜剧做多大贡献,不就是看我们节目赚到钱了吗?"

《单口喜剧王》逐渐拥有口碑及声名,已经是铃果视频的重点节目。制作公司只要每年推出 1~2 部同水准综艺,就能靠各种收入盘活整个公司。

演员可以靠商务、出演其他节目等获取收益,但公司必须有王牌项目增强活力,这也是商总坚持不能停办《单口喜剧王》的理由。公司里不光有演员,还有其他工作人员,需要稳固的项目。

"哎——"楚独秀淡定道,"客观点儿评价,他确实厉害,给单口喜剧做出很大贡献。"

王娜梨不服:"哪儿有?卢毅都不懂单口喜剧!"

"他让我们发现,演员们精心准备的段子都不及他的道歉信搞笑,"楚独秀振振有词,"瞬间打破了我们对喜剧技巧的常规理解,如此可笑的素材,怎么不算贡献呢?"

他们正愁怎么写加场,卢毅却又来送段子了!

王娜梨、小葱:"???"

虽然卢毅在网上风评很差,但并不妨碍他投资布局,逐渐涉及单口喜剧行业。橙景视频的喜剧综艺还未问世,线下剧场的摩擦就先一步产生。

善乐的小型会议上,北河负责剧场演出,专门提及了这个情况。

北河无奈道:"最近看单口喜剧的人很多,不光闻笑剧场经常爆满,很多开放麦和小剧场也不错,但是海城有一些新演出,完全是跟风,甚至出现抄段子的现象,不止一两个演员向我反映了。"

单口喜剧靠节目大火,连带小俱乐部也受益。行业繁荣就是这样,善乐作为领头者吃肉,中小型俱乐部跟着喝汤,所有人都从中赚到钱,才能欣欣向荣地发展。不过,资本的春雨落下,林中也冒出歹笋,出现扰乱市场及行业的事。

尚晓梅一愣:"但抄袭不是业内深恶痛绝的吗?一般俱乐部都不接受这种事。"

段子是演员的饭碗,抄袭别人的段子表演不亚于直接偷人钱财,将会被钉在耻辱柱上。谁要是做出这种事,很难在俱乐部或剧场登台,也不会被圈内其他人认可。

"说是行内深恶痛绝,其实是咱们的默契、不成文的规定。"商良挑眉,分析道,"现在有人撑腰,对方还怕什么?"

众人都陷入沉默,深知有外部资本扶持,抄袭者才有能力跟圈里人硬碰硬。

谢慎辞:"燕城那边也有这种情况,听说好多演员不上开放麦,光靠抄别人的段子讲商演,想要在风口赚一拨儿快钱。有些观众没辨别能力,或许就被骗进去了。"

楚独秀问道:"打官司可行吗?"

"需要一定的时间。"路帆犹豫道,"而且就算打赢了,真的判下来……"

谢慎辞点头:"时间拖得太长,损失已经产生。这些人和俱乐部积累完名声,没准也从抄袭转原创,抢夺现有票务市场。"

善乐文化配备法务团队,签约演员具备知名度,遭遇抄袭能拿起法律武器,还有粉丝和观众帮忙声讨。然而没上过节目的小演员收入不稳定、名气也不大,遇到这种事只能打落牙齿往肚里吞,很难有精力追究,没准就此断送理想。

"现在只能尽快加场,别让观众分散出去,为那些抄袭演出掏钱。"北河道,"剧场最近也让志愿者宣传了,给观众推荐了一些优质俱乐部,还列了一份黑名单,告知有抄袭的表演。"

善乐一直试图维护行业规范,但面对外浪侵扰,现在也能力有限。当务之急,是用优质内容抗击粗劣抄袭,掌握大部分线下市场后,才能拥有行业内话语权。

另一边,善乐在网上发布《内部有个梗想讲讲》的宣传海报,公布线下表演时间及巡演地点,并在海报上着重圈出"内部梗"三个字,提示想要购票的观众,本场主题是节目特供,不建议没看节目的观众订票,请仔细斟酌、理性消费。

这是楚独秀签约善乐后第一次在商演中亮相。她的名字及照片出现在演员阵容中,瞬

第十一章 重逢

间将网友的关注度拉满，引起众多吃瓜群众的注意。

"这场是受害者联盟？"

"内部梗是要讲决赛？谁能教教我咋买票，没有看过善乐的演出。"

"不教不教，诸君拔刀，都不许跟我抢！"

"笑不活了，总决赛吐槽居然攒出一场商演，看来演员们都深受其害。"

"当事人就楚没发声了吧，她微博至今没更新……"

"更了更了，新人王刚才转发商演海报了，配文是'在没灯的地方简单唠唠'。（狗头）"

"什么没灯的地方？难道商演要搬回总决赛舞台？（狗头）"

"我对脱口秀没兴趣，单纯想抢票吃瓜了！"

"演出不可以传到网上吗？"

"线下剧场不让录音录像，也就不怕被人告诽谤，专防心眼比针小的某人。（狗头）"

卢毅刚发完道歉信，网络再掀高潮，善乐此时推出加场演出，票瞬间售罄。不少人抢票失败，还在善乐官博下叫嚷能不能推出更多场次，满足其余观众的需求。

剧场人员惨遭追问，连忙再发两三条公告，示意观众们少安毋躁，等待表演场地敲定，陆续还会增加场次，不要为高价黄牛票买单。

售票热火朝天，网上议论纷纷，首演在喧嚣中如期而至。

海城，硕大剧场内座无虚席，一楼及二楼都满满当当，远超闻笑剧场的规模。商演向来比开放麦场地大，能将大剧场都坐满，更代表演员的名气。

场内观众来回穿梭，找着自己的座位，一时间人声鼎沸。

广播里传来温柔的女声："欢迎大家前来观看善乐《内部有个梗想讲讲》专场演出，我们的演出马上开始，表演期间请不要录音录像、随意拍照，请将手机调至静音模式，感谢您对我们工作的配合……"

后台里，王娜梨偷瞄一眼观众席，不禁吓了一跳，捂住胸口道："好多人！没想到场子坐满了！"

小葱愣神："我都没讲过这么大的场。"

节目总决赛时，现场也仅有三百人，但今日剧场的一楼就远不止这个数，自然让演员们大感震撼。

楚独秀半开玩笑："看来单口喜剧真的火了，黑红也是红啊。"

王娜梨鬼鬼祟祟地探头，环顾剧场，感慨道："幸好我不是开场，不然压力好大。"

没过多久，北河作为主持人，在欢快音乐中登场，主动活跃现场气氛，跟在座观众展开互动。这是商演的固定流程，主持人调节观众情绪，将演员们的表演串联。一般来说，越有名气的演员，上台顺序越靠后，基本是压轴表演，因此观众们最初都不太亢奋，需要

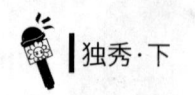

主持人提前来铺垫。

"我知道大家在想什么,觉得炸的都在后面,但我们偏要预期违背,上来就直接放个大招!"北河高声道,"下面欢迎我们的第一位演员——楚独秀!"

此话一出,全场沸腾,连带欢呼声响起。没有人料到,原本该压轴的楚独秀居然在商演开头上场。

黑暗中,迟到的观众正寻找座位,闻言都赶忙加快动作,生怕错过第一场表演,焦急地催促伙伴:"快点儿,快点儿。"

深红幕布,光线强烈,唯有立式麦克风及高脚椅立于台上,被灯光照出长长的倒影。

只听热烈欢快的音乐响起,长发女生从幕布后露面,她小步快跑,奔向舞台,步伐照旧轻快,从容地缓缓摘下麦克风。

"大家好,我是楚独秀。"

她手握麦克风,对着台下长鞠一躬,迎面而来的是如潮掌声。

楚独秀被强光笼罩,神色轻松平和:"好久没有上台了,为什么要讲开场?因为我觉得开场特别好,讲完就能跑,给我留了些逃跑时间,免得散场后被人追着打。"

她抬起眼来,环顾一周,小心翼翼道:"在表演之前,我想问一句,台下有卢毅老师的粉丝吗?"

话音刚落,台下观众就喧哗起来,不时夹杂一两声怪笑——在座无人不知楚独秀和卢毅在决赛时的纠纷,甚至大多数人就是来看热闹的。

有人故意喝倒彩:"吁——"

"干什么,干什么,为什么发出像被人冒犯的抗议声?我没有骂人吧?"楚独秀理性地安抚,"没事,有也没关系,保护好自己,来这里算深入虎穴了。众所周知,我们单口喜剧跟他有世仇,不要在这里暴露你的粉籍。"

台下响起笑声。

楚独秀悠然道:"今天的主题是《内部有个梗想讲讲》,向来对内部梗嗤之以鼻的单口喜剧都主动搞内部梗专场了,可见总决赛对行业伤害有多大,都沦落到什么地步了!我问公司,不是说单口喜剧不搞内部梗吗?公司的人说,单口喜剧都要死掉了,别管那些陈规旧律,关键是要救活行业,谁让我们总决赛搞出重大医疗事故!卢毅老师一时脑梗没拍灯,参赛选手万分心梗拒领奖,单口喜剧都被一场比赛哽成这样,还怕什么谐音梗、内部梗呢?"

"耿耿于怀,必有回响。"她一指舞台,掷地有声道,"因此,今天没有幽默搞笑,今天是救死扶伤!"

押韵的句子,张弛有度的节奏,慷慨激昂的情绪,瞬间让全场观众绽开如花笑脸。

后台内,小葱听见观众席爆发笑声,赞叹道:"开场挺热!"

王娜梨捂脸:"天哪,这段子,笑着笑着我都想哭……"

第十一章 重逢

楚独秀无力地摊手:"听听这话,都不像脱口秀演出,像什么单口喜剧ICU会诊,现在底下都不是观众,来的都是专家学者,专门研究心脑血管疾病,帮我们治疗疑难杂症,前来救助单口喜剧行业的。"她挑眉,"希望各位早点儿给出医疗方案,我也帮卢老师在病房挂个号。"

场内笑声大作,有人兴奋地挥手。

台下观众起哄:"哦——"

楚独秀无奈地坦白:"实不相瞒,决赛结束后,我有很长时间想不出更好笑的东西,主要是节目上把技巧用尽了,文本、表演、情绪、深度基本被拉到极致,还能怎么提高?"

下一秒,她突然沉默,接着"啧啧"起来,摇头晃脑道:"直到我看到一封道歉信,我发现自己确实没摸到幽默的上限。"

前排观众听她提及道歉信,下意识地捂嘴笑。

"那信就像武侠小说里的武功秘籍,瞬间打通任督二脉,让我开悟了。"楚独秀佯装翻书,"我翻开道歉信一看,歪歪斜斜的每页纸上都写着'卢氏幽默'几个字,仔细看了半天,才从字缝里看出字来,满篇都写着两个字:笑话。"

"怎么可以那么好笑?怎么可以那么幽默?"她愤愤不平道,"我好嫉妒,我没成为跨界青年,但卢老师成为跨界中年,成功进军单口喜剧界。一个灯吊打我表演,一封信击垮我文本,简直登峰造极!"

楚独秀从兜里取出信纸,对观众们一抖,作势就要展开朗诵:"我现在把网上的道歉信念一遍,可能就超越我今天全部表演!然后门口表演海报上加一条,'我们不生产段子,我们只是荒谬现实的搬运工'!"

突如其来的转折,游刃有余的表演,让观众笑得前仰后合,连脸庞都涨红了。

道歉信事件正值风口浪尖,现在被她公然挑破,堪称酣畅淋漓、大快人心。

现场有人高呼:"念!念一段让我们笑笑!"

"各位放心,不会念的,都是自己人。"楚独秀将信纸装回口袋,一本正经道,"再说怎么能抄袭卢老师的段子来表演呢?那都是他们公司演员干的事,我们还是懂点儿规矩的,要保护卢老师的版权。"

她的语调滑稽,跟严肃表情形成反差,让场内笑声如雷。

"生活真的好荒谬,总决赛后的日子跟我想的完全不一样。在我的预想里,就算没拿冠军,起码衣锦还乡,能在毕业前被老师同学夸夸吧?"楚独秀露出期许之色,"吹吹牛,合合影,大学校园的高光时刻!"

"但一灯毁所有,别说是夸奖我了,我室友都不敢提,生怕刺激到我。当然,我主动提了,她们也会夸,夸完就安慰我,说别难过,人生总是有意外,就像围棋一样,棋手互相厮杀那么多年,谁承想AlphaGo杀死了比赛。没关系,经历完这事,好多棋手的水平提升,脱

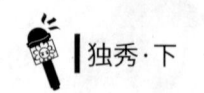

口秀肯定也能如此，拥有光明的未来。"

紧接着，楚独秀面露困惑之色，道："我听完就纳闷了，棋手水平提升，是靠学习AlphaGo，"她嘁了一声，迟疑道，"我想要水平提升，难道是学装疯卖傻？"

无辜的语气，讥讽的内容，巨大反差将现场炸翻，隐秘而犀利地直指某人，掀起惊涛骇浪般的笑声。

"论文答辩也是这样，我拿着论文进屋，还没来得及开讲，刚喊一句'老师好'，对面的教授都慌了，赶紧摆手制止，'哎，别喊老师，我们可不是娱乐圈那种老师！论文答辩公平公正，从来不搞什么加分，你说话注意影响啊'！"

此起彼伏的笑声不曾停歇过，场内彻底地热闹起来，连带后台演员都发笑。

北河深表佩服，惊道："这是回校积累素材去了！"

王娜梨："全都被她写成了段子。"

"我感觉节目前半段特别热血，口号是'王侯将相宁有种乎'，结果决赛来个180°大转弯，告诉你大王也是要论资排辈的，理想被现实击得粉碎。"楚独秀耸肩，"他说'你还年轻，机会很多，路还长，这回先让坚持更久的旧王上台领奖'。"

"旧王听完也蒙了，你怎么光给我涨title（称号，头衔），不给我涨工资啊？而且公然说这话，我以后怎么混啊？"楚独秀着急地跳起来，恨声道，"我是打算摘掉大佬的标签，不是打算砸掉大佬的招牌！你耳背吧？！"

程俊华的总决赛段子被Call back，顿时让剧场如洪水过境，卷过阵阵放肆的笑声。

"参赛时，我跟脱口秀前辈比拼，当时还怪难受的，担忧自己的未来，心想我该不会讲单口喜剧好多年后，也要跟一个新人争得你死我活，比拼好不好笑吧？"楚独秀道，"英雄暮年，凄凄惨惨戚戚，多别扭啊。"

"我现在没这个担忧了。"她面无表情，"我或许有暮年，但单口喜剧不一定有暮年了。没到那天，我们行业就垮了，已经被决赛毁了，不需要杞人忧天。"

台下哄然大笑。

北河哭笑不得："老铁，扎心了！"

小葱："真正的苦中作乐！"

"卢毅老师打算拯救我们行业，说想要弥补过失，这份好意心领了。"楚独秀蹙眉道，"但我真的不明白，大家天天喊着'内娱完了'，他不拯救自己行业也就罢了，怎么老对其他行业下手？或者，我们投桃报李，反正外行指导内行，干脆交换一下吧。我也不懂影视，就当影视代表，负责给卢导的新戏拍灯。"

楚独秀抬起一只手，犹豫地悬在半空，模仿着决赛情景："拍灯前还要说，我纠结了很久，还是拍不下去。他的新戏很烂，我由衷地希望，能让其他拍电影没几年的导演获得这份特殊的荣誉，拯救一下观众的眼睛。"

第十一章 重逢

"虽然话听起来更没情商,但肯定没人公开喊'有黑幕',甚至能获得截然不同的反响。别人只会说……"楚独秀双臂抱在胸前,目光朝旁边一瞥,随意地吹了个口哨,挑眉道,"哎哟,懂行,有点儿判断力,学电影的吧?"

生动的表情,调皮的语气,心领神会的笑容,搅动场内欢乐的热潮,让深受烂剧茶毒的观众在座位上连连拍手,笑得肚子痛。

肆意的欢笑在剧场响起,径直地撞向剧场上空,让屋顶嗡嗡作响。演出场子彻底火热,四处都有欢乐洋溢,连带后面的演员也会好讲了。

楚独秀待众人笑完,脸上也露出释然的神情,平和地阐述自身心情。

"开了很多总决赛的玩笑,只是想告诉大家,不要为我伤心了,磨难过后我很好,内部有梗想讲讲。"她轻松道,"挫折过去,生活依旧,网上的流言蜚语很多,我不再是节目新人王,但涛声更大,有些事却没变化。那就是,从来没有什么救世主,也不靠资本皇帝,要创造单口喜剧的明天,全靠我们自己。"

"谢谢大家,我是楚独秀。"

排山倒海的欢呼声中,楚独秀长鞠一躬,在雷鸣般的掌声中退场。

开场表演驱散长久以来的阴云,在场观众用力地鼓掌,在爆笑过后献上了敬意,久久没有停歇。

众人都看过节目,专程奔赴《内部有个梗想讲讲》,不仅仅是线下观众,更是节目的爱好者。他们一路看着节目成型,都被现场感染力深深打动,用掌声表明自己的态度。

楚独秀表演结束,剧场内彻底沸腾。观众们压抑的情绪释放,状态松弛起来,观看后续演出,反应也很热烈。

楚独秀作为首位演员,将总决赛乱象戳破,后续的演员添砖加瓦,王娜梨、小葱等人依次上台,讲述总决赛及节目对自己的影响,有些人吐槽了混乱不堪的决赛,有些人描绘成名回家后的景象,有些人说起初进公司的遭遇,激起一阵又一阵的笑声。

首演大获成功,所有人表演结束,还被再次叫上台。

北河高声道:"今天是我们的加场首演,让我们有请所有演员重新登台,跟现场观众一起合照,摄影师稍后也会将合照上传,大家可以自行下载使用。"

楚独秀等人跑上台,只听台下传来欢呼声。他们先跟观众打招呼,接着并肩站成一排,背对着观众席,从舞台角度拍摄剧场内全景。

北河笑着提议:"难得那么多人拍合照,大家一起喊个口号吧,我觉得决赛有个主题很合适。"

片刻后,摄影师蹲在演员前,举着单反相机,出声示意道:"好的,稳住,三、二、一,今天就是……"

"欢笑启程的地方!"

剧场内喊声响彻云霄，如同蓝天下振翅的白鸽。

只听咔嚓咔嚓好几声，演员及观众的笑脸被定格，化为铭刻在照片上的图像。

生活确实继续，欢笑重新启程。

《内部有个梗想讲讲》首演结束后，围绕表演的评价也在网上沸腾，第一场演出的口碑不错。不少人发表观后点评，认为演出内容质量过硬，内部梗和普通段子比例适当，适合喜爱《单口喜剧王》的观众欣赏，而没看过节目的人也不会一头雾水。

"安排新人王开场真不错，提纲挈领的作用，再看后面的一大堆演员，莫名其妙就很感动，想起追节目的日子。总决赛让我很恼火，现在心情好多了。"

"呜呜呜我们圈子又小又穷但团结友善，还是节目上其乐融融的感觉。说句会挨骂的话，可惜少了一个人。"

"别怕被骂，我替你说，众筹给程俊华买一张演出票。"

"众筹让程俊华上台演出，这场适合二强一头一尾！"

"建议全国巡演让卢黑灯看到！"

"哈哈哈他花钱来挨骂吗？"

"那是单口喜剧世仇，他没法进场，检票就被拦，听不到段子！（狗头）"

"这么劲爆吗？真骂卢毅了？"

"表演骂人很low（低的，不足的）吧。"

"那也没道歉信low，再说剧场有审核，就比线上松，但不会骂街。"

"没有，亲切问候卢导的身体及事业，展现温暖的人文关怀，感动中国。"

"别人只关心卢毅老师戏好不好，只有楚独秀关心他健不健康。（狗头）"

"善乐懂事一点儿，给卢大导演送内部票！（狗头）"

"有没有看过的朋友讲讲？内部梗聊啥？"

"重大医疗事故。"

"深入挖掘卢毅微博道歉信文本，剖析其返璞归真的喜剧技巧。"

"格局小了，视野打开，讲的是全世界无产者联合起来！"

"？？？都什么谜语人（源自《侦探漫画》，后泛指说话说一半的人）？"

"搞得我都想去看了。"

"抢到就看，绝对不亏，演员都上过节目，购票性价比很高。"

"换成某些俱乐部，票价能翻五六倍。"

"没有买到票的朋友，可以等新场次，不要买高价票！不看抄袭演出也是在维护行业！"

"避雷以下俱乐部及公司，抄袭段子加资本扶持，懂的都懂，别瞎送钱。"

"别担心，卢黑灯的公司再能抄，抄不走楚独秀的段子。（狗头）"

第十一章 重逢

"笑不活了,还有恶臭男想举报楚,说她人身攻击,跟卢一样无知。"

"不懂法是这样的,自大又想当然,只会无能狂怒。"

"我直接说,卢不是人,这才叫人身攻击!(狗头)"

加场结束后,卢毅及其公司不是没听闻风声,毕竟双方的线下演出正在打擂台,自然会派人潜入善乐的剧场窃听内容。然而《内部有个梗想讲讲》专场极具风格,并非能随意抄袭、窃取的段子,尤其演出中频频提及卢毅,又没有跨越法律的边界,根本无法举报、状告这些内容,更是让当事人气得跳脚。卢毅及团队试图找律师解决,同时联系善乐给予警告,但剧场的演出照旧,丝毫没有受到影响。

这是诽谤吗?这是辱骂吗?这明明只是阐述客观事实,甚至没有多加喜剧技巧,怎么看都不算敏感内容。

善乐法务部表示,泄露表演内容将被追究法律责任,不接受任何不正当取证,更何况演出内容合理合法。

这是彻底撕破脸的信号,让卢毅等人踢到铁板。他们只能气恼地看着演出火热,剧场观众络绎不绝,都来听楚独秀的段子。

抄袭行为确实危害行业利益,善乐文化和卢毅公司的战役也打响,显然一时不可能结束,隐隐有打持久战的趋势。

由于单口喜剧风头正劲,线下演出票价水涨船高,不少名不见经传的公司都敢漫天要价。善乐文化却用心控制票价,没有做猛提票价的鲁莽之举,不但做到场场门票售罄,随着楚独秀等人表演次数增多,越来越多的观众意识到原创的重要性,避开抄袭的粗劣表演,开始学会筛选优质演出。

资本浪潮一来,是船都能漂起,但唯有大船可以远航。即便单口喜剧以前名声小,但善乐多年的积累却没作假,不管是编剧资源还是剧场运营,都属于行业顶尖水平,在控制成本、内容储备上也更出色。

这是门票价格和演出内容的双重对抗,卢毅公司没多久就在海城溃不成军,根本无法在善乐大本营持续作战,在本地举办的演出门可罗雀、无人问津。不得已之下,卢毅公司暂时退出海城市场,转而向其他城市寻找出路,避开善乐文化的锋芒。

海城的演出如火如荼,全国巡演也顺利推进。

《内部有个梗想讲讲》第二站选择在燕城,此处是经济最发达的城市之一,也是诸多演员梦想启程的地方。

楚独秀等人抵达燕城,一边在剧场筹备商演,一边在办公楼布置培训营。

熟悉的写字楼矗立路边,两侧是葱郁林木,冬季的枯枝吐露嫩芽,在初夏绽放出碧绿色。

楼内,光洁明亮的玻璃墙上张贴着善乐的 Logo,教室里光线充足、桌椅整齐,一切都没有任何变化。

路帆站在讲台上，清点参加培训营的学员名单。小葱和聂峰各抱一箱书，将其堆在教室的角落里。楚独秀和王娜梨推着一面黑板，将其缓缓地运进屋来，靠着讲台的另一侧。

路帆温声道："差不多了，都歇歇吧。"

一行人整理完毕，都开始喝水休息。

"又回到最初的教室。"王娜梨环顾一周，奔向一张桌子，兴奋地趴着拍拍，"你记不记得，我们当初就坐这儿。"

这是众人参加培训营时的教室，不料今年还是老地方，连讲师都依旧是路帆。

"记得，时间过得好快。"楚独秀感慨，"没想到我们也会分享。"

受节目影响，今年善乐培训营报名人员爆满，变成一个大班。最后，公司考虑到训练效果，限制了招生的人数，承诺后期还会开班。

楚独秀等人作为人气演员，受邀来培训营分享经验。他们去年懵懵懂懂，初生牛犊不怕虎地来到这里，跌跌撞撞走上单口喜剧之路，现在又回来了。这是他们以前想都不敢想的事。

小葱望着黑板，随手拿起笔，一边涂涂抹抹一边道："写点儿激励语送给新同学！"

楚独秀和王娜梨闻言也蹿了过去，一起画黑板报，不但撰写欢迎语，还签上自己的名字，看上去花团锦簇、热热闹闹。

培训营布置完毕，众人准备用餐。

决赛后，聂峰没有在善乐文化任职，回燕城经营台疯过境俱乐部。他作为东道主，邀请其他人来酒吧小聚，说是今天不对外营业，只宴请节目时的朋友。

停车场内，聂峰一边招呼众人上车，一边笑呵呵地说道："静静今天做了蜜汁鸡排饭。"

楚独秀闻言眼睛亮起来，跟王娜梨、路帆挤进车后排。

聂峰："小葱好像也很久没回去了啊……"

小葱坐在副驾驶位，点头道："就上次回来讲了个开放麦，这段时间应该能经常过去。"

王娜梨和路帆没去过酒吧，她们旁听闲聊，自然颇感新鲜。

路帆好奇地问："你们学校是都在那边吗？"

"对，她大学在我隔壁，就隔着一条街吧。"

王娜梨扭头看身边人："那你是不是要回校拿东西？我记得你上次说想要出差时来搬。"

"宿舍剩一点儿，这次拿完就还钥匙了。"楚独秀迟疑道，"但今天拿好像不方便。"

聂峰："没事，待会儿在店里吃完饭，你回宿舍拿一趟，我开车把你们送回酒店，正好能带上东西，比你自己搬方便。"

众人过来出差，自然要住酒店，不会留在学校里。

楚独秀听闻此话，觉得主意不错，忙道："好的，谢谢聂哥。"

第十一章 重逢

街口，楚独秀率先下车，打算回校搬东西，再到酒吧跟众人会合，反正离晚餐还有时间。这样一来，大家吃完饭能直接走，不需要等她折返学校，效率提高不少。

大学内，楚独秀告别住了四年的空荡宿舍，将钥匙还给楼下宿管，带着最后的行李离开。她双手提着塑料杂物箱，箱子上还放着巨型毛绒兔玩偶，吭哧吭哧地往酒吧赶，没走两步头上都有点儿冒汗了。

丁零一声，门打开，"台疯过境"里的人看到她的模样，都情不自禁地笑出声来。

小葱调侃道："你回校拿一趟行李，怎么还带人蹭饭啊？"

陈静愣神："她带朋友来了吗？那我加一套餐具。"

"不要听他瞎说……"

楚独秀将箱子推到角落，又将兔子玩偶摆上去，看其他人都落座了，着急忙慌地洗手归来，却在看清座位时怔住了。

酒吧内，数张小桌被拼成大桌，美食及饮料早摆上了桌。其他人已经坐好，看上去畅聊许久，从左至右分别是路帆、陈静、聂峰、小葱及王娜梨，唯有一处空着，恰好在王娜梨旁边。

值得一提的是，空位旁边还有一人。

谢慎辞看她不动，诧异地回头，又眨了眨眼睛，伸手一指身边空位，仿佛将她当作看不懂情况的傻子，善解人意地引导她落座。

楚独秀："……"

她当然知道应该坐那儿！她不理解的是他何时到来的，为什么座位分配是这样的！

众目睽睽之下，楚独秀硬着头皮坐下，待在谢慎辞和王娜梨中间。

她曾在酒吧跟谢慎辞同桌，但当时是面对面坐着，很少会坐在大桌同一边，顿时手足无措起来，甚至不好随意夹菜，主要是靠得太近，抬手容易有身体接触，时不时会蹭一下。

或许是气温变了，或许是身份变了，或许是情绪变了，楚独秀坐在逼仄的酒吧，莫名其妙就有点儿脸热，感觉内部空气不够流动。

谢慎辞将衬衣袖子挽起，露出干净的骨节及流畅的手臂线条。他偶尔会伸手取用较远的食物，光线下，玉白色的皮肤隐现淡青血管，有种流淌的力量美，在她眼前晃来晃去。

他不挽袖子会死吗？伤风败俗，有失男德！

楚独秀低头扒饭，不好意思盯着看。

没准是察觉了她的异样，谢慎辞索性侧头，关切地说："你要吃什么？我帮你拿。"

他觉得她一直没动手，可能是够不到。

楚独秀一愣。

谢慎辞询问："喝饮料吗？"

楚独秀忙道："好的，谢谢。"

奇怪的气氛弥漫，她局促地端着杯子，任由谢慎辞倒满。

"怎么感觉你们变拘束了？"陈静端详二人，面露疑惑之色，"以前不这样啊。"

楚独秀心里一跳，连忙战术性饮水，小声地解释："谁让现在变老板了。"

王娜梨："以前什么样？"

陈静思考数秒，笑道："以前比较熟，都能为了要到电话翻我们店里的垃圾桶。"

谢慎辞："……"

楚独秀："噗——"

突如其来的揭短，让旁人大感震撼。

聂峰和小葱还算镇定，王娜梨和路帆面面相觑，都是头一回听闻此事。

王娜梨愣道："还有这种事？"

小葱："不说我都要忘了。"

楚独秀被呛住，轻咳两声，慌张制止道："没有……"

给谢老板留点儿面子吧！桌上有一半公司的人，以后让喵总如何立威？

聂峰和陈静将谢慎辞当朋友，自然能够随意地打趣，路帆等人还要回公司共事，谢慎辞多磨不开面子。

谁料当事人远比她从容。

谢慎辞听楚独秀否认，忍不住用余光瞥她，又见对方频频咳嗽，便随手扯过一张纸巾递给她，接着坦然地点头承认："嗯。"

沉着的语气，平静的脸色，坦荡的态度，硬生生将众人镇住了，仿佛此事再正常不过。

他生来有种冷感气质，极不适合讲单口喜剧，却在此刻发挥作用。他一本正经，宛若商务谈判，倒有点儿不以为耻、反以为荣的味道。

没准是外表太有欺骗性，一时间，其他人都没有发笑，反而有些好奇，追问起来。

王娜梨面露迷茫："但为什么呢？"

谢慎辞："就是为了要电话。"

王娜梨："？"

小葱解释："那天是这样的，我在台上讲开放麦，然后选了一位观众互动……"

聂峰："谁知道选的就是后来碾压他的新人王。"

两人你一言我一语，绘声绘色地描述起来，说楚独秀如何被点上台，又怎样在首演后偷偷溜走，众人遍寻不到她的踪迹，最后靠谢慎辞捡到简历。谢慎辞拜托陈静给楚独秀打电话，但众人正式碰面时，楚独秀却回绝了，后来才慢慢接触脱口秀，一路进入培训营及节目。

王娜梨听得津津有味，赞道："简直可以写成段子了。"

路帆若有所思，笑道："这样就连起来了，谢总捡到你的简历，你现在入职公司，可

第十一章 重逢

以说是首尾呼应,简历没送错人。"

聂峰:"认真说起来,跟伯乐差不多。"

楚独秀不好意思地应声:"嗯……"

小葱高声抗议:"伯乐不该是我吗?我才是叫她的人!"

王娜梨笑骂:"去你的吧,真不要脸——"

众人乐成一团,举杯畅谈,觥筹交错,言笑晏晏。

欢愉在屋内弥漫,楚独秀被当众提及往事,不知为何却有些羞赧,明明说的是事实,但由于牵扯某人名字,就好像官宣什么秘密,连带只会做个结巴,没了平时的伶牙俐齿。

众人劝她写成段子,却不知别说表演,她连闲聊都从不提——除了小葱等人外,她极少主动跟别人说起此事,鲜少解释跟谢慎辞的渊源,最初是资历尚浅,像跟领导攀关系,后来是藏有私心,心虚得不敢提。

放下的事才敢写进段子,心底早就释然;放不下的事只敢珍藏,久久无法忘怀。

现在,王娜梨等人露出"原来如此,那你们熟"的表情,更让她浑身蒸腾起热气,想要解释什么,却又无法反驳。

桌边,楚独秀在说笑中低头,用余光偷瞄身边人,想要瞧瞧他的神色,谁料撞上如点漆般的眼眸在灯光下熠熠生辉,宛若沾染雨露般润泽。

谢慎辞也在偷瞧她,跟她视线相触,喉结微动。

楚独秀当即一怔,接着率先移开眼,不好继续盯他,只觉得耳畔笑声逐渐变得悠远,独留胸腔内心脏跳个不停,像一面紧张又躁动的鼓。

旁人谈笑风生,唯有二人缄默,只因一份相仿的心意,秘而不宣。

众人在酒吧用餐结束,又聚在一起聊天唱歌,直到深夜才在欢闹中散场。大家简单地收拾好餐具,跟陈静道别完,跟随聂峰出门,准备返回酒店。

楚独秀双手提溜起箱子,怀里还塞着巨型毛绒兔,紧跟在聂峰身后。

聂峰带她走到车前,猛地打开后备箱,叹道:"稍等,我看看啊,怎么调整一下……"

后备箱里满满当当的杂物、好几箱没拆封的矿泉水,还有些乱七八糟的纸箱,应该都是"台疯过境"的货物。

正值此时,谢慎辞走过来,问道:"你们要放什么?不然放我车里,我也要去酒店。"

"就是她的行李,我看也不算多。"聂峰打量一番抱箱子的楚独秀,提议道,"不然你坐他那辆车?"

楚独秀面露迟疑:"也行。"

众人来酒吧时,聂峰开车,小葱坐副驾驶位,楚独秀、王娜梨和路帆坐后排。谢慎辞是独自开车过来的,他的车停在街边的停车位,没有开到里面,需要走两三步。

聂峰坐在车内，问道："你车停哪儿了？"

谢慎辞："路口老位置。"

聂峰："行，那我们先出发了，你俩待会儿跟上。"

王娜梨、小葱等人跟他们挥手作别，直接乘车离开"台疯过境"，只留楚独秀和谢慎辞在原地。

夜色深沉，路灯昏黄。"台疯过境"的霓虹灯牌今日没亮起，但屋内光线透过玻璃窗晕染出来，看上去静谧又温馨。

燕城夜晚早就不冷，褪去白日暑热，唯觉舒爽。

两人告别欢闹的同伴，站在酒吧门口的蔷薇丛前，也放松下来，聆听星空下的虫鸣。

"为什么在饭桌上跟我装不熟？"谢慎辞突然看向她，双臂抱胸，兴师问罪，"还否认简历的事。"

楚独秀睁大眼，直呼冤枉："我哪有否认。"

"你说没有。"他不满地指责，"你都忘了。"

她干巴巴地辩解："不是，好歹算公司聚餐，总得要避嫌……"

"避嫌？"谢慎辞垂下眼睑，眸光微闪，试探道，"我们的关系有什么见不得人的吗？"

此话一出，两人同时沉默，皆是嘴唇紧抿、面红耳赤。

"这叫什么话！"楚独秀羞愤道，"你好歹是公司老板……"

他凝视着她，低声道："就只是公司老板吗？"

楚独秀一时语塞。

谢慎辞也不知道自己怎么了，往常看见她就心生欢欣，现在却感觉沉甸甸的，胸口像有股闷气，尤其是听她在桌上否认，想要撇清两人的关系，愈加感到一丝失落。

鲜橘的酸甜味过后，只留下橘子皮的涩，在阳光下晒得干瘪。

不是不懂她的意思，理解她没法像对待王娜梨、路帆等人一样，跟他无拘无束地交流沟通，但还是有点儿难过。

楚独秀愣神，忙道："当然不只是……老板……"她下意识地出声，后半句却咽回去，没有胆量说出口。

路灯下，谢慎辞微抿嘴唇，两只手自然下垂，手指却颤动了一下。他的五官在光影中晦暗不明，一半披着星月的辉，一半披着黑夜的影，忽然生出几分落寞。

双方都在此刻明了彼此未尽之语。

偏偏她有点儿怕了，解释的话就堵在嗓子眼，却恐慌地不敢说出来，生怕戳破什么，暴露潜藏的心思，将现有的一切摔得支离破碎。

当然不只是老板，他是极重要的人，难以用语言描绘。

"谢慎辞"三个字不仅代表怦然心动，更代表纯真的友谊、彼此的信赖、理想的支持、

第十一章 重逢

战友的默契，是伯乐，是朋友，是知己，是除家人外最相信的人，是在她毫无建树时就相信她能行的支柱。

最初，她只将他的赞美视为谎言，但美梦陆续成真，在她不信自己前，他就坚信她可以。

这样的人怎么可能只是老板？

这样的人光用"喜欢"来描述太浅薄，早就被赋予多样情愫，具备与众不同的意义，以至于她总害怕，打破了现在的平衡，未来会怎么样？

AI 的理性让她对爱情嗤之以鼻，偏偏自己遇上就数据混乱、溃不成军，她会担忧没有亲属间的血脉相连，一旦他们在某天不幸决裂，不要说过去的心有灵犀、亲密无间，没准连朋友都做不成，一切联结将化为乌有。

再乐观的人竟也会自乱阵脚，为了可能的失去变得悲观起来。

她很难想象没有他的将来。

"怎么了？"谢慎辞见她眼圈发红，瞬间慌乱起来，上前询问道，"为什么这样？"

楚独秀都不懂自己的悲伤，却控制不住此刻的情绪，将脑袋埋进毛绒玩偶，以此来掩饰，不愿意被他窥破。

"是我吓到你了吗？"

谢慎辞见她无声地躲闪，当即伸手接过塑料箱，想要观察她此刻的状态，不料她却抱紧巨型兔偶，将头更深地埋进毛绒玩具里。

谢慎辞当即自责，反思自己的言行：或许他方才冷脸了，或许他心情太郁闷，致使她察觉到什么，才会被他感染、影响，连带着低落起来。

她向来是擅长共情的人，他知道的。

谢慎辞赶忙安抚："不要不开心，我没责怪你。"

楚独秀深感丢脸，不敢抬头看他，瓮声瓮气道："真的吗？"

她在内心痛斥自己的怯懦，害怕关系破裂所以抗拒改变，只敢原地打转。

谢慎辞郑重地承诺："嗯，永远都不会怪你。"

强求回报也就失去了付出的意义。

谢慎辞的性格向来如此，不管是对理想，或者别的什么，不会强行讨要回报。

这类似他对善乐文化的态度：能赚钱最好，但最后失败了也不会灰心丧气，是他曾经预想过的结果，起码他试着奋斗过。对她也是如此，她有感觉最好，没有也没关系，没人规定每份感情都必须得到回应，起码他跟她相遇和相知是快乐的。

楚独秀听他说得认真，心情逐渐平和，缓缓地抬起头。毛茸茸的兔耳后，她的眼眸似被水洗过，在灯下盈盈发亮，隔着毛绒玩具偷偷望他，如同夜幕里闪烁的星星。

谢慎辞见状，忍不住笑了。他觉得兔子玩偶跟她有点儿像，尤其是红宝石般的眼睛，熠熠生辉。

楚独秀发现他的低沉之气消散，心情也跟着好了起来，抱着玩偶跟他走。

两人都没提刚才的话题，顺着马路走向停车位置。

楚独秀见他帮自己拿箱子，问道："重吗？"

"不重。"谢慎辞抬高箱子，低头看了看，"这些是什么？"

楚独秀："宿舍的书，还有些杂物，这回都背到海城。"

谢慎辞微抬下巴，指指兔子玩偶："这个呢？有什么特殊意义吗？"

巨型兔子玩偶放在宿舍，多少有点儿占地方，像是特别的礼物。

"没有，学院活动抽的奖品，平时也就搁床头，本来想送人或卖掉，"楚独秀举起玩偶看了看，"但室友说它长得像我，非让我留下来，我总觉得她们在瞎扯。"

她都不打算带走了，室友又趁她不在将其放在塑料箱上。

谢慎辞颔首："确实挺像。"

楚独秀："？"

没过多久，楚独秀和谢慎辞来到车前，她望着没见过的车，诧异道："这不是公司的车？"

尽管她并不懂车，但能看得懂外形，眼前的深色车辆线条流畅，并非公司里的商务用车，跟谢慎辞平时开的不一样。

"对。"谢慎辞应道，"这是家里的，我在燕城都不开公司的车。"

善乐文化总部在海城，还没成立燕城分公司，自然也不会备车。

两人将行李放进后备箱，开门上车，准备返回酒店。

楚独秀将兔子放在后排，自己坐在副驾驶位，好奇地打量起来，发现跟公司的车不同，具备谢慎辞的个人特色：车内有一点儿熟悉的香味，像他衣物上的味道，清新又干净；车载音乐的歌单也变了，自动播放起舒缓音乐，听起来闲适惬意，显然是他的心头好。这里没有工作的冷肃，如同他歇息的地方，确实是私家车了。

楚独秀逐渐放松，安然地享受音乐，只觉得时间过得极快，窗外风景流淌，目的地就到了。

繁华街景过后，酒店映入眼帘。

停车后，谢慎辞将塑料箱提出来，见她着急忙慌来接，提醒道："兔子忘拿了。"

楚独秀接过箱子，犹豫地回过头，望着后排的兔子："嗯……"

谢慎辞："怎么了？"

楚独秀环顾一周，寻找酒店边的杂物堆："在想怎么处理它，好像也背不回去。"

这么大的毛绒玩具，不管是托运还是寄快递，运输起来都麻烦，果然不该带回来。

谢慎辞沉吟数秒，取过车内的兔子，将它移到副驾驶位，伸手扯过安全带："那就留这儿吧。"

楚独秀见他给兔子系安全带，茫然道："留这儿干吗？"

车内毫无配饰，跟他平时的穿衣风格相仿，简约得体，不失大方。兔子玩偶却活泼可爱，

第十一章 重逢

跟周围气氛格格不入，简直是不伦不类，任谁看都有数，这不是他的东西，是异性留下来的！

她当即感到荒谬，突然就扭捏起来，像在他的私人空间盖个戳，另类地彰显存在感，实在太奇怪了，宛若宣示主权。

然而车子的主人却没意识到，反而觉得理所当然。

"平时陪我……"谢慎辞停顿片刻，瞥一眼兔子，又望向她，和缓道，"开车。"

"……"

窗外夜色深沉，屋内灯光明亮。

房间内，楚独秀将塑料箱搬回来，取出里面的杂物，转移到行李箱里。她打算将东西背回海城，塑料箱就留在酒店。

王娜梨洗漱结束，从卫生间出来，好奇地询问："你的兔子呢？"

楚独秀一愣，心虚地笑了："那个太大了，不带回去了……"

"可惜了。"王娜梨闻言，也没有多问，说起另一事，挤眉弄眼道，"备课没有？给我点儿建议，我该讲什么？"

他们过两天要跟学员碰面，除了经验丰富的路帆，其他人很少上台授课，自然惴惴不安。

楚独秀起身抽出笔记本电脑，点开桌面的文档："我稍微写了点儿。"

王娜梨望着密密麻麻的文档页面，震惊道："这是稍微写了点儿？这都算写书了！"

Word 文档字数惊人，连格式都像论文。

"没办法，学新闻学的，卷习惯了。"楚独秀面露尴尬，"毕竟在校时，两千字的作业，同班同学都能卷出两万字，我应该写得不算多吧？"

"果然是刚答辩完的人，准备足够充分。"王娜梨闷声道，"完了，我更慌了，本来名次就低，现在还没得分享。"

"怎么会？"楚独秀安慰她，"不然就讲表演，分享你擅长的风格，明明有很多东西讲。"

王娜梨为难道："风格值得分享吗？"

楚独秀答得斩钉截铁："值得，起码你的风格还能分享，不像小葱的风格，还得先有个对象。"

王娜梨："？"

不得不说，楚独秀的逻辑无懈可击，瞬间让王娜梨重拾信心。她们叽叽喳喳地讨论完，还蹿到路帆的房间，让老师帮忙提些意见，完善一下自己的教案。

路帆在公司就负责教学，近年还带人成立培训组，专门翻译并撰写单口喜剧工具书，帮助更多人了解和接触新行业。

数日后，楚独秀等人来到培训营，终于跟新一期的学员碰面。

熟悉的教室，崭新的面孔，屋内桌椅被分成好几组。跟去年培训的环节一样，学员们自行分组，选择心仪导师，互相沟通改稿。

讲台上，路帆神色和煦，温声道："同学们，理论课告一段落，接下来是实践课。培训营邀请了几位导师，帮助大家修改稿子，我知道很多人都是看完节目才接触到单口喜剧，应该对导师们也不陌生……"

学员们听闻此话，当即就交头接耳，好奇地八卦起来。

"是其他演员吗？"

"听这意思是参加过节目的……"

"那我 dream（梦，做梦）一个新人王，可以吗？"有人调侃道，"要是实现了，路费就回本了。"

旁边人道："人气选手要录节目，她估计没有时间吧？除了路老师外，其他人都有商务活动，或者要去跑别的综艺。"

单口喜剧火了后，有名的演员陆续接到外活儿，可以在其他综艺节目里露面。路帆是培训营负责人，才会跟学员们打交道，而楚独秀是善乐最红的演员，来这里不亚于天方夜谭，属于赔本买卖。

议论声中，路帆也揭晓了答案，她望向教室门口，介绍道："有请楚独秀、王娜梨和小葱，参加我们今日的培训课。"

门边，楚独秀等人探出脑袋，小心翼翼地环顾一周，在路帆的示意下走了进来。

下一秒，全场学员骚动起来，宛若油锅里溅入水，噼里啪啦地炸响，惊起"哇"声一片。

"真的来了！"

"牛啊牛啊，不虚此行——"

"所以待会儿怎么分组？有一组不得被挤爆？"

众人神情亢奋，七嘴八舌起来。

路帆看他们惊喜万分，笑道："让我们用热烈的掌声，欢迎几位导师的到来！"

不需要路帆特意提醒，学员们早就沸腾起来，恨不得将手拍红，尤其是见到楚独秀出现，更是兴奋得找不着北，甚至掏出手机拍照。

导师们见状同样吓了一跳。教室内的欢呼雀跃，反让几人有点儿慌。

听前排学员不断呼喊自己的名字，楚独秀连忙弯腰鞠一躬，频频地挥手打招呼，回应学员们的热情。

小葱佩服道："哇，好像什么粉丝见面会。"

王娜梨："单口喜剧半壁江山了。"

路帆较为老练，重新站上讲台，有条不紊道："我们先请导师们分享，同学们可以现场提问，结束后再分组讨论。分组是自由的，只要你愿意等，每个导师那儿都可以排队，

第十一章 重逢

跟几个导师面谈都行，采纳你觉得有用的建议就好。"

她脸色柔和："下面有请第一位分享者——楚独秀。"

此话一出，掌声如雷，学员们发出欢呼声。

"谢谢，谢谢大家。"楚独秀站在台上，低头坦白道，"很高兴来到这里，感觉很不好意思，去年还坐讲台下，今年就上台分享。但我觉得让我们新演员来讲挺好，路老师太专业了，没法让大家树立起信心。"她打趣道，"没准大家听完我们的，一下就产生自信了，觉得《单口喜剧王》也不过如此，类似高考前刷套简单题。"

众人闻言都在笑。

有人呼喊："才没有——"

楚独秀面对数张笑脸，语气诚恳："我一直坚信，单口喜剧能把人们团结起来，就像我一路遇到很多良师益友。希望我们的分享对你们能有帮助，也希望培训营能诞生新的新人王。"

她笑道："不是传授什么金科玉律，而是我们就随意地聊聊，分享彼此对世界的看法，像普通朋友聊天就好。"

一番话说完，台下响起热烈掌声，连带气氛也轻松起来。

最初的狂热过后，教室回归正常。路帆望着楚独秀，同样是嘴角含笑。

"不光是专业技术，职场情商都碾压我等。"小葱咋舌，"我以前就感觉神奇，她节目上好会说话。"

王娜梨："没办法，学新闻学的，压力大嘛，卷习惯了。"

片刻后，导师们陆续分享完经验，就到了面谈改稿的阶段。果不其然，楚独秀的小组排起长长的队伍，尽管路帆说排几组都无所谓，依旧有不少人首选新人王。

教室内嘈杂起来，楚独秀坐在桌边，迎来第一位学员。

对方是一名女生，剪着蘑菇头。她手里握着稿，还没有打招呼，脸庞就涨得通红，情不自禁捂脸笑："你好……"

楚独秀莞尔，接过那张纸："你好，这是你的稿子吗？"

"嗯，我是看完你的表演，才开始学单口喜剧的。"女生羞涩道，"可以说，你是引导我走上这条路的偶像了。"

楚独秀睁大眼，被对方感染，当即不好意思地慌忙道："谢谢！我的荣幸！"

两人相视一笑，都有一点儿局促，简单地闲聊两句，才探讨起稿子。

楚独秀通读段子，耐心地给了看法，接着又补上一句："当然都是建议，你自己斟酌，不改也可以……"

"改，必须改，我就是觉得别扭，但找不出问题。"女生强压激动，小声道，"不改我白来了。"

教室内人声鼎沸,求教者络绎不绝。楚独秀等人加班到深夜,都讲得口干舌燥,才送走诸多学员。

临走前,他们还依依不舍,依次跟导师们合影,甚至排队讨要签名。

"好啦,同学们,早点儿回去休息,早点儿回去改稿。"路帆笑着劝,"没准就在节目上相见了,到时候还会有机会!"

众人欢闹过后,这才陆续离开。教室重新安静下来,只留耗空电量的几人。

小葱轻咳两声,抓了抓脑袋:"嗓子都哑了。"

路帆抱着矿泉水归来:"喝点儿水吧,休息一下我们就撤,辛苦各位了。"

窗外早就一片漆黑,唯有明月悬挂高空。一群人忙于面谈改稿,现在都精疲力尽,终于有时间休息一下。

楚独秀望着空荡荡的教室,小口地饮水,冷不丁感慨:"原来路老师你们当老师是这样的感觉。"她以前不够领会路帆、北河等人的想法,现在经历完一切,再坐在教室里面,又生出全新感触。

路帆一愣,接着回过神来,无奈地笑:"不容易吧?"

王娜梨好奇:"什么感觉?"

"做大佬的感觉。"楚独秀闭上眼,靠着椅背小憩,"有点儿意外,有点儿神奇,有点儿疲惫。"

原来,新手保护期过后,就换她冲锋陷阵。

她不再是前辈羽翼下的雏鸟,也成为不少人的偶像,开始在鸟阵前带头飞,被寄予厚望,不能够掉队。

少年在横冲直撞中闯出天地,现在终于轮到她做武林盟主,累累盛名之下,还有无尽责任。

路帆等人顺利推动培训营发展,尚晓梅等人也抵达燕城,着手筹备第三季《单口喜剧王》。虽然离节目录制时间还早,但赛制及嘉宾档期都要提前敲定下来。

卢毅及公司在海城的线下计划失败了,但跟橙景视频的节目合作并没有停止。新节目已经官宣,正在搞公开招商,名字叫《最强逗乐王》,以单口喜剧为主要形式,结合其他喜剧表演形式,还有强大的明星阵容,完全是跟善乐打擂台。

该节目还没有录制就收获骂声一片,但不可否认黑红也是红,网友们的关注度很高,加上制作团队强大,还真隐有爆款模样。

酒店内,谢慎辞召集在燕城的演员,叫上刚抵达的尚晓梅,简单地开了个小会。

众人听尚导说完情况,一时间皆面面相觑。

王娜梨蹙眉:"人不要脸天下无敌,他怎么像是牛皮糖,甩都甩不掉?"

第十一章 重逢

楚独秀愣道:"节目名字是卢毅老师的自我介绍吗？"她觉得《最强逗乐王》根本不用录制,早有实至名归的人,从标题就可看出可笑。

"我瞅瞅,官博的粉丝还挺多,看评论区,骂声也不像买的。"小葱翻开手机,浏览节目相关信息,惊叹道,"确实先天就带着流量。"

尚晓梅:"他们还招募了不少单口喜剧演员。当然,现在敲定的人在业内风评不太好,只是普通观众不清楚……"

单口喜剧演员数量有限,就算入行的人员激增,培养成熟也需要时间。善乐跟各地俱乐部都建立了联络,掌握最丰富的人脉资源,遗留下的人也没多少。因此,卢毅团队招到的演员,或多或少都有点儿问题,曾经在圈里丑闻缠身,不是有抄袭、洗稿等行为,就是本身言行不当,跟善乐文化交恶过,被其他同行所抵制。

任何圈子的人都有好有坏,善乐以前一家独大,圈子本身又实在小,是非没那么多,现在市场骤然膨胀,妖魔鬼怪都钻出来了。

尚晓梅担心的是被人弯道超车,窃取胜利果实。而且卢毅捧红品行不端的演员,对整个行业将再次造成重创——风气坏了,队伍也就散了。

"我们的演员质量肯定比他们的高。"谢慎辞冷静道,"现在唯一的问题是,第三季节目嘉宾怎么请,这也是卢毅擅长的。"

路帆:"确实,第二季闹成这样,其他明星都不敢来了。"

第二季总决赛堪称炸裂,网友狂骂卢毅,同时牵连到其他明星,斥责节目组不该邀请他们,让外行点评专业人士的竞赛。

这话听起来合情合理,但实际操作起来却很困难。明星嘉宾是冠名招商的强心剂,只靠单口喜剧演员的影响力很难撑起S级综艺项目,视频平台就不会答应。

一直以来,尚导等人艰难地维持平衡,调节多方因素及势力,却还是在总决赛时爆雷。第三季自然会面对难题,哪个明星敢过来,就是公开跟卢毅作对,他们抬头不见低头见的,真没必要为善乐冒险。

"其实有嘉宾主动联系过,不过他们想跟选手聊聊,当面谈谈第三季的事……"尚晓梅略一停顿,说道,"正好独秀也在燕城,要不跟我们一起去？"

谢慎辞颔首:"可以。"

楚独秀迷茫:"跟我聊吗？"

"对。"尚晓梅支支吾吾,"其实还叫了一人,但我们不好联系……"

众人见她面露难色,当即就心下了然,悟到另一人是谁。

小葱小心翼翼地试探:"嘉宾叫的是二强选手？"

"嗯。"

叫程俊华来燕城不现实,倒是楚独秀恰好巡演,能够跟对方见上一面。

文化产业园，无数影视及综艺制作公司都在此驻扎办公。只是此地远离市区，来此晃荡的人不多，连明星出没都难以察觉。

楚独秀跟随谢慎辞、尚晓梅抵达，一路绕过园中好几栋楼，终于踏进一间公司。经纪人在门口等候，刷卡引着一行人往里走，穿越张贴无数照片的走廊。

楚独秀踏进陌生环境，东张西望："这里是经纪公司？"

墙上有不少明星的艺术照及剧照，但她没法都叫出名字，估计有些是新人演员。

谢慎辞："对，他们公司艺人挺多的。"

楚独秀更感好奇。

抵达会议室，门一开，屋里早就有人等候，主动跟他们打招呼："谢总、尚导。"

谢慎辞跟屋里人寒暄完，平和道："应该都不用介绍了。"

前面的谢慎辞和尚晓梅稍微往旁边侧一侧身，让楚独秀也进来。

"好久不见，新人王。"

楚独秀看清来人，惊喜道："苏老师、罗老师！"

她一路都在猜胆大包天的嘉宾是谁，竟敢公开驳卢毅面子，等真看到熟悉的面孔，莫名地心生感动。这跟节目录制的会面不同，不再是笑声代表和参赛选手，双方用另一种身份相见——敢于在可怕舆论后碰头，未尝不是一种肝胆相照。数月的赛事，陪伴没有作假，同样留有真情。

苏欣怡身着常服，却美貌依旧，她绽开笑容："最近怎么样？"

罗钦慌张摆手："哎，别喊老师，我们可不是娱乐圈那种老师！你说话注意影响啊！"

新鲜段子被 Call back，众人都开怀大笑，只留楚独秀一脸尴尬。

楚独秀手足无措，硬着头皮道："您怎么还专门去看了线下？"

"我本来就喜欢单口喜剧。"罗钦笑道，"上节目前就总看专场，你们来燕城开的第一场，我就去看了。"

谢慎辞："自己购票吗？"

罗钦得意地点头。

楚独秀："完全没发现。"

苏欣怡："你动作好快，我订的后天，你居然看首演？"

"当然，乔装打扮，深入虎穴。"罗钦望向楚独秀，赞道，"场子特别热，氛围也挺好。"

众人说笑起来，屋内气氛很好。

苏欣怡："筠寒今天没空，让我们先聊着，转达他就可以。"

楚独秀闻言，眼睛瞪得溜圆："所以今天是孤立局，我们搞职场霸凌吗……"

她都被此景惊住了。除了卢毅没来，总决赛明星嘉宾齐聚，这消息传出去绝对是爆点，估计能让吃瓜群众讨论三天三夜。

第十一章 重逢

"怎么能叫职场霸凌？我们也是行业自救，试图挽回医疗事故损失。"罗钦长叹一声，"内娱没完，还在挣扎，再不公开表态就要被质疑双商，真要共沉沦了。"

"……"

苏欣怡、罗钦和祁筠寒愿意加入，无疑是给节目组支持。

这也是节目的表态，善乐承诺提升节目质量，再次召集总决赛嘉宾，本身就自带话题。

一群人围着桌子坐下，开始商量起正事。

谢慎辞镇定地说："今天碰面还有一件事，就是有关第三季的赛制，想要跟两位沟通一下。"

苏欣怡点头："确实，不要再出现上次的事。"

尚晓梅："目前的想法是，三名笑声代表一灯两票，但每个环节都有复活权，每人可以参考现场的呼声，根据个人的审美喜好复活一名被淘汰的选手，进入下一轮。"

"瞬间从二十票减少到两票。"罗钦哭笑不得，倒也没有反对，问道，"但我们复活选手，没准会被观众说有黑幕？"

遭遇淘汰的选手被复活，跟其他胜利者共同晋级，难免会被人议论有后台。

尚晓梅："复活选手是有复活赛的，因为有三名笑声代表，所以选择没准会不同。如果嘉宾选的是同一位淘汰选手，那不用比赛直接晋级，一旦有两人及以上，就要参与复活赛，再次靠观众投票角逐，最后只能复活一人。"

罗钦："所以我们只是给了一个复活机会，但能不能复活还是靠自己争取？"

"没错。"

"那还可以。"罗钦点头，"依旧以观众为主。"

苏欣怡询问："如果我们感觉都不值得复活，可以选择一名晋级选手，让对方跳过下个赛程吗？"

"嗯……"尚晓梅思索道，"这个需要再研究一下，感觉实际操作时纰漏会比较多，跟淘汰复活不同。"

苏欣怡瞄向楚独秀，冷不丁道："对了，独秀这些上季选手，也是从突围赛开始？不是中途才出来比？"

楚独秀："我们不用海选，但其他环节一样。"

罗钦愣道："哇，那竞争好激烈，又从头开始了，老将没特权吗？"

楚独秀面露犹豫，欲言又止。

苏欣怡见状瞄一眼谢慎辞，又看向楚独秀，故作严肃道："你不要怕，我们都坐在这里，想说什么就直说，感觉赛制不太对，你也可以提出来。"

楚独秀资历尚浅，日常也不算强势，加上老板还在场，没准就不敢发言。苏欣怡怕她有话不好讲，这才半开玩笑地为她撑腰。

345

"对，不要害怕谢总。"罗钦笑着附和，"尚导有不满也可以直说。"

尚晓梅"啧"一声："那可真是多了，对老板的怨言，一两天说不完。"

谢慎辞惨遭背刺："？"

高层互相揭短，众人都笑起来。

"所以独秀也说说，别怕被老板欺压。"苏欣怡敲敲桌子，仗义道，"我们给你做主！"

谢慎辞被旁人调侃，倒没发恼，脸上没什么表情，似有若无地呢喃："谁被谁欺压还说不准呢。"

毕竟商良和尚晓梅就吐槽了他两句，楚独秀却只身一人闯入办公室，也不知道谁在做谁的主。

"哈哈。"楚独秀干笑两声，偷听到他的碎碎念，更是感觉如芒在背。

她看嘉宾们替自己发声，忙不迭解释："我对赛制确实没什么意见，也想过上季选手要不要跳赛程，但我觉得站在观众的角度，肯定希望多看几场好表演吧。"

罗钦赞同："这倒是，换我也想第一期就看厉害的，不想等到后面的环节。"

楚独秀沉吟数秒，垂下眼，坦白道："而且上一季的时候，北河哥、路老师也是这样，一边教我们一边打比赛，还有其他前辈也放下架子参与到节目里面来，没道理换我就不行，总感觉有点儿……那个……"

坦白讲，谁都希望自己拥有特权，在比赛中获得优待，不愿意从头开始。这是人类本性，没必要批判。但她最近想了很多事，尤其是在培训营任教两三次后，回望过去又有不一样的想法。

她以前竭尽全力证明自己，渴望在比赛中争得第一，现在却会考虑更多的事，比如自己是否担得起如今的盛名？路帆、北河和程俊华愿意放下过往荣耀，重新投入进来，换她能做到吗？

苛求别人容易，苛求自己很难。

苏欣怡闻言一愣，眼神满含柔情："倒是我们想浅了，你比我们要成熟。"

或许，楚独秀在成为无冕之王的那个夜晚，就已经跳出世俗的衡量，内心诞生牢固的自我标准，达到新的自洽。

谢慎辞和尚晓梅闻言也看着楚独秀，神色同样温柔，似乎被其打动。

"而且我在公司有股份了，节目火了，我有分红，不能跟钱过不去啊。"楚独秀叹息，又偷瞄谢总，嘀咕道，"希望老板看我努力，多多给我分点儿股份。"

突如其来的反转，瞬间就逗乐大家。

罗钦："原来你在这儿等着，打算反将老板一军！"

苏欣怡笑了："放长线钓大鱼。"

"谢总，点你呢！"尚晓梅看热闹不怕事大，挑拨道，"不应该说两句？不能冷落功臣，

第十一章 重逢

最后寒了人心。"

谢慎辞斜她一眼，意有所指："你们没意见的话……我其实可以。"

尚晓梅幸灾乐祸道："我们没意见，就想换老板。"

楚独秀眼看尚导赶他下台，慌张地制止："别，不要换老板……"

罗钦笑着打圆场："独秀还是在乎谢总感受，不像我们赶尽杀绝、毫无人性。"

谢慎辞闻言，目光飘向楚独秀，好似等她替自己说话。

"是，我只要股份，老板还是谢总做吧。"楚独秀低下头，惭愧道，"我想要好人缘，不愿意挨骂，单纯发财就可以。"

毕竟是工作就会有摩擦，总得有人替她负重前行，抵挡员工的愤怒情绪，转移压力和火力才行。

谢慎辞："？？？"

众人闻言，爆笑如雷。

尚晓梅乐得前仰后合："甩锅侠终被甩锅，不是不报，时候未到！"

没过多久，第三季《单口喜剧王》的细节敲定，众人又聊起其他事，时不时听楚独秀抛梗，聊天氛围轻松愉快。

正值此时，会议室的门被敲响，屋里人当即一愣，出声道："请进。"

"外面都听到笑声了。"

苏欣怡认出那人，诧异道："你不是没空？"

"提前结束了，顺路就过来了，罗老师还不回我消息。"来人摘下口罩，露出英俊的脸，竟然是祁筠寒。

罗钦低头看手机："啊，我没看到。"

祁筠寒进屋，跟众人打招呼，和煦道："好久不见，谢总、尚导、独秀老师。"

楚独秀听见称呼心惊肉跳，忙道："不敢当，不敢当。"

祁筠寒是当红明星，刚刚露面，会议室外就围满了人，连工作人员都来看热闹。众人在门口小心张望，握着手机排队，好像在等待合影。

苏欣怡既好气又好笑："我来公司都没这么大排场！"

这是苏欣怡的经纪公司，工作人员经常见她，自然不会感觉新鲜，倒让外来艺人成为香饽饽。

尚晓梅佩服道："跟我们录制节目时一样，就没见大家这么激动过。"

罗钦："反正我们聊完了，要不你就出去跟人合张影吧。"

"刚来就让我走？"祁筠寒一头雾水，倒也没什么架子，他转身往屋外走，"也行吧。"

祁筠寒等人打开门，会议室外的人就拥入，有说有笑地交流起来。

苏欣怡嘴上酸祁筠寒在公司的人气，却帮自己的助理要了签名照，甚至帮其他员工拍照。

善乐文化也有其他人来，刚才没进会议室，现在上前交流，气氛融洽。

楚独秀见人头攒动，找了个小角落，妄图藏起自己，等这一阵浪潮过去。

祁筠寒察觉她退让，思考了几秒，怕她不好意思，主动提议道："我跟独秀老师拍一张？"

楚独秀一愣："啊，谢谢……"

楚独秀面对好意不好直言拍不拍都行，只得将手机递给尚导，让对方帮忙为他们合影。

尚晓梅后退两步，姿势相当专业，她利落地定格画面，赞道："不错，都挺好看，美的美帅的帅！"

两人合影结束，祁筠寒往外走，连带会议室的人都变少了。

楚独秀握着手机，重新缩回角落，低头瞥了一眼照片，关了屏幕后抬起头，却发现不远处的另一人。

谢慎辞跟她视线相撞，什么都没有说，只不动声色地侧头，看向门口热聊的人群。

楚独秀："……"

好家伙，为什么有点儿心虚？

她目不转睛地瞧着他，直到他扛不下去，又重新转过头来。

谢慎辞见她紧盯自己，幽幽道："怎么了？"

会议室的人都跑出去了，站在外面的走廊攀谈，屋里没什么人，有也基本都在关注明星们。

"谢总，你不去合影？"楚独秀蹭到他身边，试探道，"我可以帮你拍。"

谢慎辞一口回绝："不了，我不喜欢跟人合影。"

明明是正常又冷静的语气，但她总跟他脑电波交流，莫名就品出别的味道。

楚独秀憋住笑，小声吐槽道："嗯，你不笑，也是生性不爱笑。"

她忽然想起替王娜梨要签名照那天，他婉拒的理由如出一辙，绝不会直接地表达不满，而是用杂七杂八的话打岔。

谢慎辞听出她在打趣，不由得看向她。

楚独秀当即不再逗他，神色坦荡地安抚道："不要不开心。"

此刻，她抛开诸多繁杂的念头，纯粹希望他能高兴起来。或许他们对彼此的情绪都太敏锐，就像"台疯过境"的那晚，他下意识地做出反应，让她"不要不开心"一样。

谢慎辞睫毛颤动，语气却略微缓和："没有不开心。"

"真的？"楚独秀作势要转身，故意道，"那我去看尚导他们了……"

谢慎辞蹙眉："等等。"

果不其然，不好意思表达又装作若无其事，小猫咪的欲拒还迎。

楚独秀凑到他身边，掏出手机，主动提议道："我们一起拍张照吧。"

谢慎辞沉默两秒，闷声道："为什么？"

第十一章 重逢

"我们还没合影过。"楚独秀理直气壮道,"你不喜欢也克服一下。"

谢慎辞瞥她一眼:"你好霸道。"

"不能冷落功臣,最后寒了人心。"楚独秀振振有词,"拍一张嘛,来都来了,好不容易来别的公司。"

虽然两人都不觉得来其他公司是什么值得纪念的珍贵经历,但楚独秀打开自拍模式,伸手调整镜头,身边的人就飘了过来——谢慎辞既不说"拍",也不说"不拍",只稍微动了下身子,就让自己晃进屏幕。

楚独秀颇感有趣,佯装没察觉,又挪了下手机,仿佛在找拍摄角度。

谢慎辞跟着调整了一下。

楚独秀抬高手。

谢慎辞目光上移。

好神奇的逗猫利器!

数次后,谢慎辞知道了她的小把戏,他倒也没有心生不耐,问道:"拍不拍?"

"拍,这就拍。"

手机灯光一闪,定格二人身影。

他们一连拍了好几张,没有故意摆什么动作,就是平常地盯着镜头,但两人的嘴角莫名弯起,不是拍照挤出的假笑,更像控制不住地上扬。

合影过后,谢慎辞面上波澜不惊,情绪却轻快起来,一改方才的淡漠。

楚独秀见状,知道自己做对了,一张合影解决问题。

当然,她低头浏览起照片,同样生出一丝欢悦,就像共同积攒了新秘密,却没有向外人声张,只能悄悄按进心底,酝酿出果酒的甜意。

不知道为什么,他们无聊时做点儿傻事,都会离谱地感到开心。

谢慎辞见她翻阅照片,说道:"发我。"

楚独秀故意撅他:"你不是不喜欢拍照?"

也不知道是谁一脸冷淡,说自己不喜欢跟人合影,现在却啪啪打脸要照片。

"所以我照片少,有一张是一张。"谢慎辞一本正经道,"万一有用呢,提前备着。"

楚独秀睁大眼:"咱俩的合影能有什么用?"

她觉得自拍留念就好,两人都没有做表情管理,真要往外发,多少显得傻气了。

"怎么没有?"

"比如呢?"

谢慎辞停顿一下,喉结微动,煞有介事道:"比如什么股份交接仪式。"

楚独秀:"……"

她筛选了一番,将照片发给谢慎辞。

谢慎辞："就这两张吗？"
楚独秀："别的不好看。"
"都发我。"
楚独秀见他坚持，只得选中剩余的照片，无奈地发送过去。
谢慎辞饶有兴致地翻阅起来，嘴角不知不觉就弯起，再次露出合影时的表情。他抿唇，用指尖滑动屏幕，切换着手中的照片，指腹不经意蹭过照片上的她的脸，手指略一停顿，忙不迭抬起来，像触及枝丫上的薄雪，小心翼翼。
一组照片流动起来，就变成连贯的视频，记录下他和她合影的所有神态。
楚独秀见他眼里含笑："不要傻乐。"
照片拍得不算多好，两人都呆呆地站着，他却满意成这样，简直藏不住笑意，自然让她想吐槽。
谢慎辞反复欣赏："好看。"
"你审美有问题。"
直到尚晓梅等人重新归来，谢慎辞才将手机收起来，没再继续浏览那组照片。
片刻后，善乐的人跟明星们告别，一起离开经纪公司，乘车返回酒店。
楚独秀和谢慎辞不是同一辆车，她走在他的身后，又见他掏出手机，手指随意地划动。
怎么又在看照片？有那么好看吗？
楚独秀一边上车，一边腹诽。
等坐稳以后，她发现尚晓梅在副驾驶位跟人打电话，一时顾不上自己，索性也拿起手机，查看方才无聊时拍摄的照片。
她做贼心虚，故意遮着屏幕，凑近自己的脸庞，不让旁人察觉异样，忍不住看了好几眼。
好像是挺好看的？
明明刚才觉得傻里傻气，现在细看却又顺眼起来，仿佛回到拍照的那一瞬间，心里漾起熟悉又隐秘的欢喜。
半响后，尚晓梅挂断电话，感慨道："商良也要来燕城，这回公司是空了。"
楚独秀好奇地问："商总来出差？"
尚晓梅："对，但估计跟我们碰不上，他订了凌晨的航班，忙完就立刻回去，不一定来看巡演。"
楚独秀了然地点头。商总负责经营财务，跟演员打交道就少，在公司比较多。

燕城机场，漆黑的停车坪有塔台亮起，航站楼流光溢彩、灯火通明，宛若璀璨星群。
时值深夜，大厅内仍聚集着不少乘客，脚步匆匆地穿梭。
商良落地后，拉着行李箱，跟随谢慎辞穿过人群，前往地下停车场。

第十一章 重逢

"我没想到夜里打车的队伍那么长。"商良无奈道，"今天麻烦你了。"

他临时出差，没来得及提前订车，打车软件却排起长队，只得被迫向同事及好友求助。好在谢慎辞没休息，二话不说就赶过来了。

"本来就离得很近，顺路过来的事儿。"谢慎辞握着车钥匙，"是你每次出差非要订车。"

"公司有出差流程，哪儿有老板接人的？"商良责怪，"而且你在燕城不开公司的车，搞得报销都弄不清楚。"

谢慎辞："那就别报了。"

"这可是你说的。"商良踏进停车场，怀念地一笑，"行吧，就当朋友帮忙，梦回本科了。"

大学时，两人在国外相识，留学生总是扎堆，偶尔会互相帮忙。

如果商良和谢慎辞在国内相遇，他们不一定能成为朋友，但异国他乡的环境不同，谢慎辞是难得的正常人，有别于部分奇怪的留学生，沉默寡言却行动有力，给商良留下不错的印象，双方这才逐渐熟悉起来。

后来商良复盘自己的选择，都会感慨留学时其他老乡都太古怪了，衬得谢慎辞清新脱俗，才让他被对方外表迷惑，误以为是个高冷精英，最后被骗上善乐的贼船。

商良是好久后才领悟到的，谢慎辞根本不高冷，本质是面瘫四次元，没人能理解他跳脱的思维，一天到晚琢磨喜剧笑话，危急时刻才抢救绩点，云淡风轻都是装的，脑袋里面天马行空，经常做出离谱的事，就比如现在，在车子里放些怪东西。

停车场内光线偏暗，商良走到车前，冷不丁瞧见模糊人影，当即被吓了一跳。他定睛一看，才发现副驾驶位上摆着毛绒玩具，根本不是什么人，差点儿就闹出乌龙。

谢慎辞打开车门，车灯也瞬间亮起，毛绒玩具显露真容：憨态可掬的兔子形象，漂亮的红眼睛，精致的配饰，可爱的造型，一扫黑灯时的吓人，透着灵动活泼的气质。

但商良不仅没感到安慰，反而生出一丝恐惧。他僵在车外，都没放行李，迟疑地发问："冒昧地问一句，这是什么东西？"

为什么谢慎辞车上有这个？跟他本人太不搭。

谢慎辞坐进驾驶位，解释道："毛绒玩具。"

商良惊道："我当然知道是玩具，你觉得放这儿合适？"

"系安全带了，所以没问题。"谢慎辞扯了扯兔子玩偶的安全带，面无表情、一本正经道，"它的大小不会阻碍视线，没有违反交规。"

"难道我该夸你遵纪守法吗？"商良彻底崩溃，"这不是重点！谁送给你的？你居然会收女生的东西？！"

商良感到震撼，此时脑袋瓜嗡嗡作响。如果是别人搞这一出，跟女朋友弄情侣物品，或者放些装饰的玩意儿，他都不会如此吃惊，甚至认为是人之常情。令他震惊的是，做此事的人是谢慎辞。这家伙读书时就毫无情趣，也曾靠优越外貌吸引女生，但她们跟他搭讪、闲聊起来，他一般客套地回两句就会悄无声息地溜走，独自跑去看什么专场演出，一副没开窍的木头模样。

不是没朋友劝过谢慎辞，对他恨铁不成钢，让他跟女生聊聊天，学会回应一些示好。他却从来不当回事儿，反而有一套自己的逻辑，说"没有共同话题，所以聊不起来"。

商良曾经嘲笑他："你那不是没话题，你那是根本不聊。"

女生时常被他的冷幽默和反差噎住，谁有耐心配合他天马行空的思路？

当时的谢慎辞振振有词："有没有共同话题，一打照面就知道，不需要聊那么多。"

完全是凭感觉走的四次元态度。

就这样的人也懂男女之情了？

商良很难描述自己的惊讶，宛若看到火星撞地球。

谢慎辞镇定地答道："你最欣赏的单口喜剧演员给的。"

"我什么时候欣赏过……"商良一头雾水，忽然想到什么，欲言又止，"你不会是说楚独秀吧？"

"嗯。"

商良心里咯噔一下，惊恐道："你们该不会是……"在谈吧？

谢慎辞无辜地反问："可以吗？"

"可以什么可以！"商良仓皇抱头，甚至没管行李，"你疯了吗？你怎么想的？"

为什么要摧残公司的摇钱树？！

谢慎辞脸色平静："就正常想。"

商良蹙眉，发恼道："谢慎辞我看错你了，以前没看出你有这种毛病，通过自身权力欺压对方，兔子还不吃窝边草呢，你让我说你什么好……"

他得知办公室恋情，第一反应就是抗拒。

谢慎辞："为什么你们都觉得我欺压她？"

他搞不明白他们为什么会这么想，难道是她外表具备欺骗性，平常说话气势比较弱，就都把她当作软柿子？明明她在台上也有强大的一面，但身边的人却只记得生活里的她。

"难道不是吗？她连签约都要家人陪同，还没在社会上混多久呢，心智都不一定成熟。"商良讥讽，"当然你也挺幼稚的，但至少算小学生，她属于幼儿园吧！"

"幼儿园小朋友是不能给公司赚钱的。"谢慎辞沉着道，"雇用童工违法。"

"不行，绝对不行。"商良痛苦地捂脸，脑袋一片混乱，哀叫道，"第三季节目需要她，不可以将公司搞垮，你不要给我添乱了，为什么跟我说这种事？"

商良怀疑上辈子欠谢慎辞的，他根本不想知道公司秘闻，现在压力给了他，要为摇钱树和惹祸精惴惴不安，生怕树叶子掉落、树根被拔起。

"就是知道你会这样，所以提前打预防针。"谢慎辞眼眸幽深，不紧不慢道，"我要

第十一章 重逢

真想给你添乱，都没必要等到现在。"

他要是真不靠谱，早就跟她直说了。

商良听其语气郑重，不由得愣怔数秒，问道："你是认真的？"

"当然。"谢慎辞语气平稳，"我过去没考虑过这件事，遇到她以后才开始思考。"

虽然他以前没有料到自己想拥有亲密关系，但情愫萌芽后就在思量，有关她、有关她和他、有关她和他的身边人。他不想鲁莽地摧毁一切，知道她珍惜善乐的人际关系，所以更要小心，等她站稳脚跟再说。

她现在已经能独当一面，实力足够抵挡外界质疑，不仅仅是"善乐的签约演员"，而是靠"楚独秀"三个字就享有声名，跟曾经的程俊华一样，远超其他脱口秀演员。他这才敢将潜藏心底的话说出口。

"不行，还是太冒险了，这种情况下闹掰会很难看。"商良摇头道，"你们要是离婚，股份都不一定能切割干净，更不用说以她现有的影响力，真跟善乐决裂了，对公司伤害有多大。"

这不亚于总决赛事件，又将掀起新的惊涛骇浪。

谢慎辞眨眼道："所以你也觉得我和她会结婚？"

商良不怒反笑："大哥，我的重点是这个吗？你是不是想气死我？！"

他愤愤地打开后备箱，将自己的行李放进去，坐进车里才冷静下来，恢复往日的一丝不苟。

车门轻轻关上，商良坐在后排，问道："你们已经在谈了？"

谢慎辞启动车辆，握着方向盘道："还没有正式表白。"

"哦，那没事了，其实没什么大压力。"商良原本身体紧绷，闻言瞬间放松下来，缓缓地靠着椅背，悠然道，"她也不一定会答应你，没准就是你自己的错觉。"

谢慎辞辩驳："不可能，我们知道彼此的想法……"

"那你们怎么还没在一起？"商良补刀道，"说不定她就是把你当好朋友，不对，当好人。"

谢慎辞怀疑商良疯了，现在就试图报复自己。他反问道："你在用激将法吗？"

"我是客观分析。距离产生美，你们现在聊得挺好，她跟你一深入接触，没准发现你又没责任感又爱甩锅，慢慢就退回朋友状态了。"商良耸肩，"主要是对你不熟悉，谈完发现你无聊，说不定就会分了，你也不要太自信。"

理想是美好的，现实是残酷的。商良觉得有必要给朋友打预防针，毕竟对方没有谈过恋爱，鬼知道实践起来是什么水平，人家能不能忍他还不一定。

谢慎辞质疑："我什么时候没责任感了？"

商良一针见血地指出："那你是不否认甩锅了？"

"这是公司经营的战略。"

"什么战略?我怎么不知道?"

谢慎辞淡然道:"无为而治,各司其职。"

只要事情能办好,何必彰显存在感,他又不是官迷。

商良语塞,数秒后,他冷不丁道:"其实有些事也不难处理。"

"比如呢?"

"比如你们离婚时,你可以净身出户,那就对我们公司没影响。"商良理性地建议,"反正我司无为而治,各司其职。"

谢慎辞:"?"

第十二章 反击

数日后，楚独秀等人离开燕城，辗转各地继续巡演，到哪里都大受欢迎。

善乐文化靠培训营吸纳了不少新演员，借此机会，又在其他地方加开了两个班，线下演出及培训营的口碑都很不错。

由于公司受位置限制，善乐顺势扶持了不少俱乐部，跟外地剧场建立起联系。国内的单口喜剧圈本就分散，在燕城、海城及南城都有各自的圈层，现在善乐凝聚多方力量，靠第二季节目杀出重围，才让大众关注起散落的碎片。

这些当地的俱乐部及公司不够有名，但不代表一无是处，就像聂峰等人没签约善乐，还是回燕城经营俱乐部一样，有些演员上过节目，却没留在海城发展，回到老家搞单口喜剧。他们不是善乐的员工，但都跟善乐保持联系，偶尔会一起表演、交流，缓慢地在当地培植单口喜剧生态。

尽管小公司有可能发展成为大公司，未来跟善乐文化竞争，但谢慎辞等人目前态度友好，只因有一头更难缠的疯狗拦路。竞争对手可以是人，最好不要是咬人狗。

外地剧场门口，楚独秀等人表演结束，打算回酒店休息一会儿，却在路边看到巨大广告牌。招牌上赫然是"最强逗乐王"的炫彩文字，乍一看动感十足、激情四溢，豪华的明星嘉宾阵容，无处不在的地面推广，还未开播就疯狂造势——卢毅深知新节目不如《单口喜剧王》影响力大，直接动用人脉邀请明星大咖，再加上橙景要跟铃果打擂台，在预算上极大方，砸钱更是不一般。

王娜梨咋舌："这还没播出吧？就这样烧钱宣传？"

正常节目都有开播预热，但绝不会像《最强逗乐王》般挥霍无度地搞病毒式营销。

"听说刚录完一期，昨天就买了个热搜。"小葱瞄楚独秀一眼，小心翼翼道，"有观众还私下爆料，现场录制提到你了。"

楚独秀迷茫道："提我做什么？"

"这节目不是捞走好多单口喜剧演员吗，你记不记得当初的菜豆？"小葱摸摸鼻子，"他也去录制了。聂哥那天闲聊跟我提起，说他好像在卢毅的公司，但他们也不联系了，就不是很确定。"

单口喜剧圈蓬勃发展，演员情谊也有所变化，聂峰早就跟菜豆闹掰。上过节目的演员跟没上节目的演员，差距同样越拉越大，众人会有心理落差——大家以前都没名气，怎么就你可以红呢？不患寡而患不均。

北河、路帆等人素质较高，程俊华是胸怀宽广的前辈，录制时都对楚独秀不错，从来没给她下过绊子。王娜梨和小葱名气小些，跟楚独秀是同期新人，却也没嫉妒过她，心态良好地接受变化，感情依旧没变。

但不得不说，楚独秀一年蹿红，不但超越程俊华，甚至隐有碾压之势，在节目外的活动也大火，迅猛又恐怖的成长速度让不少人羡慕得眼睛滴血。不光嫉妒她的才华，还嫉妒她的商业价值，谁让观众缘是门玄学，任凭演员坚持多少年，不被喜欢就是没办法，现实残酷得让人呕血。

善乐演员不会酸她，但外部演员酸透了，段子里难免也有所提及。

楚独秀忙于巡演，没怎么上网，当然不知此事。小葱是高强度冲浪，外加刷到录制repo（指参加节目录制、观看表演后对此的介绍和心得），才隐晦地猜到些什么。

尽管现场观众签有保密协议，但参与《最强逗乐王》的人也会爆料，在网上匿名分享见解，对新节目发表评价。

"明星阵容好强，舞台效果也牛，砸钱确实管用。但不喜欢他们调侃其他演员，尤其人家还没上这节目，我前面都笑出声了，突然就给我搞下头（流行语，指扫兴，泼冷水）了。"

"我跟楼上一样，节目挺好笑，不喜欢演员，面相就奇怪。隔壁内部梗调侃是善意的，起码彼此都认识，但那人跟她不熟，凭什么瞎冒犯啊？"

"隔壁巡演不也实名冒犯，怎么换过来就不行了？小仙女们别双标呀！"

"好恶心的味道，有恶臭男来了。"

"八卦一下，调侃谁了？"

"还能有谁？单口喜剧流量密码，养活整个圈的楚王。"

"笑不活了，我只听段子不看人，都记住了楚独秀，真就从第二季被说到隔壁节目，但凡是脱口秀演员都要讲她，这是什么段子创作公式吗？"

"内部梗（×）楚独秀梗（√）"

"缺德点儿，以后给脱口秀建庙，就把她放里面供着，没灵感的磕两个就会写了，跟高考前去孔庙一样。"

第十二章 反击

小葱、程俊华等人就在段子里写过楚独秀,现在《最强逗乐王》同样没放过她,自然引发网友大规模吐槽。一时间,众人都看起热闹,纷纷在网上玩梗,调侃起单口喜剧圈风向。

网上帖子众多,三人浏览完毕,也讨论起来。

王娜梨忧心忡忡道:"没想到他们节目质量还不错。"

楚独秀:"毕竟砸了重金,肯定也有团队,有编剧帮忙写。"

小葱小心观察她:"你还好吧?"

《最强逗乐王》现场频频提及楚独秀,显然不是什么好话,只是还不知道内容,不确定怎么抹黑她。

楚独秀:"当然,网友都说该磕头了,我还能有什么不满。"

"?"

《最强逗乐王》尚未播出,消息都是道听途说的。

善乐文化得知网上风评,也在结束巡演后讨论第三季节目。

会议室内,所有人齐聚一堂,商议节目海选以及突围赛的事,敲定录制时间及地点。尽管时间尚早,但场地要确定,这样舞美团队才能提前搭舞台。

尚晓梅面对众人,翻阅着手中文件,说道:"这一季合作的舞美团队,我们打算换一个,大家可以看看资料。一是想要增加点儿新鲜元素,二是旧团队刚跟橙景的新节目合作完,我觉得再用有点儿不合适……"

综艺节目是项目制,尽管善乐自己有美术人员,但也会将部分工作外包。按理说,各个节目团队互通没关系,尚导却特别强调"橙景的新节目",其他人一听就明白了。

北河挠了挠头,叹息道:"简直无孔不入,什么都学啊。"

《最强逗乐王》地广推到海城,现在连舞美团队都有交集。

路帆:"换掉也挺好的,他们录制在前,我们录制在后,要是舞台相仿,到时候更说不清楚。"

楚独秀好奇道:"节目形式跟我们的一样吗?也是竞赛?"

商良:"差不多。听说他们第一期节目内部反响不错,花高价雇了编剧团队,以前没写过单口喜剧,但这回试水结果还行。毕竟演员水平不如我们,就只能靠外力来加持了。"

卢毅深知菜豆等演员能力稍逊,索性砸钱接触另一个喜剧团队,让编剧学习脱口秀创作,给上节目的演员供稿。

"对方肯定会把前三期磨好,不然不会早早开始录制。"谢慎辞冷静地分析,"如果扛过前三期,我们就能有优势,毕竟制作经验更丰富。"

《最强逗乐王》刚录完第一期,但必然跟《单口喜剧王》同期上线,展开真刀真枪的对打。那时,卢毅等人势必大力营销,吹嘘前几期节目的水准,没准会挤占善乐的宣传空间。而善乐的优势是制作,是保持稳定的内容质量,并不是铺天盖地的宣传营销,他们要能挺过竞品早期的狂轰滥炸,后续的节目完成度必然更高,至少尚导、北河等人都经历过好几轮了,竞赛型创作比的是耐力,不是迅猛的短跑。

谢慎辞:"真金不怕火炼,大家不用慌,我们按部就班,照自己的节奏来就好。"

尚晓梅:"没错,总有人会来模仿,关键是超越自身。"

北河笑道:"他们病毒式营销,说不定我们还能蹭点儿热度,直接省宣传费了!"

众人加油打气,气氛活跃起来,等陆续领完任务,又各自回工位忙碌,筹备第三季的《单口喜剧王》。

夏季,海城天气湿热,室外的风都是热的,让人快要喘不上气,唯有室内冷气充足,勉强感受到惬意及干爽。

工位上,楚独秀望着电脑屏幕,认真地浏览稿件,不时在旁批注意见。她将选手们的段子扫完,将反馈发回当事人,又要看新一批稿子。

这就是楚独秀近期的工作,她作为第三季节目总编剧,不但要准备自己的段子,还要带着其他编剧审核、修改稿件,为参赛选手提建议,努力保证《单口喜剧王》的内容质量——第三季海选已经结束,共有一百名选手入围,初选赛就会筛掉一半,突围赛时只剩五十名。

今年的选拔涌现不少新面孔,很多选手受到第二季熏陶,才选择走上单口喜剧道路。他们大多缺乏竞赛经验,如饥似渴地寻求帮助,尤其听闻由楚独秀指导,更是兴奋得不行,孜孜不倦地打磨稿子,频频跑来请教她。

楚独秀从不直接给人改稿,一般会圈出不足之处,提供一些修改方向,启发对方动手来写。尽管她是节目的总编剧,但交流态度比较亲和,除了越界内容外,不会强求选手采纳自己的想法。毕竟众人的生活背景天差地别,要求所有人风格统一,或许也失去表演魅力。

当然,大多数人被她点评后听取了意见,甚至改完跑来再问,对楚独秀的指点赞不绝口,表达出深深的钦佩及敬仰之情。

楚独秀跟选手们相处得不错,但会有一点儿困扰——他们实在过于热情,总在群里盛情相邀。

"改不出段子了!拜拜独秀老师!"

"拜拜 +1"

"大楚兴,单口王.jpg"

"恭喜你被楚王选中上春晚.jpg"

"可以在闻笑剧场贴个画像,我们上台前都对着拜拜。"

由于网友调侃脱口秀该给楚王建庙,参赛选手近日迷信楚独秀,频频传播她的表情包。楚独秀用手机看群里消息,全是自己稀奇古怪的截图。这让她深感受之有愧。她不懂自己

第十二章 反击

能提供什么精神帮助，但众人是善意地开玩笑，不是故意冒犯，她也不好制止。

难怪大佬当初社恐，换谁被那么多选手围着讨论，都不敢跟其他演员多交流。

她偷偷给北河发消息：“哥，你是群管理员，求控制局面，SOS。”

好在北河拎得清，化解了她的尴尬。

北河：“朋友们，咱们群里少用图片刷屏，避免错过重要通知！工作人员要定菜单了，有忌口的朋友记得上报！”

选手们兴高采烈地讨论，总算将话题切换到聚餐上。

"选手要聚餐吗？其他老师来吗？"

"我有忌口，我想在聚餐时见到葱姜蒜三人组！（狗头）"

"北河、路帆、独秀老师都来吗？"

楚独秀微松一口气，继续撰写自己的稿子，不料被路过的人听见叹息声。

商良正要返回办公室，突然听到摇钱树叹气，莫名生出一丝警惕。自从谢慎辞发表惊世之言，他就对楚独秀加强关注，唯恐她被影响，甚至影响到公司业绩。

想到这里，商良转身走回来，关怀备至地问："最近怎么样？来公司适应吗？"

楚独秀一愣，忙道："啊，都挺好的……"

"那就行，你刚开始工作，遇到什么困难，随时可以反映。"商良客气道，"跟我说，跟晓梅、路帆说都行，不要憋在心里。"反正不要对某人说就行。

楚独秀感激道："好的，谢谢商总关心。"她确实没料到商总还有温情的一面，居然关注自己的心理状态。

商良语重心长道："刚工作的两三年是提升最快的时候，不要浪费大好时光。工作是最重要的。当然，不是让你别休息，而是其他事可以放放，搞好你的事业最重要。"至于招猫逗狗的事，三十五岁后再尝试。

楚独秀略一沉吟，提议道："嗯……要不商总看看我的稿子……"难道是怕她被总编剧的工作影响，写不出自己的段子？

商良一口回绝："不用了，我看不懂段子，不懂你们的幽默。"

"那是有新商务吗？"楚独秀面带迟疑，"但我最近不想曝光太多，给第三季留点儿噱头，可能对节目比较好。"无事不登三宝殿，她觉得商总在乎的事，无非就是这些。

"也对，公司节目更重要，稍微留些新鲜感。"商良点头，欣赏道，"没事，你心里有谱就好，看你以工作为重，我就放心了。"

楚独秀："？"

突如其来的问候，让楚独秀丈二和尚摸不着头脑，只能将其归于领导的管理手段。

不过，她赞同商良的看法，第三季节目就要开始了，搞好自身事业很重要，索性一连两个周末都在公司写稿，私下给自己加了些工作量。

周末，公司内静悄悄的，工位上基本没人，唯有清脆的键盘敲击声。

尚晓梅等人早就搬到酒店，正式在演播厅旁边办公，善乐总部的常驻人员锐减。下周就要录制第一期节目，楚独秀等人也要过去，最近都在收拾行李。

楚独秀将电脑资料拷进硬盘，打算带过去，录节目时用。她进公司时忘开空调，倏地感到一丝闷热，只觉脸颊微烫，隐隐要生出薄汗，连忙站起身寻开关，脸侧却有冰凉触感，猛然间驱散暑意，下意识地打了个寒战。

"果然在这里。"

熟悉的男声响起。

楚独秀转头一看，映入眼帘的是果味奶茶，杯中装有草莓粒及冰沙。她随即抬眼，只见谢慎辞衣着休闲，悬空提溜着杯子，刚才故意冰她一下，现在却装模作样，无辜地朝她眨眼。

楚独秀接过奶茶，愣道："你怎么来了？"

公寓内房间较小较闷，她创作不够顺畅，才会在公司里写，不料被他抓个正着。

"看谁长期霸占我司，连周六周日都不肯走。"谢慎辞探头盯着屏幕，"你在改段子？"

"嗯，下周就录了，我再过一遍。"

"稍微吃点儿东西，休息一会儿吧。"谢慎辞将果盒放到桌上，"不要搞得像善乐压榨当红演员一样。"

屋里空调打开，草莓奶茶凉爽，冰镇鲜果被切块，吃起来甜美又饱含汁水，安抚了夏天带来的燥热。

两人围坐在桌边吃水果，随意地聊起工作和日常，享受下午茶时光。

楚独秀望着塑料果盒，疑道："水果是你从家里带来的？"

这不是水果店的包装，而是家用的乐扣盒子，竟像他自己削皮切好的。

"对。"谢慎辞拉过一旁的椅子，坐在她身边吃水果，冷不丁道，"我是不是要珍惜现在的日子？"

楚独秀一怔："为什么？"

谢慎辞抬眼盯她："听说你们文城，男的不让上桌。"

楚独秀大惊失色："谁跟你说的？！"

真有这种神奇风俗，文城早该评文明城市，在全国进行推广才对。

"但上次去你家……"

"没有这种事，那是我爸开玩笑，单纯在家闹着玩。"楚独秀赶忙解释，"他只是幽默了一把！"

石勤当年能被楚岚相中，多少还是有两下子的，情商远超同龄男性，不能用个例美化群体。

谢慎辞："那就是在你家，男的不能上桌。"

第十二章 反击

楚独秀："差不多吧，不是整个文城都那样，属于我爸的自我调侃。"

谢慎辞闻言"哦"了一声，露出若有所思的表情。

"怎么了？"

"没什么，在想我的将来。"

将来？他想什么将来？楚独秀脸上微热，不由得瞪对方一眼，却见他云淡风轻的，丝毫不觉得自己的话有问题。

片刻后，她轻咳两声，煞有介事道："没事，你被特批了。"

"特批？"

"你是荣誉女性，可以上桌吃饭。"

"？"

休息过后，两人聊了一会儿稿子，谢慎辞给了一些建议，就缩在旁边看她改稿。

楚独秀将他的想法记录下来，计划在开放麦再打磨一下。她噼里啪啦记录新点子，没过多久就将思路理顺，目光又不知不觉飘散，总瞄向默不作声的某人。

谢慎辞好似怕打扰她，全程都没有出言打岔，一动不动地坐在旁边，目光却追随着屏幕上的文字。他丝毫没有要走的意思，也没回自己的办公室，就像办公桌边安静的摆设。

可恶，他就是来送水果的吗？

好想揉他！

楚独秀觉得自己电脑边蹲了只猫，她处理完稿子，心已被勾走，根本无心看下篇，感觉手痒难耐，光想搓揉踩躏它，让它知道知道人类社会的险恶。

谢慎辞发现屏幕好久没变化，望着她，疑惑道："怎么了？"

楚独秀不满地抗议："为什么你不用工作？"

"劳动法规定，劳动者每周工作时间不超过四十四小时，我这周早超过这个数值。"谢慎辞平静地补充，"商良周日都不加班的。"

其他人的假期较正常，周末也不会来公司写稿。

楚独秀蹙眉："不行，你这样闲着，我感觉不爽。"

王娜梨等人有没有工作，楚独秀从来不会多问，但她就是见不得他清闲，莫名地想要折腾人。

谢慎辞诧异："为什么？"

"我不管，就是不舒服，你不能闲着。"她双臂抱在胸前，故意找碴儿道，"谢总以前还承诺周末带员工去团建，到郊外游玩聚餐什么的，搞半天也是画大饼，故意骗人签约罢了。"

总决赛时，他说什么"期待跟你共事"，谁知道真就只是共事。他说海城值得游览的地方很多，前不久公司忙着巡演，但现在回到海城，依旧没有搞起来。

谢慎辞面对她的指责，沉默数秒，索性掏出手机，出示聊天记录，有条不紊道："上上周问你周末做什么，你回我'写稿'。"

楚独秀闻言望向手机屏幕，发现他的聊天背景竟更换成两人的合影，愣怔了两秒。她终于反应过来，羞恼地伸手欲夺："你怎么用这个做背景？"这样看着合影聊天多傻！

谢慎辞却抬高手臂，敏捷地躲开她，继续道："上周问你周末是不是要写稿，你回我'是的'。"

楚独秀不理他，还在争抢手机："把背景换掉，这张不好看。"

谢慎辞稍一侧身，旋转椅就转动起来，再次避开进攻："这周没问你，但你依然在……"他回过头来，微抬起下巴，示意看屏幕，"改稿。"

他的声音发闷，语气中透出无尽谴责，似责怪她将不良的卷的风气带进公司，搞坏了善乐优秀的企业文化。

楚独秀被他戳穿，一脸尴尬，好在她反应极快，当即就伶牙俐齿道："所以谢总更应该为员工开展适合办公室的娱乐项目，哪能没法外出就没有计划了。"

谢慎辞跟她大眼瞪小眼："没人能在办公室娱乐得起来吧？"这得是多卷的事业咖？能在办公室里快乐？

"你怎么知道不行？"楚独秀求职时听过不少屁话，现在活学活用，恶作剧地抛给他，教育道，"人总要敢于尝试嘛，遇到困难要解决困难，哪有直接就宣布放弃，断言办公室没法娱乐的。"她语气欠欠的，决定走老板的路，让老板无路可走。

谢总惨遭员工向上管理，静默数秒，一时也没主意，虚心请教道："比如呢？现在能为你提供什么娱乐项目？"他算是看出来了，她就是刁难他，没准靠折磨自己取乐。

楚独秀被问得一愣，又看对方心平气和，面对苛求也耐着性子，一时间蠢蠢欲动，内心的小算盘狂响，生出放肆及诡诞的念头。她目光微闪，胆大包天道："给我揉揉？"

谢慎辞一怔："？"

只见楚独秀伸出两手，舞动五指，像要揉乱他头发："一解改稿的愤懑之气。"

谢慎辞身子一僵，沉默几秒后冷硬表情松动，退让道："好吧。"他不懂这有何乐趣，更不知她猫塑自己，但还是垂下头，向黑恶势力低头，漆黑睫毛颤动，居然真答应了。

楚独秀瞬间心花怒放，就像在文城替他摘树叶一样，当即就伸手拍拍猫头："好乖好乖！"她动作轻柔，宛若蜻蜓点水，远没有恐吓他时用力，简直像在抚摸小动物。

谢慎辞听她声音欢快，难掩雀跃，被她的情绪所感染，胸腔内心怦怦跳动，如明镜般的湖面荡起层层涟漪。

下一秒，他察觉她要抬手离开，突然伸手握住她的手，轻声道："开心了？"

猝不及防的动作，并未用力地挽留，只单纯捉住她的手，像接住随风飘来的落叶。楚独秀却下意识回握他，就像两块拼图碎片正确拼在一起，竟丝毫不感到违和。

第十二章 反击

触及他掌心的干爽及温度,楚独秀呼吸一滞,指尖在他手心颤动,有点儿酥酥的痒,却没有挣脱,支吾道:"嗯。"

炎炎夏日,灿烂阳光,连蝉鸣都压不过她的心跳声。

"这次先这样。"谢慎辞垂眼,不敢看她,只轻捏她的手指,"等你有空时,都可以找我,兑现我的承诺。"

时间一晃,告别灼灼烈日,迎来清爽凉风,新节目的消息很快也随风传开。

参赛选手齐聚演播厅旁的酒店,第三季《单口喜剧王》的录制如期开始。

虽然热闹明艳的夏季早就离去,但郊区的演播厅门外却不减火热,甚至比盛夏的虫吟更喧闹沸腾。不少人聚集在此,都端着长枪短炮,想要拍摄参与录制的明星嘉宾。

"祁筠寒——"

"欣怡!欣怡看看我!"

"罗钦你什么时候发歌?别老看单口喜剧了!"

各家粉丝闹哄哄的,只要看到嘉宾下车,就会发出阵阵尖叫。

"烦请各位进大厅等候,不要守在入口!"工作人员握着扬声器,疏导聚集在门口的粉丝。

尽管《单口喜剧王》刚刚开始录制,还没有进行正式宣传,但《最强逗乐王》之前挑事,早就引来不少吃瓜群众,时刻关注善乐及节目组的反击。前线的观众发来战报,恨不得直播起进度。

"笑死,dkxjw 好敢,嘉宾是上季决赛的阵容,就开除了卢毅。"

"真的假的?苏欣怡是楚铁粉,但罗钦支持程的,竟然也会来?"

"君子和而不同,小人同而不和,真程粉才来吧,难道去 zqdlw?"

"卢毅请的那谁是不是跟苏欣怡有过节?"

"这俩节目咋那么好笑,娱乐圈垃圾分类,选手和嘉宾都分两拨,恰好是彼此的对家!"

"那善乐上季失误,决赛邀请了卢毅,将有害垃圾丢进可回收那类……"

"打起来,打起来!这不比段子好笑多了!"

"热搜才好玩儿,橙景给新节目买了个宣传,评论区翻车,都在聊善乐,这把让铃果蹭到了!(狗头)"

《最强逗乐王》在现场录制时内涵楚独秀,《单口喜剧王》邀请除卢毅外的决赛全阵容,双方节目还没开播,就暗流涌动、硝烟弥漫,充满杀气和火药味儿。除了双方支持者外,普通网友唯恐天下不乱,兴致勃勃地看热闹,都想围观新的厮杀。

橙景视频想要压制竞品热度,还在《单口喜剧王》首期录制当天铺天盖地宣传《最强逗乐王》。谁料评论区被网友攻占,他们幸灾乐祸地挑事,纷纷在下面拱火起哄,反而给《单

363

口喜剧王》增加了热度。

"你家是住在热搜啊？节目没播天天预热？"

"报——大事不好，楚王带人打过来了！"

"完了，正主来了，真要热馊了。"

"今天是《单口喜剧王》录制？"

"现在买热搜，不亚于对《单》说：是对家就来砍我！（狗头）"

"铃果才缺德，一看有热搜，直接把第二季《单》放首页推荐，下面配文：《最强逗乐王》最想击败的节目！一直被模仿，从未被超越！hhhhhh"

"铃果：逗子，橙景哥哥要是知道，你的热搜便宜了我的节目，会不会生气啊？（害羞）"

演播厅内，第三季的舞台流光溢彩，比上一季还要宽敞明亮。舞台边缘呈弧形，观众席沿此环绕一圈，密集地包围表演区域，能够近距离看到台上的人，布局紧凑又热闹。

两侧设有选手座席，参赛人员早就依次落座，楚独秀等人坐在前排，不时能听到观众的欢呼声。

后台，尚晓梅紧盯流程，计数道："倒计时……三、二、一。"

振奋人心的音乐中，五颜六色的灯光闪烁，只见三名笑声代表登台，同时站在聚光灯之下，正是罗钦、苏欣怡和祁筠寒。

台下观众激动地挥手，瞬间爆发出喝彩声。

楚独秀等人闻声同样配合地鼓掌。

三名笑声代表妆容精致、衣着光鲜，他们并肩站成一排，高声宣布节目开始。

罗钦："欢迎大家来到第三季《单口喜剧王》！"

"我相信，很多朋友看到我们，心里都要咯噔一下，勾起一些不好的回忆，对吧？"苏欣怡意有所指，"熟悉的舞台，熟悉的选手，熟悉的笑声代表，就怕再来一个熟悉的结局。"

有人隐隐发笑。

苏欣怡："不过请放心，第三季全面升级，不光是嘉宾，赛制也有变化，将迎来革新。"

祁筠寒："下面由我来介绍比赛规则。突围赛共有三百名现场观众，观众在选手表演后，投票决定其去留。三名笑声代表通过拍灯加票，一灯加两票。"

罗钦："本轮共有二十六个名额，排名前二十五名的选手将成功突围，晋级下一轮。同时，每名笑声代表可选择一位淘汰选手，让其进入复活竞争赛，争夺最后的晋级席位，成为第二十六名。"

"接下来，突围赛马上开始，让我们有请第一位选手——楚独秀！"

观众愣怔数秒，似都措手不及。

下一秒，场内欢呼声与掌声响起。

选手席同样响起起哄声，都在为楚独秀加油打气。

第十二章 反击

小葱："来了来了！单口喜剧王！"

王娜梨："冲冲冲——"

楚独秀挥别热情的好友，在潮水般的欢呼声中登台，奔向舞台中央的麦克风。她的长发被束起，显得灵动又利落，如同随风飘扬的旗。

后台内，谢慎辞和尚晓梅坐在屏幕前，紧盯强光下明艳夺目的人。

或许，有些人生来适合舞台，在台下总是安静无声，在台上却感觉焕然一新，顷刻间就能吸引他人的注意力。

舞台上，楚独秀长鞠一躬，从容地起身，自我介绍道："大家好，我是楚独秀。"

观众闻言欢腾起来。

苏欣怡笑盈盈的，忍不住鼓掌。

楚独秀面对台下观众，握着麦克风，忙道："谢谢，谢谢各位。我最近很尴尬，相信有些朋友跟我一样，经常会遇到相同的困境——你觉得自己一般，想要发两句牢骚，但别人觉得你在炫耀，导致你都不敢说话了。上一季节目的突围赛，我讲了自己就业、考公的焦虑，还有观众私信吐槽我，说'真夸张，211本科都抱怨就业形势不好，那学历更低的人是不是不用活了'。"

楚独秀"嘶"了一声，感慨道："我看完觉得有道理，生活要努力乐观点儿，找工作不能眼高手低。我洗心革面，找了一份脱口秀零工，完整录制节目第二季。当然，大家都知道第二季结局了。"

"打零工，打零工，谁料打完真是一个零。"她无奈地耸肩，"现在都不知道自己多少名。"

台下发出唏嘘及笑声。

苏欣怡猛然按键，台上亮起第一灯！

楚独秀捂住胸口，故作伤感道："看看，苏老师还朝我炫耀，她能拍灯，我却不行，继续扎我的心。"

"总决赛后，我立下了雄心壮志，不要当冠军了，要当笑声代表，拥有拍灯的权力！所以我们行业差点玩儿完，我还是选择入职善乐文化。近水楼台先得月嘛！哪想到进来就变了，"她懊恼地撇嘴，"二十票减成两票，反正倒霉的总是我，占不到便宜。"

众人都乐起来。

楚独秀："就为这事，那名观众又私信我，内容却变了，给我发'要不还是考公吧，起码那个会比较公平'。措辞一下温和了，但我脑内自动翻译，瞬间代入对方最初的语气。这话的意思是，'真夸张，211本科找这种工作，是不是不想活了'。"

她着急地蹦起，恨铁不成钢道："叫你不要眼高手低，不是叫你自暴自弃！"

生动的肢体语言，饱满的情绪，让现场观众欢声大作。

楚独秀眉头紧蹙，绝望地摊手："好尴尬啊，第二季搞成那样，我们都跟导演商量，

365

别办第三季了,再来一次太可笑了!稍微沉淀两年,提升制作能力,继续做多心虚。"

"直到隔壁节目问世,我们一下找回自信。沉淀不需要时间,沉淀只需要催化剂。"她面无表情道,"有一档更可笑的节目作对比。"

此话一出,全场哗然。

现场观众发出兴奋喊声,顿时明白她想要说什么,剑锋竟直指《最强逗乐王》。

北河颇感刺激,瞬间就坐不住了:"来了来了,还是讲了!"

祁筠寒笑出声来,拍亮台上第二灯!

楚独秀纳闷,惊诧道:"为什么还会有节目冒险搞单口喜剧?这东西有那么赚钱吗?!"

"大家可能不知道,我司有个企业文化,随意调侃老板,说他冷幽默,不会开玩笑。我们老板会反驳的,他说'谁说我不会开玩笑',"她面色平静,理直气壮道,"'我选择做单口喜剧,不就是拿投资人的钱开玩笑?'"

后台,尚晓梅见楚独秀模仿老总,一时没防备,冷不丁笑喷:"噗——"

谢慎辞莫名躺枪:"?"

观众都笑起来,参赛选手也前仰后合,演播厅内洋溢着欢乐的气氛。

北河哭笑不得:"铃果高层听完都慌了。"

小葱:"我拿上亿出来跟你玩,你当我是空气啊,竟然跟我开玩笑!"

楚独秀温和道:"当然,我们也会跟他说,不要往脸上贴金了,那不是你开的玩笑。笑话不是你的,明明是卢导的。他的原创,我们被创。"

简单犀利的话语,却让观众忍不住高声起哄,喧哗起来。

罗钦笑着摇头,伸手拍下第三灯!

楚独秀摇头:"第二季节目播出后,单口喜剧真的火了,连模仿者都出现了。但我觉得他们的想法特别幼稚,迫不及待地瞎入场,仿佛善乐在纳斯达克唱童谣。叮叮当,叮叮当,铃儿响叮当,我们上市多容易,我们坐在风口上,嘿!"

诙谐幽默的音乐,欢快动人的旋律,让观众笑得脸通红。

"互联网还有个神奇法则,就是喜欢用拼音缩写,每当一个人火了、爆了、红了,饭圈会将这个人的名字首字母单拎出来讨论,再也不打全名了。"楚独秀作费解状,"仿佛爆的不是这个人,而是这个人的名字,烟熏火燎后,被炸得支离破碎。汉字都碎成渣了,只剩下几个字母。"

"但我参加完节目,没觉得自己红了,很少在网上看见名字缩写,网友根本不把脱口秀演员当回事儿,他们不打全名不知道说谁。"楚独秀拍拍胸脯,惊叹道,"我最红的时候,就是在脱口秀演员的段子里,偶尔都能享受缩写待遇了。毕竟人最厉害的时候,就是在不如你的人眼里。因为水平差得太远,对方就会有想象力,不管你说了什么,都当你是假想敌。"

"哇——"

第十二章 反击

众人听她直面《最强逗乐王》的内涵，当即发出亢奋呼声，翘首等候下文。

"我朋友有天跑来找我，说'哎，知道吗，有节目写段子内涵你'。"

"我还挺尴尬，说不能把人想那么坏吧。"

"怎么不是？天资聪颖，考试落第，红极一时的圈内领袖，缩写是 cdx。"

楚独秀眨眨眼，轻呼一口气："我听完一下子就放松了，说'哦，你误会了，这不是我'。"

下一秒，她振振有词道："这是新文化运动的发起者！但凡读过两天书的人都知道！"

出人意料的转折，激起惊雷般的笑声。

菜豆等人在节目上影射楚独秀，却不敢公然提及大名，谁料此刻被反戈一击。

北河笑得直拍腿："说谁呢，说谁没文化呢！"

"都只读一天书，没有读两天的！"

楚独秀双臂抱在胸前，煞有介事道："我还跟朋友讨论起来，哎哟喂，这节目真敢瞎写啊，没一点儿过审敏感度。当然，人家也不是故意的，网络缩写太容易闹误会了。比如我想夸奖一档节目，上网打'zqdlw, yyds'。"她懒洋洋道，"都可能被人曲解为'赚钱丢脸窝，阴阳嘚瑟'。"

犀利果敢的内容，毫不遮掩的态度，漫不经心的语气……演播厅内卷起狂笑的浪潮，产生炸裂的效果。

选手席也被此话惊翻，纷纷忍俊不禁，乐得合不拢嘴。

小葱佩服地抱头："yyds，阴阳嘚瑟！"

"天哪，《最强逗乐王》缩写新解！"

一阵又一阵的欢呼声响起，在屋顶来回震荡。开场表演彻底让气氛变得火热，预示双方征战第一枪的打响！

台上，楚独秀神色镇定，有条不紊地继续："或许，尴尬的不是被人误会炫耀，尴尬的是自身实力不行，却还不自量力地蹦跶。用幽默做刀伤人，只会让自己可笑。谢谢大家，我是楚独秀。"

她长鞠一躬，在掌声中退场。

演播厅内，充足的冷气驱散了闷热，却无法压制观众的雀跃。尽管楚独秀已走下舞台，但掌声却久久没有停歇，热闹气氛在酣畅淋漓的演出后越发浓烈。掌声、笑声、口哨声、呐喊声，环绕弧形舞台响起，彻底点燃了演播厅。优秀的开场表演让人打起精神，连带观众们都躁动起来，迫不及待地期盼后续选手的演出。

后台内，尚晓梅望着喧嚷的现场，感慨道："都不用人领掌了。"

节目录制时，演播厅会有工作人员带动观众鼓掌及发笑，但精彩的开场直接带动观众情绪，此刻现场如烧开的水，散发腾腾的热气，根本不用多此一举。

谢慎辞颔首："我也不用拿投资人的钱开玩笑了。"

尚晓梅："？"

片刻后，第三季参赛选手陆续上场，有曾经参加前两季的老将，也有从未录过节目的新面孔，他们带来各个行业的趣事，将观众们逗得捧腹大笑。

首次录制格外顺利，突围赛前二十五名选手晋级。由于今年涌现不少优质新人，还有三名选手进入复活赛，激烈角逐最后的席位。

录制结束后，现场观众离开，回家后略作休整，便在网上匿名放出评价。

"感觉《单》第三季提升了，新人也很强。"

"开场炸裂！太爽了！"

"这个开场比隔壁好笑多了……"

"为什么今年有那么多好选手？我投复活票时好纠结！"

"确实，我以为演员被隔壁捞尽了，没想到还有。"

"一是善乐有培训营，二是本季新人有稿件指导，据说老将会帮忙调整，质量就大幅提升了。"

"看节目总编剧是谁就懂。"

"AI单口喜剧狗努力为您提供最有效的指导，以便解决您的问题。（狗头）"

"但她做总编剧又参赛，感觉不合适吧？万一受到影响，新人的段子她自己用了，就说不清楚。"

"楼上说啥呢，她还需要抄新人的段子？！"

"给我逗笑了，人人都拿她做梗，还能抹黑她抄袭，你们别太恨了。"

"确实，人人都讲楚独秀梗，但楚王不能讲楚独秀，否则抄袭。（狗头）"

"真抄袭的节目不管，现在贷款她抄袭，什么成分懂的都懂。"（此处为饭圈用语，指未发生时无根据地嘲讽）

"能不能别造谣！总编剧老师人很好，我就是营内学员，跟她当面交流过，但我水平差没进突围赛，她给你提建议都不会强迫，而是启发思维，小心斟酌措辞，本人非常友善！"

"有幸见过一面，确实很好说话，还跟我合影了。我没完整追节目，就看过全组晋级段子节选，见到她真人非常意外，不像台上有攻击性。"

"纯路人，不粉任何演员，但真心建议懂感恩，有大佬指导偷着乐吧，刚入行就能被手把手教，上过班的都懂有多难得吧？"

"这么看，她人品还行？"

"除了网上无脑群体在骂，她圈里风评就是不错啊，程当初也只跟她聊两句，反倒攻击她的同行的黑料一大堆，经不起细扒。"

"毕竟连隔壁内涵她的话都不痛不痒！纯属尬黑听着好酸哈哈哈！"

第十二章 反击

《单口喜剧王》和《最强逗乐王》正面对抗，两档节目的竞争将话题度拉满，无数人在紧密关注着动向。

在喧嚣的议论中，两档节目紧锣密鼓地录制，终于迎来首期上线的时间。

橙景视频和铃果视频故意打擂台，《最强逗乐王》和《单口喜剧王》的播出时间仅隔两天，前者是周五晚上，后者是周日晚上，火药味儿别提有多浓。

《最强逗乐王》为抢占舆论高地，一连好几天都预热宣传，敲锣打鼓为自己造势，甚至挤占善乐的资源。同期撞档就是这样，热搜变成砸钱游戏，一旦竞争者先声夺人，再想将其挤下去就困难了。

网友对卢毅等人的重金营销颇感困扰，却也没按捺住好奇心，点击观看了首期节目。不管评价是好是坏，新节目都算获得了开门红，竟追上第二季《单口喜剧王》的首播量。这让《最强逗乐王》官博活跃起来，一连发了好几次喜报，炫耀自己的亮眼成绩，颇有小人得志的味道。

部分网友深感不爽，想要看善乐打翻身仗，又怕《单口喜剧王》无法超越其播放量，只能闷闷不乐地忍了两天。

周日夜晚终于到了。

酒店内，楚独秀和王娜梨处理完工作，靠在沙发上，提前将ipad架好，等待节目正式播出。这是第三季上线的日子，众人忙碌许久，即将验收成果。

楚独秀："我好像是第一次录制期间看节目……"

第二季时，她很少观看节目，要不是王娜梨、小葱等人提及，基本不关注网络评价。

"就当陪我看吧。"王娜梨缩在她身边，忧心忡忡道，"好紧张，对方水军太凶了，害怕冲不过他们。"

网络水军四处宣扬《最强逗乐王》高质量，再加上有经验丰富的编剧团队供稿，首期确实不错。而《单口喜剧王》主要靠上季的口碑，不可能斥巨资营销，纯靠内容获得热度。

王娜梨疯狂刷新，接着惊喜道："来了来了！"

铃果视频页面内，第三季首期节目上线，开场就是楚独秀的表演，正面迎击《最强逗乐王》的挑战。

一时间，节目弹幕区热闹非凡，无数吃瓜群众议论起来，瞬间形成燎原之势，迅猛攻占各大平台。

"我就图个乐，撕得好，再撕响些！"

"不算撕，是碾压，水平差得太远了，高下立判。"

"这个比隔壁的内涵犀利得多。"

"没办法，素材积累不同，她讲的段子是真的，隔壁黑料都是编的。"

"谁说隔壁都是编的，秀儿就是天资聪颖，我都把他们的酸言酸语当夸奖！（狗头）"

369

"最好笑的是隔壁给自己买的热搜就是'yyds'！大预言家诚不我欺！"

"赚钱丢脸窝：回旋镖这不就来了。"

"什么狼人自爆，你也觉得自己阴阳嘚瑟？（狗头）@最强逗乐王"

酒店房间内，王娜梨刷新着节目数据，欢喜道："好像点击量不错，比上一季还要高……"

楚独秀："你居然记得上一季的数据？"

"当然，我那时候也是准点追的。"王娜梨瞥见手机亮起，这才放下iPad，查看消息，"咦，群里说节目上热搜了。"

楚独秀闻言也拿出手机，快速浏览消息，迟疑道："这是我们的热搜吗？"

《最强逗乐王》为防第三季《单口喜剧王》爆火，近日声势浩大地宣传，恨不得将热搜全部占满，还为自己买了"yyds"标签，借此吹嘘节目的制作能力。谁料楚独秀开场表演恰好有段子戳中此事，节目内外的事件相互呼应，顿时将幽默抬到新高度，逗得网友们合不拢嘴。不少人听闻此事，专门观看《单口喜剧王》吃瓜，回来后又在热搜上煽风点火。一夜之间，"zqdlw, yyds"被赋予崭新含义，瞬间从"《最强逗乐王》，永远的神"变成"赚钱丢脸窝，阴阳嘚瑟"。

卢毅等人原本想用热搜压人，谁承想迎来一拨儿反向宣传，莫名其妙捧火了楚独秀的段子。没人再管热搜是谁买的，冷嘲热讽席卷标签广场，反而带动了《单口喜剧王》的点击量。第三季节目本来挤不上热搜，却顺水推舟杀出重围，稀里糊涂夺取了一个标签，堪称造化弄人。

"伟大的楚学！给两季节目贡献热搜的神！"

"这比节目还要搞笑，直接宣传对家段子，搬起石头砸自己的脚……"

"格局给我打开，卢导要推广单口喜剧是真的！一掷千金支持楚王，没有比这更真的了！（狗头）"

"原来他病毒营销《最》，就为让《单》搭顺风车，实在是用心良苦。（狗头）"

"橙景：就是你小子把AI单口喜剧王引来的？"

"爆了爆了，铃果发喜报了，当晚点击量超两天数据！这把卢黑灯输大了！"

"笑不活了，跳梁小丑，喜剧节目怎么连节目外都那么好笑？！"

混乱舆论中，《单口喜剧王》首期节目借着东风，上线不久就超过竞品点击量，可谓给对手一记响亮的耳光！

热搜标签也全面沦陷，明明是《最强逗乐王》掏钱，讨论的却是铃果的节目，这让卢毅及橙景视频都格外窝火。

卢毅等人气急败坏，用水军抢夺热搜失败，又想撤掉"yyds"标签，无奈买热搜容易撤热搜难，斗不过幸灾乐祸的网友，热搜稍微下滑一会儿，没过多久就被顶上来，平白让《单口喜剧王》蹭到热度。

第十二章 反击

网友们都嚷着大快人心，盘踞在此看笑话，迟迟不肯散去。

首战告捷，无疑鼓舞了第三季《单口喜剧王》节目组的士气，参赛选手及工作人员都振奋起来，庆祝意想不到的胜利。

房间内，善乐高层开了个小会，简单地交流近期工作。楚独秀、路帆和尚晓梅率先抵达，围坐在小桌边闲聊，等待其他人赶过来。

尚晓梅："最艰难的舆论战过去，就要迎来持久战了，比拼谁的内容更好。"

《最强逗乐王》的优势就是营销宣传，只要善乐挺过前三期，在乱局中抢到热度，后面就会好办得多。第一期节目误打误撞夺取对方热搜，简直是大获全胜，让点击量水涨船高。

路帆笑道："主要是独秀押对题了。"

楚独秀好奇地发问："不过他们真有钱，这样宣传可以回本吗？"她见过卢毅等人宣传，内心也惊异又怀疑，不懂对方何来的自信，竟敢砸出那么多钱。

"不知道，我也没拿过那么高预算，咱们公司做节目向来节俭。"尚晓梅掏了掏耳朵，撇嘴道，"稍微多花点儿，你听商总叫唤的，我耳朵都起茧子了。"

"那叫作成本控制，该花的地方，我可没省过。"

正值此时，商良在门口露面，身后就是谢慎辞。两人刚见过铃果高管，都穿得较为正式，现在匆匆赶回来沟通平台的消息。

"谢总、商总。"

商良环顾一周，蹙眉道："又差北河？他怎么老迟到？"

楚独秀支吾："商总，北河哥在忙选手的事，而且还没到开会的点……"她深感有必要帮北河说话，明明是众人总提前开会。

谢慎辞顺势坐下，取出手机，镇定道："我给他发个微信。"

他今日西装笔挺，直接坐在楚独秀身边，不等她有所反应，便见另一人跳脚。

商良瞪大眼："你怎么坐那儿？"

众人闻言一惊，皆诧异地抬眼，看不懂他的反应。

谢慎辞："怎么了？"

商良见对方故作无辜，没好气地招招手："你坐过来，他们是参赛选手，我们稍微避避嫌。"他以前不知实情，自然毫无压力，现在看到此幕颇不顺眼，唯恐第三季节目被毁。

尚晓梅不解地挑眉："哪儿那么夸张。"

路帆疑道："商总是不想挨着北河？"

座位有限，唯有楚独秀和尚晓梅旁边有空位，谢慎辞将这边坐满，商良和北河就挨着，只能坐到另一边。

"不至于吧。"尚晓梅劝道，"你也别老针对北河。"

"谁针对北河了……"商良抓心挠肝，生出众人皆醉我独醒的憋闷感，蹙眉道，"男左女右，分开来坐，不是挺好？"

尚晓梅探头道："让我看看你的辫子。"

商良："什么辫子？"

尚晓梅瞄向他身后，打趣道："大清的辫子，早该剪了啊。"

"……"

商良硬着头皮道："节目录制时还是谨慎点儿，别爆出乱七八糟的新闻，现在太多人盯着我们的选手。"

楚独秀旁听许久，恍然大悟道："我懂了，商总是好心，害怕我们被抹黑。"

商良说话含糊，她却品出深意，应该是怕外人捕风捉影，质疑第三季比赛的公正性。

"没错。"商良点头，"还是有明事理的人。等节目录完，有什么新闻，倒是无所谓。"

尚晓梅反驳："是不是有点儿杞人忧天？现在谁会怀疑她的实力……"

楚独秀上一季被黑掉冠军，又作为第三季总编剧指导所有参赛选手写稿，更是首播就贡献热搜，凭一己之力带飞节目组。即便是不粉她的人，都很清楚她会参赛完全是为了增加节目看点。这是跟《最强逗乐王》对打的策略，节目内的输赢是次要的，关键是赢过竞品节目。

商良："那也要小心点儿。"

"没事的，您放心，不会有这种事的。"楚独秀出声劝和，她瞄一眼谢慎辞，打圆场道，"那是没拍他的脸。"

众人闻言都不解，谢慎辞则偏头望她。

楚独秀上下扫视他一番，见对方五官俊美、肩宽腿长，穿西装时仪表堂堂，颇有高富帅的精英风范，不得不说，确实有姿色，能靠脸吃饭。如果是不熟悉他的人，应当都能被那高冷气质所骗，看不穿他喜剧人的本质。

"只要拍到谢总的脸，他们就会打消疑虑，没准还觉得我很牛。"她干巴巴道，"单口喜剧厉害到一定水平，这公司节目没我不行，以至于老板牺牲自己，不惜做到这个地步。"

谢慎辞："……"

商良："？？？"

商良哑口无言，似乎无力反驳。

谢慎辞坐在她身边，用余光打量她，没有作声。

尚晓梅和路帆笑起来，竟赞成楚独秀的思路。

路帆："反客为主了。"

"不错，这种思考模式挺好，建议全公司推广。"尚晓梅饶有兴致道，"公司男员工都该注意形象，好好捯饬一下自己，吸引厉害的演员加入！"

第十二章 反击

"什么厉害的演员？"北河姗姗来迟，开门走进来，手里捏着文件。

路帆："正好，先捯饬进来的这位。"

北河看她们笑，一时间一头雾水："我错过什么了吗？"

商良蹙起眉头，恨铁不成钢道："你来晚了，我们的票数被压。"

由于北河迟到，会议出现女多男少的局面，自然让另一拨人占了上风。

谢慎辞："少数服从多数，公司刚投票通过新决议。"

北河迷茫："什么决议？"

"物化男性的决议。"

"……"

一群人终于聚齐，玩笑过后聊正事，沟通节目的情况。

谢慎辞："我和商良上午跟平台交流完，他们挺满意，招商数量也有所增加。如果节目能保持现有质量，收官时会再大力宣传一波，有望突破第二季的热度。"

商良抬头望向楚独秀："后面可能就是内容的压力。"

想要保证内容质量，无疑就是看选手的稿子。

楚独秀点头："好的。"

"剧场开放麦的时间也敲定了。"北河将印有时间的 A4 纸分发给众人，"尚导你们那边有计划吗？后续录制都是哪几天？"

"已经排出来了，大家商量一下，看看行不行吧。"尚晓梅念了一遍录制时间。

每轮比赛前，选手们要到剧场提前练稿，再到演播厅内正式表演，排出来的时间比较紧。

楚独秀不知想起什么，突然迟疑起来。

尚晓梅察觉到她的异样，问道："有什么问题吗？写稿还是太赶？"

楚独秀作为总编剧，必然要浏览其他人的稿件，花费的时间会比旁人多。

"不是。"楚独秀赶忙摇头，"我觉得应该能行。"

"好，那就先定这几天。"

众人将重要的事聊完，又分头聊各自的工作：商良和北河到隔壁商议剧场的预算；路帆和尚晓梅还有其他事，跟其他人打过招呼，先行离开小会议室。

楚独秀略感口渴，索性蹲到角落里，从箱子里拿出一瓶矿泉水，拧开瓶盖，小口地喝着。她握着水瓶起身，回头却瞧见谢慎辞，发现他还没有走——明明其他人撤了，谢慎辞却依旧站在门口，默不作声地看她拿水，不知是有事还是在等她。

这又让她想起他生日的事。

尚导方才念完录制时间，楚独秀就捕捉到关键点：有一天是谢慎辞的生日。节目组的工作相当忙碌，他恐怕没法好好庆祝，只能在演播厅随便过了。

楚独秀晃晃矿泉水，问道："喝水吗？"

373

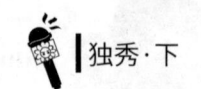

谢慎辞迟疑数秒，走了过来，伸手接瓶子："好。"

楚独秀见他要拿自己的，忍不住瞪他："你去箱子里拿！"

一箱水摆在旁边不拿，偏偏要抢她的水，究竟是什么心态？

谢慎辞："哦。"

两人各自拿一瓶水，告别隔壁的商良和北河，结伴往楼下走。今日没有录制任务，演员多在房间休息，酒店走廊里寂静无人。

楚独秀借此机会随意地打探："喵总，你平时喜欢什么？"

既然没法搞庆生活动，起码要准备生日礼物，根据他的喜好来挑才对。

谢慎辞一怔，眸光微闪，音量都降低了，迟疑地问道："你指哪方面的喜欢？"

楚独秀被反问，一时间两眼发蒙。她撞上他幽幽的目光，瞬间就脸热，连忙强调道："当然是兴趣爱好，你都喜欢做什么？"

不然她还能问什么？！

谢慎辞："哦……"

奇怪的语气，还拖着长调，不懂他何意。

楚独秀板起脸，强装正经，轻咳两声道："随便聊聊，我就是积累素材，想听听周围人的爱好。或者你有什么想做的事？"

谢慎辞平时过于神秘，基本不泄露隐私。他的朋友圈都是公司事务及风景照，从来就不会展示私人生活，也很少给别人点赞或评论，随性又独来独往。楚独秀对他的全部了解，都来自个人采访及文城家宴——她和楚岚询问时，他会老实地回答，但自己从不主动提起，属于被动真诚型。

商良、北河等人偶尔会聊点儿，比如谢慎辞留学时的事，还有公司初创时的事。楚独秀听完，能拼凑出一些谢总的习惯，但总归有局限，只是别人眼里的他，并不是完整的谢慎辞。

果然，还是直接问最好，除了单口喜剧外，他有没有别的爱好。

"想做的事？"谢慎辞思忖片刻，试探道，"我想不劳而获，就让公司做大做强，有数不清的段子和进账，这种可以吗？"

楚独秀："？"

"还是得牺牲自己？"他眨了眨眼，挑眉道，"毕竟你都给我规划好路线了。"

公司实力女演员都明示了，谢总觉得自己该懂事点儿，不想奋斗了。

"谢总，您这……"楚独秀瞠目结舌，"也太……"

太露骨了！太不符合社会主流价值观了！

谢慎辞说完，不动声色地盯着她看，嘴唇紧抿着，喉结还微动。

楚独秀果断摇头："不行，感觉不行。"

谢慎辞惊道："为什么？"

第十二章 反击

"手段太生疏了，好像不够努力……"她强调，"搞歪门邪道也是有技巧的！"

猫猫吃软饭也要付出的，哪儿能像他这样硬碰瓷。

"……"

楚独秀问完本人却一无所获，决定找其他人征求意见。

屋内，楚独秀、王娜梨和小葱修改完下轮稿子，又跟其他新人演员交流完，总算有时间喘息，偷懒将盒饭拿到房间里吃。

席间，三人有说有笑，小葱一边吃饭闲聊，一边将手机横过来，一心三用地玩起游戏。

"哇，又开始了。"王娜梨惊叹，"为什么不吃完饭再玩？"

小葱："我可以待会儿再吃，但她就午休时有空，晚上要讲开放麦，更没时间了。"

近日《单口喜剧王》录制流程紧密，演员同样没什么空闲。小葱和豆腐都在海城，竟也过得像异地恋，一个在市区一个远在郊区，工作日没办法见面。因此，小葱抓紧一切时间联络，休息时都会跟豆腐聊天。

王娜梨啧啧摇头："脱口秀干将莫邪，恐怖如斯。"

楚独秀好奇道："你们谈好久了吧？"

小葱点头："嗯，光学校里就有几年，过年时去见了她家里人。"

王娜梨感慨："那真的挺厉害，关系相当稳定。"

"冒昧地问一句，你们彼此收到印象最深的礼物是什么呢？"楚独秀举手虚心请教，又连忙补充，"我想采访取材，拓展社会常识。"

小葱是男生，他提出的建议没准会有帮助。

王娜梨闻言也有了兴趣，兴致勃勃地八卦："对哦，你们谈了那么久，怎么在一起的？"

"就是在学校参加活动，顺其自然就认识了，我俩共同爱好很多，经常出去看演出……"小葱得意地扬起眉，"至于怎么在一起的，也跟她的礼物有关。"

楚独秀竖起耳朵，妄图抄答案，追问道："她送了什么礼物？"

"她说送我一个名分。"

"……"

"啊——"王娜梨哀号，一揉鸡皮疙瘩，既好气又好笑道，"我们就不该问这个！活该被他秀到！"

小葱嘚瑟地耸肩："没办法，送上来的人头，不是我故意秀。"

楚独秀不死心道："后面还有别的礼物吗？让你记忆深刻的。"

"过生日什么的是有，但非要说记忆深刻的，应该超不过第一个了……"小葱无奈道，"其实无所谓，送什么都行，主要看送的人是谁。"

王娜梨："男生好像都这样，很少会被感动到。"

小葱："你们女生也是吧？喜欢的人送什么都行，讨厌的人送什么都不行。"

楚独秀："那倒不是，你各送我们五百万，我们也能欣然笑纳。"

小葱："？？？"

第三季《单口喜剧王》按部就班地向前推进，演员及工作人员也在两地辗转，一会儿待在郊区演播厅录制节目，一会儿回到市区公司处理杂事。

录制前一天，楚独秀等人专程返回善乐文化，整理东西，准备带回酒店。由于时间紧迫，众人一忙就忙到大半夜，总算陆续将东西搬上车，有条不紊地往郊区运。

公司内，路帆看了一眼手机，发现时间快到凌晨了："就这些了吗？"

"对，下趟车过会儿才来。"北河道，"你们有没有要拿的东西？要不现在回家取一趟，后面不一定有空回来，我准备回去给鱼缸换个水。"

众人都住在公司附近，却碍于节目录制时间紧，最近没时间回去。

楚独秀："我想去公寓拿点儿东西。"

路帆："我也回一趟吧。"

"我看看，路帆跟我一路……"北河面露一丝犹豫，又怕楚独秀落单，"不然捎上你吧，我们溜达一圈。"

楚独秀："北河哥，我是成年人，可以自己回去。"

公司附近挺繁华，夜里也灯火通明，治安不错。

谢慎辞从屋里出来，听闻此话，提议道："我陪她过去吧，公寓步行就能到，跟你们一起反而绕远了。"

北河和路帆搬离公寓后，租在公司另一侧的小区，家里空间会大一点儿，但跟公寓是反方向。

北河："行，那我们待会儿在门口集合，拿好各自东西直接上车，就不再进楼了。"

众人商量好就兵分两路，各自回去拿行李。

时值深夜，海城依旧繁华热闹，道路两侧的路灯昏黄，宛如绵延流淌的星河。

街角的便利店24小时营业，店内没什么顾客，却有店员在忙碌，拉着一车货物缓慢移动，轮子发出骨碌骨碌的响声。

金泽公寓门口，谢慎辞将楚独秀送到楼下，率先停下脚步，留在一层的大厅，说道："我就在这里等你，你上去拿东西吧。"

公寓一层是公共区域，需要乘坐电梯才能抵达房间，进门还要密码。

楚独秀一怔，突然醒悟过来，现在深更半夜，带他进自己屋确实会有点儿怪。她忙不迭小跑进电梯："那你稍等片刻，我很快收拾好，马上就下来！"

"不着急，还有时间。"

第十二章 反击

　　话是这么说，楚独秀却不愿让他多等，好在夜里电梯没人用，她快速地蹿进屋，手脚麻利地找出礼物，又重新检查一遍，才将其放进布袋。衣服等生活必需品早就运走了，唯有她前不久选的生日礼物，一直没时间带到演播厅旁的酒店。

　　楚独秀检查完毕，将房门锁好，光速下楼。

　　"好快。"谢慎辞见她露面，垂眼望向布袋，疑道，"就这些吗？"

　　柔软的布袋印有图案，但大厅光线偏暗，自然就没法看清，只留一片黑乎乎的影。

　　楚独秀点头："对，都带好了，我们走吧。"

　　谢慎辞伸手："我帮你？"

　　"不用。"她当即婉拒，又偷瞄时间，说道，"现在还不用。"

　　没到送给他的时候。

　　两人走出金泽公寓，沿着狭窄小路向外走。楚独秀走在马路内侧，谢慎辞走在马路外侧，途经光线明亮的便利店，看到两摞堆得高高的纸箱子。

　　推车上堆积着饮料及食物，都被整齐码放在箱内，被店员依次搬下来。这是便利店的补货时刻，货架也慢慢地充盈起来。

　　骨碌碌的声音响起，楚独秀还没反应过来，只觉得脸侧掀起了一阵劲风。下一秒，只听稀里哗啦一阵响，伴随纸箱沉闷的落地声，箱内的饮料瓶撒落一地。

　　楚独秀一惊，回头才发现谢慎辞不知何时走到路内侧，刚刚好像挡了下什么，从容不迫地甩了下手。她瞄了一眼纸箱，又看向满地狼藉，怀疑自己刚才差点儿被砸中。

　　"您没事吧？"店员听到动静，从高高的箱子后探出头，惊慌失措道，"是不是砸到了？有没有受伤？"

　　谢慎辞活动了一下手臂，镇定道："没事，不是很重。"

　　他也是害怕砸中她，才下意识地伸手。好在那箱饮料没有装满，否则他没办法挡开。

　　店员从视野盲区出来，焦灼道："对不起，对不起，您被砸哪儿了？真的没事吗？"

　　"真的没事。"谢慎辞倒没发脾气，只是向内移动两步，顺势跟她调换位置，让她远离纸箱。

　　店员极为愧疚及慌乱，面对谢慎辞的宽宏大量，更恨不得将"对不起"说烂。他从店里取了冰水及药物，还给二人留下联系方式，着重强调要检查一下，有问题随时回来找他。

　　谢慎辞显然也不适应这场面，被迫跟店员客套了好久，最后还是楚独秀解围，才顺利地从店里离开。

　　两人走远了一点儿，避开了便利店，楚独秀这才有空询问。

　　她担心地问："真的没事吗？"

　　她很怕他不愿旁人担心，逞强假装无事。毕竟他泰山崩于前而色不变，靠面瘫将情绪藏起来，让人探不出真假虚实。

独秀·下

谢慎辞思忖道："真的没事，应该死不了。"

"这叫什么话！"楚独秀惊道，"你给我看看，砸到哪里了？"

她感觉是砸中小臂，他方才还晃了晃手，估计有一点儿不适。

"不要。"

"给我看看。"

谢慎辞回避她的目光，还侧开手躲避，含糊道："不用了，不用看……"

楚独秀相当气恼："给我看看！你有什么是我不能看的！"

谢慎辞："……"

楚独秀趁他语塞，强势地伸出手，一把撩起他的袖子，仔细地检查起来："是这里吗？砸到胳膊了？啧，这里光线暗，看不太清楚……"

她向来脾气柔和，难得地显露出烦躁，掏出手机当手电筒，用强光照他的皮肤，寻觅可能因意外留下的伤痕或瘀青。

她也不知道纸箱有多重，希望他确实没事，又怕会不慎骨裂，于是用指尖轻触他的手臂，让他小心地抬手，视线落于他袒露的光洁皮肤上，认真地检查着。

"好像还没变青，你觉得哪儿疼？"

酥酥麻麻的触感在手臂涌起，最初明明只有伤处微热，现在却随着她的动作整个升温，如同柳枝在春日中搅乱平静的湖水。他只觉得她的指腹如羽毛，轻轻地掠过自己的皮肤，尽管什么都没做，却似有细小电流流过，勾起似有若无的悸动。或许是她的眼神过于关切专注，以至于视线都化作柔软绸缎，将他牢牢包裹，只能沉溺其中。

"不知道。"

楚独秀抬眼，不满道："你怎么连哪儿疼都不知道？"

谢慎辞撞上她亮亮的目光，移开视线，闷声重复道："不知道。"除了心跳过快，他感觉都挺好，哪儿都不疼。

"稍微冰一下吧。"楚独秀检查一圈，发现他有块皮肤微烫，估计是被砸中的地方，便将冰水瓶贴在他胳膊上，"现在看不见，隔天就青了。"

冰凉触感让谢慎辞脸色微变，却没有抬手挣扎，老实地接受冰敷。

楚独秀："凉不凉？"

谢慎辞："不凉。"

"不凉就没效果了。"

"凉。"

楚独秀瞧他这样颇感好笑，宛若将野生猫老大塞进粉裙子，还强迫对方接受自己的可爱一样，他回话的语气都古里古怪、透着无奈。

片刻后，她将冰水瓶拿开，问道："真的不用去检查一下？你自己感觉呢？"

第十二章 反击

"不用。"谢慎辞转转胳膊,"可能会青一块,但没什么大事。"

"幸好不用做什么费力的工作。"

"嗯,毕竟我靠脸吃饭。"

楚独秀一愣,诧异地望着他。

谢慎辞煞有介事地问:"如果我砸到脸,你还会关心我吗?"

她和他大眼瞪小眼。

楚独秀沉吟数秒,回道:"不会。"

谢慎辞盯着她:"?"

楚独秀漠然道:"所以你注意点儿,别再被砸中了。"

谢慎辞:"……"

两人返回善乐文化门口,跟公司其他人碰头。

北河和路帆没多久就露面了,节目组的车辆也抵达了。一行人将东西放好,陆续上车,等待启程。

北河瞥见楚独秀的布袋,有些愣怔:"你回去一趟就拿这些啊?我以为会有不少。"

楚独秀心虚地抱紧袋子,忙道:"别的都带过去了,所以就只剩一点儿。"

车辆启动,众人在旅途中得以休息,抵达酒店时刚过凌晨没多久。

北河和路帆带着行李下车,楚独秀紧随其后,却迎面看到前排的谢慎辞。他眼看她下去,才起身跟着她,从车里走出来。

月朗星稀,酒店位于郊区,周围早就安静下来。大巴车关门驶离,一行人打过招呼,疲惫地回到各自房间,门口很快就没有人了。

谢慎辞看到楚独秀在徘徊,好奇地问:"怎么了?不回去休息吗?"

她在外面绕了两圈了,也不知道想做什么。

楚独秀磨蹭许久,又低头看一眼时间,确认已经过了凌晨,忽然伸手道:"这个给你。"

两人在公寓时,谢慎辞就想帮她拿行李,却被她回绝了。这会儿他接过布袋,终于看清上面的卡通图案,竟是举爪的黑猫,神态严肃却可爱。袋子里的东西并不重,提起来似乎有好几样。

"生日快乐。"楚独秀瞧他面露迷茫,略带得意地笑道,"我是第一个送礼的人。"

暖光下,她的眼眸明亮,映着他的身影,灿若星子。

难怪方才不愿提前给他。谢慎辞心神一震,一时间无法答话。

"不喜欢也不许告诉我。"楚独秀捂着耳朵,作势就想逃跑,咕哝道,"我提前问过你了,是你不好好回答。"

谢慎辞唇角弯起:"喜欢,什么都喜欢。"

379

"哦。"

楚独秀耳根发热，只觉得他话里有话，不知该回些什么，索性又说了一句："生日快乐。"

"嗯。"

"生日快乐。"

"嗯。"

她每说一次，他就应一次，回答得格外简略，笑意却在脸上蔓延，最初是抿唇浅笑，很快就控制不住，弧度越发上扬。

无边暗夜中，夜晚的寂寥都被他的回应冲散。

楚独秀见状，小声嘟囔道："都该给你取个小名叫'生日快乐'了。"

这神奇的一问一答，跟人类唤"咪咪"简直有异曲同工之妙。

谢慎辞眼里含笑："嗯。"

"我回屋休息了，晚安。"楚独秀挥手道。

"晚安。"

谢慎辞目送她仓皇离去，直到她的身影消失，才缓缓取出布袋内的东西。最大的是一张薄薄的黑胶唱片，竟来自他喜欢的乐队，也不知道她从哪儿淘来的。很少有人知道他的喜好，而且这是一张经典黑胶，并非近日发售的新唱片。

谢慎辞思考良久，终于有了一些头绪，应该是搬毛绒兔玩偶那天，她坐在自己车上听到音乐，私底下用手机听歌识曲，这才推测出他的偏好。

其余东西较零散，放一起却有秩序，分别是茶叶、芝麻糖、红枣等小零食，最神奇的是有一罐鱼干。

谢慎辞颇感新鲜，扫视了一圈，不懂她是不是喜欢吃这些，又觉得茶叶混在里面不对，索性掏出手机找答案。

片刻后，搜索栏里出现文字：喜欢的人送我鱼干是什么意思、喜欢的女生送我鱼是什么意思。

页面很快跳转，网友众说纷纭。

"往后余生都是你。"

"鱼我所欲也，你是我中意的人。"

……

谢慎辞看完眉尖微挑，又想起茶叶和芝麻糖，总觉得搜索得不够全面。

正值此时，布袋上的黑猫映入眼帘，强势夺人眼球，让他灵光乍现。

手机搜索栏被输入新内容，跳转到另一个页面，浮现出科普知识：宋朝人将买猫叫聘猫，还要给彩礼，下聘书。根据不同地区的习惯，彩礼有糖、茶叶、芝麻、大枣、小鱼等物品。

谢慎辞："……"

第十二章 反击

深夜。

酒店房间内,谢慎辞和商良聊完,分配好各自的工作,准备休息。

"行了,先这样吧,我也回去了。"商良抱起笔记本电脑,突然瞥到右下角的日期,冷不丁道,"今天是你生日吗?"

谢慎辞向来是不爱暴露隐私的人,就像留学时给朋友庆生,却很少会主动提及自己的生日,让旁人连还礼的机会都没有。

"嗯。"

"生日快乐,又老一岁。"商良笑道,"该不会只有公司行政部给你庆祝吧?"

谢慎辞去年生日时在外地出差,并没有待在海城,最后是行政人员在群里送祝福,又等他回公司才补办了一次。商良怀疑他没朋友为他庆生,全靠公司的同事撑场面。

"怎么可能?"谢慎辞散漫地抬眼,"我都收完礼物了,你算是晚的了。"

商良一怔:"现在半夜两点,哪儿来的礼物?提前给你的?"

谢慎辞微抬下巴,慢条斯理道:"当然是当天给的,不然多没心意。"

商良总觉得他有点儿欠扁。

谢慎辞:"对了,我有件事想问你。"

"什么事?"

"如果一个女生很少将你当作有好感的异性,而是将你塑造成猫猫狗狗,一般是什么意思?"谢慎辞补充,"当然,她喜欢这种动物。"

商良反问:"不当喜欢的人,就当喜欢的猫?"

"对。"

"那她就是有其他喜欢的人呗。"商良幸灾乐祸,挑拨道,"人家婉拒了,你是个好人,不对……你是只好猫。"

谢慎辞不以为然,当即低头编辑起微信:"果然,你也没经验。"

"抱歉,我对跨物种恋爱确实没经验。"

房间内,楚独秀在洗漱后钻进被窝,临睡前却收到谢慎辞发来的微信。

谢老板 10.9:"你要不要听听这张黑胶?"

"怎么听?"

楚独秀本意是送他黑胶唱片做收藏,没想到还能使用,一时间颇为新奇。

谢老板 10.9:"改天来我家,家里有黑胶唱机。"

楚独秀举着手机,瞬间手一抖,差点儿砸到自己,然后立马发了一串消息表震惊。

"?"

"??"

"？？？"

或许是察觉到不对，谢慎辞又发来一句，改口道："我带黑胶唱机去你家也行，毕竟都拿到聘礼了。"

他怎么会知道？！这么隐晦都能被发现吗？！

楚独秀没想到小心思会被戳穿，面红耳赤地缩进被窝，强忍住在床铺上打滚的冲动。

小葱建议送一个名分，她不是没有想过，但着实太奇怪了，索性送一份聘猫礼，暗戳戳地占他便宜。

聘得狸奴制小名，潜来时见问金睛。

没想到被他发现了！

谢老板 10.9："我的聘书呢？什么时候带我走？"

楚独秀不好意思回他，发了个"晚安"的表情，一裹被子闷头睡觉，以此来强压急促的心跳。

第十三章 绝局

随着首播战役打响,《单口喜剧王》和《最强逗乐王》展开漫长的拉锯战,一连对峙了好几期节目。尽管前者内容质量更高,但架不住后者宣传极猛,依靠各类推广强拉数据,从点击量来看,《单口喜剧王》略胜一筹,只比《最强逗乐王》高一点儿,但从口碑来看,前者却明显更好,尤其随着赛程推进,差距愈加大。

两档节目的对打吸引来不少观众,也不乏网友讨论。

"橙景注水好凶,点击泛滥成海,简直阴兵过境。单看讨论度,铃果高多了。"

"编剧团队还是不行,《最》前两期好笑,后面就拉胯了,内容和视角差好多。"

"《单》题材丰富得多,演员来自各行各业,而且总编剧有水平不贪功。《最》好几个编剧出来骂演员了,说他们一无是处,还改自己的段子,就会抱制片人的大腿。"

"真的,丢脸窝果然丢脸,不但跟外面撕,内部也在乱撕。"

"但编剧也没骂错啊,那几个被强捧的演员以前靠自己杀不出来。脱口秀圈人是少,不代表记性不好。"

"确实,菜豆当年都没小葱牛,现在拍卢毅马屁,直接碰瓷楚独秀,多少有点儿爱蹭的。"

"看商务数量就懂,《最》演员没一个能自己上其他节目的,水平太差了。"

《最强逗乐王》首战失利,让卢毅大为恼火,不断给团队施压。

外请的编剧团队想击败经验丰富的《单口喜剧王》确实不是一件容易的事,只能勉强支棱起来,不被彻底地比下去,再加上优秀段子出自编剧,风光表演却交给菜豆等人,让不少人也心生抵触、表示不满。

而菜豆等人并非明星,本身就没有外貌优势,现在连段子都不自己写,还时常调整编剧的内容,自然在内部引发矛盾。

一群人分赃不均，不时就爆发口角，甚至有录音流出。据说有编剧愤而离开，中途退出了团队，更是让外人议论纷纷。

暗流涌动中，外来大浪却拍向节目，带来一阵可怖的震荡，以摧枯拉朽之势击垮《最强逗乐王》的防线。

酒店会议室内，楚独秀等人正在筹备决赛，却突然听闻竞争对手的消息。

北河正对着笔记本电脑打字，见右下角跳出消息，他随手点开，愣住了："群里有人说《最强逗乐王》本期停播？"

"嗯？为什么？"尚晓梅抬起头，"不是嘉宾名单都发了，打算跟我们决一死战？"

《最强逗乐王》想翻盘，一直在邀请知名明星，妄图以此拉升节目热度。双方的决赛至关重要，皆准备掏出王牌。

商良望着亮起的手机屏幕，他开会总静音，此时却是一顿："不好意思，我接个电话，谢总有急事。"

片刻后，商良归来，他眉头蹙起，汇报最新信息："据说卢毅的公司爆雷，好几个项目被查，橙景有人跟他存在利益输送关系，相关高层正在被调查。铃果总部刚叫谢总过去，估计我们也得自查。"

路帆疑道："自查？"

尚晓梅："我们这点儿预算有什么好查的？一开始就符合平台标准，多一分都没有了。"

"不管怎么样，流程总要走。"商良道，"毕竟跟他们同期竞争那么久。"

北河："是《最强逗乐王》爆雷了？"

商良摇头："不止，听说最初是卢毅的其他项目有问题，后来才查到节目上。"

楚独秀惊道："难怪他们宣传砸钱那么狠，我就说对方怎么可能回本！"她一直奇怪，卢毅哪儿来的自信喜剧节目能赚大钱，却不料对方从未想过此事，单纯就是靠噱头骗钱罢了。

近年，卢毅不但转型导演，还开设了数家公司，参与影视、剧场、综艺、直播等多个项目，摊子铺得特别大，人脉也铺得很广。然而大厦早已千疮百孔，跟光鲜的外表不同，内里摇摇欲坠，就是一副空壳。如果没有《单口喜剧王》和《最强逗乐王》的对抗，没准常人不会那么快发现，但两档节目差距不大，投资成本却天差地别，自然就引人生疑。

最先是编剧团队不断爆料，号称酬劳跟外界宣传不符，完全是廉价劳动力，且迟迟不结算。紧接着，卢毅的旧项目知情人发声，说自己前年就被拖欠尾款，但相信卢毅的实力没有催，近来察觉风评不对才敢发言。

一时间，疑云丛生。网友们本来就好奇卢毅为何后台那么硬，在全网的谩骂中还能手握优质资源，现在是越扒越蹊跷，顺藤摸瓜查到好几家公司，还寻到橙景视频高层的头上，发现卢毅和高层不光合作《最强逗乐王》，还在影视方面多有合作，数家公司有利益往来，

第十三章 终局

显然不是简单的甲方乙方关系。最后连双方借境外公司逃避国内的监管，进行高额数目转账，都被人深挖出来。

事件爆发后，橙景视频察觉不对，紧急叫停卢毅的全部项目，并对相关高层立案调查，连带造成《最强逗乐王》停播。

《最强逗乐王》也一改往日频繁宣传的搞法，发布停播通知后便彻底沉寂下来，反而引发网友热议。卢毅的事在热搜上持续发酵，却不仅仅局限在单口喜剧，讨论内容贯穿他的演艺生涯。

"卢毅和橙景合作过好多项目，这把不得血亏？"

"橙啊，我误会你了！你是被偷钱的冤大头呀！"

"不止，他跟那高层认识好久，据说对方去橙景前在上家公司做过类似的事，那家公司也宣布调查了。"

"我必须得说，隔壁是什么大预言家！卢黑灯才是真正拿投资人的钱开玩笑！"

"为什么以前没人告发他？"

"树倒猢狲散，墙倒众人推。那人不都说了吗，要不是节目的事，现在还不敢揭发。"

"以前有人告过，但被压下去了吧，这回动静太大，纸包不住火了……"

"贪那么多不给打工人结尾款？"

"不然怎么叫贪呢？"

卢毅的丑闻不断发酵，很快就不光是橙景等平台内部的问题，还延伸到可能靠境外公司避税，事态的严重性进一步加剧。

多方力量对卢毅及其公司展开彻查，往日跟他交好的艺人听到风声也纷纷保持沉默，不敢在此刻出头。前期在《最强逗乐王》露面的明星近日连网络社交平台都不更新了，更不出席任何活动。

善乐文化内，众人旁观乱局，同样心生唏嘘。卢毅曾用外力击垮第二季节目，现在却引火烧身，被自身的贪念所吞噬。

北河感慨："眼看他起高楼，眼看他宴宾客，眼看他楼塌了。"

路帆："居然连结尾都不录，快刀斩乱麻地停下。"

楚独秀："没想到潮水一落，谁都爬不起来了。"

《最强逗乐王》无疾而终，莫名其妙被解散团队，连敷衍的收尾都没有——橙景视频根本不愿继续做赔本买卖，加上节目招商引资能力不够强，还因卢毅事件受到冲击，干脆直接叫停了项目。

"看不到收益，自然没必要。"商良道，"没了卢毅，没了明星，决赛也不可能回本。"

谢慎辞："不管其他节目怎么样，我们的总决赛得办好。"

尚晓梅："确实，盯着我们的人也更多了。"

《最强逗乐王》完了，但《单口喜剧王》正处于关键阶段，筹划着冲击新的高峰。

总决赛越来越近，众人也忙碌起来。

演播厅内人声鼎沸，走廊里也人来人往，都是忙碌的工作人员。

角落里，楚独秀对着自动售货机的屏幕想要扫码买瓶水，却迟迟没法打开二维码。

没准是此处网络信号不好？

半响，屏幕上总是旋转的等待符号让楚独秀的耐心彻底耗尽。她环顾一周，打算找个熟人问问有没有现金，恰巧看到一张熟面孔，只见谢慎辞从道路尽头拐出来，看上去是要前往演播厅。

"谢总，有零钱吗？"楚独秀拦住他，一指售货机，解释道，"自动贩卖机连不上网。"

谢慎辞停下脚步，竟真带着钱包，他从口袋里取出，随手递给她。

楚独秀从中取出一张纸币，将装有证件的钱包归还："谢谢，待会儿转账还你。"

谢慎辞却没接："不用还了，你拿着吧。"

楚独秀蒙了："我拿着？"如果她刚刚没有看错，钱包里有身份证及银行卡，已经足以完成盗刷操作了。

"对，毕竟我签了卖身契，都丧失猫身……人身自由了。"谢慎辞垂眼瞥向她手中的钱包，一本正经道，"至于股份什么的，你拿正经聘书来换。"

"什么聘书……"楚独秀张皇道，"那叫纳猫契。"

谢慎辞紧盯她，反问道："那你怎么还不纳？"

角落里，他身着深色外套，站在墙边凝视她，一副讨说法的模样，竟像是早有准备。

楚独秀既好气又好笑："这属于碰瓷了。"她就是想要买瓶水，不料被他反戈一击，都不能叫作捡猫，纯粹是猫强势敲门。

谢慎辞坦然承认："确实，就是碰瓷。"

楚独秀语塞片刻，又晃了晃钱包："真让我拿着？"

谢慎辞点头。

"行，那我就收下了。"楚独秀将钱包收进口袋，威胁道，"有你求我的时候，看你出差怎么办。"

他现在放出大话，等坐飞机时就懂没身份证有多惨了，不信治不了他！

谢慎辞听见她铁石心肠的发言，却没有被打击到，反而幽幽打量她，客观地评价："你有好多奇怪的爱好。"

"什么？"

"不是猫塑，就是掰下巴……"他欲言又止，"还有什么'求你'。"

确实怪到家了。

"……"

第十三章 终局

楚独秀从售货机里取出水,揣着钱包愤而离去,临走前警告他:"不许在心里抹黑我。"她才不是变态。

走廊尽头一拐,进入演员通道,四周人流变少。

楚独秀步子迈得飞快,她鬼鬼祟祟地回头查看,确认谢慎辞没追上来,偷偷取出钱包,薄薄的并不重,与其说是用来装钱,不如说用来装证件,起码她刚才看到,现金比证件少。

要不要再看一眼?反正他都声称不用还了。

楚独秀被强烈的好奇心驱使,索性打开钱包,端详起来。

钱包造型简约,结构也不复杂,里面除了崭新的纸钞、排列整齐的各类证件,基本就没别的东西了,跟他的微信朋友圈一样一眼看到底。

她正要伸手合上,发现钱包内侧有条细拉链,被现金挡住,并不太显眼,于是试探地拉开。一张签名照露出来,上面写着"楚独秀"三个字,赫然是她自己幼稚的字迹。

楚独秀:"……"

她当即把照片塞回去,暗恼他像个追星族,怎么在钱包里装乱七八糟的东西!

走廊里,谢慎辞目送楚独秀逃走,这才慢悠悠抬腿,拐进了演播厅里。

商良看他进来,蹙眉道:"收收你的表情。"

"什么表情?"

"嘴巴要翘上天了。"

谢慎辞却没压住唇角的弧度,语气平和地问道:"我们是单口喜剧公司,难道你的生活没有快乐吗?"

"喜剧的内核是悲剧。"商良无情地吐槽,"看到你们快乐,我就笑不出来。"

演播厅内,台上挤满了舞美人员,正在检查表演用的背景。尚晓梅带领编导们坐在空荡荡的观众席内,正在提前开联排的小会。演员们暂时还没有进来,屋内都是幕后工作人员。

"有件事跟你商量一下。"商良冷不丁道,"有个人想来决赛现场,我觉得你那天忙完可以陪对方看比赛,我来对接铃果那边。"

谢慎辞疑道:"谁要来?"

"你们自己联系吧。"商良调出聊天信息,将屏幕转向谢慎辞,示意他看内容。

谢慎辞看完一愣,片刻后,他回道:"好。"

《最强逗乐王》突然停播,连名次都没有公布,使得外界关注的目光都转向另一档节目。有人担忧《单口喜剧王》失去对手后,每期的内容质量会下降,但楚独秀和节目组打消了他们的疑虑,新人演员带来丰富题材,成熟编剧提供技巧润色,每期都有好段子涌现。

风浪过后,这艘大船依旧航行稳定,丝毫没有被外界影响,一直坚持到第三季总决赛。

总决赛当天，演播厅内早早拥入满怀期待的观众，演员们聚集在后台的化妆室里，同样是欢声笑语。

路帆望着笑闹的人群，温声道："不知不觉都迎来第三季了。"

"我觉得该有一个加油打气的仪式！"北河高声招呼，"让我们独秀老师指导一下！"

众人闻言，纷纷侧头寻找，呼喊声此起彼伏。

"呼叫楚王！"

"楚独秀老师！"

楚独秀正闭着眼睛缩在角落，由王娜梨帮忙补妆，听到有人喊自己，愣道："谁叫我？"

"别动。"王娜梨一把将她揪住，耐心地用小刷子涂抹，"马上补好，就差一点儿。"

没过多久，演员们都上妆完毕，集结在宽敞的屋外。一群人有说有笑，身边围着工作人员，看上去浩浩荡荡的。

小葱："我们搞什么仪式？"

楚独秀面对众人，试探地伸出手："要不用圆阵？"

北河配合道："所有人绕一圈是吧？"

总决赛演员很快环绕成圈，纷纷伸出自己的手掌叠在一起。一只手、两只手、三只手……无数只手宛若盛放的花蕊。他们相视一笑，被欢声联结，共同喊出的口号恨不得响彻云霄。

"单口喜剧王！决赛加油！"

"欢迎来到第三季《单口喜剧王》的总决赛现场！"

演播厅内，苏欣怡等人站在台上笑盈盈的，现场观众也发出畅快的声音，热情洋溢地等待总决赛开场。

参赛演员在欢呼中登场，很快在选手席陆续落座。楚独秀等人坐在前排，不时被摄像机捕捉，投放在巨大的屏幕上，激起台下观众的欢呼声。

"大楚兴，单口王！"

"娜梨冲啊，我要看女生称霸前三！"

"北河，封印解除的时刻到了，让他们感受下混世魔王的实力！"

夜幕早就降临，室内却极哄闹。总决赛的欢乐让今晚成为不眠之夜，不但让现场笑声阵阵，更是让直播间的观众激动万分，准备迎接第三季节目高潮。

嘈杂声中，谢慎辞安排完铃果高层落座，没过多久又接到一人。他面对戴着口罩、身着运动装的某人，主动握手道："您来了。"

"嗯，没想到还是这么热闹。"对方伸手回握，环顾一圈现场，感慨道，"你们能办出第三季不容易。"

"主要是靠好演员。"谢慎辞抿唇，礼貌地道，"没想到您还愿意来，我以为要被恨好久。"

第十三章 终局

"不是恨,只是见到你们不知道说什么。不过,其实不用刻意找话题,单纯看表演也可以。"

那人摘下了口罩,露出熟悉的面容,正是许久未见的程俊华。

他语调柔缓,道:"所以我厚着脸皮找商总要决赛票了,毕竟单口喜剧还是实地来看最好。"

前些日子,商良说突然联系到程俊华,对方一改过去的回避,提出想要观看总决赛,这让众人都大吃一惊。自从黑灯事件后,程俊华就再没露面,连国内演出都停止了。很多人惋惜他错过单口喜剧风口,明明都坚持了那么多年,却在第二季决赛后暂停表演,失去了节目后的曝光和无数商务资源。可近一年没人看见过他,任凭网上议论再多,他都没在公共场合出现。

谢慎辞在前方带路,领着程俊华走员工通道,问道:"您最近在做什么?一直在家休息吗?"

程俊华:"没有,我可是刚演出完,急匆匆地赶回来的。"

谢慎辞:"演出?"

"没想到吧?我都在国外表演,回去看了看老师,算是重新捡起来。"程俊华轻松道,"当然,不是那种很大的场,我也是戴着口罩讲,一边讲一边调整状态,想起好多刚入行时的事。"

第二季总决赛后,程俊华心态崩了,很长时间无法上台,更没有办法写段子。他一度想过放弃,后来听从家人建议,前往国外进行休养,顺带拜访恩师洪利文。对方听闻他的遭遇,提议他将痛苦融入创作,一点一点化解心理阴影。

最初,表演的效果并不理想,程俊华上台就会词穷,根本无法谈及决赛的事,也没办法抒发自我,他打心底里没有放下此事。后来他尝试隐去名字及面貌,就在俱乐部里随意地讲,像刚入行的单口喜剧菜鸟一样。没人知道他是谁,没人知道他的遭遇,在异国他乡向陌生人表达,不需要背负"必须好笑"的压力,反而逐渐解开他的心结。

单口喜剧不光是劝旁人,更多的是在劝自己,唯有自己看开,才能幽默表达。

程俊华就这样逐步重拾信心,像个新人演员般成长起来,重新在舞台上自如地演绎。要不是听说了卢毅的丑闻,他没准还不会立马回国,还打算继续深造一段时间。

谢慎辞了然:"抛掉名声,从头开始。"

"对,谁让对手太强了,我还没有服输呢。"程俊华轻笑,"必须磨炼出更好的技术才行。"

正值此时,场内响起主持人的介绍:"有请下一位演员——楚独秀!"

一时间,排山倒海的欢呼声袭来,如同汹涌波涛般,冲刷整个演播厅。

笑声代表和现场观众鼓起掌来,在激昂的音乐中紧盯奔来的人。

谢慎辞和程俊华同时抬头,只见女生在掌声中上台。她笑容灿烂,比舞台的灯光还要耀眼,在强光下被镀上一层金辉,自带游刃有余的风范。

下一秒，熟悉的女声响起："大家好，我是楚独秀。"

程俊华："来了。"

谢慎辞目光柔和，同样凝视着她。

第三季《单口喜剧王》圆满落幕，楚独秀以遥遥领先的票数毫无疑问地夺得第一。

"恭喜楚独秀获得第三季《单口喜剧王》冠军！"

悠扬的音乐声中，楚独秀从颁奖台上端起奖杯，接着就听到一声爆响，演播厅内炸开礼花，无数亮晶晶的银片漫天飘洒，两侧演员也跑上舞台，将她团团包围。王娜梨和小葱最先抵达，冲到她身边欣喜地祝贺。

所有人都在为她这迟到的冠军庆贺，他们不约而同地喊着她的名字，此起彼伏的呐喊声如同拍岸的浪花。

"楚独秀！楚独秀！楚独秀！"

欢乐、笑颜、激情、友谊，在欢呼声中撞出火花。

楚独秀被演员们举起来，今晚是单口喜剧的团圆夜。

山呼海啸的喝彩中，场外观众发现端倪。

"好像看到大佬了？"

"怎么可能？"

"真的，前两分钟镜头扫过观众席，有个人特别像程俊华！我还以为是眼花！"

"谁录屏了？我没看错的话，他好像跟善乐老总站一起……"

"等等，那是善乐老总？打破我对喜剧男的刻板印象了！"

没过多久，"楚独秀夺冠"和"程俊华露面"同时冲上热搜，带来巨大热度。

楚独秀被众人抬起来，颠得晕头转向，落地后甚至有点儿腿软。她等颁奖仪式过后才听到神奇消息，怔道："程老师来了？"

这真是出人意料。在此之前，没有人知道程俊华会在总决赛之夜作为现场观众露面。

"我听他们传的，我们也不清楚。"王娜梨一头雾水，"说是跟谢总一起，但并没有人看到。"

小葱到处张望："谢总人呢？"

王娜梨等人是参赛选手，今日还有自己的表演，自然关注不到场外的事。

楚独秀心里一动，她抱着奖杯，穿过拥挤的人流，匆匆地询问："谢总不在，商总在吗？"

片刻后，楚独秀在大厅找到忙碌的商良，询问谢慎辞和程俊华的下落。

"程老师害怕太晚走不了，所以看完表演提前退场了。"商良面对楚独秀，坦白道，"谢总送他出去了，应该是停车场那个门，但他们走了挺久，你估计追不上了。"

第十三章 终局

　　程俊华曾在第二季节目中遭受重创，善乐的人对他心中有愧，自然也不好多加挽留。谢慎辞遵从对方的意思，等看完所有选手的表演就安排程俊华率先离开，以免在现场引发更大的骚乱。借用程俊华的玩笑话来说，反正他确定冠军会是谁，只要节目组没有翻车，不用特意观看颁奖了。

　　居然先走了！楚独秀闻言略感失落，但没有放弃，决定跑一趟。

　　停车场内，楚独秀从电梯里出来，发现四周空无一人，但谢慎辞的车还在，她又仔细确认车牌号，当即松了一口气，一溜烟蹿过去——没想到赶上了。

　　演播厅的喧嚣留在身后，附近一片静谧。她跑到车门边，还没有伸手，车窗就缓缓落下，露出谢慎辞的脸。

　　谢慎辞见楚独秀火急火燎，跑得头发都凌乱了，手里还抱着冠军奖杯，明显是着急忙慌地赶来的。他猜出她的想法，平静道："程老师已经回去了，我刚送完他回来。"

　　果不其然，车内只有他，没有其他人。

　　"啊——"楚独秀闻言皱起眉头，遗憾地拖长声调。尽管她也不知道该跟对方说什么，但觉得不该错过，起码要见上一面，不一定非得深入交流，只是看看对方好不好，像迎接远道而来的朋友。

　　谢慎辞见她失落，主动掏出手机，道："你要实在想联系，就打个电话，他应该没有登机，估计还可以接听。"

　　楚独秀拉开副驾驶位的门，很快落座，取过他的手机，试着拨出号码。

　　停车场宛若安静的孤岛，跟楼上的热闹截然不同，只能听见手机里传出的漫长等待音。

　　"嘀——"

　　"嘀——"

　　一声接着一声，没有人接听，煎煮她的心。

　　楚独秀握着手机沉吟数秒，迟疑地问道："程老师不会把你拉黑了吧？"

　　对方一看是谢慎辞的号码，直接就不打算接电话了。

　　谢慎辞："不可能，我们刚刚道别，而且聊了一路。"

　　楚独秀："所以道别完才拉黑了。"

　　谢慎辞："……"

　　单调的等待音反复数次，终于产生了一丝变化。

　　"嘀——喂，您好？"

　　熟悉的男声响起，依旧是绵软的语调，周遭的环境有点儿乱，能听见机场里的广播。

　　楚独秀坚持不懈想要联系上对方，但等电话真接通，却瞬间哑然了。此刻宛若梦境，大风大浪过后，两人总算都心平气和，有空闲对话，又不知道从何说起。

　　好在程俊华先一步反应过来。他见电话那头的人不说话，忽然醒悟过来是谁，话里带着笑意:"恭喜你,新人王。不对,现在是冠军了。"

"您怎么那么快就走了?"楚独秀听到熟悉的温和声音,倏地鼻酸,轻声道,"都来不及见一面。"

"没办法,再晚怕误了机。这回来本来就是临时起意,回国来总决赛看一看,时间就排得特别紧。"

"您要飞国外吗?"

"对,后面还有演出,虽然规模不大,但我不想迟到。毕竟是以新人标准要求自己,不可以再摆老演员的谱儿。"程俊华悠然道。

楚独秀听他娓娓道来,一扫上季告别时的颓丧,也放松下来:"您演出完还回国吗?"

尽管这次没碰到,但以后总有机会。

"当然,等你经历更多的事,我们再来比一场吧。"程俊华笑道,"下次不光比五分钟,我们比专场,完整的单口喜剧。"

或许,双方都曾有遗憾,一如程俊华不辞辛劳赶到决赛现场,一如楚独秀千方百计追问踪影,只为一个未完成的约定。即便两人的性格不同,却对单口喜剧有同样的热情,总归是不甘于此,试图攀登更高峰。

楚独秀一怔,只觉得胸腔内热血涌动,好似当初在餐厅门口跟程俊华告别,对方说"下回我也会专门写五分钟的稿子"。

人生只如初见,一切都没变化。

面对战书,楚独秀跃跃欲试:"好,下回我也会专门写专场表演的稿子。"

五分钟的胜负早就过去,双方还有无尽时间赛跑,用贯穿彼此人生哲学的单口喜剧专场。

两人寒暄数句,这才挂断电话。

谢慎辞坐在她身边,观察她的脸色,挑眉道:"开心了?"

楚独秀点头:"嗯,恨不得今晚通宵写稿,明天带专场杀到国外。"

这一通电话化解了隔阂,甚至让她雄心勃勃。节目告一段落,她却热血沸腾,找到了新的目标。

"不好意思,公司办签证没那么快。"

"你和程老师聊什么了?刚刚居然还聊一路?"楚独秀好奇道,"聊单口喜剧吗?"

她回想谢慎辞的话,思及二人内敛的性格,一时间颇感惊奇。一个是面瘫,一个是社恐,都猜不出谁来主导话题。

"不是。"谢慎辞摇头,"我俩的喜剧审美不一致,一直不太能聊创作方面的话题。"

"那你们聊什么?"

"聊彼此的生活。"谢慎辞认真道,"他作为传统派还给了我建议,我觉得有道理。"

他们性格差异大,就聊了些别的事。

第十三章 终局

"什么建议？"

谢慎辞看她一眼，忽然打开车门，起身去后备箱取东西。

楚独秀听见响动，不由得有些诧异，接着看他归来，手中多了一物：娇嫩的白玫瑰沾满露水，被其他花草簇拥在正中间，用蓝色绸带及薄纸包扎，打成精致的蝴蝶结。白玫瑰和茉莉花束不似红玫瑰浓烈，香气却缓缓弥漫、扩散，如他的存在般若隐若现。

"不管多有默契，还是该有仪式，以后回想起来也快乐。"

楚独秀愣了一下，意识到了什么，脸庞逐渐升温。

谢慎辞将白玫瑰递给她，似同样紧张，睫毛微微颤动，垂眸道："应该带着鲜花，在特殊的日子，有个正式的告白。"

寂静的停车场内，四周光线较为昏暗，唯有车内明亮温暖，宛若深夜家中亮起的小灯。

花蕊的清香弥漫，雨露也晶莹剔透，却浇不灭她脸庞烧起的火。她嘴唇微动，胸腔内的心脏跳得急促，察觉他跟自己相仿的心意，翻涌的情绪愈加浓烈。

不是没有怕过，怕破坏双方关系的和谐，一不留神将过往的美好摔碎。但她看他幽深眼眸里盈满光，小心翼翼地递出白玫瑰，往昔的冷静淡然不复存在，此时也紧绷得大气都不敢出。刹那间，那些杞人忧天的畏惧不翼而飞，就像被人分担了一样。或许，她和他确实太有默契，以至于随时感同身受。

楚独秀望着花束，评价道："确实传统。"

"不好吗？"谢慎辞迟疑道。

"挺好。"她接过白玫瑰，用花挡住自己的脸，抬起眼偷偷望他，小声道，"经典都是有道理的。"

花叶掩映间，她的眼眸明澈，好似也沾染露珠，不好意思直视他，便用纯白花瓣隐藏自己的羞赧。

浪漫、纯粹、天真无邪……白玫瑰的花语，一如她和他的关系，不会轰轰烈烈，但是纯净无瑕。

两人注视彼此许久，紧接着都嘴角上扬，情不自禁地笑出声来。没人知道为什么笑，就像会传染的感冒，等他们反应过来时，欢欣已在脸上绽放。

谢慎辞强压嘴角："那现在是……"

"还没正式告白呢。"楚独秀手捧花束，刁难道，"这才完成第一步。"

谢慎辞瞥她一眼。

楚独秀原以为他会被难倒，就像被强迫讲段子时一样突然变哑巴，进退两难，再露出窘迫及无奈之色。谁料谢慎辞骤然俯身，凑到她耳边低语起来。往日冷峻的身影下，瞬间将双方距离拉近，以至于他的气息都混在花香里。

她的脸侧蹭过数根黑发，耳侧被气息拂过，低沉真挚的话语夹杂温热的呼吸，顺着耳缝滑进身体里，引发一阵战栗，酥酥的、麻麻的，如跳动的音符，撞击了她的心，带来热血上涌的沸腾。

向来谨言慎行的他此刻靠近她，献上清晰又独一无二的表白。

谢慎辞说完重新起身："可以吗？"

楚独秀脸通红，她用力抱紧花束，闷声回应："嗯……"

"需要再说一遍吗？"谢慎辞喉结微动，"我怕不够正式。"

楚独秀："不用了。"她要是再听一遍，估计就彻底腿软，站不起来了。

谢慎辞探询道："那么……"

楚独秀侧开头，回避他的视线，朝对方伸出手，支吾道："拉我起来。"

下一秒，她听见他的轻笑。

两人的指尖触碰，他不费吹灰之力就将她拉起，紧接着十指相扣。

楚独秀一只手抱玫瑰，一只手被他握住，掌心感受到彼此的温度，甚至隐隐触碰彼此雀跃的心，就像两块错开的拼图，终于严丝合缝地拼接起来。

双方都生涩而羞赧，却不愿意此刻放手，就这样牢牢地扣着。

谢慎辞嗓子发干，假装无事地道："要逛逛吗？"

楚独秀睁大眼："现在？"

演播厅外是密集的观众，他们却要深夜去轧马路？

"就在停车场也行。"

"好。"

两人就像小学生，手拉手在停车场绕了两圈，不知道究竟要干什么，单纯享受平和的当下。

楚独秀故意捏他的手掌。谢慎辞没有挣扎，反而有笑意攀上他的眼角。

直到电话铃声响起——

谢慎辞帮她拉开车门，这才转身坐上主驾驶位。

楚独秀坐在副驾驶位，腿上放着鲜花及奖杯，满满当当的。她取出响个不停的手机，看清来电显示，惊喜道："是我姐。"

谢慎辞了然地点头，第三季《单口喜剧王》总决赛是直播，估计楚双优得知了消息，特地来祝贺妹妹。他索性给商良发条信息，告知对方二人不回演播厅，直接开车去庆功宴。

车子缓缓启动，离开地下停车场，车内唯有姐妹俩的声音。

"喂，姐？"

"恭喜你拿第一，夺回失去的灯，小冠军。"楚双优语气温柔，"等回文城再为你隆重庆祝，到时候想吃什么都行，鲜洱斋或者别的哪里。"

"好耶，你没加班吗？"楚独秀欢声道，"居然看了直播！"

第十三章 终局

"我把 ipad 放一边看的,所以什么都没有耽搁。"

谢慎辞一边安静地驾驶,一边听她们亲昵地交流,不禁眉头微挑。他心道,楚双优过去自称不是没出息的家长,但面对自己的妹妹,说话口吻照旧是"宝宝真棒",偶尔比楚岚和石勤还夸张。

楚双优问道:"对了,妈给你打电话了吗?你是不是很忙,没接到她的电话?"

"没呢,怎么了?"楚独秀疑惑,"她没给我打。"

"那你最好有点儿心理准备。"楚双优略一停顿,"听说院里的人都看了节目,待会儿就往家里面挤,估计要骚扰你一通了。"

文城本来就不算大,加上楚独秀日渐有名,少不了左邻右舍来八卦。楚岚和石勤久居此处,在当地认识的人也多,难免被远亲及同事打听几句。

小地方就是这样,一点事儿就闹得沸沸扬扬,类似楚双优当年成为高考状元,家里门槛都恨不得被人踏破,成为轰动一时的新闻。

楚独秀两眼发蒙:"啊?但上一季没这事儿啊。"

"上一季也有,但妈把他们都赶走了,害怕决赛的事刺激你,这回可能就没说辞了。"

楚独秀第二季决赛时遭遇黑幕,楚岚害怕来庆祝的人刺伤女儿,自然将闲杂人等全部轰走,生怕让楚独秀触景生情、黯然神伤。现在第三季节目实至名归,再没有借口闭门谢客。

说曹操曹操就到,楚独秀和楚双优正在通话,就有另一通电话打进来,正是远在文城的楚岚。

"完了完了,真的来了。"楚独秀慌张道,"怎么办?家里都有谁,我不认识啊!"

"稍微敷衍两句,不然光听也行。"楚双优颇有经验地指导,"反正一年见不了几回,就是闲着无事凑热闹。我先挂了吧,你去接那边。"

果不其然,楚独秀挂断姐姐的通话,接听楚岚的来电,没来得及说两句,便感觉耳边都是嘈杂的声响,不知道是院子里的邻居大爷还是远方的七大姑八大姨,乱哄哄地闹起来,不断说些祝贺的话。

众人哄闹起来,声音混乱交织,有男有女。

"秀秀还记得我吗?我是陈阿姨啊,小时候抱过你的,你跟你姐一起在院里玩儿。"

"你在节目上的表现我们都看到啦!真给你爸妈长脸啊,他们有两个好闺女!"

"现在都是大明星、喜剧演员,上电视了!"

各类言论混杂,楚独秀不知该怎么回答,一时手足无措。

旁边传来楚岚不耐烦的制止声:"差不多行了……"

石勤同样在劝说,尴尬而不失礼貌:"她估计也在忙,要不改天再聊,大家先喝点儿茶。"

然而喝茶肯定没有跟明星交流有意思,尽管楚独秀不是明星,但对普通人来说,名气也足够大了。一群人迟迟不肯挂电话,不遗余力地吹嘘起来,将她夸得天上有地下无,今

395

年就要勇登春晚，明年就靠电影票房问鼎贺岁档。

他们显然不了解单口喜剧，对行业抱有不切实际的期望，误以为她是世界级喜剧明星了。

"我们以后不会没法在文城看见你了吧？过年还回来吗？"

"那可说不准，你看新闻上明星赚钱多厉害，人家已经踏上人生巅峰，过年都要上春晚了……"

楚独秀被吹得差点儿要窒息，仓皇到结巴起来，赶忙谦虚道："不是，您误会了，过年肯定回来的！其实擅长脱口秀也没多厉害，既不能靠它一夜发财，也不能用它迎娶高富帅！"

可不要高估单口喜剧圈，脱口秀演员总归跟影视演员不同，怎么搞得像她都成当红流量明星了？不能让奇怪谣言在文城肆意发酵。

"那就好，那就好，现在事业有起色，个人问题也别忘了，过年要带个对象回家。"

"你和双优都是啊！"

老生常谈的经典话题，瞬间引来旁边人的不快。

"行了，女明星带什么对象，说话不嫌前后矛盾。"楚岚叱责，果断抢过手机，又对女儿道，"你忙吧，不烦你了，估计晚上还有活动。"

楚双优事业出色，每年回家都会被打探感情状况，这使得楚岚应对外人游刃有余，现在也适时阻止，没有牵扯到小女儿头上。

有母亲解围，楚独秀终于长松一口气。不过一通鸡飞狗跳的电话将她吵得大脑混乱，都没发现车子抵达，餐厅也近在眼前了。

她隔着窗户远望亮起的建筑，好奇道："到了？"

车内，谢慎辞早就停好车，双手从方向盘上移开，斜她一眼，轻声道："懂了，现在刚拿完冠军，就开始嫌我不够帅。"

楚独秀一头雾水地回过头，打量怪声怪气的某人。

谢慎辞目光幽深，眉尖也扬起，一字一顿地重复："擅长脱口秀也没多厉害，又不能用它迎娶高富帅。"

好家伙，居然还偷听电话，暗自记她的小账。

楚独秀既好气又好笑："你怎么不质疑'富'呢？三个字就光盯上'帅'？"

"懂了，现在刚拿完冠军，就开始嫌我不够富也不够帅。"谢慎辞有些哀怨，"这才过去一小会儿，你就已经嫌弃我了。"

谢慎辞相当不服气，表白的花还搁在她腿上，自己的热恋体验卡就结束了，瞬间掉进惨遭忽视的冰窟，换谁都不能接受这种心理落差。尤其楚岚的一句"女明星带什么对象"，再加上之前石勤说的"文城男人不能上桌"，更是无形中造成多重打击，顿时让他悲从中来。

"正常嘛，网上说暧昧期结束，新鲜感就过了。"楚独秀眼珠一转，索性故意逗他，"提

第十三章 终局

前进入下一阶段，平平淡淡才是真……"

谢慎辞听她竟敢承认，双臂抱在胸前，郑重地摇头："不行。"

"怎么不行？"

"你都没对我说过什么，纳猫契也没有。"谢慎辞斜她一眼，朝她伸出手，"没名分不行。"

仔细一想，他收完生日礼物就晕头转向，按捺不住地坦白，但她既没有给聘书，又没有直接回复，多少令人患得患失，像飘在云端，没真实感。

现在上哪儿给他搞聘书？楚独秀望着他讨要契约的手，干脆地握住："这个行吗？"

谢慎辞还没回答，就被对方轻拽，不由自主地靠近她。

湿润柔软的触感，蜻蜓点水般轻轻落在他脸侧，如同初春落下的一片雪花，转瞬即逝，融化成波。

轻柔又缱绻的一个面颊吻。

楚独秀做完坏事，见他怔住了，她心脏也狂跳，却强作镇定道："行吗？"

"行。"

谢慎辞身子发僵，倒没有后撤离开，反而一动不动，依旧侧着身，用黑眸凝视她，连声音都发闷："就一个吗？"

他玉白色的皮肤染霞，明明浑身上下烧起来，却还装出冷静的模样，倒显得更可爱了。

或许一回生二回熟，最初的小鹿乱撞过去，如鼓点般的心跳也平复下来，莫名地心软成棉花糖——确实不该只给一个，倒显得她过于小气。

因此，下一个吻不再犹疑，反而来了一记狠的，连力气都要大不少。

楚独秀猛然亲他一口，完全不掺杂情侣的暧昧，反倒带着吸猫的心花怒放。她欢畅地赞叹："小猫咪生来就是要被人类亲烂的！"

遭重击的谢慎辞："？？？"

餐厅内，灯火通明，觥筹交错，善乐的工作人员和部分演员陆续抵达，一边围坐在桌边有说有笑地用餐，一边等候晚来的收尾人员。他们今日恨不得通宵庆祝，弥补第二季决赛的遗憾。

楚独秀和谢慎辞一同进门，她抱着鲜花和奖杯，用目光搜寻公司其他演员，很快找到自己的座位。谢慎辞则要处理一些接待事务，没过多久就在大堂看见商良。

商良看二人结伴露面，楚独秀手中还抱着白玫瑰，哪能猜不到发生了什么。他不禁啧啧摇头，紧接着长叹一声："唉。"

"这是什么反应？"谢慎辞走到他身边，察觉到好友的异样。

"算了，这样也好，你还有点儿用。"商良上下扫视他一番，带着破罐子破摔的心情，感慨道，"努力套牢公司潜力股，勉强也能算你的 KPI。"

谢慎辞："？"

餐桌边，参赛选手看到楚独秀归来，当即兴冲冲地跑来庆贺。一行人欢欣鼓舞闹了好久才重新回到各自的座位，在庆功宴上大快朵颐、举杯畅饮。

楚独秀跟王娜梨、小葱同桌，隔壁的数张大桌子空着，是留给演播厅的尚导等人的，他们收拾完才能来餐厅碰头。

三人说起意外露面的程俊华。

王娜梨："所以你最后见到大佬了吗？"

程俊华出现在总决赛现场，不但让选手万分惊讶，在网上的热议度更是爆棚。楚独秀得知时没在舞台上停留，当机立断就去寻人。

"没有，我过去的时候，谢总都送完他从机场回来了。"楚独秀摇头，"不过我们通了个电话，大佬说自己在国外有演出，这次也是临时起意回的国。"

小葱惊叹："原来他去国外表演了，我就说国内完全没消息。"

自第二季决赛后，程俊华音讯全无，多少令人担忧，现在得知他还在表演，无疑是件令人高兴的事。

楚独秀点头："嗯，我们还做了个约定。"

王娜梨好奇道："什么约定？"

"等我有专场内容，我们再来比一场。"楚独秀笑道，"这回用完整的单口喜剧。"

单口喜剧专场将无数精彩段子串联起来，完整展现演员某个人生阶段的起伏，不是五分钟碎片，而是连贯流畅的线。程俊华也是积攒了很久的稿子，才慢慢地攒出第一个专场，表达自己对生活的想法，那是经验和阅历的积累。而楚独秀从业时间尚短，未来会有数不清的新经历，她跟程俊华承诺再战，就像约定在某天用更高的水准重逢。下一回，不用绚丽多彩的舞台，不用声名显赫的评委，不用喧嚣起哄的看客，单纯是两个诚挚的爱好者带着磨炼技巧的纯粹热情交手。

王娜梨喟叹："听起来真不错，有一个好对手。"

小葱咋舌："要不网友怎么会专程截图，说是对她事业有影响的男人。"

楚独秀疑道："什么？"

"你居然没看热搜吗？谢总和大佬台下观赛，被网友们特意截图。"小葱取出手机，随手搜出图片，调侃道，"配文还是'每一个成功的楚王背后，都少不了这些沉默的男人'。"

第三季总决赛时程俊华的亮相引发轩然大波，连带陪同他观赛的谢慎辞都被网友们关注。他们身处观众席，全神贯注地欣赏楚独秀的表演，画面分外和谐，使得截图在网上到处流传。

"程俊华露面"热搜下也都是这张图，他跟善乐消除隔阂，再次在节目上现身，让不少人热泪盈眶。

第十三章 终局

"隐姓埋名一年却来决赛看她夺冠,他真的,我哭死。"
"不愧是单口喜剧战地玫瑰!"
"我作为程粉惊了,他能来总决赛,颠覆过往认知……"
"不给卢送热度,一年不肯演出,卢玩儿完就火速送温暖?帮节目上热搜?"
"大佬,重新上台吧!第四季再次巅峰对决!"
"Sorry,我颜狗我先骂,但大佬身边的是谁,帅得不像喜剧演员。"
"他确实不是喜剧演员,那是喜剧演员的老板。"
"你们不认识?人家有楚王最想要的51%善乐股份!"
"这配文跟程俊华不合适,她背后的男人是谢慎辞吧,不想讲单口喜剧被他硬拉进来,燕城的线下老观众估计都知道。"
"我是假楚粉,怎么不知道?"
"没错,聂老板线下讲过!秀儿把他们当骗子,还从俱乐部逃跑了,让谢总四处去捞人!"
"那我理解她签约善乐了,难怪第二季都那样了还愿意做总编剧,对着这张脸很难发脾气。"
"尤其跟其他男演员对比。"
"好心机的男人,他开单口喜剧公司,就为衬托自己容貌!(狗头)"
"没办法,老板再不好看一点儿,女演员真要吓跑了……"

小葱眼看网友就谢总相貌延伸到锐评男演员现状,哀叫道:"这也太扎心了!为什么要波及我们这些无辜男演员?"

众人过去对男演员的外貌毫无要求,但现在见过善乐老板的长相,又觉得可以提高一点儿标准,这样对观众们的眼睛比较友好——君不见楚王都被稀里糊涂骗进圈,足以证明颜值对单口喜剧的长远发展有多关键。

王娜梨见网友们争论不休,探讨谁对楚独秀影响最大,一派说程俊华是对手,迫使她快速提高,一派说谢慎辞是伯乐,邀请她进入圈子,便饶有兴致道:"这种时候就要询问当事人了,哪位男性对你事业更重要?"

"对着两位荣誉女性说什么呢?"楚独秀瞥一眼截图,眨了眨眼道,"男人都不重要,小猫咪才重要。"

"?"

没过多久,制作团队全部抵达,尚晓梅等人姗姗来迟,终于坐进自己的座位,第三季节目的庆功宴也迎来高潮时刻。

谢慎辞、商良和尚晓梅互相看看,三名创始人一起走上台,在热烈掌声中致辞。

尚晓梅面对众人，高声道："辛苦每一位呕心沥血的参赛选手，辛苦每一位通宵加班的工作人员，辛苦所有支持我们奋斗至今的战友，让《单口喜剧王》一直走到现在！"

全场闻言沸腾了，纷纷欢呼起来，楚独秀等人也拼命鼓掌。

谢慎辞跟商良、尚晓梅交换眼神，待到另外两人点头，这才沉稳地走出来，道："一直以来，公司及其他单口喜剧爱好者，都希望有更多人关注我们的行业，为此打造了《单口喜剧王》这档节目，靠综艺竞技来吸引外界目光。三季节目做下来，我们过去的目标已实现，应该进入下一个阶段。"

他环顾一周，有条不紊道："因此，公司经商议后决定，将《单口喜剧王》改为隔年举办的节目，让选手们有更多的时间来提高自身，为第四季节目积累更优质的内容。"

意想不到的决定，让场内喧哗起来。

北河："哇——这是真下定决心了！"

"虽然早就猜到……"路帆若有所思，"但终于迎来这天。"

两人作为老将，经历三季节目，无疑感触最深。

从始至终，善乐文化都知道高强度的竞技综艺不是长远之计，只是为了引发关注的有效手段，现在三季节目让单口喜剧彻底火出圈，涌现出楚独秀等大批人气演员，公司也该稍微调整步伐，不再连年压榨演员，而是让他们拥有成长时间。

谢慎辞："当然，善乐也会推出全新综艺，依然围绕着单口喜剧，但形式上不再依靠比赛或明星，同时不断发展线下剧场，跟全国各地的俱乐部建立更多联络，让观众能现场欣赏演出。我们由衷地希望，未来不再是一叶孤舟，有更多同行加入进来，帮助我们共同发展行业。众善必乐为，'善乐'这个名字，不是靠单口喜剧独善其身，而是靠单口喜剧博施济众。"

从容不迫的表情，简短有力的话语，坦诚直白的情绪，让他的发言更显真挚。

庆功宴上不光有善乐员工，更有全国各地的参赛选手，以及其他俱乐部的经营者。他们听了谢慎辞的话，不约而同地献上掌声，如雷鸣般在场内久久不息。

曾经异想天开的青年，召集三两志同道合的好友，在荒芜土壤里播撒欢乐的种子。现在，春日将近，百草萌发，大片大片蒲公英绽放，随着微风飘散到各处，将会蔓延开更浓的绿意。

今晚是不眠夜，屋内的聊天没停止过。

宴会过半，楚独秀跟许多人畅聊、合影，在闷热的室内头脑发晕，打算到餐厅外透透气。第二季没有庆祝活动，这是她第一次参加庆功宴，熬到现在也有点儿疲惫了。

楚独秀跟打游戏的王娜梨、小葱交代一句，独自前往空气清新的门厅，感受夜晚的徐徐微风。摆脱室内的吵闹，这里要安静不少。

"想走了吗？"

第十三章 终局

她听到声音，扭过头一看，竟是谢慎辞。

谢慎辞看她离席，索性从屋里跟出来，提议道："可以先回去，他们有可能通宵，今晚就没打算走。"

按照第一季庆功时的架势，北河等人能玩到很晚。刚才众人说笑过后已经开始打牌，甚至商议去 KTV 唱歌。

楚独秀听闻此话，不由得凑近他，轻嗅了两三下，却没闻到酒气："你没喝酒吗？还可以开车？"按她的了解，他一杯酒就倒，现在却口齿清晰，动作也并不缓慢，像是没喝酒一样。

"一丁点儿。"谢慎辞伸手比画，"基本没有喝。"

他没说的是，上次庆功宴给商良留下阴影，自己今日被禁酒，除了接待品牌商外很少举起酒杯。

楚独秀面露迟疑："那也没法驾车了吧？"

谢慎辞朝她伸手，悠然道："我们可以走回去。"

倒真是贼心不死。

楚独秀不懂他缘何对徒步如此执着，惊道："但我要是半路走不动了怎么办？"

"其实也不是没解决办法。"谢慎辞平静道，"主要看你。"

"什么办法？"

"你把我当成男朋友，就可以背你走。"他挑眉，"但要是只当成猫，就没这个功能了，听起来像虐待小动物。"

"……"

最后，两人达成协议，准备偷偷溜走，各自回去拿东西。

楚独秀将奖杯放回车上，犹豫片刻却抱起玫瑰花，跟谢慎辞在夜色中手拉手逃离，将哄闹的庆功宴抛到身后。

清朗的夜空繁星满天，月影朦胧，如罩轻纱。郊区景色宜人，早就没什么人，唯有马路边的灯亮起，沿着潺潺流水向前铺去。岸上是路灯汇成的光河，岸下是暗波荡漾的河，宛若两条柔软绸带，沾染上熠熠星辉，在他们身边扩散开。

楚独秀一手抱花，一手牵着谢慎辞，故意摇晃他的胳膊，轻快道："别人遛狗我遛猫，闲适惬意好潇洒。"童谣般的天真语气，又开始猫塑他挑衅。

她还举起他的手，煞有介事地端详，得意道："看，黑猫警长的白手套。"

谢慎辞瞥她一眼，没有出言争辩，却轻轻捏她的手指。

二人不知走了多远，一路欣赏美好的夜景，也在徒步中生出一丝疲惫。

楚独秀发现不远处的台阶，索性抬腿踩了上去，让自己站得高一点儿，朝他张开了双臂，认怂道："男朋友。"

不行,她确实累了,不像他跟没事人一样,从餐厅走到此处面不改色,没看出来他平时运动量那么大。

谢慎辞见她一脸乖巧、语气柔软,心里像被撞开了花,漾开水光潋滟的波,不动声色地转身,让她攀上肩膀,兑现出发前的承诺。

他感觉她伸手环住自己,连带白玫瑰的清香飘来,低声道:"现在知道猫不能背你了?"

楚独秀揽住他温热的脖颈,他的身躯挺拔、后背有力,背起她来也没有摇晃,照旧稳稳地站在原地。她这才发现此人有锻炼习惯,居然有肌肉藏在衣服之下,倒真像某些野生动物,隐藏着含而不发的力量。

她含糊道:"也不是不行……就是动词变了……"

谢慎辞:"?"

她支吾:"猫猫不能背,只能骑,怪不好意思的……"

谢慎辞:"???"

他背着她向前,步伐依旧没变化,宛若托举着羽毛,不紧不慢地继续走,不愧是醉酒后步行回公司的狠角色。

楚独秀拥有新坐骑,总算长松一口气,有空闲仰望头顶的星星。

晚风从她耳侧吹过,带来似有若无的虫鸣,今夜不冷不热。漫步的二人像身处宫崎骏电影,远离都市的繁华喧闹,分享来之不易的静谧。

"好神奇。"楚独秀兴奋地赏夜景,突然想起一事,"他们发现我们失踪,会不会吓得慌起来?"

两人甩开旁人逃出了庆功宴,待会儿就没法一起离开。

谢慎辞:"我跟商良说了,我们先走一步。"

"啊?"楚独秀脸色微变,"商总怎么说?"

虽然她没有在公司隐藏二人关系的意思,但也不知道其他同事做何感想,尤其商良向来专业,强调职场风气。

谢慎辞停顿片刻,答道:"他说,'小学生是吧,放学后结伴一起走'。"

"……"

当然,谢慎辞还有后半句话没说。商良听闻他们要轧马路,公然放出狠话:"她能陪你徒步全程,你俩感情还不散,那我就当场倒立。"

反正背着她徒步也算是徒步全程,这个赌约他赢定了。

楚独秀睁大眼:"谁是小学生?"

这是看不起谁呢?另一人先不提了,她至少是个初中生,没吃过猪肉也见过猪跑,不用质疑多年 AI 单身狗的实力!

谢慎辞听她抗议,反问道:"小学生级别的恋爱有什么不好?"

第十三章 终局

"哪里好？"

"反正时间还长，小学生恋爱、初中生恋爱、高中生恋爱，我们全可以有，又不用瞎着急，跟他们不一样。"他眨眼道，"每天都有新变化，总归能慢慢变老。"

徒步听着遥远，实际一晃而过。

楚独秀被谢慎辞背着，享受了一会儿贵宾待遇，又跳下来自己走。

两人手拉手，一路走一路聊，聊楚独秀童年跟姐姐的往事，也聊谢慎辞出国留学的日子，好像有说不完的话，一如绵延无尽的河。

不知不觉间，目的地近在眼前，他们竟真徒步回来了。

酒店门口，商良刚好乘车归来，碰见步行回来的二人——楚独秀和谢慎辞离开得早，但坐车肯定比走路要快得多。

大堂内，楚独秀遥遥看见他，主动打招呼道："商总，你们结束了？"

"不，他们还在那边，估计明天爬不起来。"商良目睹此景，脸色微变，"你们真走回来了……"有这个必要吗？

楚独秀面露不解，心道谢慎辞都打过招呼了，商总怎么还如此惊讶？

谢慎辞淡淡道："你可以在年会上表演倒立。"

商良："……"

第三季节目轰轰烈烈地落幕，参赛选手在庆功宴上狂欢整晚，便带着美好的记忆飞回各地。

节目结束后，海城的剧场演出人员爆满，跟第二季播出时一样，掀起了购票热潮。善乐演员处理节目后续事务、定时进行线下表演，经历一轮忙碌又充实的工作，才缓缓回归正常的节奏。

楚独秀将在各地商演，前往燕城、南城等地，还专门给姐姐打电话，约对方在南城碰面。

"挺好。"楚双优笑道，"等你来演出时，我也正好忙完。我们见一面，把钱打给你。"

楚独秀一愣："姐，你投资的钱收回来了？"

姐妹俩上次在家中碰面，楚独秀曾经将存款交出，帮楚双优周转。

"嗯，稍微费了点儿工夫，不过结果挺不错。"楚双优心情挺好，"比预期还多一些。"

楚独秀节目夺冠，楚双优投资顺利，可谓双喜临门，姐妹俩相约见面庆祝。

"对了，还有一件事。"楚独秀欲言又止，"那个，姐姐，我最近恋爱了……"

她们之间从来没秘密，自然要知会一声。

楚双优静默数秒，问道："他也要飞来南城吗？还是春节再去家里？"

"我都没说是谁，你怎么就知道？"

"呵，追来家里的老板，我都是头一次见。"楚双优冷笑，"妈过年时可以再开瓶白的了。"

上一回是小试锋芒，这回就来真格的了。

楚独秀干笑："哈哈哈再开瓶雪碧是吧……"

初冬，南城的演出如期而至，楚独秀和谢慎辞飞往温暖湿润的南方，还跟楚双优见了面。三人曾在燕城的"台疯过境"碰头，现在又来到楚双优的地盘，一时感慨颇多。

"姐姐！"楚独秀挥手叫人。

街角，楚双优穿着质地上乘的呢大衣，眼看妹妹带新男朋友出现，不禁眉头微动。她跟楚独秀打过招呼，又看向另一人，礼貌地颔首："谢总，好久不见。"

谢慎辞跟在楚独秀身后，听到这称呼，和气道："只是亲友聚会，也没有在公司，不用那么客气。"

楚双优却不认同，照旧客套，莞尔道："谢总哪里的话。"

谢慎辞平静地回："姐姐哪里的话。"

楚双优骤然语噎，又见他面无表情，不禁暗道对方厚颜无耻，居然跟着妹妹来称呼自己。

楚独秀赶紧打圆场，疯狂眨眼道："我们去逛逛吧。待会儿吃点儿什么？"

三人逛街同样暗流涌动，楚双优给妹妹花钱向来不知收敛，这回有敲山震虎之意，当着谢慎辞的面一掷千金，可又频频被对方找补回来。两人还要在结账时争抢，时刻紧盯对方，生怕慢了半步没有赶上，云淡风轻地在柜台前推拉起来。

谢慎辞握着手机，有理有据道："她难得想要什么，希望您能让让我，给我一个表现的机会。"

楚双优伸手挡住付款码，笑盈盈道："哎，你们刚相处没多久，这样不合适，还是我来吧。"

二人争执不休，只听丁零一声，旁边的机器发出响声。

楚独秀被他们争得头晕，果断伸手扫另一个码，面无表情道："行了，我付了。"再不出言制止，今天别想走了。

谢慎辞、楚双优："……"

幸运的是，除了付钱时有些许混乱，南城之行的剩余时光都很愉快。楚双优尽职尽责地带两人游览，还在景区及街角留下不少照片——谢慎辞帮姐妹俩拍照，楚双优帮小情侣拍照，可惜不管如何排列组合，楚双优和谢慎辞都不愿同框，致使拍不到三人合照。最后，楚独秀趁用餐时偷拍一张，终于用自拍角度达成目的，拥有第一张三人合照。

楚双优被拍也没制止，无奈道："你好执着。"

楚独秀低头，愉快地赞叹："真不错。"

世界上最了解她的两个人都被拍进这张照片，赋予了它不同的意义。

谢慎辞见状侧头看她手机，欣赏起来。

第十三章 终局

玩乐过后，楚双优要回公司加班，楚独秀和谢慎辞也要回剧场附近的酒店，休整一晚迎接明日的演出。三人在门口道别，约定下次再见面。

"如果明天有时间，我就到剧场看看。"楚双优一笑，又看看二人，"不然就得春节再见你们了。"

楚独秀关切道："姐，你忙就算了，也不要太累了。"

今天游玩一圈，就是楚双优特意抽出时间，想必会积压工作。

谢慎辞听对方说的是"你们"，赞同地点头："确实，春节还有时间。"

片刻后，楚双优率先离开，只留二人在原地。

楚独秀当即牵住谢慎辞，拉着他的手晃来晃去，表扬道："好乖好乖，表现不错！"

尽管楚双优最初话里藏针，但谢慎辞却从容应对，等一日游览结束，双方也熟悉起来，没有刚见面时的生硬客套。楚独秀心里清楚，楚双优和谢慎辞是为了自己，才放下各自性格中坚硬的部分，展现出其乐融融的和谐氛围，她自然要领这份珍贵的情。

"也算过了一关。"谢慎辞瞥她，"如果春节回文城时，爸爸妈妈刁难我怎么办？"

楚独秀迟疑道："不会吧，你们都见过了……"

谢慎辞："你会帮我说话吗？"

楚独秀闻言睁大眼："但、但网上说只需要把猫带回家，剩下的都交给猫……"

谢慎辞默不作声地盯着她。

楚独秀顿感压力，立马张开双臂，伸手抱住他，安抚道："不信谣不传谣，当然帮你说话，不会不管你的！"

谢慎辞这才满意了，顺势将她揽进怀里。

南城的冬天并不寒冷，只是突然起风了，阴云就遮蔽了白日晴空，在湿润空气中酝酿雨意。这里的天气变幻莫测，有时会下暴雨，雨后又万里无云。而他的怀抱却温暖，靠起来暖和稳定，驱散夜晚的凉气。

楚独秀用脸颊蹭他柔软的衣料，只觉得周围都变得暖烘烘的。她想起了什么，冷不丁抬头道："那你以后会帮我说话吗？"

风水轮流转，他是见过她家人，但她还没拜访过。谢慎辞一直在海城独居，家里人却都待在燕城，平时很少有机会碰到。

谢慎辞若有所思："我应该不用帮你说话。"

"为什么？"

"他们会直接弃养，把我打包丢给你。"他建议道，"你可以去燕城尝试一下。"

"……"

善乐巡演的终点站定在燕城，楚独秀等人还前往"台疯过境"，跟店内的陈静坐着聊了会儿天。

聂峰中间回了酒吧一趟,谁料接了个电话,又被人匆匆叫走。他只好无奈道歉,说晚上聚餐时再聊,要先去忙俱乐部新剧场的事情。

"台疯过境"是燕城有名的单口喜剧厂牌,近年规模不断扩大,甚至成立了公司。狭窄的酒吧没法容纳太多演员及观众,聂峰等人便寻觅起新场地,终于将各类资质办好,很快就搬到那边定期演出。

小葱颇感好奇,还跟着跑过去,想要见识一下。

楚独秀和谢慎辞留在店里,他们坐在靠窗的软沙发上,听着柔和轻快的音乐,被阳光晒得暖暖的。这是二人的固定座位,楚独秀最初用餐时都选此处,后来是待在酒吧创作,跟谢慎辞面对面改稿。久而久之,此位置变得有名,还有观众跑来打卡。

陈静将饮料端过来,笑着解释道:"他们以后就去那边演出,店里的开放麦会减少。这里场地太小了,就给新人练练手。"

"感觉跟毕业时一样。"楚独秀感慨,"我们刚踏出学校,校园就更新换代,全换新东西了。"

"你要是愿意的话,也可以去那边演出,收拾得还不错。"

丁零一声,门被人推开,陈静赶忙去接待客人,让二人稍坐一会儿。

午后,酒吧没什么人,倒更像咖啡馆,唯有一片安宁。舒缓低回的音乐流淌过耳侧,是慵懒呢喃的女声,唱着异国的曲调,柜台飘来咖啡及蛋糕的香气,倏地将她的记忆拽回从前,犹如倒带的胶片,浮现出过往画面。

透明落地窗阻挡寒气入侵,只让大片的阳光洒进来,将酒柜的玻璃瓶照得闪闪发亮。在校期间,她无数次来到这里,在无聊时细数瓶罐,却不料自己有朝一日能挑出那个盛有奇迹的瓶子。

这是她接触单口喜剧的地方,也是她跟他最初相遇的地方。

"以后这里演出少了,你想捡简历都捡不到了。"楚独秀挑眉,出言调侃道,"想忽悠演员也没机会了。"

"台疯过境"更换演出场所,某猫也没法翻垃圾桶了。

"我可不是谁的简历都捡,也是分人的。"谢慎辞听她打趣自己,振振有词道,"不是会讲段子就行。"

他觉得她有误会,自己是喜欢单口喜剧,但不是会单口喜剧就行。或者说,他向往的是艺术背后辽阔无垠般的内心。

"不是吗?"

"当然不是,我以为那天说清楚了。"

"哪天?"

第十三章 终局

"总决赛表白那天。"谢慎辞抬眼,"需要再说一遍吗?"

楚独秀一怔。

明亮干净的店内,冬日的暖阳轻叩她的心扉,一如在遍布玫瑰花香的夜晚,他将夹杂温热气息的话语灌入她耳朵,微烫而令人充盈。

他们在人生旷野中漫步,终于牵起一条红绳,找寻到相似的灵魂,在欢笑中缓慢靠近,直至能依偎在一起。

"喜欢你的幽默,更喜欢你。"

(正文完)

番外 猫猫家访记

夜幕降临，"台疯过境"的霓虹灯牌在昏暗中格外醒目，落地窗内透出明亮的光，隐隐能窥见晃动的人影。

门发出丁零脆响，谢慎辞先一步出来，再替楚独秀推着门。

太阳早就下山，两人离开温暖的室内，冬日凛冽的夜风一吹，大脑瞬间就清醒起来，快步往停车的地方走去。楚独秀的手被谢慎辞牵起，又被他塞进外套的口袋，远离外界冰冷的空气，只觉得暖融融的。

"他们太能聊了。"楚独秀感慨，"跟不知道累一样。"

小葱在"台疯过境"时间长，认识的朋友也更多，一叙旧就没完没了。王娜梨今日没来酒吧，在酒店询问楚独秀一行人大概什么时候回来，这才让众人察觉时间过得很快。最后谢慎辞和楚独秀决定打道回府，小葱留下来继续玩耍，聂峰晚点儿送他回去。

"毕竟是俱乐部的老人了。"谢慎辞道，"要不是燕城离得远，他估计就来这边了，不一定签约善乐，不过以后巡演也能经常见面。"

黑色的车照旧停在老地方，楚独秀拉开副驾驶位的门，看到熟悉的毛绒玩偶。她伸手揉了揉兔脑袋，又将它先放到车子后座，自己坐上了副驾驶位。

谢慎辞挑眉："嗯，正主来了，它退居二线。"

楚独秀回头一瞄兔玩偶，笑道："让它坐贵宾位。"

两人有说有笑地落座，听着车内的爵士蓝调，正准备启程返回酒店，却忽闻慵懒音乐中断，只见手机上有来电显示，屏幕弹出"陈静姝"三个字，打断了他们的谈笑。

楚独秀没听说过此人，面露疑惑，忙不迭收声，等谢慎辞接电话。

谢慎辞看到来电也一愣，倒也没有回避身边的人，直接外放接电话："喂，妈。"

番外 猫猫家访记

电话里传来女声，语气中透着随意："你明天回来吗？不回来的话，我打球去了。"

居然是谢慎辞的母亲！

楚独秀深感震撼，没想到他会给自己亲妈备注真名。此举冲击她的认知，毕竟她给楚岚的备注写的是"母上大人"。

"我不确定。"谢慎辞看一眼楚独秀，又道，"你不用管我，以前不都直接去，怎么突然问起来？"

"我本来懒得问你，但你爸去看爷爷，回来不就说起来……"

母子俩的沟通直来直往，并非嘘寒问暖的风格，倒像平等交流的朋友。

陈静姝及其丈夫对儿子管得不多，谢慎辞从小就是有主意的孩子，再加上出国留学又回国独居，具有较强的自我管理能力，没什么好操心的。

只是谢老爷子观念保守，最开始抗拒单口喜剧行业，后来是担心孙子成家的事。两边就只剩一个老人，他的想法根深蒂固，后辈很难轻易转变，平时只能敷衍加哄骗，努力将话题岔开。因此，谢慎辞长期待在海城，出差或逢年过节时才会回燕城探望家人，主打一个远香近臭式亲情。但今日有所不同，谢老爷子传回劲爆消息，非缠着儿子问孙子近况。

陈静姝疑道："你是谈女朋友了吗？"

楚独秀睁大眼，骤然一惊，都怀疑双方在打视频电话，不然怎么能够发现自己？

谢慎辞怕她不快，赶忙轻咳两声："妈，你今天怎么了？"明明不爱多管闲事，却难得地八卦起来，探究他的私人生活。

陈静姝："家政帮忙洗车的时候，看你车里有个兔玩偶，像是女孩子的东西，回去就顺嘴一提。你爷爷非说你恋爱了，今天旁敲侧击问你爸知不知道这件事情……"

谢慎辞不常在燕城，偶尔需要家政来打扫，跟老爷子用的是同一批人。他以前没谈过恋爱，自然没注意过这些细节，谁料玩偶的事被传回家去。

"你到底谈没谈啊？要是谈了的话，就找个机会带回家坐坐。"陈静姝蹙眉道，"没谈的话，你自己去跟爷爷说，别老让我和你爸做传话筒，都那么大人了。"

父母对儿子没要求，耐不住他们的父母对孙子有要求，做夹心饼干别提多别扭。

"嗯……"谢慎辞欲言又止，犹豫地望向楚独秀，见她满脸惶恐，似也措手不及，在心底斟酌措辞。他倒是对带她回家没意见，只是她不一定做好心理准备，原本想细水长流地铺垫一下，谁料事情就被捅到爷爷那里。

陈静姝很少见他说话支支吾吾，不解地发问："你是谈了，又被甩了，感觉很丢脸，不好意思说？"

楚独秀听闻此话，本来还挺局促，现在差点儿喷笑。她当即抿嘴，强忍住声音，肩膀都在发抖，颇为幸灾乐祸。

谢慎辞无奈道："妈，我在你心里究竟什么样？"为什么她会这么想？

陈静姝："不像样。"

谢慎辞："？"

一脉相承的冷幽默，将人堵得哑口无言。

楚独秀闻言更感好笑。

陈静姝劝道："被甩了也跟你爷爷说一声，不要让他着急上火，再给我俩打电话了。"

谢慎辞总算领悟过来，陈静姝女士特意来电就是为了转移家庭矛盾，只要自己和爷爷直接沟通，他俩就能顺势溜走，减少不必要的麻烦，想干吗干吗，别提多潇洒。

察觉楚独秀在旁边偷乐，谢慎辞不禁瞪她一眼，眼神还颇为哀怨，没有发出声音，反而用口型道：你都不帮我。

楚独秀同样没出声，开始空气式交流，对口型道：帮帮帮。

谢慎辞一愣，一指手机屏幕，再次用眼神示意。

楚独秀点头，表示可以去。她突然想起什么，又表演单手投篮，继续对口型：但妈妈有空吗？陈静姝说明天要打球，显然没时间接待他们。

谢慎辞略一思索，问道："妈，你明天打球是上午还是下午？"

"上午。"

"那我们下午来吧，不耽误你的安排。"

陈静姝没反应过来，疑惑道："你们？你不会打肿脸充胖子，跟我玩偶像剧里的那一套，明天雇一个人回来吧？"

不得不说，谢慎辞天马行空的思维同样有家学渊源，现在就可见一斑。

谢慎辞有人撑腰，瞬间就有了底气："当然不是。"

楚独秀见状，弱弱地打招呼："阿姨好……"

下一秒，四周空气凝固，陷入漫长沉默，连电话那头都没声音了。陈静姝显然没料到谢慎辞身边还有别人，一时间被惊住了。

楚独秀发现对方哑然，顿感彷徨不安，礼貌地问道："明天过去是不是会打扰您……"

陈静姝闻言，态度却180°大转变，她方才说话时散漫又直接，现在却温柔得能掐出水来，忙道："啊，不会不会，你们过来吧，不会打扰我……哈哈，原来你们在一起呀，谢慎辞也不跟我说一声，那我不打扰你们了！你们哪天回来都行！"

陈静姝明显也慌了，飞快地变换了语调，摆出优雅端庄、和蔼可亲的姿态，不再是不屑一顾的漠然语气。她跟二人寒暄两句，就着急地挂断电话，好似有一点儿尴尬。

楚独秀对此略感奇妙，仿佛看到冷嘲热讽的猫妈妈，前面还在怼天怼地，等到回头看到人类，一秒钟切换成甜美夹子音……这音色差距有点儿大啊。

通话结束后，手机屏幕上又弹出数条消息，谢慎辞拿过来一看，说道："她开始发微信骂我了。"

番外 猫猫家访记

楚独秀疑道："为什么？"

谢慎辞："说我害她在你面前丢脸，你肯定会觉得她可傻了。"

陈静姝有很重的偶像包袱，本来想着好好表现一把，谁料第一次接触就破功，被楚独秀看到了真面目，当即深受刺激，迁怒于儿子。

楚独秀赶忙摆手："不会啊，挺可爱的，平易近人又有活力，没事还打球……"她对陈静姝的第一印象不错，感觉是思想前卫的长辈，让自己对上门拜访的恐惧都消退了。

"我妈打的是网球，不是篮球。"谢慎辞思及她刚才模仿投篮，明显有所误会，意有所指地纠正，"让高中爱看打篮球的你失望了。"他可没有忘记，某人在校喜欢看男生打球，美其名曰保护视力。

楚独秀撞上他幽深的眼眸，一时语塞，接着赞叹道："你果然有家学渊源，家里人都是知识分子，对中国古代的哲学思想有深刻见解。"

谢慎辞："？"

楚独秀感慨："尤其是阴阳学说，完全是学者水平。"

太擅长阴阳怪气。

次日，楚独秀没有演出任务，还专门早起出门跟谢慎辞碰头，打算挑礼物带过去。毕竟她第一次见他家人，也不知道他父母的性格，自然要听听他的建议。

商城里，各类商品琳琅满目，宽阔大厅金碧辉煌。两人一边看一边逛，筹备下午要带的东西。

"所以妈妈平时有什么爱好？"楚独秀打算准备一些常规礼品，再给每人单独挑一份礼物，"她喜欢好看的，还是实用点儿的？"

"我也不确定。"谢慎辞迟疑道，"应该兼顾吧。"

楚独秀绞尽脑汁地思索，提议道："那送与运动相关的？好看的网球包？"

她找谢慎辞看了陈静姝的照片，是一位气质出众的漂亮女性，从外表来看该送香水、丝巾等礼物，但对方又长期打网球，显然是运动派的性格，跟外在形象有所不同，或许更在乎实用价值。

谢慎辞："这主意不错，但建议别送。"

楚独秀："为什么？她有很多网球包了？"

"不，你要是送了，我爸没有送，他就会挨骂。"谢慎辞掏出手机，一边编辑微信，一边说，"我让他送我妈吧，下次过节不用想了。"

楚独秀当即抢过手机，恼道："不许抄袭我的想法！我要打官司告你了！"她好不容易想出来，此人却要泄密。

谢慎辞叹气："但你真的不用送，她不会在意这些，什么东西都不缺，这样会把内卷带进我们家……"

这绝对是楚独秀的家学渊源,楚双优就给她转账五千二百元,瞬间将节日送礼物标准拉上去,出门的衣食住行的花费也毫不吝惜。她送礼同样掏心掏肺,反复琢磨对方缺什么,要选择对方心仪的东西。对此,他倒没什么,但不能害了父亲,以后在家混不下去。

"那我也不能空着手去。"楚独秀认真道,"她肯定有缺的东西,或者还没实现的愿望,是你没有用心想。"

即便要体谅男同胞的处境,她上门也不能太对付,好歹要表现一点儿心意。

"干脆你别往家里拿,直接把我带走好了。"谢慎辞灵光乍现,好心地建议,"送她一份清净,她肯定很高兴。"

"……"

燕城,一条小河将两岸的繁华分割,高档小区紧邻公园和商业区,向北望是崭新的银色大厦,向南望是广阔的园林公园。

时值冬日,小区内不见绿意,徒留光秃秃的枝丫,但物业人员用彩绳装点,增添不少色彩。

家中,陈静姝上午打球回来,家政已经打扫结束。她在屋里检查了一圈,又确定备好了待客的东西,这才长松一口气,坐在沙发上等待。

谢文韬看一眼手机,说道:"我爸还说要来,刚刚把他劝住。"

谢老爷子听闻此事激动得坐不住,恨不得立马乘车过来,看看孙子的女朋友长什么样。好在谢文韬拎得清,软言将老人家劝住,不愿让对方大老远跑一趟。

陈静姝赞道:"你做得对,老爷子一来,肯定会盘问一大堆,接着结婚生子一条龙地盘算,尽挑些年轻人不爱听的说,到时候给人家吓跑了。我们不能打草惊蛇,好不容易有个眼光不好……"她改口,"眼光独特的女孩子,那就是天定的缘分,要好好珍惜才行。"

谢文韬:"你这话说的,咱儿子也没那么差。"

陈静姝:"那你觉得有那么好吗?你就别说外面了,单纯跟家里人比。"

谢文韬思考片刻,点头道:"确实,也没那么好,外在不如你,内在不如我。"

不管从哪个方面来评判,谢慎辞在家里都不算拔尖,包括他颇感兴趣的幽默。

陈静姝站起身来:"不行,我再去看看他房间收拾得怎么样。"

"怎么还把他房间收拾出来了?"谢文韬疑道,"他现在都不在这里住。"

谢慎辞在燕城和海城都是独居,但家里有他高中时住的房间,陈设基本没改变。逢年过节时,他偶尔留宿一晚,次数也不多。

"他俩要是跟我们没话说,不得有个地方歇一会儿?"陈静姝眸光微闪,迟疑道,"而且我也不知道能撑多久,到时候可以赶他们进屋,让我喘口气。"

陈静姝曾听闻过婆媳矛盾,现在难免也忧心忡忡,生怕无法跟对方好好相处。这是甩

番外 猫猫家访记

掉烫手山芋的关键阶段,她昨天看了不少网上的经验分享,学习如何接待儿子的女朋友,确保万无一失。

谢文韬加油打气:"坚持一下,胜利在望。"

陈静姝:"你说要是事情顺利的话,他今年是不是不用回来过年了?"

"那我们可以去旅游,带我爸回老家转转。"谢文韬恍然大悟,立马查看起机票,"老爷子也没话说了,孙子得去人家那边,属于没办法的事,不能不知道礼数。"

两人一拍即合,不由得展望起光明未来。

小区外,楚独秀和谢慎辞带礼物抵达,在外面溜达一圈,平复了紧张情绪,总算决定往里走。

谢慎辞在前带路,楚独秀紧随其后,好奇地东张西望:"你平时回燕城住这里?"

"不,我上学时住这边。"谢慎辞道,"留学回来就搬出去了,出差往返不太方便,也会打扰他们的生活。"

楚独秀了然地点头,知道只有谢慎辞父母久居此处,内心更感一丝无措和局促。

电梯内,她深吸一口气,竟生出首次登台的惶恐,望向谢慎辞提着的礼物,接手道:"给我吧。"

两人在商城挑了不少东西,接着大包小包地拎过来,一路上分工明确——谢慎辞拎东西,楚独秀拎他。

谢慎辞抬头,看一眼电梯楼层,说道:"不用,马上就到了。"

"所以该换我拎了,你拎到这里就行。"楚独秀强势夺过,狡黠地道,"现在就是夺取劳动成果的时刻。"

谢慎辞:"?"

片刻后,谢慎辞和楚独秀到达门口,终于见到陈静姝和谢文韬。

门一开,一名典雅端庄的美丽女子走出来,她容颜出众、明眸善睐,穿着浅色衣衫,打扮优雅,笑盈盈道:"欢迎欢迎。"音色柔美,语调和缓,完全符合其气质。

楚独秀提前看过陈静姝的照片,竟也在心底生出惊为天人的赞叹,比第一次看到谢慎辞还要震撼。她瞬间慌乱起来,说话都磕巴了,躬身行礼道:"阿、阿姨好……"

这也太好看了!这比照片还要漂亮,喵总拍照技术不行!

陈静姝看楚独秀提礼物上门,眼底也闪过一丝慌乱:"谢慎辞,你怎么让她提东西……"

不愧是木讷的傻儿子,上来就要将事情搞砸。陈静姝当即怒瞪儿子。

谢慎辞有苦难言。

"没事,东西不算重,我听说您经常打网球,就挑了些跟运动相关的。"楚独秀面带犹豫,软声道,"不知道合不合适。"

她见完陈静姝，顿时陷入纠结，对方尽显江南水乡女子之美，很难跟在球场上狂奔两小时的形象关联。据说网球运动量相当大，陈静姝居然是力量型，简直深藏不露。

"合适，当然合适！"陈静姝望着运动装备眼前一亮，又侧头瞄一眼谢文韬，轻飘飘地道，"比有些人送的合适多了。"

谢文韬当即怒瞪儿子。

谢慎辞有苦难言。

好在谢文韬反应极快，很快就转移话题，他端详楚独秀许久，疑道："咦，我看你很面熟……"

虽然家里人对单口喜剧兴趣不大，但一直关注谢慎辞的公司及节目。楚独秀作为《单口喜剧王》人气选手，频频出现在视频首页，自然就不是什么生面孔。

楚独秀不料长辈还看节目，顿时不好意思起来，不知该如何答话。

"对，我看她也很面熟。"陈静姝轻笑两声，一把拉住楚独秀，直接将她往屋里带，"一看就是一家人。"

楚独秀听其声音柔媚，动作却强势有力，只感觉像被捕猎者摁住，瞬间相信对方在坚持锻炼，自己的小胳膊根本拧不过。

陈静姝握着楚独秀的手，一副生怕她逃跑的模样，突然就往她手腕上扣镯子，还将事先备好的红包拿出来，笑道："我也准备了一个小礼物。"

楚独秀望着金镯子蒙了，想要挣脱钳制，摘掉手腕上的东西，她忙道："不行，这太贵重了，我不能收……"这进度未免太快了，肯定是有什么误会！

陈静姝却轻捏她的手腕，一秒就板起脸来，蹙眉道："拿着，必须拿着。"她的眉眼跟谢慎辞相像，不笑时有种疏冷感，倒是颇有威慑力。

楚独秀面露难色，都不知自己是被套上镯子，还是被黑猫警长直接铐住了。

谢慎辞见她踌躇，温声劝说道："拿着吧。"

"对，就是一点儿心意。"陈静姝望向儿子，满意道，"你总算说了句像样的话。"

楚独秀婉拒不了，只得收下来，认真感谢陈静姝和谢文韬。

一行人移步客厅，便开始喝茶闲聊。楚独秀和谢慎辞坐在一侧，陈静姝和谢文韬坐在另一侧，说些日常近况，随意话起家常。

陈静姝落座后，又看向楚独秀，教导道："平时不可以惯着他，怎么能让你拿东西？"

楚独秀心虚地垂下头，坦白道："没有，就一小段路……"她为留好印象故意拎了一段，不料陈静姝反应那么大。

"那也不行，太不像话了。"陈静姝诧异道，"你看上他什么了？"

楚独秀看起来脾气不错，还被儿子欺负成这样，不由得让陈静姝心生担忧，对方有一天视力恢复，跑回来退货该怎么办？

番外 猫猫家访记

谢慎辞偷看她，静候她的下文，同样很好奇。

这话怎么回答？楚独秀有些羞涩，张皇起来，试探道："幽默？"

"谎话。"谢文韬凑到陈静姝耳边，小声道，"她才是他们公司最幽默的。"他明明记得楚独秀是单口喜剧演员，而且是善乐的第一梯队，幽默感吊打自家儿子。

楚独秀赶忙解释："叔叔阿姨误会了，今天是特殊情况，我想要自己来提，他平时很好的，做事也体贴，没您想的那么差……"不能再让谢慎辞被抹黑了，她还是替他说两句比较好。

谁承想陈静姝闻言，点头赞同谢文韬的看法，道："嗯，她确实挺幽默。"

楚独秀："？"

这是越描越黑了。

幸运的是，谢慎辞习以为常，根本不将这些话放心上，随手就剥起茶几上的水果，时不时往楚独秀嘴里塞一块。他回家后悠闲很多，连精英模样都不装了，彻底地放飞自我，任由家人吐槽，都如泰山般岿然不动，左耳朵进右耳朵出。

"没事，有什么难处就跟我们说，千万不要客气。他哪里做得不好，或者公司快不行了，缺钱的话也别瞒着我们。"陈静姝语重心长道，"你们过好自己的日子，我们的日子就会好了，所以你别害怕，什么都能解决。"

"好的，谢谢您。"

楚独秀颇为感慨，一度以为自己面对售后人员，对方不停地承诺，恨不得磨破嘴皮子。

有一瞬间，她突发奇想，脑中浮现出偶像剧情节：陈静姝狂甩钞票，接着说"给你五百万，不要离开我儿子"，跟当前场景有异曲同工之妙了。

愉快的初次会谈告一段落，陈静姝和谢文韬筹划起晚餐吃什么，还放楚独秀和谢慎辞回屋转转。房间里的陈列简约大方，并没有过多的颜色，基本是黑、白、灰。傍晚的夕阳洒进来，给雪白墙壁镀上金辉，让单调的家具有了暖意，时光都在当下变得惬意悠长。

门被轻轻关上，房间里只剩两人。书桌前，楚独秀坐在唯一的椅子上，新奇地环顾四周，瞄到书架上的毕业照，问道："这是你高中的房间？"

相框里，学生们身着统一的校服，面孔青涩，不远处有广阔的操场，应该是在校内拍的。

"对，出国前都住这里。"谢慎辞重回故地，一时也心生感慨，看她左顾右盼，解释道，"所以放的都是高中的东西。"

楚独秀点点头，随手翻起英文书，又道："不过我没想到，你爸爸妈妈那么有意思。"

众人刚才相处融洽，消除了她来时的惴惴不安。谢慎辞父母的卖力推销，也确实出乎意料。

"他们先是他们自己，再是我的父母，这不是很正常？"

谢慎辞见楚独秀坐在屋里，周围是学生时代的旧物，如今连她也身处其间，竟生出一

415

丝难以言说的欢欣，就像在朦胧间占有了什么，将她彻底放入自己的地盘。

熟悉的环境，熟悉的陈列，熟悉的她。

少年时的回忆将房间填满，经岁月流逝后，等到她重新开启，酝酿出不一样的滋味。

谢慎辞坐在床边，瞧她津津有味地翻阅他的旧书，连带精神及身躯也放松下来。他倏地轻轻躺下，享受此刻的安逸，冷不丁道："要不要休息一会儿？"

"怎么休息？"楚独秀回头一看，才发现他躺平了。

谢慎辞安详地瘫着，伸手拍了拍旁边空位，示意给她留出了半张床的位置。他不是规规矩矩地躺着，双脚还踩在地上，应该是坐在床边，顺势就往后一仰。

见她僵住，谢慎辞颇为无辜地道："新换的床单很软。"

楚独秀眉头微挑，一时间颇为纠结。坦白讲，她跑过来做客，直接躺平打滚，相当失礼。然而他现在毫无防备地躺下，莫名有任人揉捏的感觉，诱人上钩。

犹豫良久后，她终于撑不住，欢声扑过去："吸猫了——"

千载难逢的好时机，此时不吸，更待何时！

谢慎辞被她摁住，抗议道："为什么总是你吸我？"

他对猫塑没有任何意见，但她每次真将自己当猫吸，多少还是太折磨人了。

楚独秀振振有词："小猫咪就是要被人类亲烂的！"

浅浅气息袭来，夹杂柑橘味道，是他方才投喂她的水果味。下一秒，他的脸颊擦过湿润触感，猝不及防地挨了一下，仍是亲昵又不带情欲的吻。

谢慎辞身子一僵，喉结微微滚动，又见她绽放笑颜，尽说些虎狼之词，目光落在润泽的嘴唇上，忍不住垂下眼，反问道："真的吗？"

"当然……"

话音未落，楚独秀就被他轻扯，她不由自主弯下腰，唇上传来轻柔凉意。潮湿温柔地含吻，浅尝辄止地触碰，宛若融化的雪花，带着丝丝缕缕的酸甜，却在她脑海里炸开大片烟花。不是面颊吻，却也很温和。

谢慎辞睫毛颤动，抿唇道："好像也没有亲烂。"

楚独秀张嘴欲言，却哑然失声，只能听到自己的心跳。她像吞下细小的火苗，被烫得发不出声音，只觉得身体滚烫，脸颊都蒸腾起热气。

屋内没有开灯，落日余晖洒进来，让光线明暗不一。一缕微光落下，照亮他疏淡的眉眼，眼睫毛清晰可见，水润的眼眸亮亮的，晕染开一丝情意。楚独秀被他盯着，大脑逐渐混沌起来，像被看似平稳实则湍急的暗流缠住，一不留神被暧昧狂潮裹挟其中。

她被蛊惑般靠近他，却又很快僵住，不敢轻易行动。但他察觉她微小的动作，略微仰头，小心翼翼地凑近。

一回生二回熟，楚独秀的五感在此刻被无限放大，熟悉的气息覆盖自己，温热的呼吸、

番外 猫猫家访记

湿润轻巧的触感，让她下意识地舔吻，尝到一丝残存的甜。

谢慎辞不料她回应自己，身子一僵。他仰着头，用手肘支撑身体，缓缓加深这个吻。

双方都没有多少经验，试探地用舌尖触碰彼此，生涩动作却让四周升温，意识及感知都被对方彻底占据，在迷蒙中缱绻地紧贴在一起。

承载过往时光的房间里，她和他如少年般接吻，连气息都急促又滚烫。

缠绵中，楚独秀的手腕无意识垂下，滑落在他胸膛之上，才惊觉他的心也在狂跳。

一吻结束，满屋静谧，唯有她和他紊乱的呼气声。

雪白墙壁上是淡金色的余晖，两人的身躯贴在一起，投下深色的剪影。

楚独秀浑身发软，将脸颊埋进他怀里，用力嗅衣料上的清冽味道，以此来掩盖发红的耳根。她听见他鼓点般的心跳，故意贴着他蹭来蹭去，像拿他上衣洗脸一样。

谢慎辞发现她搞怪，索性抬手压住，将她抱进怀里，还刻意把她翻了过去。

楚独秀被他从后面搂住，伸手想要挣扎，却被压制了，好半天没翻出来。

谢慎辞似乎生怕她乱动，强势又温柔地抱紧，只在她耳边小声提醒，闷声道："不许吸我，该休息了。"

她再乱吸猫，他就要吸人了。

那声音低沉发闷、几不可闻，传进她的耳朵里，却像羽毛扫过般酥痒。或许是夹杂着无法言说的妄念，隐有弱电流过的麻意。楚独秀当即老实了，乖乖地收起手脚，很快也眼皮打架，生出一丝倦意，索性闭上眼睛小憩。

缩在他的怀里，躺在他的床上，待在他的房间里，她生出无限的安全感。

没准是十几分钟，没准是半小时，没准是一小时，窗外夕阳坠入地平线，屋里变得昏暗起来，房门被轻轻地叩响，两人才半睡半醒地睁眼。

谢文韬隔门呼喊："该吃饭了。"

"好的。"谢慎辞率先回话，瞄一眼怀里的人，看着她迷迷糊糊地起来。

楚独秀逐渐回过神来，坐在床边揉了揉眼睛，嘀咕道："好黑。"

下一秒，床头的小夜灯亮起，散发出轻纱般的柔光。

谢慎辞抬起左手，顺势触碰按钮，右手臂却仍平放着，保持被她做枕头的姿势。他见她梳理起长发，说道："被你睡坏了。"

楚独秀闻言面露窘色，惊道："哪有！"天地良心，她可没对他做过奇怪的事，不背这种黑锅。

"胳膊动不了了，残疾了。"谢慎辞挑眉，示意她看自己的右臂，振振有词，"你得负责任，不能抛弃我。"

楚独秀吐槽："没事，我早有心理准备，一进门就知道，你们家不接受七天无理由退货。"

谢慎辞："？"

天色已暗，暖灯亮起。晚餐相当丰盛，装在精致的餐具内，花样繁多。

陈静姝用公筷给楚独秀布菜，温婉道："不知道独秀喜欢吃什么，主要我也不擅长料理，都是让阿姨准备的……"

"没事，您别忙了，都挺好吃的。"楚独秀忙道，"我妈也不擅长做饭，在家都是我爸张罗。"

陈静姝恍然大悟："哦——"

谢文韬心里一紧，唯恐被无辜波及，适时地插话："喝点儿饮料吗？或者喝点儿酒？"

谢慎辞："还要开车。"

"没有问你。"谢文韬瞥儿子一眼，"知道你不行，只要喝一杯就得留下了。"

谢慎辞撇嘴："没那么夸张。"

楚独秀见状，笑着说："叔叔阿姨好有意思。"

"怎么？"

"跟他交流就像朋友似的。"

她已经慢慢习惯谢慎辞的家庭氛围，陈静姝和谢文韬更像他的损友，嘴上说话不客气，但牢记谢慎辞的诸多喜好，知道他不能喝酒，也看过他做的节目，甚至能够认出她来。

"他从小就这副样子，给他好脸没有用的。"谢文韬嗤道，"他爷爷倒关心他，他却躲着人家，生怕被逮住了。"

谢慎辞："我还是希望爷爷多关心自己。"

谢老爷子确实看重孙子，不是忧虑谢慎辞的事业，就是担忧他的个人问题，即便不惦记大事，也会操心些别的，总觉得谢慎辞出国留学吃尽苦头，回国住在海城也吃不饱穿不暖，孤身一人，可怜兮兮。

陈静姝和谢文韬深感离谱，倘若谢慎辞都过得苦，国内不少人就别活了，这完全属于老人家的杞人忧天。不过人活到这把年纪，早就变回老小孩，跟他辩驳也没意义，顺着对方心思稍微糊弄几句，差不多就行了。

陈静姝莞尔一笑："这样也好，爷爷今年不用操心了，知道你们回文城过年，就能放心跟我们去旅游了。"

"嗯？"楚独秀诧异道，"他不跟您一起旅游吗？"

虽然她和谢慎辞曾约好春节去文城，但还想着给他预留几天，回燕城来看望家人。

"谢慎辞有的是机会回来。"谢文韬帮腔，"过年该去你家正式拜访一下，不能太我行我素。"

"但他上次来过文城……"

"那就再去一次，过年还是不同的，必须懂礼数！"谢文韬望向儿子，问道，"这回由我准备礼物，你应该愿意过去，没什么意见吧？"

"没有。"谢慎辞显然对家庭出游兴趣不大，回答得斩钉截铁，直接选择去文城。

番外 猫猫家访记

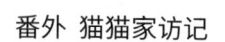

谢文韬赞道:"你看,你看看,他也想去拜访的。"

楚独秀面对诡计多端的一家人,很想询问陈静姝和谢文韬,他们是今年春节有此计划,还是打算以后年年都寄养,自己跑出去游山玩水。她不敢戳穿,也不敢多问,就怕对方顺杆而上,那就真砸在手里了。

晚餐过后,众人闲聊了一会儿,楚独秀和谢慎辞准备离开。

尽管两人是临时起意来家中拜访陈静姝和谢文韬,但这半天的时光格外充实。他们聊了很多事情,天南海北什么都有,有谢慎辞的童年趣事,有他初创善乐时家人不同的态度,有他生活里的琐事及小习惯……陈静姝和谢文韬不是关怀备至的父母,但他们总会在儿子提出需求时全力相助,比如打消老爷子的疑虑、支持他从事单口喜剧,比如热情招待楚独秀、跟他喜欢的人搞好关系。

"下次再来玩,这回好仓促。"陈静姝看一眼儿子,又回望楚独秀,笑道,"不一定非得带着他,你独自来燕城演出,也可以来家里坐坐。"

"好的,谢谢您。"楚独秀诚恳道,"改天来向您请教打网球。"

陈静姝打球后力量好强,让楚独秀蠢蠢欲动,也想锻炼自己的小胳膊小腿。她刚才吃饭时发现陈静姝竟有手臂线条,并非婉约弱女子,一时羡慕得流口水。相比出众相貌,她更想要强健体魄,最好能一拳一个那种。

陈静姝:"没问题,哪天带你去球馆,上手后坚持下来就好了。"

两人挥别父母,乘坐电梯下楼,没有在外面逗留,直接前往停车场。

一路上,楚独秀依旧念念不忘,她随谢慎辞穿行,来到车前,感慨道:"我好喜欢你妈妈的身材。"

谢慎辞闻言放慢脚步,神情颇古怪。

"她胳膊有点儿肌肉,就是那种不夸张但很好看的感觉……"楚独秀没管他脸色,两眼放光,仍滔滔不绝,"一看就是经常打球锻炼出来的线条,我刚才盯了好久。"

停车场内并不算冷,谢慎辞拉过她的手,放在自己胳膊上:"我也有。"

楚独秀猝不及防,隔着柔软轻薄的衣料摸到他结实的臂膀,当即涨红脸,猛地抽回手来:"不是一回事儿!我要自己练出来,出去都能横着走……"她微扬下巴,得意道,"到时候你就得小心了。"

谢慎辞不解:"为什么?"

"你没办法制住我,只能老实被我压,没力气反抗了。"

这是什么逻辑?

楚独秀已经展开美好畅想,靠锻炼增强体魄,比徒步的他还牛。她能肆意将他搓来揉去,而他完全没余力挣扎,只能被迫接受人类强行亲近,感受社会的险恶,绝不会像今天,他摁着她午睡,吸猫强行被打断。

独秀·下

谢慎辞听她大胆发言，一时陷入沉思，目光微闪。没想到她对此耿耿于怀，还要健身以一雪前耻，就为让自己屈居于人下。他喉结微动，欲言又止道："嗯……也不是不行……"

"？"

"其实你现在压我，我也不会反抗的。"

"……"

番外 公开

海城，冬日的风带来湿冷，再来几场小雨，就彻底凉飕飕的了。

繁华街道上，圣诞节的装饰还未撤下，行人们却已经裹紧衣物，兴高采烈地等待元旦到来。

车内，楚独秀坐在副驾驶位，欣赏外面的风景，感慨道："一年又要结束了。"

毕业后，她惊觉时间过得好快，录制第三季《单口喜剧王》，在各地完成巡演，再参加几档外面的节目，就稀里糊涂地到了年底。记忆里，她前不久还在燕城演出，顺势拜访陈静姝和谢文韬，不料回海城没多久，又迎来元旦假期。生活像开启了二倍速，跟在校时截然不同，不知不觉就消失大半。

谢慎辞一边开车，一边点头应道："幸好今年做了很多事。"

"什么事？"

"工作上的事，还有生活上的事。"谢慎辞趁等红灯的时候，用余光瞥了她一眼，"起码兑现了我的承诺，不是言而无信的人。"

忙碌的巡演过后，两人利用周末在海城闲逛起来，在晴朗天气里骑自行车欣赏街边洋楼，寻觅深藏在巷子里的美味小店，前往拥有童话城堡的游乐园游玩，夜晚乘船观赏江两岸的灯火，逐步将周边景点走了一遍。

楚独秀听闻不少情侣出游吵架的事，自己却很幸运，并没有碰到过。尽管谢慎辞在公司内不声不响，但他出游时非常可靠，总是默默做好攻略，让出行愉快又顺畅。

或者说，她很难想象跟谢慎辞争执的模样，总觉得此事没法在头脑里呈现，没准他们会在怒火中同时笑场。如果有一天她和他吵架，应该只能是同台讲相声，捧哏和逗哏间的把戏罢了。

楚独秀夸奖："不错，喵总确实是名合格导游，具备丰富的陪游经验，提供的服务相当完美。"

"倒也不是。"谢慎辞回道，"我没什么陪游经验，在海城住了挺久，以前却没逛过，最近才溜达一圈。"

人一旦长期生活在某处，反而忽略当地的人文景观，只有等到特定的契机，才会发现城市的另一面。一如她来到海城，他的日常也发生变化，产生让人惊喜的新鲜感。

"可你将出游规划得很好。"楚独秀一愣，接着蹙起眉头，狐疑道，"等等，你自己都没逛过，当初录总决赛时却约我入职善乐后观光？"

她可记得清清楚楚，有人将海城夸得天上有地下无，还公然放大话，期待跟她共事。谁承想他就没怎么游览过。

谢慎辞惨被戳穿，却丝毫没有慌张，理直气壮道："那不是要找个借口，稍微委婉一点儿，不然周末怎么见面？"

这是不以为耻、反以为荣了。

"你还会委婉吗？"楚独秀惊道，"你都直接发微信，说自己要带着黑胶唱机上门。"

她近来愈加意识到他是优雅的厚脸皮，总能淡定从容地做些无耻之事，就跟猫科动物偷喝人类杯子里的水一样，挨骂也不在乎，过两天照做，有恃无恐得可以。

谢慎辞似有所悟："对了，还没有听唱片呢，那我这两周可以带着黑胶唱机去找你。"

楚独秀抗议道："不许总剽窃我的想法，还有不要带黑胶唱机来。"

"为什么？"谢慎辞幽幽道，"不想理我了，准备弃养了？"

"我是不想收拾房间，最近没空大扫除，等我整理完再让你过来。"楚独秀振振有词，"这回先检查你家，看看你拆不拆家，再讨论收养的事。"

两人说好周末怎么过，很快也抵达善乐。

下车前，谢慎辞从后座取出精致礼袋，随手递给楚独秀："吃糖吗？带走也可以。"

楚独秀接过袋子，看到上方红色的"喜"字，发现竟然是一包喜糖，好奇道："这是哪里来的？"

"你知道王力吗？"

楚独秀思索道："总是跟着尚导的执行导演？"

随着单口喜剧的火热，善乐的规模同样扩张，不是人人都能频繁打照面。编剧和导演总跟演员打交道，楚独秀自然就会有些印象，不像其他部门般陌生。

"对，他进公司很早，前不久结婚了，对方也在善乐工作，跟着商良对接外部商务。"谢慎辞道，"他们邀请我们去婚宴，但商良没去让我去了，喜糖就是从那儿拿的。"

善乐元老都有些喜剧理想，不但在此找到志同道合的同事，还寻觅到携手一生的伴侣。王力等人没有大办婚宴，就小范围邀请北河、谢慎辞等相熟者，见证自己的重要时刻。

番外 公开

楚独秀："我都不知道王导结婚了。"
谢慎辞："刚结没两天，我猜这周他们就会在公司里发喜糖了。"
楚独秀颇感神奇："我们公司有好几对？尚导的另一半也是？"
如果她没有记错的话，公司里有几对夫妻，只是部门各不相同。善乐作为国内最大的单口喜剧公司，倒是不回避员工有夫妻关系，只要各司其职完成工作就好。她也是后来才知道尚导居然结婚了，但丈夫不在导演组，平时在公司里活动。
"他们进善乐前就结婚了，尚导从电视台跳出来后，对方也跟着跳出来了，不知道能不能算公司的。"谢慎辞答道，"不是我们促成的。"
尚晓梅是谢慎辞的学姐，比他要大好几岁，结婚也有几年了。最初是她先来善乐，等到公司逐渐稳定后，她的丈夫才从电视台过来。
楚独秀了然地点头，又低头研究起喜糖。
谢慎辞见她摆弄糖果，冷不丁道："所以我们可以在公司里发糖吗？"
别人是结婚发喜糖，他俩又乱发些什么？楚独秀揣着明白装糊涂，颔首道："可以，为什么不行？喵总天天发糖，我们都没意见。"
"天天发就有点儿过了……"谢慎辞欲言又止，"也不用这么秀，给别人点儿活路。"
他还是有人性的，不能幸福到让别人不适。
"……"

公司内，楚独秀和谢慎辞一同进电梯，前者拎着喜糖回工位，后者前往其他楼层参与新节目制作的事。
一旁，王娜梨听到动静，探出头来，见是楚独秀，随口道："王哥刚刚来送喜糖，我把你的放桌上了，咦……"她看到对方手里的袋子，正是眼熟的喜糖，自然感到不解，"你怎么有一袋？他给你多送了？"
楚独秀解释："这袋是谢总的，他顺手给我了。"
"哦——"王娜梨感慨，"谢总怎么比商总还夸张？我以为商总拿你当摇钱树就够离谱了，没想到谢总更厉害，我看他最近经常询问你的工作。"
自从第三季节目播出后，楚独秀一边筹备个人专场内容，一边参与公司及外部活动，为单口喜剧行业带来不小的关注度。
善乐文化立下雄心壮志，近年做成一档无须明星参与的喜剧节目，靠优秀的单口喜剧演员及高质量内容引流，逐步摆脱追求噱头及爆点的趋势。这需要公司内部有热点人物，而楚独秀无疑是最最适合的，自然深受商总的关注。
虽然"受商总重视"听起来很好，但演员都不想有此殊荣，多少有些畏惧严肃的商总，平时离他也远远的，唯有楚独秀还算体面，能应对他的嘘寒问暖。

不过王娜梨近日有新发现,楚独秀跟谢总互动好像比跟商总还要多。

楚独秀一愣,窘迫地发声:"嗯……"

虽然她没有公开提及此事,但是她跟谢慎辞的事,周围人都隐隐知道,只是上班不主动提。商良看到二人露面,早就见怪不怪,更不用提聂峰和小葱,他们一路从燕城看过来,很早以前就察觉谢慎辞格外关心楚独秀。但王娜梨较迟钝,显然没有看出来。

不等楚独秀发话,小葱率先笑出声,忽然就转过身,一脸惊讶地问:"你觉得谢总是关心她工作?"

王娜梨迷茫:"不是吗?"

小葱哭笑不得:"他俩经常中午一起吃饭,你又不是没在食堂见过,还有谢总工作外也接送她……"他都要佩服王娜梨的迟钝,楚独秀以前在恋爱组讲 AI 单身狗,好歹还有些理论基础,王娜梨是彻底处于状况外,连恋爱组的边都没沾到,现在都瞧不出端倪来。

"老板拉拢业绩最好的员工,自然平易近人,这不是很正常?"王娜梨似有所悟,又望向楚独秀,面带一丝惶恐,迟疑道,"等等,你和谢总该不会……"在一起了吧?

楚独秀低头,诚恳致歉道:"对不起,我才想起来,没正式跟你说过!"她有跟姐姐交流此事,却忘记告知王娜梨了,主要是没有机会,平白无故提起也显得非常怪。

"天哪,但大家都不知道吧?"王娜梨两眼发蒙,又望向小葱,强行为自己挽回尊严,"只有你看出来……"她此时感到万分惊讶,却又觉得顺理成章,也许是听过楚独秀入行的经历,知道对方的简历曾被谢慎辞捡到,居然生出玄妙的感叹,认为二人确实有缘又般配。

"不,大家都知道,北河哥和路老师早发觉了。"小葱无情地补刀,"只有你那么虎,真当职场策略,以为是老板对优秀员工的胡萝卜大棒。"

王娜梨当即争辩:"那也不能怪我,还不是你给的刻板印象,导致我没有发现这件事。"

小葱疑惑:"跟我有什么关系?"

"我以为脱口秀演员一谈恋爱都会变得像你一样,在段子里没完没了。"王娜梨吐槽,"不靠自己创作,光靠你女朋友,我们公司应该给豆腐交社保。"她以为都跟脱口秀干将莫邪一样,一谈恋爱就在创作中狂秀恩爱。

小葱:"???"

时间过得很快,随着楚独秀和谢慎辞感情稳定,公司里的人都逐渐知道实情,偶尔也揶揄两句。然而楚独秀却渐渐发现王娜梨的话有道理,外人无法窥探单口喜剧演员的感情状况,无疑是小葱等演员留下了过深的刻板印象。

善乐文化不但自制节目,还会接洽不少外来节目,给公司演员提供曝光机会。近日,一档生活类节目的导演就专程拜访,跟楚独秀等人沟通细节,希望他们能从普通人的角度,为节目带来与众不同的看法。

番外 公开

"我们这档节目就是聚焦生活，比如学校、职场里的一些事，每期都有不同的主题，让我们的演员聊聊。你们都很幽默，说的话也有共鸣，更贴近我们的定位。"

单口喜剧演员体会过生活的酸甜苦辣，相比普通嘉宾更接地气，预算也没那么高，双方自然就匹配。

导演笑道："打个比方，独秀可以站在AI单身狗的角度，谈谈对恋爱的见解。"

"抱歉，您可能不知道，我不是AI单身狗了。"楚独秀面露难色，"不好再从这个角度讲。"

她不太向外暴露隐私，以至于外人对她的印象还停留在那两季节目上。

导演一愣，惊喜道："那不是更好？既然你脱单了，可以讲点儿恋爱段子，你们交流中有没有困扰之类的，更契合节目的恋爱主题！"

楚独秀支吾："这个可能也讲不出来……"

尽管王娜梨等人同样建议她在节目中融入新生活，但段子时常从负面情绪中迸发，她暂时还无法违背创作规律，写不出跟谢慎辞有关的内容。

"为什么？"

"不太像段子，像是在炫耀。"

她以前是没恋爱经验写不出来，现在是没恋爱烦恼写不出来，跟他相处都很愉快，没什么抱怨或吐槽的。

楚独秀目光闪烁，低下头，尴尬道："对不起，我做不来那么残忍的事，比某些演员的道德水准要高。"

小葱惨遭内涵："？？？"

楚独秀委婉表示不会讲恋爱段子，但导演显然有自己的理解，当机立断就拍板，让小葱和楚独秀录制恋爱主题，剩余主题由其他演员分配。他左看看楚独秀，右看看小葱，振振有词道："虽然你自谦讲不出段子，但我觉得你们随便聊两句，听起来就很像段子，挺适合我们节目的。"

没准是单口喜剧演员的天赋，一群人围在桌边聊天都有趣。

楚独秀："？"

"导演，那是我们随便聊两句吗？"小葱弱弱地吐槽，"那是我单方面被伤害，而且没办法还嘴，有没有人替我发声啊……"他就要靠秀恩爱来创作，绝不向楚王势力低头！

众人哄笑起来，之后讨论节目内容，领好各自的任务，就回去筹备起来。

这是一档外面的节目，善乐的演员轮番录制，楚独秀和小葱参与的恋爱主题在前，北河和路帆参与的职场主题在后。考虑到节目效果，楚独秀还准备提前搜集些素材。

元旦假期，海城弥漫着喜迎新年的氛围，街道上张灯结彩。各大商城人满为患，人们忙碌一整年，在最后一天放肆狂欢。

然而楚独秀和谢慎辞没外出，相约在家中见面。

小区内，楚独秀望着手机地图，挨着绿化带往里走，终于找到内部的楼。她手里提着塑料袋，还没有走到楼门口，便看到不远处熟悉的身影。

冬日里，谢慎辞穿着厚外套，不知在楼下等了多久。

"你怎么出来了？"楚独秀赶忙奔过去，意外道，"不是让你在家等吗？"

谢慎辞瞄一眼她提着的果蔬，伸手接过，问道："为什么不让我去接你？"

"本来就没有两步路，都说我自己能找到。"楚独秀跟着他进楼，还主动摸摸他的手，"你在外面不冷吗？"

两人约好今日摆弄黑胶唱机，谢慎辞的住处离公司不远，靠步行就能抵达，楚独秀索性没让他来公寓接，要来地址自己去，顺路还买了一些食材。

"不冷，没有等多久，你很准时。"谢慎辞拉开塑料袋，看一眼她买的东西，"我们待会儿吃火锅行吗？还可以再切点儿三文鱼，家里有芥末。"

"没问题。"

两人乘坐电梯上楼，很快就解锁进门，看到屋里的全貌。虽然楚独秀拜访过陈静姝和谢文韬，但她是第一次来到谢慎辞独居的地方。

燕城的家装修较为古典，以实木家具为主，应该是陈静姝的审美。海城的家却宽敞简约，以黑、白、灰为主色调，家具也更有现代感，透着大气。

除了门口玄关处摆放的可爱兔子拖鞋。

谢慎辞放下诸多食材，随手拆掉拖鞋的塑料袋，将其放到楚独秀面前："你穿这双吧。"

"好的。"楚独秀老实地穿上拖鞋，又看他将塑料纸捏成一团，迟疑道，"这是你新买的吗？"

"对，家里的拖鞋你可能穿不了，那天就买了一双。"谢慎辞垂下眼，盯着她拖鞋上的兔子图案，露出满意的神色。

楚独秀感觉他会错意，她确实拥有过兔子玩偶，但没必要拖鞋都是兔子图案的。

很快，她看到自己的杯子，愈加断定他误会了。

"要喝水吗？"谢慎辞取出干净杯子，往里面倒入温水，放到楚独秀手边。

"谢谢。"

楚独秀洗干净手，顺势喝了两口，又发现一丝异样。她将杯子拿到眼前，仔细打量起来，发现瓷白马克杯上绘有憨态可掬的兔子，旁边有鲜艳草莓点缀，极具童趣。

楚独秀惊道："为什么这儿也有兔子？"

虽然她总背花里胡哨的卡通帆布袋，但也惊觉他挑的东西兔子含量严重超标。

谢慎辞疑惑道："这不可爱吗？"

"可爱是可爱……"楚独秀撇嘴，"但我现在是成年人了，以后要成熟稳重。你的杯

番外 公开

子什么样？"

她怀疑他跟楚双优一样，对自己的审美有极大误解，好似她就是沉迷卡通动漫的儿童，只会搞些颜色绚丽的休闲风。但她已经成长了，不是老二次元了！就算还是二次元，也要装得像现充（指在现实世界中生活得充实的人）！

谢慎辞取出他的杯子，纯黑色质地，完全没花纹。

楚独秀硬气道："我也要这样的。"这杯子一看就很沉稳。

"好吧。"谢慎辞倒无意见，贴心地接水，再次递到她手边。

楚独秀这才满意，重新喝起水来，却见谢慎辞举起兔杯，陪她站在桌边，随意地喝了两三口，将杯内残余的水饮尽。

楚独秀睁大眼："你怎么用这个……"

谢慎辞握着她用过的杯子，漫不经心地道："但你把我的杯子抢走了。"

"……"

片刻后，两人开始整理食材，楚独秀想要帮忙洗菜，却被谢慎辞赶到一边。厨房里，谢慎辞将三文鱼片切好，配好酱油及芥末，开始准备火锅食材。

水声哗哗，他将新鲜蔬菜逐一洗净，见她站在水池边旁观，说道："黑胶唱机在客厅，你研究那个吧。我也要提前适应一下，毕竟春节很快就要到了。"

楚独秀好奇道："跟春节有什么关系？"

"春节要去文城，为免被爸爸挑刺，我需要尽快适应厨房工作。"

楚独秀一本正经道："我爸才不会挑刺，他就没说过硬话。"

石勤脾气那么好，不可能刁难人的。

谢慎辞侧头，暗自嘀咕道："所以说软刀子更厉害。"

楚岚看起来凶却敞亮，喝完一顿酒就好，而石勤是持久考察派，显然要细水长流。

"我们待会儿一起听唱片。"楚独秀突发奇想，提议道，"正好，现在可以完成工作，为我的创作搜集素材。"

谢慎辞愣道："放假还要工作吗？"

尽管两人是情侣关系，但他认为不能徇私，有必要制止她内卷。

"不是要录生活类节目吗，我被划分到恋爱主题。"楚独秀嘟囔，"还不是因为你，要不是我脱单了，怎么会沦落至此？这件事你负全责。"

楚独秀想起来就气恼，明明她照常创作，只是不太写恋爱段子，偏偏导演的思维诡异，觉得强扭的瓜特别甜，就想让她录恋爱主题的谈话节目，好像断定 AI 单身狗的转变有亮点。楚独秀被赶鸭子上架，当然要提前整理素材，以备不时之需。这是喵总的过错！如果不是有他了，她不会在恋爱组！

谢慎辞思考数秒，倒是没有反驳，颔首道："好吧，这确实是我的问题，有什么能帮

427

助你的？"

楚独秀听他答应，当即就转换态度，随手捡起一根筐里的胡萝卜，放在身前充当麦克风，腰杆挺直如出镜记者，像模像样地采访起来。

"谢总，冒昧地采访您一下，您在恋爱中有困扰吗？"楚独秀将胡萝卜凑近他，认真道，"或者说，相比过去的单身生活，有没有什么不适应的地方？"

这一幕宛如历史再现，她在酒店门口深扒他的恋爱经历，恨不得将他的过往抖个底儿朝天。

"没有。"谢慎辞斩钉截铁道，"我的困扰就是太幸福了。"

"嘁——"楚独秀蹙眉，"回答好官方，这样不真诚。"

"嘁——"谢慎辞模仿她的语调，挑眉道，"你钓鱼执法，还是用直钩。"

又不是傻瓜，上赶着给她送把柄。他没吃过猪肉也见过猪跑，送命题要好好回答。

"没有，怎么会呢？我们真诚点儿，理性地讨论，不评判对错，好吗？"楚独秀满脸真诚，好声好气道，"只是为搜集素材，绝对不上升到别的，我保证！"

谢慎辞："好吧，但我目前真没什么困扰。"

楚独秀一只手握胡萝卜，一只手掏出手机，浏览节目的流程，提问道："那换下一个问题，你为什么喜欢这个人？为什么选择跟对方在一起？"

"为什么不喜欢？"谢慎辞将她从头看到脚，疑惑道，"你有什么不该被喜欢的点吗？"

他确实搞不懂情侣间那些"你喜欢我什么"的问题，不如说他很难选出她某一项优点，只能反选一遍，思考她哪些地方不值得被喜欢。答案是没有，都很合得来，没道理不喜欢。

楚独秀被他坦然的态度镇住，脸热道："不许用问题回答问题！"

他反问："那你为什么喜欢我？还天天猫塑我？"

她支吾："因为就是跟猫猫一样，再说你还兔塑我呢。"

谢慎辞却不认同，抗议道："恋爱跟养猫一样吗？"

"本质确实差不多……"

"哪里差不多？陪伴？亲近？"

暖灯下，谢慎辞袖子挽起，手臂沾染点滴晶莹，露出流畅有力的线条，手腕骨节清晰可见。他抬手关掉水龙头，暂时放下洗菜的工作，作势要专注听她的答案，明显很在乎她的想法。

"嗯……"楚独秀偷瞄他一眼，眸光闪烁，"本质都是，馋它身子……"

"？？？"

下一秒，楚独秀趁他双手湿着，没有能力防备自己，猛地踮起脚尖凑近，在他脖颈上亲了一口。

她一击成功，神色都欢快起来，一溜烟蹿向客厅："好好洗菜，改天再访，我去看黑胶唱机了！"

番外 公开

谢慎辞缓过神来，扯过毛巾擦手，当即就转身去追："占我便宜。"

追逐战在刹那间分出胜负，楚独秀不熟悉地形，不慎被谢慎辞逮住，很快为偷袭付出代价。

"我要讨回来。"

呼吸温热又旖旎，轻柔触感落在唇上，最初是迷蒙细雨，接着是雨意渐浓，缓缓撬开她的唇，用舌尖献上柔情而饱含情意的吻。

她被他清冽的气息覆盖，刚开始紧攥对方衣袖，慢慢却手指发软，倚在他的怀里，只觉得感知都被彻底攫取、侵占，差点儿喘不过气来。

两人亲昵许久，直到耳根都发红，这才慢悠悠分开。

楚独秀察觉他身体的异样，浑身蒸腾起热气，斜了他一眼："小心眼。"

谢慎辞喉结滚动，不敢再直视她，索性战术转移，率先走向客厅，借此岔开话题："我去弄黑胶唱机。"

片刻后，一张唱片被放好，舒缓音乐在屋内流淌，涌出无数曼妙的音符，好似有一位歌者在面前慵懒吟唱。

"好神奇。"楚独秀盯着黑胶唱机，惊叹道，"听起来跟音响不一样。"

黑胶唱机刚刚启动，家里的氛围就不一样了，仿佛置身惬意的酒馆，带来人间烟火气。

谢慎辞点头："对，其实是唱片的缘故，这张是现场录的，不是数字音乐刻盘。"

楚独秀恍然大悟："怪不得，就像有方位感一样，身临其境的感觉。"

"这是没修饰过的音乐，不一定比数字音乐好听，优点是有真实感，细节丰富，色彩温暖。"谢慎辞说道，"不过肯定没数字音乐精准，还原度会低一些。"

楚独秀盯着黑胶唱机，说道："我喜欢这个。"

谢慎辞轻声道："我也喜欢这种，跟单口喜剧一样，没那么完美，但贴近生活。"

他向往一切有生命力的存在，不必尽善尽美，偶有一点儿瑕疵反而更动人了。碧玉有瑕不是缺点，是真实的自然美。

闲暇的假期，柔和的阳光，放松的音乐，两人什么事都不干，就围坐在黑胶唱机旁，互相依偎着欣赏承载古老音符的唱片。头脑在此刻放空，她和他不用交流，心无限贴近，共享音乐带来的美好及安然。

数曲过后，谢慎辞瞥一眼怀里的楚独秀，冷不丁道："猫是不能给你放音乐的。"

方才的话题还没结束，他显然耿耿于怀，有意提点她一番。

楚独秀："？"

没过多久，两人换了张唱片播放，又将三文鱼和火锅弄好，一边听着音乐，一边欢畅用餐，庆祝元旦假期的到来。

谢慎辞用漏勺舀起肉片，放进她的碗里，又道："猫是不能替你捞涮菜的。"

楚独秀："？"

饭后，两人将餐具收拾好，转战到客厅打游戏。电视屏幕可以连接游戏机，楚独秀和谢慎辞各拿一个手柄，望着五颜六色的游戏画面，兴致勃勃地尝试起来。她和他明明都是成年人，却也玩得不亦乐乎，不时讨论起游戏攻略，眨眼间就挥霍了大把时光。

游戏进行间，谢慎辞突然道："猫是不能陪你打游戏的。"

楚独秀："……"

看来这事儿过不去了。

楚独秀全神贯注地盯着屏幕，随意安抚道："好啦，不要那么哀怨，不会养二胎的，你是妈妈最爱的崽，不可能养第二只猫。"她耳朵都起茧子了，感受到大娃的哀怨，选择做出郑重承诺。

谢慎辞听她公然占便宜："？？？"

屏幕上，游戏画面突然停止，连带人物无法移动。

楚独秀摁动按钮，诧异地看他："这是干什么？"

谢慎辞放下手柄，平静道："暂停一下，休息眼睛，而且该吸猫了。"

既然她喜欢猫塑，干脆也别挣扎了。

"吸猫？"

下一秒，楚独秀猝不及防地被抱住，很快就体验了一把人和猫体型逆转后究竟会发生什么，根本不是"吸猫"，分明就是"猫吸"！

"呜……"

翻身猫猫把歌唱，公报私仇吸人了。

尽管采访素材搜集得并不顺利，但楚独秀仍要迎来节目录制。

《想跟你唠唠》是一档谈话类节目，邀请不同职业的嘉宾齐聚演播室，围绕职场、恋爱、家庭等生活话题展开讨论，帮助网友们解决困惑，并分享自己的经验。

录制形式是嘉宾们围坐桌边聊天，不需要表演脱口秀，按环节读网友提问，并谈谈自身看法即可。节目制作成本并不算高，但内容幽默风趣，也有固定的观众。

演播室内，一张长桌将空间分隔，主持人坐在正中央，两侧早有其他嘉宾落座。四周光线明亮，长桌附近摆有沙发、书架等物，环境布置得温馨而生活化。

楚独秀和小葱刚一进来，就看到墙上巨大的节目 Logo、早已落座的主持人及常驻嘉宾。他们躲在角落里，等待自己的流程。

"《想跟你唠唠》，总有话题聊。今天的主题是恋爱，我们也邀请了两位飞行嘉宾，来到节目现场闲聊唠嗑。"主持人笑意盈盈，介绍道，"欢迎独秀和小葱！"

轻快音乐中，楚独秀和小葱一起登场，他们朝在座的人鞠躬，又对着镜头打招呼，进行自我介绍。

楚独秀:"大家好,我是楚独秀,目前是一名单口喜剧演员。"

小葱:"大家好,我是小葱,目前是一名没我同事那么红的单口喜剧演员。"

楚独秀瞥小葱一眼,又回望其他人,无奈地感慨:"同事卷起来了,开始玩幽默了。"

众人都笑起来。

主持人:"欢迎二位的到来。我们有一个神奇设定,就是要根据感情状况,来选择自己的座位。单身的朋友坐左边,脱单的朋友坐右边。"

两人听闻此话,再看看现场的座位,果然发现嘉宾分开落座。

小葱眼睛都不眨,一溜烟选右边:"那我肯定是这边。"

主持人见状,打趣道:"我感觉这场面像历史再现啊,你俩以前录节目也都是恋爱组!"

第二季《单口喜剧王》录制时,楚独秀和小葱被分到同一组,从不同角度创作恋爱段子。现在历史重演,出现相似场面。

左边的嘉宾闻言看向楚独秀,兴奋地招手:"来吧,我们的朋友,AI单身狗。欢迎来到我们的单身大家庭!"

楚独秀面对热情好客的众人,小心翼翼地往右边移,硬着头皮道:"不好意思各位,我没有浓眉大眼,也要叛变革命了……"(此处调侃出自1990年春节联欢晚会小品《主角与配角》)

此话一出,全场震撼。

主持人惊道:"独秀脱单了吗?"

楚独秀老实点头:"对。"

其他嘉宾更加激动,一时露出八卦表情。

"AI单身狗背叛了组织!"

"我们又痛失一员大将。"

"天哪,但秀秀在我眼里还是个孩子……"

小葱既好气又好笑:"等等,刚刚那话是谁说的,节目里怎么还有她的妈妈粉?"

主持人两眼放光,兴致勃勃地追问:"最近谈的吗?是单口喜剧演员吗?"

楚独秀坦白:"有一段时间了,不是演员,但也在我们行业。"

旁人当即起哄:"聊聊!快聊聊!"

"不行,节目录不下去了,先八卦她的,我现在就想吃瓜……"

《想跟你唠唠》本来就是好友闲聊的风格,无拘无束,相对自在。众人得知意外消息,自然迫不及待想要听些内幕。

楚独秀察觉到他们的亢奋,也被吓了一跳,不知从何说起。

好在主持人帮忙解围:"这样吧,我们先按照流程继续,等到后续话题出来,独秀也有机会分享了！"

"接下来，抛出今天的第一个'唠'话题，同样来自网友的问题征集。话题是：谈恋爱是不是一面定生死？初印象就决定关系走向？"

大屏幕上，讨论话题以文字形式弹出，节目进入第一个环节。

"大家觉得第一印象重要吗？"主持人环顾四周，问道，"坐在右边的朋友，你们还记得跟伴侣初次见面的情形吗？"

"我觉得初印象很重要。"小葱答道，"我女朋友就是初次见我感觉很有意思，被我打动了，好长时间没忘。"

其他嘉宾好奇道："后面就开始关注你的幽默？感觉你特别有意思？"

小葱煞有介事地点头："对。"

楚独秀蹙起眉头，狐疑道："真的吗？豆腐是这样的人吗？"

她听小葱自吹自擂，总感觉哪里不对。她犹记小葱、豆腐是欢喜冤家，明明是打打闹闹的氛围，怎么还有一见钟情被打动的事？

"当然，我第一次见她时正好在操场摔了一跤，恰好她从旁边路过。"小葱振振有词，"她说从来没见过能摔那么远的人，所以将我的长相记了很久！"

楚独秀真挚道："那不是被你的幽默打动，那是被你的幽默摔动。"

其他人爆笑，都被二人逗乐了。

主持人笑道："哇，我感觉今天录制出奇的欢乐，两位飞行嘉宾的画风特别不一样……"

其余嘉宾附和起来："太卷了，你们喜剧公司太卷了，上谈话节目都要讲笑话吗？！"

"小葱综艺感很强啊。"有人出言表示佩服，故意拱火道，"楚王这可以忍啊，这是挑战你的幽默权威！"

"我感觉很难有人比小葱更炸裂了。"主持人乐得打颤，又道，"所以独秀怎么跟男朋友认识的？"

楚独秀沉吟片刻，说道："我当时在线下听开放麦，被不识趣的演员点上台，然后被迫即兴讲了一段，正好他站在台下听到。因为是大学毕业季，我那天把简历随手丢进垃圾桶，没想到被他捡到了，就联系我讲脱口秀。"

主持人惊叹："这么戏剧性吗？"

另一侧的嘉宾唏嘘："你们脱口秀演员都有点儿稀奇古怪的经历，听起来都像编的段子了……"

小葱的经历就够离谱了，楚独秀的更加神奇。

"不是编的，我来做证。"小葱面无表情地吐槽，"因为我就是那个点她上台的不识趣演员。"

"对，所以不要在垃圾桶里找男朋友。"楚独秀摸摸鼻子，小声道，"但可以翻一翻，

番外 公开

没准有女朋友。"

"哈哈哈哈哈哈哈哈！"

主持人追问："那你对他的第一印象如何？"

楚独秀纠结再三，还是选择说实话："骗子、杀猪盘、奇怪的人。"

小葱幸灾乐祸地掏手机，看热闹不嫌事大："不行，我要录下来这话，待会儿放给人家听！"

楚独秀无奈地辩驳："因为那时候单口喜剧也不火，他忽悠我用笑话致富，听起来就特别像笑话。"

"现在呢？"主持人饶有兴致地问，"你真成为单口喜剧演员了，有没有什么想对他说的话？"

楚独秀一愣："想说的话？"

主持人鼓励道："对，那他算是你的伯乐了，你当初的想法肯定有变化，不然对着镜头说两句吧，现在对他的印象之类的。"

楚独秀望着摄像机，认真地思考起来，表情严肃而郑重，好似在斟酌措辞。

众人也安静下来，静候她真情流露。

正当旁人以为楚独秀将会煽情时，不料她画风一转，啧啧道："你小子，有两下子，我都没想到自己那么幽默。"

意想不到的转折，生动的表演，让众人捧腹大笑。

主持人长叹一声："我现在发现了，跟脱口秀演员谈恋爱，天天都像在讲段子！"

谈话节目继续进行，不断抛出网友提问，在座的人也聊得越来越深。其中不乏莫名其妙的问题，比如"如果伴侣跟异性同事交往过密，你会介意吗""曝光恋情会让伴侣事业塌房，你愿意隐瞒吗"等等。

楚独秀作为恋爱菜鸟，一时大受冲击，惊讶道："总觉得提问网友里藏龙卧虎，这些问题不是普通网友能问出来的。"

小葱好笑道："塌房那条是跟什么巨星在谈恋爱吗？"

"因为我们是匿名征集，所以平时不敢说的话，现在也敢偷偷发出来。毕竟我们想的跟另一半想的，有可能不一样。"主持人说道，"所以接下来还有一个环节，我们不是分座位了嘛，左右将各抽取一名嘉宾，给节目外的人打电话，询问对方屏幕上的问题。单身的朋友随意挑人，脱单的朋友选择对象，怎么样？"

众人纷纷应道："可以。"

楚独秀和小葱都坐在右侧，最后是小葱被抽中，他要给豆腐打电话。

很快，屏幕上出现文字，公布下一个问题。

主持人朗诵道："如果你已经脱单，但生活里出现了一个更优秀的人，比你现在的伴

433

独秀·下

侣更厉害、更符合你心目中理想对象的样子,你会心动吗?"

其余嘉宾点评:"哇,这个很敏感啊,我感觉打电话问对方,对方也不会承认的。"

片刻后,演播室内安静下来,小葱用手机拨号码,屏气凝神等待接通。

"嘀——嘀——"

楚独秀听着声音,迟疑道:"豆腐在忙吗?"

小葱有些心虚:"不可能,她现在应该没事……"

好在电话很快被接听,屋内响起和缓的女声,正是声名远扬的豆腐。她长期出现在小葱的段子里,虽从未在节目露面,但江湖上早有她大名。

"喂?"

小葱握紧手机,忙道:"我不是录节目嘛,现在有个问题想要问一问你。"

豆腐配合道:"好啊,什么问题?"

"如果你生活里出现了一个更优秀的人,我是说假设啊,比你现在的伴侣更厉害、更符合你心目中理想对象的样子,也就是比我强、比我幽默,你会心动吗?"

电话里没有声音。

豆腐沉默良久,久到小葱都发慌,连带嘉宾都面面相觑,不知道是什么情况。

半响,豆腐终于开口,反问道:"你是说楚独秀吗?"她嘶了一声,"那也不是不行。"

下一秒,众人哄堂大笑,全都前仰后合。

小葱不怒反笑:"姑奶奶,搞我是不是?都说是假设了,怎么会是她呢?"

豆腐继续道:"我仔细想了一圈,觉得没必要假设,你身边就有现成的啊,比你强又比你幽默……"

楚独秀同样忍俊不禁:"谢谢,谢谢豆腐,太给面子了,改天请你吃饭。"

豆腐大方地答应:"好啊,你和娜梨都来吧,不带那谁也行。"

小葱惨遭抛弃。

主持人乐得拍腿:"已经变成那谁了。"

"节目效果拉满,不愧是喜剧演员!这是你们的台本设计吧?"

"不行,我要复仇,让她也打个电话。"小葱被女友整蛊,望向楚独秀,愤愤道,"不信只有我是这个待遇!"

他被耍也要拉人下水,绝不放过迫害同事的机会。

其他嘉宾闻言立马沸腾起来,赞同他的提议。

"楚王必须应战了!"

"可以,我把打电话的机会让给对面的独秀!"

楚独秀遭遇起哄,惊道:"这个节目的主旨是拆散一对是一对吗?"

为什么就喜欢做冒险的事?这是打算搅黄所有右侧嘉宾的恋情?

番外 公开

主持人坦然道:"没错,不然导演怎么专挑你们谈恋爱的来这期!"

"……"

最后,楚独秀拗不过众人,不忍辜负其他人的那颗八卦之心,拨通了谢慎辞的电话。

"嘀——"

等待声中,在场嘉宾翘首以盼,都在期盼对方回答。

对面接得很快:"喂?怎么了?"

电话被人接通,沉稳的男声传出来,如同大提琴的低音。

场内瞬间肃静两秒,众人好似被对面人的气场镇住,一时只敢交换眼神,以此隐秘传递消息。

楚独秀面对旁人打量的目光,同样有点儿扭捏,不是没跟他打过电话,但当众通话是第一次。她干巴巴道:"没什么,就是有个问题,现在需要问你。"

谢慎辞疑道:"什么问题?"

"如果生活里出现一个更优秀的人,比我更厉害、更符合你心目中理想对象的样子,你会心动吗?"

"会。"

小葱倒吸一口凉气,立马就挺直腰杆,竖起耳朵,露出诧异的表情。

其他人也吓了一跳,生怕要爆出大料。

"为什么?"楚独秀当即表示不满,音量瞬间提高,提醒道,"你仔细思考作答,再给你一次机会。"

"我觉得那个人就是未来的你。"谢慎辞诚恳道,"比现在更厉害、更优秀,所以还会心动。"

如果世上真有那样的人,应该就是成长后的她了,被时光淬炼出更好的样子。

楚独秀不料他会说这话,像是被火苗燎过,皮肤变得滚烫起来,连带心尖都微颤。

主持人抱紧自己:"哇——"

有人叫道:"可怕的纯爱!这是在右侧嘉宾里都相当炸裂的存在!"

小葱一指大门口,愤怒地抱怨:"出去,离开我们的阵营!我不想跟你坐一起了!"

楚独秀听他们起哄,心中赧意更甚,心里却热热的,闷声道:"哦,知道了,我也是。"

"什么?"

此起彼伏的笑声中,她的脸庞彻底烧红,快要撑不住了,却不忘丢下一句:"我也跟你一样。"

兜兜转转还是你。

话毕,楚独秀终于不堪重负,干脆利落地挂断电话,无法再承受旁人的揶揄。

谢慎辞听到回应,内心柔软得一塌糊涂,突然特别想见她。他心念一转,问道:"你们在录节目吗？要不要我去接……"

话音未落，电话那头已被挂断，再也没有传来声音。

谢慎辞拿近手机，望着通话中止的画面，抒情戛然而止。

演播室内，楚独秀挂断电话后还拍拍自己的脸颊，无奈主持人及嘉宾依旧不肯放过她。他们见她脸庞通红，更是"呦呦呦"地怪叫，甚至催促她再次拨过去。

主持人："别挂啊，再聊聊，不差这点儿话费！"

旁人附和道："对呀对呀！不用管我们死活，咱们有的是问题，还可以继续问他！"

楚独秀哪能听不出他们的调侃，她颇为不好意思，细若蚊蝇道："不差这点儿话费，差这点儿演出费，这是另外的价钱……"

"行，让导演加预算，我们再打一个。"

"打电话算什么，让导演加钱，直接将人请来！"

楚独秀："强扭的瓜不甜！"

主持人："不甜也没事，我们会抠糖，保证可以甜！"

"……"

屋内弥漫欢声笑语，哄闹着打趣楚独秀。

接下来的节目，众人时不时就提及此事，故意将她逗得说不出话，乐此不疲。

不知不觉，一日的录制结束，众人也闲聊着告别。

楚独秀和小葱跟工作人员打完招呼，便离开《想跟你唠唠》的录制现场。走廊里，两人一边饮水润嗓子，一边往摄影棚外走。大门近在眼前，偶尔有人影或车辆停留，此处和善乐文化有些距离，返程需要乘车。

小葱活动着胳膊，问道："你怎么回去？还回公司吗？"

楚独秀："我都行，你怎么回？"

小葱眉毛一挑，竖起大拇指，示意她看门口。

楚独秀顺着他所指的方向看去，依稀看到不远处的女生身影，曾经在燕城打过几次照面，正是常来俱乐部接人的豆腐。

豆腐看见两人，朝他们招招手，当即快步走来。

"唉，没办法，有人来接了。"小葱双臂抱在胸前，好似颇为得意，"节目里输了，生活中赢了，这就是人生。"

楚独秀听他挑衅，一脸无语。如此嚣张，该让脱口秀干将莫邪永上 Ban 位（游戏术语，禁止位）。

豆腐显然也听到此话，觉得小葱讨打。她走了过来，跟两人打招呼，笑道："你好，我来接第三季《单口喜剧王》冠军，请问是哪一位？"

小葱："？"

番外 公开

楚独秀瞥小葱一眼，乐道："是我。"

豆腐了然地点头，假装没看见小葱，煞有介事道："那我们出发吧。"

"好的。"楚独秀立马跟上豆腐。

小葱见她们拔腿就走，行云流水如情景剧，忙不迭追上来，既好气又好笑道："等等，我呢？那我由谁接？"

"你是第几名？有进前三吗？"豆腐斜睨他，故作茫然道，"不好意思，不太认识，就不接了。"

"外行了吧？不懂了吧？"小葱厚脸皮道，"当红演员都要被捆绑几个不红的演员，我就是跟节目冠军捆绑的那个，怎么能不接啊？"

楚独秀："……"你倒是把蹭热度弄得明明白白。

豆腐上下扫视他一番："行，那你坐车底吧。"

小葱："……"

三人有说有笑地往外走，豆腐和小葱提议捎楚独秀一程，却在门口撞见另一人。

摄影棚唯有正门方便停车，录制人员都从此通行。人流涌动中，谢慎辞格外显眼，站在大厅内鹤立鸡群，宛若笔直的青竹。

他很快就发现三人，大步朝这边走过来。

"接女明星的人来喽，轮不到你来接人了。"小葱看清来人，将手搭在豆腐肩上，嘚瑟地扬眉，"没办法，你只能接我了。"

楚独秀看见谢慎辞，愣怔数秒，连忙奔过去："你怎么来了？"

"我猜你们快结束了。"谢慎辞望她，"刚刚想说来着，你把电话挂了。"

楚独秀心虚地干笑："不是在录节目嘛。"

"让我答完题目就不搭理我了。"谢慎辞幽幽道，"利用我。"

楚独秀背起手来，语重心长道："小谢，你误会了，情况比较特殊嘛。"

谁让她不挂电话周围人就没完没了。

"？"

谢慎辞在酒吧见过豆腐，却没有跟她有过对话。一行人互相问好，便结伴往外面走。

"谢总，你终于来了，你不知道她们多过分，"小葱哀号道，"刚刚联合起来排挤我！"

豆腐将他拽走："不要丢人现眼了。"

两名演员录完节目，都各自有人过来接，索性在门口挥手作别。楚独秀和谢慎辞目送二人离去，眼看小葱和豆腐溜达着消失，同样自然地牵起手，沿着马路往停车的地方走。

"你们节目让打电话？"谢慎辞牵着她向前走，问道，"还都让另一半来接？"

楚独秀捏捏他的手掌："电话是节目组让打的，另一半都是主动来的。"她不知道小葱和豆腐有没有约好，但她确实没料到他会专程跑一趟。

437

谢慎辞挑眉："那看来我有眼力见儿，不然又被卷到了。"

"你要是有眼力见儿，还在电话里说那话？"楚独秀睁大眼，"明明知道是节目效果！"她想起他的话都脸红，尤其还来一出"预期违背"，任谁都知道是故意的。

"我说的话有什么问题吗？"谢慎辞无辜道，"说的都是实话。"

楚独秀："多肉麻，好像在秀恩爱！"

谢慎辞："不是好像，确实在秀。"

楚独秀残留的AI单身狗程序仍在挣扎，她侧过脑袋，闷声道："不行，以后不能这样，缺什么才秀什么，这么做是不对的……"

谢慎辞拉长声调："哦——"

楚独秀斜他一眼："这是什么意思？你有听懂我说话吗？"

谢慎辞点头："懂了，你觉得不缺恩爱，多到都没必要秀。"

楚独秀扭头看谢慎辞，他不动声色地回望她。

两人在路上大眼瞪小眼。

"挺好看的耳朵，怎么是个漏勺？"楚独秀伸出手来，捏捏他的耳垂，觉得手感真不错，"光捞你想要的听是吧？"

谢慎辞："……"

《想跟你唠唠》节目播出后，善乐演员作为飞行嘉宾在网上获得良好反响。节目的老观众评价不错，被单口喜剧演员吸引来的新观众同样觉得很有意思。

"善乐搞个团综吧！坐着干聊都好笑！"

"这期被我反复听，笑点太密集，一不留神就错过，搞喜剧的梗好多。"

"为什么脱口秀演员的对象都那么搞笑？"

"小葱对不起，你天天讲恋爱，我没那么想听，但楚王很少讲，我就特别兴奋，得不到的永远在骚动！（狗头）"

"秀秀打电话好可爱！"

"呜呜呜果然看人谈恋爱最有意思，我自己断情绝爱，看别人直呼好甜。"

"AI单身狗被恋爱病毒入侵了。"

"？？？秀儿脱单了？"

"对，在节目里提起了，还给对象打了电话，声音可以。"

"谢谢楼上夸我的声音，我也没想到，我和秀秀的恋情藏不住了。（害羞）"

"楼上不要冒充我，你没有自己的女朋友吗？打电话的明明是我！（狗头）"

"骆驼秀子怎么能抛弃虎妞？！"

"感觉简历这事我听过，线下讲开放麦的时候，但她段子里没有，给我搞迷糊了。（挠头）"

"她没有讲过，聂老板讲过，楚王入行的事好像有这一段。"

"我的脱口秀战地玫瑰彻底 be（bad ending，悲伤的结局）了？我还在嗑总决赛程那张图呢！"

"坏消息：战地玫瑰 be 了。好消息：总决赛的图还能用，只是主人公变化了！（狗头）"

"什么意思？我不明白！错过了什么瓜？"

虽然楚独秀没提谢慎辞名，但她接触单口喜剧的故事曾在线下开放麦有所流传，自然被吃瓜群众扒出蛛丝马迹。小葱和聂峰都长期在"台疯过境"表演，时不时即兴地讲些趣事，难免说起"蜜汁鸡排饭"梗。如今楚独秀在节目上简要提及，各方线索联结在一起，结论就呼之欲出了。

没过多久，网上出现匿名帖子，深扒两人相识到相恋的过程，用特殊绰号来指代谢慎辞和楚独秀。

《单口喜剧抠糖王：哑巴机器人和幽默源代码的故事》

从前，有个机器人叫哑巴，他留学时加载单口喜剧板块，后来回国带着两个好友，想要深耕此领域，却缺乏合适的源代码。机器人没有重要代码，就是一堆废铁，他开始四处寻找，但在海城和南城一无所获，只得奔赴燕城。

从前，有个代码叫幽默，她找不到自己适配的领域，屡屡碰壁后被人评为"坏代码"，正当她要对自身进行修改时，她被来到燕城的哑巴机器人发现。

哑巴找到幽默代码，坚信她独一无二，邀请她加入自己的团队。但她听完将信将疑，毕竟哑巴机器人除了外在光鲜点儿，内在怎么看都是废铜烂铁，她跟着他混早晚要完，不如趁早转到其他领域。

然而哑巴机器人相当执着，使出各种手段，引她讲脱口秀。很快，幽默代码发现，哑巴机器人不是废铜烂铁做的，是废金烂银做的，多少还有点儿财力，搞单口喜剧不会立马垮掉，这才决定试一试。

哑巴机器人没看错，幽默代码果然在单口喜剧领域如鱼得水，一连击破好多老代码，甚至隐隐触碰行业上限。

谁料一场突如其来的停电扰乱了所有代码，也将幽默代码打回文城。哑巴机器人和幽默代码又走散了，他不得已赶往文城，在无数混乱数据中寻找幽默。

……

最后，哑巴机器人和幽默代码重新携手，再次拓宽单口喜剧领域，兑现了命运的 51% 承诺。

哑巴机器人终于不再是哑巴，幽默代码也不必修改自己，她成为单口喜剧源代码。

独秀·下

童话故事般的文字，娓娓道来的叙述，勾勒出楚独秀和谢慎辞的相识经历，甚至有不少真实的细节，也不知是何人爆料。

匿名帖内，众多网友很快抵达，开始兴致勃勃地吃瓜。

"呜呜呜好美的鬼故事，我不信，我一定是见鬼了！"

"这么细嗑好多糖……"

"爆 AI 单身狗的料都要用 AI 写法？加点儿科幻背景是吧？"

"你小子，最后两行诡计多端，帮楚王催 51% 股份呢？（狗头）"

"为什么结尾叫楚独秀源代码？"

"因为楚独秀源代码是单口喜剧演员创建段子、系统和服务的基础，以一己之力将内部梗变成大众梗，是诸多演员源源不断的幽默素材来源（？）。"

"道理我都懂，为什么叫人哑巴？人家明明会说话！"

"因为他在善乐节目里光出镜，却从来没说过话，都让导演来致辞，所以是脱口秀哑巴。"

"你的'会说话'是指自家节目一言不发，在隔壁节目讲情话？（狗头）"

"难怪第二季崩盘，她仍然入职善乐，楚王难过美人关。（落泪）"

"真的，要是没有伯乐前情，第二季决赛会是必死局，两边绝对就闹崩了，至少像程一样沉寂一年。"

"我能理解楚，老板都很傻，但挑长得漂亮的，可以容忍他的傻（？）。"

"其他单口喜剧老板：这就是我们败北的理由？"

"虚假的商战：慧眼识英雄，高薪留人才。真实的商战：靠入赘挽留优秀演员。"

"好心机的老板，不正当商业竞争！"

"难怪楚在节目上说'你小子，有两下子'。"

"楚：我都没想到自己保了善乐一世荣华富贵。"

"为什么她不讲恋爱段子？为什么？！"

"小情侣的职场默契，自家不提彼此，在外乱说罢了，懂的都懂。"

"谁说没提过彼此，明明要过 51% 股份，四舍五入就是求婚了！"

"无所谓，不讲我可以造谣。秀儿，你怎么知道他爱徒步？难道他徒步到文城追回你？（狗头）"

"没错，讲了也可以造谣。为什么老提 51% 股份？一定是我的 cp 领证了！（狗头）"

尽管楚独秀不习惯大鸣大放，但架不住网友就喜欢自己抠，要通过点滴细节来反复品味。

嗑糖总是这样，小葱天天讲，没什么稀奇，偏要半遮半掩，这才有韵味，存在造谣空间。尤其楚独秀在节目上面红耳赤，更是激发网友们的恶趣味。他们唯恐天下不乱，开始造谣式嗑 cp，甚至制作起表情包，发到当事人的微博底下，齐刷刷地刷屏，就要故意逗她。

某日，楚独秀点开自己的微博评论区，看到整整齐齐的一列表情包，深刻体会到单口喜剧观众的幽默。

照片上，谢慎辞和程俊华共同仰头，应该是正在观看她的演出。这是第三季决赛的经典截图，曾经还上过"程俊华露面"热搜，堪称单口喜剧历史画面。

然而起哄的吃瓜网友却旧图新发，又在上面配了一行字，刚好贴在谢慎辞身边，刻意歪曲他的微表情，过度解读他面瘫般的神色。

最可怕的是，明明是虚假配字，内容居然挺贴切。

她越仔细看越怪，强压扬起的嘴角，心虚地关掉，竟感觉不像造谣。

谁让谢慎辞表情的配文是：看我老婆做什么，你没有老婆吗？

善乐文化内，众人轮番录制《想跟你唠唠》，再加上年末堆积的工作，度过了一段紧张而充实的日子。

定期演出、外务拍摄、筹备节目，演员们都在春节前进行冲刺，想一口气完成假期前的任务。

当然，除了忙碌的工作外，公司里还有小插曲。

"朋友们，瞧一瞧，看一看啦！"北河在众人工位间穿梭，挥舞着一张意见表，吆喝道，"耽误大家一小会儿时间，我们征集一下年会意见！"

这是午休的间隙，屋内的人零零散散的，不是刚从食堂回来就是坐在桌边小憩。北河的声音洪亮，好似街边发传单的推销员，瞬间引起周围人的注意。

北河依次给人发意见表："麻烦各位填一下，马上就搞年会了，关于节目和奖品的想法都可以写，要是不知道写什么，也可以选纸上有的。"

尽管善乐文化是一家喜剧公司，但该有的活动也会有，比如让人爱恨参半的年会。

王娜梨望着纸上的抽奖礼品，惊叹道："哇哦，好多礼品，还挺贵，真能安排抽奖吗？"

北河猛拍胸脯："当然，想要什么就写，公司都能安排！"

路帆工作经验丰富，当即预感到有麻烦，委婉道："今年的节目由谁演？我们还要录外面的节目，估计没时间折腾这些了。"

这就是年会的可怕之处，即便有丰富昂贵的抽奖礼物，但令人尴尬的年会节目无疑会重伤不少打工人。

"哎呀，放心，我能不考虑这些吗？"北河语重心长，"知道各位最近辛苦，所以我都筹划好了，让公司里事情少的人员来演。"

楚独秀狐疑道："还有这样的人？"

单口喜剧演员忙于外面的节目，制作人员筹备善乐新节目，再加上闻笑剧场有年末演出，所有人都忙得团团转，哪里有清闲的人员？

"有，怎么会没有？我征集好了，背面有人名，你们可以选！"

楚独秀将意见表翻面，望着背面的人名，欲言又止："北河哥是会组织活动的。"
他一直没被商总干掉，绝对在职场有硬关系。

会议室内，谢慎辞、商良和尚晓梅齐聚一堂，正在浏览北河征集的年会意见表。
商良将表格往桌上一甩，不满地横眉："我说就不能让北河负责这事。你们看看他征集的年会意见，这合理吗？"
北河在公司负责演员及剧场工作，有着强大的组织能力，便接下承办年会的任务。他作为年会总导演，还向公司员工征集意见，最后汇总出一份策划案。
"他们有什么想法？"
谢慎辞拿起桌上的册子，随意地翻了两三页，发现分别是年会策划及意见征集册。策划案内容详尽，意见征集册有一定厚度，每张意见表上的字迹不同，显然询问过所有人的想法。而年会不光有外邀嘉宾表演，还有公司内部排演的节目，甚至被重点标注出来，生怕被审核者漏了。
——希望能在年会欣赏到三位创始人的精彩节目，这对公司的团队建设来说至关重要。
尚晓梅接过来一看，乐道："是让我们演节目吗？"
商良抗议："没错，这绝对不是票选的，肯定有人暗中引导！"
商良没听过这么离谱的事，创始人被推上年会表演节目，还要说是"众望所归"？他看完策划，顿时坐不住，当即想联合另外两名创始人罢免北河的年会总导演一职，叫停此次恐怖袭击式活动。
然而相比商良的大惊小怪，有人看完却兴致勃勃。
"可以啊，不就演节目，我没问题。"尚晓梅大大方方道，"那我们一人出一个，不就有三个节目了，感觉差不多！"
商良难以置信："你还真要演？"
我们创始人里竟有显眼包？
尚晓梅爽朗道："演个节目算什么？我当年还艺考呢。既然是公司年会，大家都高兴高兴，稍微搞搞气氛嘛！"
她本来就多才多艺，大学时期的生活缤纷多彩，既不像谢慎辞般寡言，又不像商良般守旧，向来是校园晚会的活跃分子。
尚晓梅望着另外二人，掩嘴道："不会吧不会吧，这年头不会真有创始人没才艺表演吧？"
商良、谢慎辞："……"
"不行，我不能接受这么荒诞的事。"商良眉头紧蹙，"我们投票好了，少数服从多数，支持罢免北河总导演的举手，支持现有节目单的就不举手。"他举起手来，又瞄向谢慎辞，胜券在握道，"反正我很清楚，他不喜欢上台。"

番外 公开

谢慎辞向来对抛头露面不感兴趣,连在节目上讲话都会让尚晓梅来,显然不会主动出演节目。公司创始人共有三位,只要商良和谢慎辞否决北河的提议,那尚晓梅也无力回天。

谢慎辞抬起手臂:"我也觉得……"

尚晓梅眼看他要举手,当即疯狂拉票,连珠炮般道:"不会吧不会吧,这年头不会真有人错失表现的机会吧?跟对象在同一家公司,平时工作都刻意避嫌,生怕干扰到其他同事,终于能在年会的舞台展现自己职场的另一面……"她以自身为例游说道,"反正我和老刘结婚前,看他在庆功宴上弹吉他,觉得他老有魅力了!女生肯定都喜欢这些!"

老刘就是尚晓梅的丈夫,两人在电视台相识结婚,后来又都跳到善乐文化,感情一直不错。

"你当他是傻子吗?"商良听完她的鬼话,嘲笑道,"这么直的饵还上钩,多少有点儿……"恋爱脑了。

谁承想谢慎辞思考片刻,不知想到什么,竟当真放下了手:"那节目单就这样吧,年底改来改去太麻烦,又是专门征集的,总不能让大家失望。"

商良:"……"所以你就让我失望吗?

尚晓梅欢呼:"好耶,少数服从多数,那就这么定了,一人出一个节目!"

周末,简约大方的客厅内,电视屏幕连上游戏机,正在展现五光十色的游戏画面。

茶几上,一黑一白的马克杯并排而立,黑色杯子上是猫咪和闪电,白色杯子上是兔子和草莓,分别是谢慎辞和楚独秀的水杯。

前不久,楚独秀对谢慎辞给自己挑的杯子表达强烈不满,却又不愿意直接淘汰可爱的新杯子,便从网上淘来一只黑色马克杯,上面恰好绘有猫咪脑袋,要求他跟她一起用卡通图案。她坚持认为,一个人用儿童审美的杯子是幼稚,但两个人都用就有脱敏效果,变得不那么羞耻。

意外的是,谢慎辞对此毫无异议,向来热衷简约设计的人心安理得地使用卡通杯子。

楚独秀对此深表惊讶,一度怀疑自己有误会:"我还以为你喜欢纯色。"

她一直以为他只喜欢简约的设计,从车内配饰到屋内装修都以黑、白、灰为主,不料还有多样化审美。

谢慎辞理直气壮:"确实喜欢纯色,但这是情侣杯。"

"……"

午后,两人盘腿缩在沙发上,一边打游戏,一边随意地聊天。

楚独秀握着游戏机手柄,听闻创始人要年会表演,同样震撼道:"商总居然答应了?"

北河究竟有多硬的职场关系,竟能实现如此大胆的策划?!她当时看到意见表,还以为计划会中道夭折,没想到三位领导竟然同意了。

谢慎辞:"少数服从多数,商良也没办法。"

楚独秀愣道:"但我怎么听说还有内部排名……"

北河最损的是在策划案中提出竞争机制,要对创始人的节目进行排名,排名最低的那位还要加演一场,活学活用《单口喜剧王》的复活赛规则,堪称演员多年血泪竞赛后对高管们的复仇。

其他人唯恐天下不乱,自然乐于在旁看热闹。

楚独秀望着谢慎辞,却表情微妙,像要目睹自家的猫上战场。据她所知,尚导是有两下子的,并不是能轻易击败的对手。怎么办?猫猫可以顺利大学毕业,但不一定有才艺能表演。

谢慎辞瞧她打量自己,疑道:"为什么是这样的表情?"

"我感觉自己像一个宝可梦大师,马上要带着你对战其他高管了。"楚独秀纠结道,"我写稿给你背来得及吗?但你是不是没法讲脱口秀……"如若记得没错,他连背段子都发不出声。

谢慎辞见她忧虑自己的节目,冷不丁道:"你有什么想看的吗?"

"我想看的?"

"对,你想看我表演什么?"思及她的脑回路,谢慎辞停顿片刻,补充一句道,"跟幽默无关的。"如果他来搞喜剧,那就是楚门弄斧,没有任何优势了。

楚独秀闻言一愣,目光微闪,小心翼翼道:"最近确实有一个,而且还挺简单的,不会花你太长时间……"

"是什么?"

"你等下。"

楚独秀放下游戏机,一溜烟地蹿向她放包的地方,从里面取出发卡般的东西,饶有兴致道:"我上次跟她们逛街,第一眼就看中了这个,今天专门带过来了。"

谢慎辞定睛一看,半圆环的设计,毛茸茸的皮毛,竟是有黑色猫耳的发卡,也不知道她是从哪儿淘来的。

楚独秀两眼放光,还满脸兴奋,手里握着猫耳来回挥舞两下,好似对他的脑袋跃跃欲试。

谢慎辞身躯微僵:"这是年会表演项目吗?"

这一看就不是什么正经表演。

楚独秀无辜地眨眼,软声劝道:"动物表演,多可爱啊。"

"???"

楚独秀满怀期待地盯着谢慎辞,尽管没强行给他戴上猫耳朵,但浑身散发的热切阻挡不住。

谢慎辞欲言又止:"你确定要我在公司表演这个?"

番外 公开

"嗯……"楚独秀在脑海中想象年会的画面,自然知道不合时宜,属于对他公开处刑。她握着猫耳发卡陷入犹豫,却仍有点儿不甘心,不愿轻言放弃。

谢慎辞乘胜追击:"你舍得吗?"

真是直击灵魂,她确实不舍得,当然不能让别人看他这样!

"不在公司表演这个。"楚独秀当即改口,"但来都来了,尝试一下嘛。"既然不能在公司演,好歹私下里试一试。

这真是重新定义"来都来了",分明是"她来都来了,他尝试一下"。

谢慎辞沉默不语,宛若木头人。

楚独秀围着他打转,眼眸晶亮,声音都软绵绵的,只差拉起他的手臂软磨硬泡地晃荡,半哄半骗地哀求。

"求求。"

"求求。"

"求求。"

一声连着一声,像是复读机,展现惊人执着。

那话就像羽毛般飘过来,耳朵都被磨得麻酥酥的,谢慎辞面部线条克制地绷起,内心无疑是天人交战,一方面抗拒毛茸茸猫耳,一方面难得看到她撒娇,暗叹为何凡事都是祸福相倚。

"喵总,求求。"楚独秀双手合十,眼睛都变得湿润,虔诚道,"只要满足这个小小的愿望,我就会收获大大的幸福。"

"为什么让你感到幸福的是这种事?"

这跟他想象的完全不一样。

最后,谢慎辞架不住她痴缠,长叹一声,自暴自弃地低下脑袋,无声接受她异想天开的想法。

楚独秀见状欢呼一声,当即就迫不及待地为他戴上发卡。黑色微尖的猫耳,内侧有些许白毛,跟深色短发拉开层次,看上去跟他极为相称。

谢慎辞身着浅色休闲服,脑袋上却多了一对猫耳朵,后背靠着深灰的沙发,散漫地盘坐在客厅内。他一动不动地任由她打扮,表情有些别扭及无可奈何,只用那双漆黑的眸子瞥她。

楚独秀撞上他的目光,不知为何心脏漏跳半拍,稀里糊涂地脸热起来,感觉跟自己想象的不一样。

怎么莫名其妙有点儿涩气?

他戴上猫耳并不显幼稚,反而柔化了自身凛冽气质,融合出迷离的魅力,像古老神话里半人半妖的神秘存在。野性和优雅交融,不似猫咪,更类妖神。

谢慎辞发现她突然收声，误以为是戴着不好看，当即伸手想要摘下发卡："我都说不合适……"

"没有，可爱！"楚独秀不好意思提及自己心猿意马，被他不同寻常的俊美镇得屏住呼吸，她忙不迭扶正猫耳，又见他嘴唇紧抿，凑上前亲了一口，"是可爱的！"

谢慎辞连番被灌迷魂汤，戴上猫耳也失去力气，眼看她一会儿摸摸自己，一会儿摸摸猫耳朵，一会儿掏出手机拍照留念，一会儿突然将脸埋进他脖颈猛吸，终于体会到珍稀动物在动物园上班是什么感受。

谢慎辞察觉她用细嫩脸颊猛蹭自己，连带微热的呼吸都往耳朵里钻，他喉结微动，闷声道："抱够了吗？"

楚独秀闻言，这才醒悟折腾他时间过长，恨不得都将对方压进沙发里了。

沙发本就较柔软，谢慎辞双腿盘坐，双臂自然地放在她身侧，任由她在自己怀里蹭来蹭去，却挡不住她没完没了的抱抱，被迫向后方一仰，就像被她摁倒了。他乌发凌乱、身子后仰，宽松居家服露出半截锁骨，完全是惨遭欺负的模样。

楚独秀惊觉失礼，忙不迭起身，恋恋不舍道："差不多了……"

其实还没有欣赏够，但不能仗着他好脾气就欺压得太狠了。

谢慎辞见她站起，静默数秒，冷不丁道："那换我抱了。"

下一秒，他抬手将她拉回来，让她落进自己的怀抱，将经历过的一切又施加回她身上。

"你不是也有耳朵？"他的声音很低。

楚独秀跌坐进温暖又熟悉的怀里，接着就感觉到耳畔湿润柔软的触感，丝丝缕缕的气息顺着皮肤蔓延，带来旖旎又暧昧的潮热，随之而来的是坚硬触感。他像要惩罚，又像是报复，故意吻她的耳朵，时不时用牙尖缓缓地磨。热意沿着相触的肌肤弥漫，如同雨后氤氲的雾，朦朦胧胧，影影绰绰。

不知为何，她只觉耳侧格外敏感，暖融融的呼吸灌进去，连身体都逐渐发软，恨不得彻底沦陷在他的气味里。

楚独秀的心跳在胸腔轰然炸开，慌道："我没……"咬你耳朵。

无奈刚刚张嘴，亲吻就落下来。

他仍戴着猫耳，微托着她后背，微微地侧过头，温柔地吻她。她望着他清晰可见的睫毛，就像被古老的妖所蛊惑，倏地失去往昔的说话能力，反而不由自主地闭上眼。

旁边的电视屏幕光影闪烁，欲念在此刻爆发，他们拥吻良久，直到呼吸灼热才缓缓分开。

楚独秀腰上还架着他的胳膊，察觉他微妙地回避，便知道发生了什么。她压下微扬的嘴角，幸灾乐祸地偷偷望他。

谢慎辞见她看热闹，不由得回瞪她一眼，接着就挪开视线，只用侧脸对着她，好似在遮掩什么。

番外 公开

不是一无所知的年纪，加上情侣的肢体接触，难免就会意乱情迷。只是他向来隐忍，很少会表达出成人强烈的目的性，大多以自我控制结尾。

长久以来，她都很难描述彼此的感情，就像她会向别人承认恋爱，却绝不会主动提起跟他相处的点点滴滴，被人问起也闪烁其词。她有一种强烈的私心，有些秘密是只属于他们的，不应该透露给任何人，也不需要任何人理解。

她不认为世俗眼里的"爱情"可以定义她和他。早在身体接触之前，他们的灵魂就融合在一起。一如现在，她深知他的想法，想兑现过去的承诺，两个没有恋爱经验的人细水长流地体验每个阶段，或许是怕吓到她，或许是怕她讨厌，所以屡屡点到为止、循序渐进。但她没有那么怯懦及恐慌，索性用微烫的脸贴他颈侧，想要跟他靠得更近。

谢慎辞觉察出她的亲昵，似乎猜测到她的意图。他心头微跳，嗓子发干，将她抱起一些，道："不许捣乱。"

楚独秀眨眨眼："为什么？"

"没有。"

她质疑："哪里没有，你明明都……"

谢慎辞久久地盯她："我是说别的，什么都没有。"

"哦。"

乱七八糟的对话，含糊混乱的用语，他们却都耳根发热，明白了彼此的潜台词。

两人大眼瞪小眼，又舍不得就此分开，索性一动不动，继续依偎在一起，等暧昧的空气消散。

谢慎辞一言不发，却环着她不撒手，想等一切平静下来，无奈她的发丝垂落，身边都是她微甜的味道，显然不太容易。

楚独秀见他嘴唇紧抿，愈加觉得此景好笑，理直气壮道："都怪你，你的错，不怪我。"

谢慎辞闻言，故意用鼻尖顶她的鼻尖，对她进行打击报复。

耳鬓厮磨后，两人在客厅温存许久，迎来了下午茶的时间。

谢慎辞端着水果从厨房出来，见她依旧没挪窝，问道："你还要玩游戏吗？"

楚独秀紧盯电视屏幕："嗯，再玩一会儿，马上就……"

"好。"

谢慎辞思忖片刻，将果盘放到桌上，随手拿起旁边的猫耳，趁她全神贯注打游戏，试探地戴到自己脑袋上。没准是一回生二回熟，第一次颇为羞耻，第二次就变自然，感觉没什么特别。他略微试戴两秒，再次将其摘下来。

谁承想楚独秀余光瞥见他的小动作，瞬间哀叫一声："啊——"

怎么还躲着她戴猫耳朵？居然把她当外人？她一扫方才的专注，连游戏都没保存，就匆匆丢下手柄："让我看看！"

谢慎辞见她冲来，若有所思地晃了晃猫耳发卡。

这东西竟是吸猫者诱捕器呢。

繁忙的工作过后，善乐迎来一年一度的盛会，这是众人难得齐聚的欢庆日子。

北河作为年会总导演，联合各部门进行筹备，共同设计表彰奖项、节目流程及抽奖礼品。当然，整场晚会最令人期待的部分，无疑是三位创始人将登台表演。

明亮宽敞的大堂内，数张圆桌坐满善乐员工，正中央的舞台早就被搭好。每张桌子的座位由部门决定，演员和编剧们坐在一起，楚独秀、小葱和王娜梨等人在一桌。

小葱摩拳擦掌道："风水轮流转，没想到我们也能做看客，不是录节目的时候了！"

王娜梨四下张望，好奇道："没看见那三位呢。"

谢总、商总和尚导没有露面，他们的座位都空荡荡的，不知跑到哪儿去了。

路帆疑道："商总不会直接辞演，不出席公司年会吧？"

"你们要相信商总。"北河听闻此话，拍胸脯担保道，"这可是公司的任务，咱商总是什么人？不可能逃避工作的！"

路帆眉头直跳："所以真的要排名？"她至今都觉得北河狗胆包天，让领导表演节目就算了，还要现场排出一个名次。这简直是在作死边缘反复试探，得罪谁都没好处，他像在曲线辞职。

"当然，我们节目都搞竞争，领导表演也要竞争！"北河道，"到时候就看谁获得的掌声大，根据现场反应来评比一下！"

"我过完春节还能在公司看到你吗？"

该不会春节结束，北河就由于左脚踏进公司被商总直接辞退吧？

没过多久，舞台灯亮起，绚丽的光束乱晃，引发在座众人的注意。场内的灯暗下去，用餐的员工停下手里的动作，好奇地打量台上。

王娜梨东张西望："开始了？是哪位？"

下一秒，尚晓梅握着麦克风登台。她身着亮色劲装，穿一条帅气束腿裤，对着众人高声道："各位都准备好了吗？"

嘻哈风音乐响起，她戴上黑色墨镜，随着节奏疯狂输出，瞬间引爆全场。

强烈的鼓点，自如的神态，炫酷的台风，尚晓梅凭借一首说唱歌曲，以迅雷不及掩耳之势让年会气氛沸腾起来，刺激得观众发出阵阵尖叫。

楚独秀望着潇洒帅气的尚导，惊道："好炸！"

尚晓梅不但轻松说唱，还直接跳下了舞台，在圆桌间穿梭，随意地跟其他人击掌互动，尽显 Rapstar 风范，跟艺人比控场都毫不逊色。

路帆感慨："差点儿忘记尚导以前做过音乐节目。"

番外 公开

王娜梨："太牛了！这谁比得过！"

尚晓梅强势开场后，商良登台，居然还带着一把小提琴。他依旧穿着正装，但柔和的灯光淡化了他平时的刻板严肃，他一本正经地演奏起来，规规矩矩地拉了一首欢快曲子，倒挺符合年会的气氛。

如果说尚导靠歌曲质量取胜，那商总就靠巨大反差吸睛。他在公司向来一丝不苟，现在却如春节聚会上被家长叫出来献丑的尴尬小孩，堪称为善乐鞠躬尽瘁死而后已，新鲜程度早就超越节目内容。小提琴拉什么还重要吗？重要的是商总为他们拉下脸面了！

众人皆大跌眼镜，待小提琴曲结束，还献上热烈掌声，高喊道："再来一曲——"

商良脸发僵，羞耻心早就爆棚，他向众人鞠躬谢幕，便飞速地逃离舞台，旋风般消失在会场。

楚独秀："年会是要给商总发精神损失费的。"

"商总糊涂啊，我们是喜剧公司，怎么选错乐器了？"北河扼腕叹息，"今天要是拉二胡，未尝不能博一博！"

小葱："太卷了，太卷了，连乐器都上了，谢总怎么办啊？"

原以为商总会躺平，谁料对方有隐藏技，杀了个措手不及。

楚独秀闻言，知道要轮到谢慎辞了，当即就坐不住了，起身给桌上的人倒水，好声好气地求道："朋友们，给点儿面子，自己人。"

他还没上台，她比他都慌，决定公然贿赂观众，不能让谢慎辞的场子太冷了。

旁人听出她的话外之意，自然不会放过调侃机会："但这三位可都是自己人。"

小葱起哄："是啊是啊，总编剧要疏通关系，多少得给我们点儿好处！"

"哎呀，这关系啊，也有远近，要是谢总作为公司老板上台表演，那就跟另两位差不多。"北河朝楚独秀挤眉弄眼，"但要是作为演员家属上台表演，那离我们这些演员又近了一层，肯定就不一样了嘛。"

众人早知楚独秀和谢慎辞交往的事，只是他们平时低调，职场上较少会表露，总是暗戳戳互动。但公司年会是放松的日子，他们难得有打趣的机会，免不了开起她的玩笑。尤其楚王常有掞意，段子里都很少提及，愈加使人生出逗弄的兴趣。

无奈竞演迫在眉睫，说什么都不能让他冷场，楚独秀也顾不上害羞，决心要帮他将场子撑起来。她面对揶揄的目光，直接抱起拳作揖，口不择言地应道："是是是，是家属！求求各位乡亲们，给演员家属点儿面子，支持一下内人的年会表演！"

众多演员听楚独秀承认，当即心满意足、笑作一团，仗义地表示会支持家属表演，为谢慎辞撑场子。

小葱："没办法，只能对不起尚导和商总了。"

北河："谁让家属天生自带加分项。"

欢声笑语中，舞台的灯光再次变化，柔和暖黄的光束晃动，迎来年会的下一场表演。舞台一侧安排小型乐队，方才还为尚晓梅等人伴奏的演奏者们挺直腰杆，俨然要奏响新的曲目。

王娜梨看到登台的人，忙道："来了来了，快给家属鼓掌！"

楚独秀闻言忙不迭回头，果然见到谢慎辞露面。他同样打扮得正式，却不似商良般严肃，纯白的衬衣，深黑的长裤，休闲的设计，俊美五官被光线照亮，倒真像电视上的抒情歌手。她目不转睛地盯着他，却见他忽然看过来，还朝自己眨了眨眼。

谢慎辞一边等待着乐队示意，一边将视线投向她。

楚独秀弯起嘴角，竖起两个大拇指，遥遥地为他加油。

其他人没察觉他们的小动作，早就欢呼起来，听起来声势很大。所有人都望向舞台，静候谢慎辞的表演。

万众期待中，舒缓音乐如泉水般流淌而出，没有冗长的前奏，抓耳的旋律响起，英文歌词随风飘向台下。

"Started out as friends,only friends.But I knew from that moment. (I knew from that moment)"

"That I was falling fast, falling fast.But you never noticed .(You never noticed)"

磁性低沉的嗓音，宛转悠扬的曲调，别有深意的歌词，让他的音色都比往日温柔，如同森林中清新的风，夹杂晨露，湿润朦胧，缓缓地扩散至全场。

柔光中，谢慎辞站在立式麦克风前，碎发垂在额前，目光却没有移动，依旧凝视着楚独秀。

台下，她撞上他的视线，倏忽间心跳如擂鼓。

这是她第一次听他唱歌，原本担心他毫无准备，不料比自己想象的更出色。

或许是有曼妙音符，或许是有动情歌词，向来寡言少语、不喜抛头露面的他难得地在此刻借助歌曲袒露心声。

"Knew you better than you knew yourself (Yourself).Couldn't get you alone, so I'd sit by the phone.I put myself through Hell.Could you even tell?"

"Thank God I waited.Thank God that I waited.Cause my love never faded."

"I just needed patience.It was always you."

"Yeah it was always you."

商良："这歌词……"

谢慎辞唱的是一首英文情歌，讲述初为朋友的男女慢慢地爱上彼此，最后有情人终成眷属。他轻声吟唱时，始终注视着楚独秀。或许，他和她也是如此，说不清是一见钟情还是灵魂共振，只是蓦然回首，已情根深种。

这一曲不亚于表白，全场都知道唱给谁听的。

番外 公开

动听的音乐响彻屋内，瞬间激得台下众人发出尖叫，欢呼的浪潮丝毫不逊于前两场表演。

倘若尚晓梅和商良的演出献给所有人，那谢慎辞的歌曲显然并不一样，是专门献给台下某一人的。听懂歌词的演员早就回头，饶有兴味地望向楚独秀，眼含笑意，满脸打趣的神色。

北河感慨："看来不用我们造势，谢总深谙节目之道。"

小葱："不许在年会上给我们喂狗粮！"

王娜梨瞄向脱口秀干将莫邪："你还好意思说这话？"

尚晓梅："耍赖！比不过就开始炒cp！"

萨克斯的间奏响起，丰富了歌曲的层次，让屋内氛围更加浪漫。

年会前，楚独秀再三追问谢慎辞，想知道他要表演什么，然而他那时三缄其口，却不料居然跟她有关。

谢慎辞一只手取下麦克风，另一只手取出了单枝红玫瑰，也不知花上台前被藏在哪里。他缓缓地下台，在周围人的起哄中径直走向楚独秀，将玫瑰花递给她。

这一回，他离她更近，眼神柔和，再次唱起歌曲。

"Thank God I waited.Thank God that I waited.Cause my love never faded."

"I just needed patience.It was always you."

"Yeah it was always you."

叩动人心的歌词，娇嫩芬芳的花蕊，不同于白玫瑰纯真的爱，红玫瑰尽显热烈和真挚。

他们有心有灵犀的默契，也有直白坦诚的示爱。

楚独秀聆听动人的旋律，心湖漾起阵阵涟漪，不知不觉就脸热起来。许是动听音乐及热闹氛围推动一切，她鼓起勇气，伸手接过红玫瑰，同时牵起他的手，从座位上站起来，引发旁人更高昂的呼声。

两人相视一笑，索性携手而立。谢慎辞手中握着麦克风，楚独秀手里晃着红玫瑰，在旁人的哄闹声中，在圆桌间并肩漫步。

"Thank God I waited.Thank God that I waited.Cause my love never faded."

"I just needed patience.It was always you."

"（Always you, yeah, haha）Yeah it was always you."

灯光如波浪般在屋内轻微荡漾，连带歌声像轻纱般笼罩四周。

谢慎辞将麦克风凑近她，便听两人的合唱响起。

他和她对望着，演唱最后的歌词。

"Yeah it was always you."

"Yeah it was always you."

"Yeah it was always you."

情侣合唱无疑将年会气氛推向高潮，让其余人热血沸腾、激动难耐。所有人像回到校园般肆意，抛去往昔的焦虑及压力，高声呼喊起来，如同嗡嗡叫的蜂群。

"挟楚王以令诸侯！这谁敢不鼓掌啊！"

"太狡猾了，居然请家属帮唱！"

"亲一个！亲一个！"

一曲结束，观众的互动都未停止，山呼海啸般地呼喊着。

一段由单口喜剧缔结的感情，一场由单口喜剧同伴见证的表演，所有人都欢欣鼓舞，感受到他们眼神接触时流淌的甜蜜，在旁边激动地哇哇乱叫，恨不得找链条将小情侣锁死。

楚独秀面对雀跃的人群，想到评分的标准，索性就侧过头去亲了他脸颊一下。

谢慎辞一愣，接着抿紧唇，却没藏住笑。

"哇！！！"

此幕一出，尖叫声炸起，欢闹程度远超任何表演。

商良暗骂好友诡计多端，喷道："果然歪门邪道超过一切技巧。"这是比节目质量吗？分明是比人脉背景！他就知道某些人不靠摇钱树不行！

尚晓梅既好气又好笑，拍案而起："不行，我忍不了了，谁没家属啊！老刘你过来，咱俩也要来，快帮我拉票！"

谢慎辞和楚独秀的合唱带起浪潮，公司内别的情侣及夫妻也被其他人推着同台献唱。一时间，大厅内载歌载舞，笑语喧阗，大家一起度过了愉快的时光。

闲聊、用餐、唱歌、抽奖，他们彻底放下一年的疲惫，在年末聚会里放纵完，迎来美好的春节长假。

最后，北河上台公布竞演结果，三位创始人的现场呼声同样热烈，所以并列第一名和倒数第一名必须登台再合唱一首歌，给今年的善乐年会画上圆满句号。

合唱时，尚晓梅拉着丈夫老刘出战，要再次挑战谢慎辞和楚独秀，进行加时赛。谢慎辞牵着楚独秀，面对战书从容不迫，淡定地应战。

舞台上，唯有一人在战火中显得格格不入，那就是拿着小提琴的商良。他莫名其妙地被卷入其中，脸色青白交加，堪称极度精彩。

北河惊道："太惨了，太惨了！情侣和夫妻打架，受伤的却是商总！"

这是加时赛吗？这明明是加时折磨商总！

年会尾声，所有节目结束，之后就是员工抽奖。

公司设有一等奖、二等奖、三等奖和幸运奖，其中有价值高昂的电子产品、现金红包等，也有各种稀奇古怪的神秘礼品，例如"带薪年假3天""年终奖月数+1"等，基本上人人有奖，主打一个刺激。

王娜梨不愧是锦鲤附体，不但比赛时能擦线晋级，甚至连抽奖都特别青睐她，幸运地

番外 公开

夺得最新款手机。相比起来，楚独秀和小葱的礼品属于重在参与，前者是"带薪年假1天"，后者是"食堂午餐鸡腿+1"。

"哇哦，虽然看起来半斤八两，但她年假要更好一点儿。"王娜梨感慨，"比加餐更幸运。"

小葱反驳："胡说，明显就是得鸡腿更幸运。"

楚独秀："怎么可能？"

"你都不请假的，要年假也没用。"小葱眼珠一转，提议道，"知道你爱卷，不然我们换吧？鸡腿给你合适，看我多贴心。"

楚独秀果断拒绝："不，我今年春节就能请。"

年会落幕，众人有说有笑地谈论奖品，楚独秀也看到角落里的谢慎辞。他照旧穿着白衣黑裤，没准是察觉到她的视线，下意识地回过头来，恰好跟她目光交汇。

楚独秀连忙奔过去，好奇道："你抽到什么了？运气怎么样？"

"我没有，我们三个每年都不抽。"谢慎辞瞥见她手中的奖品纸条，问道，"你抽到了什么？"创始人向来不参加年会抽奖，自然也没有拿到奖品纸条。

"带薪年假一天，打算春节用掉。"楚独秀嘀咕，"这么可怜，都表演节目了还不让抽奖，北河哥好狠的心。"

谢慎辞沉吟数秒，冷不丁道："既然我这么可怜，你帮我抽一个好了。"

楚独秀："怎么抽？现在都结束了。"

谢慎辞忽然朝她伸出手来，掌心里竟有三张纸条，跟抽奖纸条一模一样："你帮我抽吧。"

楚独秀颇感好奇，随手从他手里挑一张，拆开一看是"跟优秀员工楚独秀共度春节"。

楚独秀不信邪，又拆开另两张，分别是"文城之旅"和"陪同优秀员工楚独秀拜访家长"。这是什么年会奖品？

楚独秀目光微闪，当即默默地盯着他。

谢慎辞诡计得逞，却一脸无辜，坦然道："连续中了三个奖，看来得去三年了。"

春节假期，楚独秀和谢慎辞兑换年会奖品，没有特意等到大年三十，提前两三天抵达文城。

出发前，楚独秀还向谢慎辞确认要不要跟家里人打个招呼，好歹是一年团聚的日子，没准陈静姝等人思念儿子，起码留几天回燕城。谁料谢慎辞致电家里，却得到意外的消息。

"他们带着爷爷出国了。"谢慎辞望着手机屏幕，"现在刚到那边，让我别回燕城。"

楚独秀惊道："这么突然吗？"

两人上次拜访时，谢慎辞的父母还说回老家旅游，没想到数月后飞得更远，直接就带谢老出国了。

"也不算突然。"

谢慎辞有种预感，陈静姝和谢文韬早有准备，否则出国签证办不下来。不过他本来就打算今年去文城，父母此举也是正中他下怀，让春节之行更顺理成章，还要感谢他们才对。
　　思及此，谢慎辞收起手机，抬眼瞥向楚独秀："怎么办？"
　　他眼眸黑润、神色从容，照旧是沉稳淡定的模样，但轻轻地眨眼，再加上低声询问，莫名有几分流浪猫的可怜。
　　楚独秀原本还怕他家人不快，现在担忧烟消云散。
　　她支吾："那就……跟我回家吧……"
　　反正他流落街头没人要，那她捡回去也没关系吧？
　　就是不知道她父母感受如何……

番外 春节

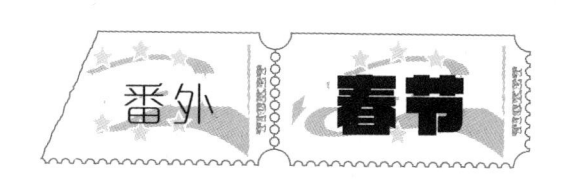

　　文城，春节前夕的街道张灯结彩，平静安逸的城市热闹起来。在外工作的游子们终于归乡，小区内的停车场爆满，连街边都停满了私家车，不少还挂着外地车牌。

　　楚独秀和谢慎辞提前回来，比在南城工作的楚双优早到，还在家里多待了几日，跟父母相处的时间更长。

　　相比隆重的初次拜访，谢慎辞再次登门，身份也发生变化。在楚岚和石勤眼里，他不再是"女儿的领导"，变成"女儿的男朋友"，连带态度都有所转变。

　　楚岚第一次见谢慎辞时，在饭桌上疯狂灌酒，这回见他春节登门，表现却友善热络得多，还提出带他领略文城风情，感受当地人打麻将、纸牌等社交活动。

　　楚独秀和石勤自然没意见。

　　令人意外的是，楚岚和谢慎辞竟在牌桌上打成一片。

　　茶馆内，数张麻将桌早架起来，一进门就听到麻将稀里哗啦的碰撞声。满室茶香，欢声笑语，此处是本地人聚会的地点，一边搓麻打牌，一边喝茶聊天，连带交换不少八卦趣事。

　　"哎呀，这就是秀秀的男朋友？长得真高，一表人才！"

　　"岚子，你们家挑男人的眼光可以的，跟老石年轻时一样帅……"

　　"这不得给我们传授一下经验！"

　　"独秀，专程带人家过年来文城玩儿啊？"

　　"是的……"

　　谢慎辞容貌出众，又看上去脸生，刚随着楚独秀及其家人露面就引起其他人的注意。一脸新奇的邻居们将他围住，叽叽喳喳地议论起来，宛若围观大熊猫。

　　楚独秀跟旁人寒暄完，害怕谢慎辞不适应，提议道："要不我们去包间吧？"

大堂内都是本地老熟人，又对谢慎辞好奇过头，难免就会显得喧闹。楚双优每次来都会选包间，觉得里面比外面要安静。

石勤："可以。"

楚岚面对熟识的牌友，大大咧咧地驱赶："行啦，别咋咋呼呼的，吓到人家小谢。"

谢慎辞解围："没事，叔叔阿姨很热情，能感受到文城的风土人情。"

楚独秀："？"

此话一出，周围人心花怒放，愈加看谢慎辞顺眼，纷纷在旁边起哄。

"就是就是，我们都那么熟了，看着两姐妹长大的。"

"楚岚，带着人家出来玩，别去什么包间了。"有人道，"屋里怎么感受茶楼氛围！"

规劝中，楚岚也有点儿心动，想要跟牌友聚聚，她犹豫地望向谢慎辞："但小谢没准想坐包间……"

谢慎辞从容道："阿姨，我都行，外面阳光也好。"

楚岚拍板："那就坐外面吧！"

"？？？"

楚独秀都走到包间门口了，却不料两人突然改变主意，她难以置信地望向谢慎辞，没想到他的社交能力远比自己以为的要强。

不得不说，楚岚和谢慎辞这一操作属于各遂其愿，前者多少有想炫耀女儿事业有成、携帅女婿归来的小心思，后者则是长期在公司里被迫低调、不秀恩爱，总算能在家庭场合展现一把，俨然以崭新的楚家人自居，跟着楚岚在各桌间穿梭，毫不怯场地问候大家。

这阵仗比楚双优高考和楚独秀夺冠还大，谁让她们都不像谢慎辞那样配合，陪着楚岚挨桌给她长脸！

楚独秀和石勤坐在一边，目睹此幕，两眼发蒙："居然真有愿意跟着家长在春节现眼的人。"

该说交际猫不愧是交际猫吗？能把善乐的人攒齐，确实得有些厚脸皮。

楚岚经历完愉快的茶馆之行，对谢慎辞的印象分大涨，觉得他听话懂事、进退有度，远比外表看上去接地气。

次日上午，谢慎辞准时来到家中，坐在桌边等楚独秀收拾。他穿着休闲装，手里握着自己的水杯，脚上踩着拖鞋，完全融入文城的家，根本不像第二次登门。

这段日子，谢慎辞依旧住在街角的酒店。他都是白天溜达过来，早对家里熟门熟路，等到吃完晚饭，稍作休息再回去，生活很规律。

楚岚从屋里出来，瞧他在桌边喝水，竟也不觉得别扭。这可能就是习惯的力量，野猫总在自家窗户下转悠，时间一久就让人把对方视为家猫，默认是大家庭里的一分子了。

"小谢来了啊，你们今天去哪儿？"

番外 春节

谢慎辞："说一会儿在城里转转，再到学校那边看看。"

楚独秀和谢慎辞约好今日在城内逛街，尝一尝当地小吃，再到她平时爱去的地方溜达一圈。

"行。"楚岚随意地招呼，"茶几上有零食，想吃什么自己拿，就不跟你客气了。"

随着相处时间增多，楚岚也变得习以为常，摘下嘘寒问暖的客套面具，对待谢慎辞跟对待女儿差不多。这是她跟人亲近的标志，没那么多弯弯绕绕，说话直来直往。

谢慎辞察觉到楚独秀家人的变化，自然地应道："好的。"

不过，楚岚的态度变了，还有另一人没变。

片刻后，石勤端着水果及干果盘过来，放在谢慎辞面前，又看向对方的杯子，温声道："还要加点儿水吗？"

"谢谢叔叔。"谢慎辞挺直腰杆，客气地制止，"没事，我自己来。"

石勤见状，索性坐了下来，上下打量对方，笑着闲聊道："没放假的时候要工作，好不容易放假了，今年却没有回家，你父母会想你吧？"

该来的总归是来了。

楚岚已经开始接纳他，但石勤明显还未被攻克。

谢慎辞的心一跳，面上却强装平和，礼貌道："他们安排了旅游，还说要感谢您呢，愿意春节期间招待我。"

"哪里谈得上招待，我都怕你不习惯，被拉着去打牌。"石勤挑眉，感慨道，"怕你是装得开心，其实没什么兴趣。"他脸上带笑，看上去和颜悦色，却不知为何暗藏机锋，恨不得脸上写满"小伙子，别以为我看不出，你故意刷我爱人的好感度"。

"没有，阿姨牌技很好，她的朋友也热情，茶馆确实挺有意思。"谢慎辞嗅到厨房内飘出的香气，忙不迭岔开话题，"您在炖汤？"

"对，晚上的汤，先炖上了，要看看吗？"

两人到厨房，掀开炖汤的锅盖，蒸汽迎面而来，都是骨汤浓郁的香气。

石勤用长勺搅拌一番，笑呵呵地问道："你平时很忙吧，应该不太做饭？"

谢慎辞忙道："做的，晚上会做一些，还有周末也买菜。"

"看不出来，那么厉害。"石勤连声夸赞，摇头叹息道，"我女儿就不行了，基本不进厨房。"当然，他说的是大女儿，但现在情况特殊，没必要特指是谁。

公司聚会时，谢慎辞见过楚独秀对王娜梨等人显露厨艺，但他此时也没戳破，反而顺着石勤的话说道："哪里，我肯定比不上您，还要多请教才行。"

两个男人在厨房里谈笑风生，深入交流烹饪技巧及饮食习惯。

谢慎辞想要留一个好印象，谦虚有礼地询问石勤拿手菜是什么。石勤哪能不懂对方想借此拉近关系，倒是同样不客气，还取过菜板演示刀功，让谢慎辞亲手试一试——怎么能让对方光靠动嘴刷好感？总得有点儿实际行动才行。

好在谢慎辞确实有烹饪基础，像模像样地学习起来，切出来只比石勤差一点儿。

咚咚咚的声音在厨房响起，惊动了收拾完的楚独秀。她提着包从房间里出来，望着聚在案板边的两人，迷茫道："你们在做什么？"这个点就做饭了？

谢慎辞："向叔叔请教厨艺。"

楚独秀愣道："现在教做菜吗？但我们要走了。"不是要出去逛街？

"没事，不着急。"石勤用毛巾擦擦手，真挚地笑道，"小谢不用担心，年夜饭还有机会，我对你不会藏私的，肯定像教自己孩子一样，什么拿手菜都教给你。"绝不会让你蒙混过关！

谢慎辞佯装没听出话里有话，顺水推舟道："好的，谢谢爸爸。"

石勤被此称呼一震，倏地沉默数秒，接着眉头微跳，伸手接过菜刀，僵笑道："行了，刀给我就好，这里不用管了，你们出去玩吧。"幸好刀是谢慎辞方才握着，不然自己就忍不住举刀了。

谢慎辞洗干净手，又跟石勤和楚岚打过招呼，这才跟着楚独秀出门。

两人从家里出来，到楼道等电梯。

楚独秀思及厨房小插曲，偷瞥身边人一眼，试探道："嗯……你跟我爸相处得……还挺好？"

她很难描述谢慎辞和石勤间的氛围，说关系恶劣不太对，石勤对谢慎辞体贴入微，吃穿住行都打点妥帖，绝对没有疏忽之处，但说关系和睦也不准确，一如厨房中的暗流涌动，莫名其妙开始上课了。

两个男人没什么深仇大恨，只是站在石勤的角度，谢慎辞像是偷花贼，多少会不爽，偶尔才有一点儿摩擦。

"当然。"谢慎辞厚颜无耻道，"他都说我是自己孩子了。"

楚独秀吐槽："明明说的是'像教自己孩子一样'。"

"没错，自己孩子一样。"

"你是懂断章取义的。"

四下无人，楚独秀用余光瞥他，见他随意地插兜，看上去轻松愉快，应当在自己家过得不错，忽然也被他的好心情感染，索性仰起头来，在他颈侧亲了一下。

谢慎辞一怔，随即望向她。

楚独秀笑道："奖励一下，今天跟爸爸相处良好。"

谢慎辞眸光微动，静默数秒后，又道："就只奖励一下吗？"

楚独秀："？"

谢慎辞："我跟妈妈相处也好。"

明明楚岚在茶馆对他赞不绝口。

番外 春节

　　叮咚一声，电梯门缓缓打开，门外隐隐有人，都是居民楼里的住户。有人认出楚独秀，还跟他们打过招呼，径直走到电梯里。
　　楚独秀跟邻居寒暄完，不好意思再亲谢慎辞，干脆快步往外走，振振有词道："那是昨天的奖励，不能今天兑现，超过时限一律不管。"
　　谢慎辞见她跑得飞快，一溜烟蹿出去，没两步跑到人少的小区花园，忙紧随其后道："只能兑现当天的？"
　　"没错，本活动最终解释权归主办方所有。"
　　"那我今天还有一个没兑现。"
　　"什么？"
　　花园内树叶凋零，只留光秃秃的枝干，小径上没有旁人。
　　楚独秀被他拉住，不由得疑惑地回头。下一秒，柔软的围巾松开，钻入一丝风，凉意还未将她激得打个激灵，就有温热的触感落下，驱散凛冽的寒气。他俯身凑近她时，微灼的气息顺着皮肤往下滑，让她像触及酥麻电流，暧昧地痒。
　　"我跟你也相处良好。"谢慎辞有样学样，低头微拉开围巾，在她颈侧亲了一下，"天天都好。"

　　冬日，文城的街道没什么变化，唯有马路两侧的绿植光秃秃的。谢慎辞上次过来时，城区内枝繁叶茂，可惜没停留太久，这次总算有机会游览文城。
　　楚独秀牵着他走出小区，准备开始遛猫，感慨道："没想到换我做导游了。"
　　两人曾经在海城游玩，当时是谢慎辞做规划，现在身份却颠倒过来。
　　谢慎辞："期待文城一日游。"
　　"事先说好，文城好玩的地方不算多，逛街没意思也不许说我。"楚独秀撇嘴，无耻地甩锅，"不好玩怪城市建设，不可以怪我。"
　　谢慎辞："不会不好玩的，不是要去学校？"
　　"你真要去我的中学？"楚独秀愣道，"就跟普通的学校差不多。"
　　她提前问过谢慎辞，想要看看自然景观还是感受历史文化气息，没想到他反而对别的感兴趣，挂念起她随口一提的学校。
　　"怎么会普通？"谢慎辞挑眉，"那可是知名单口喜剧演员的母校。"
　　相比文城的风景名胜，他对她从小生活的地方更感兴趣，毕竟之前只能通过单口喜剧依稀触碰到那些碎片，现在却跟随她实地游览，感悟必然会不一样。他有一份小小的私心，想拥有台上和台下的她，自然想前往承载她无数回忆的地方。
　　"好吧，那就欢迎知名单口喜剧专家莅临我校指导。"
　　时值寒假，中学门口的车很少，有别于往日的熙熙攘攘。两人沿着马路走，很快就看到学校大门，教学楼挂有醒目校徽，宽阔的操场寂静无声，在假期里没有学生出没。

"我也好久没来了，看起来跟以前差不多。"楚独秀一路东张西望，介绍道，"对面还有个小卖部，我以前放学经常去买水。那边的小楼是搞课外培训的，独立于我们的校区，我没有进去过，就陪我姐到过楼下……"

故地重游揭开尘封的记忆，她带着他走过老校区，或许是确信他不会厌烦，她像打开话匣子，滔滔不绝地讲起少年时期的往事。

谢慎辞听她越说越兴奋，同样被欢愉的情绪感染，饶有兴致地询问："你在这里读初中，还是高中？"

"初中部和高中部挨着，这里是初中部，隔条街就是高中。"楚独秀瞧见一物，突然站定，招呼道，"看，这就是我校大名鼎鼎的光荣榜！"

两人在公告栏前驻足，上面张贴着学校活动的照片，还表彰历届优秀毕业生。

谢慎辞好奇道："'收复阿美莉卡'里的光荣榜？"倘若他没有记错，她在段子里提过。

"对，让我看看，现在没我姐了，当时挂了好几年……"楚独秀扫视了一番，最后却一无所获，遗憾道，"我姐那时候可出名了。我刚上高中那会儿，放假想回初中看看，没穿校服被门卫拦下，登记时都不用写自己名字，光写'楚双优妹妹'就行。也不知道待会儿还能不能这么写。"

两人一路走一路聊，没多久来到学校门口，忽听校园内传来呼喊。

"楚独秀？"

楚独秀和谢慎辞闻言停下，隔着铁门看见一名女老师。她大概四五十岁，原本坐在保安亭内的小桌边，现在却推门走了出来，胳膊下还夹着薄册子。

楚独秀认出此人，惊喜道："李老师，您来初中部了？不教高中了吗？"

来人正是她高中的数学老师，原以为学校放假没人，没想到能意外碰见。

李老师："就是过来值个班，还是教高中。"

谢慎辞跟在她身后，也跟李老师打招呼。

李老师打量二人，朝谢慎辞点头，又望向楚独秀，笑道："我离老远就看着像你，要不是最近看了你节目，我都不敢认，怕变化太大。"

楚独秀一怔："您还看我们节目了？"

尽管她身边不少人看过节目，知道她目前在搞单口喜剧，但听老师这么说还是感觉不一样，尤其她数学成绩一般，难免对数学老师抱有敬畏之心。

李老师调侃："对啊，真让我惊讶。我记得你以前上课，从不主动举手发言，没想到节目上不这样……"

楚独秀有些窘迫，支吾道："老师，那不一样……"

师生两人谈及在校旧事，谢慎辞听得津津有味。

番外 春节

李老师跟她寒暄完，又递出薄册子和笔，说道："想进校的话，要登记一下，你俩都得填。"

"好的。"

楚独秀接过登记簿，老实填好名字及电话号码，将薄册子递给谢慎辞。

谢慎辞填写完毕，又将册子还回去。

"行，你们进去逛吧……"李老师接过册子，随意地扫了一眼，突然"啧"了一声，抬眼望向谢慎辞，欲言又止，"嗯——"

她停顿两秒，倒也没多刁难，只叹气道："小伙子，这回就算了，下次要填真名。"

"他填的什么？"

楚独秀满脸疑惑，当即取过登记簿，发现谢慎辞填写了电话号码，却在姓名栏写的是"楚独秀家属"。

这是什么离谱的登记？！

谢慎辞见她瞪眼，诧异道："不能这么写吗？你不是这么填过？"明明她也登记过"楚双优妹妹"。

楚独秀既好气又好笑："那都是初中时的事了……"

李老师大度地摆手："没事，反正你俩一起来，肯定能找得到，就先这么填吧。"

楚独秀面红耳赤，忙不迭道："谢谢老师，麻烦您了。"

"这么看，你们班里面还是你厉害。"李老师唏嘘，"当年不声不响的，看上去安静低调，没想到毕业一两年，工作和个人问题都解决了。"

上学时，楚独秀给人踏实乖巧的印象，向来不是学校的风云人物，谁承想毕业后却走上惊人的发展道路，在综艺节目上崭露头角。如今她和谢慎辞站在一起，一个灵动，一个沉稳，看上去莫名登对。

李老师端详二人，越看越觉得满意，八卦道："打算什么时候摆席？"

楚独秀两眼发蒙："啊？"

"你们应该会回文城摆吧？我记得你爸妈还在这边。"

楚独秀慌道："老师，真让我惊讶，我记得您以前上课，严抓班里早恋的……"

没想到有朝一日，她竟被当年抓早恋的老师询问婚期，着实是百感交集，简直能写进段子！

李老师："傻孩子！你都已经毕业工作了，哪儿还有机会早恋啊！"

楚独秀无言以对，另一人倒是淡定。

谢慎辞从容道："会回文城摆的，到时候一定请您，再叫上她班里的同学，大家一起聚聚。"

李老师开心了："好好好，那就好，你们进去逛吧。"

两人告别李老师，兴冲冲地往里面走。

楚独秀嘀咕："难以置信，说这话的人居然是李老师……"

461

谢慎辞不解道:"怎么了?"

"因为你没见过我上学时的她。"楚独秀突然牵起谢慎辞的手,鬼鬼祟祟地回望李老师,又扭头看向身边人,"如果是过去的她,现在就会冲过来把我俩用力掰开,然后大声训一通。我们上学时,暗恋都不行。"

然而李老师现在一动不动地站着,察觉到二人回头,又目睹他们手牵手,甚至还笑了笑,一改当年严厉的模样。

楚独秀不由得感慨万分,猛然意识到自己长大了,即便再次回到校园,也不是当年的她了。那些青涩、微酸的果汁,经过岁月的发酵,化为醇香的酒,变成了截然不同的味道。

"老师说了,你已经错过暗恋的年纪。"谢慎辞回握住她,跟她十指相扣,振振有词道,"现在只能明恋了。"

两人相视一笑,携手踏进走廊,寻找她以前的教室,分享她在校的趣事。她的记忆里有优秀的姐姐,有当众板着脸却私下温柔的李老师,有喜欢交流新上映动画的同学,有稀奇古怪的黑暗学生餐,有傍晚放学时粉紫晚霞晕染的云……即使是普通的小事,都能被她说得妙趣横生。这是他未曾见证的她,如今被徐徐地勾勒,补上彼此还未相识时的空缺。

谢慎辞静静地听着,眼神温柔,只听到一件事时脸色略有变化,冷不丁道:"总跟你聊动画的同学,是男生还是女生?"

楚独秀不懂他缘何发问,迟疑道:"呃……男生……"

谢慎辞沉声道:"这么看来,我待会儿还得感谢李老师。"

楚独秀:"感谢什么?"

谢慎辞幽幽地盯着她:"读书时期就该严抓学生早恋,反正进公司后会分配对象的。"

楚独秀反应过来,哭笑不得道:"你想太多了!我们当初真的就是聊动画!"想象力着实丰富,怎么能想到这方面?!

谢慎辞:"那你摆席会邀请他吗?"

楚独秀一怔:"……"

谢慎辞抓住把柄,怨念颇深地指责道:"你犹豫了。"

楚独秀慌张摆手,好声好气道:"不是,我是没他联系方式,没法邀请才犹豫的……"这都是初中男同学,早就八百年不聊天了。

不过,她的辩白显然无用,猫是一种记仇的生物。

两人从教学楼出来,途经空无一人的篮球场,许是打开了记忆匣子,又勾起了某人的新仇旧恨。

球筐下有一颗篮球,谢慎辞不知想起什么,俯身单手捡起篮球,随意地运了两下,随即朝着篮筐投去,只见一道漂亮的弧线,一个三分球进了。

楚独秀见状停下了脚步:"要打会儿球再回去吗?"

番外 春节

她从未见过谢慎辞打球,明明学校篮球场一般,也不知他为何手痒,突然就炫起球技来。

谢慎辞闻言瞥了她一眼,道:"刚刚那个球,跟你上学时看的球,哪个更好看?"

"???"

重返母校勾起不少趣事。

楚独秀带谢慎辞在校园里逛完,又领他在小吃街走一圈,向他投喂不少美食,才使他由酸变甜,遗忘初中男同学的小插曲。

古色古香的街道内,两侧店内被透明保温罩罩住的小吃琳琅满目,掀开时热气腾腾,冒出袅袅的白气。店家站在小摊边吆喝,尽管没到最热闹的春节,但来往的游客已经数量可观。

这里汇聚了不少本地美食,楚独秀和谢慎辞边逛边吃,走走停停地欣赏四周景色,在冬日的室外并不感觉寒冷。

小摊前,谢慎辞用长签戳起肉丸,递给对面的人。

"现在人还不算多。"楚独秀左右看看,凑到他的手边咬了一口丸子,含糊道,"平时过节都挤不进来。"

小吃街紧邻景区,附近有不少古建筑,游客数量自然不会少。好在他们提前两日回来,没赶上春节游客爆满的情况。

街道尽头一侧造有石质圆门,隐约可见门内的数排木架,有红色绸带般的东西随风荡漾。

谢慎辞瞥见此景,问道:"那边是什么?"

"通向古楼的门,要过去看看吗?"楚独秀提议,"我记得有人会在那边挂许愿牌。"

古楼跟小吃街仅一门之隔,却靠石门阻挡外界熙攘,楼前环境清幽,高可参天的巨树树叶稀疏,树下有好几排挂有木牌的架子,木牌被红绳逐一系好,在风中来回晃荡,发出清脆的声响。

许愿牌是免费的,被放置在树边的竹筐内,旁边的小桌放有可随意使用的黑笔。两三个游客正手持木牌,用黑色马克笔写字,接着将其绑在架子上。

"来都来了,要不要写?"楚独秀道,"难得有一回当游客的经历。"

"可以。"

谢慎辞取过筐内的木牌,拿起桌上的黑笔,又递给楚独秀一份。

两人站在木架边,低头书写自己的愿望。

微风一过,木牌相撞,啪嗒作响。许愿牌承载着无数美好心愿,不乏情侣并排写下大名,挂在架子上留作纪念。

楚独秀不知写了什么,还走到竹筐旁边又拿了一块木牌。

谢慎辞随手写了两笔,余光见她的木牌上面都是细细的小字,不禁好奇地凑上前,想要一探究竟。

楚独秀察觉他的小动作,当即警惕地捂住木牌:"做什么?"

谢慎辞偷看被抓,却相当镇定:"你写了什么?"

楚独秀:"亲友身体健康、平安喜乐。"

"还有吗?"

"明年创作灵感多多,演出能够一帆风顺。"

"没别的了?"

"嗯……善乐发展稳中有进,单口喜剧欣欣向荣……"

谢慎辞问一圈,都没有听到想听的,怨道:"你没有写我。"

楚独秀辩驳:"亲友里有你。"

谢慎辞道:"没有我们两个人的。"

"我们两个人的事情,靠我们不就能实现?"楚独秀振振有词,"难道你对我有什么意见,必须向老天爷许愿才能解决?"

谢慎辞被反戈一击,一时间竟无言以对。

楚独秀探头去看:"你写了什么?"

"没什么。"谢慎辞将木牌揣进兜里,说道,"差点儿交错地方了,我突然发现不该挂这里。"

"那该挂哪里?"

"该交到民政局。"谢慎辞盯着她,一本正经道,"你说得对,有的愿望不用靠老天爷,靠我们自己就能解决。"

楚独秀不由得脸热,伸手连拍他两下,这才将自己的许愿牌挂上木架。

她先系上写满字的木牌,又偷偷摸摸地回望谢慎辞,确信他没有察觉,装作没事地拍拍手:"挂好了,你挂吗?"

"不挂了。"

"不挂的话,我们回家?"

谢慎辞闻言却心有所感,踱到木架边,忽然伸手握住了一块。

楚独秀不料他如此敏锐,都藏在后面了还能被他找出来,忙不迭奔过去。

"这不是有我们两个人的?"谢慎辞嘴角微扬,用指腹摩挲木牌,"挂在这里怪可惜的。"

楚独秀悄悄写了两块许愿牌,一块是她说的亲友祝福,一块是黑笔勾勒的简笔画,绘有猫头和兔头,旁边点缀爱心和星星,没有多余的文字,看上去别具特色。

她写不来山盟海誓,也不愿直白写大名,索性借图说话,谁承想被他一把揪出来。楚独秀的小秘密被窥破,有点儿不好意思,嘴硬道:"这不是我们两个人的。"

谢慎辞颔首:"嗯,明白,是我们两个动物的。"

番外 春节

"……"

没写任何文字祈求天长地久，一切却尽在不言中，融入可爱的卡通画。谢慎辞翻来覆去地捏着木牌，俨然爱不释手，一度还想摘下带回去珍藏。最后是楚独秀阻止了他鲁莽的举动，只允许拍照留念，以免寓意不好。

在文城游览数日，两人差不多将景点都走了一遍，终于迎来欢度春节的日子。

除夕，文城聚满返乡的人们，楚双优也从南城归来，一家人吃团圆饭。

"春节快乐！"

"春节快乐！"

众人欢聚在桌边，喜气洋洋地碰杯，热闹地吃起晚餐。这是难得的美好时光，一家四口得以团聚，还有谢慎辞远道而来，别提多高兴。

谢慎辞刚到文城时，楚岚和石勤对他较为客气，随着这段时间的相处，早就熟稔起来，口气也随意热络。

石勤坐在桌边，环顾一周，笑道："今年确实人多热闹。"

楚岚举杯道："小谢明年还要来！我们可都约好了，下次继续去打牌！"

谢慎辞主动碰杯，承诺道："一定，每年都过来打牌，还要找叔叔学做菜。"

众人有说有笑，美餐一顿后，石勤和楚岚坐在长沙发上剥坚果，三个年轻人则坐在另一侧，聆听电视机里的欢快音乐。

楚岚："你们要是觉得无聊，待会儿可以出去玩，我和你爸就不转了。"

楚双优向来对春晚没兴趣，她站起身来，提议道："我回屋收拾行李，然后出去放烟花吧。"

楚独秀："好，那我们等你。"

楚独秀和谢慎辞翻出家里的烟花，又找了个塑料袋装好，便在门厅等楚双优。趁此时间，两人给旅行的陈静姝等人拜年，打了视频电话问候。

谢慎辞握着手机："喂，妈。"

楚独秀从他身后探出头来，欢声道："叔叔阿姨过年好。"

"过年好啊！"

视频里，陈静姝和谢文韬同样很高兴，先是讲了些拜年的吉祥话，询问文城之行的情况，又说了说旅行的经历，还邀约楚独秀再次登门。

"等我们回去，你们到燕城，记得来家里，带了礼物给你们。"陈静姝不知想起什么，瞄一眼谢慎辞，又看向楚独秀，冷不丁改口，"不对，带了礼物给你，你来家里就行。"

楚独秀偷看惨遭忽视的某人，支吾道："阿姨，这不合适吧……"哪有她独自上门拜访的，也太不将猫当回事儿了。

谢慎辞："没错，我也要回家。"

陈静姝愕然道:"你回来做什么?"

谢慎辞振振有词:"我要开车送她过去,再尝尝家里的饭菜有没有达到招待水平。"

陈静姝面对厚颜无耻的儿子,一脸无语。

两人问候完长辈,又回复起拜年消息,之后才有空查看公司的微信群。群内,众人早就欢声笑语,分享着春节的喜悦。大家陆续甩上年夜饭照片,还发起大大小小的红包,开始享受拼手气的乐趣。

或许是节日氛围浓厚,商良竟然也加入进来,在群里狂撒红包,掀起一阵欢呼。

"商总大气!谢谢老板!"

"好多钱,好大的包,非洲人第一次抢到三位数,没想到商总的红包最好运!(哭)"

"朋友,有没有一种可能,商总发的是普通红包不是拼手气红包?"

楚独秀指尖一点屏幕,惊叹道:"商总的红包封面居然是善乐Logo,这也太爱公司了……"

商良无愧于自己的商务人设,新年红包都用的是太阳花加麦克风图案,无声无息地传递着公司企业文化。当然,他靠红包聚拢人心,没人对此不满,反而激起无数溢美之词。

"商总先手,现在压力转移给另外两位老板了!(狗头)"

"谢总,来一个!(拍手)尚导,来一个!(拍手)"

"原来这是公司年会的后半场,不比才艺比财力!"

没过多久,谢慎辞在起哄中群发红包,金额比商良的还要大些,让群里的喜悦气氛愈加浓厚。

"谢谢谢总!感恩的心!"

"好独特的封面,莫名感觉眼熟。"

"这是画的猫和兔子吗?"

"啧啧,嗅到一丝秀恩爱的气息。"

"商总输了,不是金额上输了,是在配图上输了!"

"谢谢老板,老板的红包配图真好看!我还想再看一次!"

"诡计多端,诡计多端!你那是想看配图吗?分明是想再骗红包!"

"没错,痛斥骗红包行为。但我说句实话,老板的红包配图真好看,我还想再看一次!(狗头)"

一时间,群里的人都激动起来,洋溢着快乐又八卦的氛围。

楚独秀见势不对,忙不迭点开红包,果然看到熟悉的许愿牌简笔画,正是谢慎辞那日拍下的照片!她惊道:"你怎么配的这张图?"难怪群里充满揶揄和打趣。

谢慎辞:"这不是很合适?"

楚独秀不解:"哪里合适?"

谢慎辞一本正经道:"商良的红包封面是善乐Logo,你说他太爱公司了,我现在用这

番外 春节

张图当红包封面，那我是……"

话音未落，楚独秀似猜到他的下文，不由得面红耳赤，一把捂住了他的嘴。

深夜，文城的天空如漆黑幕布，灿烂的烟花在头顶炸开，流光溢彩的火星蹿向四周，流星雨般在城市上空挥洒。

楚独秀等人在火树银花中喜迎新春，度过了一个美好又充实的春节假期，终于迎来返回海城的日子。

机场外，楚岚和石勤照例将姐妹俩送到门口，只是这回多了在文城过节的谢慎辞。

楚独秀和楚双优跟父母寒暄完，旁观二人跟谢慎辞告别。

楚岚早将谢慎辞当自己人，她畅快地双手一推，做出和牌的架势，说道："小谢，别忘了啊！"

这是二人的茶楼之约，谢慎辞依靠自己奇怪的社交能力，在当地牌友圈建立起了深厚的群众基础，甚至约定了下次组局的时间。

谢慎辞郑重地应道："您放心，一定赴约。"

石勤语气温和："欢迎你再来文城过年，把这儿当你第二个家。"

谢慎辞忙道："谢谢叔叔。"

石勤笑眯眯道："这会儿就叫叔叔了？"

楚独秀等人闻言，不懂二人在打什么哑谜，不由得好奇地望来。

谢慎辞面对众人，一时间无言以对。

楚岚："行了，你们路上小心，改天我们也去海城和南城转转。"

其乐融融的团聚过后，总要面临分离的时刻。三人跟父母作别，走进文城机场，也要各奔东西。楚独秀和谢慎辞飞回海城，楚双优则要飞回南城。

大厅内，楚双优抱了抱妹妹，又望向谢慎辞，礼貌地颔首："谢总，那明年再见。"

楚独秀怔住了："姐，你还叫他谢总？"

楚岚和石勤都已经改口"小谢"，唯有楚双优的称呼依旧客套。

楚双优云淡风轻地笑道："毕竟在法律意义上还不算是一家人，该讲的礼数得讲。"

"确实，这也算是提醒和鼓励。"谢慎辞一本正经道，"一定尽快合法合规。"

厚颜无耻击败笑里藏刀。

楚双优神情有些微妙，凝视谢慎辞数秒，最终选择沉默，拉着箱子离开。

楚独秀朝姐姐挥手："姐，落地发消息！"

"好，你们也去候机吧。"

楚独秀目送姐姐离去，又扭头看向身边人，莞尔一笑："明年还来吗？"

"当然。"谢慎辞望着她，眨了眨眼，"年会奖品才兑现了一个。"

年后，善乐文化结束假期，迎来新的一年。

楚独秀踏进公司时，发现春节张灯结彩的布置还未拆，倒是工位上放了开工红包，封面上印有善乐文化的Logo，应该是行政人员提前分发的。

"居然有红包。"楚独秀打开一看，愣道，"而且真有钱。"

这是公司的美好愿景，想在新年讨个好彩头。尽管众人过年时在群里抢过一轮，但正式上班的首日依旧有现金红包。

王娜梨："看来是商总准备的红包。"

"确实，印的不是手绘画。"小葱调侃，"不是谢总准备的。"

楚独秀哪能听不出好友的玩笑话，当即跟二人说笑打闹，之后投入新一年的工作里。

办公室内，两名创始人也在节后碰面，闲聊假期情况以及公司规划。

商良想到公司群春节期间的动向，冷不丁道："你跟楚独秀回文城过的年？"

谢慎辞抬眼瞥他："你怎么知道？"

"你俩年夜饭的盘子都一样。"商良眉毛微动，"见家长了？"

"对。"

"什么时候结婚？"

谢慎辞听其追问，迟疑道："你要随礼？"

商良连珠炮似的丢出问题，简直如疯狂催婚的长辈，带着步步紧逼的压迫感，听起来比双方父母还着急。

"不。"商良淡淡道，"我看什么时候为新的大股东效犬马之力。"

谢慎辞："？"

第三季《单口喜剧王》结束后，善乐内部决定暂缓节目录制，让老演员有休养的时间，同时培养更多的新选手。当然，制作团队并不会休息，不但在筹备新节目，还规划起公司团综——楚独秀、小葱等人在节目《想跟你唠唠》里表现不错，不少网友纷纷号召善乐搞团建节目，听单口喜剧演员聊天很有意思。

公司编剧近期在准备节目，积累自己日常的段子，楚独秀自然也不例外。

周末，公司工位上没什么人，楚独秀躬身摁了一下主机开关，但电脑屏幕毫无反应。她无奈地长叹一声，却见手机弹出消息，备注是梨子的emoji图案，正是王娜梨，一连发来好几条信息。

"公寓停电了？"

"我刚想开始写稿，发现笔记本电脑没电了。"

楚独秀回道："对，好像是这片区域停电。"

王娜梨："那只能去公司了。"

楚独秀："公司也没有电,因为我在公司。"

今日,公寓内突然断电,楚独秀下楼询问公寓管家,才得知附近电路检修,部分高楼暂时没有供电。她又前往善乐,想在公司写稿,谁料办公楼也在停电区域内。

王娜梨得知此事,心安理得地回复："很好,我已经躺回被窝了。这就不能怪我不努力了,主要是老天爷没给机会。你从公司回来了吗?"

楚独秀："还没。"

王娜梨："要不也别写了,反正是周末。"

楚独秀望着信息,一时间陷入纠结。她的稿子确实不急,但手机快没电了,充电宝的电量也快用完了。

犹豫间,她索性给谢慎辞发了条消息："你那儿停电了吗?"

谢老板10.9："没有。"

没准是不懂她的问题,他还发来一个表情图,黑猫歪头问号的模样。

楚独秀没想到他所在的小区没停电,当即眼前一亮,找到投奔的对象："我觉得做人应该知恩图报。"

她过年时收留了他,现在换他来收留她,应该不过分吧?

谁料对方回得比她打字还快。

谢老板10.9："我不是人。"

楚独秀："我都还没说要干吗。"

谢老板10.9："我被人施了变猫的魔法,丧失人权已经有一段时间。"

谢老板10.9："只有一个吻能破除我身上的诅咒。"

这是《青蛙王子》的黑猫版童话改编?

楚独秀哪能看不透对方的诡计,回道："那别破除了,这诅咒挺好。"

谢老板10.9："?"

片刻后,楚独秀和谢慎辞在小区门口碰头,她遥遥看见等候许久的人,三步并作两步地奔向他。

谢慎辞顺手接过她的双肩包,问道："公司和公寓都停电了?"

"对,主要是我的充电宝也没电了。"楚独秀道,"家里有充电线吗?"

"有,还有零食、饮料和游戏机。"谢慎辞沉吟数秒,挑眉道,"办公用的电脑也有,但同样被施了诅咒,周末没办法使用。"

这是生怕她加班,干脆防了一手。

"没事,我带了笔记本电脑。"楚独秀拍拍双肩包,"社会主义的电脑横扫一切牛鬼蛇神,肯定没什么周末诅咒。"

"……"

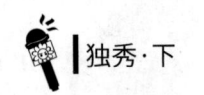

家中,楚独秀顺利地给电子设备充上电,终于解了燃眉之急。她坐在桌边,将笔记本电脑支起来,想要认真地看一会儿稿件,无奈注意力根本无法集中。

谢慎辞将她的水杯取出来,接满水后放在她的手边,又摆出来一些小零食,之后便躲到客厅的沙发旁边,没有打扰楚独秀创作,给其充分的创作空间。但她的心绪却飘走,总会往客厅里转悠。明明他很安静,也没发出干扰声,偏偏她控制不住自己。

楚独秀:"要不你出去待会儿吧。"

"为什么?"谢慎辞侧过头,看向她的位置,无辜道,"我没发出声音。"

"你待在这里,我写不出来。"楚独秀欲言又止,"光想着玩儿。"

"玩什么?"谢慎辞提议,"玩游戏吗?"

"玩你。"

谢慎辞静默数秒,坐在沙发上,拍拍身边空位:"快来。"见她僵在桌边,他顺势向后一仰,摆出躺平的架势,"快来。"

"……"

楚独秀原本就意志力不坚,工作和玩乐的念头在脑海里激烈碰撞,如今被他一引诱彻底投降,放弃了在电脑前浪费时间,扑向沙发上懒散的某人,盖在他身上,抱着他猛蹭起来,还用面颊贴他颈侧的皮肤。

两人在客厅里玩闹,将别的事抛到脑后。

她索性放弃加班的想法,从沙发上爬起,顺手拿起遥控器:"玩游戏吗?"

"不是说玩……"谢慎辞语气迟疑,面露遗憾,"行,你想玩什么?"

最后,他们打开了购买后从未打开过的游戏,名字叫《双人成行》。游戏是挽救一对关系破裂的夫妻的感情,玩家通过控制两个角色合作完成关卡,同时浏览剧情。

"这是什么游戏?"楚独秀迷惑道,"故事听起来好不吉利。"

谢慎辞作为游戏购买者,讲解道:"网上说是适合情侣玩的双人游戏。"

"确定不是玩儿完就玩儿完的那种吗?"

游戏开头就是夫妻不和、女儿伤心,支离破碎的家庭关系,光看画面都要窒息了。屏幕上,往昔深爱的男女对峙,连带音乐都在烘托气氛,多少有点儿满地鸡毛的味道。她一度怀疑推荐词里有阴谋,就是想拆散小情侣,搞散一对儿是一对儿。

"可怕,所以婚后吵架都会闹成这样?"她从未跟谢慎辞发生争执,很难想象此等天翻地覆的场面,总感觉游戏都具备现实的教育意义。

"不知道,实践出真知,他们是夫妻,跟我们不同。"谢慎辞眨了眨眼,镇定道,"所以我们要先结婚,才能回答你的问题。"

"???"

两人缩在客厅的沙发上打游戏。《双人成行》有两个供玩家控制的角色,楚独秀和谢

番外 春节

慎辞各自选了一个，使用游戏里的道具配合过关，有磁铁、钉子等各种各样的道具。他们不但可以合作，还能展开花样竞赛，玩些猜拳、赛跑等小游戏。

谢慎辞看她将自己的角色吸来吸去，一会儿拉过去，一会儿推回来，抗议道："这是做什么？"

楚独秀："玩你。"

"……"

电视屏幕上的游戏角色不断跳跃，伴随着音乐和画面的变换，时间缓慢流逝，室外夜色沉沉。

闯关制的形式让楚独秀和谢慎辞沉浸其中，中途匆匆吃了顿便饭，就继续操纵自己的角色在游戏里跳来跳去。他们配合默契，一路顺利前进，气氛相当融洽，丝毫没有气恼或争执的时候。

直到异变突生。

啪嗒一声，客厅暖黄的灯暗下，连带屏幕也一片漆黑，唯有窗外月色洒入屋内。

两人皆是一愣。

谢慎辞率先起身，借着手机的光亮检查设备，还打开电箱看看有没有异常。

昏暗中，楚独秀靠微光走到阳台边，看到小区里的万家灯火消失，立刻明白发生了什么，说道："没想到你们也停电了。"

她白天发现公寓及公司停电，特意跑过来投奔谢慎辞，原以为他住的小区逃过一劫，谁承想终究还是蔓延到此处。

住宅楼里一片暗淡，如寂静的钢铁森林，一改往日的灯火通明。

"不知道会停多久。"谢慎辞检查完电路回来，提议道，"要不用笔记本电脑来玩？"

片刻后，两人将电量充足的笔记本电脑支起来，找回方才的游戏进度。

笔记本电脑的屏幕尺寸比电视要小一些，楚独秀和谢慎辞索性趴在一起，手里握着游戏设备，探头盯着亮起的游戏画面。

楚独秀面露怀念，感慨道："好像回到了小时候。"

四周的明灯熄灭，唯有屏幕亮着光，连带远方的嘈杂声音都隐匿，只留舒缓轻巧的游戏音乐流淌。这一幕让她回忆起童年时藏在被窝里偷偷玩游戏，不同之处是，那时旁边没有别人。

谢慎辞心领神会，侧头瞥她一眼，反问道："躲在被窝里玩游戏？"

"你怎么知道我想说什么？"楚独秀道，"但我那时候是看漫画，害怕被人发现，就用被子蒙着。"

谢慎辞拖着长调："哦——然后第二天上学跟男同学交流漫画剧情。"

楚独秀闻言既好气又好笑，忍不住捏他的脸："你怎么总记仇？"

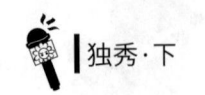

明明是回校时讲的小事，居然能被他翻旧账！

谢慎辞："我只是记忆力好。"

两人转战到沙发一角，再次启动刚才的存档。他们坐在柔软的地毯上，将笔记本电脑放在茶几上，后背靠着沙发，为了看清屏幕，不约而同地凑近，比没停电时更近。

黑暗中，可视范围变小，五感却骤然放大，连带呼吸及衣服的摩擦声都明显起来，如同夏季暴雨前的空气，微热发黏。

楚独秀刚说像回到了小时候，现在就感觉啪啪打脸，无法忽略他的存在，不由得偷瞄身边的人。屏幕微光照亮他的脸庞，让他的睫毛投下小片阴影。画面的切换中，光线或明或暗，他的五官也被照得立体。

他的手臂自然地垂下，五指捏着控制柄，紧贴在她的身后。狭小的空间迫使他们紧挨着，或许是音响不够好，明明游戏音乐刚才还能盖住杂音，现在却掩盖不了气息和心跳。

谢慎辞见游戏角色停下，察觉到她的走神："不想玩了？"

"没，还好……"楚独秀握着手柄，忙不迭收回神思，"再玩一会儿吧。"

谢慎辞问道："要玩别的吗？"

楚独秀不解："玩什么？"

谢慎辞略低下头，感受到她调皮的发丝在黑暗中轻巧地拂过，带来微微的酥痒感，宛若春风唤醒心间的花。他喉结微动，抿唇道："你刚刚说的。"

下一刻，湿热轻柔的吻落下，接着是舌尖的相触，熟悉的气息将她环绕。

她早已习惯他身上干净的味道，下意识地闭上眼，如同晚霞时天空里柔软的云，沉醉在余晖的温度中。背后是有弹性的沙发靠垫，她被结实的双臂锁住，不由自主地伸出手来，攀上他的脖颈及臂膀。

含吻不断加重，连带身躯发软，她和他依偎在一起，在寂静中耳鬓厮磨，心跳如漆黑夜空中闪烁的星。

他们在黑暗中拥吻，直到他的动作有所变化。

楚独秀脸庞涨红："你怎么……"她此刻醒悟过来他的话是什么意思，但很难评价这是在玩谁！

不同以往的亲昵带来潮水般的欲念，一阵又一阵冲来。这不是富含侵略性的攻城略地，相反他的动作温柔而克制，逐渐瓦解她的僵硬及意识。她像被灌入醉人的酒，只感觉浑身开始发烧，耳根升腾起热气，五指紧跟着蜷起。指尖触及他颈侧的软肉，才发觉他的体温同样升高，好似触碰摇曳的火。

他大抵也有旖旎的妄想，却没有心急地展开攻势，反而一下又一下亲吻她发红的眼，眼看她的眼眸变得潮湿，才让微烫的呼吸蹭上她脸颊。迷蒙的眼神远比滚烫灼热的占有更令人心动，他忍不住又抱紧她一些。

番外 春节

　　窗外夜色深沉，四周万籁俱寂，时间的流速像在此刻放缓。

　　电脑屏幕的灯光暗下，掩藏了她所有的羞怯，他却在她耳畔轻声喃喃，诱惑她在深渊中沉沦。那声音远比动作更熬人，让她耳朵发麻，像是有电流蹿过，抑制不住地出声。

　　朦胧间，她如同海上的小船，只能在他的潮水间起伏，在无尽的海岸线上经历四季变换，迎来暖春，跨过凛冬。

　　半晌，楚独秀眼眸潮润，闷声道："为什么要……"她都不知道是该说对方极具服务精神，还是故意折腾自己。

　　"害怕你的娱乐体验不好。"谢慎辞煞有介事道，"觉得不好玩。"

　　这真是令人震撼的发言。怎么能有人一本正经说这么厚颜无耻的话！

　　四周乌漆墨黑，楚独秀鼓起勇气摸索，咬了他喉结一口，听他低低地"嘶"了一声。

　　两人靠着沙发滚来滚去，亲近分享着残留的情意。

　　缱绻和温存过后，屋内的灯也亮起。啪嗒一声，客厅的电子设备重新运转，发出细小的电流声，连带头顶的灯光大亮。

　　楚独秀被突然亮起的灯照得眯起眼，索性将头埋在谢慎辞怀里，用脸颊蹭他胸前的衣服，懒洋洋地靠着他，莫名有些困倦。她顺着他的指尖一路向上，用指腹摩挲他的手背及手腕的骨节，继续摸向他线条流畅的手臂，忽然感到一丝有趣，又探向他的另一只手，却发现对方握着什么，不由得好奇地掰开他的手指："你捏着什么？"

　　不知何时，谢慎辞握着一个小盒子，也不知是从哪儿掏出来的。他将盒子递给她："偶然看到的，觉得适合你。"

　　"是什么？"

　　楚独秀打开盒子，发现竟是枚戒指。素雅戒圈上有一支造型别致的麦克风，居然是用钻石做成的，淡银色金属托举着璀璨钻石，在灯下发出浅浅的辉光。这是极有意思的设计，远看是雅致、简约的图案，近看才能发现别具匠心。

　　楚独秀捧着戒指，怔道："这该不会是……求婚吧……"

　　谢慎辞一怔："原来求婚能这么简单？"

　　他脸上恨不得写上"还有这种好事"，好似只要她一口应下，当场就顺竿而上，将其升级为求婚。

　　楚独秀疑惑："那为什么突然送戒指？"

　　"没有为什么。"谢慎辞垂下眼，"就是想送你。"

　　他那天碰巧看到，一眼就相中了它，钻石般闪耀的麦克风瞬间让他想起舞台上的她，感觉极为相配，这才付款买下。没有什么原因，没有什么目的，没准喜欢一个人就是想将适合她的一切捧到她的面前，哪怕并不是什么节日或纪念日。

　　楚独秀怔了数秒，睫毛颤动，嘀咕道："真是你的风格。"

"什么风格？"

"跟'台疯过境'那次一样。"

这让她想起在"台疯过境"的初遇，没准他就像冰川下的活火山，即便表面覆盖白雪，但内里依旧涌动着发烫的岩浆，总用执拗又富有信念感的态度将人击穿。

早在她还不够相信自己之前，他就已经勇往直前，将一切放在她眼前。

楚独秀主动伸出手："不帮我戴上吗？"

谢慎辞闻言，从礼盒中取出戒指，思索数秒，缓缓地为她戴上。

楚独秀见他帮忙戴在中指，哪能瞧不出对方暗藏私心，质疑道："是该戴在这里吗？"

如果她没记错，自己还是未婚。

谢慎辞被戳破，脸上仍然镇定："这是想帮你避免一些麻烦。"

"什么麻烦？"

谢慎辞振振有词："避免热情的漫画迷缠着你攀谈，过多占用你创作单口喜剧的时间。"

"谢谢你的体贴。"

"不客气。"

独特的造型，贴合她的职业身份，再加上是他特意送的，更让戒指有不同的意义。楚独秀伸出五指，望着崭新的戒指，越看越满意，又想起什么来，冷不丁道："完了，你调子起高了。"

"怎么？"

"平时都送这个水准的礼物，求婚那天没法超越了，怎么办？"她调侃道，"这算不算自讨苦吃？"

"没关系。"谢慎辞眨了眨眼，"一次没超越，还能有下次，我可以继续求，总能超越它的。"

楚独秀睁大眼："哪有求好几次婚的？"

谢慎辞恍然大悟："所以求一次你就答应了？"

楚独秀斜他一眼，故意道："当然不。"

"那就是了，还要继续求。"谢慎辞颔首，"不错，年年都求婚，听着也挺好。"

"哪里好？"

微光下，他睫毛漆黑，伸手拉住她，莞尔一笑："日积月累下来，同样是一辈子。"

十指相扣，相濡以沫。

钻石点亮戒指上精美的立式麦克风。

万家灯火中，总有佳偶相伴。

番外 游乐园

公司内，阳光充足，氛围闲适，恰是午后好时光。

善乐文化刚忙完最新节目，员工们完成了紧张的录制，近日都悠闲起来，随意地敲着键盘。

正值此时，商良带着一拨人抵达，向周围人分发起通知。

小葱疑道："这是干什么？"

楚独秀茫然地接过，瞥到纸上的地址，发现是郊区游乐园的位置。

"这是团建活动的方案，大家应该都拿到了吧？"商良环顾一周，"下周五，在公司门口集合，我们乘车前往园区，包含早餐和晚餐，可以带一名家属。"

公司近期没什么事，高管们就商议一番，打算工作日前往游乐园团建。

北河向来爱跟商总呛声，懒洋洋道："我社恐，不敢出门，能不能直接将门票钱转我？"

商良撇嘴："大庭广众之下说这种话，你嘴里的社恐难道是社交恐怖分子？"

北河："正经公司谁团建啊？"

商良："正经公司都会团建。"

北河掷地有声："但我们公司也不正经！"

商良懒得理他，故意转过头去："行啦，就这些事情，大家忙去吧。"

待商总离开，众人聚在一起，叽叽喳喳议论起来。

王娜梨抖了抖通知单，担忧道："哇，游乐园不会排长队吧？"

楚独秀："工作日应该还好吧？"

"工作日的人也不会少，我不想去游乐园人挤人……"

"我想去。"小葱吊儿郎当道，"毕竟还可以带家属，我女朋友惦记好久了。"

"谁问你了？"王娜梨嫌弃地扬眉，"不要乱秀恩爱，名字真有'秀'的人，都从来不会乱秀。"

小葱沾沾自喜："不过她亏了，家属不用带也能跟着去，少赚了一笔。"

谢慎辞必然要参加团建活动，不像豆腐能蹭到一张家属票。

楚独秀摸了摸下巴，沉吟道："嗯……那倒也没亏。"

游乐园门口，风和日丽，阳光明媚。

一行人乘车抵达，带着各自的家属，排队进入园区。

"你们公司团建居然来游乐园……"楚双优左右看看，跟着妹妹往前走，扬眉道，"稍微有点儿不正经。"

楚独秀和煦道："我们本来就不是正经公司嘛。"

商良听到姐妹俩的对话，不禁眉头一跳："为什么她姐会来？"

商良曾在楚独秀的签约之战中，跟雷厉风行的楚双优交过锋，留下了心理阴影。他原以为不会再遇见对方，谁料她作为摇钱树的家属，竟在团建活动里露面了。

"说是刚好来出差，今天没有别的事，抽空来探望妹妹，顺便考察我司的团队建设能力。"谢慎辞眨了眨眼，"被精英视察，你有压力了？"

"我能有什么压力，该有压力的是你。"商良没有跳入圈套，反倒发起了反击，"这可是人家亲姐姐，你不得好好表现吗？"思及此，他有些幸灾乐祸了，准备欣赏好友在楚家人面前诚惶诚恐的样子。

谢慎辞一本正经道："不用表现，她的家人都很喜欢我。"

商良语噎："你确实有点儿精英都招架不住的厚颜无耻。"

没过多久，善乐的人都踏入园区，齐聚在童话风建筑前。尽管周围人头攒动，但王娜梨等人手疾眼快，很快就占据最佳位置，纷纷掏出自拍杆和拍立得。

王娜梨朝同伴们挥手，欢声道："我们一起来拍照！"

豆腐手里捧着相机，已经在调整构图。

楚双优见状，向妹妹示意："你过去跟她们拍照吧。"

王娜梨发现楚双优站着不动，当即蹦了两下，招呼道："姐姐也来啊！"

不知何时起，王娜梨开始随楚独秀叫人，同样直接称呼对方"姐姐"。

楚双优愣道："我也来吗？但这是你们团建合照……"

楚独秀挽住她的胳膊，领着她往伙伴们跟前凑，热情地说："没事，我们很随意的，一起吧。"

王娜梨和豆腐早就摆好姿势，还给姐妹俩留出两个空位。

四个女生依偎在一起，对着镜头露出微笑。王娜梨和豆腐时不时调整自拍杆，楚双优

番外 游乐园

还有一点儿矜持，但被旁人的快乐感染，逐渐放松下来，楚独秀则亲昵地贴着姐姐。

小葱望着和谐景象，立马想往镜头里面钻："那我也……"

豆腐不满道："不要挤！女生拍照，你别抢镜！"

小葱惨遭女友抛弃，贼眉鼠眼地蹿到谢慎辞身边，宛若小太监般煽风点火道："谢总，女朋友不搭理自己，光跟别人的女友玩，这你能忍，这你能忍？！"

谢慎辞望着其乐融融的场景，注视着笑盈盈的楚独秀，不禁陷入深思。片刻后，他主动向前，毛遂自荐道："我帮你们拍吧。"

"好啊！"

小葱看谢总顺利融入，哀叫道："叛徒！！！"

很快，一行人缓慢行进，来到阴森小楼前。巨大的骷髅装饰，破破烂烂的木板上满是血痕，时不时能听到楼内的诡异叫声。

楚独秀环顾四周，发现身边少了人，疑道："我姐呢？"

谢慎辞一指不远处的小桌："在跟商总探讨行业发展问题。"

只见楚双优、商良、尚晓梅等人坐在桌边，手里还拿着冰镇饮料，有一搭没一搭地闲聊。或许是察觉到妹妹的视线，楚双优转过头来，朝她摆了摆手，示意不用管自己。

楚独秀眉毛直跳："他们只是单纯不想进鬼屋，临阵脱逃了吧？"

尽管楚双优向来从容淡定，但楚独秀却记得，姐姐观看《闪灵》时曾经面色惨白，不擅长应付这类场合。

楚独秀望着桌边其余的人，问道："商总也怕鬼吗？"

毕竟商总时常内耗，也属于较敏感的人。

谢慎辞："商良说他上班的怨气比鬼都大，别再吓到人家。"

"？"

队伍不断前进，小葱和豆腐已经进去，逐渐消失在视线外。王娜梨和路帆、北河结伴，早就不知所终，可能也在鬼屋里。

楚独秀："我们也进去吧。"

谢慎辞领首，跟在她身后。

跨过鬼屋大门，冷飕飕的风吹来，还没发生什么，就让人起了一层鸡皮疙瘩。室内光线昏暗，上方飘着缕缕丝带，偶尔被风刮出声响。

谢慎辞询问："你怕吗？"

楚独秀走在前面，道："还好吧，不太怕。"

她以前看过一些恐怖片，只听见前方游客的惨叫，但暂时没踩中任何机关，便没什么感觉。

"我害怕。"谢慎辞果断道,"那你保护我。"

楚独秀深感意外,嘀咕道:"黑猫不是能辟邪吗?"

前方道路愈发逼仄,后面却再没有声音。谢慎辞不知是装害怕还是真畏惧,好长时间都不回话,紧紧跟在楚独秀身后,时不时因她停下来而触碰到她的背部。

四下寂静,唯有风声,连呼吸都微不可闻。

楚独秀暗道好笑,不管他是假装"人猫依人"还是当真惧怕鬼怪,都莫名有点儿可爱,索性牵住后面人的手,谁知入手触觉冰凉,手指也比往日纤细。

楚独秀惊叹:"你的手好凉啊。"

难道喵总确实怕得要死?

谢慎辞淡定地说:"因为你牵错人了。"

楚独秀猛然一回头,便看到白衣黑发的女鬼对自己吐着红色长舌头,惊悚中带着一丝滑稽。

女鬼被她拉住手,无奈而尴尬:"您男朋友在后面。"

果不其然,谢慎辞站在她们身后,面无表情地看着此幕。

楚独秀:"……"

为什么脑中会突然出现出轨对峙大三角的画面啊?!

楚独秀有点儿窘,一把握紧女鬼的手,还官方地晃了晃,干笑道:"哈哈,感谢您为我国的脱口秀事业又积累了素材……"

别人都是在鬼屋见鬼,她是来鬼屋捡段子了。

待女鬼离开,谢慎辞目光幽幽的,埋怨道:"你居然牵错人。"

楚独秀连忙安抚:"不要生气了,这是个意外。"

谢慎辞控诉:"你居然认不出我的手……"

"好啦,这回握对了。"楚独秀赶紧牵住他的手,还像捏猫爪子肉垫般捏了捏他温热的掌心,"握爪,握爪。"

两人十指相扣,掌心贴着掌心,驱散凉意,一刻也不分离。

"哼。"

谢慎辞这才消气。

鬼屋门口,小葱等人早已等候多时,七嘴八舌地交流探险感受。

"还怪恐怖的,刚走到一半,身后冒出个鬼。"小葱心有余悸,又望向楚独秀,好奇道,"你俩有没有被吓到?"

"不要问。"楚独秀叹气,"没有被吓死,差点儿被尴死。"

"?"

番外 游乐园

正值此时，王娜梨看了看时间，提议道："到点了，我们去看烟花吧！"
天空慢慢暗下来，等到深沉夜幕降临，城堡内灯火辉煌。
一群人很快抵达观景台。
楚独秀跟随同伴，握着观景台栏杆，仰头静候烟花绽放。
"十、九、八、七、六、五、四……"
随着倒计时响起，他们愈加雀跃，只等期盼的光彩轰然炸开。
砰砰砰——
欢呼声中，金光花海，璀璨动人，将万千美好定格于此刻。
楚独秀和谢慎辞不约而同地拉住彼此的手。
又是一连串有节奏的响声，暖光照亮她和他的眼睛，勾勒出二人柔和的面孔。
笑声飘扬，漫天焰火。
火树银花不夜天，亲朋好友永相守。

图书在版编目（CIP）数据

独秀：全两册 / 江月年年著. -- 北京：中国致公出版社，2024.9

ISBN 978-7-5145-2137-5

Ⅰ.①独… Ⅱ.①江… Ⅲ.①长篇小说—中国—当代 Ⅳ.①I247.5

中国国家版本馆CIP数据核字(2024)第016176号

独秀: 全两册 / 江月年年 著
DU XIU:QUAN LIANG CE

出　版	中国致公出版社	
	（北京市朝阳区八里庄西里100号住邦2000大厦1号楼西区21层）	
出　品	湖北知音动漫有限公司	
	（武汉市东湖路179号）	
发　行	中国致公出版社（010-66121708）	
作品企划	知音动漫图书	
绘画支持	奶黄煎饺　歪比巴噗　井年	
责任编辑	徐　慧	
责任校对	魏志军	
装帧设计	王　钰	
责任印刷	翟锡麟	
印　刷	武汉鑫兢诚印刷有限公司	
版　次	2024年10月第1版	
印　次	2024年10月第1次印刷	
开　本	787mm×1092mm　1/16	
印　张	30.5	
字　数	630千字	
书　号	ISBN 978-7-5145-2137-5	
定　价	72.00元	

版权所有，盗版必究（举报电话：027-68890818）

（如发现印装质量问题，请寄本公司调换，电话：027-68890818）